EVA RICE

DIE UNENTDECKTEN TALENTE DER MISS MERRYWELL

EVA RICE

Die UNENTDECKTEN TALENTE der MISS MERRYWELL

Roman

Deutsch von Alexandra Baisch

blanvalet

Die Originalausgabe erschien 2013 unter dem Titel
»The Misinterpretation of Tara Jupp«
bei Heron Books, an Imprint of Quercus, London.

MIX
Papier aus verantwortungsvollen Quellen
FSC www.fsc.org
FSC® C014496

Verlagsgruppe Random House FSC® N001967
Das FSC®-zertifizierte Papier *EOS*
für dieses Buch liefert Salzer, St. Pölten.

1. Auflage

Umschlaggestaltung: www.buerosued.de
Umschlagmotiv: www.buerosued.de; Getty Images/Michael Peter Huntley
Satz: Uhl + Massopust, Aalen
Druck und Bindung: GGP Media GmbH, Pößneck
Printed in Germany
ISBN 978-3-7645-0505-9

www.blanvalet.de

Zum Gedenken
an meine Tante Fiona Armstrong,
deren Stil lebendig bleiben wird

»Was brachte sie dazu, mit solchem Ausdruck,
solcher Originalität zu singen – so ganz und gar nicht
wie ein Schulmädchen? Ganz gewiss nicht!
Es war sonderbar, es war ungewöhnlich.«
Charlotte Brontë, Shirley

»Aus mir muss etwas werden.«
Nikolaus Pevsner

Erster Teil

Der Landstrich

1. Kapitel

Sie und ich

Wie ich schon immer sagte: Alles fing mit Lucy an. Und wie könnte das auch anders sein? Lucy war damals vierzehn, einfach spektakulär, und eignet sich ohne Weiteres dafür, die erste Person zu sein, die in einem gedruckten Buch genannt wird. Sie hatte einen Reiz, den ich – was mir durchaus bewusst ist – nur schwer beschreiben kann. Anfangen könnte ich wohl damit, dass es nur sehr wenigen vergönnt ist, auch nur einen Bruchteil dessen zu haben, was bei ihr überbordete. Sie war *der* Hingucker von uns allen und die Einzige von uns Mädchen, die die Gesichtszüge unserer Ma vererbt bekommen hatte; von Pa konnte man nur sehr wenig in ihr erkennen, fast so, als wäre sie durch Zellteilung entstanden. Fotos von Mutter und Tochter wurden immer neugierig beäugt. Die Struktur ihrer Gesichter war so ähnlich – die schlammgrünen Augen, das lange, dunkle Haar, das, eine Welle andeutend, identische spitze Nasen und perfekte Wangenknochen umrahmte –, und doch war es so, als läge Sternenstaub über Lucys Foto. In ihrer Widersprüchlichkeit war sie unwiderstehlich: Scheinbar mühelos vereinte sie kindlichen Humor mit regelrecht erwachsenen Reizen – Eva wäre ihr gegenüber belanglos erschienen.

Es war merkwürdig: Die Leute meinten, *die ganze Zeit* über sie sprechen zu müssen. Als wir noch Kinder waren, wurde stets hervorgehoben, was für eine Schönheit sie doch sei und was für eine Herzensbrecherin sie noch werden würde. Für mich war das nichts anderes als die Feststellung des Offensichtlichen. Denn ab dem Zeitpunkt, als Lucy einen BH trug, brachen um sie herum die Herzen nur so. Wenn mich jemand, selbst jetzt, fragen würde, woran ich mich aus der Zeit vor meinem zehnten Lebensjahr am besten erinnere, dann wäre es das beständige Herumschwänzeln von Jungs um meine Schwester. Sie hatten alle einen gesunden Respekt vor Pa, insbesondere weil er der Pfarrer war, doch nicht einmal sein drohender Zorn konnte ihre Leidenschaft für seine älteste Tochter bezwingen. Zu *mir* waren sie immer nett und baten mich häufig darum, ihr Nachrichten zu überbringen: »*Sag deiner Schwester, dass ich sie liebe! Frag deine Schwester, ob sie am Samstag mit ins Kino kommt, ja?*«, und so weiter. Und ich fragte dann: »*Welcher* Schwester?« Dabei wusste ich ganz genau, welche gemeint war. Sie war die Einzige von uns, die allein durch das Betreten eines Raumes schon Chaos verursachen konnte.

Meine Eltern heirateten und bekamen ihr erstes Kind, als sie gerade mal neunzehn waren. Ma sagte uns immer wieder, die Leute hätten »damals nicht zweimal darüber nachgedacht, sie hätten einfach den Erstbesten, der fragte, geheiratet« – eine Bemerkung, bei der mir jedes Mal ganz mulmig vor Angst wurde. Sie lernte Pa in Manchester kennen, wo er bei einem Schuster in die Lehre ging und sie sechs Monate Französisch an einer Armenschule unterrichtete, die ihre karitative Patentante, Lady Elizabeth Wray, aufgebaut hatte. Ma, aufgewachsen bei gutmütigen, wohlhabenden Eltern im schönen südwestlichen Bath mit seiner georgianischen Architektur, war bis ins Mark erschüttert von Nordengland mit seinem Rauch und Nebel, der Industrie, der bitteren Kälte, dem trostlosen Winter, auf den ein Sommer folgte, der die Sonnenstrahlen auf dem Tame nicht glitzern ließ, sondern sie hineinzuspucken schien. Von ihrem Französischunterricht und ihrer Unterstützung der weniger Wohlhabenden einmal abgesehen, war Ma eine begeisterte Laienschauspielerin, für die das größte Vergnügen im Leben der Gesang war – sie verbrachte jeden freien Nachmittag damit, sich Platten anzuhören oder zum Theatre Royal zu bummeln, wo sie sich irgendein schauriges Kabarett oder Ähnliches ansah. Es wird erzählt, dass sie eines Abends, nach dem Besuch einer fulminanten Inszenierung von *Girl Crazy*, von Pa fast mit dem Fahrrad umgefahren worden wäre. Ihre Brille fiel herunter (ohne die war sie nahezu blind), er hob sie auf, reichte sie ihr und fragte sie kurzerhand, ob sie am kommenden Freitagabend mit ihm zum Tanz käme. Anscheinend sagte Ma schon zu, ehe sie die Brille wieder aufgesetzt hatte, was bedeutet, dass sie entweder aufgrund seiner dröhnenden Stimme ganz starr vor Schreck gewesen war, oder aber, dass sie so einsam war, dass sie jedem zugesagt hätte, der auch nur das kleinste bisschen Interesse zeigte.

Sie gingen zusammen zum Tanz, tranken Guinness und redeten über Hunde, Zitronenkuchen und ihrer beider Bewunderung für Arthur Conan Doyle, und das war es. Zwei Monate später bat er sie, seine Frau zu werden. Pas Größe (fast zwei Meter) und sein Leibesumfang (gigantisch), gepaart mit seiner so lautstarken und selbstbewussten Stimme, die die Leute in seinen Predigten Jahre später beinahe dazu brachte, aus der Kirche zu rennen und sich in den nächstbesten Fluss zu stürzen, um für ihre Sünden zu büßen, machten eine Ablehnung undenkbar. Ma erzählte mir einmal, es wäre gewesen, als hätte Michelangelos David um ihre Hand angehalten; er sei so stark, so sicher und so überwältigend gewesen. Der Satz »Kann ich ein oder zwei Tage darüber nachdenken?« wäre einfach nicht infrage gekommen.

Es störte Ma kein bisschen, dass sie derart unterschiedlichen Milieus entstammten; wenn überhaupt, dann waren Pas Wurzeln in der Arbeiterschaft ein Teil dessen, was ihn für sie so anziehend machte. Mas Mutter – die so lange gegen die Hochzeit gewesen war, bis am Abend vor der Trauung ihr Spaniel Warwick in einen Brunnen fiel und von Pa, einem dicken Seil und einem ausgezeichneten Paar Stiefel gerettet wurde – sagte sehr häufig, diese Ehe funktioniere genau aufgrund ihrer Unterschiede so gut.

»Sarah Merrywell, mit diesem Mann bist du auf die Butterseite gefallen«, pflegte meine Großmutter zu sagen. »Wenn ich nur daran denke! Fast wärst du im *Theater* gelandet oder schlimmer noch – bei einem Earl! Er hat dich vor der größten Gefahr gerettet, die es gibt.«

»Die da wäre?«, fragte Ma und blinzelte uns zu.

»Man selbst, natürlich.«

Nach egal welchen Maßstäben war er ein schwieriger Mann – und noch dazu völlig auf Tennis fixiert. Während die meisten Kumpel in Pas Umfeld und Alter danach lechzten, wie Thomas »Tommy« Browell zu sein, der Starfußballer von Manchester City, wäre Pa lieber Wimbledon-Sieger Tony Wielding gewesen. Seine Begeisterung für dieses Spiel rührte von seinem Vater her, der vor dem Krieg auf einem großen Anwesen nördlich von Yorkshire, wo ein Tennisplatz neben den Kuhställen für unterhaltsame Stunden bei den Knechten sorgte, Äcker mit Pferden gepflügt hatte. Zur größten Enttäuschung meines Großvaters zeigte mein Vater keine Begabung für diesen Sport, allerdings wusste er sehr gut, wie man zu spielen *hatte,* und seine Stimme war laut genug, um vom Netz aus Anweisungen zu brüllen.

Schon sehr früh in ihrer Ehe gab sich mein Vater zwei Versprechen. Das erste war, seinen Aufschlag zu verbessern, das zweite, seine erste Predigt zu halten. Ja, nach Tennis war Pa auf Gott fixiert, von dem er immer behauptete, er hätte gewusst, dass »er ihn zum Schluss drankriegen würde«. Ein Jahr, nachdem er Ma geheiratet hatte, beschloss Pa, ins Priesteramt einzutreten. Nichts hätte ihn daran hindern können, und Ma (die abgesehen von allem anderen erkannte, dass Pa jemand war, der sich gern in Szene setzte) ermunterte ihn dazu. Ihr Umzug nach Cornwall hatte wieder einmal mit dem ollen Tennisschläger zu tun (haha). Man bot Pa eine beeindruckende Gemeinde in York an, eine ruhmreiche Kirche mit einem Jugendchor, der schon zweimal in Eisteddfod gewonnen hatte, doch er und Ma lehnten zugunsten des Pfarramtes in dem Dorf Trellanack in der Nähe von Truro ab, da sich auf dem nicht allzu großen Gebiet des Pfarrhauses ein alter Tennisplatz befand. Ganz egal, dass wir niemals über genügend Geld verfügt hätten, um den Platz zu vormaliger Herrlichkeit zu restaurieren, egal, dass das Pfarrhaus (obwohl es von Pugin geplant worden war) feuchte Stellen an den Schlafzimmerdecken aufwies, die von verstopften Dachrinnen auf dem lecken Dach herrührten, sich die Toilette im Freien befand und es den Ruf hatte, es würde in ihm spuken – Pa war durch die ganze Schönheit und die absonderliche Vorstellung, er würde ein Tennis-Wunderkind zeugen, durch das er stellvertretend leben – oder spielen – konnte, mit Blindheit geschlagen. Er folgerte, wenn er und Ma nur ausreichend Kinder hätten, würde die Wahrscheinlichkeit, wenigstens eines mit einem Quäntchen Talent und Antrieb im sportlichen Bereich zu bekommen, relativ hoch sein. Er war ein Mann von Überzeugung und Entschlossenheit, und mit jedem von uns, der auf die Welt kam, keimte auch neue Hoffnung auf einen Wimbledon-Sieg auf.

Und wir waren zahlreich: Meine Eltern bekamen sehr leicht Kinder. J. V. war der Erstgeborene, er kam 1938 auf die Welt – ein Jahr, nachdem Ma und Pa sich kennengelernt hatten. Natürlich nannte man ihn bei seiner Geburt nicht J. V., da hieß er nur Jack, aber »Vagabund« wurde zu seinem zweiten Vornamen, als er damit anfing, die Schule zu schwänzen, und sehr viel später dann beschloss, Künstler zu werden, und nach Frankreich übersiedelte. Dass Jack der Älteste von uns allen war, machte es uns etwas schwierig: Er gehörte der äußerst unerfreulichen Sorte von Menschen an, die sich niemals an Geburtstage erinnerten, denen es aber ganz mühelos gelang, alle umgehend in Verzücken zu versetzen, sodass man ihnen all ihre Sünden unverzüglich verzieh. Achtzehn Monate nach ihm wurde George geboren, der wie ein Reklameschönling aussah, jedoch wie Pa in die Kirche wollte – und Ma hielt dies für eine sinnvolle Wahl, da das der einzige Ort sei, an dem er den schwärmenden Mädchen entkommen könne. Ein Jahr nach George kam Lucy, von der Sie bereits einiges gehört haben. Danach folgten die Zwillinge, Florence und Imogen, und fünfzehn Monate später kam schließlich meine Wenigkeit zur Welt. Achteinhalb Jahre später beschlossen Roy und Luke im Abstand von eineinhalb Jahren den Reigen. Ma war der Ansicht, sie könne Roy so lange nach uns nicht allein lassen, weshalb sie sich dafür entschied, ein weiteres Kind zu bekommen, damit er Gesellschaft hätte – doch darauf komme ich gleich zurück.

Wir wurden von Pa mit eiserner Faust regiert und befolgten, wenn er in Sichtweite war, seine Doppel-Philosophie »Harte Arbeit zahlt sich aus« und »Viele Hände machen der Arbeit bald ein Ende« – äußerst passend bei einer Familie unserer Größe –, der Lucy allerdings immer ihr faulenzerisches Mädchen-Mantra entgegenhielt: »Zu viele Köche verderben den Brei.« Trotz seiner Forschheit und seinem Wunsch, alles möge seine Ordnung haben, traf man Pa, selbst ein Einzelkind, häufig mit einem leicht erstaunten Gesichtsausdruck in seinem Büro an, wenn wir alle zu Hause waren – fast so, meinte Lucy, als wäre er aus Versehen ins falsche Haus marschiert und überlegte nun, wie er schnellstmöglich seine Frau schnappen und von hier fortbringen könne.

Ma gebar ihre Kinder mit derselben Haltung, mit der sie ein Feuer entfachte oder den Sonntagsbraten zubereitete: mit minimalem Aufheben und maximaler Effizienz. Sie behauptete auch, vor jeder Geburt von uns gewusst zu haben, ob wir Jungen oder Mädchen würden. Und nur acht Monate nach Florence brachte sie Imogen zur Welt, weshalb diese beiden als die Zwillinge galten, auch wenn das überhaupt nicht stimmte. Ma hatte Florence zur Welt gebracht und war sechs Wochen später schon wieder schwanger gewesen. Imogen war dann etwas zu früh dran gewesen (was bei ihr zur Gewohnheit werden sollte) und wog nur zwei Kilo, doch Ma wickelte sie ein und legte sie zu der Schwester ins Kinderbett, die ihr am nächsten war, damit sie sich geborgen fühlte. Die Ärzte warnten Ma davor, dass die Kleine etwas unterentwickelt bleiben könnte, doch dem war nicht so, sie stotterte nur, wenn sie nervös oder aufgeregt war, was bei Imogen leider meist der Fall war.

Imogen war Mas Lieblingstochter. Das sagte sie zwar niemals, doch ich glaube, wir alle spürten es. Sie war ein süßes, braves und stets hilfsbereites Mädchen, das mit achtzehn Jahren Lehrerin an der Dorfschule wurde, gerne Marmelade einkochte und dem es nichts ausmachte, Spinnen einzusammeln und aus dem Fenster zu werfen. Sie sagte immer: »Gute Landung, Spinnenmann!«, was Lucy in den Wahnsinn trieb.

»Woher willst du wissen, dass es ein Spinnen*mann* ist?«, fragte sie verärgert.

»Weil eine Spinnen*frau* niemals so viel Zeit im Bad verbringen würde.«

Als wir klein waren, ärgerte sich Lucy sehr über Mas Bevorzugung Imogens.

»Bei dieser großen Auswahl – was macht *sie* nur so außergewöhnlich?«

»Vielleicht einfach die Tatsache, dass sie sechs Wochen zu früh geboren wurde«, sagte George.

»Ich habe J. V. sagen hören, dass man keinem trauen sollte, der bei allem immer zu früh dran ist.«

»Klar, dass *er* so was sagt!«

»Was meinst du damit?«

»Schöne Menschen kommen nie zu früh. Sie wissen, dass der Rest der Welt auf sie wartet.«

»Ach, halt die Klappe.«

Florence war es egal, dass Ma Imogen bevorzugte. Sie kümmerte sich einfach um ihre Sachen und hörte schon, als sie noch sehr jung war, unglaublich viel Jazz und Blues. Ich war musikverrückt, wie jeder mit einem Fünkchen Verstand, und ganz versessen auf diese jüdische Wahnsinnsfrau namens Alma Cogan, die ich mir schon ein paar Mal heimlich im Fernsehen angesehen hatte und die mit ihren gewagten Kleidern aussah wie eine Prinzessin aus einem anderen Land. J. V. kaufte mir eine ihrer Platten zu meinem neunten Geburtstag, und ich spielte sie immer und immer wieder, bis sie zu zerkratzt und abgenutzt war, als dass man sie noch hätte abspielen können. Es gab niemanden auf dem ganzen Planeten, der ich lieber gewesen wäre – ich habe sogar meine *beiden* Teddys Alma genannt, was bei allen für große Verwirrung sorgte. Ma brachte uns jedoch dazu, selbst Musik zu machen und zu singen. Jeden Abend saß sie mit uns am Klavier, sang sich die Seele aus dem Leib, als wären wir gar nicht da, die Augen halb geschlossen, während wir Kinder anbetungsvoll zu ihren Füßen saßen. Sie nahm uns dort nicht wirklich wahr. Sie war irgendwo auf einer Bühne, starrte in irgendwelche Scheinwerfer. Während sie sang, war sie wieder das Mädchen, das sie gewesen war, bevor sie Pa traf. Alles, was ich jemals wollte, war, so Klavier spielen zu lernen wie sie, und bis zu meinem sechsten Geburtstag hatte ich mir selbst ein paar wacklige Versionen von »Carousel« beigebracht. Ich liebte das Instrument einfach und verbrachte Stunden vor dem Klavier, übte so lange, bis jemand mich unterbrach. Ma förderte unser Musizieren, genau so wie sie uns ab dem Zeitpunkt, als wir zu sprechen begannen, zum Singen drängte.

Zwei von uns hatten bessere Stimmen als die anderen: Lucy und ich. Die anderen konnten eine Melodie ganz gut halten – abgesehen von George, der Pas dröhnendes Timbre hatte, ohne damit jemals im richtigen Moment einen Ton zu treffen. Ich sang, weil es etwas war, das ich nicht *nicht* tun konnte; es verzehrte mich, verschlang mich mit Haut und Haaren. Ich saugte auf, was man mir beibrachte, las Musik, lernte mein Handwerk von den Meistern und schwang mich immer weiter hinauf. Lucy sang zum Spaß und fast immer mit einem Ausdruck amüsierter Gleichgültigkeit, als ob es ihr egal gewesen wäre, ob sie nun sang oder nicht, doch wenn sie es darauf ankommen ließ, dann war sie so gut, dass sie es mit den Besten aufnehmen konnte. Und selbstverständlich ärgerte ich mich darüber. Dass Lucy diese Stimme bekommen hatte und nicht Imogen, die die Oper liebte, ließ mich die Gerechtigkeit des Allmächtigen infrage stellen. Ma wurde schnell klar, dass sie nicht sehr weit kommen würde, wenn sie ihre Träume auf Lucy projizierte – also projizierte sie sie stattdessen auf mich.

Sobald Ma erkannte, dass ich Alma imitieren konnte, bekam ich ihre komplette Aufmerksamkeit, die geballte, chaotische Wucht ihrer nicht realisierten Träume.

»Ich wünschte, ich könnte so singen wie du, Tara«, sagte sie mir, wenn alle anderen das Esszimmer verlassen hatten und oben in ihren Betten lagen.

»Das kannst du doch, Ma«, sagte ich mit meinen acht Jahren leicht verwirrt, denn ich war fest davon überzeugt.

»Wenn ich deine Stimme hätte, dann hätte ich etwas daraus gemacht.«

»Was denn?«

Angesichts der Bandbreite der Möglichkeiten schüttelte Ma nur den Kopf.

»Ich hätte sie dazu benutzt, berühmt zu werden. Ich wäre um die Welt gereist, hätte einen Filmstar geheiratet …«

»Aber du hast Pa geheiratet!«

»Eben.« Sie sah erst mich an, blickte dann auf ihre Hände. »Nutze, was du hast, Tara.«

»Wie meinst du das?«

Ma zog einen Faden vom Saum meines Nachthemds und riss ihn ab. Diese Frage beantwortete sie nie.

Und es war hart, Teil einer solch großen Familie zu sein; es war schwierig, sich Gehör zu verschaffen, egal, ob man quer über den Frühstückstisch um Marmelade bat oder um Hilfe bei den Hausaufgaben. Ma war eine brillante, wenngleich merkwürdig distanzierte Mutter, voller Widersprüche. Sie war unwiderstehlich, wenn etwas sie zum Lachen brachte, aber völlig unzugänglich, wenn ihr jemand oder etwas, das wir gesagt hatten, nicht gefiel. Wenn sie verärgert war, redete sie wie ein Kind davon, von allem und jedem wegzulaufen, doch wenn sie glücklich war, machte es den Eindruck, als wäre die Weisheit der gesamten Welt in ihrer eins fünfundsechzig großen Statur versammelt. Sie konnte ein Kichern nicht unterdrücken, wenn schöne Männer sie anstarrten, warf jedoch den Jungs, die Lucy hinterherpfiffen, einen wütenden Blick zu. Sie hatte uns alle in der Hand, insbesondere Pa, und sie wusste es. Ihre größte Freude waren Neugeborene; Pa erzählte mir später, dass sie jedes Mal trauerte, wenn wir anfingen zu reden und zu laufen. Dann wurde sie wieder schwanger, und ihr Sehnen ließ nach. Manchmal versuchte sie uns zu erklären, wie es sich anfühlte, neun Monate lang ein Baby in sich zu tragen. Es kam mir seltsam vor – etwas, das ich mir für mich nicht vorstellen konnte. Wenn sie sprach, war es oft so, als wäre sie nicht ganz bei uns, aber das kam uns zu diesem Zeitpunkt nicht wirklich merkwürdig vor.

»Du wirst dich stets um die anderen kümmern, nicht wahr?«, sagte sie immer wieder zu J. V., wenn er zu Hause war.

»Hmm.«

»Nur für den Fall der Fälle.«

»Für welchen Fall?«

Diese kurzen Gesprächsfetzen hatten uns jedoch nicht darauf vorbereitet, als es passierte. Die Geburt ihres letzten Kindes, unseres jüngsten Bruders Luke, war mit Abstand ihre schlimmste. Sie hatte an einem Nachmittag ganz plötzlich Wehen bekommen, zwei Wochen vor dem eigentlichen Termin. Sie war zu Hause, und nur die dreizehnjährige Lucy stand ihr bei, dabei war Lucy von uns allen die unpraktischste, der immer gleich schlecht wurde, sobald sie Blut sah, und der bei der Vorstellung von Schmerzen gleich mulmig wurde.

Das Einzige, was Lucy getan hatte, bis die Hebamme schließlich eintraf, war, Ma mit einem Glas Wasser nach dem anderen zu versorgen. Das Baby befand sich in einer schwierigen Position, weshalb unsere Mutter sehr viel Blut verlor, und da alles so schrecklich schnell ging, brachte sie das Kind ohne Hebamme in ihrem Schlafzimmer zur Welt. Luke hatte verkehrt herum gelegen, und zwei Wochen später hatte sich Ma noch immer nicht richtig erholt. Man teilte ihr mit, sie hätte eine schwere Entzündung. Zehn Tage danach schlief sie ein und wachte nie wieder auf. Lucy war durch ihren Tod am Boden zerstört, war davon überzeugt, dass es in gewisser Weise *ihr* Fehler gewesen sein musste. Das war es nicht, aber Lucy war erst dreizehn und hatte Angst. Einmal sagte sie zu mir, sie sei sich sicher, dass Imogen, wäre *sie* bei Ma gewesen, als sie so stark blutete, gewusst hätte, was getan werden müsste, und Ma wäre am Leben geblieben.

Ich erinnere mich, dass Jack daraufhin erwiderte: »Imo ist keine Ärztin. Sie hätte genauso wenig gewusst, was sie tun soll, wie du.«

»Zu gut für uns«, flüsterte George, dessen neuer Anzug bei der Beerdigung an seinem schmächtigen Körper herunterhing. »Sie war einfach zu gut für uns.«

Am Tag nach der Beerdigung passierte etwas, das Lucy und ich niemals vergessen sollten. Wir stürzten von dem Fahrrad, das wir uns teilten – ich saß auf dem Lenker, während sie den Hügel hinunterfuhr –, und mussten beide ins Krankenhaus. Lucy durfte nach einer Stunde wieder gehen, aber ich erbrach mich, so stark waren die Schmerzen und die Erschütterung über das Wissen, dass Ma für immer fort war. Ich hatte einen Verband am Knöchel, wurde drei Tage später entlassen, und das Dorf kam mir düster vor – genau wie jeder Nachmittag danach und während des ganzen bitteren Winters. Ohne Ma fühlte sich die Welt einfach schrecklich an. Das war das einzige Wort, das mir in den Sinn kam, wenn ich an dieses erste Jahr ohne sie zurückdachte. *Schrecklich.* Scheinbar wurde ich das Humpeln von dem Sturz nicht mehr los – eine geringfügige, nichtsdestotrotz auffällige Sache –, eine beständige Erinnerung an diese Zeit, ein körperlicher Schmerz, den mein linker Fuß ausstrahlte und der für die Verzweiflung stand, die wir alle empfanden.

Nach ihrem Tod kamen die Eigenheiten der Jupp-Kinder mehr als je zuvor ans Tageslicht.

Jack wurde mehr zum Vagabunden als bisher – in dem Jahr nach dem Tod unserer Mutter verschwand er nach Frankreich, ohne uns auch nur eine Nachricht zu hinterlassen. George war überzeugter denn je, dass er Pa in die Kirche nachfolgen wollte, und hörte damit auf, Mädchen im Bus anzustarren. Imogen wurde ängstlicher, ihr Stottern stärker. Florence wurde kratzbürstiger, schwieriger zu verstehen und war mehr auf düsteren Jazz fixiert. Lucy war von uns allen am meisten betroffen, auch wenn wir das erst sehr viel später herausfanden. Alles in allem war es so, als wäre Mas komplexer, widersprüchlicher Charakter auf uns alle verteilt worden, wobei jedes der Kinder einen ganz besonderen Zug von ihr zugeteilt bekommen hatte.

Und ich? Ich wurde bockiger und schwieriger, war ganz verrückt nach Pferden, die, wie ich beschloss, für mich die einzigen Freunde in dieser grausamen Welt waren, und so weiter und so fort. In den Jahren nach Mas Tod nahm ich – wie soll ich sagen? –, *borgte* ich mir Pferde aus, wann immer ich dem Drang zu reiten nicht widerstehen konnte. Ich malte mir aus, ich wäre eine Zigeunerin, stellte den Wecker und schlich in den frühen Morgenstunden aus dem Haus, streifte durch das Dorf zum größten und herrschaftlichsten Anwesen der ganzen Gegend: Trellanack House.

Es wurde 1764 von der Familie Wells-Devoran erbaut, und der Trellanack umgebende Park war voller Ponys. Die derzeitige Lady W-D, eine ehemalige olympische Vielseitigkeitsreiterin, sammelte – im Alter von einundsechzig Jahren – Shetland-Ponys, wie wir Zigarettenbilder sammelten. Wir sahen sie nur in der Kirche, wo sie mit ihrer Tochter Matilda dasaß, die aufs

Internat ging und niemals mit einem von uns sprach, obwohl uns der unglückliche Umstand einte, dass ihr Vater nur zwei Monate nach dem Tod unserer Mutter einer Lungenentzündung erlegen war. Pa musste den Trauergottesdienst halten und hatte einen erstklassigen Zusammenbruch, als er aus dem Markusevangelium zitierte – was mich mit Scham und Liebe gleichermaßen erfüllte, als mir Thomas, der indiskrete Messdiener, davon erzählte. Pas Tränen um unsere Mutter waren die einzigen, die am Tag von Sir Lionel Wells-Devorans Beerdigung vergossen wurden. Der Besitzer von Trellanack House war nicht der Mensch gewesen, der bei anderen ein Gefühl der Liebe hervorgerufen hätte. Seine Frau schien vom Dahinscheiden ihres Mannes merkwürdig ungerührt zu sein – an Ostern und Weihnachten grüßte sie mit einem herzlichen Guten Morgen und schien neuerdings einen schwungvolleren Schritt zu haben, der keinem von uns zuvor aufgefallen war. In meinen Augen war sie so steif wie ein ungepflegtes Zaumzeug, ebenso Matilda. Sie wäre vermutlich nicht sonderlich begeistert darüber gewesen, wenn sie erfahren hätte, was ich auf ihrem Grund und Boden trieb, aber … es war so einfach!

Ich musste mich einfach nur unten an die ewig lange Auffahrt stellen und dem Tier, das mir gefiel, einen Apfel hinhalten. Es kam mir äußerst gelegen, dass es eine Senke in dem Park gab, was bedeutete, dass ich unter dem Weidezaun hindurchkriechen und das am nächsten stehende Pony besteigen und darauf herumreiten konnte, wie es mir gefiel, ohne vom Haus aus gesehen zu werden. Ich hatte aus dem alten Gürtel eines römisch-katholischen Priesterfreundes, der Pa gelegentlich besuchte, ein Halfter fabriziert, zog das einst heilige Gewandstück über den Kopf eines Ponys und ritt zwanzig aufregende Minuten ohne Sattel mit dem Tier herum, ehe ich wieder hinuntersprang und zum Frühstücken nach Hause ging, als hätte ich kein Wässerchen trüben können. Ich kann nicht behaupten, dass ich dabei nicht etwas nervös gewesen wäre – laut

Thomas, dem Kirchendiener, sollte Sir Lionel im Haus und auf dem Anwesen herumspuken, dabei eine Rettungsweste tragen und nach seiner Mutter rufen (er hatte die *Titanic*-Katastrophe überlebt, als er fünf war); dann wiederum zog Thomas mich gerne auf und machte mir Angst. Meine Schwestern amüsierten sich über meine Heldentaten bei den Ponys, und George bewunderte meine Schlitzohrigkeit, doch mir ging es nicht darum, für Unterhaltung zu sorgen oder aufrührerisch zu sein, sondern nur darum, mich immerfort zu bewegen, Teil von etwas zu sein, das größer war als ich selbst.

Beim Reiten konnte ich vergessen, dass Ma gestorben war, ich konnte vergessen, dass ich nicht wusste, wohin ich ging. Beim Singen und beim Reiten war ich woanders, sowohl im eigentlichen wie auch im übertragenen Sinn. Und auf Trellanack zu reiten war, als wäre ich in eine fremdartige, wunderbare Traumwelt versetzt worden, wo ich durch die Kraft der Bewegung alles vergessen konnte. Diese frühmorgendlichen Eskapaden retteten mich davor, den schmerzhaften Stich zu spüren, der davon kam, dass ich meine Ma vermisste, und ich hatte nicht vor, das unerlaubte Reiten bleiben zu lassen – für nichts auf der Welt.

Vor allem aber war ich auf dem Rücken eines Pferdes oder als Teil des Chors mehr als nur Lucy Jupps Schwester. Damals bedeutete das alles für mich.

2. Kapitel

Der Märchenwald

Im März 1955, kaum zwei Monate nachdem Ma gestorben war, holte Lucys Ungezogenheit sie ein. Ich war zu diesem Zeitpunkt gerade mal zehn Jahre alt, aber meine Schwester mit ihren dreizehn Jahren, die sich wie neunzehn verhielt, wurde dabei ertappt, wie sie sich aus dem Fenster ihres Zimmers schleichen wollte, um Martin Adams zu treffen, der an der Tankstelle arbeitete. Meiner Ansicht nach war das in zweierlei Hinsicht durch und durch bescheuert – zunächst einmal, weil Martin Adams so dick wie ein Laib Käse und diesen Akt des Aufbegehrens gar nicht wert war, und zweitens, weil es viel zu kalt war, um auch nur darüber *nachzudenken*, sich aus dem Bett zu quälen, um im Februar einen Jungen zu treffen – selbst wenn es sich dabei um einen Jungen handelte, der – das musste sogar Florence zugeben – kräftiges, schönes Haar hatte. Wie auch immer, sie schlich sich nach draußen und war unachtsam genug, sich dabei erwischen zu lassen. Danach hatte Pa genug, und er entschloss sich, Lucy für eine Woche zu unserer Großtante Mary zu schicken, damit sie über ihr Verhalten nachdachte und sich mehr um ihre vernachlässigten Schularbeiten kümmerte. Mary war Pas Tante – eine untersetzte Haushälterin mit üppiger Oberweite, die jetzt als Köchin arbeitete und deren Argwohn über die Bereitwilligkeit meiner Mutter, aus Liebe und nicht des Geldes wegen zu heiraten, sich an Mas Beerdigung bestätigt sah.

»Ich hielt deine Mutter für eine gute Frau«, hatte sie gesagt, als ließe sie mir damit eine große Ehre zukommen. »In vielerlei Hinsicht frivol und flatterhaft, aber herzensgut.«

»Danke. Ja, das war sie«, erwiderte ich, ohne zu wissen, was genau sie damit meinte.

»Aber ich habe schon immer gesagt, dass es Ärger geben würde, wenn sie meinen Neffen heiratet. Es gibt *immer* Ärger, wenn eine Dame wie sie unter ihrem Stand heiratet«, fügte Tante Mary hinzu. Mit ihren stahlgrauen Augen und den gepflegten Händen, die sie auf dem Schoß gefaltet hatte, von Kopf bis Fuß in Schwarz gekleidet, war sie zu einem Teil Mrs. Danvers aus dem Roman und zu zwei Teilen Mrs. Tiggy-Winkle aus dem Kinderbuch.

»Schwierig, unter seinem Stand zu heiraten, wenn man Pa heiratet«, tönte ich. »Ma musste sich auf die Zehenspitzen stellen, um ihn zu küssen.«

In letzter Minute wurden dann auch noch mein Bruder George und ich mit zu Tante Mary geschickt, hauptsächlich weil wir ansonsten während der Schulferien nur Chaos im Pfarrhaus verbreitet hätten; ohne Ma, die das Ruder in der Hand hatte, war Pa in seinem Meer voller Kinder verloren. Er tendierte ohnehin schon dazu, unsere Namen zu vergessen, wenn wir keine Namensschilder an unseren Strickjacken befestigten.

»Tante Mary macht mir Angst«, jammerte ich, während Pa uns drei geradezu in den Zug schob.

»Dieses *Haus* macht mir Angst«, fügte George flüsternd hinzu.

Doch die Zugtür schloss sich, und noch ehe wir es uns versahen, fuhren wir auch schon ostwärts. Tante Mary lebte in Wiltshire, in einem winzigen Cottage neben dem Postamt, doch das Haus, in dem sie arbeitete, Milton Magna Hall, war etwas völlig anderes. Das gesamte Pfarrhaus hätte allein im Palas Platz gefunden. Der war für Riesen geeignet.

Größtenteils verlief unser Aufenthalt bei Tante Mary ereignislos. Wir durften das Große Haus nicht betreten – es sei denn, um etwas in der Küche abzuliefern – und waren die meiste Zeit mit großen Stapeln Wäsche, die geflickt oder gewaschen werden mussten, im Cottage eingesperrt. Wie in einem Dickens-Roman. Dann wiederum schickte man uns auf lästige Botengänge ins Dorf, bei denen wir so faszinierende Gegenstände wie Hühneraugenpflaster und Rüben erstehen mussten. Doch am letzten Tag unseres Aufenthalts wollte Tante Mary einen von uns dabeihaben, um bei der Zubereitung des Gemüses zu helfen und ihr als Küchenmagd im Großen Haus zur Hand zu gehen. Lucy hatte einem Jungen, der hinter der Theke eines Dorfladens arbeitete, schöne Augen gemacht, also war sie ziemlich glücklich darüber, dass ich ausgewählt wurde und sie den ganzen Vormittag allein durchs Dorf schlendern konnte, während ich bei der Zubereitung des Sonntagessens für zahlreiche Gäste helfen sollte. Wir waren noch nicht einmal zur Tür hereingekommen, als man mich auch schon in den Küchengarten schickte, um Petersilie zu holen.

Mir war aufgetragen worden, sofort wieder zurückzukommen, doch genau wie Peter Hase in der alten Kindergeschichte konnte ich dem Drang einfach nicht widerstehen, herauszufinden, was sich hinter dem Tor befand (ein ummauerter Obstgarten mit einem Taubenhaus und der Statue eines kleinen Jungen mit beflügelten Füßen, wie sich herausstellte …) und was dann auf der anderen Seite der Mauer nach dem Zaunübertritt kam (ein hart gefrorenes Feld, das Zuhause eines übergewichtigen grauen Ponys, das ein Hufeisen verloren hatte …). Und wenn ich noch bis zur nächsten Ecke ginge, was würde dann da auf mich warten? (Oh! Noch ein Gatter und dahinter ein kleiner Pfad und ein halb zugefrorener Bach, der einen mit Stechpalmen überwucherten Hügel heruntergeplätschert kam …). Unnötig zu erwähnen, dass ich mich schon nach kurzer Zeit hoffnungslos verirrt hatte und dass mir dank meiner überbordenden Fantasie und des stürmischen Windes kalt und angst und bange war.

Und, nein, in diesem Lebensabschnitt hatte ich noch nicht den Punkt erreicht, an dem ich es genießen sollte, allein an einem mir fremden Ort zu sein, also setzte ich mich auf den Boden und fing zu meiner ewigen Schande an zu heulen. Dabei ging es mir nicht so sehr um die Tatsache, dass ich mich verlaufen hatte, als vielmehr darum, dass ich Tante Marys Vorstellung von mir, ein hoffnungsloser Fall zu sein, ganz und gar gerecht wurde. Ich musste gerettet werden, möglichst rasch, also schloss ich die Augen und betete, und da passierte zum ersten Mal in meinem Leben tatsächlich etwas ... auf Anhieb.

Als ich die Augen wieder aufmachte, waren sie da, hatten einander untergehakt und kamen auf mich zu – zwei Engel in Pelzmänteln und Gummistiefeln. Selbst von Weitem war mir klar, dass sie einflussreiche, wunderschöne Mädchen waren. Eine von ihnen erkannte ich als die Tochter des Hauses, Miss Penelope. Mary hatte oft genug von ihr gesprochen, und außerdem hing, wie ich später erfuhr, ihr Porträt im Esszimmer des Großen Hauses.

»Kleines Ding, wo kommst *du* denn her?«, fragte sie mich überrascht.

»Nun wein doch nicht!«, sagte ihre Freundin. Unter dem Mantel trug sie ein schwarzes Kleid, ihr Haar war dicht und glatt. Sie sah aus, als wäre sie geradewegs einem James-Dean-Film entstiegen. Ich schluckte.

»Ich bin Penelope, und das ist Charlotte. Wir beißen dich schon nicht.«

»Meine Tante – ich muss meine Tante Mary finden«, schniefte ich ganz beschämt. »Sie hat mir gesagt, dass ich nicht zu weit gehen soll, aber hinter diesem Gatter wusste ich auf einmal nicht mehr weiter ...« Ich verstummte wieder. Wütend auf mich selbst wischte ich mir eine Träne von der Wange.

»Na, komm schon«, sagte Miss Penelope. »Mal sehen, ob ich deinen Namen erraten kann.«

Ich blinzelte. »Wie?«

»Na ja, Mary spricht ständig von ihren Nichten und Neffen. Du lebst in Cornwall, nicht wahr?«

Ich nickte.

»Dein ältester Bruder heißt Jack, oder? Der schon so lange weg ist, dass die Mary ganz vergessen hat, wie der überhaupt aussieht.«

»Vergessen, wie der *aussehen tut!*«, warf das hochgewachsene Mädchen ein, ahmte Tante Mary damit perfekt nach. Ich prustete laut los. Ihre Art, sich über sie lustig zu machen, hatte etwas Verschmitztes, dem keinerlei Boshaftigkeit meiner Tante gegenüber innewohnte – auch wenn ich mich jetzt, wenn ich darüber nachdenke, nicht daran gestört hätte, wenn es etwas boshaft gewesen wäre. Nach dieser Woche hatte ich Tante Mary gründlich satt.

»Dann ist da noch die Lucy«, fuhr Miss Penelope fort, imitierte meine Tante dabei allerdings weniger gekonnt. »Ach, was für eine Schönheit!«

»Wahrhaftig!«, fiel Charlotte ein.

»Aber so ein schwieriges Kind, die Lucy! So eingebildet, hat ganz ausgefallene Vorstellungen, will immer so hoch hinaus.«

»Will immer so hoch hinaus«, echote Charlotte und schüttelte den Kopf.

Ich kicherte. Die beiden gaben die Ausdrucksweise meiner Tante äußerst treffend wieder.

»Ach, und was ist mit dem George? Ein so braver und zuverlässiger Junge! Und deine Zwillingsschwestern, die Imogen und die Florence? Wie steht es denn so um sie?«

»Ganz gut«, räumte ich ein. »Imo ist eine Jammerliese, aber nett. Und Florence sind die anderen egal. George will wie Pa zur Kirche, also ist er für alle gerade der Größte.«

»Und was ist mit den beiden Jüngsten?«, fragte Miss Penelope stirnrunzelnd. »Ach du meine Güte! Habe ich etwa ihre Namen vergessen?«

»Die Knirpse«, sagte ich. »Roy und Luke.«

»Ach, die kleinen Schätzchen. Wie alt sind sie jetzt?«

»Ähm, ein Jahr und acht Monate… und knapp drei Monate«, antwortete ich, nachdem ich fieberhaft nachgerechnet hatte.

»Sind das die beiden, die dein Vater auf dem Centre-Court sehen will?«, erkundigte sich Miss Charlotte.

»Ja, er hat ihnen schon Tennisschläger gekauft. Momentan können sie damit aber noch nicht viel anfangen.«

»Schon eigenartig. Dass sich ein Mann Gottes wie dein Vater so leidenschaftlich für einen derart selbstsüchtigen Sport interessiert. Wie ist es überhaupt, mit einem Pfarrer zu leben?«

»Also, Pa ist nicht nur Pfarrer, er ist auch ein Tyrann.« Ich platzte stolz und selbstsicher mit diesem Wort heraus, hatte ich es doch oft genug in Verbindung mit meinem Vater gehört und nahm an, es würde eine Respektsperson bezeichnen.

Die beiden Mädchen prusteten los.

»Und deine Mutter?«, fragte Charlotte. Miss Penelope stupste sie in die Seite.

»Oh, die ist gestorben«, erwiderte ich.

Charlotte schüttelte den Kopf. Das war ihr schrecklich peinlich.

»Grundgütiger! Das tut mir leid«, sagte sie. »Oje, ich bin ja so dumm. Ich wusste das von deiner Mutter… natürlich… Mary war ganz aufgelöst. Es tut mir schrecklich leid.«

»Tante Mary fand, dass Ma ein bisschen fri-wohl war«, verkündete ich.

Miss Penelope lächelte und biss sich auf die Lippe.

»Es ist immer ein gutes Zeichen, wenn die eigene Tante einen als fri-wohl einschätzt. Dir müsste das doch geläufig sein, Charlotte.«

Wieder lachten beide, und ich fiel in ihr Lachen ein, ohne zu wissen, was so überaus amüsant war. Mir war nur eines klar: dass ich so lange wie möglich bei diesen beiden Mädchen bleiben wollte und dass Lucy vor lauter Neid ganz außer sich wäre. Sie hätte so gern Mädchen wie Charlotte und Penelope getroffen, die Charme und Selbstvertrauen ausstrahlten und Möglichkeiten eröffneten.

»Jetzt aber los!« Charlotte lächelte, hielt mir die Hand hin, und ich legte meine kleine, kalte Hand in ihre.

»Okay. Wir können gleichzeitig gehen und reden. Penelope und ich, wir machen das die ganze Zeit, weißt du? Außer wenn es bergauf geht. Dann ist es viel zu anstrengend. Komm mit! Ich nehme an, du hättest gerne was zu essen. Wenn man sich verirrt, wird man schrecklich hungrig.« Sie suchte in ihren Taschen herum und reichte mir ein halbes Kit Kat, das noch immer in der roten Verpackung und der Silberfolie steckte. Ein solcher Luxus war für mich noch immer ungewohnt – Schokolade war Mangelware. Genauso gut hätte sie mir ein Ticket nach Paris schenken können. Doch dann griff ich schnell zu, ehe sie es sich anders überlegte. Imogen hatte mir gerade C. S. Lewis zu Ende vorgelesen; ich wurde zu Edmund, der türkischen Honig von der Weißen Hexe annahm. »Danke«, sagte ich, nachdem ich es aufgegessen hatte.

»Gern geschehen. Dann schlage wenigstens ich mir nicht den Bauch voll – das ist das Beste daran. Ich muss nämlich für die Party von Patrick Reece in ein Kleid mit der schlanksten Taille passen, die jemals gemacht wurde.«

Party! Wenn jemand so Bezauberndes wie Charlotte dieses Wort aussprach, bekam es eine ganz neue Bedeutung. Ich war auf Geburtstagspartys gewesen, bei denen es Kuchen gab – wenn man Glück hatte –, bei denen gesungen und ein paar Spiele gemacht wurden, und jeden August gab es ein Scheunenfest im Dorf, bei dem Florence und ich ganz rote Schienbeine hatten, weil wir durch die Stoppelfelder gerannt waren und uns unter den aufgebockten Tischen versteckten und Cider tranken, bis einer von uns schlecht wurde. Doch so, wie Charlotte *Party* aussprach – tja, da klang das wie zur Zeit von Aschenputtel. Ich stellte mir Diener, weiße Pferde und Prinzen aus jedem Land der Welt vor, die um den nächsten Walzer buhlten. Ich hätte gerne mehr darüber gewusst, fragte aber nicht nach.

Es war ein ganzes Stück zu laufen bis zu der Küche, wo Mary arbeitete. Die beiden Mädchen redeten unentwegt, und ich stolperte zwischen ihnen vorwärts, hörte ihnen genauso aufmerksam zu, wie Imogen den Radio-Soaps in der Küche zu Hause lauschte. Sie waren überhaupt nicht Teil meiner Welt; sie waren außerirdische Wesen, so groß und so alt wie sie waren und wie sie lachten. Eine ganze Weile sprachen sie über Johnnie Ray.

»Mir doch egal, und wenn er ein Konzert auf dem Mond gibt. Wir müssen dabei sein«, sagte Charlotte.

»Aber wie?«, fragte Miss Penelope.

»Das *Wie* ist mir egal. Wir müssen dabei sein. Solche Gelegenheiten bekommt man nicht jeden Tag. Wir müssen das Eisen schmieden, solange es noch heiß ist.«

Miss Penelope schaute zu mir herunter.

»Magst du Musik?«

»Ähm … ja. Aber bei Johnnie Ray bin ich mir nicht so sicher.«

Ich hatte sein Porträt auf der Titelseite einer Zeitschrift gesehen, die Lucy immer las, doch da er ein Popsänger und vor allem ein Mann war, musste er in Pas Denken mit dem Teufel unter einer Decke stecken.

»Ich singe nur im Kirchenchor«, fuhr ich fort.

»Ach!« Miss Penelope blieb plötzlich stehen und starrte mich an. »Natürlich! Du bist die mit der wunderschönen Stimme! Mary sagt, du bist die Beste im ganzen Chor!«

Jetzt wurde ich mindestens genauso rot wie das Kit-Kat-Papier.

»Geht so«, sagte ich peinlich berührt.

»Was singst du so?«

»Ach, Lieder über Gott und Jesus. So Kirchenzeugs, ihr wisst schon.«

»Mary hat uns davon erzählt, wie du letztes Weihnachten die

erste Strophe von ›Once in Royal …‹ ohne Begleitung gesungen hast«, sagte Miss Penelope.

»Na ja, jemand musste es machen. Dabei hatte ich eine fiese Erkältung. Glaub nicht, dass ich besonders gut war.«

»Du warst *sensationell*. Scheinbar hast du die ganze Kirchengemeinde auf die Knie gezwungen«, sagte Charlotte.

»Die meisten von ihnen haben eh schon gekniet«, sagte ich achselzuckend. »Sie hatten zu viel Angst vor Pa, als dass sie's nicht getan hätten. Das hätte jeder singen können. Aber die anderen werden immer so nervös. Also mache ich es letzten Endes, weil es mir egal ist. Ich mache mir wegen des Singens nicht solche Sorgen wie die anderen.«

»Du bist viel zu bescheiden«, sagte Miss Penelope. »Mary spricht nicht so einfach ein Lob aus.«

»Ich weiß nicht.«

Da sie spürten, dass mir nicht wohl war, so sehr im Mittelpunkt zu stehen, wechselten sie das Thema und sprachen über Charlottes Cousin Harry, einen Zauberkünstler, der anscheinend in ein amerikanisches Mädchen namens Marina verliebt war. Die ganze Geschichte hörte sich nach einem Roman an; und ich blätterte im Laufen die Seiten um.

Zurück in der Küche bezog ich Schelte von Mary.

»Sei nicht zu streng mit ihr, Mary«, sagte Penelope.

»Sie ist so ein dummes Kind, Miss Penelope. Gerät immer in Schwierigkeiten.«

»Prima, das hoffe ich doch«, sagte Charlotte.

Kurz darauf gingen sie aus der Küche und sprachen dabei wieder über Musik.

Mary reichte mir ein Sieb voller Karotten, die gewaschen und in Scheiben geschnitten werden sollten.

»Du bist mir vielleicht ein naseweises Ding, Tara Jupp. Dass dich die Miss Penelope und die Miss Charlotte draußen im Märchenwald gefunden haben. Kannst einfach keine Ruhe geben.«

Kann ich nicht?, dachte ich. Ich wusch die Karotten unter fließendem Wasser ab und wartete, bis Tante Mary mir eine Schürze umgebunden hatte.

»Dass mir da kein Haar ins Essen fällt«, sagte sie hektisch und stöberte in der Anrichte nach einer alten Serviette, mit der sie mein Haar nach hinten band. Ich zuckte zusammen, als sie sie festzog.

Ich kann mich ganz deutlich an alles erinnern – an jedes Wort, jeden Schritt, jedes Gefühl an diesem Morgen mit den beiden Mädchen –, wie an keinen anderen Tag. Ich erinnere mich so gut daran, weil ich nach einer halben Stunde Plackerei unter der Fuchtel meiner Tante – und als wäre es nicht genug, Penelopes und Charlottes ansichtig geworden zu sein – *ihm* begegnete.

3. Kapitel

Der Junge vom Großen Haus

»Himmelherrgott, ist das kalt!«

Ich hörte ihn, noch ehe ich ihn sah, und hätte mir fast in den Finger geschnitten, als ich diese ungewöhnliche Stimme vernahm. Ich blickte auf und sah, dass er die Küche bereits durchquert hatte auf dem Weg zum Kamin, wo er jetzt zitternd stand. Er hatte eine Schallplatte an die Brust gepresst, trug einen dieser weitgeschnittenen Herrenanzüge, wie die Teddy Boys sie immer anhatten. An einem Jungen mit so offensichtlicher Klasse wirkte dieser Aufzug allerdings weniger bedrohlich, sondern ließ ihn vielmehr wie ein echtes Mitglied der königlichen Familie zur Zeit Edwards erscheinen.

Mary rieb sich die Hände an ihrer Schürze ab. Sie wedelte in meine Richtung.

»Meine Nichte, die Tara«, sagte sie. »Das ist der Master Inigo Wallace«, sagte sie zu mir, betonte dabei das *Master*, als dürfte ich ohne es gar nicht an ihn denken. »Sie hilft mir heute. Und das ist auch gut. Meinen Fingern geht's in letzter Zeit so schlecht. Arthur-Ritus oder irgend so was Schreckliches. Gib mir mal die Silberpolierpaste, Tara.«

Master Inigo Wallace sah mich zum ersten Mal richtig an und rollte mit den Augen. Vor lauter Aufregung kicherte ich. Zweifellos war er mit Abstand der hübscheste Junge, den ich jemals gesehen hatte; tatsächlich war er für mich mit meinen zehn Jahren und meinem ausschließlichen Interesse für Pferde der erste Junge, den ich überhaupt wahrnahm, ohne von Lucy auf ihn aufmerksam gemacht worden zu sein. Dunkles Haar in einer perfekten Tolle, blasse, makellose Haut und ein großer, schlanker Körperbau standen in spektakulärem Kontrast zu den Dorfjungen mit ihren dicken Armen und den schlechten Zähnen. Er blickte wieder nach unten. Ich erinnere mich daran, gedacht zu haben, dass ihm die Länge seiner Wimpern bestimmt peinlich war – die waren geradezu absurd lang.

»Gehörst du zu diesem Haufen aus Cornwall?«, fragte er.

Ich nickte, konnte nichts sagen.

»Ah.«

»Deine Schwester und die Miss Charlotte haben sie heute Morgen oben im Märchenwald gefunden!«

»Nicht schlecht«, sagte er. »Leider gibt's da oben keine Feen mehr. Konnten sich die Miete nicht leisten.«

»Oh.«

»Bekomme ich ein Sandwich, liebste Mary?«, fragte er, und ich schnappte nach Luft, weil er so mit ihr redete.

»Nein, bekommst du nicht. Ich brauche Butter für meine Pastinaken und den restlichen Käse für den Blumenkohl. Mir ist noch kein anderer Junge untergekommen, der die ganze Zeit so hungrig ist«, bemerkte Tante Mary bissig, klatschte ein großes Stück Cheddar auf das Schneidebrett und rieb es dann wild über die Käsereibe.

»Wurde die Rationierung *wirklich* aufgehoben?«, fragte Inigo scheinheilig.

»Frechdachs!«, platzte es aus Mary heraus.

Er stibitzte eine Karotte, füllte sich ein Glas Wasser am Hahn und setzte sich an den Tisch. Dann zog er eine Ausgabe des *New Musical Express* aus einer Papiertüte, saß versunken da, mampfte laut und trank das Wasser, ohne ein weiteres Wort. Alma Cogan war auf dem Cover der Zeitschrift abgebildet; ich war entzückt. Bitte, dachte ich, kann er sie bitte zu Ende lesen und dann auf dem Tisch liegen lassen, damit ich mir ihr Gesicht auf dem Cover ansehen kann? Fünfzehn wunderbare Minuten lang starrte ich auf die Küchenuhr, ehe im Raum wieder gesprochen wurde. Ich hätte Tante Mary gerne gefragt, wo das Salz war, um es in das kochende Wasser zu geben, aber ich traute mich nicht, etwas zu sagen. Schließlich brach er das Schweigen.

»Hier, bedien dich«, sagte er und schob mir eine Karotte zu, ohne den Blick von seiner Zeitschrift zu lösen.

»Aber nur die eine. Ich muss noch das Essen zubereiten«, brummelte Tante Mary.

Ich nahm die Karotte, unsere Finger berührten sich, und ich zuckte zurück, als hätte ich mich verbrannt.

Inigo blickte mich aufmerksam an.

»Alles okay?«

Ich nickte stumm.

»Der kälteste Frühling ist das, seit ich ein kleines Mädchen war«, sagte Tante Mary ganz beiläufig.

»Ja. Ich habe gehört, dass es im Mittelalter erheblich kälter war als heutzutage.«

»Hör schon auf, du vorlauter Frechdachs!« Tante Mary schlug mit ihrem Geschirrtuch nach ihm. Er grinste und wandte sich wieder seiner Zeitschrift zu. Ich hielt es nicht länger aus.

»Ich mag Alma so gern«, brach es aus mir heraus. »Sie ist meine Lieblingssängerin.«

Ich spürte Tante Marys Missfallen; ich sollte ganz bestimmt nicht mit Master Inigo sprechen, insbesondere nicht über Musik, und noch schockierender war, dass ich die Unterhaltung angefangen hatte.

Zum ersten Mal sah er mich an.

»Ach ja?«

»Ja.«

Tante Mary schüttelte missbilligend den Kopf.

»Meine Schwester hat mir ›Dreamboat‹ gekauft«, sagte ich. »Pa mag es nicht, wenn ich sie laufen lasse, aber wenn er seine

Predigten einstudiert, legen wir sie auf und tanzen durchs ganze Haus. Sie ist so wunderschön, wirklich.«

Er starrte mich an, dann fiel der Groschen.

»Warte mal! Bist du nicht diejenige, die singen kann? Ist sie das nicht, Mary?«

Tante Mary schwankte zwischen Stolz und Missfallen.

»Das ist sie«, sagte sie. »Die Beste im Kirchenchor«, fügte sie steif hinzu.

»Ach, das ist doch nichts«, sagte ich, schon zum zweiten Mal an diesem Vormittag.

»Oder alles«, bemerkte Inigo. Er schaute mich an. »Würdest du jetzt etwas singen? Wenn ich dazu Gitarre spiele?«

»Nein!« Überrascht lachte ich auf.

»Sei nicht so albern, Master Inigo«, erwiderte Tante Mary böse.

»Ach, komm schon!« Er klang fast ungehalten.

»Wie stellst du dir das vor?«, fragte ich. »Ich kann nicht einfach so hier singen. Wie? In der Küche? Vor Tante Mary und vor dir?«

»Warum denn nicht? Das ist doch das Großartige am Singen, oder nicht? Man kann es immer und überall machen.«

»Ich mache es, wenn du mich das über Alma lesen lässt«, sagte ich.

Inigo nahm die Zeitschrift.

»Wenn du gut genug bist, dann gebe ich sie dir«, sagte er und zeigte damit auf mich.

Ich zuckte mit den Schultern. »Na gut.«

»Ich glaube nicht, dass das richtig ist …«, setzte Tante Mary an.

»Natürlich ist es das«, sagte Inigo. »Komm schon. Sing!«

Ich sang »Dreamboat«, genau dort, in der Küche, begleitet von dem köchelnden Bullern der Kartoffeln auf dem Herd und von Inigo auf der Gitarre. Die Akustik war gut; die Decke war hoch, wodurch der Raum Resonanz erhielt, und das half, jede einzelne Note zu halten. Doch ich konnte nicht wie Alma singen, ohne mich zu bewegen. Zunächst saß ich wie festgewurzelt da, für die zweite Strophe und den Refrain stand ich auf, streckte meinem imaginären Publikum die Arme entgegen und imitierte alles, was ich über Almas Auftritte gelesen hatte. Inigo lachte, spielte weiter; ein paar Strähnen fielen ihm über die Augen. Irgendwann ließ er sein Plektron fallen, spielte ohne weiter, schlug die Saiten hart an, tappte mit den Stiefeln auf die kalten Platten des Küchenbodens. Als der Song zu Ende war, konnten wir beide gar nicht aufhören zu lachen. Es ging einfach nicht.

Tante Mary, die sich immer noch ein Schmunzeln verkniff, nickte Inigo zu.

»Hab doch gesagt, dass sie singen kann, die Tara«, sagte sie gepresst.

»Hier.« Er reichte mir die Zeitschrift. »Du hast vielleicht eine Stimme. Solltest etwas daraus machen.«

Ich lachte laut über seinen neckischen amerikanischen Tonfall. Keiner, den ich kannte, sprach so!

»Sie ist erst zehn«, prahlte Tante Mary.

Halt den Mund!, dachte ich. In meiner Vorstellung war ich neunzehn, trug einen pinkfarbenen Tüllrock, dazu roten Lippenstift und einen Verlobungsring, vorzugsweise von Inigo Wallace.

»Jetzt singst du mir was vor«, bettelte ich. »Bitte.«

Er zögerte einen Moment. »Na gut«, sagte er, »einen Song von Elvis Presley.«

»Von wem?«, fragte ich gespannt.

»Das ist der neue Rock-'n'-Roll-Sänger aus Amerika. Mein Onkel kennt ihn.«

Schon lustig, dass ich meine erste Elvis-Imitation von einem fünfzehnjährigen englischen Jungen zu hören bekam, der in einem Haus, das einer mittelalterlichen Galeone glich, mitten in Wiltshire sang. Es war, als wären er und der King für mich ein und dieselbe Person – und wenn überhaupt, dann zog ich Inigos Nachahmung dem Original vor.

Gerade als er mit dem Song fertig war, rief eine Frauenstimme nach ihm.

»Scheiße, ich muss los«, sagte er. »Meine Mutter geht mit mir Schuhe kaufen.«

Meine Bestürzung über seinen Aufbruch wurde durch mein Entzücken über seine unflätige Ausdrucksweise gemildert. Er schnappte sich seine Gitarre und verschwand.

Ich bückte mich und hob sein Plektron auf.

Den Rest des Tages ließ ich wie im Tran an mir vorbeiziehen. Zweimal verlor Tante Mary meinetwegen die Beherrschung, weil ich so unkonzentriert war. Doch konnte man mir dafür die Schuld geben? Jetzt wollte ich gar nicht mehr von Wiltshire abreisen – und Lucy, George und ich sollten am nächsten Tag mit einem Bummelzug zurück nach Cornwall fahren. Ich würde Inigo niemals wiedersehen. Und dann – kurz bevor wir das Haus an diesem Abend verließen – und als hätte ich nicht bereits genug Ärger an diesem Tag verursacht, indem ich mich verirrt, gesungen und die Brotsoße hatte anbrennen lassen – tat ich etwas, das mich die kommenden Jahre noch verfolgen sollte.

Tante Mary bat mich, ein paar Kuchenteller aus der Bibliothek in die Küche zurückzubringen. Mir fiel ein, dass ich gar kein Andenken hatte, und am nächsten Tag sollten wir ja schon fahren. Lucy stachelte mich immer dazu auf, von überall, wo ich war, ein kleines Andenken mitzunehmen – und in dem Alter, das muss ich leider zugeben, entwendete ich fast genauso gerne Dinge, wie ich meine Schwester davon überzeugen wollte, dass ich mutig und schlau war. Wenn ich etwas aus Milton Magna Hall mitnahm, dann würde ich es zusammen mit der Zeitschrift in einer Schublade aufbewahren können – und von Inigo Wallace träumen, wann immer mir danach war; das würde mir alles sehr viel deutlicher in Erinnerung bringen. Ich tapste ins Esszimmer und sah mich um. Versteckt hinter einer alten Geburtstagskarte stand ein winziger Porzellanelefant. Er war nicht größer als meine Hand; pink und grün bemalt stand er auf den Hinterbeinen, als gehorchte er einem unsichtbaren Zirkusdompteur. In einem so großen Haus würde ihn bestimmt keiner vermissen, dachte ich. Schnell ließ ich ihn in meinem Ärmel verschwinden.

In jenen Tagen war ich unbekümmert, und da Tante Mary schlecht hörte, ging ich auch nicht davon aus, dass sie gut sah. An diesem Abend waren wir in ihrem Cottage und packten unsere Sachen, als sie das Zimmer betrat und den Elefanten entdeckte, der darauf wartete, in einer meiner Socken für die Heimreise versteckt zu werden. Lucy hatte ich damit nicht sonderlich beeindrucken können – sie war der Meinung, in einem Haus von der Größe von Milton Magna Hall hätte ich wenigstens ein kleines Gemälde aus einem vergessenen Besucherschlafzimmer entwenden können –, doch Tante Mary sah ihn, und ihr war sofort klar, worum es sich dabei handelte. Sie kam zu mir, nahm ihn hoch, starrte vom Elefanten zu mir und dann wieder zurück zum Elefanten.

»Nach dem habe ich den ganzen Nachmittag gesucht«, sagte sie. »Das halbe Haus haben wir auf den Kopf gestellt. Beim heiligen Petrus, was macht der hier?«

»Ich weiß es nicht«, fing ich an.

Lucy – wen wundert es? – zog sich rasch aus der Affäre.

Leugnen war zwecklos. Es war ziemlich offensichtlich, was passiert war, und Tante Mary würde es nicht einfach dabei bewenden lassen.

»Du kannst ihn doch zurückstellen, Tante Mary«, sagte ich.

»Oh nein, meine Kleine. Das tust du schön selbst zurückbringen. Und du wirst Mrs. Wallace genau erklären, was passiert ist.«

»Aber warum denn?«, jammerte ich. Schon allein bei der Vorstellung brach ich vor lauter Anspannung in Schweiß aus. »Bitte, Tante Mary, das war ein schrecklicher Fehler. Ich weiß nicht, was über mich gekommen ist …«

»Wenn es etwas gibt, das ich nicht tolerieren kann, dann Unehrlichkeit«, sagte Tante Mary. »Du hast es weggenommen, also bringst du es auch zurück.«

»Aber bitte … bitte!«

Doch sie hörte nicht länger zu.

Am nächsten Morgen stand ich um neun Uhr in der Bibliothek und wartete darauf, eine Audienz bei Mrs. Wallace zu bekommen. Angsterfüllt hielt ich den Elefanten in den Händen. Doch es war nicht Mrs. Wallace, die das Zimmer betrat. Es war ihr Sohn. Inigo.

»Hallo mal wieder«, sagte er überrascht. »Was machst du denn hier?«

Ich biss mir auf die Lippe. Da war *er,* die eine Person, die ich beeindrucken wollte, mehr als jeden anderen auf der Welt, und ihm musste ich sagen, dass ich seine Mutter beklaut hatte.

»Sag es dem Master Inigo«, befahl Tante Mary.

»Ich … ich habe das hier mitgenommen.« Ich hielt ihm den Elefanten auf der ausgestreckten Handfläche hin. »Das hätte ich nicht tun sollen. Ich wollte einfach nur etwas haben, um mich an dieses … dieses … wunderschöne Haus zu erinnern. Ich bringe es zurück. Es tut mir schrecklich leid.«

Mit zitternder Hand stellte ich den Elefanten zurück auf den Tisch, und auch wenn ich mich selbst dafür hasste, fing ich an zu weinen. Der Elefant war mir ziemlich egal, auch dass Mrs. Wallace sein Fehlen hätte bemerken können, doch hier wie ein Dummkopf vor ihm zu stehen, das war einfach nur schrecklich. Ich konnte mich nicht zurückhalten.

»Lass uns einen Moment allein, ja?«, sagte Inigo und bedeutete Tante Mary zu gehen.

»Sie hätte das deiner Mutter sagen sollen …«

»Mutter hat wieder diese schrecklichen Kopfschmerzen«, sagte Inigo. »Ich kümmere mich darum.«

Da er in diesem autoritären Tonfall sprach, rückte das Podest, auf dem ich ihn platziert hatte, noch ein bisschen weiter gen Himmel – er war jetzt mit den Göttern gleichauf. Tante Mary schlurfte aus dem Raum, funkelte mich noch einmal wunderbar wütend an – ihr Blick war ein schlitzäugiges Meisterwerk aus Enttäuschung, Wut und einer gesunden Dosis Verzweiflung nach Art des altmodischen *Du-die-du-Schande-über-diese-Familie-gebracht-hast.* Sobald sie draußen war, reichte Inigo mir ein zerknittertes blau-weißes Taschentuch.

»Wein doch nicht«, sagte er. »Das bringt nichts.«

»Es tut mir einfach so schrecklich leid«, sagte ich. »Nachdem du so nett warst und mir zugehört und für mich gesungen hast.«

»Das hat nichts mit Nettsein zu tun. Es hat mir gefallen.«

Er nahm den Elefanten in die Hand.

»Ich habe ihn von meinem Vater«, sagte er einfach nur. »Deshalb wäre meine Mutter über sein Verschwinden ziemlich ausgerastet. Er brachte ihn von einer Reise nach Indien mit, als ich noch ein Baby war.«

»Dein Vater?«, hauchte ich. »Aber der ist doch tot, oder?«

Inigo nickte so unmerklich, dass ich mich später an diesem Abend fragte, ob er mir überhaupt geantwortet hatte. Für einen Moment verdüsterte sich sein Blick. »Schon in Ordnung. Ich bin einfach nur froh, dass er wieder da ist, das ist alles.«

In diesem Moment war ich so entsetzt über mich, dass ich nicht glaubte, jemals wieder lachen zu können. Jedenfalls war ich mir absolut sicher, dass ich so schnell keine langen Finger mehr machen würde.

»Ich … ich … hatte nicht gewusst …«

»Das konntest du auch nicht wissen. Ich habe immer mal Sachen aus dem Dorfladen geklaut, als ich kleiner war. Hauptsächlich Lakritz, aber einmal hab ich auch eine Ausgabe der *Westbury Gazette* mitgehen lassen.«

»Wa… warum hast du die denn mitgenommen?«

»Ich wollte das Foto von Phyllis Burns' preisgekrönten Kürbissen sehen. Meine Schwester hatte erzählt, sie seien so groß gewesen, man hätte sie gar nicht hochheben können.«

Dann folgte eine Pause. »Danke, dass du so verständnisvoll reagierst«, sagte ich ganz leise.

»Schon in Ordnung.« Er grinste mich an. »Ich werde meiner Mutter nichts davon verraten. Und ich werde Mary sagen, dass sie dich nicht zu lange in Ketten legen oder dich in deinem Gefängnis wenigstens ein Buch lesen lassen soll.«

Ich lächelte und schniefte.

»Wann fährst du zurück nach Hause?«, wollte er wissen.

»Nach dem Mittagessen.« Ich nahm einen tiefen Atemzug. »Ich habe die Zeitschrift mitgebracht, die du mir gegeben hast«, sagte ich, ängstlich, die Unterhaltung könnte sich dem Ende zuneigen. Jetzt, da er an meiner Seite war, wollte ich ihn *niemals* wieder die Bibliothek verlassen sehen.

»Die Zeitschrift?«, fragte er zerstreut. »Ach ja. Gut.«

Er schaute aus dem Fenster und runzelte die Stirn.

»Ich sollte gehen«, sagte er. »Ich muss heute Abend zurück ins Internat.«

Das Internat hat vielleicht Glück, dachte ich kläglich. »Es tut mir einfach so leid, dass ich dir irgend… irgendwelche …«

»Denk nicht weiter darüber nach«, sagte er.

»Ziemlich unwahrscheinlich!«, widersprach ich reumütig, fühlte mich ganz benommen, weil wir uns so lange unterhalten und die Ereignisse eine so merkwürdige Wendung genommen hatten.

»Ich an deiner Stelle würde allerdings nichts anderes mehr klauen. Meine Mutter verfügt über ein unglaubliches Gespür dafür, wenn etwas aus dem Ruder läuft. Insbesondere Menschen«, fügte er leise hinzu und ging zur Tür.

Ich schaute mir den *New Musical Express* erst wieder an, als ich zurück im Pfarrhaus war. Als ich in meiner Manteltasche danach suchte, dachte ein Teil von mir, die Zeitschrift würde gar nicht da sein, alles wäre nur ein Traum gewesen. Doch da war Alma auf dem Cover, und die Seiten über Ramsey Lewis, die er gelesen hatte, waren leicht zerknittert. Ich saugte diese

Seiten in mich auf, ihren Geruch, ganz Druckerschwärze und Karotte, und beim Lesen hatte ich das Gefühl, als hätte sich etwas für immer verändert, als wäre etwas denaturiert, unwiederbringlich modifiziert. Ich wusste nur noch nicht, was.

4. Kapitel

Ein fotografisches Gedächtnis für Häuser

Was als Nächstes geschah, verankerte den kleinen Zwischenfall mit Inigo noch stärker im Reich der Fantasie als zuvor. Nur zwei Monate später brannte das Herrenhaus ab. Tante Mary, die mit angesehen hatte, wie das Haus in Flammen aufging, schrieb ihren ersten Brief seit zwanzig Jahren, um uns die ganzen Details mitzuteilen.

Keiner wurde verletzt, Gott sei's gedankt, schrieb sie, ehe sie damit fortfuhr, zu berichten, wie einer der Feuerwehrmänner die besten Messer und das Porträt des Hundes aus der Küche gerettet hatte, ehe das Dach um ihn herum einstürzte. Pa, der immer tiefe Bewunderung dafür hatte, was »seine Tante mit Früchten so alles anstellte«, lud sie ein, die Rhabarbersaison bei uns zu verbringen, damit sie sich erholen und nach dem ganzen Schock wieder zu Kräften kommen konnte. Am ersten Morgen ihres Besuchs bereiteten Lucy und ich Toasts zu, flatterten um den Küchentisch herum und lauschten ihren Erzählungen.

»Mrs. Wallace hat etwas mit einem Mann namens Rocky Dakota angefangen«, schloss sie eineinhalb Stunden und fünf Tassen Tee später.

»Rocky Dakota!« Selbst Lucy war überrascht. »Aber der ist … der ist *berühmt*!«

»Ist immer mal vorbeigekommen und hat im Haus gewohnt. Arbeitet beim Film, oh ja.«

Ich stellte mir den legendären Filmproduzenten vor, wie er im Odeon Cinema in Redruth Popcorn verkaufte.

»Meine Arbeitstage sind gezählt, das sag ich euch«, sagte Mary und nahm sich noch ein Stück von Imogens Ingwerkuchen.

»Und keinen Moment zu früh«, tröstete Imogen sie.

»Er wollte immer nach Amerika gehen«, sagte ich, obwohl ich das gar nicht sagen wollte.

»Wer?«, fragte Pa.

»Ach, niemand.« Ich war auf mich selbst sauer.

Mary nickte meinem Vater kurz zu.

»Sie meint den Master Inigo«, sagte sie. »Sie war ganz angetan von ihm, die Tara.«

»Ihre Blicke haben sich über einem Sieb Karotten gekreuzt«, ergänzte Lucy verschlagen. Ich verpasste ihr einen Stoß in die Rippen.

»Es hatte geregnet«, sagte ich schnell, als würde das alles erklären.

»Ihr Singen hat ihm gefallen, dem Master Inigo«, fuhr Tante Mary fort. »Ganz zu schweigen davon, wie er ihr aus der Patsche geholfen hat, wegen dem Elefanten.«

»Elefanten?«, fragte Pa scharf.

»Nicht der Rede wert«, sagte ich schnell.

»Du hast ihm *vorgesungen*?«, fragte Lucy, als würde sie das nicht schon längst wissen.

»Er hatte eine Gitarre«, verteidigte ich mich. »Er hat mir auch was vorgesungen. Elvis-Presley-Songs.«

»Wer ist Elvis Presley?«, fragte Lucy neugierig.

»Natürlich waren sie nett zu mir.« Mary war sich durchaus bewusst, dass die Unterhaltung gerade abdriftete, was bedeutete, dass sie nicht mehr im Mittelpunkt stand. »Mr. Dakota hat sich um mich gekümmert. Eines muss man den Amerikanern lassen, die lassen sich die Butter nicht vom Brot nehmen.«

»Sogar, wenn nicht mal welche drauf ist!«, sagte ich vorlaut, weil ich daran denken musste, dass Inigo von Tante Mary nicht einmal ein Käsesandwich bekommen hatte.

»Tara!«, sagte Pa, ganz schockiert über meine freimütige Art.

»Die werden mir fehlen«, verkündete Mary. »Insbesondere der Master Inigo. Hat gesagt, er schickt mir eine Postkarte. Hat gesagt, mein Essen würde ihm fehlen.«

»Ehrlich?«, fragte Lucy skeptisch.

»Ich mache mir Sorgen um ihn«, seufzte Mary. »Ich denke mal, dass er da drüben keinen Spotted Dick zu essen bekommen wird.«

»Hoffen wir's«, sagte Lucy.

Und er ging mir nie aus dem Kopf. Immer war er gegenwärtig, immer da, die kurze Begegnung mit ihm verschaffte mir gleichermaßen heimliche Freude und schreckliches Grauen. Ich wälzte jeden Satz, den wir gesprochen hatten – selbst den Teil in der Bibliothek, wo ich mich so schrecklich blamiert hatte. Dinge, die er gesagt hatte, bekamen eine viel größere Bedeutung – Elefanten, Lakritz, Kürbisse. Und trotz Lucys Flatterhaftigkeit in allen Gefühlsdingen gefiel es ihr, meine romantische Vision von Inigo Wallace aufrechtzuerhalten.

Ich erinnere mich, wie ich eines Nachmittags meine Schwester anstarrte, als sie an ihrem Schminktisch saß, dicke Schichten Wimperntusche auftrug und sich so für einen Kinoabend mit Stephen Holmes zurechtmachte, der Motorrad fuhr und wie Adam Faith aussah.

»Darf ich dir einen Rat geben, Tara?«, sagte sie, als sie bemerkte, dass ich sie beobachtete.

»Was denn?«

Sie drehte sich um und schaute mich an. »Mach dich immer so zurecht, als könntest du auf James Dean treffen.«

»Ziemlich unwahrscheinlich.«

»Na gut«, räumte sie ein. »Dann mach dich so zurecht, als könntest du auf Inigo Wallace treffen.«

»Noch unwahrscheinlicher«, murmelte ich.

»Erinnerst du dich noch daran, was du mir erzählt hast? Wie du dich gefühlt hast, als du für ihn gesungen hast?«, fragte sie.

»Ja.«

»Tja, dann stell dir vor, du wärst nicht die Einzige gewesen, die das gefühlt hat.«

»Was meinst du damit?«

»Zum Tango gehören immer zwei«, sagte sie.

»Ich verstehe es immer noch nicht.«

»Um dieses besondere Etwas zu spüren, braucht es zwei.«

»Welches Etwas?«

»Ich weiß es nicht«, erwiderte Lucy. »Ich kann es nicht genau beschreiben. Aber was auch immer du gefühlt hast – er hat es auch gefühlt.«

»Bitte«, flehte ich sie an. »Erzähl niemandem von Inigo Wallace. Sprich auch nicht mehr über ihn. Mit niemandem.«

Überrascht schaute Lucy mich an.

»Na gut. Er ist unser Geheimnis.« Sie lächelte mich an. »Ich werde niemandem erzählen, dass du ihn liebst.«

»Ich *liebe* ihn nicht!«

»Mich dünkt, Mylady widerspricht zu stark«, sagte Lucy vergnügt.

An diesem Abend dachte ich über das nach, was sie gesagt hatte, und starrte mich im Spiegel an. Mein Haar hatte dieselbe Farbe wie Lucys – warum war es aber nicht so *schön* wie ihres? Es war nicht so wellig, sondern aalglatt und dünner. Standen meine blauen Augen zu dicht beieinander, um schön auszusehen, war mein Mund zu breit für mein Gesicht? Ich hatte ein paar Pickel, die Imogen dem Genuss zu vieler Erdbeeren zuschrieb, und ich war ganz eindeutig kleiner als Lucy in meinem Alter.

»Du wächst schon noch«, versicherte mir George, aber ich wusste nicht, ob ich ihm Glauben schenken sollte. Ich dachte an Tante Mary und schauderte bei dem Gedanken, ich könnte ebenso beleibt und unattraktiv enden wie sie und meine Tage in Rhabarberstängeln zählen.

Beleibt und unattraktiv zu sein schien jedoch kein Hindernis darzustellen, um eine einträgliche Anstellung zu erhalten; Tante Mary war sehr gefragt, nachdem Milton Magna abgebrannt war. Und auch wenn sie verkündete, zu alt zu sein, um noch länger Käse zu reiben, so waren ihre zweifelhaften Kochkünste und das, was »sie so alles mit Früchten anstellte«, in den kommenden Jahren bei den Bewohnern mehrerer Anwesen sehr gefragt. Wenngleich dies für uns fast unvorstellbar war, kam Imogen doch zu der Schlussfolgerung, dass die aristokratische Gesellschaft keine Veränderung mochte, und wenn ihre eigenen Köche tot umfielen, dann wollten sie vermutlich lieber, dass sie von Mary ersetzt wurden als von irgendeiner neuen, tollen Französin, die nicht wusste, was Ofenkartoffeln waren. Und, so betonte Florence, sie sei in der Zwischenzeit so taub, dass man über alles tratschen konnte, ohne sich darüber Sorgen machen zu müssen, sie könnte irgendetwas ausplaudern, das sie beim Abendessen aufgeschnappt hatte. Ich war anderer Meinung, vermutete, dass Inigos Mutter, obwohl sie den Ruf hatte, eine schwierige Frau zu sein, sicherstellen wollte, dass es Mary gut ging, und sie ihre Freunde wahrscheinlich dazu überredet hatte, auf Mary zurückzugreifen. Für mich war es kaum vorstellbar, dass jemand sich aus freien Stücken an ihren kulinarischen Kreationen ergötzte, doch dazu sagte ich nichts. Tante Mary war Teil meiner Zeit mit Inigo Wallace und damit unwissentlich fast genauso heilig geworden wie er.

Während der nächsten beiden Jahre wurde Lucy, die sich immer schlimmer aufführte, häufig dorthin geschickt, wo Mary gerade arbeitete, damit sie ihr zur Hand ging. Doch leider erkannte Pa schnell, dass es keiner Bestrafung gleichkam, wenn er zwei oder mehr Jupp-Kinder zusammen wegschickte – also bestand er darauf, dass sie allein dorthin ging. Zunächst weigerte sie sich, doch dann passierte etwas Merkwürdiges. Lucy freute sich darauf, allein wegzufahren – und nicht nur, weil sich ihr so die Möglichkeit bot, jungen Herzögen und verheirateten Kunsthändlern feurige Blicke zuzuwerfen, wenn sie bei der Ernte von frischem Spargel oder den neuen Kartoffeln half. Fast gegen ihren Willen, und sehr zu meiner Verwunderung, kam sie zurück und redete über die Häuser, nicht über die Leute darin – sie verliebte sich in die Gebäude als solche. Eine sehr heikle Affäre unterhielt Lucy da, denn viele dieser Anwesen waren am Zerfallen. Bei manchen ging es auf dem Weg in den Ruin schneller bergab, weil sie während des Krieges von der Armee besetzt worden waren, die sie alsdann mit der nachlässigen Unbekümmertheit derer behandelte, deren Hauptanliegen darin bestand, eine weitere Woche am Leben zu bleiben, und nicht darin, Ruskins Aquarelle im Hausflur zu bewahren. Wieder andere waren zu groß, um sie instand zu halten. Viele Gebäude gehörten Familien, denen ganz einfach das Geld ausgegangen war, und die Hilflosigkeit angesichts dieser Notlage schien Lucy sehr zu schmerzen. Mehr als einmal war sie wegen einer solchen dem Untergang geweihten Liebschaft in Tränen aufgelöst; hervorgerufen durch das Gefühl der Unvermeidbarkeit ihres Niedergangs bis zum völligen Verfall. In gewisser Weise betrachtete sie sie als Menschen.

»Die Decken«, flüsterte sie über Winbourne Park in Hampshire und schüttelte verzweifelt den Kopf. »Du hättest sie sehen sollen.«

»Ich wünschte, das hätte ich«, sagte ich mitfühlend. So wie Lucy von diesen Orten sprach, hatte man sie in den flammendsten Farben vor Augen.

»In zwei Jahren steht dieses Gebäude gar nicht mehr«, hatte sie kurz davor gesagt. »Und wir sitzen einfach nur da und lehnen uns zurück. Diese ganze Arbeit! All die Zeit, die darauf verwendet wurde, etwas zu erbauen, das alle Zeiten überdauern sollte.«

Ich dachte, sie würde gleich anfangen zu weinen.

Später an diesem Abend hörte Pa zu, wie sie mir von dem beschädigten Ballsaal erzählte, den sie und Tante Mary für einen Basar in Broad Lynch geräumt hatten – ein riesiger Klotz mit einem Graben in Dorset, der ganz eindeutig in den letzten Zügen lag. »Lady Reesdale glaubt, mit solchen Veranstaltungen kann sie Geld verdienen«, sagte Lucy. »Dabei bringt das Ganze nicht genug ein, um auch nur die Klinke der Küchentür auszutauschen.« Verbissen zuckte sie mit den Schultern. »Der Salon war dennoch wunderschön, auch wenn ein paar Soldaten etwas Unverzeihliches auf das Stubbs-Gemälde über dem Kamin gekritzelt haben. *Männer*, du meine Güte!«, fügte sie angewidert hinzu. Ich kicherte.

Pa schaute uns an, insbesondere seine älteste Tochter mit ihrem wunderschönen blassen Gesicht und ihren wachsamen grünen Augen. *Wie oft muss er Ma in ihr erkennen*, dachte ich, und mein Herz zog sich schmerzhaft für ihn zusammen.

»Mary möchte dich nächstes Wochenende bei Enys House dabeihaben«, kündigte er an.

Lucys Augen strahlten deutlich mehr. »Enys! Da wollte ich schon immer mal die Nase reinstecken.«

»Ich dachte, du wolltest mit Stephen Holmes ins Kino«, sagte ich.

»Der muss eben warten«, erwiderten Lucy und Pa gleichzeitig. Lucy grinste.

»Es ist nett, mit der Tante in Cornwall zu sein«, sagte sie. »Die Zugfahrt nach Yorkshire letzten Monat war kein Spaß.«

»Nimm Pevsner mit«, riet Pa ihr unvermittelt. »Du kannst genauso gut etwas von einem Experten über diese Orte lernen.«

Einen Moment blieb die Welt stehen.

»*Ihn* mitnehmen?«, fragte Lucy verwirrt. »Ach, Pa, das kann ich doch nicht machen! Das ist *dein* Exemplar. Dein *signiertes* Exemplar!«

Nikolaus Pevsners Bücher wurden bei uns zu Hause fast ebenso verehrt wie die King-James-Bibel. Pa wurde niemals müde, die Geschichte zu erzählen, wie der in Deutschland geborene Gelehrte eines Nachmittags 1949 beim Pfarrhaus aufgetaucht war, um sich Notizen zu dessen Entstehung und zu nennenswerten Besonderheiten zu machen. Es war ein warmer Nachmittag gewesen, und es hieß, dass seine Frau Lola auf eine Limonade und zwei Portionen von Mas selbst gemachtem Johannisbeereis geblieben war, ehe sie mit Pa zur Kirche ging. Als seine Erkenntnisse über den Bezirk zwei Jahre später veröffentlicht wurden, hatte Pevsner – dem ein winziger Fehler in der Beschreibung des bunten Kirchenfensters unserer Dorfkirche unterlaufen war – Pa geschrieben und ein signiertes Exemplar seines Cornwall-Führers beigelegt. »Herzlichen Dank vor allem für die Eislutscher«, hatte er etwas unbeholfen geschrieben. »Ich kann mich an keinen Moment erinnern, zu dem ich besser erfrischt worden wäre.«

Und jetzt war Pa bereit, Lucy – der chaotischsten von uns allen – eben jenes Buch mitzugeben, das er und Ma so sehr geliebt hatten. Ich kann mit Sicherheit sagen, dass es ein besonderer Moment war. Pa holte das Buch vom Regal und reichte es Lucy, nickte angesichts der ungeheuren Größe seiner Geste. Ich wagte kaum zu atmen, konnte fast hören, wie Lucys Herz schneller schlug, als hätte jemand beim Abspielen einer Platte die Geschwindigkeit von dreiunddreißig auf fünfundvierzig Umdrehungen pro Minute gestellt – sehr viel später sagte sie, von Pa Aufmerksamkeit geschenkt zu bekommen sei wie Kokain für die Seele.

»Wenn ich Pevsner mitnehme, dann muss ich ja zwangsweise etwas lernen«, protestierte sie schwach. »Dann kann ich mir keine eigenen Geschichten mehr ausdenken.«

»Du solltest dankbar sein, wenn du gezwungen wirst zu lernen«, sagte Pa. »Hätte Jesus nicht ungebildete Fischer gezwungen, sich für Neues zu öffnen, dann wäre es mit dem Christentum gegen Mitternacht im Garten von Gethsemane zu Ende gewesen.«

»Tja, dann wäre nichts aus dem Christentum geworden …«, sagte Lucy leichthin. Sie grinste Pa an. »Danke. Ich verspreche, ich werde gut auf ihn aufpassen.«

So fing also Lucys Unterricht im Fach »Herrenhäuser« an, und ziemlich schnell wurde deutlich, dass dies ihre Berufung war. Nach jedem Haus, das sie besuchte, goss Imogen ihr – kaum, dass sie wieder durch die Tür des Pfarrhauses getreten war – eine Tasse starken, körnigen Kaffee ein, und Pa befragte sie.

»Wann wurde die Südfassade restauriert?«

»Was ist 1896 unter spektakulären Umständen aus dem Westflügel verschwunden?«

»Wer legte 1760 den Lustgarten an?«

»Welches war das angeblich von Tennyson bevorzugte Zimmer?«

Und Lucy beantwortete jede Frage, ohne zu zögern – manchmal schloss sie sogar die Augen und führte uns in ihrer Erzählung ganz detailliert durch jeden Raum und jeden Gang. Ich war beeindruckt von ihrem Erinnerungsvermögen.

»Ich glaube, du hast ein fotografisches Gedächtnis«, sagte ich zu ihr, nachdem sie damit fertig war, uns den komplexen Korridor der oberen Räumlichkeiten in Hodsock zu schildern, einem weitläufigen Priorat in Nottinghamshire, wo man Tante Mary gebeten hatte, während der Pfingstferien das Kochen zu übernehmen. »Ich habe etwas darüber gelesen. Da muss man sich Dinge nur einmal ansehen und hat sie dann für immer im Kopf.«

»Vielleicht gilt das für Herrenhäuser«, erwiderte Lucy auf meine Vermutung hin. »Nicht aber für Pythagoras oder Quadratwurzeln. Was für ein Pech.«

Sie spielte ihr Talent herunter, doch sobald Lucy an etwas Interesse hatte, saugte sie die Informationen auf wie ein Vollkornkeks die Milch. Ihre historische Begabung war erstaunlich – und je mehr sie lernte, umso stärker bildete sich ihre eigene Meinung darüber heraus, was gute oder schlechte Architektur war, gute oder schlechte Kunst. Im Gegensatz zu den meisten von uns, die wir alle stärker von den Dingen fasziniert waren, die sich vor langer Zeit im Mittelalter ereignet hatten, galt Lucys Besessenheit den Viktorianern.

»Aber die Zeit war doch gerade erst!«, sagte ich immer zu ihr. »Grandpa Jupp erinnerte sich noch an den Tod von Queen Victoria!«

»Dann denk doch nur daran, wie verrückt Imogen gleich wird, wenn sie *Housewives' Choice* um ein oder zwei Stunden verpasst. Dinge, die uns soeben zwischen den Händen zerrinnen, sind um so vieles verlockender«, behauptete Lucy.

»Um Himmels willen, wer möchte denn irgendetwas mit den langweiligen alten Viktorianern zu tun haben?«, spottete Florence, die Königin des modernen Denkens. »Mit den meisten viktorianischen Frauen konnte man doch gar nichts anfangen. Haben nur herumgesessen, Teepartys abgehalten und sind neben ihren Ehemännern über Gartenpfade gewandelt.«

»Für mich hört sich das toll an«, seufzte Imogen.

Angewidert schaute Florence sie an.

»Du bist so rückständig, dass man es fast schon als radikal bezeichnen könnte.«

»Erzähl mir noch mal von dem Esszimmer in Ashton Court«, bettelte ich Lucy an.

Doch das mit den Besuchen hielt nicht lange an. Tante Mary starb 1958 nach einem schlimmen Sturz. Sie trug gerade ein Tablett mit Schinken und Petersiliensoße; ihre letzten Worte waren anscheinend, man solle den Schinken zurück in die Speisekammer bringen, damit er nicht schlecht würde. Ich war sehr bestürzt – trotz allem hatte ich immer ziemlichen Respekt vor Tante Mary gehabt, und natürlich stellte sie meine Verbindung zu Inigo Wallace dar. Ohne sie hatte ich keine Möglichkeit, weitere Neuigkeiten über ihn zu erfahren. Lucy war von uns allen jedoch diejenige, die diese Nachricht am meisten bestürzte. Nicht nur, weil sie so viel Zeit allein mit unserer grantigen alten Tante verbracht hatte, sondern auch weil sie ihr fotografisches Gedächtnis nicht länger in Herrenhäusern trainieren konnte.

Mit tränenüberströmtem Gesicht sah sie mich an. »Wenn ich mit ihr dort angekommen bin, hatte ich zu *allem* Zutritt. Da gab es keine Samtkordel, die mich von den besten Bereichen fernhielt! Sie war der Schlüssel zu allem! Ach, warum musste sie sterben, bevor ich Castle Howard gesehen habe?«

Ich hatte gedacht, dass Inigo vielleicht zur Beerdigung kommen würde (und putzte mich dementsprechend heraus), doch als wir bei der Kirche in Derbyshire ankamen, wo zehn Jahre zuvor Tante Marys Schwester Jessie, eine alte Jungfer, beerdigt worden war, war nur Inigos Mutter Talitha da, um die Familie Wallace zu repräsentieren. Pa hielt den Gottesdienst ab – eine überraschend humorvolle Ansprache gespickt mit Geschichten über Tante Marys langes Leben in Stellung, zusammengetragen von denen, für die sie gekocht hatte. Danach trank Talitha Wallace rasch noch eine Tasse Tee mit Milch, ehe sie in das wartende Auto verschwand. Unsere Blicke kreuzten sich einmal, und sie lächelte mich an. Ich war ganz verblüfft darüber, wie jung sie noch aussah. Es war, als hätte *er* mich angelächelt, so ähnlich waren sie einander. Hitze überzog meine Wangen. Ich konnte nur an diesen Elefanten denken und daran, wie schrecklich es gewesen wäre, hätte Inigo ihr die Wahrheit darüber erzählt. Würde mich das für immer verfolgen?

Nach der Beerdigung fuhren wir wieder mit dem Zug zurück nach Cornwall. Lucy las für eine immer müder werdende Zuhörerschaft Auszüge aus Pevsners Derbyshire-Führer, und ich schlief ein, den Kopf an Georges Schulter gelehnt. Bis wir zu Hause waren, träumte ich Merkwürdiges von der Milton Magna Hall, von Tante Mary und ihren Karotten und von Inigo Wallace.

5. Kapitel

Trellanack

Zwei Wochen nach Tante Marys Beerdigung hatte ich eine meiner geheimen Reiteskapaden geplant. Ich hatte meine Geschichtshausaufgaben ohne weiteres Aufheben erledigt und Imogen bereits am Morgen geholfen, Brot zu backen – also meinte ich dieses Vergnügen ganz besonders verdient zu haben. Bis zu diesem Zeitpunkt im Jahr war es zu dunkel gewesen, um zum Trellanack House zu gehen – doch jetzt, Anfang März, war der Himmel auf einmal von Frühjahrslicht erfüllt. Als ich durch das Dorf rannte, sprossen überall Narzissen durch das Grün, und ich spürte, wie mir leicht ums Herz wurde.

Unten an der Auffahrt blieb ich stehen und schmeckte den salzigen Morgen. Sosehr es mir gefiel, allein zu sein, so sehr wünschte ich mir doch, Lucy wäre hier und würde mir ein paar Witze erzählen und das Käsebrot mit mir teilen, das ich am Abend zuvor vorbereitet hatte. Aufgrund ihres neugewonnenen Interesses für Herrenhäuser hatte Lucy einen Hang zu Trellanack entwickelt (von dem Pevsner schreibt, es habe »einen der zuverlässigsten Kamine im Bezirk«), doch für Lucy reichte der Nervenkitzel nicht bis zu den Ponys im Park – sie wollte ins Haus, nicht auf eines dieser Ponys, bei allem, was recht ist. Pa war erst einmal im Haus gewesen, nach Sir Lionels Beerdigung, und war selbst zu sehr vom Kummer über den Verlust unserer Mutter gebeugt gewesen, als dass ihm etwas anderes als der Geruch von Dosenananas aufgefallen wäre, der aus der Küche kam. Lucy musste sich mit Auskünften aus zweiter und dritter Hand über die Original-Tudor-Wandteppiche im Esszimmer und den von Capability Brown angelegten Garten zufriedengeben, die sie von all denen im Dorf erhielt, die bereits das Innere des Hauses gesehen hatten. Sie wäre zu allem bereit gewesen, um ein oder zwei Stunden dort verbringen zu können, war aber viel zu stolz, um Lady W-D darum zu bitten. Trellanack House peinigte sie mit seiner Nähe und seiner Unerreichbarkeit.

Ich aß mein Brot auf und beobachtete meine Beute. Die übliche Herde Shetlandponys war im Park verteilt – es machte immer Spaß, mit ihnen durch den Park zu jagen, wenn es einem ausnahmsweise gelang, sie für fünf Sekunden davon abzuhalten, den Kopf nach unten zu nehmen und zu fressen –, doch unter dem Kastanienbaum stand ein graues Pony mit einem Stockmaß von etwa einem Meter vierzig, das die anderen Knirpse hier bei Weitem übertraf und das ich zuvor noch nicht gesehen hatte. *Scheiß drauf, meine Mutter ist tot*, schien in jenen Tagen mein Mantra zu sein. Zwei Minuten später saß ich auf dem Rücken des Ponys, und fünf Minuten später galoppierten wir in der »Senke« des Parks herum, wo ich mich völlig unbeobachtet wähnte.

Die Shetlandponys waren so klein, dass man sich – wie ein Soldat – einfach von ihrem Rücken fallen lassen konnte, wenn sie nicht anhielten, aber dieses Pony, das um einiges größer und voller Lebenslust und Freude über den aufblühenden Frühling war, beschloss, die Dinge selbst in die Hufe zu nehmen. Es jagte die Senke hinauf und geradewegs über das Feld – während ich beide Hände in seine Mähne gekrallt hatte, wie ein Kind auf einem Packesel – und dann in Richtung Tor, das zum Haus führte.

In diesem Moment sah uns Lady W-D. Sie stand zwischen dem Zaun und der Eingangstür, hielt eine Schere in der einen Hand und einen Korb Narzissen in der anderen. Mir war klar, dass es wenig brachte kehrtzumachen. Das Pony wieherte laut –

alte Petze! –, woraufhin sich Lady W-D umdrehte und mich stirnrunzelnd anblickte. Eine Ewigkeit schien zu vergehen, ehe sie dorthin kam, wo das Pony mit mir angehalten hatte. Ich strich mir das Haar aus dem Gesicht und fragte mich, was ich nur sagen könnte.

»Dann mal runter mit dir«, ergriff sie das Wort, nicht einmal unfreundlich. Ich rutschte hinunter, hoffte, gleich nach Hause laufen zu können. Lady W-D hatte mich noch nie zuvor als Individuum angesprochen, nur als Teil einer Gruppe, wenn ich mit meiner Familie unterwegs gewesen war. Sie trug eine beige Hose und einen braunen Kaschmirpullover, dazu eine zweireihige Perlenkette. Alles an ihr wirkte größer als an anderen Frauen, von der Größe ihrer Knöchel bis zu der weißen Fläche ihrer Stirn, und doch wirkte sie keineswegs plump, da sie so hochgewachsen war. Sie hatte große Augen von wässrigem Blau, eine gerade, elegante Nase und einen breiten, großzügigen Mund. Mehr wusste ich nicht von ihr. Ich konnte gar nicht glauben, dass ich so dumm gewesen war, dieses Risiko mit dem neuen Pony einzugehen.

»Steig niemals wieder so ab«, sagte sie laut. »Was für ein schlampiges Reiten.«

»Ich wusste nicht, dass Sie mich bewerten würden«, sagte ich beleidigt. Ich war so angespannt, dass ich Widerworte gab, was ich unter normalen Umständen niemals getan hätte.

Lady W-D strich das Bein des Ponys ab, ganz bestimmt, um es nach Verletzungen abzusuchen, die es sich bei dem wilden Herumgaloppieren mit mir zugezogen haben könnte.

»Es geht ihm gut«, sagte ich.

»Sieht ganz so aus.« Sie sah mich an. »Also?«

»Tut mir leid«, quetschte ich hervor. »Ich … ich … mein Vater erlaubt es mir nicht, ein Pony zu halten.« Ich wusste nicht, ob ihr diese einfache Wahrheit genügen würde, aber auf jeden Fall machte sie etwas mit ihr.

»Bei aller Liebe«, seufzte sie. »Du kannst genauso gut auf

eine Tasse Tee mit reinkommen. Ich habe Mrs. Wilson soeben gebeten, mir mein Frühstück zu bringen.«

Zitternd folgte ich ihr. Es fühlte sich falsch an, dass ich und nicht Lucy diejenige war – als würde ich in einem Stück auftreten, bei dem jemand den falschen Part in meinem Skript angestrichen hatte. Das Innere von Trellanack war eine einzige Offenbarung. Überall Fotos von Lady W-D, die mit Silberbechern oder beim Springen auf beeindruckenden Pferden über gewaltige Zäune zu sehen war, und auf jeder verfügbaren Oberfläche schienen Teile eines Zaumzeugs oder eine Ausgabe von *Horse & Hound* herumzuliegen. Meiner Schwester zuliebe nahm ich auch alles andere des Hauses in mich auf, das wie ein Palast auf mich wirkte, auch wenn ich große Löcher in den Vorhängen und Hundehaare auf den meisten Lehnstühlen entdeckte. Sie führte mich in den Frühstücksraum, von wo aus man einen herrlichen ungetrübten Blick über die Auffahrt und, wie ich mit Schrecken feststellte, auf die Senke hatte, in der ich mich ab und an mit ihren Ponys vergnügte.

»Du bist eine ganz ordentliche Reiterin«, räumte Lady W-D ein, die meinem Blick gefolgt war. »Guter Sitz. Aber schreckliche Klamotten, und deine Haare könnten auch zu einem Pferdeschwanz zusammengebunden sein. Und ja, ich wusste durchaus, dass du zu unchristlicher Zeit auf meinen Ponys durch den Park gefegt bist, wann immer dir danach war. Ich weiß, dass du dich den ganzen letzten Sommer hier herumgetrieben hast. Hätte nicht geglaubt, dass du es dich dieses Jahr wieder traust. Scheinbar habe ich mich da getäuscht.«

»Ich liebe Reiten«, sagte ich ganz naiv.

»Tja, darüber brauchst du dir keine Sorgen zu machen«, sagte Lady W-D. »Ich werde deinem Vater nichts sagen. Ich habe selbst etwas Ähnliches gemacht, als ich jung war. Nicht dass ich möchte, dass du dich weiterhin einfach so bedienst. Das geht nicht. Verstehst du das? Das geht überhaupt nicht.«

»In Ordnung. Tut mir leid.«

Mir wurde ganz schwer ums Herz. Sie durfte mich nicht erneut dabei ertappen, ansonsten würde sie vermutlich Pa darüber unterrichten. Ich war so sehr damit beschäftigt, darüber nachzugrübeln, wo ich mir in einem nicht zu großen Radius um das Pfarrhaus Ponys ausborgen konnte, dass mir ganz entging, was sie als Nächstes sagte.

»… um mir zu helfen. Ich könnte ein junges, leicht zu beeindruckendes Ding hier gebrauchen.«

»Häh? Ich meine: Wie bitte?«

Lady W-D seufzte. »Ich sagte, ich würde dir gerne einen Job anbieten, in gewisser Weise. Komm hierher, wann immer du kannst, und nimm die Shettys nach draußen, dann hilfst du ausmisten, das Sattel- und Zaumzeug putzen, einstreuen, all die Sachen. Victoria, meine Pferdepflegerin, heiratet«, sagte sie verächtlich. »Sie verlässt uns in zwei Wochen, und, ehrlich gesagt, ich hatte genug von ihren Launen. Mir tut der arme Mann leid, der sie nimmt. Aber du«, fuhr sie fort und nickte dabei zustimmend, »du bist vermutlich noch zu jung, um so deprimiert zu sein wie ich in deinem Alter. Alles, woran ich denken konnte, war, rittlings auf dem Jagdpferd meines Vaters zu sitzen und in wildem Galopp quer durch Indien zu jagen – so weit ich an einem Nachmittag eben kam.«

»Indien?« Das war das einzige Wort, das ich herausbrachte. Ich war ganz überwältigt von dem, was da auf mich einstürmte.

»Ja«, sagte Lady W-D freudig. »Ich bin dort aufgewachsen. Habe dort gelebt, bis ich dreizehn war, als man mich mit nichts anderem als einer Schachtel voller Cashewnüsse und einem metallenen Nissenkamm zu den Cheltenham Ladies schickte.«

Jetzt sprach sie in Rätseln. Ich ging noch einmal durch, was sie gesagt hatte, um die Teile herauszufischen, die ich verstanden hatte.

»Sie wollen, dass ich herkomme? Nach Trellanack? Um Ihnen mit den Pferden zu helfen?«

»Und dafür bekommst du Reitunterricht«, sagte sie fröhlich. »Wir arbeiten an deinem Sitz und an deiner schrecklichen Angewohnheit, im Galopp über die Schulter nach hinten zu sehen.«

Ich grinste sie an wie die Cheshire-Katze aus *Alice im Wunderland.*

»Oh Gott, oh Gott«, sagte ich.

»Ich nehme an, das heißt ja?«

»Ja, bitte. Vielen, vielen Dank.«

»Gut«, sagte Lady W-D, die mit Dankbarkeit scheinbar nicht so gut umgehen konnte. »Das wäre also geklärt.«

Das alles kam mir vor wie eine Szene aus Ruby Fergusons Büchern um Jill. Und dieser Eindruck verstärkte sich, als Lady W-D die Glocke läutete und die zuvor genannte Mrs. Wilson, die uralt aussah, mit einer Teekanne auftauchte. Bei meinem Anblick zuckte sie überrascht zusammen.

»Zweimal Rühreier, bitte«, dröhnte Lady W-D. »Und noch eine Teetasse. Ach, und etwas von der frischen Stachelbeermarmelade für den Toast, wenn Gordon, dieser Vielfraß, noch nicht alles aufgegessen hat.«

»Ja, Ma'am.«

Mrs. Wilson humpelte davon.

»Gordon kümmert sich um den Garten«, sagte Lady W-D.

»Oh«, erwiderte ich.

»Ich nenne ihn Incapability Brown. Für mich ist er das Gegenteil unseres berühmten Landschaftsarchitekten Brown, der zu Recht den Namen ›Capability‹ trug. Aber mein Ehemann hegte eine eigentümliche Zuneigung für Gordon.«

»Oh«, sagte ich nur. Alles lief irgendwie viel zu schnell ab – ich hatte die freudige Nachricht noch immer nicht ganz verdaut, dass ich hier reiten durfte, wann ich wollte, und dachte gerade daran, wie sehr es Pa gefallen würde, dass ich dabei ehrlicher Arbeit nachging. Lady W-D nahm einen Schluck Tee.

»Im Gegenzug dafür, dass ich dich hier beschäftige und dich

meine Pferde reiten lasse, würde ich dich gerne um einen Gefallen bitten.«

Oh nein, dachte ich. *Jetzt kommt der Haken.* Einen Moment rutschte sie auf ihrem Stuhl herum, dann starrte sie mich mit strengem Blick an.

»Es geht um Matilda, meine Tochter«, sagte sie.

Ich war gerührt über ihr Bedürfnis zu erläutern, wer Matilda war, als bestünde auch nur eine geringe Chance, dass irgendjemand im Dorf sie nicht kannte – auch wenn man sie nur hinten in der Kirche neben ihrer Mutter antraf. Matilda Wells-Devoran war das einzige ebenso atemberaubende Mädchen wie Lucy, doch im Gegensatz zu meiner Schwester, deren Gegenwart im Dorf manchmal so stark zu spüren war, dass der Eindruck entstehen konnte, es gäbe sie in dreifacher Ausführung, war Matilda ätherisch, so selten anzutreffen wie ein Eisvogel, und selbst dann sprach sie niemals mit uns. Sie war eine Internatsschülerin und spielte in einer anderen Liga als wir.

»Ich glaube, sie braucht Freunde«, sagte Lady W-D und sah mich mit gerunzelter Stirn an.

»Was wollen Sie damit sagen?«

»Sie verbringt so viel Zeit auf dem Internat. Und wenn sie nach Hause kommt, sollte sie mit Leuten in ihrem Alter zusammen sein. Sie langweilt sich, wenn sie hier so allein herumläuft.«

»Wie kann man sich hier langweilen?«, fragte ich überrascht.

Lady W-D hörte mir scheinbar nicht zu.

»Sie war schon als Kind so. Ich hätte einfach ein weiteres Kind haben sollen, aber Lionel hatte gerade in diesem speziellen Bereich so seine Schwierigkeiten.«

Ich wusste nicht, was sie damit meinte, und wollte es auch gar nicht wissen.

»Ich hätte sie ja auf die Dorfschule geschickt, aber nicht so ihr Vater«, fuhr sie fort.

Ich wurde ganz still – das werde ich immer, wenn ich Dinge

zu hören bekommen, die nicht für meine Ohren bestimmt sind. Aber Lady W-D führte ihren Gedankengang nicht weiter.

»Wie auch immer. Er ist nicht mehr hier und kann nichts mehr befehlen, und ich glaube, deine Schwester, die Älteste der Jupp-Mädchen – wie war noch gleich ihr Name? – Linda …?«

»Lucy.«

»Ja, genau. Ich glaube, sie könnte sich ganz wunderbar mit Matilda verstehen. Sie sind in etwa gleich alt, oder?«

»Lucy ist fünfzehn. Sie verhält sich aber so, als wäre sie reifer«, sagte ich, ohne nachzudenken.

»Und Matilda ist siebzehn und verhält sich so, als wäre sie jünger«, sagte Lady W-D achselzuckend. »In welcher Klasse ist deine Schwester?«

»Sie ist gerade mit der Schule fertig geworden«, antwortete ich. »Sie arbeitet bei Miss Fitts in Truro.«

»Miss Fitts?«, fragte Lady W-D ungläubig. »Wer oder was um Himmels willen ist Miss Fitts?«

Ich kicherte. »Das ist ein Friseursalon. Yvonne Fitts hat ihn gegründet, wissen Sie? Ihr Sohn hat gerade erst Ruth Lipson mit dem merkwürdigen Auge geheiratet.« Lady W-D sah mich verwirrt an – verständlicherweise. »Tja, sie leitet also den Friseursalon. Da sollten Sie mal hingehen«, fuhr ich fort. »Da bekommen Sie Rabatt.« Ich schaute Lady W-D an, dann wurde mir bewusst, was ich da soeben angedeutet hatte. »Also, nicht dass Ihr Haar einen Schnitt bräuchte. Ihre Haare sind schön. Und natürlich brauchen Sie auch keinen Rabatt«, fügte ich hilflos hinzu.

Lady W-D überging das einfach.

»Sie ist schrecklich ungeschickt, meine Tochter – kann keinen Raum durchqueren, ohne über die eigenen Füße zu stolpern oder etwas zu verschütten. Hat meinen Mann damit fast völlig in den Wahnsinn getrieben. Könntest du deine Schwester nicht mal zum Mittagessen mitbringen? Nächste Woche fangen die Trimesterferien an.«

»*Hierher?*« Ich stellte mir Lucys Gesicht vor, wenn sie das erfuhr. »Ach, sie kommt bestimmt liebend gern. Sie hat ein Faible für dieses Haus. Hält es für das schönste in ganz Cornwall.«

»Das sagt sich so leicht, wenn man sich nicht die ganze Zeit damit herumschlagen muss«, sagte Lady W-D missmutig. »Es kostet ein Vermögen und ist viel zu groß für uns zwei. Es war Lionels Haus«, fuhr sie fort. »*Seine* Familie hat es erbaut, *seine* Familie hat es geliebt. Ich wäre lieber in den Osten gegangen.«

Mir war, als meinte sie damit eher Bombay als Bodmin. Ich grummelte meine Zustimmung.

Die Uhr auf dem Kamin schlug neun, und Lady W-D klatschte in die Hände – bedeutete mir damit, dass das Geplauder zu diesem Thema zu Ende war.

»Tja, das wäre geklärt. Das mit deiner Schwester, meine ich.«

»Oh ja. Sie wird entzückt sein.«

»Sehr schön.«

Für jemanden, der soeben Lucy als Kavalier für die einzige Tochter organisiert hatte, wirkte Lady W-D merkwürdig beglückt. Als die Eier und Toasts gebracht wurden, erzählte sie noch etwas mehr von Matilda. Ich mampfte nur und gab hin und wieder ein zustimmendes Murmeln von mir. Da Matilda auf dem Internat war, fühlte sie sich vermutlich einsam.

»Matilda ist keine Reiterin«, verkündete sie. »Pferde bringen sie zum Niesen. Aber sie ist wunderschön, und das wird sie vermutlich weiter bringen als die Fähigkeit, in der Reithalle perfekt aus dem Zirkel zu wechseln.«

»Ich glaube nicht, dass das stimmt«, sagte ich gedankenlos. Ich verbrachte die meiste Zeit damit, davon zu träumen, wie man mir Preise für Dressur überreichte. Mit der Fähigkeit, perfekt aus dem Zirkel zu wechseln, hätte ich glücklich sterben können.

»Siebzehn ist heutzutage ein so schwieriges Alter. Vor dem Krieg waren die Dinge so viel einfacher.«

Innerlich stöhnte ich auf. Sätze wie dieser führten normalerweise zu einem langen Monolog darüber, wie sehr die Welt sich verändert hatte, man hackte auf der Jugend von heute herum und fragte verständnislos, warum um Himmels willen wir Süßigkeiten/Musik/Klamotten brauchten, wo es doch wunderschöne Steine und Holzstücke gab, mit denen man spielen/auf denen man herumkauen konnte, und so weiter. Doch Lady W-D sprach bereits von etwas anderem.

»Unglaublich, wie unterschiedlich ihr Jupps alle seid«, fand sie.

»Die Leute sagen, wir sehen alle sehr individuell aus«, sagte ich, zitierte damit den Bischof von Salisbury, der diese Beobachtung vergangenes Wochenende beim Mittagessen im Pfarrhaus gemacht hatte.

»Hmm.« Anders als der Bischof schien Lady W-D nicht geneigt, sich darüber auszulassen, ob dies nun etwas Gutes oder etwas Schlechtes war. »Was hätte ich nicht alles getan, damit Matilda sich für Pferde interessiert«, verkündete Lady W-D. »Aber da ist nichts. Sie hat kein natürliches Gleichgewicht, scheinbar kein Raumgefühl. So kann keine Reiterin aus ihr werden.« Einen unglaublichen, fast schon komischen Moment lang dachte ich, sie würde gleich losweinen.

Ich ging nach Hause und stürzte gleich zu Lucy, um ihr zu erzählen, was passiert war – dass ich Trellanack zum ersten Mal gesehen hatte –, vom Tee, den Toasts und der Stachelbeermarmelade, von Mrs. Wilson und allem anderen. Lucy – die sich alles anhörte, was ich zu sagen hatte, sich allerdings weigerte, eine Reaktion zu zeigen, ehe ich fertig war – krabbelte in der Speisekammer auf der Suche nach einer Mausefalle herum, und als sie schließlich aufstand, waren ihre Wangen ganz rot und ihre Knie ganz aufgerieben, wie bei einer Zwölfjährigen. Ich spürte ihre Verärgerung darüber, dass es mir und nicht ihr gelungen war, einen ersten Blick in dieses Haus zu werfen – und die Tatsache, dass ich von nun an regelmäßig dort sein würde, brachte sie vor Eifersucht ganz durcheinander. Ich konnte nicht umhin, diesbezüglich ein kleines freudiges Vergnügen zu verspüren. Lucy war bei allem immer zur rechten Zeit am rechten Ort. Und dieses eine Mal hatte ich das große Los gezogen.

»Lady W-D möchte, dass du mit Matilda mittagessen gehst«, schloss ich.

»*Mittagessen* gehen? Für wen hält sie mich denn? Etwa für Nancy Mitford?«

»Na ja … vermutlich ja. Sie findet, dass Matilda nicht genug Freunde hat, und aus irgendeinem Grund hält sie dich für die perfekte Begleiterin.«

»Warum sollte ich meine Zeit damit zubringen wollen, einer hochnäsigen kleinen Madame dabei zuzuhören, wie sie über das Internat und schwachsinnige Lacrosse-Spiele faselt oder darüber, wie sie Juckpulver in die Strümpfe der Geschichtslehrerin geschüttet haben?«

(Genau wie wir alle hatte Lucy noch niemals einen Fuß in ein Internat gesetzt und vertraute Enid Blytons Erzählungen blind.)

»Ach bitte, Luce. Bitte, bitte, *bitte*!«

»*Du* kannst ja mit ihr mittagessen gehen«, sagte sie und stolzierte davon.

»Das kann ich *nicht*. Lady W-D lässt mich wahrscheinlich nicht reiten, wenn du das nicht machst!«, rief ich ihr hinterher. »Ich habe ihr versprochen …«

»Tja, dann musst du das rückgängig machen. Wie schrecklich, zu versuchen, jemandem Freunde aufzuzwingen.«

»Aber dann siehst du Trellanack von innen!«, rief ich und spielte so das letzte Ass aus, das ich noch hatte.

Lucy blieb stehen. Langsam drehte sie sich um.

»Ich soll sie auf *Trellanack* treffen?«

»Natürlich«, sagte ich.

»*Tja!*«, erwiderte Lucy. »Ich war davon ausgegangen, dass wir jede Woche in irgend so ein schreckliches Hotel in die Stadt gebracht werden sollten. Tee auf Trellanack! *Das* wirft natürlich ein ganz anderes Licht auf die Angelegenheit.«

»Mit nichts zu vergleichen«, sagte ich ganz begeistert darüber, dass sie ihre Meinung geändert hatte. »Stachelbeermarmelade und alles.«

Lucy dachte jedoch an die Aussicht der spätgeorgianischen Friese an der Esszimmerdecke, an das Badezimmer, das Königin Victoria angeblich benutzt haben soll, an das Labyrinth, das ungestört vom restlichen Dorf dalag. All dieses Wissen beruhte auf Hörensagen. Jetzt bekam sie die Gelegenheit, sich mit eigenen Augen davon zu überzeugen.

»Ja, ich freue mich tatsächlich darüber, dass Lady W-D mich auserwählt hat, um ihre Tochter zu verderben. Sag ihr, wir kommen am Freitag zum Mittagessen vorbei. Wir kommen so gegen zwölf.«

Das war kein Scherz, ganz ehrlich. Selbst bei Lady W-D und einem Haus wie Trellanack bestimmte Lucy die Regeln.

6. Kapitel

Lucy und Matilda

Gerne würde ich mich ganz deutlich an dieses erste Treffen mit Matilda zurückerinnern können, doch das ist mir nicht möglich, denn ich war noch nicht einmal vierzehn, meine Gedanken galten einzig dem Reiten und den Pferden, und mich beschäftigte nur, wie lange ich noch bei Tisch sitzen bleiben musste, ehe Lady W-D mich zu den Ställen gehen ließ. Ich erinnere mich daran, dass Matilda einen sehr schön gearbeiteten, sehr sauberen grauen Rock trug, dazu eine gebügelte weiße Bluse und Schulschuhe; ihr Haar war zu einem langen Zopf nach hinten geflochten. Aus der Nähe wirkte ihr Gesicht blass und so schön wie eine Rosenknospe – wie die Damen auf den Seifenstücken. Sie sah außergewöhnlich unschuldig und verschlossen aus, so ziemlich das Gegenstück von Lucy mit ihren kajalumrandeten, verschmierten Augen mit dunklen Ringen, die sie hatte, weil sie bis in die frühen Morgenstunden Agatha Christie las. Doch Matildas makelloses Aussehen war nur von kurzer Dauer. Ich weiß noch, dass sie beim Eintreten über ihre Schnürsenkel stolperte, wodurch sie bei mir sofort einen Stein im Brett hatte und Lucy zum Grinsen brachte. Mir fiel wieder ein, was ihre Mutter über ihre Tollpatschigkeit gesagt hatte, und ich schloss das ältere Mädchen in mein Herz.

»Schönes Wetter«, sagte ich mit fester Stimme.

Lady W-D hatte genug Grips, um zu wissen, dass sie ihrer

Tochter nicht half, Freundschaft zu schließen, wenn sie hier bei uns blieb, also ließ sie uns allein essen, sagte mir nur, ich solle zu ihr in die Ställe kommen, wenn ich meine Fischpastete aufgegessen hätte.

»Das tut mir schrecklich leid«, sagte Matilda, nachdem die Tür hinter ihrer Mutter zu war. »Ich wusste nicht, dass ich für meine Mutter eine so tragische Figur abgebe. Euch hat bestimmt vor heute gegraust.«

Sie hatte die sanfte, träumerische Stimme eines Einzelkindes, eine Stimme, die nicht dadurch in Mitleidenschaft gezogen war, dass man irgendwelche Brüder oder Schwestern anbrüllen musste, damit sie sich im Bad beeilten oder dabei halfen, die verschwundene Socke zu suchen, ehe die Schule anfing. Lucy – ein Mädchen, das selbst ein ganz wunderbares Einzelkind abgegeben hätte – war beeindruckt.

»Mir graust vor gar nichts«, sagte sie. Sie hörte sich lächerlich an, dachte ich, wie Peter Pan. »Wie könnte es irgendjemandem grausen, in ein solches Haus zu kommen?«, fuhr sie fort.

Überrascht schaute Matilda sie an, als wäre ihr die Großartigkeit dieses Ortes, den sie ihr Zuhause nannte, gar nicht bewusst.

Schweigend aßen wir unsere Suppe. Ich zwang mich dazu, mir etwas einfallen zu lassen, das ich sagen könnte.

»Ich habe dich singen gehört«, sagte Matilda und wandte sich damit mir zu. »Im Chor. Hast du nicht letztes Jahr an Ostern das Solo gesungen? In der Kirche?«

»Ähm, ja.«

»Das war gut. Du warst gut.«

»Danke. Ähm …« Ich suchte wild nach etwas, das ich sagen könnte – irgendetwas –, damit diese Tortur weniger quälend war. Entgegen allem, was man denken könnte, verspürte man in Matildas Nähe das unbedingte Bedürfnis, sie zu beeindrucken.

»Du gehst auf ein Internat, stimmt's?«

»Ja.«

»Macht das Spaß?«, wollte Lucy wissen, wobei sie eine Stangenbohne mit der Gabel aufspießte.

»Schon in Ordnung. Besser, als den ganzen Tag hier herumzusitzen.«

»Gibt's dort Jungs?«, fragte Lucy.

»Wo? Auf dem Internat? Oh nein. Bloß nicht. Was *sind* Jungs überhaupt? Das wollte ich die ganzen Jahre schon immer mal fragen.«

Sie strich ihren Rock glatt und lachte, ein kurzes, hustenartiges Lachen. In diesem winzigen Moment beschloss Lucy, nett zu ihr zu sein. Fragen Sie mich nicht, warum. Ich war erleichtert, denn das bedeutete, dass ich zu den Ställen düsen konnte, ohne mich unbehaglich zu fühlen.

»Du solltest am Samstag mit mir ausgehen«, sagte Lucy.

Lucy redete viel davon, wie »missverstanden« Matilda war und dass sie einfach nur »aus ihrem Schneckenhaus herausgelockt werden musste«. Nach ihrem ersten Abend mit Lucy lagen überall Teile des zerbrochenen Schneckenhauses herum, und es sah nicht so aus, als hätte Matilda vor, sie wieder zusammenzufügen. Lucy war nur mit ihr ins Pub gegangen, aber Matilda war noch nie zuvor dort gewesen. (Stellen Sie sich das mal vor! In dem Dorf, in dem sie aufgewachsen war!) Doch statt eifersüchtig auf die Aufmerksamkeit zu sein, die Matilda von den ehemaligen, gegenwärtigen und zukünftigen Eroberungen meiner Schwester widerfuhr, feierte Lucy es, diejenige zu sein, die die unbekannte Schönheit der breiten Masse näherbrachte, und sonnte sich in der widergespiegelten Bewunderung. Lucy kaufte Matildas ersten Drink an der Bar (auch wenn Matilda ihn ablehnte und stattdessen um eine Limonade bat) und ermutigte sie, mit den Jungs über ihr Leben auf dem Internat zu sprechen, als käme sie von einem anderen Planeten.

»Sie finden dich alle wunderschön«, sagte sie nüchtern zu Matilda, als wir am nächsten Tag um den Küchentisch saßen.

»Ach, erzähl doch keinen Unsinn«, entgegnete Matilda strahlend.

»Die sind alle hoffnungslos, die meisten davon«, sagte Lucy. »Ich will damit sagen, sie stehen auf jede, die neu ist im Dorf, aber du bist das unerreichbare Mädchen par excellence. Ich habe gehört, wie Ricky Wallop sagte, du hättest die schönsten Beine, die ihm je untergekommen seien – und er hat so einige gesehen, das kann ich dir sagen, inklusive meine, jetzt, wo wir darüber sprechen. Ich hab nicht so schöne Beine, nicht so wie du. Johnnie Alan …«

»Welcher war das?«

»Der mit dem Kinn – groß, sieht ein bisschen aus wie eine Bergziege –, arbeitet am Wochenende in der Werkstatt.«

»Ach ja, ich weiß schon.«

»Er hat gesagt, du würdest wie ein *Model* aussehen.«

»Oh, ha, ha, ha! Ich habe gesehen, wie er *dich* den ganzen Abend angeschaut hat.«

»Ach, der hat mich schon lange genug angeschaut. Seitdem wir … Aber das ist eine andere Geschichte.«

»Ach, komm schon, erzähl, was ist passiert?«

»Also, es war an meinem Geburtstag vor zwei Jahren und …«

Und so ging es weiter. Matilda war ganz gefesselt von Lucy, weil Lucy Dinge getan hatte, von denen Matilda allerhöchstens gelesen hatte, und weil Lucy sich überhaupt nicht darum scherte, was andere von ihr dachten. Lucy zog an, was sie wollte, redete, mit wem sie wollte, blieb spät auf und trank, schwänzte die Schule, wenn ihr danach war, sie stolperte niemals – Lucy konnte mit fünf Äpfeln aus dem Obstgarten jonglieren – und fuhr Auto, seit sie elf war. Der Gegensatz zwischen ihnen war das, was Lucy faszinierte. Matilda war fast einen Meter achtzig groß, fluchte nie, blieb schlank, egal wie viele Aero-Riegel sie aß. Und sie rauchte nicht – egal wie oft Lucy ihr eine Zigarette drehte.

»Davon wird mir bestimmt schwindlig«, sagte sie immer nur.

»Wie willst du das wissen, wenn du noch nie eine probiert hast?«

»Prof Harris sagt, es ist ungesund.«

»Wer zum Teufel ist das jetzt wieder?«

»Unser Naturwissenschaftslehrer«, sagte Matilda. »Er glaubt, dass Rauchen einen umbringen kann.«

»Das sagen sie alle«, spottete Lucy. »Ich könnte wetten, dass er selbst auch raucht.«

»Wie ein Schlot«, gab Matilda zu. »Er gibt sogar seinen Oberprimanern Zigaretten, wenn sie gute Aufsätze abgeben. Er ist schrecklich gut aussehend – und es gibt Gerüchte, dass er letztes Jahr am ›Founder's Day‹ Bridget Simpkins hinter dem Lime Kiln geküsst hat.«

»Hört sich so an, als würde man eine Unmenge hochnäsiger Mädchen mit hohen Moralvorstellungen an ihn vergeuden«, sagte Lucy. »Ich glaube, *ich* sollte auf dem Internat sein. Zigaretten umsonst und dazu gut aussehende Männer, die etwas im Kopf haben. Du lässt das Leben ja an dir vorbeiziehen, Miss Wells-Devoran.«

Genau wie Lucy und ich war Matilda ganz fasziniert von Kino, insbesondere von Musicals. Dreimal haben wir *Gigi* im Kino in Redruth gesehen. Und auf dem ganzen Heimweg nach Trellanack sangen wir dann mit Lucy am Steuer.

»Du solltest etwas mit deiner Stimme machen«, sagte Matilda und stupste mich dabei in die Seite.

Ich dachte an Inigo Wallace, wie immer, wenn jemand mich auf meine Stimme ansprach.

»Einfacher gesagt als getan«, erwiderte ich.

»Wäre es nicht wunderbar, eine Platte aufzunehmen?«, fragte Matilda verträumt.

»Oh! Schaut mal, da!«, rief Lucy plötzlich und zeigte zum Himmel.

Wir reckten die Hälse aus dem Wagen.

»Was denn?«, fragte ich, da mir nichts Ungewöhnliches am Himmel über Cornwall auffiel.

»Ein fliegendes Schwein«, sagte Lucy. Sie grinste mich im Rückspiegel an. »Eine Platte aufnehmen, na klar!«

»Unsere Mutter wollte immer Sängerin werden«, sagte ich. Ich hatte das starke Bedürfnis, mit Matilda über Ma zu sprechen; es überkam mich fast jedes Mal, wenn ich mit ihr zusammen war. Ich weiß nicht, warum ich so sehr darauf bedacht war, sie wissen zu lassen, dass wir einst eine Mutter in unserem Leben gehabt hatten; war es, weil Pas Gegenwart jetzt so deutlich zu spüren war oder weil ich wollte, dass etwas in Matilda das Ausmaß von Lucys Verlust wahrnahm? Ich kam nie weit mit einer solchen Unterhaltung, weil Lucy das Thema immer ganz schnell und so verblüffend wechselte, wie es nur ihr möglich war. Für gewöhnlich glitt sie in eine Farce ab, wenn sie nicht über etwas reden wollte. Einmal brachte sie uns dazu, ein dämliches Spiel zu spielen: Was wärst du, wenn du eine Hunderasse/ein Haushaltsgerät/ein Kuchen wärst? Bei Letzterem war Lucy ein Zartbitterschokoladenkuchen (ein ziemliches Geschmiere, aber einfach unwiderstehlich, nehme ich an), und Matilda war ein märchenhafter Vanillekuchen mit Hunderten und Tausenden von Streuseln darauf. Und zwar nicht einer der trockenen Kuchen, die man für gewöhnlich an den Buden beim Dorffest bekam – sie war die Sorte, wie man sie bei einem schicken Tee mit einer reichen Tante bekam, die Sorte, von der man noch Wochen danach träumte. Unnötig zu erwähnen, dass ich ein Battenbergkuchen war, denn, wie Lucy sagte: »Dein Leben ist in vier Bereiche unterteilt – Pferde, Singen, Lauschen und Essen. Außerdem bist du selbst auch ganz quadratisch«, schloss sie.

»Und nicht viele Leute mögen mich«, fügte ich sarkastisch hinzu.

In dem Jahr, das auf dieses erste Treffen folgte, waren Lucy und Matilda praktisch unzertrennlich. Matilda war noch immer auf dem Internat, während Lucy bei Miss Fitt Haare schnitt und stylte und Dauerwellen legte, doch auch so hielten die beiden durch Briefe und gelegentliche Anrufe Kontakt. Matilda schrieb Lucy von merkwürdigen Dingen wie »Hauspunkten« und »Dresscode«, und Lucy schrieb ihr unzählige unterhaltsame Seiten zurück – Geschichten von alten Damen und silberblau gefärbtem Haar oder der schrecklichen Hochzeitsfrisur von Martin Adams Schwester. Manchmal erzählte sie von ihren letzten Eroberungen und davon, wie sehr sie sich damit langweilte. Sie unterschrieb immer mit demselben Satz: Viel Liebe und andere Turnereien wünscht Dir Lucy.

Und diese achtzehn Monate bestanden für mich aus nahezu ununterbrochener Glückseligkeit – reiten unter Lady W-Ds fachkundiger Anleitung, Arbeiten mit Pferden und dem Erbetteln von Honigbroten und dampfendem, süßem Ananaskuchen von Mrs. Wilson, während ich am Sonntagabend Zaumzeug putzte. Lady W-D stellte eine andere Pferdepflegerin ein, Pamela – dicklich, blauäugig, picklig und immer am Lachen. Es schien ihr nichts auszumachen, dass ich erst dreizehn war – und noch jünger aussah. Wir redeten über Pferde und Musik und darüber, was wir machen würden, stünden uns tausend Pfund zur Verfügung. Wir weinten beide, als das Nest des Rotkehlchens im Efeu über der Tür der Sattelkammer von Elstern besetzt wurde.

Als Matilda achtzehnjährig mit der Schule fertig war, holte man ihr einen Privatlehrer für Italienisch (ausgerechnet aus Falmouth) nach Trellanack, mit dem sie die meiste Zeit des Tages verbrachte. Lady W-D wollte nicht, dass sie unter der Woche ausging, doch an den Wochenenden arbeitete Lucy hart daran, ihren geheimnisvollen Nimbus als Paar aufrechtzuerhalten, während Matilda ganz eisern unschuldig blieb. Es lag einfach nicht in ihrer Veranlagung, wie Lucy alle Vorsicht in den Wind zu schlagen. Sie saß bei den Dorfjungen, lauschte ihren schrecklichen Witzen, grenzte sich von ihnen ab, während sie zugleich dazugehörte. Man durfte sie nicht anfassen, nur ansehen, und das wussten auch alle. Ehrlich gesagt nehme ich an, dass Matilda ohne Lucy nichts von dem erlebt hätte, was sie erlebte. Später sagte Lucy, sie hätte Matilda erfunden. Und das sagte sie nur halb im Scherz.

Und Lucy, die Trellanack schon immer aus der Ferne geliebt hatte, war jetzt ganz von ihm gefangen genommen und ebenso sehr Teil des Hauses wie die Urnen aus dem siebzehnten Jahrhundert in der Eingangshalle. Nachdem sie zusammen mit Tante Mary so viele Herrenhäuser zu sehen bekommen hatte, hatte sie nun eines zu ihrer permanenten Verfügung. Und man kann durchaus behaupten, dass sie sich mehr in dieses Haus verliebt hatte als jemals in einen Jungen.

Das war nicht weiter überraschend. Trotz seiner Größe – die Südfassade mit ihren sechzig Metern Länge, wie Mrs. Wilson niemals müde wurde, Besuchern gegenüber zu erwähnen, war mit riesigen Fenstern versehen, »durch die ein Omnibus fahren könnte!« – verströmte Trellanack eine Weichheit, eine Freundlichkeit, durch die es für uns zu mehr als nur zu einem Haus wurde. Die Granitwände, die über die Jahre der kornischen Sommer und der Seeluft zu einem Rosa mit Silberflecken verblasst waren, schienen mit dem apfelschimmelfarbenen Schieferdach zu verschmelzen, das wiederum das stützte, was Professor Pevsner die »zuverlässigsten Kamine« genannt hatte. Es kombinierte Größe mit Anmut, Schönheit mit Bescheidenheit. Über die Jahre hatte es so vieles gesehen – den Anbau des Ost- und Westflügels 1799, eine gotische Kapelle 1820, die mit den viktorianischen Veränderungen wieder verschwand –, und doch wurde ich das Gefühl nicht los, dass es ganz bestimmt erst dann zu leben angefangen hatte, als wir dort ankamen. Es war, als hätte Trellanack die ganze Zeit gewusst, dass wir kommen würden, als hätte es einfach die Zeit mit den vergangenen Bewohnern abgesessen und gewartet.

»Jedes Mal, wenn man meint, alles darüber zu wissen, dann taucht etwas Neues auf und macht einem klar, dass man so gut wie nichts weiß«, sagte Lucy eines Nachmittags.

»Habe ich dir schon mal das Rote Badezimmer gezeigt?«, fragte Matilda sie unvermittelt.

»Nein. Wo ist es?«

»Es ist abgeschlossen, aber das sollten wir uns wirklich ansehen. Ich glaube, zuletzt wurde es von Lord Byrons Diener benutzt.«

»Du hast das die ganze Zeit gewusst und mir gegenüber nie ein Wort über Lord Byrons Diener verloren?«

»Das habe ich vergessen.« Matilda grinste sie an.

»Na, worauf warten wir noch?«

Ihre Freundschaft beschränkte sich nicht nur auf Trellanack – Matilda versuchte Einladungen ins Pfarrhaus zu ergattern, wann immer ihr das möglich war. Sie war ganz entrückt von der Größe unserer Familie, von dem noch nie dagewesenen Gefühl, Teil eines Stammes zu sein – und nach einer vorsichtigen Einführung waren meine Brüder und Schwestern der Meinung, dass sie absolut dazu berechtigt war, hier aufzukreuzen, wann immer ihr danach war. Wir verbrachten Stunden um den Küchentisch, aßen Kuchen und spielten Scharade. Trotz ihrer scheinbaren Schusseligkeit war Matilda bei Spielen aller Art äußerst scharfsinnig, und sie schlug uns alle jedes Mal beim Scrabble. Nur widerstrebend wollte sie nach solchen Abenden wieder zurück nach Trellanack gehen.

»Ihr habt so viel Glück, dass ihr einander habt«, sagte sie dann.

»Na ja, du kannst ja so tun, als wärst du unsere Schwester«, sagte Imogen, die Matildas Gesicht bewunderte, ebenso wie das sonderbare Vergnügen, das sie zu haben schien, wenn sie beim Abwasch half.

»Komm doch einfach morgen Abend wieder«, schlug George

vor. »Florence hat letzte Woche zum Geburtstag Cluedo geschenkt bekommen.«

Pa mochte Matilda, weil sie gute Manieren hatte, und war auch dann nicht nachtragend, wenn sie einen Teller von dem Sechser-Set fallen ließ, das er und Ma als Hochzeitsgeschenk vom Dekan in Salisbury erhalten hatten.

»So etwas passiert«, sagte er sanft, als Matilda sich schreckerfüllt nach unten bückte, um die Scherben einzusammeln.

Wäre das einem von uns passiert, wäre er an die Decke gegangen.

7. Kapitel

Raoul

An einem Wochenende Mitte August 1959 wurde Matilda zu einer riesigen Party nach Südfrankreich mitgeschleppt, die ihr Onkel Richard und seine Frau gaben – eine Pariser Schönheit mit Namen Marie-Léone. Solche Namen, solche Orte und solche Gelegenheiten, hervorragendes Essen und Trinken zu genießen, waren Lucy und mir vollkommen fremd. Für uns war das Scheunenfest des Dorfes das, was Glamour am nächsten kam. Gerne wären wir auch eingeladen gewesen, doch so mussten wir auf Matildas Rückkehr warten und sprachen darüber, was sie wohl essen würde und wie die Leute gekleidet sein mochten. Matilda war nur drei Tage weg, doch Lucy war unruhig, als könnte sie spüren, dass eine Veränderung in der Luft lag. Und wie sich herausstellte, hatte sie recht. Matilda kam mit leuchtenden Augen zurück – sie hatte einen Jungen getroffen und konnte es kaum abwarten, von ihm zu erzählen.

»Wie heißt er?«, fragte ich sie. Sie, Lucy und ich saßen im Obstgarten von Trellanack und aßen Äpfel.

»Raoul.«

»Raoul?«, wiederholten Lucy und ich einstimmig.

»Er ist Spanier. Er kann ganz ausgezeichnet schreiben, ist aber unentschlossen, ob er sich als Architekt oder Landschaftsgärtner spezialisieren soll.«

»Landschaftsgärtner?«, wiederholte ich, während Lucy gleichzeitig fragte: *»Spanier?«*

»Na ja, Halbspanier«, räumte Matilda ein. »Sein Vater ist so englisch, wie es nur geht – er war Prof in Oxford und hat meinen Onkel in Griechisch unterrichtet, ehe er nach Spanien gegangen ist, wo er Raouls Mutter kennenlernte. Sie arbeitete als Eisverkäuferin in einem Café in Salamanca, und er hat sie einfach nur angesehen und sich in sie verliebt.«

»Großer Fehler«, sagte Lucy.

»Wie auch immer, Raoul ist der tollste Mann, den ich je getroffen habe«, sagte Matilda ruhig. »Er ist in Granada aufgewachsen, wie Lorca.«

»Und wir sind aus Cornwall, wie D. H. Lawrence«, entgegnete Lucy schroff. »Na und?«

Matilda ging nicht auf Lucys bissige Bemerkung ein.

»Er spricht ganz wunderbar Englisch. Oh, und er ist auch der schönste Mann, den du je gesehen hast.« Matilda errötete schicklich. »Er kommt nächste Woche hierher.«

»Um *dich* zu besuchen?«, fragte Lucy.

»Na ja, nicht genau«, gab Matilda zu. »Er studiert in Bristol. Er muss schrecklich schlau sein.«

»Hmm«, machte Lucy.

»Er schreibt eine Doktorarbeit über Capability Brown«, erklärte Matilda. »Als er mir das erzählte, habe ich gesagt: ›Also, der war auch bei uns und hat sich da versucht. Warum kommst du nicht vorbei und siehst es dir an?‹« Sie nickte in Lucys Richtung. »Ihr beide werdet bis drei Uhr morgens wach sein und darüber reden, wie man die Küche einst benutzte, und lauter solches Zeug.«

»Du hast ihn hierher eingeladen?«, fragte ich erstaunt.

»Er war noch nie in Cornwall. Er wird einen Monat hier bleiben«, sagte Matilda.

»Einen *Monat*!«, platzte Lucy heraus. »Wie hast du deine Mutter nur rumgekriegt?«

»Ach, die findet ihn ganz fabelhaft«, sagte Matilda. »Sie möchte, dass er die definitive Geschichte Trellanacks verfasst.

Er wollte zwar schon immer Prosa schreiben, hat aber das Gefühl, dass man mit der Wahrheit mehr Geld verdienen kann.«

Das verschlug Lucy die Sprache. Sie starrte Matilda an.

»Mach keine Witze.«

»Das mache ich nicht!«, kreischte Matilda. Sie führte tatsächlich ganz aufgeregt einen kleinen Freudentanz auf.

»Deine Mutter hat sich doch noch nie für die Geschichte des Hauses interessiert!«, sagte Lucy. »Sie erzählt uns doch ständig, dass es ihr völlig schnuppe ist, wer hier gelebt hat oder warum der Westflügel errichtet wurde und von wem.« Sie war verletzt, das war mir klar. Wenn jemand die Geschichte von Trellanack zusammentragen sollte, dann sollte *sie* das sein!

»Ich weiß«, stimmte Matilda zu. »Mir kam das auch komisch vor. Dann wurde mir klar, dass sie etwas anderes im Kopf hat.«

»Was denn?«, fragte ich.

»Ich glaube, ihr gefällt die Idee ganz gut, dass Raoul und ich Zeit miteinander verbringen – ihr wisst schon.«

Sie blickte uns vielsagend an. »Ihr wisst schon«, wiederholte sie bedeutungsvoll.

»Willst du damit sagen, dass sie versucht, ihn als möglichen Ehemann für dich zu sichern?«, fragte Lucy lachend.

»Mutter mag ihn«, erklärte Matilda geduldig. »Alle in seiner Familie sind Reiter. Er ist klug, sieht gut aus und wird ganz sicher Erfolg haben – du hast noch nie jemanden gesehen, der mit solcher Entschlossenheit arbeitet. Wie auch immer, Mutter ist nie davon ausgegangen, dass ich einen Engländer heiraten werde. Ich glaube, sie will nicht, dass ich so leide wie sie.«

»Nicht alle Engländer sind wie dein Vater. Und du bist ja auch erst achtzehn!«

»Meine Cousine Tatiana war schon mit siebzehn verheiratet.«

»Und mit zweiundzwanzig geschieden«, ergänzte Lucy.

»Ihr Mann hatte eine Affäre mit dem Kindermädchen«, erwiderte Matilda schnippisch. »Sie haben das Ganze voll guter Absichten begonnen.«

»Tja«, meinte ich, aufgewühlt von Matildas ungewöhnlichem Trotz, »was du über ihn gesagt hast, hört sich in jedem Fall ganz nett an.«

»Das von jemandem deines fortgeschrittenen Alters und deiner Erfahrung zu hören ist sehr erbaulich«, meinte Lucy.

»Wir saßen zusammen und haben stundenlang geredet«, sagte Matilda. »Mit nichts zu vergleichen. Als würde kein anderer auf der Welt existieren.«

»Oh Gott«, stöhnte Lucy überdrüssig.

»Es war schon elf Uhr abends, aber es war so warm«, sagte Matilda verträumt. »Wir saßen auf den Steinstufen, abseits von der Partygesellschaft, und aßen Renekloden direkt vom Baum.«

»Ich bin zwar keine Expertin, aber ich stelle mir vor, dass *jeder* sich an einem Sommerabend, umringt von Pflaumenbäumen, verlieben kann«, brachte ich unsicher hervor.

»Natürlich«, sagte Lucy. »Nur wird es dann hier in Blighty vermutlich nicht mehr ganz genau so sein.«

»Warum *willst* du das nicht für mich?«, platzte Matilda heraus. »Was ist denn schon *falsch* daran, wenn ich mich verliebe?«

»Verlieben!« Lucy brachte die ganze Absurdität dieses Wortes zum Ausdruck.

»Warte, bis du ihn triffst«, sagte Matilda. »Dann wirst du verstehen, was ich meine.«

Einen Moment sagte keiner etwas, wir ließen einfach nur Matildas Worte sacken. Dann sprach Lucy wieder.

»Ich will einfach nicht, dass du verletzt wirst«, sagte sie. Einen sonderbaren Augenblick lang sah ich etwas in ihrem Gesicht, das an Furcht erinnerte; ein kurzer, schneidender Schock der Vorahnung, für den Lorca so berühmt war. Es war, als wüsste sie es bereits.

Er tauchte eine Woche später auf Trellanack auf, genau zum

Ende des Monats. Der Sommer hatte in diesem Jahr keinen großen Eindruck hinterlassen – es war kalt gewesen, und die letzten drei Tage hatte es durchgeregnet. Matilda hatte vor den Tagen seiner Ankunft unaufhörlich wegen des Wetters herumgenörgelt.

»Ich habe für Sonne gebetet, umsonst«, sagte sie aufgewühlt.

»Ich sage Pa, er soll ein gutes Wort für dich einlegen«, gähnte Lucy.

An dem Nachmittag, an dem Raoul eintraf, holten ihn Matilda und ihre Mutter am Bahnhof ab. Sobald er seine Koffer abgestellt hatte, brachte Matilda ihn in die Sattelkammer zu Lucy und mir. Lucy half mir, einen Berg verdreckter Sättel zu putzen – etwas, das sie für gewöhnlich niemals tat, doch ich glaube, sie wollte vor Ort sein, wenn er eintraf. Ich baute gerade eine Trense auseinander, als sie hereinkamen; meine Finger waren vor Schmutz ganz schwarz, und mein Haar hatte ich mit mehreren kleinen Gummibändern für das Einflechten der Mähnen zu abstehenden Strähnen nach hinten gebunden. Ich präsentierte mich nicht von meiner besten Seite. Lucy, hochgewachsen, mondbleiche Brüste, die aus einer alten weißen Weste zu fallen schienen, die mit Johannisbeerflecken von den Obstgärten übersät war, knappe Shorts und ein Ölfleck auf der linken Wange, sah so aus, als könnte man sie geradewegs für den *Playboy* ablichten.

»Tara, Lucy, das ist Raoul«, sagte Matilda.

Sie strahlte über das ganze Gesicht.

»Hallo«, sagte er.

»Hallöchen«, brachte ich hervor.

Er sah atemberaubend aus. Ich war wohl nicht wirklich ganz überzeugt davon gewesen, dass er Spanier war, bis ich ihn in natura sah, doch da war er; selbst in der dämmrigen Sattelkammer von Trellanack blieb kein Zweifel an seiner exotischen Herkunft. Er trug ein weißes Hemd und eine dünne blaue Krawatte; in der Hand hielt er ein hellblaues Jackett. Sein dichtes schwarzes Haar war zu einer Schmalztolle im Stil der Teddy Boys nach hinten gekämmt, genau wie Inigo Wallace seines damals getragen hatte – aber er war nicht englisch genug, um wie ein Ted auszusehen –, allerdings passte seine dunkle Haut nicht dazu. Ich spürte, wie Lucy den Atem anhielt, als er lächelte.

»Wie geht's euch?«, fragte er.

Er streckte die Hand aus, und ich machte einen Schritt nach vorn, um sie zu schütteln, und stieß dabei eine Dose Huföl um.

»Scheiße!«, sagte er. »Mein Vater bringt mich um, wenn ich seine Schuhe ruiniere. Ich borge sie, damit man mir glaubt, ich wüsste, wovon ich spreche, wenn ich hierherkomme.«

Wie ich bereits erwähnt hatte, liebte ich es, Jungs fluchen zu hören. Und Jungs mit einem starken spanischen Akzent fluchen zu hören war quasi der Himmel auf Erden.

Raoul lächelte und hob die Dose auf. »Ich vermisse reiten«, sagte er. (Mit seinem Akzent klang es etwas anders: »Ich vameesse reiten.«)

»Ich hole ein Tuch.«

Ich rieb den Boden mit der Unterseite einer alten Satteluntерlage sauber. Raoul hielt sich die Dose an die Nase und schnüffelte mit geschlossenen Augen daran, ehe er sie neben dem Tisch abstellte. Dann griff er ganz unvermittelt in die Taschen seines blauen Jacketts und holte vier Gegenstände hervor, die nach exotischen Früchten aussahen. Einen Moment lang hielt er zwei in jeder gebräunten Hand, als wollte er damit jonglieren.

»Was ist das?«, fragte ich.

»Avocados«, sagte Raoul. »Habe sie euch zum Probieren mitgebracht.«

Er reichte mir eine, und ich spürte, wie weich sie unter ihrer glatten, grünen Haut war.

»Besser wir essen sie heute, sonst werden sie schlecht«, sagte er.

Ich weiß nicht, warum ich immer noch daran denken muss. *Heute essen, sonst werden sie schlecht.* Aber dem ist nun mal so.

Zusammen gingen wir zurück zum Haus, wobei Lucy und ich ein wenig hinterhertrödelten, damit Matilda vorausgehen konnte. Aber Raoul blieb immer wieder stehen und stellte Fragen zum Garten, von denen Matilda, zu ihrem größten Leidwesen, nicht eine einzige selbstbewusst beantworten konnte. Wir gingen durch den Obstgarten, durch das kleine Tor bei der Trockenmauer. Raoul konnte sich gar nicht davon lösen.

»Diese beeindruckende Mauer«, sagte er – und tatsächlich streckte er die Hand aus und fuhr damit über die Mauer, als würde er ein vom Aussterben bedrohtes Tier berühren. »Wann entstand der Obstgarten, Matilda? Das muss im siebzehnten Jahrhundert gewesen sein, oder?«

»Bei aller Liebe!«, sagte Matilda lachend. »Ich hätte wissen müssen, dass du lauter unmögliche Fragen stellst. Ich weiß nur, dass ich mich hinter dieser Mauer versteckt und Äpfel gegessen habe, wenn Vater wieder einmal einen seiner Wutanfälle hatte. Äpfel oder Dosenananas«, fügte sie noch hinzu.

Tatsächlich erzählte sie ihm sehr viel mehr, als sie Lucy oder mir je mitgeteilt hatte – und mir hätte es sehr gut gefallen, wenn sie weitererzählt hätte –, aber Raoul wollte Daten, Fakten, nicht dieses emotionale Zeug.

Und da Lucy sich nicht länger beherrschen konnte, platzte sie heraus: »Im *Domesday Book* wird er als ›einer der schönsten Obstgärten im ganzen Bezirk‹ erwähnt.«

Raoul drehte sich um und starrte sie an, als würde er sie zum ersten Mal sehen. Sie schaute nach unten, als wäre sie verlegen.

»Mit der Zeit hat man dann auch genug von Äpfeln«, sagte Matilda, wohl in einer Anspielung auf Lady von Shalott und ihre Schatten. Sie versuchte zu lachen, doch ihre Stimme war erfüllt von tiefer Traurigkeit. »Mir sind Renekloden sehr viel lieber«, fügte sie neckisch hinzu.

Diese letzte Bemerkung sollte Raoul bestimmt an einen ganz besonderen Moment erinnern, an den Abend, den sie zusammen im Pflaumenhimmel auf der Party verbracht hatten, doch er schien das gar nicht wahrzunehmen. Dann wurde jede Notwendigkeit, auf das zu reagieren, was sie gesagt hatte, plötzlich von Matildas Niesen, dreimal rasch hintereinander, aus der Welt geschafft. Ihre Augen füllten sich mit Tränen. Es tat mir schrecklich leid für sie, dass sie bereits an der ersten Hürde so scheiterte.

»Gesundheit«, sagte ich und kam mir dann richtig dumm vor, weil ich es gesagt hatte. Und schon wieder musste Matilda heftig niesen. Wieder dreimal hintereinander. Lucy und ich, die wir daran gewöhnt waren, warteten ab, bis sie sich wieder davon erholte.

»Geht es dir gut?«, fragte Raoul besorgt.

»Ja, ja. Mach dir keine Sorgen.« Matilda japste nach Luft und zog ein Taschentuch hervor. »Nicht der Rede wert.«

»El fiebre del heno«, sagte Raoul. »Bei meinem Bruder ist das auch jedes Jahr so. Bei ihm sind es Zitronenbäume. Sobald er sich irgendwo in der Nähe davon aufhält, ist es vorbei. Saumäßig nervig.«

Dieser Ausdruck kam so unerwartet, dass ich losprusten musste. Raoul grinste.

Lucy verdrehte die Augen fast unmerklich gen Himmel. Wie die meisten widerstandsfähigen, gesunden Leute brachte sie Matildas Heuschnupfen und seinen damit einhergehenden Ausbrüchen nur wenig Mitgefühl entgegen.

Wir gingen um das Haus herum zur anderen Seite.

»Was für ein Haus!«, sagte Raoul, als er die Rückseite von Trellanack in sich aufnahm mit seinem ganzen, im Lauf der Jahre angesammelten Durcheinander.

»Von dieser Seite sieht es nicht so wunderbar aus«, erläuterte Matilda. »Lauter Teile, die in den verschiedenen Epochen angefügt wurden. Mutter sagt, wenn Aliens eines Tages auf Trellanack landen sollten, dann würden sie nicht wissen, in welchem Jahrhundert sie gelandet sind.«

»Wenn ich ein Alien wäre, dann würde ich das Risiko eingehen und mir das nächste Millennium aussuchen«, sagte Lucy.

»Das wäre okay für mich«, entgegnete Matilda leichtfertig. »Ich würde in mein Raumschiff hüpfen und Richtung Mars abschwirren. Oder wenigstens nach London«, räumte sie ein. »Einfach mal einen Tapetenwechsel«, fügte sie hinzu und schaute Raoul unter dichten Wimpern an. Vermutlich dachte sie, sie würde Anklang bei ihm finden, wenn sie sich als unsteter Geist darstellte, als flackerndes Flämmchen, das nicht für alle Zeit in einem Dorf in Cornwall gefangen sein wollte. Tatsächlich war mir aber ziemlich klar, dass noch niemals irgendetwas Raoul so sehr in seinen Bann gezogen hatte wie gerade Trellanack. Mars, London, Granada – nichts war so berauschend wie dieser kleine Fleck im Südwesten Englands.

Als wir schließlich im Salon waren, spielte ich auf dem Klavier herum, wie ich es immer nach dem Reiten tat. Raoul wanderte langsam durch den Raum, nahm jedes Detail der Vertäfelung um das georgianische Bücherregal, den Kamin, die Gemälde in sich auf. Lucy setzte sich, schnappte sich *The Field* und gab vor, einen Artikel über die Gefahren von Koliken bei Connemara-Ponys zu lesen, dabei beobachtete sie ihn aber die ganze Zeit.

Schließlich setzte er sich zu mir und spielte bei »The Entertainer« mit. Und obwohl er mich das meiste spielen ließ, wurde mir klar, dass er ein guter Pianist sein musste.

»Spielst du noch etwas anderes?«, bat ich ihn.

Er schüttelte den Kopf.

»Nein, danke. Ich spiele schrecklich vor Publikum.«

»Nicht wie Tara«, sagte Lucy. »Sobald sie einmal angefangen hat, kann sie nichts mehr aufhalten.«

»Du spielst bei Konzerten?«, fragte er und schaute mich an, hatte aber den Anstand, sich nicht zu erstaunt anzuhören.

»Oh nein. Nicht spielen. Also, ich meine, ich singe. Da ist nichts dabei. Nur im Kirchenchor …« Ich starrte Lucy böse an.

»Trotzdem«, meinte Raoul. »Kirchenchor. Irgendwie muss jeder mal anfangen, oder nicht?«

»Davon gehe ich aus.«

»Kirchenchor an einem Abend, und ehe man sichs versieht ist es Glyndebourne«, sagte er. Er lachte kurz auf, als wäre das eine urkomische Vorstellung.

Ich musste auch lachen – es war *tatsächlich* urkomisch. »Mir ist Popmusik eigentlich viel lieber.«

»Klar«, sagte er. »Mir auch.«

»Echt?« Zweifelnd sah ich ihn an. »Wen magst du?«

»Roy Orbison«, erwiderte Raoul wie aus der Pistole geschossen.

Ich lachte.

»›*Only the lonely …*‹«, hob er an, eine überraschend anständige Imitation, ohne einen Hauch Verlegenheit.

Erst schnappten wir alle nach Luft, dann lachten wir.

Raouls dunkle Augen entdeckten das Backgammon-Brett in der Ecke.

»Matilda ist die amtierende Meisterin«, sagte ich, als ich seinen Blick bemerkte.

»Wenn es im Sommer zu kalt für Picknicks ist, dann spielen wir Backgammon, als würde unser Leben davon abhängen«, erklärte Matilda.

Ich blickte hinaus in den silberfarbenen Himmel. »Du kannst dir also vorstellen, wie gut wir sind«, sagte ich.

»In Spanien spiele ich mit meinem Bruder, wenn es draußen zu heiß ist, um rauszugehen«, erwiderte Raoul.

Er nahm Platz und richtete die roten Spielsteine auf dem Brett aus.

»Na, worauf warten wir noch?«, fragte er.

Matilda lachte und nahm ihm gegenüber Platz.

»Ich spiele Schiedsrichter«, verkündete ich.

»Lucy, du hilfst mir«, sagte Raoul. »Du weißt, wie sie vorgeht.«

»Oh nein, da täuschst du dich«, widersprach Lucy, schob den blauen Lehnstuhl zu uns, um sich das Spiel anzusehen.

Raouls Hände direkt gegenüber denen von Matilda sahen merkwürdig aus – ich hatte noch nie zuvor jemanden gesehen, der so dunkelhäutig war. Schockiert überraschte ich mich dabei, dass ich ihn mir ohne Kleidung vorstellte. Ich schüttelte diesen Gedanken ab und hörte, wie Lucy fragte: »Wie findest du Bristol?« Ich glaube nicht, dass sie wusste, wie sie sich ihm gegenüber genau verhalten sollte; er hatte uns alle verwirrt, weil er sich nicht an seinen Text hielt.

»Ich war zwei Wochen dort. Wir haben August, und es hat jeden Tag geregnet. Ich liebe es.«

»Ich bin mir nicht sicher, ob wir alle am Jahresende dem Wetter gegenüber noch so wohlwollend sein werden«, sagte Matilda.

»Ich habe das Gefühl, ich schon«, meinte Lucy.

Eine Stunde später hatten Matilda und Raoul je zwei Spiele gewonnen. Mrs. Wilson brachte Marmelade und Toast, und mir kam es etwas merkwürdig vor – da saß Raoul mit seinen dunklen, mysteriösen Augen, der sich doch ganz zu Hause fühlte, wie er in diesem ausgebleichten Lehnstuhl voller Hundehaare mit dem Schottenmuster saß, den Lady W-D für ihr zweites Frühstück bevorzugte. Er schaute in den trostlosen Nachmittag hinaus.

»Nur in England«, sagte er langsam, und wir folgten seinem Blick in den Garten. Der Himmel war von einem nassen Seehundgrau, die Shetland-Ponys standen dicht beieinander in der Senke, wo ich immer heimlich reiten gewesen war.

»Nur in England, was?«, fragte ich.

»Ich weiß nicht. Ich wollte schon immer so etwas sagen und aus so einem Fenster nach draußen schauen.«

Noch nie hatte ich jemanden gesehen, dem es so gefiel, irgendwo zu sein.

Und so fing sein Aufenthalt auf Trellanack an. Lady W-D –

die ihn auf eine Weise empfing, die Lucy und mir jeden Zweifel nahm, dass Matilda die Situation richtig eingeschätzt hatte – überließ ihm das gesamte Dachgeschoss: ganz für ihn Schlafzimmer, Badezimmer und Ankleidezimmer, die Capability Browns jahrelange Arbeit im Garten unten überschauten. Sie legte Shortbread-Kekse auf seinen Nachttisch, und Matilda stellte eine Vase mit Rosen aus dem Garten auf seine Frisierkommode.

»Er ist auf die Butterseite gefallen«, murmelte Lucy, die mit dem Finger über einen Bettpfosten fuhr, auf dem kein Stäubchen lag. »Für mich hat sie nie einen solchen Aufwand betrieben.«

»Weil du ein Mädchen bist«, sagte ich. »Ich glaube, sie stellt sich vor, dass er derjenige sein wird, der sie errettet. Wie auch immer, ich würde nicht gerne hier oben sein. Das ist gruselig.«

Das war der Teil des Hauses, in den Matilda uns nie mitnahm; das Kindermädchen hatte hier gelebt, als Matilda klein war, und alles steckte voller Erinnerungen an diese Zeit, doch ohne die Anwesenheit von Kindern konnte man meinen, dass es im Dachgeschoss von Trellanack tatsächlich spukte. Das Badezimmer war mit Szenen aus Kinderliedern verziert, die den Albtraum einer jeden Kindheit verkörperten – ein finster dreinschauender Humpty Dumpty, vorwurfsvolle Jack-und-Jill-Figuren mit verbundenen Köpfen, eine fürs Leben gezeichnete Miss Muffet, für immer auf derselben Kachel gefangen mit Mr. Spidey mit Reißzähnen, drei schielende, schwanzlose Mäuse, die vor der Messer schwingenden Farmersfrau flüchteten. Im Schlafzimmer, in dem Raoul schlief, gab es einen Holzfußboden, und es wirkte spartanisch. Die Fensterläden hinter den Vorhängen blendeten jeglichen Lichteinfall aus und damit auch jedwedes Gefühl, ob bereits Morgen war. Raoul verschlief häufig, und wenn ich im Haus war, schickte Matilda mich nach oben, um ihn zu wecken.

»Matilda hat hier geschlafen, als sie klein war«, erzählte ich Raoul an einem solchen Morgen. Ich war der Meinung, über sie zu sprechen würde ihn vielleicht dazu veranlassen, auch über seine Gefühle für sie zu sprechen. Bislang gab es nur wenig Hinweise darauf, dass er bereit war, um ihre Hand anzuhalten.

»Warum sollte sie ganz allein hier oben sein wollen?«, fragte er mich, während er seinen Krawattenknoten band.

»Sie wollte möglichst weit weg von ihrem Vater sein, nehme ich an.«

»Hatte sie Angst vor ihrem Vater?«, wollte Raoul wissen.

»Er war nicht sehr nett zu ihr«, antwortete ich. Ich wusste nicht, ob ich das sagen sollte, aber ich hatte das Gefühl, dass es gut wäre, wenn er wüsste, wie schwer ihre Kindheit gewesen war. Das würde Mitgefühl, Liebe und gewiss einen Beschützerinstinkt bei einem Mann hervorrufen. »Er hatte ein schwieriges Leben. Als kleiner Junge war er auf der *Titanic.*«

»Ich weiß«, erwiderte Raoul. »Der hatte Glück.«

»Glück?«

»Wenn man so etwas überlebt, dann hat man etwas, das man den Rest seines Lebens erzählen kann.«

»So habe ich das nie betrachtet«, gab ich zu.

»Was nicht umbringt, macht stärker.«

»Oder wie in seinem Fall, da macht es einen zu einem fiesen alten Mann, der seine einzige Tochter schikanierte.«

»Die arme Matilda«, erwiderte Raoul.

Später an diesem Tag fragte er sie rundheraus nach ihm, und Matilda beschrieb, wie ihr Vater sie dafür bestrafte, dass sie keinen Kohl mochte, oder dafür, dass sie ihr Dreizehner-Einmaleins beim Frühstück nicht runterrattern konnte, am meisten jedoch für ihre Ungeschicklichkeit, ihren Mangel an Koordination bei den einfachsten Aufgaben. Matilda gab zu, dass er sie einmal eine Woche lang zwang, den linken Schuh am rechten Fuß und den rechten Schuh am linken Fuß zu tragen, weil er dermaßen erzürnt über ihr ständiges Unvermögen war, einen Raum zu durchqueren, ohne zu stolpern.

»Ich hatte drei Wochen lang Blasen«, sagte Matilda. »Mutter war damals in Indien, und das Kindermädchen hatte zu viel Angst vor Vater, um sich seinen Wünschen zu widersetzen. Das war schrecklich. Aber Vater hat viel erlitten«, meinte sie. Sie war nicht in der Lage, über ihn zu sprechen, ohne automatisch diesen Widerspruch zur Sprache zu bringen. »Nach dem, was auf dem Schiff passiert ist, war er sein ganzes Leben lang bei schlechter Gesundheit.« (Weder Matilda noch ihre Mutter nannten das Schiff je beim Namen). »Auf dem rechten Ohr hörte er nichts und schon mit einundzwanzig Jahren hatte er Arthritis. An manchen Tagen konnte er sich kaum bewegen. Immer waren Ärzte hier im Haus, sind ein- und ausgegangen, zu jeder Stunde, tagsüber oder nachts. – Ich war nicht traurig«, flüsterte Matilda. »Ich weiß, das hätte ich sein sollen, aber ich mochte ihn nicht.« Sie fing an, eine Orange zu schälen. »Ist das nicht schrecklich? Mein eigener Vater, und ich habe ihn nicht gemocht.«

Es war merkwürdig, dass Lucy und ich das alles durch eine Unterhaltung erfuhren, die sie mit einem Jungen hatte, den sie vor wenigen Monaten noch gar nicht gekannt hatte. Ich war diesbezüglich stolz auf Matilda. Und obwohl Lucy voller Mitgefühl die Hand auf den Arm ihrer Freundin legte, wirkte sie in gewisser Weise verärgert darüber, dass diese sich Raoul, niemals aber ihr gegenüber geöffnet hatte.

»Ich gehe davon aus, dass dein Vater gerne einen Jungen an deiner Stelle gehabt hätte«, sagte Raoul. »Mein Vater hätte immer gerne eine Tochter gehabt, hat aber nie eine bekommen.«

Daraufhin sagte Matilda etwas, das sich in mir festbiss und das ich nie wieder vergaß.

»Oh nein«, sagte sie leichthin. »Er wollte gar nicht, dass ich *irgendetwas* war.«

»Ich bin mir sicher, dass das nicht stimmt«, erwiderte Raoul galant.

»Doch, das tut es. Aber das ist in Ordnung. Mutter sagte schon immer, dass ich im falschen Nest zur Welt gekommen bin. Sie hätte immer gerne gewollt, dass ich reite, aber ich hatte Angst, und bei Pferden bekomme ich immer Heuschnupfen.«

Sie sagte das ganz ohne Selbstmitleid, dennoch hätte ich sie am liebsten unter dem Tisch getreten und ihr gesagt, sie solle aufhören. Ich hatte Zweifel, dass ihr diese Aktion dabei helfen würde, Raouls Herz zu gewinnen – wäre ich ein Junge gewesen, dann hätte mich das sofort vergrault. Wie aufs Stichwort rief ihre Mutter von der Eingangshalle.

»Tara!«

»Ja?« Ich sprang auf.

»Ich brauche dich sofort draußen. Wie es aussieht, hat Hester ein Hufeisen verloren.«

»Siehst du«, sagte Matilda, als ich meine Stiefel anzog. »Mit Tara wäre sie sehr viel besser dran. Ich habe überhaupt keine Ahnung von verlorenen Hufeisen.«

»Manche werden behaupten, dass dein Aussehen dich im Leben sehr viel weiter bringen wird als alles andere«, bemerkte Raoul.

Das war das erste Mal, dass er etwas zu Matildas Aussehen sagte. Sie versuchte, ihre Freude zu verbergen – was ihr gründlich misslang.

»Ach, ich weiß nicht«, sagte sie scheu.

Doch ich wusste es. Ich wusste, dass dies nicht mehr war als ein guterzogener Mann, der auf eine Frau einging, die ein Kompliment benötigte. Denn für mich war ganz augenscheinlich, wie es das für jedermann hätte sein sollen, dass Matilda keine Gelegenheit bekommen würde, in ihrer Mission, Raouls Herz zu erobern, weiterzukommen.

Er war Hals über Kopf in Lucy verliebt.

8. Kapitel

Chaos im Detail

Sobald mir das klar geworden war, beschloss ich, die Augen davor zu verschließen, was Raoul für Lucy empfand – ich frage mich, ob wir das nicht alle taten. In jedem Fall wollte ich nicht, dass sich etwas änderte. Raoul im Dorf zu haben war, als würde sich ein Sonnenstrahl in die meisten bedeckten Tage stehlen – er war einer dieser wenigen Menschen, bei denen man sich *immer* freute, sie zu sehen. Meine Schwestern liebten ihn – selbst Florence, die grundsätzlich alle, die sie kannte, selbst ihre Familie, argwöhnisch beäugte. Wenn Raoul ins Pfarrhaus kam, dann amüsierte er sich gerne in der Küche; seine Kochkünste waren unglaublich. Mühelos, wie von Geisterhand, kam köstliches Essen auf den Tisch – und selbst mit unseren begrenzten Zutaten gelang es ihm, ein bisschen Spanien ins westliche Cornwall zu bringen. Imogen schaute ehrfurchtsvoll dabei zu, wie er *Churros* machte, weiche, zuckerbestreute Donuts, und uns mitteilte, der einzige Weg, sie zu essen, sei der, sie in geschmolzene Schokolade zu tauchen. Er wiederum bewunderte Imogen für ihr erlesenes Gebäck und ihre fantasievolle Verwendung von Rosmarin in Kuchen und Torten.

Ich redete mit ihm über Roy Orbison und Frankie Howerd, über seine Arbeit über Trellanacks Geschichte, seine Kindheit in Spanien mit einem englischen Vater und unserer beider Liebe für Rhabarber. Unter der Woche ging ich zur Schule, doch an den meisten Nachmittagen ging ich direkt nach Trellanack, um bei den Pferden zu helfen und dann mit dem, der gerade da war, Tee zu trinken. Sehr häufig arbeitete Lucy bis nach siebzehn Uhr; also kam sie erst sehr viel später dorthin, wenn ich schon wieder zurück ins Pfarrhaus musste. Aber Matilda war immer dort. Nachmittags schrieb sie Essays auf Italienisch, rauschte dann um fünf Uhr mit Rosen im Haar für Tee und Kuchen in den Salon und hatte nur Augen für Raoul. Ich konnte ihr keinen Vorwurf machen. Was an Raoul hätte man denn schon nicht lieben sollen? Schon allein die Tatsache, dass er Spanier war, verbunden mit seiner Fähigkeit, so wunderbar auf Englisch zu fluchen, reichte für mich völlig aus, ihn als großartige Person zu empfinden – doch gegen Ende der dritten Woche seines Besuchs passierte etwas, das meine Bewunderung für ihn in Stein meißelte.

Der Samstagnachmittag im September war wie aus dem Bilderbuch – ein azurblauer Himmel mit ein paar frechen, kleinen Wolken –, und zum ersten Mal seit Wochen ging ein starker Wind – von der Sorte, die den Pferden zu Kopf stieg und sie durchdrehen ließ, wenn sie eigentlich Schritt gehen sollten. Bei dieser Gelegenheit bat mich Lady W-D, mit Cathedral Boy zu üben – einem kastanienfarbenen Jagdpferd mit einem Stockmaß von fast einem Meter siebzig, das ein Freund aus Irland bei ihr untergestellt hatte. Cathedral Boy war so ziemlich das einzige Pferd von allen, auf die ich je getroffen war, das mir etwas Angst machte – er besaß einen argwöhnischen, breiten Kopf und hatte mich bereits zweimal gebissen, als ich an dem Nachmittag, an dem er eintraf, die Steine aus den Hufen kratzte.

»Nimm ihn für zwanzig Minuten raus«, sagte Lady W-D, als sie ihm den Sattel auflegte. »Er braucht ein bisschen Bewegung.«

»Sieht nicht so aus, als wäre er in Stimmung«, entgegnete ich und duckte mich gerade weg, als Cathedral Boy wieder nach mir schnappte.

»Als ich so alt war wie du, habe ich mich jeden Nachmittag

auf ein Pferd geschwungen, das mein Vater nicht halten konnte. Wie oft soll ich dir das noch sagen? Mit gutem Reiten verhält es sich wie mit allem anderen im Leben – da geht es nur um den Glauben an die eigene Fähigkeit, um nichts anderes.« Sie lachte, was bei ihr selten vorkam.

Ich könnte damit fortfahren, wie ich ab dem Moment, als ich die Auffahrt hinunterklapperte, spürte, dass ich Schwierigkeiten bekommen würde. Ich könnte anmerken, auf welch niederträchtige Weise Cathedral Boy sich weigerte, dem nachzukommen, was ich von ihm verlangte, oder ich könnte Ihnen erzählen, wie er vor den Hasen am Wegrand scheute und stocksteif stehen blieb, als er den Specht auf dem Dach der Ställe klopfen hörte, ehe wir um die Ecke bogen und auf den Reitweg kamen. Aber all das war nur der Auftakt zu dem, was passierte, als wir in den Weg zu Mrs. Otley abbogen. Wie ein geölter Blitz, vollgestopft mit Hafer und mit dem immer stärker werdenden Wind gemeinsame Sache machend, beschloss Cathedral Boy, er hätte genug, und machte einen solchen Satz, wie man ihn von Cowboyfilmen kannte, woraufhin ich durch die Luft flog und schmerzhaft auf meinem Knöchel landete, der unter mir zusammengedrückt wurde. Ganz erschrocken über die Tatsache, dass ich gestürzt war, beging ich den unverzeihlichen Fehler und ließ die Zügel los. Und als Nächstes sah ich, wie das elende Pferd in einen schrecklich schnellen Trab fiel und im Wald unterhalb von uns verschwand.

Ich setzte mich auf, sah fast Sternchen. Mühsam stand ich auf, denn ich wusste, dass ich Cathedral Boy finden musste, ehe noch mehr Schaden entstehen würde. Ich glaube nicht, jemals eine Pferdegeschichte gelesen zu haben, in der ein ausgebrochenes Pferd nicht irgendwann auf eine Straße lief, um dort von dem einzigen Auto weit und breit angefahren zu werden. Doch als ich versuchte zu gehen, gab mein Knöchel nach, und mit einem Schmerzensschrei fiel ich zurück auf den Boden. Ich zog meinen Stiefel aus, und mein Knöchel schwoll an wie eine Biskuitrolle, sodass ich nicht einmal mehr meinen Stiefel anziehen konnte. Noch schlimmer – die Sonne war von einer Unmenge dunkler Wolken als Geisel genommen worden, und es fing an zu regnen.

»Bitte, lieber Gott, hilf mir«, murmelte ich.

Zehn Minuten später brummte mein Kopf noch immer, als ich ihn aus dem Wald auf mich zukommen sah; ein dünnes rotes Hemd, neue Jeans und alte Stiefel, das schwarze Haar nach hinten gekämmt und ein Lächeln wie Ritchie Valens. Er führte Cathedral Boy, der neben ihm herlief, mit den Augen rollte und schnaubte, dem jedoch ganz eindeutig klar war, dass das Spiel vorbei war. Raoul hatte ihn.

»Er hat mich abgeworfen!«, rief ich ihm zu, der Wind trug meine Worte mit sich fort.

»Geht's dir gut?«, rief Raoul zurück.

»Weiß nicht«, gab ich zu. »Mein Knöchel ist hin.«

»Dein kaputter Knöchel?«, fragte er mich. Raoul hatte noch nie zuvor erwähnt, dass ihm mein Humpeln aufgefallen war. Ich spürte, wie ich errötete.

»N… nein«, sagte ich. »Der andere.«

Raoul setzte sich, hob meinen Fuß an und erlaubte Cathedral Boy, etwas Löwenzahn und ein paar Gänseblümchen neben uns abzugrasen.

»Kannst du gehen?«

»Ich glaube nicht.«

Raoul zog einen Flachmann aus seiner Gesäßtasche, schraubte den Deckel ab und reichte ihn mir.

»Was ist das?«, fragte ich schwach.

»Frag nicht, schluck es einfach runter.«

Ich nahm einen Schluck und hätte mich fast übergeben.

»Igitt! Das ist ja *widerlich*!«

»Kochsherry«, gab Raoul grinsend zu. »Ich hatte zu viel Angst, etwas Wichtigeres von Matildas Mutter zu entwenden. Mein Vater war der Meinung, man sollte immer einen Flachmann bei sich haben, wenn man unterwegs war. Mach schon, trink noch ein bisschen. Nach dem ersten Schluck wird es ganz okay.«

Dankbar schaute ich ihn an.

»Was hast du da draußen im Wald gemacht?«, wollte ich wissen.

»Ich war nicht im Wald. Ich habe einen Brief nach Hause abgeschickt und bin durch das Dorf zurückgelaufen. El Chico de la Catedral ist auf der anderen Seite des Reitwegs rausgekommen und war in Richtung Dorfwiese unterwegs.«

»Wie hast du ihn eingefangen?«

»Er wusste, dass er seinen Meister gefunden hatte, als ich auftauchte. Oh, und mit einem halben Crunchie-Riegel.«

Cathedral Boy schnaubte zustimmend. Ich lachte. Raoul hatte eine große Schwäche für englisches Konfekt, wie wir alle, da wir während des Krieges so wenig davon gehabt hatten.

»Wunderschönes Pferd«, sagte Raoul. Dann sah er mich an. »Aber zu stark für dich, Tara. Will sie dich umbringen?«

»Sie sagt, dass sie früher mit noch größeren Pferden durch ganz Indien galoppiert sei.«

»Jeder führt sich in Indien wie ein Cowboy auf«, sagte Raoul herablassend. »In England ist das eine ganz andere Geschichte.«

Der Wind hatte wieder aufgefrischt, und ich zitterte. Ohne ein Wort zu sagen, knöpfte Raoul sein Hemd auf und reichte es mir. Ich musste zweimal hinschauen. Unter seinem Hemd trug er nichts. Raoul hatte richtige Haare auf der Brust, wie die gezeichneten Helden in den Zeitschriften, die Lucy las. Vermutlich hatte ich gewusst, dass dem so war, da er die ersten beiden Knöpfe seiner Hemden offen stehen ließ, wenn er arbeitete – doch es in seiner ganzen Pracht zu sehen, wie es bis hinunter zum Bund seiner Jeans reichte, war dann doch etwas ganz anderes.

»Was machst du da?«, fragte ich, beschämt und erregt gleichermaßen. »Du holst dir noch eine Erkältung.«

»Du weißt sehr gut, dass ich es kühl mag«, sagte er. »Ich werde uns beide jetzt nach Hause reiten. Du sitzt hinter mir.«

»Oh nein, ich glaube nicht, dass das eine gute …«

»Wir haben keine andere Wahl«, sagte Raoul. »Du kannst nicht laufen, aber ich kann reiten, und das Tier hier ist gebaut wie … wie sagt man da noch mal? … ein verfluchter Krafteprotze. Er kann uns tragen beide.«

Erfreut lachte ich auf. »Ein verfluchter Kraftprotz! Raoul, wo hast du das denn gehört?«

»Von deiner Schwester«, sagte Raoul und hievte mich auf Cathedral Boy. »Wie die sich immer ausdrückt! Ehe ich deine Schwester kennengelernt habe, dachte ich, englische Mädchen trauen sich nicht, so zu reden, wie einem der Rüssel gewachsen ist. Da habe ich mich sehr geirrt!«

»Sich trauen, so zu sprechen, wie einem *der Schnabel* gewachsen ist«, korrigierte ich ihn.

»Das auch«, sagte er.

Ich sah dabei zu, wie er vor mir in den Sattel stieg. So wie es aussah, geisterte meine Schwester stets irgendwie durch Raouls Gedanken.

Zusammen machten wir uns auf den Weg nach Trellanack, und Cathedral Boy tanzte mit keinem Huf aus der Reihe. Raoul ritt mit dem Selbstbewusstsein eines Matadors – und in einem Stil, der so ganz anders war als alles, was man mir beigebracht hatte. Er hielt die Hände sehr hoch und schien jegliches Lenken mit den Beinen zu koordinieren.

»Ich habe den ›Doma-Vaquera-Stil‹ gelernt«, sagte Raoul. »Ricardo, der Bruder meiner Mutter, hat mir das beigebracht. Das Pferd und der Reiter müssen Teil voneinander werden, um völlige Kontrolle zu gewährleisten und so völlige Freiheit und Einheit zusammen zu erlangen.«

»Kannst du mir das beibringen?«, fragte ich.

»Meine Gastgeberin wäre nicht sehr erfreut darüber«, sagte

Raoul. »Matildas Mutter ist keine, die den spanischen Stil zu schätzen weiß.«

Mein Kopf schmerzte, mein Knöchel tat weh, und ich war ganz erschlagen von der komplizierten Aufgabe, meine Arme um Raouls Hüfte zu schlingen, ohne zu viel Kontakt zu seiner weichen Haut am Rücken zu haben. Ich war vierzehn und hatte noch nie zuvor den nackten Körper irgendeines Mannes berührt. Das zum ersten Mal auf dem Rücken eines Pferdes zu tun war fast zu viel; ich wusste nicht, wie ich mich hinsetzen sollte. Er drehte sich um und grinste. »Direkt nach Hause?«

»Ja bitte«, murmelte ich.

In dem Moment wurde mir klar, an wen Raoul mich am meisten erinnerte. Er war wie Jack der Vagabund, nur dass er tatsächlich *hier* war, nicht auf irgendeinem Kontinent herumstolzierte wie mein geliebter ältester Bruder. Als Cathedral Boy uns heimwärts trug, wollte ich nicht, dass Raoul jemals wieder nach Spanien zurückging. Er hätte mich geradewegs in die Flüsse Babylons führen können, das wäre mir egal gewesen. Nie zuvor hatte ich mich so sicher gefühlt wie auf dem Rücken dieses Pferdes hinter dem spanischen Jungen. Es war unvorstellbar, dass wir ihn erst so kurze Zeit kannten. Er war bereits so sehr Teil von uns allen.

Als wir beim Pfarrhaus eintrafen, hängten Lucy, Florence und Imogen gerade Wäsche auf. Sie schauten auf, als wir auf sie zuritten, Lucy drückte ihren Rücken durch und streckte ihre Brust nach vorn. Imogen errötete und riss die Augen auf, als sie Raouls entblößten Oberkörper sah, und Florence versuchte so auszusehen, als wäre das für sie nichts Unbekanntes mehr – auch wenn ich mir ziemlich sicher war, dass es nicht der Wahrheit entsprach.

»Was ist los?«, fragte Lucy, als Raoul Cathedral Boy zum Stehen brachte. »Irgendwelche Kunststückchen? Ihr habt den Zirkus verpasst. Der war an Ostern hier.«

Raoul stieg ab. Vorsichtig half er mir herunter. »Tara ist gestürzt und hat sich am Knöchel verletzt.«

»Dein kaputter Fuß?«, fragte Imogen schnell.

»Nein«, sagte ich ausgesprochen irritiert.

»Sie könnte jetzt Eisbeutel und Ruhe gebrauchen, auch Lavendel, Arnika und Zaubernuss«, sagte er und zählte es an den Fingern ab. »Das ist alles gut bei Verstauchungen.«

»Woher weißt du das?«, fragte Florence argwöhnisch.

»Meine Großtante ist eine Hexe«, sagte Raoul einfach. Er schaute uns an. »Eine gute«, fügte er schnell hinzu. »Nicht eine mit einem Besenstiel und so. Sie verfügt über Kräfte«, ergänzte er achselzuckend. Ich kicherte. »In Ermangelung von Tante Sophia nehme ich aber an, jemand sollte sich Taras Knöchel ansehen. Einer eurer Brüder ist doch Arzt, oder?«, fragte Raoul.

»Nein«, antworteten wir zusammen.

»Keiner der Jungs hat sich die Mühe gemacht, etwas zu lernen, das in der richtigen Welt nützlich sein könnte«, sagte Lucy.

»Aber wenn du an Tennis, Gott oder Pariser Häusern mit schlechtem Ruf interessiert bist, dann hast du gefunden, was du suchst«, fügte Florence trocken hinzu.

Ich lehnte an Cathedral Boy, zog Raouls Hemd aus und gab es ihm zurück.

»Du solltest dich etwas vorsehen«, sagte Lucy. »Einfach so halb nackt auf einem Pferderücken aufkreuzen. Wir sind solche Schönheit nicht gewohnt.«

Raoul lachte, doch Lucys Worte hatten Gewicht. Es war das erste Mal, dass sie ihm eines ihrer Komplimente machte, und das war ihr sehr wohl bewusst.

»Meine Großmutter hat immer gesagt, dass spanische Männer die Angewohnheit haben, zur richtigen Zeit am falschen Platz aufzuschlagen«, sagte er.

»In der Tat«, erwiderte Lucy. »Ach – du ziehst es verkehrt herum an.«

Sie trat zu ihm und nahm ihm das Hemd aus der Hand. Mit ruhiger Hand drehte sie das Hemd auf die richtige Seite. Raoul schaute auf sie und ihre Brüste hinunter, öffnete den Mund, um etwas zu sagen, sah dann aber weg. Imogen stand mit leicht gerunzelter Stirn neben ihnen.

»Danke«, sagte ich zu Raoul. »Ich weiß nicht, was ich getan hätte, wenn du uns nicht gefunden hättest.«

»Du hättest das schon geschafft«, antwortete Raoul.

»Ich habe mir keine Sorgen um *mich* gemacht. Dieses Pferd ist fast mehr wert als ganz Trellanack«, sagte ich. »Da hätte alles Mögliche passieren können.«

»Ist es aber nicht«, erwiderte Raoul. Und als er weitersprach, sah er Lucy direkt an. »Die Katastrophe wurde abgewendet.«

»Ja, die Katastrophe wurde abgewendet«, bestätigte Lucy.

Heiliger Bimbam – als das Feuer erst einmal brannte, konnte ich seine Hitze überall spüren. In dieser letzten Woche, die er auf Trellanack verbrachte, schien alles einen Gang hochzuschalten. Sie wussten, dass ihre Zeit bald ablaufen würde. Merkwürdig war nur, wie wenig Matilda das zu bemerken schien, wenngleich das Faszinierende an Raouls Verehrung für meine Schwester darin bestand, dass sie fast ausschließlich auf Unterhaltung und gemeinsamen Interessen basierte statt auf seinem Verlangen nach ihrem Körper. Ich will damit nicht sagen, dass er ihr Aussehen nicht bemerkte, aber es war zweitrangig gegenüber dem, was ihm wirklich wichtig war. Es schien ihm nicht von großer Bedeutung zu sein, was sie anhatte, ob sie sich am Morgen die Haare gewaschen hatte oder wie stark sie geschminkt war – er konzentrierte sich einzig auf das, was sie zu sagen hatte, mit besonderer Bezugnahme auf ihr fotografisches Gedächtnis für besondere Häuser. Er war ganz entrückt von ihrer Beschreibung von Mosse Hall in Hampshire, einem vor Kurzem zerstörten Haus, in dem sie mit Tante Mary während einer Fischwoche gearbeitet hatte; immer wieder bat er sie, die Geschichten von der Kapelle in Awns Court in Northumberland zu erzählen. Endlos sprachen sie über die Unzahl der Häuser, die verschwunden waren, beklagten sie wie alte Freunde. Nie zuvor hatte Lucy sich so mit einem Jungen unterhalten, ohne unbedingt flirten zu müssen oder ihren Lippenstift aufzufrischen.

Wenn sie nicht gerade über Häuser sprachen, dann lachten sie unaufhörlich wegen jeder Kleinigkeit. Raoul schien alles zu spüren, was auch Lucy spürte – und sein Vergnügen über alles Schöne, das ihr widerfuhr, war greifbar. Ich hielt mich im Hintergrund auf, war besorgt. Ich glaube, mir wurde in dem Moment klar, dass wir so richtig in Schwierigkeiten steckten, als ich hörte, wie Lucy ihm mit stockender Stimme von Mas Tod erzählte. Lucy sprach niemals über Ma, noch weniger über ihren eigenen Platz in dieser Geschichte, darüber, wie sehr sie sich die Schuld gab. Raoul und sie saßen allein im Esszimmer. Es war ein warmer Nachmittag, doch in diesem Zimmer war es bereits kühl. Sie hörten nicht, wie ich durch die Küche tappte.

»Ich konnte sie nicht retten«, sagte Lucy gerade. Ihre Stimme war laut, hell, als hätte sie vorübergehend vergessen, mit wem sie sprach.

Ich hörte, wie Raoul erwiderte: »Aber wie hätte ein kleines Mädchen mit dreizehn wissen sollen, was es in einer solchen Situation tun muss? Das ist unmöglich.«

»Sie hat sich nie erholt«, sagte Lucy. »Ich wusste nicht, wie ich helfen sollte. Ich wusste es einfach nicht. Ich hatte solche Angst.«

Das war das erste Mal, dass ich hörte, wie Lucy zugab, Angst zu haben. Mir wurde ganz schlecht. Ich war wie erstarrt, wartete ab, was Raoul dazu zu sagen hatte.

»Du kannst dich nicht dein ganzes Leben lang dafür schuldig fühlen, Lucy. Das ist nicht richtig.«

»Was soll ich denn sonst tun?«

»Es ist einfach, es so zu machen, wie du es gerade machst«, sagte Raoul.

»Was?« Lautlos formte ich dieses Wort mit den Lippen, das Lucy gerade laut aussprach.

»Das ist die einfache Option«, wiederholte Raoul. »Du kannst die Hände ringen und den Mond anheulen, solange du willst, aber das wird dir nicht guttun.«

»Tja, was würdest *du* denn tun? Was würdest *du* tun, wenn dich das an jedem Tag deines Lebens verfolgen würde?« Lucy hatte wohl mit der Hand auf den Tisch geschlagen; ich hörte einen dumpfen Schlag, dann das Klirren von Kerzenhaltern.

»Ich würde das alles umdrehen«, sagte er. »Es aufmischen.«

»Aufmischen?«

»Ja. Ich weiß nicht, wie man das auf Englisch sagt, Lucy. *Como se dice?* Du glaubst, du hättest etwas falsch gemacht? Das Einzige, was du tun kannst, ist daraus *lernen*. Vergeude deine Zeit nicht an Dinge, die du nicht ändern kannst.«

Lucy war anscheinend aufgestanden, denn er sagte: »Nein, geh nicht …«

»Warum nicht? Es ist ziemlich einfach für dich, das zu sagen.«

Vielleicht – dachte ich –, vielleicht hatte er es etwas zu weit mit ihr getrieben.

Am Morgen, ehe er wieder nach Bristol zurückgehen sollte, redete Lucy zum ersten Mal mit mir über Raoul.

»Was soll ich nur tun?« Sie starrte aus dem Fenster und spielte an ihren Fingernägeln herum.

»Was sollst du weswegen tun?«, fragte ich sie. Ich war ganz besorgt – bis oben hin voll mit Sorge.

»Raoul«, sagte sie. »Matilda möchte, dass ich ihn frage, was er für sie empfindet. Sie glaubt, er wäre einfach nur schüchtern; dass das der Grund dafür ist, dass er sie noch nicht geküsst hat. Oje!«

Sie sah mich an, und ihre Augen waren schmerzerfüllt.

»Sie liebt ihn«, sagte sie. »Sie liebt ihn *wirklich*.« Sie schaute mich an. »Glaubst du, dass er sie liebt, Tara? Glaubst du das?«

»Wie in aller Welt soll ich das wissen?« Einen Moment sagte keiner etwas. »Nein«, gestand ich schließlich.

Mir war leicht schlecht, als wäre ich in einen Zug gestiegen und säße bei sehr hoher Geschwindigkeit entgegen der Fahrtrichtung. Lucy schüttelte den Kopf, knirschte mit den Zähnen und schlug mit der Hand auf den Fenstersims. »Er hätte niemals herkommen sollen. Er wird *alles* kaputt machen.«

»Lucy? Du *weinst* doch nicht etwa?«

»Nein, ich weine nicht«, sagte sie und wischte sich ärgerlich die Tränen weg. »Ich sitze in der Klemme, okay? Nicht, dass du das verstehen könntest.«

Dabei konnte ich das voll und ganz. Als Lucy weitersprach, war ihre Stimme so leise, dass ich mich anstrengen musste, um sie zu verstehen.

»Funken zwischen uns«, sagte sie stumpfsinnig. »Verflucht zerstörerische Funken. Seit seiner Ankunft. Ich wollte sie vertreiben. Aber sie sind nicht weggegangen. Sie sind überall. Aber das kann ich Matilda doch nicht antun. Das würde sie mir niemals verzeihen. Ach, ich glaube, ich sollte gehen.«

Sie ging in ihr Zimmer, und wenig später hörte ich, wie sie Pa und George sagte, dass sie mit ihnen für zwei Tage nach Southwold gehen wollte, um ihnen Gesellschaft zu leisten.

»Wem gehst du aus dem Weg?«, wollte Pa wissen.

»Matilda«, gab Lucy zu.

»Der spanische Bursche hat sich in dich verliebt, nicht in sie, stimmt's?«, fragte George mit einer schockierenden Auffassungsgabe für jemanden, der all diesen Dingen entsagt haben sollte.

»Etwas in der Art.«

George schüttelte den Kopf.

»Es ist nicht gut, wegzulaufen. Er wird nur kommen und dich suchen.«

Später an diesem Nachmittag tauchte Raoul im Pfarrhaus auf und sagte es. George hatte recht, wie fast immer. Weglaufen war zwecklos.

Ich sah ihn durch das Küchenfenster.

»Raoul!«, rief ich. »Solltest du nicht beim Packen sein?«

Er schien zu zögern, als er mich sah, dann winkte er mich zu sich nach draußen. Ich ließ das Geschirrtuch in die Spüle fallen und ging zu ihm hinaus. Wir standen unter der Rotbuche, und er fuhr sich mit den Händen durch das schwarze Haar. Selbst so früh am Tag spürte ich, wie die Sonne auf meiner Haut kribbelte, und schirmte meine Augen mit der Hand ab. Doch wo sie bleiche englische Mädchen wie mich störte, schien sie Raoul mehr Kraft und mehr Glanz zu verleihen. Er saugte das Sonnenlicht in sich auf, schien es zu fotosynthetisieren.

»Hör zu«, sagte er. »Ich habe mich schlimm in deine Schwester verliebt.«

»In welche?«, fragte ich automatisch.

Er schaute mich verdutzt an, als wäre ihm gar nicht klar gewesen, dass noch zwei weitere zur Auswahl standen. »In Lucy natürlich.«

Ich hatte das schon oft genug von anderen Jungs gehört, aber dieses Mal wurde mir zum ersten Mal bewusst, dass dieser Satz alles verändern würde.

»Oh.«

»Ich weiß nicht, was ich tun soll. Ich meine, keine Chance, dass das wieder verschwindet, also kann ich ihr genauso gut sagen, wie ich für sie empfinde.«

»Ich habe schon gedacht, dass du das denken würdest.«

Er schaute mich an. »Denkst du, ich sollte es sagen?«

»Ach, Raoul«, sagte ich. »Und was ist mit Matilda?«

Raoul runzelte die Stirn. »Matilda?«

»Sie ist … sie ist … sie hat dich ziemlich gern.«

Warum redete ich so?

»Oh«, sagte Raoul. Er wirkte ziemlich betroffen. »Ach. Das ist ja kompliziert. Bist du dir sicher? Mir war gar nicht bewusst, dass sie …«

»Ach, komm schon, Raoul! Jedes Mal, wenn du in ein Zimmer kommst, fängt sie an zu strahlen, sie hängt dir geradezu an den Lippen. Da kannst du mir doch nicht sagen, dass dir nichts aufgefallen ist.«

Er seufzte. »Ein bisschen vielleicht – wie soll ich sagen? Eine kleine *Schwärmerei*? Ich glaube nicht, dass es mehr ist. Sie kann mich nicht lieben«, sagte er wegwerfend. »Wir ähneln uns gar nicht. Ich würde sie rasend machen.«

Er runzelte die Stirn und schüttelte den Kopf. Ich öffnete den Mund und wollte schon sagen: *Schau mal, Lucy verliebt sich so schnell, wie Roy und Luke vom Rad fallen*, aber dann sagte ich nichts, denn ich wusste, wie sehr sie für ihn schwärmte, und wenn er ging, ohne es ihr zu sagen, dann würde mir das für immer anhängen.

»Also, wenn du wirklich meinst, dass du nicht gehen kannst, ohne es ihr zu sagen, dann solltest du besser mit ihr reden«, meinte ich schließlich. »Sag Lucy, wie du empfindest. Ich glaube, sie … ich glaube, sie sollte das wissen.«

Durchdringend starrte er mich an. »Denkst du das, ja?«, fragte er. »Denkst du das wirklich? Du denkst also, ich sollte etwas sagen?«

»Das tue ich. Ansonsten, na ja, wäre alles umsonst, oder?«

Raoul schaute mich noch immer an.

»Sag mal, hast du jemals so etwas gefühlt? Du weißt schon, wenn man nicht mehr schlafen kann, wenn alles … einfach überall ist, man sich nicht mehr konzentrieren kann.« Er sah verwirrt aus. »Ich verstehe das nicht. Ich habe gedacht, ich hätte schon vorher geliebt, aber das war gar nichts.« Wieder schaute er mich an. »Das war gar nichts«, wiederholte er und seufzte dann. »Du bist noch zu jung, um das zu wissen«, sagte er.

»Ich habe einmal gedacht, ich würde einen Jungen lieben, der Gitarre spielte und so sang wie Elvis«, platzte ich heraus.

Raoul sah nicht überrascht aus.

»Aber sicher doch, wenn jemand wie Elvis Gitarre spielt, dann glaubt man immer, man wäre verliebt.«

»Vielleicht.« Ich musste lächeln.

»Wo ist sie?«, fragte er mich. »Ich sollte wohl besser zu ihr.«

»Bei der Arbeit«, sagte ich. »Sie wird in einer halben Stunde zurück sein.«

»Könntest du sie bitten, zur Dorfwiese zu kommen? Ich werde bei der Bushaltestelle auf sie warten.«

Ich nickte. »Mach ich.«

Es hätte nichts gebracht, es nicht zu tun. Irgendwie hätte er sie gefunden, ganz egal, ob ich diese Nachricht weitergab oder nicht.

Beim Abendessen an diesem Tag hatte Lucy Grassamen im Haar, und es war ihr egal, als Dad sie rügte, weil sie vergessen hatte, Mr. Bell zu sagen, dass die Chorprobe ausfiel. Ich wusste, dass Raoul es ihr gesagt hatte, und ich wusste, dass sie es ebenfalls getan hatte.

Alles, was während der letzten zweieinhalb Jahre so eng, so vertraut, so geschützt worden war, seit sie und Matilda sich kannten, war jetzt zunichtegemacht. Ich sah dem Ganzen tatenlos zu, bedeckte mein Gesicht mit den Händen und wartete ab, was als Nächstes geschehen würde.

9. Kapitel

Schwarze Tinte

Raoul ging zurück nach Bristol, wie er gesagt hatte, doch mit jeder Briefzustellung ins Pfarrhaus, mit jedem Klingeln des Telefons schwoll die große Romanze von einem Crescendo zum nächsten an. Er und Lucy sahen sich nur einmal zwischen Spätsommer und Oktober, als Raoul für ein Wochenende zurück nach Trellanack kam. Matilda war allem gegenüber blind.

»Ich glaube, dass er mich vermisst hat«, sagte sie nach dem Abendessen zu Lucy. »Er hat gesagt, ich würde gut aussehen.«

Und Lucy hatte sich abgewandt, entsetzt und doch so sehr von allem abgeschirmt durch die Liebe. Sie wusste, dass er da war, um sie zu sehen. Sie war diejenige, die sein Leben für immer verändert hatte.

Am Ende dieses zweiten Aufenthalts ließ Lucy die Bombe platzen. Sie stand in meinem Zimmer, als sie mir sagte, dass Raoul sie gefragt hätte, ob sie ihn heiraten wolle, und dass sie Ja gesagt habe.

»*Heiraten?*« Ich wäre fast in Ohnmacht gefallen, stolperte zum nächsten Stuhl und starrte meine Schwester ungläubig an. Nichts – auch nicht die Taktgeschwindigkeit, mit der sich ihre Liebe zu Raoul entwickelte – hatte meine Gedanken auf eine Hochzeit gelenkt, zumindest *noch* nicht. Das schien völlig unmöglich. Ein Stück weit war ich darüber erschrocken, ein Stück weit erfüllt von einer plötzlichen, riesigen Begeisterung, weil

Raoul dadurch zu dem Bruder werden würde, der er für mich immer gewesen war.

»*Heiraten!*«, wiederholte ich. »Oh Lucy, das kann doch nicht wahr sein!«

»Warum sollten wir warten?«, fragte Lucy. Sie streckte mir ihre linke Hand hin, und ich starrte auf das einfache goldene Band an ihrem vierten Finger.

»Gänsehaut!«, flüsterte ich nur. Dann brach ich in erstauntes Lachen aus und starrte sie einfach nur weiter an, bis mir ein Gedanke kam. »O mein Gott … du bist doch nicht …? Oh, Lucy, du bekommst doch wohl kein *Baby*, oder? Macht ihr das deshalb jetzt so schnell?«

»Sei nicht so bescheuert«, sagte Lucy und zog ihre Hand wieder weg.

»Und was ist mit deinen ganzen Hoffnungen für die Zukunft?«, fragte ich zittrig.

»*Hoffnungen für die Zukunft!* Warum redest du wie Mrs. Bennet?«, fragte Lucy lachend – dabei wusste sie genau, was ich meinte. Seit meine Schwester zum ersten Mal Pevsner aufgeschlagen hatte, hatte sie von ihrer Sehnsucht gesprochen, in dem Bereich zu arbeiten, der sie so gefesselt hatte. Sie war eine Architekturhistorikerin im Körper einer französischen Schauspielerin, wie George so gerne sagte, und eine Heirat, so vermutete ich, würde ihre Hoffnungen auf eine Karriere begraben, so wie sie die Hoffnungen eines *jeden* Mädchens auf eine Karriere begruben. Einen Ehemann zu haben, selbst wenn er so anders und wundervoll wie Raoul war, bedeutete kochen, sauber machen, einen Haushalt führen und – eines Tages – Kinder in die Welt setzen.

»Raoul ist der Meinung, dass ich immer noch tun kann, was ich tun möchte«, sagte sie. »Es wird nur einfacher, weil ich ihn an meiner Seite haben werde.«

Langsam richtete ich meinen Blick auf sie. Ich war erst vierzehn, doch mir war sofort klar, dass es nicht einfacher sein würde. Ich hätte nicht gewusst, wie das gehen sollte.

»Es kommt einfach nur sehr plötzlich«, brachte ich hervor. »Ich gehe mal davon aus, dass Pa das sagen wird. Er wird sagen, dass es zu plötzlich kommt. Zu schnell.«

»Raoul hat Pa bereits gefragt«, sagte Lucy. »Er hat bei ihm um meine Hand angehalten, wie es sich gehört. Und Pa hat Ja gesagt. Er hat uns seinen Segen gegeben.« Sie schaute mich an, konnte gar nicht aufhören zu grinsen; dann ergriff sie meine Hände. »Er hat uns seinen Segen gegeben«, wiederholte sie und hörte sich so erstaunt an, wie ich war.

»*Wann?*«, fragte ich ungläubig.

»Gestern Abend.«

»Er hat euch seinen *Segen* gegeben? Ist das alles, was er gesagt hat?«

Lucy lachte und schaute aus dem Fenster.

»Ach, du kennst doch Pa. Er hat es gerne, wenn die Dinge so laufen, wie er es möchte. Sobald Raoul ihm gesagt hatte, dass er hergekommen war, um um meine Hand anzuhalten, hat er ihn gefragt, welche Augenfarbe ich habe.«

»Häh?«

»Er hat Raoul gefragt, welche Augenfarbe ich habe.«

»Er hat *was* gemacht?«

»Raoul hat gesagt, er wisse das nicht, glaube aber, sie wären braun.«

»Aber sie sind doch grün!« Ich schnappte nach Luft.

»Ja doch. Pa hat gesagt, dass dieses Nicht-Wissen die ganze Sache besiegelt hätte. Hätte er sofort richtig geantwortet, dann hätte das bedeutet, dass wir zu viel Zeit damit zugebracht hätten, einander anzustarren, ohne miteinander zu reden. Reden, so sagte er, sei das, was eine Ehe ordnungsgemäß zum Laufen bringe, nicht die Verzückung.«

Ich konnte das kaum glauben – und dann wieder hatte ich überhaupt keinen Zweifel daran. Es klang ganz schrecklich nach Pa, dieses *Beantworte-mein-Rätsel-junger-Mann-und-du-wirst-den-Sumpf-der-Furcht-sicher-durchqueren.*

»Indem er also *falsch* geantwortet hat, hat Raoul bewiesen, dass er dich mehr liebt als nur dein schönes Aussehen? *Deswegen* ist alles in Ordnung?« Ich schüttelte den Kopf.

»Nein«, sagte Lucy. »Alles ist in Ordnung, weil es sowieso in Ordnung gewesen wäre. Es ist in Ordnung, weil es so sein *soll*, dass wir zusammen sind.«

»Was ist mit Matilda?«, sagte ich, fast gedankenlos. »Wie wirst du es ihr sagen?«

»Das war die eine Bedingung, die Pa hatte«, sagte Lucy. »Er möchte keine Heimlichkeiten. Er besteht darauf, dass ich es ihr morgen sage.«

»Morgen?«

Lucy schluckte schwer.

»Komm bitte mit«, bat sie. »Ich schaffe das nicht ohne dich.«

»Da kann ich nicht mitkommen!«, sagte ich schreckerfüllt.

»Wenn nicht für mich, dann komm ihretwegen«, drängte Lucy. »Ich weiß nicht, warum, aber ich glaube, es wäre einfacher für sie, wenn du dabei wärst. Manchmal, wenn wir nur zu zweit sind, ist es zu …« Sie machte eine Pause. »Zu viel«, schloss sie dann verwirrt.

Ich sah keine Möglichkeit, dies abzulehnen. Sie war noch immer meine ältere Schwester, und wenn ich gekonnt hätte, hätte ich Berge für sie versetzt. Außerdem wollte ein Teil von mir vermutlich Matildas Reaktion mit eigenen Augen sehen. Ich kam mir so vor, wie sich jemand damals gefühlt haben musste, als man die Leute noch öffentlich hängte – genötigt, dort zu sein, trotz des ganzen Schreckens. Also gingen wir am nächsten Tag zusammen nach Trellanack, um Matildas Welt aus den Angeln zu heben. Raoul war zurück in Bristol. Ohne ihn, der all dies hätte bezeugen können, kam es mir noch immer so vor, als wäre das alles nur ein Traum gewesen, nicht wirklich wahr. Doch ich musste nur einen Blick in das Gesicht meiner Schwester werfen, um es zu glauben.

»Ihr werdet *heiraten*!«, sagte Matilda. Ihre liebliche, sanfte

Stimme zitterte – brach wie die Kruste einer Crème brûlée. »Du und Raoul! Ihr werdet *heiraten*!«

Sie starrte vor sich hin, als würde sie darauf warten, dass diese Information jeden Winkel ihres Hirns erreichte. Es war ein warmer Morgen. Lady W-D war beim Jagen.

Matilda durchquerte den Salon, um Lucy zu umarmen, stolperte über den Teppich und fiel Lucy mit voller Wucht in die Arme. Ich schaute auf meine Füße, denn es war ganz offensichtlich, dass Matilda trotz ihres starren Lächelns der Freude und ihrer nach außen hin demonstrierten Zuneigung am Boden zerstört war. Hinter ihrem Lächeln und ihren warmen Worten lag *Furcht*, etwas, womit ich überhaupt nicht gerechnet hätte. Wut, ja. Tränen und vielleicht auch Verzweiflung. Aber nicht Furcht. Lucy sah es ebenfalls, und ihr war sofort klar, dass all dies sehr viel mehr ändern würde, als sie jemals gedacht hatte. Matilda hatte Raoul nicht vergessen. Sie war genauso verrückt nach ihm wie Lucy – aber sie würde ihn nicht haben können. Ich versuchte, mich hinter meiner Limonade so klein wie nur möglich zu machen, und wünschte mir, ich hätte um etwas Stärkeres gebeten.

»Wir wollten nicht, dass es passiert«, sagte Lucy. »Das war nicht zu erwarten gewesen. Ich weiß, was du für ihn empfindest. Das hat es so schwer gemacht.« Sie biss sich auf die Lippe und setzte erneut an. »Das hat es so schwer gemacht, es dir zu sagen. Ich … ich habe mir Sorgen gemacht, dass du verschwinden und niemals wieder mit mir sprechen könntest.«

»Quatsch!«, plapperte Matilda. »Wie könnte ich? Bei aller Liebe, Mutter wird Augen machen! Sie wird jetzt jemand Neues für mich finden müssen – sie hatte so darauf gehofft, dass Raoul mich ihr endlich abnimmt. Auch wenn ich weiß, dass sie tief in ihrem Inneren den Spaniern nicht wirklich traut. Nicht seit dem Krimkrieg.«

Schweigen.

»Aber die Spanier waren gar nicht am Krimkrieg beteiligt«,

wandte Lucy ein, die es einfach nicht lassen konnte, historische Ungenauigkeiten zu korrigieren.

»Waren sie *nicht*? Mutter glaubt das aber.«

Matilda lachte, fuhr sich mit den Händen über den Kopf, wobei sich mehrere Haarklammern verschoben. Jetzt stand ihr blondes Haar merkwürdig ab.

»Ich hätte wissen müssen, dass er sich in dich verliebt«, sagte sie. »Das tun sie doch immer, nicht wahr? Tara – du hast es mir doch gesagt.«

»Sie interessieren sich für dieselben Dinge«, sagte ich dümmlich.

Lucy sah auf ihre Hände, die ein Wasserglas umklammerten.

»Aber sicher doch«, sagte Matilda. »Ich meine, worüber sollte *ich* auch mit ihm reden? Uns würden bald die Gesprächsthemen ausgehen.«

Doch mit einem Mal war alles zu viel für sie. Sie ließ sich schwer auf einen gelb-grünen Schemel in der Mitte des Salons fallen und brach vor uns zusammen. Ihr Kopf sank in ihre Hände, und sie fing an zu weinen. Einen Moment lang bewegte sich keine von uns, weder ich noch Lucy, da wir beide nicht wussten, wie wir reagieren sollten.

»Es tut mir leid«, sagte Matilda, als sie wieder aufschaute. »Ich habe einfach nicht damit gerechnet. Ich scheine überhaupt nicht misstrauisch zu sein. Das ist ein ganz schrecklicher Nachteil.«

Lucy stand auf; sie wusste nicht, wohin mit sich.

»Ich wollte dich niemals verärgern«, sagte sie, stand über Matilda gebeugt da, die Worte an Matildas Kopf gerichtet. »Wein doch bitte nicht. Ich hasse das.«

Matilda zog ein Taschentuch aus ihrem Ärmel und schnäuzte sich.

»Wenigstens werde ich nächsten Monat mit Mutter nach Indien gehen«, sagte sie. »Ein Tapetenwechsel wird mir guttun.« Wieder schnäuzte sie sich. »Ich nehme an, du hast daran gedacht.«

Lucy sagte nichts: Sie hatte an nichts anderes gedacht.

»Und du und dein neuer Job«, fuhr Matilda fort. »Das läuft alles ganz wunderbar, nicht wahr?«

»Es steht nicht mir zu, das zu beurteilen«, sagte Lucy. »Oh bitte, wein doch nicht«, sagte sie erneut.

»Das ist einfach nur der Schock – das ist alles«, erwiderte Matilda.

Nur der Schock. Ich weiß nicht, ob das erklärte oder begründete, was Matilda als Nächstes tat. Manchmal, müssen Sie wissen, glaube ich, dass es das tut.

Kurz darauf verließen wir Trellanack wieder. Matilda gab vor, noch Briefe schreiben zu müssen, und Lucy musste am nächsten Morgen früh zur Arbeit, doch wir alle wussten, dass beide Mädchen früher alles hätten liegen lassen, um zusammen zu sein – selbst wenn sie nur irgendwo im Haus herumlagen und über ihre Fingernägel sprachen. Als wir wieder zurück waren, schien Lucy erleichtert, weniger ängstlich, jetzt, da sie nichts mehr verheimlichte – ganz egal, wie Matilda reagiert hatte. Ich ging auf mein Zimmer und fragte mich, ob Matilda jemals darüber hinwegkommen würde.

Die Antwort darauf erhielt ich am nächsten Morgen, als sie eine an mich adressierte Nachricht durch die Haustür des Pfarrhauses schob. Ich war bei der Chorprobe, also erhielt ich sie erst kurz vor dem Mittagessen.

Liebste Tara,
wenn Du das hier liest, werde ich bereits auf dem Weg nach London zu Freunden von Mutter in Kensington sein. Ich konnte mir nicht mehr vorstellen, nach Indien zu gehen. In London ist es bestimmt besser, als hier wie eine Närrin mit einem gebrochenen Herzen zu verwelken. Ich kann Lucy

nicht länger sehen, das verstehst Du doch, oder? Es wäre zu schmerzhaft. So, wie die Dinge liegen, scheint alles sinnlos. Dieses Haus ist zum Leben erwacht, solange Lucy meine Freundin war, doch jetzt ist es wieder so wie immer. Leer. Hör nicht auf zu träumen.
In Liebe
Matilda

Sie liebte solche Sätze wie »Hör nicht auf zu träumen«, die sich gerne mal lächerlich anhören, wenn man sie ausspricht, die einem aber einen Kloß im Hals bescheren, wenn man sie in schwarzer Tinte auf Briefpapier von Basildon Bond liest.

Mit zitternden Händen steckte ich den Brief in meine Tasche und ging nach Trellanack. Ich wusste, dass ich nicht rechtzeitig ankommen würde, um Matilda noch anzutreffen, doch wenigstens konnte ich so Lady W-D und die Pferde sehen. Ich musste mich vergewissern, dass ich noch immer dort reiten konnte – ansonsten würde auch ich für die Sache mit Lucy und Raoul bestraft werden, wie Matilda das Gefühl hatte, bestraft worden zu sein. Dieses Dilemma war das tragische Schicksal, die jüngere Schwester zu sein. Mir war es egal, solange ich weiterhin nach Trellanack kommen konnte, doch ich hatte eine schreckliche Vorahnung, dass alles anders kommen würde, als ich es wollte.

10. Kapitel

Wunderschöne Trümmer

Lady W-D ging gerade Unterlagen in der Bibliothek durch, als ich ankam; ich spürte, dass jetzt nicht der beste Moment war, um vorbeizuschauen.

»Hallo«, sagte sie. »Bring mir bitte den Papierkorb.«

Mehrere Exemplare von *The Field* landeten im Müll.

»Gordon macht ein Lagerfeuer.«

»Kann ich bei irgendetwas helfen?«, fragte ich. »Soll ich Hester in den oberen Paddock bringen? Sie und Cathedral Boy haben sich ganz gut angefreundet …«

»Nein«, entgegnete Lady W-D schroff. »Tut mir leid. Ich wollte sagen: Danke, Tara.«

Sie schob ihre Brille hoch und schaute mich an.

»Es ist gut, dass du hier bist, ich muss mit dir reden.«

»Über Matilda?«

»In gewisser Hinsicht.«

»Und Lucy und Raoul?«

»Ja.« Stirnrunzelnd sah sich Lady W-D einen alten Brief an und seufzte dann. »Weißt du, Tara, ich hatte große Hoffnungen für Matilda und diesen Mann.«

»Ich weiß.«

»Ich war der Meinung, er hätte einen guten Ehemann für Matilda abgegeben. Er ist einzigartig, weißt du.«

»Ja, ich weiß«, sagte ich.

»Ich mache ihm keinen Vorwurf, dass er dem Charme deiner

Schwester erlegen ist«, fuhr Lady W-D fort. »Sie gehört zu der Sorte Mädchen, die Männer einfach … mögen.«

»Ja«, pflichtete ich ihr bei.

»Aber das hätte sie nicht zulassen dürfen. Das war nicht richtig. Matilda hat ihr vertraut, dabei vertraut sie niemandem. Lionel hat sie nie gemocht, weißt du. Lucy war die Erste, die sie wirklich geliebt hat.«

Ich war zerrissen zwischen dem Bedürfnis zu weinen, dem Wunsch, meinen Kopf gegen eine Wand zu knallen, meine Schwester dafür auszuschimpfen, die zu sein, die sie war, und dem entgegengesetzten Verlangen, herauszubrüllen, dass solche Dinge verdammt noch mal einfach passierten und ob es nicht an der Zeit sei, dass alle das endlich erkannten. Doch Lady W-D war noch nicht fertig.

»Ich mochte deine Schwester, wirklich.« Sie öffnete eine Schublade ihres Schreibtischs, in der ein altes Apfelgehäuse, ein zerbrochenes Thermometer und eine Spritze zu sehen waren, mit der Pferden Medizin verabreicht wurde, und schloss sie dann wieder. »Ja, sie ist anders als Matilda, ja, sie ist ein bisschen eigensinnig und sie redet zu viel, aber ich mochte sie. Ich dachte, sie würde Matilda guttun.«

»Das tut sie«, erwiderte ich kühn.

»Aber ich habe Matilda noch nie so gesehen. Das geht so niemals gut.«

»Vielleicht, wenn sie wieder aus London zurück ist …«

»Das hört sich jetzt vielleicht merkwürdig an, aber ich hätte niemals gedacht, dass ich ihren Schmerz so spüren würde, doch dem ist nun einmal so, Punkt. Mehr noch, ich habe das Gefühl, als würden wir beide, sie und ich, so richtig dumm dastehen.«

»Oh nein …«, fing ich an.

Lady W-D hob eine Hand, damit ich nicht weiter protestierte.

»Es tut mir leid, aber daran lässt sich nichts ändern.« Sie sah mich direkt an. »Es tut mir leid, du kannst nicht länger hierherkommen. Pamela wird sich in Zukunft ohne deine Hilfe um die Pferde kümmern.«

Das war es, was ich befürchtet hatte.

»Aber was ist mit Hester? Das alles hat doch nichts mit mir zu tun!«, blökte ich.

»Das ist unglücklich gelaufen«, pflichtete Lady W-D mir bei. »Aber ich habe meine Entscheidung gefällt. Mir geht es nur um Matilda.« Sie blinzelte, als überraschte sie sich selbst mit dieser Aussage von standhafter Treue zu einer Tochter, die sie immer als merkwürdigen Vogel erachtet hatte.

»Aber Matilda wird doch gar nicht *hier* sein!«, kreischte ich.

»Es geht hier ums Prinzip«, sagte Lady W-D. »Ich tue nur, was ich für richtig halte.«

Ich würde weinen, ich wusste es. Vor meinen Augen verschwamm alles.

»Du bist eine gute Reiterin, und du hast dir große Mühe gegeben. Du kommst jetzt hier ins Kreuzfeuer, und das tut mir schrecklich leid. Aber wir brauchen einen sauberen Schnitt, wenn Matilda sich wieder erholen soll.«

Jetzt hörte es sich so an, als könnte Matilda nicht mehr gehen.

»Keiner wird Ihre Tochter oder dieses Haus mehr lieben als Lucy und ich«, sagte ich zitternd.

Lady W-D ging zur Tür und bedeutete, dass ich es ihr gleichtun sollte.

Also verlor ich die Pferde und das Haus, und wochenlang hatte ich das Gefühl, als stünde ich mit leeren Händen da. Schlecht gelaunt machte ich Rabatz im Pfarrhaus, legte mich dabei zu mehr als einer Gelegenheit mit meinem Vater an.

»›Arbeite hart und du wirst ein Führer! Sei faul und du wirst niemals Erfolg haben!‹«, verkündete Pa, zitierte Sprichwörter, wenn ich mich weigerte, samstags in der Gärtnerei zu arbeiten.

»›Wo sind die Klugen? Wo sind die Schriftgelehrten? Wo

sind die Weisen dieser Welt?‹«, verlangte ich fast in Tränen zu wissen und warf ihm die Worte aus Paulus' erstem Brief an die Korinther an den Kopf.

Letzten Endes fand Pa dann doch noch einen Job für mich in einem Stall, acht Kilometer entfernt, der von einer alten Schreckschraube namens Marcia Thorne geleitet wurde, die keiner leiden konnte. Sie hatte Pferde, nahm ich an. Aber keine gefährlichen, schönen Jagdpferde wie Cathedral Boy oder gutmütige, sensible Stuten wie Hester. Selbst die Shetland-Ponys schienen nicht so gewitzt und aufgedreht zu sein wie die auf Trellanack. Gerne hätte ich Lucy dafür irgendwie die Schuld zugeschoben, doch das konnte ich nicht. Raoul liebte sie, und als Folge davon gehörte er zu uns, und das allein reichte meiner Meinung nach, um alles geradezubiegen.

Lucy und Raoul heirateten, in unserer Kirche, mit einer kleinen Zeremonie, und Pa hielt eine Ansprache. Raouls Mutter und Vater waren beim Gottesdienst – sein rotgesichtiger Vater mit den fröhlichen Augen schien erfreut über diese Partie zu sein, doch seine Mutter – der er stark ähnelte – war von Anfang bis Ende sehr einsilbig, brachte ihre Enttäuschung über Lucy perfekt zum Ausdruck.

»Dumme Kuh«, sagte Imogen, schockierte mich dabei mit ihrer Wortwahl. »Für wen hält sie sich? Jeder kann sich glücklich schätzen, Lucy als Schwiegertochter zu bekommen.«

Ich war mir nicht so sicher. Raouls Vater – ganz hin und weg von Lucys märchenhaftem Aussehen – sah nicht weiter als bis zu den Flitterwochen. Doch etwas im Blick der Mutter ließ auf Zweifel schließen. Lucy war erst achtzehn. Sie hatte noch einen langen Weg vor sich, ehe sie ihren geliebten Sohn verdiente.

Wir Jupps sangen uns die Kehle aus dem Leib und warfen Konfetti wie Sternenstaub in die Luft und über ihre Köpfe. Keiner sagte es, doch die Missbilligung von Raouls Mutter war nicht das Einzige, was an diesem Tag die Harmonie störte. Wir alle spürten Matildas Abwesenheit. Ich glaube nicht, dass sie überhaupt wusste, dass Lucy und Raoul geheiratet hatten. Sie hatte weder mir noch sonst jemandem geschrieben. Wir wussten nur, dass sie in London war, wo Trellanack scheinbar nicht mehr existierte.

Nach ihren Flitterwochen in Dorset zogen Raoul und Lucy ins Rose Cottage – der Name spricht für sich. Es lag direkt auf der anderen Seite von Truro, immer noch nahe genug am Pfarrhaus, damit Lucy in Geruchsweite von Imogens Shortbread sein konnte, wann immer ihr danach war. Raoul fing damit an, sein Buch über Capability Brown zu schreiben, und unterrichtete drei Tage in der Woche Geschichte an der Oberschule im Dorf, und Lucy schnitt noch immer Haare bei Miss Fitt – regelmäßig abgelenkt von viktorianischen Kriminalromanen und Buntglasfenstern, für die sie dank Professor Pevsners Abhandlung des Themas ein großes Interesse entwickelt hatte. Für mich, die ich seit Mas Tod des lebenden Vorbilds einer perfekten Ehe beraubt war, mussten die beiden herhalten. Ich investierte *alles* in sie. Manchmal fragte ich mich, ob Raoul, eingeengt in das Cottage mit wenig Raum für seine zahlreichen Bücher, bedauerte, nach England gekommen zu sein und sich in jemanden zu verlieben, der so unordentlich und im häuslichen Bereich so untauglich war wie Lucy. Doch wenn dem so war, so ließ er nie etwas darüber verlauten.

Sie hatten gerade ihren ersten Hochzeitstag gefeiert, als Raoul mich bat, mit einem Berg Bücher, den er in Lucys Zimmer im Pfarrhaus zurückgelassen hatte, zum Rose Cottage zu kommen. George – der nach einem Missionsauftrag in Syrien wieder zu Hause war und einem immer gerne einen Gefallen tat – hatte angeboten, mich dorthin zu fahren, und Lucy hatte mir ein Sonntagsmahl versprochen, von dem ich vermutete, dass Raoul es zubereiten würde. Ich kämpfte mich vom Zimmer bis zum Wagen – über und über beladen mit alten, gebundenen Ausgaben voller unleserlicher Kommentare von Raoul an den Rändern, doch als ich den Kofferraum öffnete, fielen mehrere Bücher auf den Boden, der vom Platzregen im Februar noch ganz nass war.

»Mist aber auch«, murmelte ich. Der schwerste Band des Bündels – *An Illustrated Guide to Important Houses of Ireland* – war offen in eine Pfütze gefallen und zeigte ein hässliches gotisches, herrschaftliches Gebäude in Belfast. Die Seite wurde von einer weißen Karte als Lesezeichen markiert, auf der oben Raouls Name unterstrichen stand, danach folgten ein paar Sätze. Es hatte etwas Vertrautes und doch Unerwartetes, als ich diese Handschrift in blauer Tinte sah. Als ich sie aufhob, sah ich, dass es sich um eine alte Postkarte von Trellanack handelte – was meinen Verdacht bestätigte, dass es ihre Handschrift war. *Matilda*. Sie war auf Oktober 1959 datiert. Kurz bevor sie nach London abgereist war.

Raoul, stand da, *es kommt mir nicht richtig vor, Dir das zu sagen, doch unter den gegebenen Umstenden* (falsch geschrieben) *habe ich den Eindruck, Du solltest wissen, dass Lucy Dir niemals Kinder schenken kann. Leider ist Lucy UNFRUCHTBAR. Ich denke, dass Dir das ziemlich viel ausmachen wird, und ich sage es Dir, weil ich nicht möchte, dass diese Nachricht Dich in ein paar Jahren niederschmettert. Sie wird es Dir nicht sagen, aber es stimmt. Mach mit dieser Information, was Du willst, und denke nicht das Schlimmste von mir, der Überbringerin, Matilda.*

Wieder und wieder las ich diese Zeilen.

George trat durch die Haustür, einen Regenschirm und einen Apfelstrudel in der Hand.

»Imo sagt, du sollst das mit rübernehmen. Ich glaube, sie hofft auf eine Schokoladenmousse von Raoul im Gegenzug«, sagte er, öffnete die Fahrertür und stieg ein. Da ich noch immer regungslos dastand und auf die Karte starrte, hupte er und kurbelte das Fenster herunter.

»Setzt du dich in Bewegung?«, fragte er ruhig. »Ich muss in vierzig Minuten im Rathaus beim Wohltätigkeitsbasar sein, worauf ich mich nicht gerade freue, das kann ich dir sagen. Ich habe zugesagt, ich würde Peggy Payne helfen, die Tische aufzustellen. Die hat so einen scharfen Atem, mit dem könnte sie Farbe abbeizen.«

Mit klopfendem Herzen steckte ich die Karte in meine Jeans und setzte mich auf den Beifahrersitz.

»Halt dich gut fest«, sagte George. »Ich bin seit meiner Rückkehr aus Syrien nicht mehr gefahren. Besser, du schnallst dich an.«

Vor lauter Unbehagen über Georges Fahrstil und den Schrecken, den mir die Karte verursacht hatte, die mir geradezu ein Loch in die Jeans brannte, war mir ganz mulmig, als ich schließlich an der Haustür meiner Schwester stand. Ich klopfte und trat dann ein. Über mir hörte ich Schritte. Die unebenen Balken und die niedrigen Fenster vermittelten ein Gefühl von Seekrankheit und Klaustrophobie. Ich beschloss, nichts zu sagen. Das war zu schwierig – zu verfänglich. Lucy und Raoul kamen nach unten in die Küche. Raoul hatte einen Teller mit selbst gemachten Käsestangen in der Hand. Ich nahm mir eine.

»Sie sind ein *bisschen* zu lange gebacken«, sagte er. »Ich habe sie mit Kümmelsamen gemacht. Wie findest du sie?«

Doch es half alles nichts. Ich war eine schreckliche Schauspielerin, und vorgeben, dass alles in Ordnung war, würde niemals funktionieren. Ich konnte einfach nicht anders. Als Lucy ins Zimmer kam, platzte ich damit heraus:

»Das ist aus einem von Raouls Büchern aus deinem Zimmer zu Hause herausgefallen. Was hat das zu bedeuten?«

Ich reichte Raoul die Karte. Als Lucy sie sah, griff sie sich mit der Hand an die Brust, eine instinktive Geste des entsetzten Wiedererkennens.

»Was macht sie damit?«, flüsterte sie und sah dabei zu Raoul. »Wie hat sie das gefunden … *wo* hat sie das gefunden?«

»Raoul hat mich gebeten, ein paar Bücher vorbeizubringen«, sagte ich. »Sie steckte in einem davon. Ich wollte sie gar nicht lesen, aber ich konnte einfach nicht anders.« Ihr Gesichtsausdruck verunsicherte mich noch mehr, als ich ohnehin schon war. »Bitte, sagt mir einfach, dass das ein Scherz ist.«

Lucy blickte zu Raoul, sie war ganz blass.

»Ein Scherz«, sagte sie leise. Ihr Gesicht war so verkniffen, wie ich es noch nie zuvor gesehen hatte. Sie starrte Raoul an, leicht verwirrt. »Warum hast du sie behalten?«, wollte sie wissen. »Warum hast du sie nicht weggeworfen?«

Er kam durch das Zimmer auf sie zu und ergriff ihre Hände.

»Bitte, Himmelherrgott – ich dachte, das hätte ich. Ich dachte, das hätte ich!«, wiederholte er. »Ich hätte Tara niemals gebeten, meine Sachen zu durchsuchen, hätte ich geglaubt, sie könnte darauf stoßen …«

»So verdammt bescheuert«, stieß Lucy hervor, die ihn noch immer anstarrte. Er nahm mir die Karte ab und zerriss sie in kleine Schnipsel.

»Nur ein Jahr zu spät«, sagte Lucy. »Warum hast du das nicht schon damals gemacht?«

Er warf die Schnipsel ins Feuer. Sie rollten sich auf und verkohlten.

»Ich verstehe das nicht«, sagte ich.

Raoul streckte die Hand aus und berührte den Arm seiner Frau; Lucy drehte sich weg.

»Vielleicht ist es ganz gut, wenn Tara es weiß«, sagte er sanft.

»Vielleicht ist es ganz gut, wenn du uns allein lässt«, sagte Lucy noch leiser.

Er verließ den Raum. Ich schaute zu meiner Schwester, dann wieder zurück ins Feuer.

»Es stimmt doch nicht, oder?«, fragte ich sie, und meine Stimme klang so gar nicht nach mir.

Lucy warf einen weiteren Holzscheit auf die schwelende Glut.

»Doch«, sagte sie. »Es stimmt tatsächlich.«

Ich ging einen Schritt nach vorn, wie bei dem Spiel Ochs am Berg.

»Ich kann keine Kinder bekommen«, sagte sie.

»Nein«, sagte ich bestimmt. »Nein, das stimmt nicht.«

Verwirrt ging ich bis zum Rand des Sofas und stützte mich an der Lehne auf. »Das stimmt nicht«, wiederholte ich. Und dann sagte ich, was ich eigentlich sagen wollte, weil ich es nicht länger für mich behalten konnte. »Und selbst *wenn* es stimmen sollte – warum weiß es dann Matilda und ich nicht?«

Lucy schlug mit der Faust in das Sofa, fluchte wieder leise und warf dann die Haare nach hinten. Sie trug eine Pyjamahose von Raoul und eine warme rote Strickjacke, die unserer Mutter gehört hatte. Eigentlich hätte sie darin schrecklich aussehen müssen, doch wie immer wurde das durch ihre innewohnende Schönheit völlig unmöglich. Auf dem Tisch vor uns lag ein Haufen Flickwäsche. Wäre ich nicht so schockiert über das, was gerade passierte, dann hätte ich ganz bestimmt eine Bemerkung dazu fallen lassen, wie sonderbar es war, dass Lucy tatsächlich versuchte, eine Strumpfhose zu stopfen.

»Und da du das jetzt weißt, kannst du genauso gut alles erfahren.«

»Erzähl es mir, Lucy, bitte, erzähl es mir.«

Sie schaute nach unten, als müsste sie sich sammeln, dann blickte sie mir in die Augen. Als sie schließlich sprach, war es, als würde sie etwas vorlesen, das sie schon tausend Mal durchgegangen war, aber noch nie laut gesagt hatte.

»Ich wusste schon immer, dass etwas nicht so ganz stimmte.«

»Was meinst du damit?«

»Lass mich einfach ausreden, Tara, ja? Himmel, du gibst keinem die Chance, einen Satz zu Ende zu sprechen!«

Ich nickte und schluckte.

»Ich hatte es seit dem Unfall gewusst«, fuhr sie fort. »Seitdem wir am Tag der Beerdigung vom Rad gefallen sind.«

»*Mein* Unfall, *dir* ging es gut. Ich war diejenige, die sich am Knöchel verletzt hatte. Mein Humpeln. Noch immer …«

»Ich weiß. Doch ganze drei Wochen nach diesem Unfall hörte ich nicht auf zu bluten. Von *da*, du weißt schon«, sagte sie und drückte die Hand auf ihren Unterleib. »Von da«, sagte sie, als könnte ich es bezweifeln.

»Ich … ich weiß«, sagte ich, und meine Gedanken wirbelten auf der Suche nach der Wahrheit dieser schrecklichen Zeit nach Mas Tod wild durcheinander. »Das hast du mir gesagt. Du hast gesagt, du seist vom Fluch getroffen worden und dass ich zu dir kommen solle, wenn es bei mir losging, wenn ich Hilfe bräuchte, denn da Ma so häufig schwanger war, halte Pa die Monatsblutungen für einen Mythos.«

Traurig lachte Lucy auf. »Herrje, du erinnerst dich daran?«

»Natürlich.«

»Tja, wie sich herausstellte, war das das einzige Mal, dass ich sie hatte.«

»Was meinst du damit?«

»Muss ich es dir etwa buchstabieren, Tara? Ich hatte niemals wieder eine Blutung. Das war es, dieses eine Mal. Ein paar ruinierte Bettlaken und mehrere Stunden Unterhosen mit kaltem Wasser und Pears-Seife auswaschen, nachdem das Licht bereits gelöscht war, und dann … nichts mehr.« Sie zuckte mit den Schultern und seufzte.

»Nicht im Monat darauf?«

»Und auch nicht in dem danach. Oder ein Jahr später.«

»Aber du warst siebzehn, als es bei *mir* angefangen hat. Ich saß bei dir auf dem Bett, und du hast stundenlang mit mir geredet.«

»Ja, das war ein bisschen verzwickt.«

»Verzwickt? Ich verstehe das nicht! Du hast mir das Gefühl gegeben, als ob alles in Ordnung wäre, weil es für *dich* immer in Ordnung war!«

Lucy zuckte mit den Schultern. »Dafür hat man eine große Schwester, oder? Selbst wenn ich mich dafür auf das verlassen musste, was ich samstagmorgens von Marie Hudson und Sandra East im Salon aufgeschnappt hatte, wenn sie die Zykluslängen verglichen und erörterten, ob man mit Tampons ›merkwürdig herumlief‹.« Traurig grinste Lucy mich an. »Was für zwei verrückte Hühner.«

»Du hast nur so *getan*?«, flüsterte ich. »Nur für *mich*?«

»Ich dachte, wenn du wüsstest, dass es mir gut geht, dann würde es auch dir gut gehen. Zu dem Zeitpunkt schien es mir das Richtige zu sein. Ma war nicht mehr da. Irgendjemand musste dir irgendetwas dazu sagen.«

Ich dachte an die vielen Momente – viel zu zahlreich, als dass man sie zählen könnte –, in denen ich auf Lucys Bett gesessen und sie gefragt hatte, ob es normal sei, dass es so wehtue, oder warum es so ewig lange zu dauern schien. Und würde man es mir ansehen? Würde ich trotzdem reiten können? Und hing es tatsächlich mit dem Mond zusammen, oder war das nur wildes Geschwätz? Lucy hatte mich mit ihrem üblichen lässigen Selbstvertrauen beruhigt.

»Finde dich damit ab, wie alle anderen Frauen auf dieser Welt«, hatte sie gesagt. *Alle außer ihr*, dachte ich.

»Warum hast du Doktor Hawley nicht aufgesucht?«, wollte ich wissen, dabei kannte ich die Antwort.

»Igitt! Den alten Lustmolch? Hättest *du* das gemacht?«

»Nein«, gab ich zu.

»Ich habe es niemandem gesagt, bis ich achtzehn war!« Überrascht schaute sie mich an, als würde sie das zum ersten Mal nachkalkulieren.

»Achtzehn! Und dann hast du es *ihr* gesagt und uns nicht! Warum?«

»Bitte, Tara! Was hättet ihr denn auch tun können? Matildas alter Herr hatte sein halbes Leben damit zugebracht, Ärzte wegen des einen oder anderen zu konsultieren, nachdem es der verfluchten *Titanic* nicht gelungen war, ihn kaltzumachen. Matilda verbrachte ihre gesamte Kindheit damit, Männer mit braunen Ledertaschen zu sehen, die in der Garderobe ihres Vaters Ratschläge erteilten.«

»Ja, aber …«

»Matildas Patenonkel war Arzt. Sie hat ihn einfach eines Nachmittags angerufen und gefragt, ob er für eine Freundin, die einen Rat benötige, einen Spezialisten empfehlen könnte.«

»Einen Spezialisten? Was denn für einen Spezialisten?«

»Ach, natürlich einen für Antiquitäten und Wandteppiche des achtzehnten Jahrhunderts.«

Verständnislos schaute ich sie an.

»Einen Gynäkologen«, erklärte sie geduldig. »Und als Nächstes sind Matilda und ich ins Treliske-Krankenhaus gefahren, um einen Mr. Hooper zu treffen. Was für ein sympathischer Mann.« Lucy sprach stockend, doch als ich mich zu ihr bewegte, machte sie eine abwehrende Handbewegung. Sie wollte zu Ende erzählen. »Matilda hat mich begleitet, verstehst du. Sie bezahlte für meinen Termin mit einem großen Scheck, den ihr Onkel ihr zum Geburtstag geschickt hatte. Sie machte uns Haferriegel, die wir auf dem Hinweg aßen, und kaufte uns auf dem Rückweg Pfefferminzplätzchen. Das hat keiner jemals erfahren.«

Ich stellte mir vor, wie die beiden im Krankenhaus ankamen, Matildas Gesicht ganz zerfurcht vor Sorge, während sie darauf wartete, dass Lucy wieder aus dem Behandlungszimmer erschien – wobei beide Mädchen aufgrund ihres Aussehens dominoartig für einen zweiten Blick sorgten.

»Was hat …?« Ich stockte und setzte erneut an. »Was hat …?« Aber ich brachte es nicht hervor.

»Er hat da unten ziemlich herumgewühlt«, sagte sie. »Dann hat er ein paar Tests gemacht, viele Fragen gestellt und schließlich vorgeschlagen, dass ich in der darauffolgenden Woche erneut bei ihm vorbeikommen solle. Als ich dann da war, sagte er, er sei ›schrecklich traurig, mir mitteilen zu müssen, dass ich nicht schwanger werden könne‹.«

»Aber woher *wusste* er das?«, flüsterte ich. »Das kann er doch nicht einfach so zu dir sagen. Du bist zu jung, um das gesagt zu bekommen!«

»Ich weiß«, sagte Lucy. »Aber er sagte, er hätte schon Fälle wie meinen gehabt. Er sagte, selbst ohne den Unfall gebe das Ausbleiben der Menstruation durchaus Anlass zur Sorge. Er sagte, meine Gebärmutter sei unter…, sie sei unter…«

Belagerung? Arrest?, dachte ich wild durcheinander.

»Unterentwickelt«, sagte Lucy und zuckte dabei zusammen, als würde das Wort nach Zitrone schmecken. »Er sagte, es sei der Uterus einer Dreizehnjährigen, was für eine Achtzehnjährige nicht normal sei.«

Sie schaute mich an und seufzte resigniert.

»Ma«, flüsterte ich. »Du warst dreizehn, als Ma…«

Ich stand auf.

»Er sagte, dass ein Trauma kurz vor dem Einsetzen der Pubertät das Wachstum einer Gebärmutter völlig zum Erliegen bringen kann. Ich sagte ihm: ›Tja, meine Mutter starb bei einer Geburt, als ich dreizehn war, und ich konnte sie nicht retten, wenn das als traumatisches Erlebnis ausreicht.‹ Der arme Mann, er war ziemlich schockiert. Eine Frau im Wartezimmer sah so aus, als stünde sie kurz vor der Entbindung. Bestimmt hat er sie mit offenen Armen empfangen. Babys auf die Welt zu bringen ist bestimmt einfach im Vergleich dazu, Leuten zu sagen, dass sie niemals ein eigenes Kind haben werden.« Sie sprach jetzt so leise, dass man sie kaum verstand. »Es tut… es tut mir leid, Tara«, sagte sie. »Ich wollte das von dir fernhalten, mehr als von jedem anderen. Ich weiß, wie sehr du dir das für uns gewünscht hast… für dich.«

»Für euch«, erwiderte ich. »Für dich und Raoul.«

»Ich hätte das niemals gesagt«, sagte sie. »Ich hätte viel eher so getan, als wollte ich keine Kinder, statt von Leuten mit ihrem Mitleid erdrückt zu werden, weil ich es mir so sehr gewünscht hätte, es aber nicht ging.«

Ich setzte mich wieder und starrte aus dem Fenster, wo ein Rotkehlchen Krümel von einem Vogelhaus aufpickte.

»Ich kann es einfach nicht glauben. Ich *will* es nicht glauben«, sagte ich.

Eine irrationale Woge der Wut gegenüber meiner Schwester erfasste mich, die ich schnellstmöglich wieder unterdrückte.

»Du *musst* es aber glauben.«

»Und die Nachricht?«, fragte ich schließlich.

»Ist das nicht offensichtlich?«, sagte Lucy. »Matilda hat es Raoul geschrieben. Kurz bevor sie nach London ging. Ein allerletzter verzweifelter Versuch, ihn dazu zu bewegen, mich zu vergessen, nehme ich an. *Unfruchtbar!*«, stieß sie mit hohlem Lachen hervor. »Das hört sich so an, als wäre ich ein altes Weib aus St. Luke. Nur Matilda würde ein solches Wort benutzen.«

»Was hat Raoul gesagt, als er das gelesen hat?« Das war die Frage, auf die ich am allermeisten eine Antwort haben wollte.

»Er fragte mich, ob es stimmte, und ich bejahte. Dann wollte er wissen, ob ich vorgehabt hätte, es ihm zu sagen, und ich erwiderte, das könne ich nicht beantworten. Daraufhin sagte ich, er könne gehen.«

»Du hast ihm gesagt, er könne *gehen*?«

»Ich öffnete die Tür für ihn und sagte ihm, er müsse nicht mit mir zusammenbleiben«, sagte Lucy. »Wir waren noch nicht verheiratet, er hatte keinen Grund, bei einem Mädchen zu bleiben, das ihm keine Kinder schenken könnte. Und er ging.«

»Er *ging*?«

»Ja. Aber am nächsten Abend kam er wieder. Er sagte, es sei ihm egal, wenn wir keine Kinder haben könnten, und ich zog es vor, ihm zu glauben. Alles andere ist Geschichte.« Sie setzte sich auf ihre Hände. »Gute Geschichte, oder? Ich habe schon immer gesagt, dass sie eines Tages aufgeschrieben werden sollte. Solche Dinge sollten nicht im wahren Leben passieren, oder?«

»Matilda ist also gescheitert. Sie hat versucht, alles zu ruinieren, ist aber gescheitert.«

»Dann ist sie nach London gegangen und hat uns damit weitermachen lassen«, sagte Lucy sarkastisch. »Hat mich armes, unfruchtbares Etwas für immer zurückgelassen.«

Mehr sagte sie nicht, aber ich verstand, und alles ergab jetzt einen Sinn für mich. Ihre Weigerung, über Matilda zu sprechen, der man vergeben musste, und nicht umgekehrt, ergab mit einem Mal einen Sinn.

Zwei Minuten später war Raoul zurück, brachte eine Dose mit Ingwerbiskuits und eine Tasse Tee. Er stellte beides ab, setzte sich und ergriff Lucys Hände. Doch Lucy zog sie wieder weg.

»Ich wünschte, sie hätte das nicht gefunden«, sagte sie zu ihm. Sie sah ihn noch immer so an, als wäre ein Teil von ihr zu Eis erstarrt.

»Ich bin sehr froh, dass ich es gefunden habe«, sagte ich. Eine Woge des Schreckens erfasste mich bei dem Gedanken, ich hätte das niemals über Lucy herausgefunden, und noch größer wurde die Woge des Schreckens angesichts der Wahrheit. *Sie würde niemals Kinder haben können.* Lucy schnäuzte sich, band sich die Haare zusammen und stand auf.

»Ich möchte nicht länger darüber sprechen«, sagte sie. »Mir ist etwas übel.«

»Setz dich«, drängte Raoul sie. »Ich hole dir was zu trinken.«

»Nein, nein. Ich will raus. Lasst uns rausgehen.«

Sie ging zur Tür und zog die Schuhe an.

»In Wahrheit ist das alles schrecklich langweilig«, sagte sie und hörte sich an wie eine Dreizehnjährige. »Das war schon *immer* langweilig. Wenn man etwas nicht machen kann, ist es langweilig. Alle können Kinder bekommen, und das ist aufregend. Ich kann nicht, und das ist langweilig. Und darüber zu sprechen ist noch schlimmer.«

»Wir müssen nicht weiter darüber sprechen«, hörte ich mich selbst sagen.

»Danke«, sagte Lucy. »Die Sache ist nämlich die – es gibt nicht mehr zu sagen.« Sie nahm sich einen Lippenstift und roch daran. »Sie hatte einfach versprochen, es niemandem zu erzählen«, sagte sie unvermittelt. »Sie hatte es versprochen, weil sie meine beste Freundin war. Das war mein Geheimnis. *Unser* Geheimnis. Sie hat es aufgedeckt. Sie muss mich gehasst haben für das, was ich getan habe. Sie muss mich *wirklich* gehasst haben.« Schnell ging sie zur Tür.

»Vielleicht hat sie dich auch geliebt und sich zu sehr auf dich verlassen«, sagte Raoul.

Sieh an, dachte ich. Er hatte gesagt, was ich nicht ausdrücken konnte. Das war die Wahrheit. Lucy war Matildas Ein und Alles gewesen, und sie zu verlieren war viel schrecklicher für sie gewesen, als Raoul zu verlieren – selbst wenn sie das nicht sehen konnte. Deshalb hatte sie sie auf die Art und Weise angegriffen, wie sie es getan hatte.

»Das reicht«, sagte Lucy, die Hand an der Türklinke. Sie schaute Raoul böse an, und zum ersten Mal senkte sich der Verdacht über mich, dass er sie nicht immer so verstand, wie ich annahm. »Das ist traurig, diese ganze Angelegenheit. Einfach nur *traurig*. Deshalb will ich nicht, dass sonst jemand davon erfährt, weder Pa noch die Mädchen noch George, J. V. oder die Knirpse. Ihnen allen ist genug Trauriges widerfahren, oder nicht?« Sie lachte schwach. Aber sie, Lucy, hatte die größte Dosis von allen abbekommen, dachte ich. Genau wie sie eine besondere Zugabe Schönheit erhalten hatte, musste sie an anderer Stelle Abstriche machen.

Schlussendlich gingen wir essen und sprachen über Florences Schwärmerei für Halo Jackson und darüber, ob die Jungs ihre Rückhand verbessert hatten, und überhaupt nichts war anders als sonst, nur dass ich die Distanz zwischen meiner Schwester und Raoul deutlicher spürte, die ich verdrängte und ignorierte, während ich vorgab, es gäbe sie gar nicht.

11. Kapitel

Früchtekuchen

Liebend gern würde ich schreiben, dass ich bis Anfang 1962 meine ganze Kindheit abgeschüttelt hatte und mittendrin steckte, die Welt mit meinem Talent, meinem Esprit und meiner Schönheit zu erobern, aber das wäre nur erdichtet. Vielmehr ist bemerkenswert, wie wenig sich seit Lucys Hochzeit verändert hatte. Wir alle – abgesehen von Jack dem Vagabund und Lucy – lebten immer noch zu Hause, ließen uns mit dem rhythmischen Schnalzen der Tennisbälle bei jedem Wetter auf dem Tennisplatz und dem Sound von Florences neuen Jazz-Platten, die auf Pas Grammofon durchs Haus schallten, durch den Tag treiben. Imogen hatte mittlerweile eine Vorliebe für den rundgesichtigen Waliser namens Matthew Bell entwickelt, der in der Kirche aufgetaucht war, um den erlahmenden Chor zu stärken, bei dem Pa darauf bestand, dass ich daran teilnahm.

»Aber die Chorproben finden zu den ungünstigsten Zeiten überhaupt statt! Ich muss ein paar meiner Reitstunden dafür sausen lassen.«

»Keine Diskussion. Du kannst singen, und es ist deine Pflicht, dies für den Herrn und die, die bei dir sind, zu tun.«

»Aber ich kann auch reiten!«

»Jeder mit etwas Hirn und ohne Sinn für körperliche Unversehrtheit kann sich auf ein Pferd setzen und sich damit amüsieren, Füchsen auf dem Land hinterherzujagen«, sagte Pa, der Reiten aus irgendeinem Grund nur dann ernst nahm, wenn es auf einem Jagdgebiet stattfand – etwas, das ich zu allem Übel noch nie hatte ausprobieren können. »Deine Mutter hätte darauf gedrängt, dass du deine Stimme für etwas anderes benutzt als dazu, einem Pony Anweisungen zuzubrüllen. Und binde deine Haare zusammen«, fuhr er verärgert fort. »Im Gegensatz zu dem, was du glaubst, hast du ein ganz ansprechendes Gesicht, das sich da hinter deiner Zottelmähne verbirgt.«

Ich rannte in mein Zimmer und brach in Tränen aus. War ich schon schön? Falls dem so war, wusste ich es nicht. Ich war jetzt sechzehn, doch entgegen allen Versprechen, dass ich noch wachsen und eines Tages so groß wie Lucy sein würde, wurde ich nicht größer als ein Meter fünfundfünfzig, war dünn und flachbrüstig. Ich würde zu klein für die neuen Chorroben sein, dachte ich. Ich würde *lächerlich* darin aussehen. Außerdem wusste ich, dass eine herrische Madame im Chor war – Antonia Jones, die sich für wichtig hielt, da sie das hohe E mit geschlossenen Augen traf – und ein paar weitere Tölpel, die in der Schule eine Klasse unter mir gewesen waren und die nicht mal um ihr Leben hätten singen können. Umgang mit solchen Leuten wäre das Letzte gewesen, was ich gewollt hätte – aber Pa war zu furchterregend, als dass man sich ihm hätte widersetzen können. Letzten Endes war das eine Lektion und kein Fehler. Sehen Sie, wenn ich dem Chor nicht beigetreten wäre, dann hätte sich nichts von dem ereignet, was dann kam. Doch das wusste ich da noch nicht.

Einen Monat später, an dem Morgen nach meiner ersten Probe mit Mr. Bell und dem Chor, platzte Florence bei mir herein und weckte mich. Sie kam in ihren Gummistiefeln in mein Zimmer, trat Schlamm in den Teppich neben meinem Bett und war vor lauter Aufregung ganz rot im Gesicht.

»Komm in fünf Minuten zu mir raus in den Obstgarten. Du *glaubst* nicht, was ich da habe.«

»Was denn?«, fragte ich, während ich die Socken anzog. Aber Florence war schon wieder verschwunden. Aufregung stand ihr ganz gut zu Gesicht, dachte ich. Zu den seltenen Gelegenheiten, an denen sie sie zur Schau stellte, wurden ihre misstrauisch dreinblickenden jeansfarbenen Augen zu Saphiren – sie erstrahlte und war fast eine Schönheit.

Bis ich und alle anderen beim Obstgarten waren, sah ich, dass Florence mit der Zeitschrift *Good Housekeeping* herumwedelte, etwas, das mir merkwürdig vorkam, da Florence noch nie größeres Interesse fürs Haushalten gezeigt hatte, noch weniger für die Vielfalt des Haushaltens, und sie gab ihr Geld niemals für Zeitschriften aus, über die wir anderen die Köpfe beugten.

»Schaut!«, sagte sie. »Matilda!« Mit bühnenreifer Geste drückte sie mir die Zeitschrift in die Hand. Und da war sie. Starrte einem vom Titelblatt entgegen, mit leuchtenden Augen, sehr weißen Händen in einem klaren Gefäß mit unheilverkündenden Dingen, die meiner Ansicht nach Puddings und Kuchen nur ruinierten – wie Sultaninen und glasierte Kirschen. Völlig unpassend konnte ich nur daran denken, dass die Schale irgendwann ganz bestimmt auf dem Boden gelandet wäre, wenn Matilda das tatsächlich zubereitet hätte.

»Nein!«, rief Imogen. »Mensch, wirklich! Das *ist* sie, oder nicht, Ta?«

Ich betrachtete das Foto. »Sieht ganz nach ihr aus«, sagte ich. Argwöhnisch beäugte ich Florence. »Ist das ein Aprilscherz?«

»Ganz bestimmt nicht«, antwortete meine Schwester. »Das stimmt schon. Sie ist ein Model. Für Mode«, fügte sie düster hinzu.

»Gib mal rüber«, verlangte Luke, der inzwischen sechs war, und riss mir die Zeitschrift aus der Hand.

»Sie ist diejenige, die verschwunden ist, als Lucy Raoul geheiratet hat?«, staunte Roy. Die Knirpse waren damals zu klein gewesen, um die Saga zu verstehen, hatten aber genug Geschichten von Matilda gehört, um sich ziemlich für ihr Foto zu interessieren.

»Das ist sie«, sagte ich grimmig.

»Sie ist hübsch«, echote Roy mit der Autorität eines achtjährigen Warren Beatty.

»Sie hat einen anderen Namen angenommen – das ist ja interessant. Hier steht: ›Unser Model, Matilda Bright‹«, sagte Imogen, als sie die Seite überflog.

»Das war Lady W-Ds Mädchenname!«, kreischte ich. »Sie muss jetzt einundzwanzig sein«, fuhr ich fort. »Sie ist ein Jahr älter als Lucy.«

»Und das Foto hat *Digby O'Rourke* gemacht!«, keuchte Imogen.

»Wer ist das?«

»Ach, der fotografiert *jeden*. Man sagt ihm nach, dass er mit mehr Frauen ins Bett steigt als Marlon Brando.« Sie errötete bei dem, was sie da sagte.

»Sieht aber ziemlich gut aus. Ich könnte wetten, dass Matilda es auch mit ihm treibt«, sagte Florence.

»Der ganze Laden ist *voll* davon«, fuhr Imogen fort. »Sie werden das Cover wohl rahmen und aufhängen, damit alle es sehen können. Ein Mädchen aus dem Dorf hat es in London zu etwas gebracht und all das.«

»Keiner von denen *kannte* sie«, sagte ich, starrte wieder auf das Cover. »Zumindest nicht so wie wir.«

Und doch war sie da, ein Mädchen, das schon seit so langer Zeit aus unserem Leben verschwunden war. Ich hatte so ein merkwürdiges Gefühl, als würde dieses triumphierende Lächeln, mit dem sie uns von dem zerknitterten Cover ansah, meiner Schwester gelten – der einen, die ihre große Liebe gestohlen hatte. Rache war süß und schmeckte nach Früchtekuchen.

Natürlich bekam Lucy das auch mit. Es nicht mitzubekommen war unmöglich. Innerhalb kürzester Zeit war Matilda Bright überall – bei der Premiere hiervon, auf der Titelseite davon. Sie teilte das Dorf in zwei Lager. Die über Vierzigjährigen sagten Sachen wie: »Schau nur, was für eine Augenweide sie geworden ist! Was ihr Vater wohl von ihr denken würde, wäre er noch am Leben?«, worauf die unausgesprochene Antwort lautete: vermutlich nicht viel. Nicht über sie zu sprechen war unmöglich – aber wir beschränkten unsere Unterhaltungen auf die Momente, in denen Lucy nicht bei uns war. Auch drei Jahre später vermied ich jede Erwähnung des Mädchens, das wir einst gekannt hatten. Hin und wieder kam man auf Trellanack zu sprechen – als würde man über einen Teppich aus rohen Eiern gehen, denn ich fürchtete mich davor, in welche Richtung das Gespräch führen könnte. Raoul konnte sich manchmal nicht zurückhalten, über das Haus zu sprechen – und ich übertreibe nicht, wenn ich sage, dass es ihn verfolgte.

»Wie kann es einfach so leer herumstehen?«, fragte er eines Tages nach einem Mittagessen im Pfarrhaus. »Was für eine Verschwendung!«

»Oh, Miss Bright wird jetzt zurückkommen«, sagte Florence. »Vielleicht an Weihnachten. Sie wird in die Kirche getanzt kommen, als wäre sie nie weg gewesen, und alle werden sie anstarren, und auf dem Weg nach draußen wird sie Autogramme geben wie Bette Davis.«

»Ich nehme an, wenn sie Trellanack wieder in die Finger bekommt, wird sie es verkaufen«, sagte Imogen.

»Würdest du das nicht? Was hat man schon von Cornwall, wenn man mit Grace Kelly in Monaco sein kann?«, fragte Florence, während sie einen Scone entzweischnitt.

Raoul sagte nichts, doch ich wusste, dass diese Art Unterhaltung ihn trotz allem hart traf. Wenn es verkauft würde, woher sollte man dann wissen, was daraus würde? Es war noch immer sein und Lucys Traumhaus – der Ort, an dem alles angefangen hatte. Und nach drei Jahren Ehe schienen sie sich mehr und mehr auf die Erinnerungen daran zu verlassen, wie es dort gewesen war – als sie nichts als ihre Schwärmerei und den unauslöschlichen Reiz des Neuen hatten, der ihnen dabei half, mehr oder weniger alles zu ertragen. Als sie ihre Verlobung verkündet hatten, war mir niemals der Gedanke gekommen, dass etwas zwischen meiner Schwester und dem spanischen Jungen schieflaufen könnte. Doch jedes Mal, wenn ich sie nach diesem verhängnisvollen Sonntag sah, spürte ich die Distanz größer werden, und ich wusste mehr als sonst jemand, dass Matildas Auftauchen in der Boulevardpresse dabei kaum hilfreich sein würde.

Jemandem, mit dem Lucy Stunden zugebracht hatte, waren Ruhm und Reichtum zugefallen – jemandem, der gedroht hatte, Raoul und sie zu zerstören –, und das war niemals eine einfache Pille zu schlucken, ganz egal, wie viel Gin man nahm, um sie hinunterzubekommen. Doch ich machte mir auch über etwas anderes Gedanken – etwas, das mehr Schwierigkeiten verursachen konnte als alles andere zusammen. Lucy sprach niemals wieder darüber, was an jenem Nachmittag in Doktor Hoopers Räumlichkeiten passiert war. Sie vergrub es, sodass es ganz unzugänglich war, und blendete es vollkommen aus. Vermutlich war das auch genau das, was ich getan hätte, um ganz ehrlich zu sein – hätte das Unterdrücken von Emotionen nicht bedeutet, dass sie an anderer Stelle zum Vorschein kommen mussten. Lucy schien eine gewisse Rastlosigkeit erworben zu haben, ein leichter, kaum spürbarer Mangel an Ruhe in ihrer Ehe mit Raoul. Sie fing an, gefährlichen Dingen nachzugehen, den Blick über den Tellerrand hinaus zu erweitern und sich zu fragen, ob das alles war – und ihre Unzufriedenheit mit ihrem Leben trat dort noch deutlicher zutage, wo sie Matilda nicht entkommen konnte. Raoul, der glaubte, der einzige Weg, sie wieder glücklich zu machen, sei der, sein Buch zu veröffentlichen und der Mann zu werden, als den sie ihn, wie er annahm, sehen wollte, vergrub sich in seine Arbeit. Ich hatte den Eindruck – und ich schenkte allem, was er und Lucy zueinander sagten, viel zu viel Aufmerksamkeit –, als wären sie zwei Menschen, die sich sehr langsam, aber nichtsdestotrotz in entgegengesetzte Richtungen entwickelten. Wenn sie keine Kinder hatten, was sollte sie dann zusammenhalten?

»Ich habe einen Brief bekommen«, sagte Pa eine Woche, nachdem wir über Trellanack gesprochen hatten. »Von Matilda Wells-Devoran.«

Ich war gerade dabei, zu versuchen, den Henkel wieder am Milchtopf anzubringen, hielt inne und starrte ihn an.

»Matilda *Bright*«, korrigierte ihn Imogen. »Jetzt mach schon, Pa, was steht darin?«

Pa las ihn bis zum Schluss.

»Sie wird einen gewissen Mr. Billy Laurier heiraten.«

»Heiraten!«

»Ach du lieber Himmel!«

»Wer ist das?«

»Bestimmt ist er reich!«

»Natürlich ist er das!« Diese Aussage stammte von mir. »Er ist einer der erfolgreichsten Männer in der Musikbranche. In gewisser Weise ist er ein Manager. Ein *Amerikaner*. Er hat Bilco Records aufgebaut.«

Selbst Pa musste von diesem Label gehört haben, dachte ich. Zusammen mit Mercury, Capitol und RCA produzierte es Nummer-eins-Künstler am laufenden Band. Ihr Markenzeichen, das »B«, war das Logo des Labels, wurde rot mitten auf jede Single gedruckt und war für mich so identifizierbar wie das charakteristische Mr. Kellogg auf der Rückseite der Packung Frühstücksflocken.

»Er hat Bilco Records aufgebaut?«, fragte Roy, der ganz ohne eigenes Verschulden meine Liebe für die Musikindustrie absorbiert hatte. »Stimmt das *wirklich*?«

»Ich hab's im *Melody Maker* gelesen«, erwiderte ich sofort.

»Aber Matilda heiratet ihn doch nicht wirklich, oder, Pa? Wie sieht er aus, Tara?«, fragte Imogen.

»Das weiß ich nicht«, gab ich zu.

»Tja, kein Spanier, das ist schon mal sicher«, sagte Florence.

»Sie möchte, dass ich sie traue«, sagte Pa, unterbrach damit unsere Unterhaltung und faltete den Brief zusammen. Er unterdrückte ein erfreutes Lächeln. Pa liebte Hochzeiten.

»Oooh!«, jammerte Imogen. »Lass mich den Brief lesen, Pa, bitte«, bat sie.

Zu unserer Überraschung gab er nach.

»Lieber Jonathan«, las sie vor. »Mensch! Das ist ein bisschen forsch, oder nicht? Damals hieß es noch Pfarrer Jupp …«

Ich hoffe, es stört Sie nicht, dass ich mich mit aufregenden Neuigkeiten bei Ihnen melde. Ich bin verlobt, werde einen wunderbaren Mann namens Billy Laurier heiraten und kann mir keine andere Person vorstellen, von der ich getraut werden möchte, als Sie. Mein großer Traum wäre es, am Samstag, dem 9. Juni, im Dorf zu heiraten, wenn es sich zu diesem Datum für die Kirche einrichten lässt. Das ist recht kurzfristig, aber wir möchten möglichst rasch ins Eheleben starten und unsere Hochzeit im Sommer abhalten, wenn die Wicken blühen. Danach wird ein großes Fest auf Trellanack stattfinden, zu dem wir das ganze Dorf einladen. Ich hoffe, Ihre ganze Familie kann kommen. Ihre Töchter haben mir während meiner Abwesenheit sehr gefehlt. Insbesondere freue ich mich darauf, Lucy wiederzusehen.
Herzliche Grüße
Matilda W-D

Mich überkam ein heftiger, seltener Gefühlsausbruch; ich spürte, wie ich zitterte.

»Aber Pa«, sagte ich, »Matilda hat für Lucy alles sehr schwer gemacht.« Ich stockte, zögerte, ihm von der Nachricht an Raoul zu erzählen. »Du kannst nicht zustimmen, ihre Trauung durchzuführen …«

»Aus diesem Brief geht eindeutig hervor, dass Matilda Wells-Devoran richtigstellen möchte, was falsch gelaufen ist«, sagte Pa. »Das Mädchen wurde in diesem Dorf geboren, und die Familie ihres Vaters lebt schon seit Jahren auf Trellanack. Wenn sie hier heiraten möchte, dann bin ich der Einzige, der die Zeremonie durchführen kann.« Er nahm sich den Umschlag, um den Brief wieder darin zu verstauen, und runzelte die Stirn.

»Da ist noch eine Nachricht für dich drin«, sagte er.

»Für mich? Für *mich*?«

»Ja, für dich. Du bist doch Tara Jupp, oder nicht?«

Er reichte mir ein Stück Papier.

Liebste Tara, (stand da)

ich hoffe, es macht Dir nichts aus, dass ich Dir schreibe, vor allem, wo es schon so lange her ist. Ich möchte Dich um einen Gefallen bitten, den ich Dir lieber schriftlich unterbreite, damit Du darüber nachdenken kannst, statt das Risiko einzugehen, dass Du am Telefon direkt ablehnst.

Ich wäre ganz begeistert, wenn Du für uns singen würdest, während wir die Heiratsurkunde unterschreiben. Erinnerst Du Dich daran, wie sehr wir Gigi *geliebt haben? Also, es würde mir sehr große Freude bereiten, wenn Du »Say a Prayer for Me Tonight« singen würdest, wie Du es immer getan hast. Ich habe Billy erzählt, was für eine wunderbare Sängerin Du bist, und er kann es kaum erwarten, Dich ebenfalls zu hören.*

Oh bitte, sag Ja! Ich werde es nicht in den Ablauf des Gottesdienstes mit aufnehmen, damit Du es Dir bis zur letzten Minute überlegen kannst. Aber ich würde mich sehr freuen.

Vermutlich denkst Du, dass das, was mir widerfährt, sehr komisch ist. Das finde ich auch! London war ein unglaubliches Erlebnis, aber ich möchte zurück ins Dorf kommen, um zu heiraten. Ich weiß nicht, wieso, ich weiß nur, dass ich es nicht nicht *tun kann.*

Ich hoffe, Dich auf der Hochzeit zu sehen. Überleg Dir bitte, ob Du für uns singen wirst.

In Liebe und bester Erinnerung

Matilda

Ich gab Lucy noch an diesem Tag den Brief. Sie war vorbeigekommen, um zu waschen, und hoffte darauf, dass Imogen hinterher für sie bügelte. Nachdem sie ihn gelesen hatte, gab sie mir Matildas Bitte wieder zurück und nahm sich ein Stück Kernseife.

»Ich glaube nicht, dass ich das tun sollte«, sagte ich.

»Warum?«

»Na, deinetwegen. Das wäre nicht richtig.«

»Ach, komm schon, Tara. Beim bescheuerten Erntefest wirst du kein so großes Publikum bekommen. Du wärst ein Obertrottel, es nicht zu tun.« Sie trocknete ihre Hände an einem geistlichen Hemd ab, das darauf wartete, gewaschen zu werden, und schaute mich an.

»Ich dachte, du würdest nicht wollen, dass ich das tue«, sagte ich.

Sie seufzte, dann strich sie ihr Haar nach hinten, streckte die Hand aus und ergriff meine Hand. Eine solche Geste kam nur selten vor. Vor lauter Schreck wäre ich fast nach hinten gehüpft.

»Nur weil Matilda und ich alles total verkorkst haben, heißt das nicht, dass du diese Gelegenheit nicht ergreifen solltest.« Sie ließ meine Hand wieder los und zog ein Päckchen Zigaretten aus ihrer Schürzentasche. »Ganz London wird da sein. All die Reichen und die Schönen und die anderen.« Sie drehte mir den Rücken zu und tat so, als würde sie nach Streichhölzern suchen, doch ich hörte, wie ihre Stimme zitterte. »Ma würde …« Sie schluckte hart, räusperte sich und setzte erneut an. »Ma würde erwarten, dass du das tust. Sie wäre ganz verrückt geworden, wenn sie wüsste, dass du so etwas machst. Mach es für sie, ja?«

Es folgte Schweigen.

»Aber *du* wirst nicht da sein.«

»Das ist egal.«

»Wünscht sich ein Teil von dir nicht auch, dass du dich überwinden kannst und hingehen wirst?«

»Den wird es geben. Dich«, sagte Lucy.

Und damit musste ich mich zufriedengeben. Mr. Bell ließ mich ab dem nächsten Tag proben, sehr zu Antonia Jones' Ärger. Sie kam zurück – das Mädchen, das Lucy so sehr verletzt hatte. Und ich würde während ihrer Zeremonie singen. Es fühlte sich verkehrt an, doch irgendwo in mir regte sich etwas. Ein Gefühl, dass ich, wenn ich alles richtig machte, vielleicht helfen konnte, zu ihrer beider Heilung beizutragen.

Und vielleicht dachte Pa dasselbe. Im Vorfeld der Hochzeit war er ganz aufgeregt. Er versuchte so zu tun, als wäre dies eine Gelegenheit wie jede andere, aber ich hatte ihn zweimal – zweimal! – dabei ertappt, wie er vor dem großen Spiegel in Imogens Zimmer Verse aus dem Buch Daniel proklamierte und seinen funkelnden Blick dabei über ihre Sammlung von Plüschtieren schweifen ließ.

»Mensch, Pa, du wirst doch wohl nicht zu sehr auf Altes Testament für sie machen«, fragte Imogen alarmiert.

»Gerade du solltest wissen, dass es nie zu sehr Altes Testament sein kann«, erwiderte Pa.

Jeder im Dorf sagte etwas im Stil von: »Also, wir haben immer gewusst, dass sie zurückkommt, um hier zu heiraten!«, und sie redeten von ihr, als würden sie sie kennen, auch wenn das bei keinem wirklich der Fall war. Pauline, eine alte Klatschtante mit Segelohren, die auf Trellanack geputzt hatte, sprach mit jedem, auf den sie im Dorf traf, endlos über sie.

»Hätte nicht gedacht, dass ich den Tag erlebe!«, sagte sie zu mir im Dorfladen. »'s schönste Mädchen, das ich je kannte. Immer so rücksichtsvoll! Und so schlecht behandelt von dem Kerl von deiner Schwester. Hat sie am Altar sitzen lassen, ja, das hat er.«

»Wohl kaum«, erwiderte ich schnippisch.

»Ach, sie war so aufgelöst! Ist es nicht schön, dass sie so einen reichen Mann gefunden hat? Und sich so wacker geschlagen hat? Muss ein ganz nettes Sümmchen verdienen, wenn sie die ganze Zeit so schicke Sachen trägt.«

Und so ging es weiter. Je näher der Hochzeitstag rückte, umso fieberhafter wurde das Getratsche im Dorf.

»Sie sollen sich in Paris getroffen haben«, sagte Imogen eines Nachmittags, als sie bei der Post Briefmarken kaufte.

»Das war in Kalifornien«, korrigierte Pauline.

»Das hört sich schon passender an«, murmelte Florence.

Letzten Endes musste Lucy sich gar keine Entschuldigung einfallen lassen, um nicht zu kommen. Eine Woche vor der Hochzeit passierte etwas, das ihr einen guten Vorwand lieferte, nicht dort zu erscheinen. Raoul fiel in der Bibliothek in Truro von der Trittleiter und zog sich einen komplizierten Beinbruch zu. Er musste wenigstens sechs Wochen mit hochgelegtem Bein im Krankenhaus bleiben, was Lucy die perfekte Ausrede lieferte.

»Ich muss bei meinem Mann bleiben und nach ihm sehen«, seufzte Lucy. »Die Wege des Herrn sind in der Tat unergründlich.«

Imogen und ich besuchten Raoul im Krankenhaus, brachten ihm alte Ausgaben von *Country Life* und die Kekse, die er mochte. Ich war schockiert, als ich meinen Schwager mit eingegipstem Bein auf dem Rücken daliegen sah. Und Imogen brach wie zu erwarten in Tränen aus.

»Ich sterbe nicht«, sagte er. »Halt die Klappe, Imogen, und gib mir lieber meinen Flachmann.«

Er nahm sich das spanischsprachige Buch, das ich aus dem Bereich ausländische Literatur in der Bibliothek für ihn ausgesucht hatte.

»*El coronel no tiene quien le escriba*«, sagte er verächtlich. »Verdammt, Tara.«

»Was? Ich fand, dass es nett aussieht.«

»Deprimierend«, sagte er und starrte an die Decke. »Marquez lässt mich kalt.«

»Dann schau dir doch die hier an«, schlug Imogen vor. Sie legte drei ihrer Georgette-Heyer-Bücher so geschäftig auf seinem Nachttisch ab, als würde sie einem König Goldbarren präsentieren. Teilnahmslos schaute er sie an.

»Romane für gelangweilte Frauen«, sagte er. »Aber trotzdem danke.«

»Die kann man einfach nicht aus der Hand legen«, schwärmte Imogen.

»*Mich* kann man einfach nicht aus der Hand legen«, sagte Raoul verzweifelt. »Ich werde hier wochenlang liegen müssen. Wie soll ich das nur durchstehen? Bis ich hier wieder rauskomme, ist Matilda mit ihrer Hochzeitsgesellschaft zurück in London, und die Chance, Trellanack noch einmal zu sehen, ist vertan.«

»Jetzt, wo Matilda uns alle wieder willkommen heißt, könntest du Lady W-D doch fragen, ob sie dir erlaubt, dich nächsten Monat dort umzusehen, oder?« Doch schon als ich es sagte, wusste ich, dass das nicht geschehen würde. Raoul blickte mürrisch drein.

»Selbst wenn sie zustimmen sollte – was sie nicht tun würde –, dann wäre sie die ganze Zeit da und würde nur darauf warten, dass ich irgendetwas verkehrt mache. Ich wäre nicht entspannt. Deshalb wäre die Hochzeit eine perfekte Gelegenheit gewesen, um überall vorbeizuschauen, ohne sich in Ausflüchten ergehen zu müssen. Sie wäre viel zu beschäftigt mit den anderen Schnüfflern, um auf mich zu achten. Das wäre die einmalige Gelegenheit gewesen, die *einmalige*, um noch einmal hinzugehen. Jetzt ist diese Gelegenheit vertan, und das nur, weil ich wie so ein bescheuerter spanischer 'Arold Lloyd von der Leiter gestürzt bin.«

Imogen kicherte.

Eine junge Krankenschwester tauchte mit einer dieser suspekten neuen Vorrichtungen auf, mit der man den Blutdruck maß. Mir an Lucys Stelle wäre ihre Schönheit aufgefallen, und ich hätte dies kritisch beäugt; Raoul schien sie weder zu bemerken noch sich darum Gedanken zu machen.

»Das ist ein denkbar schlechter Zeitpunkt«, brummte Raoul. »Als ob der jemals sinken würde, solange ich hier in dieser casa de locos festsitze.«

»Die Besuchszeit ist vorbei«, sagte die Krankenschwester, nickte mir zu und befestigte das Gerät an Raouls Arm. Rasch pumpte sie das Gummiteil auf.

Ich stand auf und nahm mir einen Keks von Raouls Nachttisch.

»Mach dir keine Sorgen«, sagte ich. »Ich werde dir berichten.«

Ich zog meine Strickjacke an.

»Oje«, murmelte die Krankenschwester. »Dieses Ding funktioniert wohl nicht richtig. So ein hoher Blutdruck ist unmöglich.«

Sie nahm einen Stift und schrieb etwas auf Raouls Krankenblatt. Raoul rollte mit den Augen.

»Hey«, sagte er, als ich gerade gehen wollte. Er hielt mich am Arm zurück. »Du wirst dich amüsieren, ja? Und du siehst dir Trellanack für mich an?«

»Natürlich, das mache ich.« Ich hätte heulen können.

»Und wer weiß«, meinte Raoul. »Vielleicht verliebst du dich sogar in einen der Gäste.«

»Wohl kaum.«

Doch später an diesem Abend, als ich mein Chorgewand in der Küche bügelte, dachte ich darüber nach, was er gesagt hatte. Ich wollte mich nicht verlieben. Das schob ich vor mir her wie den Besuch beim Zahnarzt. Es schien zu schmerzlich für Worte zu sein.

12. Kapitel

Hochzeit auf Trellanack

Der Tag, an dem sie heirateten, war merkwürdig ruhig. Die ganze Welt fühlte sich äußerst still an. Eine weiße Wolkendecke schwebte bis mittags reglos über dem Dorf, bis die Sonne hervorbrach, zunächst nur milchig weiß und dunstig, doch als sich die Kirche langsam füllte, war sie strahlend gelb, wie die Sonne in einer Kinderzeichnung. Sie erfüllte den Dachbereich der Kirche mit schräg einfallenden, biblischen Strahlen. Die Buntglasfenster im Altarraum aus dem fünfzehnten Jahrhundert, die Lucy so sehr liebte und die darstellten, wie Johannes Christus im Jordan taufte, verliehen dem Anlass ein gewisses Flair. Wenn es einen Gott gab, dann schaute Er an diesem Nachmittag auf uns alle mit unseren pochenden Herzen und polierten Schuhen herunter. Er betrachtete all die, die am Ende des Grundstücks auf Matilda Wells-Devorans Rückkehr warteten.

Selbst im Inneren war die Luft am Nachmittag warm und mild, lag bei über dreißig Grad. Ich fächelte mir mit dem Gottesdienstblatt Luft zu, und Antonia Jones, führende Sopranstimme, warf mir wütende Blicke zu. Pa murmelte hinter der Kanzel vor sich hin, die Nackenhaare gesträubt, was ihm einen chaotischen, aber bestimmten Ausdruck verlieh. Er schaute zu Mr. Bell und bedachte mich mit einem strengen Blick. Ich war aufgeregt, unruhig, weil sich mir hier vielleicht zum ersten Mal in meinem Leben die Gelegenheit bot, vor mehr als zehn Leuten aufzutreten.

Und tatsächlich, es kam, wie Lucy es vorhergesagt hatte. Die Kirche war brechend voll mit den Reichen und Schönen. Es kam mir vergnüglich, aufregend, neckisch vor, als wäre der Inhalt eines Londoner Restaurants von einem gelangweilten Magier hierher verfrachtet worden. Zwei Mädchen mit Augen wie gebrannte Mandeln hielten Pa auf seinem Weg zur Sakristei an und fragten ihn etwas, und ich sah, wie er Richtung Altar gestikulierte, und musste mich auf meine Hände setzen, um mich davon abzuhalten, loszulachen, war mit einem Mal zugleich ganz schrecklich beschützerisch und unglaublich verlegen. Meine Fingernägel waren abgeknabbert, also schloss ich die Augen und dachte an etwas äußerst Entspannendes, wie Imogen mir geraten hatte, und ich spürte gerade, wie meine Aufgeregtheit sich etwas legte, als Sarah Cartwright mich grob in die Seite stieß.

»Autsch!«

»Da ist der Bräutigam«, zischte sie. »Sieht er nicht gut aus?«

Ich folgte ihrem Blick. Das war das allererste Mal, dass Sarah Cartwright bei etwas richtiglag. Er *war* unglaublich gut aussehend. Er stand allein vorn am Altar, wiegte sich leicht zu der selbstbewussten, wenngleich hoffnungslos fehlerhaften Darbietung von »Nimrod« durch Mr. Long, den Organisten. Er blickte nach oben zum Dach der Kirche, dann wieder auf den Boden, dann starrte er intensiv sein Notenblatt an. Mir fiel auf, dass seine Hände kein bisschen zitterten, dass sein dunkelrotes Haar geradezu werbetauglich nach hinten gekämmt war und seine Augen so blau waren wie die Tinte, mit der Pa seine Predigten zu schreiben pflegte.

Ich hatte in den Zeitschriften gelesen, dass er zwei Meter groß sein sollte, doch so aus der Nähe wirkte er noch größer. Im Gegensatz zu Pa, der häufig gar nicht wahrzunehmen schien, welche Auswirkung seine Statur auf die Umstehenden hatte, schien sich Billy Laurier seiner Größe durchaus bewusst zu sein. Er streckte den Rücken durch und lächelte die erste

Reihe in der Kirche mit wunderschönen, geraden Zähnen an. Im Vergleich zu Raoul wirkte er unglaublich *weiß*. Irgendwie merkwürdig. Ich blickte mich bei den anderen im Chor um; alle Münder standen offen, das Erstaunen wurde nur schlecht kaschiert. Er wirkte wie ein Filmstar, und ich glaube, er war sich dessen auch bewusst.

Dann ertönte der »Einzug der Königin von Saba« in der Kirche, und ein »Pst!« erfüllte die Gänge.

»Sie soll noch hübscher sein, als sie schon war«, flüsterte Sarah, als die Angehörigen der Braut in die Kirche kamen.

»Sei still«, murmelte ich.

Sie war dünner, als ich sie in Erinnerung hatte, und obwohl sie ein Kleid trug, das so sittsam war, dass es durchaus in ein Nonnenkloster gepasst hätte, umgab sie etwas *Unerwartetes*, das ich nicht genau bestimmen konnte. Ihre Haare waren zu einem Dutt nach hinten genommen worden, und ein Schleier aus leicht gelblicher, altertümlicher Spitze ergoss sich über ihren schlanken Rücken in die pummeligen Finger ihrer fünf Brautjungfern und zwei Brautführer (ich erkannte keinen davon; sie gehörten wohl zum Bräutigam) – doch ihr Gesichtsausdruck war das Merkwürdigste. Sie starrte ihren zukünftigen Ehemann an, als könnte sie gar nicht wirklich glauben, dass er überhaupt da war. Vielleicht sahen ja alle Bräute so aus wie sie, dachte ich. Ich wäre auch sehr dankbar, wenn ich einen solchen Mann heiraten würde. Natürlich kamen mir die Tränen. Mal ehrlich, bei wem ist das an Hochzeiten nicht so?

Dann sah ich Lady W-D und hätte am liebsten losgegrölt. Sie in einem Kleid zu sehen war fast so schwer zu verdauen, wie wenn Vater in einem Tutu aufgetaucht wäre. Ihr attraktives Gesicht war gebräunt und ganz runzlig von der indischen Sonne, ihr rundlicher Körper wurde von einem riesigen hellblauen Leinenzelt mit weißen Blumen verhüllt, das – in Kombination mit einem quadratisch aussehenden Hut desselben Musters und diesem Ausdruck von *Dies-muss-ich-tun-oder-ich-sterbe* voll düsterer Entschlossenheit – ihr die unglückselige Erscheinung einer riesigen Teekanne gab, aus der man gerade einschenkte. Als sie am Altar eintraf, schleuderte sie Matilda buchstäblich zu Billy und Pa hin; wenn sie jetzt noch die Hände hätte abklatschen und sagen können: »So, das wär's!«, dann hätte sie das vermutlich gemacht. Das alles war ihr schrecklich unangenehm. Vermutlich fiel es ihr nach all den Jahren, in denen sie versucht hatte, sie jemandem anzudrehen, jetzt schwerer, als sie es sich vorgestellt hatte.

Ich hatte sie halb angebetet. War sie erfreut, dass Matilda jemanden mit Geld heiratete? Ich hatte da so meine Zweifel. Geld war für Lady W-D nie von großer Bedeutung gewesen, wie das oft bei denjenigen ist, die sich keine Sorgen darum zu machen brauchen. Nein, alles, was sie jemals gewollt hatte, war eine Tochter, die reiten und jagen konnte, die Füchse tötete und ein herzhaftes Mahl für sechs Leute aus einem Dachs und einem Kessel Wasser aus einer Pfütze über einem Feuer kochen konnte, das man durch das Aneinanderreiben von Holzstäben entfacht hatte. Doch als sie Matilda jetzt ansah, war es, als würde sie sie zum ersten Mal sehen. Sie zog ein Taschentuch aus der Tasche und schnäuzte sich.

Pa fing mit seiner Begrüßungsansprache an, und ich musste nach unten auf meine Hände sehen, da ich Angst hatte, ich könnte Matildas Blick kreuzen, was mich ganz aus der Bahn geworfen hätte. Wir sangen »Tell Out My Soul« und sprachen ein paar Gebete, dann stellte Pa den Chor vor, und der Bräutigam lächelte uns an, und wie beim Garten Eden in umgekehrter Form konnte ich nur daran denken, wie beschämend es doch war, dass ein solch makellos gekleideter Mann mich in meinem sackartigen Chorgewand sah. Nicht dass ich etwas in meinem Kleiderschrank gehabt hätte, das für einen solchen Anlass passend gewesen wäre. Neue Kleider zu bekommen war für mich genauso wahrscheinlich wie ein Anruf von den Everly Brothers.

»Wir sind heute hier versammelt, um die Eheschließung von

William und Matilda zu feiern«, fing Pa an – und ich bin mir sicher, dass Matilda die Luft anhielt. Ich schlug mein Gottesdienstblatt auf. Pa bummelte durch die Einleitung der Trauung, machte ein paar Witze auf Kosten von ein paar Aposteln. (Pa hatte schon vor Langem herausgefunden, dass man seine Zuhörerschaft damit fesselte, wenn man so gefährlich nah wie möglich am Rand der Kontroverse herumtanzte, ohne dabei jedoch über das Ziel hinauszuschießen.) Billy wirkte anständig beeindruckt, stimmte zu, seine Braut zu ehren und zu lieben, und verkündete sein Ehegelübde meiner Meinung nach mit einer gleichgültigen Intensität, wenn so etwas möglich war. Seine Stimme war tief und sanft. Und amerikanisch.

Matilda raste durch ihren Teil des Handels, was wohl ganz logisch war, und direkt nachdem Pa sie zu »Mann und Frau« erklärt hatte, machte er eine lähmende Verkündigung.

»Und jetzt wird meine Tochter Tara ›Say a Prayer for Me Tonight‹ aus dem bekannten Film *Gigi* singen, während Braut und Bräutigam zum Unterschreiben nach vorn kommen« – wobei Pas nördlicher Tonfall die Gs merkwürdig hart klingen ließ.

Ich hörte, wie alle, die meinen Vater kannten, in vereintem Staunen die Luft anhielten – es war ihm absolut unähnlich, mich anzukündigen, umso mehr, da ich etwas von einem *Musical* singen würde, um Gottes willen – ich vergaß fast, aufzustehen und zu singen. Mir war klar, warum er es getan hatte. Er hatte Angst, dass ich einen Rückzieher machen würde, wenn er mich nicht ankündigte. In jedem Fall war interessiertes Gemurmel zu vernehmen, als die Leute die Hälse reckten, um zu sehen, wer ich war, und Mr. Bell bedeutete mir, ich solle nach vorn treten.

»Viel Glück!«, zischte Sarah.

»Wird schon schiefgehen«, murmelte ich.

Die Orgel stotterte langsam los, als Start für mein Solo, und ich spürte eine Woge der Erregung gemischt mit Übelkeit, wie ich es immer in dem Bruchteil der Sekunde empfinde, ehe ich den Mund öffne und vor einer Menschenmenge singe. Mr. Bells Arm ging nach unten, Zeit für meinen Einsatz. *Macht euch keine Sorgen*, wollte ich der Kirchengemeinde mitteilen. *Ich werde das hier nicht vergeigen.*

Als ich fertig war, herrschte kurzzeitig Schweigen, während die anderen Chormitglieder Mr. Bell anschauten und auf sein Signal warteten, um für das nächste Stück aufzustehen, das wir zusammen singen würden. Genau in dem Moment passierte etwas Erstaunliches: Jemand aus einer hinteren Reihe applaudierte. Ein paar gerunzelte Stirnen, schreckerfüllte Blicke mit geschürzten Lippen von den Leuten, für die man in der Kirche einfach nicht applaudierte, *niemals* applaudierte, doch es musste wohl ein paar gut gelaunte Leute der Fraktion Hat-sie-das-nicht-gut-gemacht? geben, die die anderen ganz zum Schweigen brachten. Nach wenigen Sekunden applaudierten alle.

Das war keine höfliche, verhaltene Anerkennung, die jemand nach einem Solo in einem Konzert im Gemeindehaus erhalten könnte, sondern ein richtiger, satter Applaus, der sehr laut in der Kirche widerhallte. Ganz benommen vernahm ich das Wort »Bravo!« von einer Männerstimme irgendwo im Mittelgang. Ich starrte mit leuchtendem Gesicht vor mich hin, konnte kaum glauben, dass dieser ganze Lärm mir galt. Fast konnte ich an der Schnitzarbeit vom heiligen Petrus an dem Chorstuhl mir gegenüber eine hochgezogene Augenbraue erkennen. Aber ich war begeistert. Über alle Maßen begeistert. Mr. Bell wirkte zugleich verwirrt und erfreut, erwägte eine Verbeugung, entschied sich aber dagegen. Alle im Chor starrten mich mit einem Ausdruck völligen Erstaunens an – ich glaube nicht, dass je einer von ihnen mich als besonders applauswürdig erachtet hatte, insbesondere nicht, nachdem ich etwas so Leichtfertiges gesungen hatte wie einen Song aus einem Musical. Der Lärm ebbte nicht ab, ehe Matilda, die zusammen mit den anderen applaudiert hatte, einen ihrer alten Niesanfälle bekam – sechsmal hintereinander –, und Pa musste sich nach vorn beugen und sie fragen, ob sie in der Lage war, fortzufahren. Sie nickte heftig und tupfte sich die Augen mit einem Tuch ab.

Als wir schließlich unsere Chorgewänder abgelegt und die Kirche verlassen hatten, drängten sich die Chorleute um mich.

»Ich habe noch nie gehört, dass jemand während eines Gottesdienstes applaudierte. Nicht einmal, als Antonia das unerwartet hohe C am Ende von ›Seek Ye First‹ beim Erntedankfest getroffen hat«, sagte Sarah.

»Keiner sollte in der Kirche applaudieren«, sagte Antonia Jones, keuchte, um mit uns mitzuhalten. »Das ist nicht richtig. Nicht respektvoll.«

»Für wen denn genau?«, fragte Sarah.

»Gott«, antwortete Antonia prompt. »Und Jesus und den Heiligen Geist und all dies.«

»Ich erzähle dir gleich was vom Heiligen Geist«, murmelte Sarah. »Ich bin mir sicher, wenn allen in der Kirche Taras Gesang gefallen hat, dann hat es Gott auch gefallen.«

Wir sprinteten zum Umziehen nach Hause. Ich zog mein Chorgewand aus und packte mich dann in ein gelb-cremefarbenes Kleid, das schon zu häufig geflickt worden war, als dass man es hätte zählen können. Es hatte einen Bubikragen, von dem Lucy behauptete, er wäre modisch, ich fand aber, dass er mich aussehen ließ, als wäre ich zwölf.

»Du kannst über Mrs. Otleys Pfad nach Trellanack gehen«, hatte Lucy vorgeschlagen, ehe sie auf dem Weg zu Raoul ins Krankenhaus aus der Tür ging. »So kannst du barfuß über die Felder gehen und die Schuhe in der Hand tragen, bis du dort bist.«

Sie war sehr praktisch veranlagt, wenn es um solche Dinge ging, so war Lucy. Jahre der Erfahrung des spätabendlichen Heimschleichens und Blasen-Verbergens nach durchtanzten Nächten. Erst später an diesem Tag wurde mir klar, dass ein Großteil von Lucys Tanzerei zusammen mit Matilda stattgefunden hatte. Als ich meine Schuhe anzog, sagte ich mir, dass es einer Tragödie nahekam, nicht auf der Hochzeit der Person zu sein, mit der man am meisten getanzt hatte.

13. Kapitel

Billy

Florence, Imogen, Roy, Luke und ich drängten wieder aus dem Haus hinaus in den ruhigen Nachmittag. Jedes Haus, an dem wir vorbeikamen, war leer. Jeder war auf der Hochzeit; die ganze Welt war auf die Hochzeit gegangen, schien mir. Warum auch nicht? Der Dorfladen hatte geschlossen, die Post war zu. Ich spürte den Sog der Party, noch bevor wir auf Trellanack eintrafen. Meine Schuhe waren zu eng, ebenso das Kleid, doch das war mir egal. Es war, als würde das Dorf gar nicht ausreichen, um den ganzen Sommer aufzunehmen; er schien überall herauszuschwappen, die Wegränder waren von Feldblumen getupft, die Luft voller Schmetterlinge, Heuduft und pudrigen kleinen Insekten. Warum im Juni heiraten, wenn man Heuschnupfen hat? War es Matilda etwa *egal*, dass ihr frischgebackener Ehemann sie so aufgelöst sah?

Wir trafen rechtzeitig unten an der Auffahrt ein, um zu sehen, dass die Shettys von Lady W-D heute einen Koppeltag hatten und sich so daneben verhielten, wie Shettys das nun einmal tun – sie rieben ihre witzigen Hinterteile am Zaun und stopften ihre feuchten, grasverschmierten Mäuler in die Taschen eines jeden, der dumm genug war, sie zu begrüßen. Eine Frau vor uns kreischte, als sie ihr eine große Begonie aus dem Hut zupften, mit dem sie sich unvorsichtigerweise über den Zaun gebeugt hatte.

»Ich habe Angst, wir könnten das Mittagessen verpassen«,

keuchte Imogen. »Auf der Einladung stand Punkt dreizehn Uhr.«

»Sei doch nicht so dumm«, sagte Florence verächtlich. »Solche Hochzeiten fangen immer mit mindestens einer Stunde Verspätung an. Da hat bestimmt keiner bedacht, wie lange es braucht, in High Heels von der Kirche bis nach Trellanack zu laufen.«

Seit drei Jahren war ich die Auffahrt nicht mehr hochgegangen, und in diesem Moment verspürte ich einfach nur Erleichterung angesichts dieser Schönheit. *Es ist nur ein Haus*, hatte Matilda immer gesagt. Doch das konnte sie sagen, weil sie dort geboren war; es war nebensächlich. Für Lucy und mich blieb es nach wie vor beeindruckend. Niemals hatte es die Kraft dieses ersten Eindrucks verloren.

Vor lauter Anspannung, Aufregung und Furcht, nicht zu wissen, wie mein Kopf und mein Herz reagieren würden, wenn ich wieder dort war, wurde mir schlecht. Doch es war genau so, wie wenn man an einen Ort aus der Kindheit zurückgeht – beides war so ziemlich dasselbe, wenngleich ziemlich anders. Wenn der Garten in schrecklich verfallenem Zustand gewesen war, wie Raoul vermutet hatte, so sah man ihm das jetzt nicht an. Florence fand heraus, dass ein Kollektiv von zehn Gärtnern hier gewesen war, um zu trimmen, auszulauben und zu reparieren, ehe das Anwesen wieder präsentiert wurde, doch all ihre Arbeit konnte die eigentliche Vernachlässigung, die ihm seit Matildas Weggang widerfahren war, nicht verbergen. Doch dort, wo man den Garten sich selbst überlassen hatte, war er am überwältigendsten. Der ägyptische Obelisk aus dem neunzehnten Jahrhundert, der ein Geschenk von Lady Joanna Robinson an das Haus war – eine bevorzugte Besucherin von Sir Lionels Urgroßvater, der man nachsagte, sie wäre jedes Mal mit einer anderen weiblichen Geliebten im Haus eingetroffen –, war fast kniehoch von Fingerhüten bedeckt. Jetzt steckte eine Wildheit in diesem Garten, die zusammen mit der Akkuratesse von Capability Browns Formen eine berauschende, wenn nicht verwirrende Ansicht bot.

Mein Herz machte einen Sprung, weil dieser Ort wieder von Menschen bevölkert wurde; es war, als würde er aus einem tiefen Schlaf erwachen. Die Hälfte der westlichen Wiese war von einem Festzelt in der Farbe von Zuckerguss bedeckt. Wir standen alle da, starrten und schwankten in unseren drückenden Schuhen, bis ein Mann mit einer weißen Schürze uns allen ein Glas in die Hand drückte, das vermutlich mit Champagner gefüllt war.

»Schmeckt merkwürdig«, sagte Imogen, die noch nie zuvor Champagner probiert hatte. Sie verzog das Gesicht.

Ich füllte mein Glas erneut und mischte mich unter die Menge, denn so, wie ich Trellanack kannte, war es einfacher, allein zu sein. Ich wusste genau, wie ich die Wiese überqueren und hinter dem Obstgarten herumschleichen musste, um die beste Aussicht auf die frisch eingetroffenen Gäste zu haben. »Was für ein beeindruckendes Haus! Hast du schon je einen solchen Garten gesehen?«, und so weiter. Ich war gleichermaßen stolz und verärgert darüber. Es fühlte sich viel mehr so an, als wäre es mein Haus, nicht das eines anderen. Ich sah Lady W-D und schwenkte in die andere Richtung ab. Ich wollte nicht hören, wie sie mit jemandem darüber sprach, dass sie das Haus an jemanden verkaufen würde, der es dann seinerseits in ein Hotel umbaute. Nicht heute. Heute konnte ich so tun, als wäre es so, wie ich es verlassen hatte, und als würde es immer so bleiben.

Meine Aufmerksamkeit richtete sich auf ein Streichquartett, das vor ein paar Leuten unter einem Kirschbaum spielte. Die erste Geige war hervorragend, aber die Cellistin, eine wunderschöne Blondine, kicherte die ganze Zeit und machte Fehler.

»Was hältst du davon?«, fragte eine Männerstimme mit stark amerikanischem Akzent hinter mir, und mir war klar, dass *er* es war. Ich drehte mich etwas um, wollte ihm aber nicht ins

Gesicht sehen. Es fühlte sich an, als wäre er zu nah; es war, als hätte ich Angst, ich könnte umkippen, wenn ich ihm nur ins Gesicht sah. So mächtig fühlte er sich an.

»Die Cellistin kann nicht spielen«, sagte ich rundheraus. »Sie ruiniert das Stück auch für die anderen.«

Wie immer, wenn ich jemandem mit gutem Stil begegnete, fühlte ich mich überfordert und sprunghaft. Trotzig blickte ich ihn an. Ich wollte ganz unbedingt, dass er mich enttäuschte. Ich kämpfte, kämpfte die ganze Zeit.

»Sie sieht großartig aus, oder nicht?«, sagte Billy. »Also ist es doch eigentlich egal, was sie spielt.«

Ich runzelte die Stirn, seine Antwort verwirrte mich.

»Kannst du Cello spielen?«, fragte er lächelnd.

»Vermutlich. Ich hab's noch nie versucht, aber das kann nicht so schwer sein.« Ich nahm einen imaginären Bogen in die Hand.

Er hatte eine gerade, elegante Nase, auf der Sommersprossen verteilt waren, wie Muskatnuss über Eis.

»Ein perfekter Nachmittag für eine Hochzeit«, sagte ich.

Er lächelte mich an; zweifellos genoss er mein Unbehagen. Er war sich seiner Macht bewusst, wie sollte er das auch nicht sein?

Imogen kam auf uns zu, ihr Ekel angesichts meiner Raucherei machte sie ganz rasend. Florence kam hinter ihr her; mir fiel auf, dass ihr Glas leer war.

»Bei aller Liebe, Tara, mach dieses Ding aus«, zischte Imogen. »Außerdem habe ich dich beobachtet. Du hast zu viel getrunken.«

»Und *du* hast nicht genug getrunken«, konterte Billy und reichte ihr sein Glas Champagner.

»Das sind meine Schwestern«, sagte ich zu Billy.

»Welche?«, fragte Billy rasch.

Also weiß er von Lucy, dachte ich. Matilda hat ihnen von uns allen erzählt.

»Florence und Imogen«, sagte ich.

»Wunderschöne Namen.«

»Sind sie das? Ich hätte eher gedacht, dass Ma und Pa so langsam die Lust ausging, als sie bei mir waren«, sagte Imogen.

»Sagt mal, ihr beiden, wie groß sind die Chancen, dass euer Vater mir erlaubt, eure Schwester mit nach London zu nehmen, um eine Platte aufzunehmen?«, fragte Billy.

Imogen und Florence schauten einander an und lachten bescheiden, als wäre das ein großer Scherz gewesen. Ich fiel schwach mit ein. Der Champagner stieg mir zu Kopf.

»Ach, er würde die Gelegenheit ergreifen, um sie loszuwerden«, sagte Florence.

»Pa sagt, London sei voller Spinner«, meinte Imogen vorlaut.

»So ist es«, pflichtete Billy bei. »Aber du kannst singen«, sagte er an mich gerichtet. »Es wäre eine Schande, wenn man nicht versuchen würde, etwas aus einer Stimme wie der deinen zu machen. Das Label ist genau für Sänger wie dich gemacht worden.«

Für einen kurzen Moment galt sein ganzes Strahlen mir, seine Augen leuchteten mich an. Ich war wie hypnotisiert von ihm, halb erschreckt, halb erfreut. Er wiederholte dasselbe, was Inigo Wallace mir bereits gesagt hatte. *Du hast eine Stimme, Mädel. Du solltest etwas damit machen.*

»Pa glaubt an hartes Arbeiten. Ich frage mich manchmal, ob ich nur an Spaß glaube«, sagte ich leichthin.

Wow, für diese Bemerkung hielt ich mich für schrecklich brillant! Innerlich drehte ich mich vielleicht wie ein Kreisel, aber ich würde ihn ganz bestimmt nicht wissen lassen, dass mir noch niemals jemand etwas so Aufregendes gesagt hatte, in meinem ganzen Leben nicht. Ich dachte daran, was Lucy wohl sagen würde. Bleib immer ein bisschen rätselhaft.

»Wo ich herkomme, ist Arbeiten noch mehr Spaß«, sagte Billy.

Und noch ehe ich mir eine passende Antwort überlegen konnte, wurde Billy Laurier von einem anderen Mann und seiner Frau beiseitegenommen, die lauthals von einem Hotel in Österreich schwärmten, das er unbedingt aufsuchen sollte.

»Wir fahren dort jedes Jahr zu Saisonende hin, Liebling, wenn die meisten auf dem Rückweg sind, aber für uns schneit es scheinbar *immer*«, sagte die Frau. »Wir betreten die Lobby, und sie lassen die Gondeln anlaufen. Und natürlich ist Karl der allerbeste Skilehrer.«

Ich schlich mich weg, konnte einfach nicht aufhören, wie eine Idiotin zu grinsen. Florence folgte mir.

»Nach London gehen«, spottete sie. »Und wer soll das bitte schön bezahlen? Wir würden nicht weiter kommen als bis zum Bahnhof! Komm schon, du kennst dich hier besser aus als ich. Wo können wir uns verstecken und Leute beobachten?«

Am liebsten würde ich berichten, dass Florence und ich gerade so viel tranken, um an der Seite eines jeden reizenden Jungen zu schillern und zu glänzen, ehe wir bei Sonnenaufgang ins Bett fielen, aber natürlich ereignen sich die Dinge nie so. Ich war Alkohol gewöhnt – wir schlichen uns häufig mit halb vollen Flaschen Schlehenschnaps zur Chorprobe –, doch es war die Kombination aus Alkohol und Adrenalin seit dem Auftritt in der Kirche und dem Gespräch mit Billy Laurier, die mir so schnell und so stark zu Kopf stieg. Imogen war schrecklich böse.

»Warum musst du auch so dumm sein?«, verlangte sie zu wissen. »Ich glaube, du spielst dich einfach nur auf. Du bist einfach nur völlig überdreht.«

Zu meiner großen Schmach kam genau in diesem Moment die neue Mrs. Laurier über die Tanzfläche auf uns zu.

»Überdreht«, sagte sie lächelnd. »Das hoffe ich doch. Hallo Tara, du hast meinen Mann mit deiner Stimme richtig umgehauen.«

Als Erstes fiel mir auf, wie sie sprach. Ihre Stimme hatte etwas Rauchiges, das früher nicht da gewesen war. Und dass sie eine Zigarette in der linken Hand hielt, verwirrte mich noch mehr.

»Du *rauchst*!« Ich schnappte nach Luft, konnte mein Erstaunen einfach nicht für mich behalten.

Matilda schien diese Bemerkung zu überraschen.

»Tara, Liebes, ohne eine Lucky Strike kann man keinen Champagner trinken.«

»Du *trinkst* auch?«

Matilda warf den Kopf in den Nacken und lachte.

»Ich hatte meinen ersten richtigen Drink an dem Abend, als ich in London ankam. Du kannst dir bestimmt vorstellen, dass ich den nötig hatte.«

»Also, du siehst wunderschön aus«, sagte ich und meinte es auch so.

Matilda legte mir die Hände auf die Schultern und schaute mich an.

»Danke«, murmelte sie. »Du siehst auch wunderschön aus, Tara Jupp.«

Lucy hatte immer sehr viel älter gewirkt als Matilda, doch das war jetzt nicht mehr der Fall. Es lag nicht an ihrem Aussehen, sondern daran, wie sie sprach, an ihrem Ruhm, nehme ich an. Es umgab sie wie ein Schal. Dann trat sie etwas zurück und lächelte mich an.

»Das Erste, was mein Mann zu mir sagte, als wir aus der Kirche gingen, war: ›Du hattest recht mit der Sängerin.‹«

»Ich weiß nicht«, sagte ich, nicht sehr bescheiden.

»Wo ist denn Lucy?«, fragte Matilda und schaute sich um.

»Oh. Es tut ihr schrecklich leid, aber sie konnte letzten Endes nicht kommen. Hast du die Nachricht nicht bekommen?«

»Sie ist nicht hier?«, jammerte Matilda.

»Raoul hat sich das Bein gebrochen. Er war auf einer Leiter und wollte sich das Buch über die Golden Gate Bridge …«, setzte Imogen an.

»Zu viel Info«, zischte ich ihr zu.

»Lucy hätte doch ohne ihn kommen können«, erwiderte Matilda rasch. »Wo ist sie? Ich wollte sie sehen. Ich wollte, dass sie Billy kennenlernt.«

»Sie war der Meinung, sie könne Raoul nicht allein lassen. Er wird sechs Wochen eingegipst bleiben müssen.«

»Sechs Wochen? Aber er ist doch ein erwachsener Mann? Wenn er im Krankenhaus ist, dann kann sie doch weiter nichts tun, oder?«

Sie war wirklich über Raoul hinweg – aber überhaupt nicht über Lucy. Sie streckte die Hand aus und stützte sich auf meinem Arm ab.

»Sie war diejenige, auf die ich mich am meisten gefreut hatte«, sagte sie. Matildas Ehrlichkeit warf einen manchmal etwas aus der Bahn. Kurz sah sie verärgert aus, wie ein kleines Mädchen, dem man eine Tüte Bonbons verweigerte – aber sie war die Braut, und das großartige Geschenk an eine Braut an ihrem Hochzeitstag war, dass man sie unterbrach, wann immer sie es wünschte. Eine Frau in einem grünen Seidenkleid und mit einer so großen, zweifach um den Hals geschlungenen Perlenkette, wie ich noch nie zuvor eine gesehen hatte, umklammerte kurz darauf ihre Handgelenke. Florence und ich blieben noch kurz dort stehen, gingen dann weg und überließen Imogen die beiden zunehmend dämlicher werdenden Roy und Luke. In jedem Fall konnte keiner von uns Banausen der Unterhaltung in schnellem Italienisch etwas hinzufügen.

Wir rannten die Steinstufen zum Gewächshaus hinauf, wo wir ein paar reife Tomaten pflückten, die von der Abendsonne noch immer warm waren. Dann fläzten wir uns auf den Grasstreifen neben dem Kräutergarten, das Summen der Party schien unter uns zu glitzern. Über uns hing ein rosafarbener Mond, der fast voll war. Die Nachtluft roch nach Minze, warmer Erde und Rosen. Hin und wieder liefen ein paar Gäste an uns vorbei. Ein paar der Frauen hatten die Schuhe ausgezogen. Ich weiß nicht, wie lange wir dort blieben; vielleicht bin ich sogar eine Weile eingeschlafen. Mein Kopf war nur mit Gedanken an Billy Laurier und seine neue Frau erfüllt und daran, wie merkwürdig sie war und doch immer noch dieselbe. Irgendwann kamen sie Arm in Arm an uns vorbei.

»Danke«, sagte sie zu ihm.

»Wofür, Babe?«

»Danke, dass du mich gerettet hast.«

Zumindest glaubte ich, das gehört zu haben. Vielleicht war es aber auch einfach nur ein Traum.

Kurz nach zwei Uhr morgens gingen wir nach Hause – meine Schwestern, die Knirpse und ich.

»Ich hätte noch länger bleiben können«, beschwerte sich Luke, der zwei Stunden unter der Bar geschlafen hatte.

»Ich auch«, pflichtete Roy ihm bei.

»Matilda hat gestrahlt, nicht wahr?«, seufzte Imogen.

»Sie ist schrecklich attraktiv«, stimmte Luke zu.

»Luke!«, kreischte Imogen. »Woher hast du denn diesen Ausdruck?«

»Von dir. Als du mit Gwen Parsons gestern Abend am Telefon über Mr. Bell gesprochen hast.«

Als wir zu Hause waren, rauchte ich noch eine Zigarette und kollabierte dann auf meinem Bett. Ich schloss die Augen und schlief, ich war zerknautscht, und mir war leicht übel aufgrund einer Mischung aus Gin, aufgeschnappten Unterhaltungen und überreifen Tomaten.

14. Kapitel

Nach Mitternacht

Das Mittagessen war schon fast vorbei, als ich nach unten stolperte. Einen Moment schaute ich ins Esszimmer, wo wir sonntags saßen, und betrachtete die Szene um den Esstisch mit den Augen eines Außenstehenden: Das alte blau-weiße Porzellan quoll über mit Imogens Bratensoße, alle Münder bewegten sich gleichzeitig, alle drängelten, zogen, verlangten, reichten, lachten, meckerten. Als ich durch die Tür trat, warf Roy gerade Luke ein Brötchen quer über den Tisch zu.

»Zu spät zum Essen zu kommen ist etwas, das ich nicht akzeptiere«, sagte Pa an mich gerichtet. »Das nächste Mal werde ich dein Fleisch an die Schweine verfüttern.«

»Wir haben keine Schweine«, murmelte Florence.

»Tatsächlich? Da könntest du mich in die Irre geführt haben. Deinem Zimmer nach zu urteilen, würde ich behaupten, dass wir hier von Leuten überrannt werden, die wie die Schweine leben.«

»Sorry, Pa«, sagte ich.

Er wandte sich an uns alle.

»Nach der gestrigen Aufregung erwarte ich, dass ihr heute alle um neun Uhr im Bett seid. Florence, ich möchte, dass du dich morgen früh nach dem Gottesdienst um die Blumen in der Kirche kümmerst.«

»Was soll ich denn mit den ganzen Blumen machen?«

»Sie an die Reichen verkaufen, an die Armen verschenken,

sie zwischen Büchern pressen oder sie dir in die Haare stecken. Benutze doch ausnahmsweise mal deine Fantasie«, sagte Pa schroff. »Roy, Luke – ihr kommt mit mir ins Arbeitszimmer, damit wir eure Hausaufgaben durchgehen.«

Grummelnd folgten die Knirpse Pa aus dem Zimmer, und eine halbe Minute später stand Lucy auf, um mit Raoul zu telefonieren. Ich glaube, sie wusste, dass wir über die Hochzeit sprechen wollten, und sie fühlte sich überhaupt nicht wohl dabei, dieser Unterhaltung zu lauschen. George blätterte eine Seite der *Truro Today* um und betrachtete stirnrunzelnd das Foto eines Hundes auf einem Surfboard. »Ich bin mir sicher, dass das Janet Dicers Collie ist. Ich war letzte Woche zum Tee bei ihr.«

»Mein Gott«, erwiderte Florence. »Du solltest mehr ausgehen. Janet Dicer ist doch um die hundertdrei, nicht wahr?«

»Sie ist einundneunzig«, sagte George würdevoll.

»Nach was für einer Frau suchst du überhaupt?«, fragte Florence träge.

George zuckte mit den Schultern und blätterte eine weitere Seite um.

»Ein nettes Mädchen mit einem angenehmen Lächeln, dem es nichts ausmacht, dass ich Pfarrer bin«, sagte er. »Das ist alles, was ich möchte.«

»Nettes Mädchen, angenehmes Lächeln, gute Köchin, große Brüste«, sagte Florence, schnappte sich einen Stift und tat so, als erstellte sie eine Liste.

»Ach, halt doch die Klappe.« George grinste. »Jetzt kommt schon. Erzählt ihr mir endlich alles von der Party?« Er ließ ein Stück Apfelkuchen in eine Schüssel fallen. »Hab mich nicht getraut zu fragen, bis Pa abgezogen ist. Verflucht seien diese nervigen Leute, die mich den ganzen Tag in Yorkshire zurückgehalten haben. Nie zuvor wurde meine Toleranz so auf die Probe gestellt. Ich habe keine Ahnung, wie Jesus auch nur mit der Hälfte des Gesindels klargekommen ist, das sich in seiner Nähe aufhielt und ein Stück vom Kuchen haben wollte.«

»Das hört sich jetzt nicht sehr pastoral an«, sagte ich und häufte die Kartoffeln auf meinen Teller.

»Es ist schwierig, pastoral zu sein, wenn man die Party des Jahrhunderts verpasst«, räumte George kläglich ein. »War es ein sehr großes Tamtam? Wie war Pa?«

»Oh, Feuer und Flamme«, sagte ich. »Knallhart. Viel Quatsch von Daniel und Samuel.«

»*Quelle surprise*«, erwiderte George.

Imogen starrte mich an. Ein oder zwei Minuten später hielt sie es nicht länger aus.

»Sag George, was Billy Laurier gesagt hat. Wegen deiner Stimme.«

»Lass mich raten. Er will dich mit nach London nehmen, damit du eine Platte aufnimmst«, sagte George.

Ungläubig schaute ich ihn an.

»Woher weißt du das?«

»Das leuchtet ein. Er macht damit Geld, wenn Leute singen – du kannst singen, er verdient.« Er nahm einen großen Bissen und zuckte mit den Schultern.

»Ganz ehrlich, dein Talent ist in der Kirche vergeudet«, meinte Florence.

»Er will dich aus Cornwall entführen, Ta. Er wird dich mit nach London nehmen und dich in eine Helen Shapiro verwandeln«, sagte Imogen.

»Wohl kaum«, erwiderte ich, leicht verwirrt.

»Ach! Das ist wie *Die kleine Meerjungfrau*. Wenn du deine Stimme erst einmal hergegeben hast, bekommst du sie nicht mehr zurück!«, fuhr sie fort und strich Butter auf ein Stück Brot.

»Sei doch nicht so albern. Ich gehe nicht nach London. Niemals.«

»Ich verstehe dich nicht«, sagte Florence. »Wäre das nicht eine der Gelegenheiten, die Ma ergriffen hätte?«

»Ich bin mir sicher, dass er nur gescherzt hat«, wiegelte ich ab. »Er will nicht wirklich eine Platte mit mir aufnehmen. Könnt ihr das nicht einfach vergessen? Vermutlich hat er einfach nur Witze gemacht.«

»Ich habe gehört, Amerikaner scherzen nie.«

»Ich gehe ins Bett. Ich fühle mich, als könnte ich tausend Jahre durchschlafen«, sagte ich.

»Da hast du hier ja Glück«, meinte George.

Gegen halb drei am Morgen weckte mich ein Geräusch. Da ich einen guten Schlaf und eine Tendenz zu komplexen Träumen hatte, in denen die Knirpse in Wimbledon spielten, rührte ich mich zunächst nicht. Dann nahm ich es erneut wahr; ein Geräusch, das ich von früher kannte, wenn Lucy nachts aus dem Haus schlich, um sich mit Adam Young zu treffen, der drei Brustwarzen hatte und behauptete, von Vampiren abzustammen. Jemand warf Steine an mein Fenster.

Ich setzte mich auf, mein Herz klopfte bis zum Hals, und ich tappte aus dem Bett zum Fenster. Da war jemand. Lucy, die seit Raouls Verletzung wieder bei uns war, da sie nicht allein in Rose Cottage bleiben wollte, schaute zur gleichen Zeit aus ihrem Zimmerfenster. Wir starrten einander an.

»Hast du das gehört?«, flüsterte sie mir mit zitternder Stimme zu.

»Ja.«

»Wer ist da?«, fragte ich. Auch meine Stimme war zittrig, klang in der Stille des Gartens ohrenbetäubend.

Es kam keine Antwort, nur ein gedämpftes Schluchzen war zu hören.

»Wer ist da?«, wiederholte Lucy.

Angestrengt schaute ich zu dem Schatten nach unten. Wer auch immer das war, kauerte vor dem Rosenstrauch. Letztes Jahr war auf der Farm von George Welch eingebrochen worden. Aber warum sollte jemand Steine an ein Fenster in einem Haus werfen, in das er einbrechen wollte? Und was um Himmels willen konnte jemand aus dem Pfarrhaus entwenden wollen? Imogens steinharte Kuchen?

Jemand trat aus dem Schatten, und einen Moment lang spürte ich Furcht in meiner Kehle aufsteigen. Dann sah ich, wer es war. Direkt neben den Rosen, bekleidet mit einem Nachthemd und Gummistiefeln, stand Matilda. Ihr Gesicht war so weiß wie der Tod.

»Himmel!«, sagte Lucy entsetzt. Hastig zog sie sich in ihr Zimmer zurück. Ich blieb allein zurück und starrte nach draußen.

»Ich bin's«, zischte Matilda. »Ich musste dich sehen.«

»Es ist mitten in der Nacht.«

Matilda sah verwirrt aus – als würden dieser Tatsache ihre geringsten Bedenken gelten.

»Hättest du nicht einfach klopfen können?«, fragte ich.

»Ich wollte deinen Vater nicht wecken.«

Damit hatte sie nicht unrecht.

»Ich komme runter und mach dir auf.«

»Ich muss mit dir reden.«

Sie machte einen Schritt nach vorn, blieb im Rosenstrauch hängen und fiel mit einem Schmerzensschrei nach vorn.

»Oh, mein Nachthemd! Meine Hände! Ach, du meine Güte! Die Dornen!«

»Herr im Himmel«, stammelte Lucy, die wieder am Fenster stand und der Szene beigewohnt hatte. »Geh runter und mach ihr auf, Tara, ehe Pa aufwacht. Sie ist nicht mehr bei Sinnen.«

Sie schüttelte den Kopf, verschwand vom Fenster und stand kurz darauf bei mir im Zimmer.

»Was für eine Frau verhält sich so?«, flüsterte ich Lucy zu.

»Betrunkene«, erwiderte Lucy. »Wenn du sie reinlässt, musst du dich um sie kümmern, Schwesterherz.«

Es war sinnlos, darüber zu diskutieren. Ich würde mich Matilda allein stellen müssen.

Eine Minute später führte ich Matilda die Treppe hoch in mein Zimmer.

»Wo soll ich mich hinsetzen?«, fragte sie.

Ich zeigte auf mein Bett, zog die Decke glatt. Ich kauerte mich auf den Schaukelstuhl in der Ecke des Zimmers. Er knarzte, als ich mich darauf niederließ.

Ich zündete eine Kerze an, damit wir etwas hatten, womit wir die unvermeidlichen Zigaretten anzünden könnten. Jetzt, als ich Matilda richtig sehen konnte, erkannte ich, dass sie ein Nachthemd trug, dass sicherlich ihrer Mutter gehört hatte, hochgeknöpft bis zum Hals, der eingerissene Saum hing auf dem Boden. Ihr Haar, das bei der Hochzeit so perfekt ausgesehen hatte, fiel ihr als blondes Gewirr über das Gesicht. Sie hatte noch roten Lippenstift aufgetragen, ehe sie von Trellanack aufgebrochen war, doch der war verschmiert, und zusammen mit dem Eyeliner, der verlief, gab ihr das ein makaberes Aussehen. Die Kraft ihres Ruhms – und die Vertrautheit ihrer bekannten Silhouette – verliehen ihr ein gewisses Durchsetzungsvermögen, eine merkwürdige Autorität. Draußen heulte eine Eule in der großen Eiche am Ende des Gartens. Ich bot Matilda meinen Flachmann an.

Sie blickte sich um – die Erleichterung, im Inneren zu sein, eine Zigarette und einen Whisky zu haben, war ihr deutlich anzusehen. Einmal mehr war ich verdutzt, sie rauchen und trinken zu sehen.

»Es tut mir so leid«, sagte sie. »Ich wollte niemandem Angst einjagen.«

Zum ersten Mal schaute sie mich richtig an. Und dann fing sie ohne eine Vorwarnung an zu weinen. Sie vergrub ihr Gesicht in den Händen, saß einfach da, und mein Bett schwankte leicht mit ihr.

Alarmiert starrte ich sie an. Was auch immer passierte, Pa *durfte* jetzt nicht aufwachen. Der Umgang mit hysterischen Frauen mitten in der Nacht gehörte nicht gerade zu seinen Lieblingsbeschäftigungen.

»Wein doch nicht«, sagte ich. Ich hörte ein leichtes Knarzen, das über den Gang auf uns zukam. »Nicht weinen«, wiederholte ich verzweifelter.

»Ich kann nicht aufhören!« Sie setzte sich auf, schnappte nach Luft, fiel dann wieder in sich zusammen und verbarg den Kopf erneut zwischen ihren Händen.

Ich tätschelte ihr behutsam den Rücken. Sie war so dünn, dass ich die Wirbelsäule durch den dünnen Baumwollstoff des Nachthemdes spüren konnte.

»Na, komm schon«, sagte ich. »Alles wird gut, ich bin ja da, ich bin ja da.«

Das wiederholte ich ein ums andere Mal, und je häufiger ich es sagte, umso heftiger wurde mein Tätscheln, bis ich Matilda schließlich fest in die Arme schloss.

Ich bin ja da, ich bin ja da.

Dabei wusste ich gar nicht, ob ich wirklich da war. Es fühlte sich so an, als wäre ich auf einem anderen Planeten.

Schließlich verebbten Matildas Schluchzer. Sie blickte auf, ignorierte meine ausgestreckte Hand, mit der ich ihr mein bestes Taschentuch anbot, in das meine Initialen gestickt waren und das ich von Imogen zu Weihnachten bekommen hatte, und nahm stattdessen meinen Morgenmantel, der neben meinem Bett lag, um sich zu schnäuzen.

»Ich wollte nicht, dass das passiert«, sagte sie.

»Ich weiß«, sagte ich.

Dieser Morgenmantel war ein Geschenk von meinem Pa zu meinem zwölften Geburtstag!, wollte ich herausbrüllen.

Erneut zitterte Matildas Lippe.

»Ich bekomme nichts allein auf die Reihe«, sagte sie. »Billy glaubt, dass ich stärker bin, als das tatsächlich der Fall ist. Er denkt, ich kann auf mich selbst aufpassen, jetzt, wo ich zu Hause bin. Er glaubt, dass es hier für mich einfacher ist als in London. Aber das ist es nicht.«

»Wie lange wirst du auf Trellanack bleiben?«

»Eine Woche«, schniefte Matilda. »Aber es kommt mir vor wie eine halbe Ewigkeit.«

Sie hatte schon immer einen Hang zur Übertreibung gehabt.

»Warum?«

»Zu viel Raum. Als ich wusste, dass ich zurückkommen würde, konnte ich nur daran denken, dass ich alles in Ordnung bringen wollte. Ich war so bescheuert. Ich wollte mich entschuldigen. Ich hätte mich an der Geschichte mit Lucy und Raoul niemals so festbeißen sollen. Das tut mir alles so leid. Es tut mir schrecklich leid.«

Es folgte ein langer Moment des Schweigens.

Entschuldigen. Da war es, die ganze Welt in Ordnung gebracht mit diesen vier Silben. Das ganze Dorf hielt Lucy für eine Dirne, dann die schreckliche Nachricht an Raoul, das Verraten des Geheimnisses, das sie miteinander teilten …

»Du solltest dich bei Lucy entschuldigen, nicht bei mir«, sagte ich.

»Ich weiß«, schniefte sie. »Es ist ganz offensichtlich, dass sie mich nicht sehen will.«

»Ich werde versuchen, sie zu überreden, dass sie dich besuchen kommt«, sagte ich. Mir ging es mehr darum, sie aus meinem Zimmer zu bringen, ehe Pa auftauchte, als um etwas anderes, aber Matilda konnte mit ihrer Dankbarkeit für diese Aussage nicht hinter dem Berg halten. Sie schlang die Arme um mich, brachte mich damit ganz aus dem Gleichgewicht, sodass ich nach hinten stolperte, mich mit einer Hand an dem alten Kleiderschrank abstützte und ein gerahmtes Foto von Ma und Pa an ihrem Hochzeitstag auf den Boden fiel. Jetzt hörte ich Schritte, und die bedeuteten, dass es ernst wurde.

»Pa!«, keuchte ich. »Versteck dich!«

Matilda bewies eine bemerkenswerte Geistesgegenwart für jemanden, der nur wenige Sekunden zuvor den Inhalt meines Flachmanns geleert hatte, und huschte unter mein Bett. Kurz darauf stand Pa bei mir im Zimmer.

Ich stand wie festgewurzelt da, hielt das Foto in seinem kaputten Rahmen in der Hand.

»Was ist hier los um Himmels willen?« Pa versuchte zu flüstern, doch das konnte er nicht – sein Flüstern hätte Tote erwecken können. »Ich muss morgen um zehn Uhr für ein dreitägiges Treffen mit dem Bischof in Bristol sein. Ich würde gerne etwas Schlaf abbekommen, junge Dame.«

»Ich bin aufgestanden, um etwas Wasser zu holen, und habe das dabei umgeworfen.«

»Wer's glaubt, wird selig. Seit wann hast du fließendes Wasser im Kleiderschrank?«

»Ich bin ganz verwirrt aufgewacht«, sagte ich verzweifelt. Ich sah, dass Matildas Nachthemd unter dem Fußende des Bettes hervorschaute.

»Verwirrt? Worüber warst du so verwirrt?«

»Hatte einen Wimbledon-Traum. Roy und Luke spielten ein Doppel gegen Pat Hughes und Fred Perry. Als ich aufgewacht bin, war ich ganz desorientiert. Ich dachte, ich hole mir was zu trinken, bin dann aber gegen den Schrank gelaufen. Das ist alles.«

Ich rieb meinen Arm.

»Keiner, der jünger ist als fünfundsechzig, steht nachts für ein Glas Wasser auf. Das ist ein Zeichen für einen schwachen Charakter. Jesus hat dreißig Tage und Nächte gefastet! Und was, glaubst du, haben sie in den Schützengräben gemacht?«

»Ich weiß nicht, was du meinst, Pa.«

»Nein. Und genau das ist das Problem. Ab mit dir ins Bett, schlaf jetzt.«

Ich zog die Decke über mich, atmete kaum.

Pa stapfte zur Tür. Er war krankhaft in seiner Abneigung gegen Pantoffeln; keiner von uns durfte jemals in seiner Gegenwart welche tragen, und die Dielen knarzten unter seinen großen nackten Flossen.

»Tara?«, sagte er noch, ehe er auf den Gang trat.

»Ja, Pa?«

»Wer hat gewonnen?«

»Wer hat was gewonnen?«

»Das Doppel natürlich! Roy und Luke gegen Hughes und Perry! Wer hat das Spiel gewonnen?«

»Ach, das weiß ich nicht. Das Spiel wurde unterbrochen, weil einer der Balljungen sich in einen Drachen verwandelt hat und anfing, Feuer über den Platz zu spucken. Ziemlich chaotische Sache, Pa.«

»Sehr passend«, entgegnete Pa trocken. »Ansonsten hätten sie ihnen eine Abreibung verpasst.«

Er ging aus meinem Zimmer und schloss die Tür hinter sich.

Gleich darauf tauchte Matilda wieder auf.

»Er ist noch immer so einschüchternd wie eh und je«, sagte Matilda. »Gott sei Dank hat er mich nicht gesehen. Was hätte er da gesagt?«

Die Antwort auf diese Frage wollte ich lieber nicht herausfinden.

»Ich glaube, du solltest jetzt gehen«, sagte ich leise.

»*Nein!*« Obwohl sie flüsterte, brach dieses Wort laut aus ihr hervor.

»Aber Pa wird …«

»Ich kann jetzt nicht gehen. Nicht ehe ich dir gesagt habe, weshalb ich hergekommen bin.«

Sie sah mich an und atmete tief ein.

»Es gibt einen anderen Grund, warum ich jetzt, mitten in der Nacht, hergekommen bin. Ich musste es dir sagen: Ich … ich bekomme ein Kind.«

Sie setzte sich aufs Bett, starrte ungläubig auf ihren Bauch, als erwarte sie, das Kind würde hier und jetzt völlig ausgebildet unter ihrem Nachthemd hervorkommen.

»Glückwunsch«, sagte ich, als ich meine Stimme wiedergefunden hatte. »Das ging ja schnell.«

»Ich bin schon fast im siebten Monat«, sagte Matilda. Tränen schwammen in ihren Augen, als sie mich anschaute.

»Wie bitte?«, fragte ich verwirrt. Mein Mund öffnete und schloss sich wieder, ich starrte sie an, versuchte herauszufinden, wie so etwas überhaupt möglich war. »Das kann gar nicht sein! Außerdem hast du erst letzte Woche geheiratet.«

Matilda stand auf, zog das Nachthemd straff über ihren Bauch. Ihr Bauch war leicht gewölbt, dadurch sah sie jedoch einfach nur mehr wie eine normale Frau aus.

»Wenn man es so ansieht, ist er riesig!«, sagte Matilda und strich sich über den Bauch. Dann schaute sie mich ängstlich an.

»Der ist flacher als Lucys Bauch nach einer dreiwöchigen Diät«, sagte ich wahrheitsgemäß. »Du kannst noch nicht im siebten Monat sein«, wiederholte ich.

»Das bin ich aber. Deshalb musste die Hochzeit so schnell geplant werden. Ich hatte auch so schon genug Angst, dass jeder es bemerken könnte. Ich habe diese schreckliche Morgenübelkeit, den ganzen Tag«, fuhr sie fort. »Nur nachts spüre ich nichts davon.« Sie ließ den Kopf hängen. »Und den ganzen Tag höre ich immer nur das Geräusch, wie eine Tür zuschlägt.«

»Was bedeutet das?«

»Das weiß ich nicht. Ich weiß es einfach nicht. Ich höre es nur und sehe es, und ich weiß, dass es passiert.«

Ich war fast zu schockiert, um zu sprechen. »Bist du glücklich?«, fragte ich sie vorsichtig. »Bist du glücklich darüber, ein Baby zu bekommen?«

»Ich nehme an, ich muss einfach das Beste daraus machen«, sagte Matilda. Ihre Lippe zitterte, ihr Lippenstift war noch stärker verschmiert. Sie weinte, hatte die Hände vors Gesicht geschlagen – ihr ganzer Körper bebte.

»Du wirst eine gute Mutter sein«, sagte ich verzweifelt. »Du warst immer diejenige, die nach den Kätzchen auf Trellanack sehen wollte. Du hast einen sehr guten Instinkt.«

»Habe ich das? Oje, das glaube ich nicht, Tara.« Wieder

schnäuzte sie sich. »Ich musste einfach herkommen und es dir sagen. Ich weiß nicht, warum. Ich hatte einfach den Eindruck, wenn ich das nicht tue, könnte ich platzen.«

Sie nahm sich etwas zusammen.

»Du solltest jetzt vielleicht zurück nach Trellanack gehen«, schlug ich vor. »Es ist schon fast hell. Du könntest mit mir nach unten in die Küche schleichen und dann durch die Hintertür hinaus.«

»Ja, in Ordnung.« Matilda stand auf. »Oder ich könnte aus dem Fenster klettern, wie Lucy und du es immer getan habt …«

»Das würde ich nicht«, unterbrach ich sie schnell. »Nicht mit dem Baby und so.«

Matilda ergriff meine Hand.

»Als ich hierher zurückgekommen bin, wollte ich nur die Sache zwischen uns in Ordnung bringen. Diese ganze Sache wegen Raoul – es tut mir so schrecklich leid. Bitte – kommt nach Trellanack, morgen Abend, zum Abendessen. Nur du und Lucy. Ich weiß nicht, wie lange wir das Haus noch haben werden. Ich könnte es nicht ertragen, wenn es verkauft würde, ehe ihr es noch einmal gesehen habt.«

»Verkauft?«, fragte ich schneidend. »Was meinst du? Verkauft?«

»Man hat Mutter ein anständiges Angebot unterbreitet. Irgend eine Hotelkette oder so.«

»Hotel!«, rief ich. »Sie werden einen Golfplatz aus dem Park machen, das halbe Haus abreißen und dann erneut aufbauen. Das dürft ihr nicht zulassen«, drängte ich. »Du solltest mit deiner Mutter sprechen.«

Doch schon als ich diese Worte aussprach, erinnerte ich mich an meine erste Unterhaltung mit Lady W-D, in der sie keine warmen Worte für das Haus gefunden hatte. Mit ihr zu sprechen würde nichts bewirken.

»Ich kann daran nichts ändern«, sagte Matilda. Niedergeschlagen schüttelte sie den Kopf. »Das Haus hat mir nie so viel bedeutet wie Lucy oder Raoul.«

Wieder schniefte sie.

»Ich sollte nichts trinken. Wenigstens *glaube* ich, dass ich das nicht tun sollte. Aber ganz echt, damit fühlt man sich irgendwie gleich bedeutend *besser*.«

Sie ging zu dem kleinen, gesprungenen Spiegel in der Ecke des Zimmers. »Ich sehe schrecklich aus«, sagte sie. Dann straffte sie die Schultern, als ihr klar wurde, dass sie sich etwas zusammennehmen musste. »Billy spricht unablässig von deiner Stimme.«

»Oh.« Ich wusste nicht, was ich sonst hätte sagen sollen.

»Ich habe ihm alles von dir und Lucy erzählt«, sagte Matilda. »Alles über ihr fotografisches Gedächtnis von Häusern und so.«

»Er ist bestimmt ganz hingerissen«, meinte ich.

»Das ist er tatsächlich.« Ich spürte die Aufregung, die aufkam, ehe ein letzter Trumpf ausgespielt wurde. »Er hat euch einen Vorschlag zu machen.«

»Was willst du damit sagen?«

»Er hat eine Idee für euch beide – etwas, worüber er mit euch sprechen möchte. Ihr müsst morgen kommen. Bitte.«

Ganz egal, ob das, was Matilda sagte, stimmte oder nicht – in diesem Moment wusste ich nur: Wenn ich nicht hinginge, würde ich nur herumsitzen und mir wünschen, ich wäre gegangen.

»Na gut«, sagte ich. »Wir werden da sein.«

»Ihr beide«, drängte Matilda wieder. »Ihr müsst beide da sein.«

»Ich werde Lucy fragen.«

»Und sag ihr … das von mir. Es ist schwierig, wo ich doch weiß, dass sie …« Sie hielt inne, fragte sich vermutlich, ob ich das von meiner Schwester und den Kindern wusste.

»Ich weiß«, sagte ich. Und weil ich mich nicht zurückhalten konnte, fügte ich noch hinzu: »Ich habe ein paar Bücher für

Raoul zusammengesucht und deine Nachricht in einem davon gefunden.«

Sobald ich das ausgesprochen hatte, bedauerte ich es auch schon wieder. Sie machte wieder ein erschrockenes Gesicht und starrte mich voller Entsetzen an.

»Diese Nachricht! Sie verfolgt mich! Wie konnte ich das nur tun?«, jammerte sie. »Ich … ich habe nicht nachgedacht. Ich denke nie nach. Ich war einfach nur so traurig! Ich habe sie beide verloren …«

»Das ist jetzt alles vorbei«, sagte ich. Ich wusste selbst nicht, was ich damit meinte. Matilda nahm einen tiefen Atemzug und schaute mich an. In ihrem Gesicht lag Entschlossenheit.

»Ich werde es gutmachen«, sagte sie. »Deshalb bin ich hierher zurückgekommen. Bitte«, sagte sie und schüttelte meine Hände. »Bring sie bitte zu mir.«

»Ich werde sie fragen.«

Das musste ihr reichen.

»Und ich warne dich nur schon einmal vor: Billy will immer noch, dass du nach London kommst und eine Platte aufnimmst. Und wenn er dich fragt, dann solltest du Ja sagen. Das solltest du wirklich.«

Genau so sagte sie es zu mir, als wäre es kaum etwas anderes als ein Besuch beim Zahnarzt. *Das solltest du wirklich.*

Dann war sie weg. Ich sah ihr nach, wie sie die Auffahrt hinuntertippelte, hin und wieder im Licht des vollen Mondes stolperte. Auf dem Cover der *Vogue* abgebildet zu werden hatte sie nicht daran gehindert, weiterhin die Person zu sein, die über die eigenen Füße stolperte.

Kurz darauf öffnete sich die Tür.

»Sie will, dass wir wieder Freunde sind«, sagte ich zu Lucy. »Sie ist ganz verwirrt, weil sie es in Ordnung bringen will. Sie möchte, dass wir morgen Abend nach Trellanack kommen. Billy Laurier möchte uns nach London mitnehmen.« Ich schaute meine Schwester an. »Komm bitte mit. Selbst wenn es nur darum geht, Trellanack noch einmal zu sehen. Sie hat davon gesprochen, dass es verkauft wird.«

Schweigen. Ich hörte, wie George in dem Zimmer auf der anderen Seite des Ganges, das er sich mit den Knirpsen teilte, schnarchte.

»Na gut. Ich werde kommen.«

»Und sie bekommt ein Baby. Sie ist schon im siebten Monat.«

Lucy wurde blass. »Mach keine Scherze«, flüsterte sie.

»Sie wirkt unvorbereitet. Ich glaube, das war ein ziemlicher Schock für sie.«

»Sie kann kein Baby bekommen. Das kann einfach nicht stimmen«, sagte Lucy.

Doch es stimmte, und selbst wenn es dafür momentan noch keinen Beweis gab, so wusste ich doch, dass Matilda nicht gelogen hatte.

»Wie kann sie nur all das haben, was sie hat?«, fragte Lucy. »Und dann auch noch ein Baby?«

Ich glaube nicht, dass sie das laut sagen wollte, aber sie tat es.

»Ich glaube nicht, dass sie darüber sehr glücklich ist«, sagte ich.

Lucy wandte den Blick ab. In ihren Augen waren keine Tränen. Keine Traurigkeit, dachte ich. Nur Wut.

Ich fiel in einen merkwürdigen Halbschlaf. Keine Träume von Wimbledon oder Matilda Bright in meinem Zimmer. Ich träumte davon, wie Trellanack vom Meer verschlungen wurde, für immer verschwand, ehe Raoul die Gelegenheit bekommen hatte, sich je den Gelben Salon und den Hausschwamm darin anzusehen.

15. Kapitel

Von London und Ananas

Vier Stunden später eilte ich zum Frühstück nach unten. Imogen stand in der Küche am Fenster und las eine Postkarte.

»Die habe ich gerade bekommen«, sagte sie. »Von Matthew. Er war die Woche vor der Hochzeit auf der Isle of Wight.«

Ich betrachtete Imogens gerötetes Gesicht. Sie reichte mir die Karte.

Liebe Imogen, das Wetter ist schön, und das Segeln war wunderbar. Habe in einem wunderschönen kleinen Café in St. Ives zu Mittag gegessen. Den ganzen Nachmittag Krabben gefangen. Wünschte, Du wärst hier! Matthew.

»Was hältst du davon?«, fragte sie zweifelnd. Sie hielt sie ins Licht, als würde eine geheime Nachricht darunter zum Vorschein kommen.

»Interessante Handschrift«, bemerkte ich überrascht. »Und ganz schön mutig, dieses ›Wünschte, du wärst hier‹.«

»Aber das schreibt *jeder*«, jammerte Imogen. »Das ist eine Standardübung im Postkartenschreiben. Ich glaube nicht, dass es überhaupt etwas bedeutet.«

»Scheinbar ist er es nicht gewohnt, Dinge aufs Papier zu bringen«, sagte ich. »Sein S sieht aus wie ein Violinschlüssel.«

Bis zum Abend – eine Stunde bevor wir uns vom Pfarrhaus auf den Weg nach Trellanack machen mussten – konnte ich Lucy nirgendwo finden.

»Was ziehst du heute Abend an?«, fragte ich sie.

»Mein Ballkleid von Christian Dior in Smaragdgrün und Kirschrot natürlich«, verkündete sie ironisch.

Letzten Endes trug sie ein Kleid, in dem Pa sie niemals aus dem Haus hätte gehen lassen, wäre er an diesem Abend da gewesen. Es war bodenlang und rot, vorne gefährlich tief ausgeschnitten, sodass sie eine alte graue Strickjacke darüberzog. Das machte Lucy oft – ein widerliches Stück Stoff über etwas ganz Sensationelles anzuziehen; es war, als litte sie unter einer Last-Minute-Verlegenheit wegen des Chaos, das sie manchmal verursachen konnte. Ich hatte rote Augen, weil ich den Eyeliner ausprobiert hatte, den ich Sarah Cartwright für einen Schilling abgekauft hatte, doch es hatte mir nicht gefallen. Als ich damit fertig war, ihn abzurubbeln, sah ich aus, als hätte ich mich geprügelt. Ich verfluchte Lucy, weil sie alle Gene von Ma geklaut hatte. Das war nicht gerecht. Wenn ich so aussehen würde wie sie, dachte ich bitter, dann wäre mir alles andere in der Welt egal.

Vor Trellanack brannten Fackeln, genau wie am Abend der Hochzeit. Es war der erste wirklich warme Abend seitdem; die Fenstertüren im Erdgeschoss standen weit offen, man hätte das Haus also durch alle Räume des Erdgeschosses betreten können. Trellanack so ungeschützt zu sehen war der erste Schock für Lucys Kreislauf.

»Es lebt«, keuchte sie.

Da Matilda an der Eingangstür auftauchte, blieb mir die Antwort erspart. Sie war schwarz gekleidet, trug ein bodenlanges, dünnes Satinkleid – wunderschön, doch da Matilda nun einmal war, wie sie war, war sie daraufgetreten und hatte den Saum abgerissen. Leicht ungläubig betrachtete ich ihren Bauch. Wie konnte sie schwanger sein? Blass und dünn wie eh und je – sie sah so wenig schwanger aus, wie es nur möglich war, wenn man kein Mann war. Der einzige Beweis für die Ereignisse des gestrigen Abends war der Kratzer an ihrem linken Arm, den sie sich zugezogen hatte, als sie in die Rosen gestolpert war. Sie hatte ein Glas in der Hand mit etwas, das gefährlich aussah; die Eiswürfel klapperten wie Würfel in einem Shaker, als sie uns zuwinkte. Wie sie da stand und winkte, sah Matilda wieder aus, als wäre sie sechs. Nach außen hin gelang es ihr, so gelassen und perfekt zu wirken, wie sie das schon immer getan hatte. Doch hinter der Fassade neigte sie noch immer zur Tollpatschigkeit. Das war etwas, das sie im Lauf der Jahre, in denen sie zu Vermögen gekommen war, einfach nicht hatte abstreifen können.

»Lucy«, sagte sie, als sie sie sah. Fast flüsterte sie ihren Namen – sie wirkte fast ungläubig, als hätte sie sich nicht vorgestellt, dass ich mein Versprechen halten und sie herbringen würde.

»Hallo«, erwiderte Lucy.

Matilda trat vor, als wollte sie sie umarmen, spürte dann aber Lucys Zurückhaltung.

»Wie … wie seid ihr hergekommen?«, wollte sie wissen.

»Bemerkenswert, wirklich«, sagte Lucy milde. »Wir haben einen Fuß vor den anderen gesetzt und es irgendwie bis hierher geschafft.«

»Hör auf«, presste ich leise hervor.

»Ich kann gar nicht sagen, was es mir bedeutet, dich wiederzusehen«, sagte Matilda.

»Schon okay«, erwiderte Lucy achselzuckend. »Du brauchst mir nichts zu sagen.«

Eine Wolke schob sich vor die Sonne, die Hintertür knallte zu, und Matilda schrak zusammen. Lucy behauptete sich wie ein Fell-Pony in ihren Zehn-Zentimeter-Absätzen.

»Hätte ich mal lieber meine Turnschuhe angezogen«, sagte ich und schwankte in den hohen Schuhen, die Imogen für ihre Firmung getragen hatte.

»Zieh sie aus«, sagte Matilda und wies mit dem Kinn auf meine Schuhe. »Ich habe dich immer barfuß im Kopf.« Sie grinste uns an. »Kommt schon. Billy hat sich geweigert, einen anderen kochen zu lassen, und bereitet ganz allein ein beeindruckendes Festmahl vor. Lucy, du musst mitkommen und dir den Garten ansehen. Ich kann gar nicht glauben, dass es schon so lange her ist.«

Ich glaube nicht, dass Lucy mit Matilda mitgehen wollte, aber der Drang, Trellanack zu sehen, war viel zu stark.

»Ich stelle nur eben meine Schuhe drinnen ab«, sagte ich, wie eine Art Entschuldigung. Ich wollte, dass Matilda etwas Zeit allein mit Lucy verbringen konnte, selbst wenn es nur eine halbe Minute war. Alles zwischen ihnen sollte wieder in Ordnung kommen – das schien mir mit einem Mal die Antwort auf alles zu sein. Ich wusste, dass es ein langer Weg sein würde. Lucy war zwar vielleicht hier, aber nichts ähnelte der alten Freundschaft, die sie und Matilda über all die Jahre geschmiedet hatten. Was fehlte, machte sich schmerzhaft spürbar. Als wir auf dem Weg zum Tor im Garten waren, huschte ich durch die Hintertür und in die Kühle der Garderobe.

Im Inneren blieb ich ganz ruhig stehen und nahm ein paar tiefe Atemzüge, so überwältigend war das merkwürdige Gefühl, wieder in diesem Haus zu sein. Es war der *Geruch* des Hauses, der mich so vollständig in die Zeit zurückversetzte, als Lucy und Matilda sich angefreundet hatten – diese Mischung aus Wicken und leicht feuchtem Hund, von Silberpolitur, Glyzinie und warmem Pferd. Das war noch immer da. Meine Füße standen kalt und regungslos auf den roten Fliesen. Ich trat hinaus in die Diele.

Ich hatte nicht erwartet, Billy oben auf der Treppe anzutreffen, und er hatte ganz eindeutig auch nicht mit mir gerechnet. Erschrocken zuckten wir beide zusammen und lachten dann. Er trug einen hellgrauen Anzug, die dunkelroten Haare nach hinten aus dem Gesicht gestrichen. Der irische Spiegel hinter ihm, in dem Matilda sich tausendmal prüfende Blicke zugeworfen hatte, als Raoul hier zu Besuch gewesen war, war ganz dreckig. Jemand hatte mit dem Finger ein Herz in den Staub gemalt.

»Nette Schuhe«, sagte Billy augenzwinkernd zu mir.

»Danke«, sagte ich. Ich schaute auf meine bloßen Füße hinunter. »Die sind der letzte Schrei. Und spottbillig.«

»Komm mit mir in die Küche«, sagte er. »Ich wollte uns gerade ein paar Drinks machen.«

Er war jetzt unten bei der Treppe angelangt und öffnete die Tür vor sich so selbstbewusst, dass ich ihm einfach folgte, in der Annahme, man hätte die Räumlichkeiten neu arrangiert. Einen Moment standen wir in der kühlen, ruhigen Speisekammer und starrten auf Dosen voller Ananas und Bohnen. Nervös prustete ich los.

»Auf Trellanack gab es schon immer Ananas«, sagte ich. »Lady W-D sagte, sie erinnerten sie an Indien.«

Ich dachte an Mrs. Wilsons berühmten Kuchen, und eine Woge der Melancholie überkam mich.

Billy schloss die Tür wieder und grinste mich an.

»Ich nehme an, du kennst dich hier aus wie in deiner Westentasche. Ich bin jetzt schon seit knapp fünf Tagen hier und verlaufe mich immer noch.«

»Zur Küche geht's hier entlang«, sagte ich und öffnete die nächste Tür.

In der Küche war alles immer noch wie früher: Es war, als hätte man sie für Matildas Rückkehr in ein Seihtuch gepackt, konserviert und aufbewahrt – genau wie die Ananas. Auf den Regalen standen noch immer dieselben Teepackungen, dieselben Postkarten waren an die Wand über der Anrichte gepinnt.

Ich war mir sicher, dass Billy noch immer nichts von Matildas nächtlicher Eskapade letzte Nacht erfahren hatte. Ich fühlte mich seltsam, unbehaglich, da ich etwas über seine Frau wusste, was ihm nicht bekannt war. Er fing damit an, eine Gurke aufzuschneiden.

»Danke, dass du deine Schwester dazu gebracht hast, heute herzukommen.«

Er zollte mir Anerkennung für etwas, das noch immer nichts bedeutete.

»Nicht der Rede wert«, sagte ich unbehaglich. »Sollen wir nachsehen, wo sie sind?«

Das Festzelt war abgebaut worden, und ohne die Fähnchen und die Fanfaren der Hochzeit sah der Garten irgendwie nackt aus. Der Rasen wirkte sehr groß, und entgegen der verbreiteten Ansicht, dass Orte der Kindheit kleiner werden, wenn man sie als Erwachsener sieht, schien er sich weiter als je zuvor zu erstrecken. Ich ging zu Lucy und Matilda, die etwas auseinander standen und über das Unverfänglichste überhaupt sprachen: über das Wetter. Lucy blickte argwöhnisch drein, nach außen hin zeigte sie sich selbstbewusst und lässig, doch das gefährliche Aufblitzen ihrer Augen zeigte mir, wie angespannt sie tatsächlich war. Die Dinge waren nicht so, wie sie früher gewesen waren, und es war irritierend zu sehen, wie Matilda vorgab, dem wäre so.

»Ich nehme an, Raoul hält mich für das schrecklichste Mädchen überhaupt, weil ich den Garten so verkommen lasse«, sagte Matilda. Es versetzte mir einen Schock, sie diesen Namen vor Lucy aussprechen zu hören. Lucy empfand wohl ähnlich. Ich sah, wie ihr Blick über die Beete und den Maulbeerbaum huschte, wo sie und Matilda über das gesprochen hatten, was am Abend zuvor im Pub passiert war. Ich hatte Lucy nicht mehr so schockiert gesehen, seit Jack der Vagabund aus Frankreich zurückkam und zum ersten Mal einen Vollbart trug. Sie würde sich nicht so einfach einwickeln lassen.

Billy setzte sich neben mich und reichte mir ein Glas Champagner. Ich nahm es entgegen, als wäre es völlig normal, so etwas gereicht zu bekommen – *Danke Schätzchen! Sehr gerne!*

Ein Schluck von diesem Zeug, und ich fühlte mich unglaublich, hervorragend lebendig. Der Garten selbst fühlte sich mit einem Mal irgendwie überdreht an, die Äste des alten Kirschbaums, unter dem wir saßen, waren wie eine Umarmung. Wir aßen an dem rostenden weißen Eisentisch mit den Löwentatzen, und ich schleuderte die hohen Schuhe, die ich zwischendurch wieder angezogen hatte, von mir, spürte das noch immer warme Gras zwischen meinen Zehen, sah die flackernden Kerzen, die Matilda auf den Tisch gestellt hatte, die ein sanftes, neckisches Halbdunkel verbreiteten und fremdartige Schatten auf unsere Gesichter warfen.

»Ich habe das ernst gemeint, als ich darüber gesprochen habe, eine Platte aufzunehmen«, sagte Billy.

»Ach, wirklich?«, fragte ich, und meine Stimme hörte sich schrill, ängstlich und aufgeregt zugleich an. Aus dem Augenwinkel sah ich eine gespenstisch bleiche Schleiereule aus der Rotbuche auf der anderen Seite des Rasens auffliegen.

»Absolut.«

»Mach schon, erzähl ihnen von deiner Idee.«

»Von welcher Idee?«, fragt Lucy schroff.

»Also, es ist so … Wie wäre es, wenn ihr *beide* für eine Weile nach London kommt?«

Ich sah zu Lucy hin, die skeptisch dreinschaute. Sie räusperte sich.

»Wir *beide*? Was meinst du damit?«, wollte sie wissen.

»Ich möchte, dass du kommst und für mich singst, und von *dir*«, sagte er an Lucy gerichtet, »hätte ich gerne, dass du für eine sehr gute Freundin von mir arbeitest.«

»Sie heißt Clover Napier«, erzählte Matilda, die sich nicht länger zurückhalten konnte. »Sie wohnt in einem der schönsten Häuser in Chelsea, aber es soll abgerissen werden, um die Straße zu verbreitern. Sie versucht, es zu retten. Billy hat bereits mit ihr gesprochen, sie sucht *verzweifelt* nach Hilfe. Lucy – du würdest die Geschichte des Hauses recherchieren und das ganze Zeug durchgehen. Du solltest dieses Haus sehen. Es ist ein perfekt erhaltenes viktorianisches Schmuckstück. Oh, und sie bezahlt dich dafür. *Und* sie ist die beste Köchin Londons.«

Das war es also, was sie am Abend zuvor unbedingt noch hatte loswerden wollen. Sie schaute Lucy mit weit aufgerissenen Augen an, war ganz begeistert, ihr dies mitzuteilen.

»Warum sollte sie wollen, dass ich zu ihr komme, wo sie mich doch noch nie getroffen hat?«, wollte Lucy wissen.

»Clover führt Napier House als eine Art exklusives Hotel«, erläuterte Billy. »Wann immer ich Leute aus den Staaten hier habe, wohnen sie bei ihr. Ich bezahle sie dafür, dass sie sich um meine Gäste kümmert, und sie ist die beste Gastgeberin in London.«

»Sagt wer?«, fragte Lucy unhöflich.

»Johnnie Ray, Natalie Wood, Marina Hamilton«, sagte Billy, zählte die Namen an seinen Fingern ab. »Oh, und ich glaube, letzte Woche war Spike Milligan bei ihr. Sie sagte, er hätte die Badezimmerwände mit Gedichten vollgeschrieben.«

»Aha«, sagte Lucy, unterdrückte ein Grinsen. »Ich hab's verstanden.«

»Ich möchte, dass *du* nach London kommst, weil du *gut* bist.« Er zeigte auf mich, und sosehr ich mich auch bemühte, nicht zu erröten – es klappte nicht. »Und *du* bist ihre Schwester«, fügte er hinzu und gestikulierte in Lucys Richtung. »Und von dem, was ich von Mädchen weiß, sind sie immer am besten in Form, wenn ihre Schwestern sie begleiten. Als Matilda mir gesagt hat, dass du Expertin auf dem Gebiet bist, in dem Clover Hilfe benötigt, hörte sich das zu gut an, um wahr zu sein. Aber was eine offensichtlich intelligente Frau wie du an den verflixten Viktorianern findet, das verstehe ich nicht. Ich halte es da eher so: Das ganze Zeug loswerden und nicht nach hinten schauen, das ist meine Meinung. Schrecklicher, klaustrophobischer Müll – das ist alles, was sie gebaut haben.« Er schaute Matilda an und zwinkerte.

»Ich könnte dir viele Gründe nennen, warum das, was du gerade gesagt hast, nicht gerechtfertigt ist.«

»Ich weiß nicht viel darüber, wie es damals in London war, ich weiß nur, dass es nicht schön war«, sagte Billy. »Dickens, Fabriken, Elendsviertel, Ruß und Armenhäuser, die Themse, die den ganzen Sommer über stank, der Nebel, der einen den ganzen Winter über in Schrecken versetzt.« Er schauderte.

»Brunel, Bazalgette, Stevenson, W.G. Grace, Ford Madox Brown und Florence Nightingale«, erwiderte Lucy scharf und zählte sie an ihren schlanken Fingern ab. »Schlag sie nach«, sagte sie schnippisch.

Billy schmunzelte verhalten.

»Napier House ist das schlimmste von allen«, fuhr er ungeläutert fort. »Zimmer voller Mist, Präraffaeliten, die traurig von jeder Tapetenleiste hängen, altes Porzellan, das ganze Flure verstellt, und überall alte Tapeten mit Fruchtmotiven. *Igitt!*«

Mir war klar, dass Billy sie reizen wollte. Ob er glaubte, was er sagte, oder nicht, war fraglich, aber Lucy biss an.

»Die Tapete mit Fruchtmotiven wurde vermutlich von William Morris entworfen. Er war ein Visionär.«

»Wenn du das sagst«, meinte Billy. Er fuhr sich mit den Händen durchs Haar und schaute uns beide an. »Ihr könnt das jetzt ablehnen, und jeder geht seines Weges, und wir verlieren kein Wort mehr darüber. Oder ihr kommt hier raus, versucht etwas Neues, denn – verdammt, Mädels – ihr seid nur einmal jung.«

Ich war ganz geblendet von dem Nervenkitzel, solche Worte zu hören. Ich hatte eine Schwäche für den amerikanischen Akzent und die Verlockung, die er versprach.

»Das ist die einzige Chance, die ihr bekommen werdet. Nicht, weil du nicht gut wärst, denn das bist du. Sondern weil du hier bist, mitten im Nirgendwo. Und solche Sachen stellt man nicht infrage, Süße. Die macht man einfach.«

»Ich stelle sie nicht infrage«, widersprach ich und hörte, wie meine Stimme zitterte.

»Schon gut«, sagte Lucy. Kühl blickte sie Billy an. »Ich kann meinen Mann nicht allein lassen.«

»Wie lange wären wir denn weg?«, fragte ich.

»Schwer zu sagen«, antwortete Billy. »Warum sagen wir nicht einfach: ein paar Wochen? Natürlich könnt ihr an den Wochenenden hin und wieder heimfahren.«

»Ein paar Wochen?«, fragte ich verdutzt. Wie lange war das? Der restliche Juli? Der halbe August? Oder auch noch der ganze September?

Er schaute Lucy an. »Ich habe mir die Freiheit genommen, im Krankenhaus anzurufen und mit deinem Mann zu sprechen, um ihm die Sachlage zu erläutern.«

»Du hast *was* getan?«, fragten Lucy und ich gleichzeitig.

»Ich wollte mich vergewissern, dass er mit im Boot ist, ehe ich euch diesen Vorschlag unterbreite.«

»Mit im Boot?«, fragte Lucy. »Was soll das heißen? Du hast ihn angerufen, ohne mich zu fragen? Das ist sehr merkwürdig.«

Wenn ich das richtig verstand, dann war sie halb wütend, halb begeistert. Ich bewunderte sie dafür, dass sie so für sich einstand.

»Was hat Raoul gesagt?«, fragte ich, hatte Mühe, mir ihn und Billy im Gespräch vorzustellen.

»Tja, er stimmte zu, dass es eine gute Gelegenheit für dich wäre, dein Interesse für Häuser dieser Epoche weiterzuverfolgen. Du würdest etwas Geld verdienen, was euch ganz gelegen kommen wird. Sobald er wieder schreiben kann, will er mit seinem Buch weitermachen, selbst wenn er dabei auf sein Bett im Krankenhaus beschränkt ist. Ich habe ihm versichert, dass du regelmäßig zurückkommen würdest, um ihn zu besuchen.« Er schaute Lucy an, kam ihrem Einwand zuvor. »Natürlich werdet ihr einander fehlen, doch das könnte sehr gut etwas sein, das euer restliches Leben zum Besseren wendet.«

»Ich will nicht unhöflich sein, aber woher willst du das wissen?«, fragte Lucy, hörte sich verwirrt an.

»Ich weiß es einfach.«

Ich konnte mir die Erleichterung auf Raouls Gesicht vorstellen, als Billy ihm das alles vorgeschlagen hatte. Er wollte immer nur, dass Lucy die Gelegenheit bekam, etwas mit dem Wissen anzufangen, das sie sich durch Pevsner und darüber hinaus angeeignet hatte. Er hätte jede Möglichkeit ergriffen, die sie aus Cornwall brachte, weil er wusste, dass dies richtig für *sie* war. Gerade er war der Meinung, man müsse Leuten Freiraum geben, damit sie das tun konnten, was sie tun mussten.

»Also, Pa wird Tara ganz bestimmt nicht nach London gehen lassen«, behauptete Lucy, versuchte es auf diese Weise.

»Oh, darum habe ich mich bereits gekümmert«, sagte Billy mit einer nachlässigen Handbewegung. »Ich bin ihm und eurer *reizenden* Schwester zufällig heute Nachmittag vor der Kirche über den Weg gelaufen. Er ist ziemlich angetan von der Vorstellung, dass ihr etwas mit euren Leben anfangt. Er ist nicht das Problem.«

Lucys Augen weiteten sich vor Schreck, genau wie meine. In ihrem ganzen Leben hatte noch niemand Florence als reizend bezeichnet.

»Nicht das Problem«, wiederholte ich staunend. »Ich habe noch nie gehört, dass Pa diesen Satz gesagt hat.«

Er lachte. »Ein toller Mann, euer Vater. Er sagte, eure Mutter sei eine Sängerin gewesen.«

Hilflos schaute Lucy ihn an – dass er Ma erwähnte, verwirrte sie und trieb sie in die Enge.

»Ja.« Ich verschluckte mich fast an dem Wort. »Sie hat mir immer gesagt, dass ich meine Stimme nutzen sollte, wenn ich das könnte.«

»Tja, und hier kommt deine Chance. Glaubst du, sie würde wollen, dass du sie nutzt?«

»Ich denke, das sollten wir«, antwortete ich langsam. Ich schaute zu Lucy, konnte mir ein breites Grinsen nicht verkneifen.

»Danke«, sagte Lucy, als sie kurz Billys Blick kreuzte. »Wie es aussieht, hast du dich um alles gekümmert, und es scheint zwecklos, abzulehnen. Wenn es eine Möglichkeit gibt, jemandem mit dem Napier House zu helfen, dann werde ich sie ergreifen, insbesondere, wenn Raoul einverstanden ist.« Sie schaute zu mir. »Es würde mir nicht gefallen, wenn Tara Cornwall ohne mich verlässt. Sie ist wirklich noch zu jung, um allein zu sein.«

»Ich bin siebzehn«, meckerte ich. »Wann fahren wir?«

»Am Donnerstag«, sagte Billy. »Ihr habt also genug Zeit, zu packen und euch fertigzumachen. Matilda, Liebling, gib mir bitte den Champagner, ja?«

Jetzt, wo er uns am Haken hatte, war die Anspannung verflogen. Er war ruhig, gesättigt, ein Panther nach der Fütterung. Ich ging zurück zum Tisch und setzte mich.

»Geht's dir gut?«, fragte mich Lucy.

»Denke schon.«

Und dann, als ob das, was soeben passiert war, nicht ausreichte, tauchte *er* auf.

16. Kapitel

Er

Ich hörte sein lautes Lachen, noch ehe ich ihn sah; vor Schreck blieb mir fast das Herz stehen. Wir alle wirbelten herum zum geheimen Tor, wo er gerade stand. Matilda stand auf, warf dabei ihr Weinglas um.

»Er ist da, Billy!«, rief sie. »Er hat es geschafft!«

»Wer?«, fragte Lucy, die das Glas wieder aufstellte.

Billy erhob sich. Auf seinem Gesicht zeichnete sich ein breites Grinsen ab, und mir wurde bewusst, dass ich ihn zum ersten Mal richtig lächeln sah.

Wir alle sahen zu, wie Matilda beschwingt über den Rasen lief, um den Fremden zu begrüßen.

»Er kommt aus Amerika«, sagte Billy, als würde das alles erklären. »Er ist einer meiner besten Songwriter. Hat drei Nummer-eins-Hits in Folge für Jules Harrison geschrieben. Er ist ein Genie«, fügte er leichthin hinzu, als wäre die Welt voll davon.

Der Fremde und Matilda kamen lachend auf uns zu, warfen schwarze, drachenähnliche Schatten auf den Rasen. In seiner linken Hand trug er einen Gitarrenkoffer.

»Mein Lieber, du hast uns doch gesagt, du wärst um diese Zeit schon zurück in London«, rief ihm Billy zu, als sie näherkamen.

»Ach«, rief er zurück. »Ich konnte der Gelegenheit einfach nicht widerstehen, herzukommen und hier etwas herumzuschnüffeln. Ich muss morgen früh um halb sieben nach London, also überlege ich noch, ob es sich überhaupt lohnt, zu schlafen.« Er grinste. »Hallo«, sagte er und nickte Lucy und mir zu.

Ich schnappte nach Luft und wäre fast ohnmächtig geworden. Ausgerechnet Inigo Wallace.

»Inigo!« Erfreut schüttelte Billy ihm die Hand.

Lucy riss die Augen auf und starrte erst mich, dann ihn an. Ich trat sie unter dem Tisch. Gott sei Dank kommunizierten wir beide in Pas Gegenwart so oft in Zeichensprache – hochgezogenen Augenbrauen, Fingerschnipsen –, dass sie kapierte, dass sie nichts ausplaudern sollte, was uns verraten könnte. Stattdessen nahm sie einen Schluck Champagner, fing an zu husten, sodass ihr Tränen in die Augen stiegen.

Als er mich musterte, runzelte Inigo die Stirn.

»Ich habe dich schon einmal gesehen«, sagte er.

Die Erde blieb stehen. Er erinnerte sich an mich. Er erinnerte sich tatsächlich an unsere Begegnung in der Küche von Milton Magna, als ich zehn Jahre alt gewesen war. Er hatte es nicht vergessen. Und wenn er sich daran erinnern konnte, dann hatte er auch das mit dem Elefanten nicht vergessen. Vor Schreck fühlte ich mich einer Ohnmacht nahe – am liebsten wäre ich unter dem Tisch verschwunden. Dann schien es ihm einzufallen, und erleichtert seufzte er auf.

»Ach, ich weiß. Du bist das Mädchen, das die Leute in der Kirche zum Klatschen gebracht hat. Ich hab meiner Schwester von dir erzählt – sie war ziemlich schockiert.«

»Du … du warst auf der Hochzeit?«, fragte ich ihn leise.

»Bin direkt nach dem Hauptprogramm verschwunden«, gestand Inigo.

»Inigo musste am nächsten Tag eine Aufnahme in London fertigstellen«, erklärte Matilda. »Er hat die Party verpasst.«

Fast hätte ich ihm gesagt, dass wir uns schon früher begegnet waren, hätte fast preisgegeben, dass ich seit unserem Treffen vor sieben Jahren genau wusste, wer er war, doch ich hielt mich zurück. Ich spürte einfach nur, wie die überaus schreckliche Welle der Schande über mich hinweggespült war, als ich ihm in der Bibliothek der Milton Magna Hall beichtete, dass ich seinen Elefanten entwendet hatte. Nichts in meinem Leben war so erniedrigend, so schrecklich gewesen wie dieser Moment, als die Zeit stehen blieb und ich nur sterben wollte. Ich konnte auch jetzt nicht darüber lachen; zu lange hatte es mich gepeinigt. Und noch schlimmer, dachte ich mit einem Anflug von Schrecken: Was, wenn er sich *nicht* daran erinnerte? Wie konnte etwas so Bezeichnendes für einen Menschen einem anderen so wenig bedeuten? Ich könnte ihn daran erinnern, wer ich war, und er könnte das alles völlig vergessen haben. Das war eine schreckliche Vorstellung.

»Das ist Taras Schwester, Lucy«, sagte Matilda. Lieber Gott, dachte ich. Er wird sich in sie verlieben. Immerhin war er ein Mann. Er war menschlich.

Doch Inigo reichte ihr die Hand und nickte. Wenn er sie für so schön hielt, wie alle immer sagten, dann zog er es vor, dies im Moment nicht zu zeigen, wofür ich sehr dankbar war. Ich kannte Jungs, die beim Anblick meiner Schwester den Boden unter den Füßen verloren. Auch Matilda beobachtete ihn, um zu sehen, wie seine Reaktion ausfiel. Die Macht der Gewohnheit, dachte ich. Es war, als wären sie niemals getrennt gewesen.

Lucy wickelte ihre Strickjacke um sich, versuchte, ihre Schönheit zu mindern, sich irgendwie hässlicher zu machen. Sie saß ganz reglos neben mir, als könnte die Welt explodieren oder etwas in der Art, sollte sie sich bewegen. Im Normalfall war sie schnell gelangweilt oder abgelenkt, doch unter den gegebenen Umständen wusste sie nicht so recht, wie sie sich verhalten sollte.

Inigo füllte seinen Teller und redete währenddessen die ganze Zeit mit Matilda – hatte sie in letzter Zeit Jean und Chrissie gesehen? Hatte sie von Brian Jones' neuer Rhythm-

and-Blues-Gruppe gehört? Und während er sprach, fiel mir auf, dass sein Akzent, dieser affektierte Privatschulakzent, der mich so fasziniert hatte, irgendwo mitten im Atlantik untergegangen sein musste. Ich konnte nicht sagen, ob das aufgesetzt war oder nicht. Ich wusste nur, dass er mich nicht erkannte – zumindest nicht von damals, als wir uns zum ersten Mal begegnet waren. Warum sollte er auch? Ich war eine Zehnjährige gewesen, die Großnichte einer Frau, die für ihn gekocht und die leeren Teller abgeräumt hatte, wenn er fertig war, die für ihn im Grunde genommen eine Sklavin gewesen war.

Ich spielte an der Kerze vor mir herum und betrachtete sein Gesicht.

Für jemanden, von dem ich nicht glaubte, dass er mit Rocky Dakota als Stiefvater in der Nachkriegszeit viele Entbehrungen erdulden musste, hatte sein Gesicht immer noch diesen elegant unterernährten Ausdruck des beständig hungrigen Schuljungen – tatsächlich schien er kaum älter geworden zu sein. Zu diesem Zeitpunkt hätte ich zwar Savile Row nicht von Woolworths unterscheiden können, doch seine Klamotten sahen gut aus, als hätte sich jemand die Zeit genommen, um sicherzustellen, dass sie ihm perfekt passten. Sein dunkles Haar war kürzer – die Tolle ersetzt durch den Schnitt, den alle Jungs im Dorf anstrebten, aber niemals ganz durchzogen, und seine blauen Augen umgaben tiefblaue Ringe. Mir wurde bewusst, dass er wie ein erfolgreicher Mann aussah. Nicht aufgrund seiner Kleidung, seiner Frisur oder seiner Haut – sondern aufgrund seines Verhaltens. Er redete mit uns allen, als wüssten wir bereits, wer er war.

»Willst du eine Zigarette?«, fragte er mich.

»Ich habe Imogen versprochen, nicht zu rauchen. Sie findet, es sieht bei Mädchen schrecklich aus.«

»Wer ist Imogen?«

»Eine andere Schwester«, sagte ich.

»Das Sensibelchen«, fügte Lucy hinzu.

Mit jedem Hinweis, den ich ihm gab, dachte ich, dass der Groschen bei ihm fallen und er sagen müsste: »*Oh! Du bist es! Der kleine Knirps, der das einzige Geschenk gestohlen hat, das mein Vater mir gemacht hat!*«, doch das tat er nicht. Stattdessen nahm er sich eine Zigarette aus einem silbernen Etui und zündete sie mit leicht zitternder Hand an der Kerze auf dem Tisch an. Er nahm einen Zug, hielt sie mir dann hin. Letztes Mal war es eine Karotte, dachte ich ironisch. Ich biss mir auf die Lippe. Ich wollte nur dasitzen, zuhören und beobachten; wie schade, dass ich nicht einfach unsichtbar werden konnte.

Ich fragte mich, wie er mich sah – ein verstohlener Blick in meinen Handspiegel, ehe wir uns zu Tisch begeben hatten, hatte mir bestätigt, dass meine Haare schrecklich und mein Rock und meine Bluse so altbacken aussahen, dass sie bei Imogens Geburtstagsfeier letztes Jahr mit dem Motto »Trag, was du zu Kriegszeiten getragen hast« nicht fehl am Platz gewesen wären. Ich ging nicht davon aus, dass ich ihn damit beeindruckte. Innerlich verfluchte ich mich dafür, dass Lucy mit ihrer Empfehlung recht behalten hatte, mich *immer* so zu kleiden, als würde ich bald auf ihn treffen.

»Wo lebst du?«, fragte Lucy ihn. Ich sah ihr an, dass sie für mich sprach, Informationen sammelte, aber sie war noch immer unwillig, Matilda zu viel wissen zu lassen.

»Ich lebe in New York, seit ich fünfzehn bin«, sagte er.

»Wie ist es da?«

»So wie man es sich vorstellt.«

»Wie im Musical *Guys and Dolls*«, platzte Lucy heraus. »Und sag mir nicht, dass ich damit falschliege. Das würde ich nicht ertragen.«

Inigo grinste sie an. »Ein Nathan Detroit an jeder Straßenecke«, sagte er.

»Fehlt dir England?«, wollte Matilda wissen. »Wo genau bist du aufgewachsen?«

Ich musste mich auf meine Hände setzen, damit sie aufhörten zu zittern.

»Westbury«, antwortete Inigo. »Östlich von Salisbury.« Ich spürte, wie zurückhaltend er war. Er wollte nicht darüber reden, aber Matilda hatte noch nie ein Gespür für solche Dinge gehabt.

»Was ist mit dem Haus passiert? Hat deine Mutter es verkauft?«, fragte sie.

»Es ist abgebrannt«, sagte Inigo.

Von Inigo zu hören, dass es abgebrannt war, schockierte mich genau wie die anderen, auch wenn ich bereits wusste, dass dem so war. Viele Nächte hatte ich damit zugebracht, über Milton Magna nachzudenken, an unzähligen Abenden hatte ich Lucy mit ihrem fotografischen Gedächtnis für Herrenhäuser gebeten, mich durch jeden einzelnen Raum zu führen, sodass ich seine eigentliche Zerstörung als Mythos und Legende sah und nicht als die Wirklichkeit. Jetzt war er hier, sagte, dass es tatsächlich passiert sei, dass es stimmte.

»Wurde jemand verletzt?«, fragte Billy, der absolut gesellige Typ.

»Überraschenderweise nicht. Aber das Haus war zerstört.«

»Wie schrecklich.« Matilda schauderte. Sie presste die Hand auf ihren Bauch.

»Tja, das war es und dann aber auch nicht. Wir konnten es uns nicht leisten, dort zu bleiben. Mama hatte Rocky kennengelernt – sie wollte von dort weg, raus aus England. Wenigstens hatten die Sorgen damit ein Ende.«

»Trotzdem muss es ein ziemlich schwerer Schock gewesen sein«, sagte Matilda.

»Alles, woran ich damals gedacht hatte, war das hier«, sagte Inigo. Er kickte nach seinem Gitarrenkoffer. »Ich wollte Englands Antwort auf Elvis werden.«

»Was ist dann passiert?«, fragte ich. Ich konnte einfach nicht anders, ich musste es einfach wissen.

»Cliff Richards«, erwiderte Inigo.

»Für wen hast du Songs geschrieben?«, fragte ich. Ich wollte es von ihm hören. Ich wollte jedes Detail, das ich bekommen konnte; nichts fühlte sich wahrhaftig an, bevor er es aussprach.

»Nina Sharp, the Georgettes, Helmut Stevenson«, sagte Matilda und zählte sie an ihren Fingern auf.

»Wirklich? Du hast ›Hold me‹ geschrieben? Und ›Georgina‹?

»Tja, glaub schon. An die Hälfte von ihnen kann ich mich nicht erinnern, aber mein Name steht auf dem Plattencover, also muss ich es wohl gewesen sein.«

In Billys Blick lag etwas, das ich nicht definieren konnte – Teilnahme, Dankbarkeit? Ich wusste es nicht. Was auch immer es war, es war nur für einen Moment zu sehen, ein kurzes Aufflackern, ehe Billy sagte: »Ich will eine Platte mit Tara aufnehmen. Sie und Lucy kommen nächste Woche mit uns in die Stadt.«

Ihn das sagen zu hören brachte meine Beine zum Zittern. Inigo gabelte ein paar neue Kartoffeln auf und sagte nichts.

»Eine Platte im Stil von wem?«, fragte er schließlich.

»In *ihrem* Stil«, sagte Lucy, die sich nicht zurückhalten konnte. Ich trat nach ihr.

»Sie kann imitieren, wen immer du willst«, beeilte sich Matilda zu sagen. »Alma, Ella, Helen … Tara, sing etwas für uns«, bat sie.

»Ja, mach schon, Ta«, sagte Lucy. Sie nickte wild.

Ich hätte gerne abgelehnt, doch ein Teil von mir wollte auch singen.

Inigo schaute mich an. »Was willst du singen?«

»Ach, ich weiß nicht.« *Etwas, das möglichst ganz anders ist als Alma Cogan*, dachte ich. Ich hätte es nicht ertragen, wenn er mich jetzt erkannt hätte. »Wie wäre es mit Etta James, ›Stormy Weather‹?«

»In der ruhigsten Nacht des ganzen Jahres?«, sagte Inigo und holte seine Gitarre aus dem Koffer. »Ist das ein schlechtes Vorzeichen?«

»Nein«, erwiderte ich. »Das ist einfach nur ein verdammt guter Song.«

Heilige Mutter Gottes, der Wein verlieh mir ein Selbstbewusstsein, das ich unter normalen Umständen nie gehabt hätte. Ich konnte Etta imitieren und würde ganz anders als Alma klingen, dachte ich. Ich war auf der sicheren Seite. Inigo stimmte seine Gitarre, während ich mucksmäuschenstill dasaß.

»Bereit?«, fragte er mich.

Ich nickte.

Ich hörte mich singen, spürte, wie sich alle Blicke auf mich richteten, während ich den Takt mit dem Fuß mitklopfte. Ich vertat mich häufig im Songtext, doch das war egal; alle außer Inigo waren zu betrunken, um es zu bemerken. Bis wir beim Ende des Songs ankamen, sang Matilda mit, brüllte die Worte hervor, schleuderte sie geradewegs hinaus in den Sternenhimmel, als hinge das Universum davon ab. Jetzt würde er wissen, wer ich war, dachte ich. Wie könnte er nicht?

»Wunderbar«, sagte Billy, als ich fertig war. Er sah so erfreut aus, als wäre ich seine Tochter. »Du hast ihre Stimme perfekt imitiert.«

»Danke.« Ich grinste erleichtert und nahm einen Zug von meiner Zigarette.

»Aber nicht ihre Seele«, fuhr er fort. »Das kann man nicht imitieren. Man kann Leiden und Herzschmerz nicht vortäuschen. Du kannst nicht vortäuschen, ein farbiges Mädchen in einer weißen Welt zu sein.«

Ich starrte ihn an. »W… was?«

Er lachte. »Für das, was es war, war es nett. Ich habe es gemocht. Aber das bist nicht du.«

»Was meint er damit?« Stumm blickte ich Inigo an.

»Billy mag es, wenn Mädchen wie du nette Songs darüber singen, den Jungen von nebenan zu heiraten«, übersetzte Inigo. »Damit verkaufen sich Platten.«

Billy lachte, aber daran war überhaupt nichts witzig.

»Also werde ich niemals Etta James singen können, weil ich *weiß* bin?« Ich spürte, wie meine Lippen zitterten.

Es folgte ein Moment des Schweigens. Inigo zündete sich eine Zigarette an und schaute dann zu Billy.

»Keiner wird dir glauben, Kleines. Man muss die Leute dazu bringen, dass sie glauben, was man singt«, sagte er.

»Aber nur weil ich weiß bin, heißt das nicht, dass ich nicht gelitten habe. Ich bekomme wegen etwas anderem den Blues.«

»Wegen was denn genau?«, wollte Inigo wissen. Er blickte amüsiert drein.

»Meine Mutter ist gestorben«, sagte ich.

»Das hat nichts mit Blues zu tun«, wandte Matilda ein. »Das ist düster.«

»Wohl wahr«, murmelte ich.

»Ich dachte, sie könnte den wunderbaren Song aufnehmen, den du für Susan Vaughan geschrieben hast«, sagte Billy. Ich glaube nicht, dass er mir überhaupt zuhörte.

»›May to September‹?«, erkundigte sich Inigo. »Also, das *könnte* sie schon machen. Es ist nie veröffentlicht worden.«

»Warum nicht?«, fragte Matilda.

»Susan merkte, dass sie im fünften Monat schwanger war, und beschloss zu heiraten.«

Ich warf Matilda einen flüchtigen Blick zu.

»Fakt ist: Es ist ein toller Song, der noch nicht herausgebracht worden ist.« Billy beschmierte einen Cracker mit Butter und biss hinein. »Susan hat einen ganz wunderbaren Job gemacht …« (Er sprach es »Jarb« aus.) »Tara müsste nur die Art und Weise imitieren, wie sie gesungen hat. Und das macht sie mit links. Wir hätten damit eine Bombenplatte.«

»Sie hat durchaus das erforderliche Können, um eine solche Platte aufzunehmen. Das hätten wir in ein paar Stunden zusammen«, sagte Inigo und unterdrückte gleichzeitig ein Gähnen. »Drei Songs. A-Seite, B-Seite und einen Reservesong. Rein ins Studio, raus aus dem Studio, fertig.« Dabei gestikulierte er in Billys Richtung.

»Du weißt doch, seit du den Song geschrieben hast, geht er mir durch den Kopf. Ich habe nur auf die richtige Person dafür gewartet.«

»Oh, Tara«, rief Matilda aus. »Wenn er das sagt, dann passiert das auch! Das ist immer so!« Sie sagte das, als wäre er ein Magier, der einen unzerbrechlichen, unabänderlichen Bann aussprach. Einen Moment zitterte ich. »Wenn es jemand machen kann, dann Tara. Sie singt, seit sie sprechen kann.«

»Was ist mit dir?«, fragte Inigo Lucy, wandte sich von mir ab. »Singst du auch?«

»Nein«, beeilte sich Lucy zu sagen.

»Aber sie kommt mit ihrer Schwester in die Stadt«, sagte Billy schnell. »Sie hilft Clover dabei, Napier House zu retten. Sie weiß *alles* über die Viktorianer.«

»Bist du verheiratet?«, fragte Inigo mit einem Blick auf ihre linke Hand.

»Ja. Mein Mann hat sich das Bein gebrochen.«

»Manchmal ist es ganz gut, etwas Zeit getrennt zu verbringen«, meinte Inigo. »Da sieht man die Dinge klarer, weißt du?«

Lucy sah aus, als wollte sie etwas erwidern, doch Inigo gab ihr keine Gelegenheit dazu.

»Du hast also des Hauses wegen geheiratet«, sagte er zu Billy.

Es war, als hätte er beschlossen, eine andere Platte aufzulegen, oder zumindest auf die B-Seite zu wechseln.

Mit hochgezogenen Brauen schaute Matilda ihn an.

»Keineswegs«, erwiderte sie. »Meine Mutter möchte es verkaufen.«

Sie schaute zu Lucy, als sie das verkündete.

»Warum?«, wollte Inigo wissen.

»Es gehörte meinem Vater. Das Einzige, was sie eingebracht hat, war, ein paar Pferde auf die Koppeln zu stellen. Sie wollte schon immer reisen. Seit er tot ist, verbringt sie die meiste Zeit im Ausland.«

»Für die anderen sind diese Häuser eine einzige Pracht mit herzförmigen Formschnitthecken, und für die, die darin wohnen, bestehen sie aus abbröckelnden Decken und ruinierten Träumen«, sagte Inigo. »Meine Schwester sagt, erst nachdem Magna abgebrannt war, hat sie angefangen zu leben.«

»Inigos Schwester ist mit Harry Delancey verheiratet«, erläuterte Matilda.

»Der große Magier«, sagte Inigo verschmitzt.

»Ich weiß...«, setzte ich an, dann hielt ich inne. »Ich weiß, dass er nächste Woche bei der Royal Variety Show auftreten soll, oder nicht?«

»Vermutlich. So oft, wie er im Palladium ist, wundert es mich, dass er das Theater noch nicht hat renovieren lassen. Er ist viel zu selbstzufrieden.«

»Cliff and the Shadows waren das letzte Mal in der Show«, sagte ich. Ich konnte mir diese Spitze nicht verkneifen. Mit jedem Wort, das aus seinem Mund kam, hatte ich das Gefühl, dass Inigo Wallace mich mehr und mehr enttäuschte.

»Ich nehme an, du stehst auf Cliff«, sagte er.

»Imogen findet ihn traumhaft«, wich ich aus. »Unsere Schwester Florence ist nicht interessiert – sie steht nur auf Jazz –, aber unsere kleinen Brüder, Roy und Luke, lieben die Shadows.«

»Herrje. Wie viele von euch gibt es denn?«, fragte Inigo stirnrunzelnd.

»Zu viele«, erwiderte Lucy gefühlvoll.

»Tja, dann bereitet euch mal auf Chaos vor, denn wenn aus Brian Jones' neuer Gruppe etwas wird, dann wünscht ihr euch Cliff wieder zurück. Sie sind ein bisschen wild«, sagte Inigo. »Cliff ist nur was für Teenager bis zu einem gewissen Alter. Sobald sie älter werden, ist er nicht mehr angesagt.«

»Was, wenn du dich täuschst?«, wollte ich wissen. »Vielleicht entwickeln sie sich ja mit ihm weiter? Vielleicht singen Roy und Luke immer noch ›The Young Ones‹, wenn sie sechzig sind?«

Ich glaubte nicht wirklich, was ich da sagte, aber ich ärgerte mich ausreichend über Inigo, um genau das Entgegengesetzte zu dem zu behaupten, was von ihm kam.

Er lachte. »Da habe ich so meine Zweifel«, sagte er in einem Tonfall, den ich nur als höchst gönnerhaft beschreiben kann.

»Sechzig«, sagte Matilda. »Das ist noch so weit weg.«

Matilda stand auf, vielmehr kam sie auf wackligen Beinen zu stehen.

»Ihr müsst nicht gehen, aber ich gehe jetzt ins Bett«, verkündete sie.

»Du hast zu viel getrunken«, sagte Billy. Ich glaube nicht, dass er das eigentlich laut sagen wollte.

Inigo leerte das Glas in einem Zug und schauderte dann entsetzlich.

»Kalt?«, fragte Billy.

»Nein. Nur die Tatsache, in England zu sein. Da kommen Erinnerungen hoch«, sagte er mehr zu sich selbst als zu uns.

Aber nicht die Erinnerung an mich, als ich zehn war, dachte ich. Und genau darum ging es. Ich hätte ihn am Klang seiner Stimme erkannt. Ich hätte ihn daran erkannt, wie er spielte. Ich hätte ihn allein am Umriss seines Schattens erkannt. Aber er erkannte mich nicht. Er *erkannte* mich nicht.

17. Kapitel

Der Gelbe Salon

Eine Stunde später war es allerhöchste Zeit zu gehen. Lucy und ich gingen die Auffahrt hinunter – sie hielt meine Hand fest, damit ich nicht hinfiel. Ich hatte viel zu viel getrunken; nichts schien mehr in der Realität verankert zu sein.

»Moment!«, rief ich plötzlich und blieb stehen.

»Was ist denn los?«

»Raoul hat mich gebeten, nachzusehen, ob der Hausschwamm im Gelben Salon schlimmer geworden ist.«

Lucy rollte mit den Augen. Zumindest nehme ich an, dass sie das tat; es war zu dunkel, als dass ich mir hätte sicher sein können.

»Ich geh noch mal zurück.«

»Was für eine Ausrede hast du bitte schön, um zehn Minuten, nachdem wir gegangen sind, wieder im Haus aufzukreuzen?«

Ich schaute auf meine Füße. »Ich hab meine Schuhe vergessen.«

Ich tapste durch die Eingangstür zurück, die leicht offen stand. Matilda war früher immer geschimpft worden, weil sie die Türen offen stehen ließ. Jetzt konnte sie tun, wonach ihr der Sinn stand. Ich ging zum Salon wie an jenem ersten Nachmittag mit Lady W-D, hoffte, dass mich keiner sah und sich fragte, warum ich wieder hier war. Ich dachte wirklich, ich wollte nur schnell einen Blick in die Ecke des Salons werfen, wo die feuchte Stelle gewesen war. Das war alles.

Doch vor der Tür hörte ich Stimmen und blieb stehen. Billy und Inigo waren darin. Ich wollte schon eintreten und ihnen die Geschichte mit meinen Schuhen erzählen, als ich Billy fragen hörte: »Und, was hältst du von meiner kleinen Sängerin?«

Ich erstarrte, war erschrocken, konnte weder vor- noch zurückgehen.

»Typisch englisch«, sagte Inigo. »Merkwürdig aussehendes Ding, findest du nicht?«

»Ich finde sie eher schön«, sagte Billy.

Das war das erste Mal, dass ich ein solches Wort in Verbindung mit mir zu hören bekam. Ich hätte das als mein kleines Geschenk auf den Heimweg mitnehmen und sofort gehen sollen. Aber wer hört schon so etwas und bleibt nicht noch etwas stehen, um mitzubekommen, was als Nächstes gesagt wird?

»Ehrlich?« Inigo hörte sich erstaunt an. »Hör zu, es geht mir nicht um klassische Schönheit, aber bei *ihr,* da weiß ich echt nicht. Sie hat riesengroße blaue Augen, wie Untertassen, und vorne ist nicht viel dran. Sie ist zu dünn und zu klein. Könnte problemlos für dreizehn durchgehen.«

»Clover kann sich darum kümmern.«

Ich hörte, wie Eiswürfel in Billys Glas klirrten.

»Wie heißt sie gleich noch mal?«

»Tara. Tara Jupp.«

»Tara Jupp«, wiederholte Inigo. »Nein. Das ist ein schrecklicher Name für eine Platte. Daran musst du was ändern. Gib ihr einen anderen Namen. Versuch mal die alte Methode ›Name erstes Haustier gefolgt von Mutters Mädchennamen‹. Bei Bluebelle Gillespie hat es funktioniert.«

»Also, wenn ich diesen Kniff bei mir anwende, dann lautet mein Pseudonym Harper Stevens«, sinnierte Billy.

»Perfekt«, erwiderte Inigo. »Wenn du deine erste Countryplatte rausbringst, dann wissen wir ja, wie wir dich nennen.«

Billy lachte. Sie schwiegen einen Moment.

»War Harper ein Hund?«, erkundigte Inigo sich höflich.

»Ein Kanarienvogel«, gestand Billy. »Meine Mutter war auf Fell allergisch.«

Ich beugte mich leicht nach vorne, um sie zu verstehen, mein Herz klopfte wie verrückt.

»Du bist also nicht ganz überzeugt von meiner Miss Jupp«, sagte Billy und kam wieder auf mich zu sprechen.

»Ach, ist das so offensichtlich?«

»Das ist es. Was gefällt dir nicht? An der Stimme kannst du keine Zweifel haben, oder?«

»Also, die *Stimme* ist in Ordnung. Ich habe keinen Zweifel daran, dass sie eine perfekte Susan Vaughan abgibt. Nein, über die Stimme mache ich mir keine Sorgen.«

»Worüber dann?«

»Über alles andere. Sie sieht nicht so aus, als könnte sie singen, selbst wenn sie es kann. Sie hat ganz eindeutig ihren eigenen Kopf, was immer nervig ist, gleichzeitig ist sie so grün hinter den Ohren, dass ich mir nicht sicher bin, ob sie überhaupt wüsste, wie sie etwas mit dem notwendigen Maß an Gewandtheit an den Mann bringen soll. Sie muss so singen, als würde sie meinen, was sie da singt, aber ich weiß nicht, ob sie weiß, wie sie sich verhalten soll, wenn ein Mann sie zum Tee ausführt.« Er seufzte so laut, dass ich ihn hinter der Tür hören konnte.

»Also, das Singen überzeugend rüberzubringen ist deine Aufgabe«, sagte Billy. »Um alles andere kümmern Clover und ich uns. Wir haben einen Monat. Ich wollte den ganzen Sommer, aber darauf hat sich der Pfarrer nicht eingelassen.«

»Wie war er denn so?«, fragte Inigo.

Ich hielt den Atem an, stand wie angewurzelt da.

»Wie ein Prophet aus dem Alten Testament, nur geringfügig furchteinflößender.«

Diese Beschreibung war so gut wie jede andere. Der Strudel der Ehrfurcht um Billy Laurier nahm an Sogkraft zu. Dann hatte er eben die Viktorianer verrissen! Und wenn schon – mich hatte er schön genannt!

»Was hat es mit dem Humpeln auf sich?«, fragte Inigo. »Polio?«

»Ist mir gar nicht aufgefallen«, behauptete Billy, der großartige Lügner! »Ich werde sie jeden Morgen zu Madame bringen. Die hat Laura Molliers Füße in gerade mal zwei Wochen gerade gebogen oder besser gesagt so krumm gebogen, wie sie sein müssen.«

»Ha!«, sagte Inigo. »Du weißt schon, die Schwester sieht so aus, als wäre sie die bessere Wahl gewesen.« Er gähnte. »Sie ist ziemlich hübsch.«

»Sie ist verheiratet.«

»Versteh mich nicht falsch, sie ist nicht mein Typ. Aber ich gehe mal davon aus, dass so ein sinnliches, unschuldiges und zugleich wissendes Ding überall im Land die richtigen Schalter bedient.«

»Schwierig, nach allem, was man so hört. Und sie kann nicht singen wie Tara.«

»Wer ist ihr Mann?«

»Ein spanischer Architekt und eine Art Schriftsteller namens Raoul Fernandez. Matilda war vor Jahren ganz verrückt nach ihm, aber Lucy Jupp war schneller.«

»Zum Glück für dich.«

»Zum Glück für mich«, pflichtete Billy ihm bei.

»Ich bleibe trotzdem bei dem, was ich gesagt habe. Es wird schwierig, die kleine Schwester an den Mann zu bringen.«

»Sobald Clover sich ihrer angenommen hat, wirst du sie nicht wiedererkennen. Sie schleift dir über Nacht einen Diamanten aus einem Kieselstein.«

»Ich bin mir nicht sicher, ob diese hier ein Diamant sein will«, sagte Inigo. »London wird sie mit Haut und Haaren verschlingen.«

Eine Stunde später lag ich wach im Bett und ging diese schreckliche Unterhaltung noch einmal für mich durch. Er glaubte nicht an mich, dabei waren es seine Worte in Milton Magna gewesen, die mir die letzten sechs Jahre für so ziemlich alles Glauben verliehen hatten. Ich würde nach London gehen, dachte ich wild entschlossen, wenn auch nur, um zu beweisen, dass er ganz und gar falschlag.

Am nächsten Morgen wandte ich mich mit zitternden Händen an Pa.

»Pa, stimmt es, dass Billy Laurier mit dir darüber gesprochen hat, dass ich nach London gehe?«, fragte ich ihn.

Pa schaute von seiner Zeitung hoch.

»Vollkommen richtig. Er sagt, du wirst ordentlich versorgt werden. Also sehe ich nicht, warum ich versuchen sollte, dich hier zu halten.«

»Bist du dir sicher, dass es das Richtige ist?«

»Das habe ich doch gesagt, oder nicht? Du musst von deinem hohen Ross heruntersteigen und dir bewusst werden, dass es Leute gibt, die alles dafür geben würden, zu haben, was *du* hast, Tara Anne Georgina Jupp.«

»Ich bin Tara Anne *Cynthia* Jupp.«

»Tatsächlich?« Pa blickte erstaunt drein. »Welche von euch hat Georgina im Namen?«

»Florence«, erwiderte ich. »Florence Catherine Georgina Jupp.«

»Florence Catherine Georgina«, grübelte Pa, als hörte er den Namen zum ersten Mal. »Also, ich stehe zu dem, was ich sage, ganz egal was für erbärmliche zweite Vornamen ihr habt. Du solltest nicht vergeuden, was Gott dir gegeben hat.«

»Und was hast *du* mir gegeben, Pa?«, fragte ich verzweifelt.

»Eine Stimme, du dummes Kind«, sagte Pa. »Nimm sie und benutze sie und mach, was du willst.«

»Denkst du das wirklich?«

Pa erhob sich zu voller Größe, seine Haare standen wirr ab, seine blauen Augen blitzten. Er zeigte mit seiner Brille auf mich, erinnerte mehr an Gandalf als an Moses. »Das Einzige, was wichtig ist, Tara Janet Margaret Jupp, ist, dass *du* an das glaubst, was du tust. Kein anderer kann für dich glauben, verstehst du?«

Es war unglaublich, wie er solch schöne Worte mit derartigem Nachdruck verkünden konnte.

»Na gut, Pa«, sagte ich. Ich dachte, ich würde gleich weinen.

Er setzte seine Brille wieder auf. Ich ging Richtung Tür.

»Ich weiß nicht, wo du sie her hast.«

»Was?«

»Deine Stimme.«

»Ma hat immer gesungen.«

»Sie hat immer gesungen«, pflichtete Pa mir bei. »Aber immer falsch.«

»Ich kann mich perfekt an ihre Stimme erinnern. Sie war sehr musikalisch.«

»Kurz nach unserer Hochzeit musste sie immer hinten in der Kirche sitzen, weil sie die richtigen Töne einfach nicht traf und so den Chor ganz durcheinanderbrachte.«

Ich lachte über die Absurdität dessen, was er sagte.

»Das *kann* nicht stimmen. Sie hat uns alle Lieder aus dem Buch beigebracht!«

»Sicher doch. Ihr wart alle Kinder; ihr wusstet es nicht besser. Aber das Wundervolle an ihr war, dass es ihr egal war. Sie wusste, dass sie mit ihrer Stimme keinen Blumentopf gewonnen hätte, aber sie sang trotzdem, weil sie das gerne machte.«

»Lucy sagt, Ma hatte eine bessere Stimme als ich.«

»Und das glaubt sie auch. Ich würde ihr gegenüber nichts Gegenteiliges behaupten.«

»Dann hab ich meine Stimme vielleicht von dir, Pa«, suggerierte ich.

Pas Gelächter ertönte, ein ansteckendes Brüllen, damals so selten wie ein weißer Rabe. Vor Überraschung war ich ganz perplex.

»Lautstärke macht noch keine großartige Stimme aus«, sagte er.

»Ich weiß, dass Tante Mary ganz früher einmal im Chor gesungen hat …«, setzte ich an.

Pa bremste mich mit erhobener Hand aus.

»Neben Mary hat sich deine Mutter wie Vera Lynn angehört. Nein, Tara. Das kommt von *dir*. So einfach ist das. Von dir.«

Ich wandte mein Gesicht von ihm ab. Ein Blinzeln, und schon waren sie da – Tränen tropften auf meine nackten Füße.

»Du denkst also, ich sollte gehen«, sagte ich in dieser hohen, merkwürdigen Stimme, die man immer dann hat, wenn man vorgibt, nicht zu weinen.

»Solange du etwas machst, das für dich einen Sinn ergibt.«

Ich nickte, hatte ihm noch immer den Rücken zugewandt.

»Ich hätte gerne, dass du Paulus' Brief an die Römer liest. Er hat ziemlich viel dazu zu sagen, wie man der Eitelkeit fernbleibt. Konzentrier dich auf die wichtigen Dinge«, riet er mir noch.

»Wie Tennis, nehme ich an«, sagte ich mit dumpfem Lachen.

»Tennis ist eine Disziplin«, seufzte Pa. »Je disziplinierter wir sind, umso besser sind wir. Jesus hätte Tennis gespielt, hätte es dieses Spiel in der griechisch-römischen Zeit gegeben.«

»Gegen wen hätte er gespielt? Johannes den Täufer? Der hätte einen guten Spieler abgegeben, oder nicht, Pa?«

»Johannes wäre zu wild gewesen, zu unorthodox. Ich nehme an, seine Rückhand hätte ihn im Stich gelassen. Aber er hätte einen hin und wieder überrascht. Er hätte plötzlich etwas Unerwartetes und Brillantes gemacht. Er hätte die Menge in Aufruhr versetzt.«

»Petrus?«

»Nicht genug Selbstvertrauen. Unter Druck hätte er die Nerven verloren.«

»Paulus?«

»Er hätte beständig den Linienrichter herausgefordert. Er

hätte jeden Schlag analysieren wollen. Und er hätte niemals eine Niederlage eingestanden.«

»Jesus hätte also gegen alle von ihnen gewonnen?«

Pa schüttelte den Kopf.

»Ganz und gar nicht. Er hätte die anderen gewinnen lassen. Jedes Mal.«

»Seine Schwäche war es also, die Leute glauben zu lassen, dass sie großartig sind, wo sie doch nur ganz normal sind?«

»Nein, nein, nein. Das war seine große *Stärke*.«

Wir wurden von den Knirpsen unterbrochen.

»Roy hat den Fuß in den Schuh gesteckt, und da war eine Wespe drin! Und die hat ihn gestochen!«, keuchte Luke.

»Da tut mir die Wespe leid. Geht es ihr gut?«

Oben traf ich Imogen weinend in meinem Zimmer an.

»Es ist nicht so, dass ich nicht will, dass du gehst«, sagte sie. »Es ist nur, ich … ich … ich will nicht, dass du gehst.«

»Ich bin doch nicht lange weg«, erwiderte ich. Ich wollte unbedingt, dass sie aufhörte zu weinen. Ich kam mir so vor, als würde ich vom Rand der Welt springen, ohne auch nur die leiseste Ahnung zu haben, wo ich landen würde.

»Ich will nur einfach nicht, dass du für immer wegbleibst, wie das bei Matilda war.«

»Du machst das viel schwieriger, als es sein müsste«, sagte ich. »Hör bitte auf.«

Imogen ging, und ich fing an, meine Sachen in den alten Koffer zu werfen, den ich von Tante Mary geerbt hatte. Doch bei dem Gedanken, dass Inigo Wallace den Koffer zu sehen bekommen könnte, der der Frau gehört hatte, die für seine Familie gearbeitet hatte, leerte ich ihn gleich wieder. Lucy kam in mein Zimmer.

»Wie geht es Raoul?«, fragte ich.

Sie schüttelte den Kopf. »Frag mich nicht, Tara.«

»Was meinst du damit?«

Lucy fing an, meine Sachen wieder in Tante Marys Koffer zu

räumen. »Ich meine, frag mich nicht«, sagte sie. »Manchmal ist es besser, Dinge nicht zu wissen.«

»Du wirst doch … es wird doch alles gut werden, oder?«

»Ich weiß es nicht«, erwiderte Lucy.

»Was meinst du damit, du weißt es nicht?«

Sie seufzte und rollte ein paar meiner Strümpfe auf.

»Wir werden nie Kinder haben, Tara. Das ist manchmal ein harter Brocken, den man verdauen muss.«

Ich hielt inne und schaute sie an. Es war das erste Mal, dass sie dies erwähnte, seitdem ich Matildas Nachricht in Raouls Buch gefunden hatte.

»Das … das weiß ich. Aber Raoul ist es egal. Du hast gesagt, es sei ihm egal.«

Lucy zog die Schultern leicht nach oben. Ihr Blick war undurchdringlich, unmöglich, etwas daran abzulesen.

»Gestern Abend habe ich einen Brief gelesen, den er an seinen Bruder geschrieben hat, ehe er sich das Bein gebrochen hat. Und es stellt sich heraus, dass es ihm sogar sehr viel ausmacht.«

»Du hast einen *Brief* gelesen?«

»Er lag auf seinem Schreibtisch.«

»Aber du kannst gar kein Spanisch.«

»Nein, aber das meiste habe ich mithilfe eines Wörterbuchs verstanden. ›Sag Mutter, dass sie falschliegt, wenn sie glaubt, es wäre mir egal, dass ich niemals Vater sein kann. Es ist ein beständiger Anlass der Traurigkeit für mich. Aber sie muss lernen, sich damit abzufinden, wie ich es getan habe.‹«

»Du solltest nicht einfach so anderer Leute Briefe lesen! Und vielleicht hast du es ja auch falsch übersetzt.«

»Nein«, sagte Lucy ruhig. »Ich denke nicht.«

Sie drehte den Wasserhahn in der Ecke meines Zimmers auf und spritzte sich kaltes Wasser ins Gesicht.

»Als ich ihn heute besucht habe, habe ich ihn geradewegs gefragt, ob er jemals darüber nachgedacht hat.«

»Was hat er gesagt?«

»Er verneinte es«, sagte Lucy.

»Also, worüber machst du dir dann Sorgen?«

»Ich weiß, dass er gelogen hat«, erwiderte sie nur.

Sie trocknete ihr Gesicht ab, hielt kurz mit dem Handtuch vor dem Gesicht inne, als wollte sie für immer so stehen bleiben. Als sie mich wieder anschaute, wirkte ihr Gesicht ganz anders.

»Das reicht«, sagte sie. »Wir gehen nach London. Alles andere ist jetzt nicht wichtig.«

Ich wusste nicht, ob sie sich damit auf Raouls Traurigkeit bezog, auf meine lähmende Angst oder ihre Ehe, doch was auch immer sie damit meinte, ich wusste, dass Lucy wieder ein anderes Mädchen sein würde, wenn wir erst in der Hauptstadt ankamen. Mehr als jeder andere, den ich je gekannt hatte, war sie in der Lage, die Vergangenheit hinter sich zu lassen und, so schnell es ging, etwas Neuem, Funkelndem entgegenzulaufen. Nur dieses Mal würde ich sie begleiten.

Zweiter Teil

Der Goldene Schleier

18. Kapitel

Die Ankunft von Cherry Merrywell

Lucy und ich reisten mit dem Zug, trafen wie ein paar Flüchtlinge in Paddington ein, wo wir uns, Billys Anweisungen folgend, ein Taxi nahmen. Lucy, deren Erfahrung mit London sich auf Raouls Beschreibungen der Proteste gegen die Zerstörung des Euston Arch im Jahr zuvor beschränkte, nahm das Heft in die Hand.

»In die Beaufort Street, bitte«, sagte sie, als der Gepäckträger unsere Taschen in den Kofferraum des Taxis hievte. Sie nahm ihren Geldbeutel, gab ihm ein Trinkgeld, und mir fiel auf, dass Lucys Charme in der Stadt anscheinend ebenso einflussreich war wie anderswo auch.

»Ist mit deinem Knöchel alles in Ordnung?«, fragte sie mich. Sie wusste, dass mein Humpeln mit zunehmender Müdigkeit stärker wurde.

»Natürlich ist alles in Ordnung«, sagte ich. Sicher, mein Bein schmerzte, na, und wenn schon. Ich war jetzt in London.

Diese erste Fahrt – vom Bahnhof nach Chelsea – gehörte zu den aufregendsten zwanzig Minuten meines Lebens. Hier waren all die Orte, von denen man mir erzählt hatte, es gäbe sie, an die ich aber nicht glaubte, bis ich sie aus einem schwarzen Taxi heraus betrachtete. Der riesige Hyde Park, die Royal Albert Hall, die Knightsbridge hinauf, wo wir zusehen konnten, wie das Harrods seine Kunden in die Abendsonne hinausspuckte. Wir sahen Gebäude, ganz schwarz vom Rauch und der

Verschmutzung, die sie in die Authentizität der vergangenen Jahre einhüllten – nie zuvor hatte ich derartigen Schmutz gesehen, genauso wenig wie so viel Glanz, solche Höhe, Schönheit, Chaos und Ordnung, alles durcheinander. Wir kamen an Straßen vorbei, die noch ganz zerbombt waren, und an Straßen, in denen die alten Gebäude durch neue ersetzt wurden. Bedrohliches Bohren war zu hören, dann das Geläut einer riesigen neugotischen Kirche.

Lucy starrte auf der einen Seite nach draußen, ich auf der anderen, und wir riefen einander jedes neue Wunder zu, an dem wir vorbeikamen. Ich wollte gar nicht bei Billys Haus ankommen. Es könnte nichts Besseres geben, als so durch London zu fahren, mit dieser Freude, die sich nicht kaufen lässt und die man dann hat, wenn man etwas zum ersten Mal sieht. Ich hatte befürchtet, es könnte meiner Vorstellung davon nicht gerecht werden, und dabei hatte ich noch nicht einmal gewusst, was ich mir vorstellen sollte. Ich war bereits jemand anderes, dachte ich. Ganz bestimmt war ich das.

Das Taxi bog in die Beaufort Street ab, und es war, als hätte jemand die Lautstärke heruntergedreht. Als der Fahrer vor Billys Tür hielt, wühlte Lucy in ihrer Tasche nach Geld. Für mich wäre es in Ordnung, geradewegs wieder nach Hause zu fahren, dachte ich. Mit einem Mal wurde ich mir meiner Unschuld bewusst und der großen Wahrscheinlichkeit, dass London, wenn ich es wollte, sie mir vermutlich für immer nehmen würde. Dann stand auch schon Matilda in der Tür und winkte.

»Kommt rein!«, rief sie. »Ich habe mich so darauf gefreut, dass ihr kommt!«

Lucy versteifte sich etwas, und wir folgten ihr ins Innere. Was für ein Haus. Nie war mir Ähnliches untergekommen.

Damals hatte ich noch kein Auge für Kunst und auch kein Konzept für das zwanghafte Verlangen, schöne Gegenstände sammeln zu müssen, das manche Menschen erfasst, doch selbst ich konnte sagen, dass, was auch immer für Zeug hier herumstand, *gutes* Zeug war. Eine Statue mit einem Cowboy auf dem Rücken eines sich aufbäumenden Pferdes stand auf einem Holztisch, voller Staub und flankiert von vier schwarzen Porzellanleoparden in unterschiedlichen Posen, die ich später als Kunstwerke von Lalique erkennen würde. In den vier Ecken des Raumes standen Lampen mit riesigen goldenen Lampenschirmen, deren Vierzig-Watt-Licht schonungslos auf Tische fiel, die über und über mit Fotos beladen waren – Billy mit den Shadows, Billy und Alma Cogan, Donnerwetter! –, und beim Anblick eines Farbfotos von Inigo mit zusammengekniffenen Augen, der neben dem Rock-'n'-Roll-Sänger Billy Fury Gitarre spielte, zuckte ich noch überraschter zusammen. Die Wände waren so weiß, dass Billy jedem, der durch die Tür trat, eine Sonnenbrille hätte geben sollen, und auf jeder Seite des Zimmers hing ein riesiges, schrecklich schwieriges Kunstwerk – Arbeiten, so modern, dass ich den Eindruck hatte, die Farbe darauf konnte noch gar nicht trocken sein. Auf dem Boden lag ein riesiger cremefarbener Teppich mit schwarzen Bäumen vor einer riesigen orangefarbenen Sonne. Es sah lächerlich aus, wie wir mit unseren staubigen Füßen in den Sandalen darauf standen.

»Der ist dänisch«, sagte Matilda, als würde mir das etwas sagen.

»Oh, ein Steinway!«, rief ich, als ich mit Erleichterung das Klavier sah. Ich klimperte kurz darauf herum. Wie immer, wenn ich ein Klavier sah, spürte ich einen Stich, diese Leere ohne Ma. Ich verdrängte das aus meinen Gedanken – ich durfte jetzt nicht sentimental werden. Ich lenkte mich mit der restlichen Umgebung ab – den cremefarbenen Vorhängen, der Wurlitzer-Jukebox voller amerikanischer Platten, die ich noch nie gehört hatte, aber ganz unbedingt hören wollte, Reihen von gebundenen Büchern, der Größe nach geordnet in Einbauschränken, roten und weißen Regalen und Billys Schreibtisch, der in der Ecke des Raumes stand – tadellos –, schwarz, poliert und völlig leer, abgesehen von einem großen Tintenfass mit blauer Tinte, einem Füller und einem Telefon.

An einer Wand waren Schachteln, Taschen und Pakete aufgestapelt, die meisten eingepackt in schrecklich teuer aussehendes Papier und mit Geschenkbändern. Matilda schleuderte die Schuhe von sich.

»Hochzeitsgeschenke!«, sagte sie fröhlich. Sie nahm eine Tasche von Tiffany & Co.

»Ohhh!«, rief sie aus, als sie einen Blick hineinwarf. »Zwei Schachteln!«

Sie hielt es Lucy hin und sagte: »Na, mach schon. Es ist wieder so, als wäre heute Roys Geburtstag. Grabbelsack.«

Lucy runzelte die Stirn. Ich glaube, sie wollte ablehnen, aber sie konnte nicht anders. Sie nahm eine hellblaue Schachtel heraus, löste das weiße Geschenkband. Sie enthielt silberne Kennmarken, ähnlich denen, die in der Armee verwendet wurden, in die zwei Herzen graviert waren.

»Nett«, sagte Matilda. Sie schaute zu Lucy. »Behalte sie«, sagte sie mit einem Mal. »Bitte. Behalte sie. Von mir.«

»Wenn es kein Päckchen mit einer bunten Mischung Süßigkeiten oder ein Stück Sattelseife ist, habe ich kein Interesse«, log Lucy und gab es Matilda zurück.

»Du Ärmste – diese ganzen Dankesbriefe«, sagte ich.

»Billy wird sich darum kümmern. Er schickt Blumen als Dank. Das ist wirklich lächerlich – dann müssen sie sich wieder bei uns bedanken. Er sagt, das ist das Sicherste, damit die Leute weiterhin bei einem in der Schuld stehen.«

»Was für eine charmante Betrachtungsweise«, meinte Lucy.

»Von uns hast du gar nichts bekommen«, sagte ich.

»Doch«, wandte Matilda schnell ein. »Ihr habt mir deine Stimme und eure Freundschaft wiedergegeben. Das bedeutet mir mehr als dieser ganze Mist.«

Zu ihrer Entlastung muss man sagen, dass Lucy sich unbehaglich fühlte. Zwischen ihnen lagen Welten.

Matilda schnappte nach Luft, als sie ein weiteres Geschenk öffnete – eine kleine Statue von einem Clown, der einen Hahn im Arm hielt.

»Von wem ist das?«, fragte ich.

»Andy Warhol«, antwortete Matilda. Sie hatte den Anstand, wenigstens zu erröten. »Er hat so einen wunderbaren Geschmack für schöne Dinge…« Sie hielt inne, betrachtete die Statue. »… für sinnlose Dinge. Nun mach schon, Billy, hol uns etwas Champagner oder so, ja?«

Billy kam wenig später zurück, den Champagner unter einem Arm, die Gläser in der anderen Hand.

»Sollen wir uns die Post vornehmen?«, fragte Matilda.

»Jetzt?« Stirnrunzelnd sah Billy sie an. »Du hasst es doch, die Post durchzugehen.«

Doch Matilda hatte bereits einen riesigen Stapel Briefe vom Tisch im Eingangsbereich neben sich auf das Sofa gelegt. Das war eine große Zurschaustellung, dachte ich, und alles für Lucy. Als Billy uns allen Champagner eingeschenkt hatte, setzte er sich neben seine Frau auf das Sofa und öffnete eine Einladung nach der anderen, warf diejenigen, deren Datum bereits passé war, in den Mülleimer.

»Eröffnung einer neuen Galerie in der Dorset Street nächsten Donnerstag«, sagte Billy.

»Wohl kaum«, sagte Matilda.

»Es soll dort Champagner-Cocktails geben, und Salvador Dalí kommt vermutlich vorbei.«

»Oh, na dann schon.«

»Am Freitag gibt es zwei Veranstaltungen. Drinks im Bazaar und dann eine Vorpremiere von *Der Mann, der Liberty Valance erschoss.*«

»Ja zu Mary, nein zum Film.«

»Soll ziemlich gut sein«, sagte Billy.

»Genau wie Leber, aber ich mag sie trotzdem nicht. Ich will nicht hingehen.«

Ich lachte. Erfreut schaute Matilda mich an.

»Was ist damit? Eine Hochzeitseinladung für nächsten Monat. Freuen wir uns, euch, blablabla, bei der Hochzeit von Anton Bower und Mara Southgate begrüßen zu dürfen.«

»Wer zum Teufel …?«

»Ein Paar, das ich letztes Jahr in Nashville getroffen habe. Sie waren auf unserer Hochzeit«, sagte Billy.

»Also hast du sie ja erst vor Kurzem gesehen. Dann müssen wir da nicht hin.«

Das war eine Schau, eine, mit der sie Lucy zu beeindrucken versuchte. Wenn Matilda nur erkannt hätte, dass sie Lucy niemals mit dieser neuen Version ihrer selbst für sich einnehmen konnte, die sie hier vor uns präsentierte. Es war die alte Matilda, die, die uns verlassen hatte. Es war die alte Matilda, die Lucy für sich gewinnen musste.

Gerade da klingelte das Telefon, Billy nahm den Anruf entgegen. Durch den offenen Türspalt beobachtete ich, wie er sprach, den Rücken uns zugewandt, wie er im Zimmer auf und ab ging, soweit das Telefonkabel es zuließ, und sich mit der rechten Hand immer wieder durch das fuchsrote Haar fuhr, Gegenstände in die Hand nahm, betrachtete und wieder abstellte, während er gleichzeitig redete, zuhörte und lachte. Lucy setzte sich auf den Boden, streckte ihre langen Beine auf dem Teppich aus und zündete sich eine Zigarette an.

»Das war Clover«, sagte Billy, als er zu uns zurückkam. »Du triffst dich morgen Mittag mit ihr, Tara. Sie geht mit dir shoppen, damit du etwas für Digbys Party am Samstag hast. Ab dann wohnt ihr bei ihr. Ihr werdet dort in bester Gesellschaft sein. Inigo wohnt immer bei ihr, wenn er in der Stadt ist. Er hat sein eigenes Zimmer in Napier House.«

»Warum können wir nicht bei *euch* bleiben?«, platzte ich angsterfüllt heraus. Und war das Digby O'Rourke, über den sie gerade sprachen?

»Ich hätte euch *liebend* gerne hier bei uns, aber Billy will das nicht«, sagte Matilda mürrisch.

»Man war nicht in London, wenn man nicht bei Clover gewohnt hat«, sagte Billy. »Sie ist der Klebstoff, der alle in Chelsea zusammenhält. Ich kenne sie, seit ich zwölf bin«, fuhr er fort. »Unsere Mütter waren sehr eng befreundet.« Es war das erste Mal, dass er seine Eltern erwähnte; die Vorstellung, dass Billy einst ein kleiner Junge mit dreckigen Stiefeln und einem krümelverschmierten Gesicht gewesen war, war absurd. Er wurde so geboren, wie er jetzt war, oder nicht?

»Clover ist *dreiundvierzig*«, sagte Matilda, als rechtfertigte das Erreichen dieses Alters, dass jemand eine nationale Auszeichnung entgegennahm. »Das glaubt ihr nie. Sie könnte für fünfundzwanzig durchgehen, findest du nicht, Billy?«

»So weit würde ich nicht gehen«, erwiderte er.

»Warum brauche ich sie, um einkaufen zu gehen? Ich würde lieber alleine gehen.«

Vor Anspannung sagte ich lauter Sachen, die ich nicht wirklich dachte.

»Mit Clover einkaufen zu gehen kommt einem Kindheitstraum so nahe wie nichts anderes in meinem Leben«, sagte Matilda.

Wenn ich mir Matildas Kindheit in Erinnerung rief, so kam mir kein einziger Moment in den Kopf, den man auch nur annähernd als traumhaft hätte bezeichnen können, bis meine Schwester zu ihr kam, doch ich musste mich hier geschlagen geben, also sagte ich nur: »Na, wenn du meinst.«

»Sie wird euch beide lieben«, seufzte Matilda. »So wie ganz London, wenn ihr dem Ort hier eine Chance gebt.«

»Es gibt noch etwas anderes, worüber wir reden müssen«, sagte Billy. Seine Stimme klang belegt. »Dein Name.«

»Was ist damit?«, fragte ich ganz unschuldig.

»Tara Jupp ist ein netter Name, aber er ist nicht wirklich … gut genug für jemanden, der Platten aufnimmt.«

»Nicht gut genug?«, fragte Lucy stirnrunzelnd. »Was soll sie deiner Meinung nach damit machen?«

»Ach, uns fällt schon etwas ein.«

Erstaunt schaute Lucy mich an.

Ich nickte. Ich hatte gewusst, dass das kommen würde. Ich hatte Zeit gehabt, mich vorzubereiten. »Schon in Ordnung«, sagte ich. »Ich werde die sein, als die du mich sehen willst.«

Es war das erste Mal, dass ich etwas in dieser Art zu Billy sagte. Er sah erleichtert und überrascht aus.

»Es gibt da eine Möglichkeit, wie man einen Namen zusammenbekommt, die wir bereits bei anderen Sängern ausprobiert haben. Es funktioniert ganz gut.« Er blickte zwischen Lucy und mir hin und her. »Wie lautete der Mädchenname eurer Mutter?«

»Merrywell«, sagten wir gleichzeitig.

»Merrywell«, wiederholte Billy nachdenklich. »Das ist gut.«

»Ich weiß nicht«, fing ich an. »Irgendwie komisch … Mas Namen anzunehmen.«

»Aber war sie nicht diejenige, die wollte, dass du eine Sängerin wirst?«

»Schon, aber …«

»Versuch es einfach mal für mich, ja?«, bat mich Billy. Er kam so langsam in Fahrt, genoss es. »Seid nett zu mir, Mädels. Wie hieß euer erstes Haustier?«

»Haustier? Haustier?«

»Ja, ihr wisst schon, Katze, Hund, Hase …«

»Splish«, sagte Lucy.

»Splish?«, wiederholte Billy verwirrt.

»Das war ein Goldfisch. Wir hatten zwei. Einer gehörte Jack, der andere mir. Splish und Splosh.«

»Lieber Gott!«, rief Billy alarmiert aus. »Habt ihr nichts anderes?«

»Wie wäre es mit einem Meerschweinchen? Ich glaube, es gehörte George. Wir nannten es Cherry«, sagte Lucy, die das Ganze zu genießen schien.

»Cherry Merrywell! Das ist ja noch lächerlicher!«, warf ich ein. Doch es war, als hätte das ein Leuchten in Billys Augen gezaubert.

»Cherry Merrywell«, sagte er und dann wieder: »Miss Cherry Merrywell. Cherry Merrywell.« Er nickte und schaute mich dann an. »Was meinst du?«

In seinen gelb-grünen Augen lag wieder dieses schrecklich hypnotische Starren. Er hatte diese Art, einen anzusehen, als wären die nächsten Worte, die man sagte, die wichtigsten im ganzen Leben.

»Denkst du, dass es das Richtige ist?«, fragte ich ihn.

»Ich denke, die Leute werden diesen Namen nicht vergessen.«

»Moment mal«, fragte Matilda, »wie war das noch mal?«

An diesem Abend schliefen Lucy und ich zusammen im Gästezimmer von Billy und Matilda – ein großes Zimmer, und abgesehen von dem Bett und einem Tisch, auf dem sich Ian Flemings Bücher stapelten, war es leer. Ich war wach, blätterte durch *Leben und sterben lassen* und wollte die Augen einfach nicht schließen. Neben mir war Lucy in dem Moment eingeschlafen, in dem ihr Kopf das Kissen berührte.

Ich lag wach da und hörte London zu. Eine Straßenlampe warf orangefarbenes Licht durch einen Spalt zwischen den Vorhängen, das unheimliche Orange einer Kerze in einem ausgehöhlten Kürbis. Die riesigen Fänge des Heimwehs überraschten mich – obwohl Lucy so nah bei mir war –, und es überfiel mich so plötzlich, dass ich machtlos war, dagegen anzukämpfen, schlecht vorbereitet. In der einen Minute alberte ich noch mit Lucy im Badezimmer herum, in der nächsten war ich geradezu unfähig, mich zu bewegen, aus Angst, es könnte sich meiner ganz bemächtigen, mich völlig unnütz machen. Es waren nicht nur Imogen, Florence, Pa und die Knirpse, die mir fehlten, es war das ganze Drumherum – der Geruch in meinem Zimmer, das Aufschlagen und Kreischen der Jungs auf dem Tennisplatz, das sanfte Gurren der Ringeltauben, die im Dach nisteten, die Hoffnung auf leckere Frühstücksflocken und ein gekochtes Ei mit viel Salz am Morgen …

Mein Herz pochte angsterfüllt, weil wir so weit weg waren; eine Stunde brachte ich damit zu, meine Flucht zu planen. Morgen würde dieses ganze Ding ernsthaft losgehen, mit Clover Napier, die älter war als meine Mutter zu dem Zeitpunkt, als sie starb, scheinbar aber jünger aussah als wir alle, und Digby O'Rourke, der besagte Party gab und nicht an einer Frau vorbeigehen konnte, ohne eine Bemerkung zu ihren Beinen zu machen und sie in so wenig Bekleidung wie nur möglich abzulichten. Lucy hatte kein Problem mit Sex, dachte ich, betrachtete ihr reueloses Gesicht neben mir im Bett, ein Bein auf der Decke, wodurch ihr desolates, sündiges schwarzes Spitzenhöschen zu sehen war. Sie verstand Jungs; sie kannte ihren eigenen Körper, hatte niemals Angst davor gehabt, was er tun konnte, hatte ihn schon ganz früh angenommen. Ich hatte Angst. Wenn das hier mein großes Erwachen sein sollte, so fürchtete ich, ich würde davor weglaufen.

Ich schloss die Augen und betete.

Vater unser im Himmel …

Ich fing erneut an.

Vater unser, der du im Pfarrhaus bist …

Diese erste Nacht in London, die vierzehn Tage und Nächte, die vor mir lagen, hätten genauso gut vierzehn Jahre sein können. Ich weinte mich in den Schlaf.

19. Kapitel

Clover

Lucy und ich wachten zur selben Zeit auf, setzten uns im Bett auf und sahen einander an. Das Heimweh-Monster hatte sich über Nacht verzogen. Bis zum Morgengrauen war nichts mehr von ihm zurückgeblieben. Matilda klopfte an die Tür.

»Du triffst dich in einer Stunde mit Clover«, sagte sie. »An deiner Stelle würde ich einen Zahn zulegen.«

Dann hörten wir, wie sie ins Badezimmer rannte. Ein paar Minuten später stand sie wieder vor unserer Tür.

»Sorry«, keuchte sie. »Morgenübelkeit.«

»Wohl eher ein Kater«, murmelte Lucy.

»Ich kann mich einfach nicht daran gewöhnen, dass sie so viel trinkt«, sagte ich.

»Sieht ganz so aus, als könnte sie das auch nicht«, bemerkte Lucy.

Lucy hatte sich darauf eingestellt, ihre Aufregung unter Kontrolle zu halten, wenn Matilda zugegen war, hatte eine unbezwingliche Barriere errichtet, doch mit mir allein, in dem sicheren Wissen, dass sich heute das ganze historische London vor ihr ausbreiten würde, war sie wie ein Kind, ganz aufgedreht.

Gerade blätterte sie ihr Buch ganz aufgeregt durch und bog dabei den Buchrücken so auf, dass er brach, etwas, das uns Pa immer verboten hatte. »Die Inneneinrichtung von Leighton House beschwört ein verlockendes Bild des Orients herauf«, las sie vor. »Das werde ich selbst beurteilen.«

Lucy war berüchtigt dafür, gegenüber denen, die für Reiseführer schrieben, harsch zu sein.

»Du musst dir Notizen für Raoul machen«, sagte ich.

Für einen Moment wirkte Lucy verwirrt, als hätte sie ganz vergessen, dass sie überhaupt einen Ehemann hatte.

Napier House hob sich von den anderen Häusern in seiner Reihe etwas ab, zum einen aufgrund seiner Größe, zum anderen, weil es etwas nach hinten versetzt war und man zu ihm gelangte, indem man durch ein kleines Tor ging und den kurzen Weg bis zur Eingangstür zurücklegte. Mittelviktorianische Zeit, dachte ich – mit Schmuckwerk im Regency-Stil. Nicht umsonst war ich Lucys Schwester. *Bitte klingeln* stand auf dem Schild, das am Zaun hing. Eine kurze Treppe aus schmiedeeisernen Stufen führte zur Kellertür, die bestimmt von den Bediensteten benutzt worden war. Das musste ein Fehler sein, dachte ich. Sie konnten dieses Haus nicht abreißen. Eine schleichende Plage von Menschen ohne Vision, hatte Raoul die genannt, die für den Abriss dieser Gebäude waren. Und sie würden sich auch dieses hier holen wollen.

Im ersten Stock wurde ein Fenster aufgerissen. Ich blickte nach oben, schirmte meine Augen vor der Sonne ab. Clover streckte den Kopf aus dem Fenster und hielt nach mir Ausschau.

»Du! Bist du Tara?«, rief sie.

»Ja, bin ich.«

»Hier, fang!« Und aus dem Fenster flog eine hellblaue Samtjacke. Ich sah zu, wie sie auf den Boden fiel.

»Ich sagte fang, oder nicht?«

»'tschuldigung.« Ich hob sie auf, und Kleingeld, ein paar Spielkarten und ein ganzer Konfettiregen von zerrissenen Kinokarten fiel aus den Taschen.

»Ich bin in fünf Minuten unten. Hier, lies das. Dann hast du etwas, worüber du nachdenken kannst.«

Und schon flog eine Ausgabe von *Der Weiblichkeitswahn* aus dem Fenster.

Schließlich öffnete sich die Eingangstür, und Clover trat ins Licht. Auch mit Absätzen und einem riesigen Schlapphut in der Farbe der Auberginen, die Imogen für ihre Moussaka hernahm, war Clover klein – noch kleiner als ich. Ihre Haut war vampirweiß, was sich durch einen schmalen Streifen dunkelroten Lippenstift verstärkte. Sie trug eine riesige Sonnenbrille mit roter Fassung; ihr Haar fiel perfekt glatt nach hinten, war vom selben Schwarz wie Georges polierte Stiefel. Sie sah aus wie eines dieser Fabelwesen aus einer Enid-Blyton-Erzählung. Ich wäre nicht überrascht gewesen, hätte sie einen Zauberstab in ihren kleinen Händen gehabt; und Matilda lag ziemlich richtig – hätte man mir nicht gesagt, dass sie dreiundvierzig war, dann hätte ich sie fünfzehn Jahre jünger geschätzt. Sie schaute auf das Buch in meinen Händen.

»Also, wie findest du es?«, fragte sie.

»Meine Schwester Florence hat es gelesen.«

»Was hat sie darüber gedacht?«

»Das hat für ganz schön viel Wirbel bei uns zu Hause gesorgt«, gab ich zu.

»›Es ist einfacher, durch jemand anderen zu leben, als selbst zu einer ganzen Person zu werden‹«, sagte Clover. »Ich habe die schreckliche Vermutung, dass sie recht hat.«

Sie schaute auf meinen Koffer.

»Lass den im Flur stehen, wir gehen aus«, verkündete sie.

Ich erhaschte einen kurzen Blick ins Innere von Napier House, als sie meine Tasche durch die Tür schob, reckte den Hals, um mehr zu sehen, und öffnete den Mund, um mit der ersten Frage von ganz vielen zu diesem Haus loszuschießen, doch Clover kam meinem Interesse zuvor und brachte mich mit erhobener Hand zum Schweigen.

»Dafür ist später noch Zeit«, sagte sie schnell. »Wenn ich anfange, über das Haus zu sprechen, dann kommen wir gar nicht erst zu den sehr viel dringenderen Problemen, wie zum Beispiel deinen Kleidern.«

»Ich mag deinen Hut«, sagte ich. *Wenn dir nichts einfällt, was du sagen kannst, dann mach ein Kompliment*, war einer von Georges Sprüchen. Clover lachte, nahm den Hut ab und setzte ihn mir auf.

»Schon besser«, seufzte sie.

Dann musterte sie mich intensiv, von Kopf bis Fuß, begutachtete den Leinenkittel, die Sandalen und Imogens Shorts.

»Mensch!«, sagte sie mitleidig. »Du bist nicht hier aus der Gegend, oder? Tja, wo es Leben gibt …«

Sie beugte sich hinunter und hob meinen Fuß an, als wäre ich ein Pferd, das sie auf einer Ausstellung inspizierte. Ich war viel zu überrascht, um etwas zu sagen.

»Wie oft sind die neu besohlt worden?«

»Och, das weiß ich nicht. Nicht so oft. Höchstens fünfmal.«

»Sie sind schrecklich, einfach nur schrecklich. Na gut, schöne Schuhe tun vielleicht weh, aber das ist egal – da musst du durch, und wie viele Schmerzen du auch gerade durchmachst –, so kannst du die halbe Welt denken lassen, dass du dich nicht selbst ums Frühstück kümmern musst. Aber die da!« Sie schüttelte den Kopf. »Es gibt keine Worte, um zu beschreiben, wie schrecklich sie sind. Komm, wir müssen los und reden.«

»Sie sind nicht schrecklich!«, widersprach ich schwach, lief schnellen Schrittes neben ihr her. »Sie gehörten meiner Mutter.«

»Ah, jetzt verstehe ich. Gehörten. Ist sie gestorben?«

»Ja.«

»Du armes Ding. Ich habe meine Mutter vor zwei Jahren an Südfrankreich verloren.« Clover biss sich auf die Lippe.

»Oh.«

»Solche Dinge passieren.«

»Ist sie dir sehr ähnlich?«, fragte ich, weil ich nicht wusste, was ich sonst hätte sagen sollen.

»Sie ist eine schwierige, kapriziöse Hypochonderin, also ja. Sie lebt mit ihrem zweiten Ehemann zusammen, den ich mich weigere Stiefvater zu nennen. Ich nehme an, du warst ganz vernarrt in deine Mutter, nicht wahr?«

»Ja«, sagte ich, hatte Mühe, mit ihr Schritt zu halten. »Das waren alle. Sie war ein wundervoller Mensch.«

»*Cela va sans dire*«, sagte Clover. »Und dein Vater?«

»Er ist ein Pfarrer.«

»Grundgütiger! Versetzt dich in Angst und Schrecken, nehme ich an.«

»Ja.«

»Wollte nicht, dass du nach London gehst?«

»Eigentlich hat er mich dazu ermutigt. Er glaubt, man solle seine Träume verfolgen, wenn sich die Gelegenheit bietet.«

»Hört sich ganz nach meinem Typ Mann an. Hat er wieder geheiratet?«

»Nein!« Ich lachte, war kurzzeitig ganz gehemmt bei dem Gedanken, Clover und Pa könnten zusammen sein. »Jetzt würde ihn keine Frau mehr nehmen. Er ist tatsächlich Vollzeit-Tyrann.«

»Perfekt. Ich nehme an, unter seiner Schale ist er butterweich?«

Ich überlegte einen Moment.

»Nein.«

»Gut. Ich kann diese irritierenden Typen nicht ausstehen, die ganz hart rüberkommen und, wenn sie *Play for Today* hören, auf einmal ganz weich werden.«

Sie hetzte mich über die Straße. Ein Taxifahrer hupte unseretwegen, besser gesagt *ihretwegen*. Ihre elfenhaften Beine steckten trotz der Hitze in braunen Strumpfhosen. Sie trug spitze Absätze, die über die Straße klapperten und ihr den Anschein von großer Effizienz verliehen. Sie hörte niemals auf zu reden.

»Also, Billy hat mir gesagt, dass du eine wunderbare Stimme hast«, sagte sie lebhaft.

»Ja, das denkt er wohl. Oh, Entschuldigung«, sagte ich, als ich gegen Clover rempelte, die abrupt stehen geblieben war, um in das Schaufenster eines Ladens zu sehen, der Tweedjacken verkaufte.

»Grässlich«, murmelte sie leise. Dann drehte sie sich wieder zu mir um: »Anscheinend kannst du mit deiner Stimme jeden verkörpern. Billie Holiday, Etta James und die gute alte Alma Cogan?«

»Ich denke schon.«

»Er muss dich für etwas Besonderes halten, wenn er Inigo Wallace mit einbezieht.«

Ich erwiderte nichts darauf.

»Hast du ihn schon getroffen?«, wollte Clover wissen.

»Ja«, sagte ich. Fast hätte ich den Mund aufgemacht und ihr die ganze Geschichte erzählt – Clover strahlte so etwas aus, dass man ihr all seine Geheimnisse anvertrauen wollte –, das machte ich dann aber doch nicht. Clover schaute mich an.

»Schwierig«, sagte sie. »Aber du solltest dir keine Sorgen machen, wenn er etwas merkwürdig ist; gerade das macht ihn so brillant. Du weißt bestimmt, dass man ihn in New York Father Hit-mas nennt.«

»Was für ein bescheuerter Name«, platzte es etwas giftiger aus mir heraus als beabsichtigt.

»Trifft es aber genau auf den Punkt«, sagte Clover. »Er ist nie wirklich greifbar. Ich war ziemlich lange ganz besessen von ihm.« Ihre Offenheit raubte mir den Atem. »Es hat sich dann aber herausgestellt, dass ich Liebe mit tiefer Bewunderung dafür verwechselt habe, wie er seine Haare stylte. Ich habe nur ein paar Wochen gebraucht, bis mir das aufgefallen war.«

Ich lachte.

»Trotzdem wohnt er noch immer bei mir, wenn er in die Stadt kommt, und schreibt seine erfolgreichsten Songs im Arbeitszimmer meines Urgroßvaters«, erzählte Clover. »Darin steht ein großes Klavier, und es gibt auch eine ganze Menge viktorianischer Pornografie, was der Grund dafür sein könnte, dass er immer wieder so gerne ins Napier House zurückkommt.« Sie warf mir einen ernsten Blick zu. »Niemand sonst betritt diesen Raum«, sagte sie. »Nur Father Hit-Mas und sein *Genie.*« Als sie dieses Wort aussprach, streckte sie die gespreizten Finger in die Luft, verlieh ihm so mehr als einen Hauch Ironie. »Das ist sein heiliger Ort«, fügte sie hinzu.

»Hältst du ihn für ein Genie?«

Bei dieser Frage blickte Clover überrascht auf.

»Schwierig zu sagen. Ich nehme an, dass es eine knifflige Sache ist, Songs zu schreiben, die Millionen Menschen mit sich in Beziehung bringen. Ich wüsste nicht, wie, ich habe keine Ahnung, wie der Rest der Gesellschaft funktioniert. Er scheint ein Händchen dafür zu haben, sich in die Köpfe des Pöbels zu versetzen, was ziemlich merkwürdig ist angesichts dessen, dass er auf ein Internat gegangen und in einem Haus aufgewachsen ist – so viel kann ich dir sagen –, das den Kensington-Palast in den Schatten hätte stellen können. Ich kannte seine Mutter flüchtig, als sie noch als Witwe in Wiltshire lebte, ehe sie Rocky Dakota heiratete und nach New York abgehauen ist.«

Wie immer war ich bei der Erwähnung von Magna ganz angespannt. Vielleicht hatte Clover ja von dem gestohlenen Elefanten gehört?

»Wie auch immer«, fuhr Clover fort, ohne Notiz von meinem pochenden Herzen zu nehmen. »*Irgendjemand* liebt den Kerl. Seit er angekommen ist, hatte er zwei halbstündige Telefonate aus New York, was für jedermanns Maßstäbe extravagante Ausgaben sind.«

»Ein Mädchen?«, fragte ich verblüfft.

»Ein Mädchen«, bestätigte Clover. »Als ich ihn nach ihr fragte, machte er zu und wurde ganz rot, was ihm gar nicht ähnlich sieht. Ich habe gehört, wie er sagte: ›Ich hoffe, alles ist okay bei dir, Baby.‹« Den letzten Satz brachte sie affektiert in einer merkwürdig piekfeinen Sprechweise hervor, und ich lachte unbehaglich. Clover lächelte wissend.

»Kein Zweifel, sie ist die Muse hinter all diesen schonungslos temporeichen Popsongs, die er alle zehn Minuten produziert.«

»Na, dann wünsche ich ihr viel Glück«, verkündete ich scharfzüngig. Wer auch immer sie war, sie konnte ihn behalten. Er war nicht mehr der Junge, den ich in der Magie meiner Vorstellung aufbewahrt hatte.

»Also«, und damit wischte Clover jedes weitere Gespräch über Inigo vom Tisch. »Wir sollen für dich etwas zum Anziehen für Digby O'Rourkes Party finden.«

»Wenn Billy das will«, sagte ich. »Ich bin noch nie zuvor auf die Party von jemandem eingeladen worden, den ich nicht kannte«, fügte ich hinzu, angelte nach etwas Ermutigung.

»Davon gehe ich aus«, sagte Clover mitleidig und betrachtete wieder meine Schuhe. »Bleib dicht bei mir, wenn wir die Straße überqueren, Liebes. Wir sind jetzt nicht mehr in Yorkshire.«

»Cornwall.«

»Das habe ich doch *gesagt*. Und du hast also eine Schwester, die wie Julie Christie aussieht. Wie ätzend für dich.«

»Es macht mir nichts aus«, log ich.

»Ach Quatsch, das *denkst* du nur, weil du dich so sehr daran gewöhnt hast. Und ich nehme an, sie ist eifersüchtig, wenn man dir aufgrund deiner Stimme Beachtung schenkt, oder?«

»Ich glaube nicht. Sie kann auch gut singen. Sie hat sich nur nie die Mühe gemacht, zu üben.«

»Diejenigen, die sehr gut aussehen, müssen sich um gar nichts großartig bemühen. Sie können es sich leisten, das nicht zu tun. Wir anderen müssen uns anstrengen, um gemocht zu werden, ganz egal wie ungerecht das erscheint. Okay, wir gehen zuerst einmal hier rein. Wie viel hat er dir gegeben?«

Ich holte die Geldscheine aus meinen Taschen und gab Clover die zerknitterten Scheine. Sie blätterte sie schnell durch, murmelte dabei leise vor sich hin.

»Hmm. Er geht kein Risiko ein, was?«

Sie blieb stehen, um sich eine Zigarette anzuzünden, und gab mir das Geld zurück.

»Mein ganzes Leben läuft auf Kredit. Das ist der einzige Weg, wie man leben kann. Der einzige Mensch, den man bar bezahlen sollte, ist die Putzfrau. Hier in der Gegend bekommen sie viel mehr als anderswo.«

»Warum?«

»Weil hier alle viel zu viel Angst haben, sie könnten etwas ausplaudern, deshalb. Digby O'Rourkes Putzfrau … also, die hat schon so mancherlei in ihrem Leben gesehen. Man sagt, sie ist die beste in ganz London, doch sie droht ihm immer, dass sie seine Geschichten an die Zeitungen verkaufen wird.«

»Das kann ich mir vorstellen.«

»Kannst du das?« Clover schaute mich an und lachte. »Ich bin mir nicht sicher, ob du das kannst … noch nicht zumindest.«

Sie hetzte mich über eine weitere Straße.

»Weißt du, ich hasse Rauchen«, sagte sie. »Ich habe nur deshalb damit angefangen, um etwas zu tun zu haben, wenn ich mich auf Partys langweilte, und jetzt kann ich nicht mehr ohne. Ziemlich ähnlich wie mit Sex«, fügte sie nach einer kurzen Pause hinzu.

Ich schluckte. »Meine Schwester Imogen meint, ich sollte damit aufhören, wenn ich ein hohes Alter erreichen will.«

»Was, Rauchen oder Sex?«

»Rauchen natürlich!« Ich wünschte, ich hätte mich nicht so schockiert angehört.

Clover lachte schallend. »Natürlich«, sagte sie. »Aber – wer wird schon noch hier sein, um ein hohes Alter zu erreichen? Alle wissen, dass es neunzehnhundertvierundachtzig mit der Welt zu Ende ist.«

Jetzt war sie vor einem Laden mit einem Schaufenster stehen geblieben, das an das Cover von Pas alter Ausgabe von Hans

Christian Andersen erinnerte. Feen mit transparenten Flügeln, Puppen in weißer Spitze und Frösche mit goldenen Papierkronen starrten uns von einem Teetisch aus an, auf dem auf einem roten Samttischtuch gepunktete Teller verteilt waren.

»Cee-Cees«, erklärte Clover, Lehrerin für die Dummen. »Ausgerechnet Elizabeth Taylor war letzte Woche hier, also wollen jetzt auch alle anderen hier gesehen werden. Ich kenne das Mädchen, das den Laden eröffnet hat. Ich habe sie gebeten, heute Vormittag nicht aufzumachen, damit wir uns konzentrieren können. Stell dich aufrecht hin, atme tief ein und mach nichts kaputt, zerreiße nichts und *denk* gar nicht erst daran, etwas zu kaufen, ehe ich dir sage, dass es okay ist.«

Sie legte mir die Hände auf die Schultern und schaute mir in die Augen. »Eines Tages, weit entfernt im Nebel der Zeit, wirst du deinen Enkeln erzählen, dass du hier einkaufen warst.«

Es war schwierig, aus ihr schlau zu werden; zu diesem Zeitpunkt konnte ich unmöglich sagen, ob sie scherzte oder nicht.

»Wenn es neunzehnhundertvierundachtzig mit der Welt zu Ende geht, dann brauche ich das vielleicht gar nicht«, sagte ich leichthin.

Clover lachte, spähte durch den Briefkastenschlitz ins Innere und rief: »Polizei! Sie sind verhaftet!«

20. Kapitel

Cee-Cees für Anfänger

Gleich darauf wurde die Tür von einem Mädchen in Lucys Alter geöffnet, das dichte blonde Haar mit einem roten Halstuch nach hinten gebunden. Sie winkte uns beiden zu und eilte dann wieder die Treppen hinunter, als würden ihr im Tageslicht die kosmischen Kräfte oder Ähnliches abhandenkommen. Clover schob mich vor sich hinein.

»Geh schon«, sagte sie.

Wir klapperten ins Untergeschoss. Doch erst, als meine Augen sich an das düstere Licht im Laden gewöhnt hatten, konnte ich Clovers Freundin richtig ansehen. Natürlich erkannte sie mich nicht. Aber warum sollte sie auch? Ich war erst zehn Jahre alt gewesen, als wir zum ersten Mal aufeinandertrafen, damals, 1956 – ich bezweifelte, dass sie sich überhaupt an jenes Ereignis erinnern konnte. Doch ich hatte ihr Gesicht und ihre Kleidung noch so deutlich vor Augen, als hätte ich sie gestern gesehen – wie alle Details, die zu einer Stunde großer Bedeutung führten, das so an sich hatten. Sie war eine der beiden, die mich verlorenen Knirps an jenem Tag in Milton Magna gefunden hatten, an dem ich Inigo Wallace kennenlernte. Sie hatte mir den Kit-Kat-Riegel gegeben: Miss Penelopes Freundin Charlotte Ferris. Meine Gedanken rasten. Ich sagte nichts.

»Das ist Cherry Merrywell, eine von Billys Kreationen«, sagte Clover und wies mit dem Kinn auf mich.

»Du wohnst in Napier House?«

»Sie könnte einer meiner letzten Gäste sein«, meinte Clover.

»Erfreut, dich kennenzulernen«, sagte Charlotte, legte ein Schinkensandwich zur Seite, um mir die Hand zu reichen. »Ich war gestern so erledigt, du hättest mich mit einer Fahrradpumpe umpusten können«, sagte sie an Clover gerichtet. »Ich dachte, du würdest scherzen, als du meintest, ihr würdet heute Morgen vorbeischauen. Was ist mit Henry schiefgelaufen?«, fragte sie fröhlich.

Clover schaute zu mir.

»Was denkst du denn?«, fragte sie. »Mit jemand anderem durchgebrannt.«

»Wie konnte er nur! Ach, ich habe ja schon immer gesagt, dass man sich nicht auf ihn verlassen kann.«

»Oh nein, nicht er, *ich*. Hab einen Franzosen in einer Bar getroffen. Den Rest kannst du dir denken.«

»Wen?«

»Den kennst du nicht.«

»Sollen wir wetten?«

Clover versteckte das Gesicht hinter ihren Händen.

»Michel Grangier? Den Freund von Baileys?«

Das Mädchen pfiff durch die Zähne. »Micky G? Hatte ihn immer als einen von *denen* eingestuft.«

»Oh, das ist er bestimmt auch. Und auch einer von den anderen. Trotzdem ist Henry völlig *ausgerastet*. Hat die ganze Nacht über versucht, mich zu überreden, nächste Woche zu ihm nach Indien zu kommen. Ich hab ihm gesagt, die Chancen wären größer, mich in eine Raumfähre zum Mond zu kriegen.« Clover drehte sich zu mir um und erläuterte: »Henry ist ein Psychoanalytiker. Unglaublich interessiert daran, den Leuten den genauen Moment in ihrer Kindheit aufzuzeigen, ab dem alles schiefgelaufen ist. Und verdient verboten viel Geld damit. Die arme Hope Allen – kennst du Hopey? Ach, wie dumm von mir, natürlich nicht – na ja, wie auch immer, sie geht dreimal die Woche zu ihm. Nicht, dass ihr das in irgendeiner Weise guttun würde.«

»Oh doch, das tut es«, erwiderte Charlotte. »Den Leuten sagen zu können, dass sie zu Doktor Henry Wright geht, um über ihren geistigen Zustand zu sprechen, ist die beste Medizin auf der Welt.«

»Mein Vater glaubt, dass ein anderer einem nichts über einen selbst beibringen kann, das man nicht auch aus der Geschichte von Joseph und seinen Brüdern lernen könnte«, sagte ich. »Erstes Buch Mose«, fügte ich rasch hinzu.

»Joseph? Der mit dem Mantel?«, fragte Charlotte.

»Genau der.«

»Mir hat diese Vorstellung von ihm immer ganz gut gefallen.«

»Was *meinst* du damit?«, wollte Clover wissen. »Er war nur einer von denen, die den Leuten sagen, wie sie ihr Leben leben sollen – Träume interpretieren, in die Zukunft sehen …«

»Du willst damit sagen: Wäre er noch hier, hätte er Ordnung geschaffen?«, sagte Charlotte.

Ich blinzelte die beiden an; unmöglich zu sagen, ob es ihnen damit gerade ernst war.

»Er *hat* aufgeräumt«, sagte ich. »Ist Herrscher über Ägypten geworden, da er über einen Zeitraum von vierzehn Jahren das Wetter vorhergesehen hat.«

»Also, *ich* nenne das eine Show abziehen«, sagte Clover.

Ich lachte, war höchst erfreut über ihre Auslegung.

»Na, macht schon. Ihr legt besser los«, sagte Charlotte.

»Ist Henry dein … dein …?« Ich wusste nicht, welches Wort ich verwenden sollte.

Charlotte kam mir zu Hilfe.

»Nicht mehr«, sagte sie. »Wie *könnte* er?« Sie schaute zu Clover. »Wenn das Herz nicht dabei ist? Wenn das Herz *nie* dabei gewesen ist?«

Zum ersten Mal nahm Clover ihre dunkle Sonnenbrille ab und schaute uns an.

»Wie *könnte* er?«, wiederholte sie leise.

Erstaunt stellte ich fest, dass ein schmerzlicher Ausdruck in ihrem Blick lag.

»Geht es dir gut?«, fragte ich sie. Das war eine instinktive Frage – so abrupt war ihr Übergang von völliger Kontrolle zu plötzlicher Verletzlichkeit gewesen. Mit derselben Geschwindigkeit schnellte sie wieder zu Ersterem zurück.

»Wunderbar, danke der Nachfrage.«

Schwungvoll legte sich Charlotte einen flaschengrünen Mantel um die Schultern, und das schien zu bedeuten, dass dieser Austausch nun offiziell vorüber war.

»Den hier hat Christopher letzten Monat in Marokko gefunden. Ist er nicht wunderbar?«

»Wo zum Teufel steckt Christopher? Ich sehe ihn gar nicht mehr.«

»Er ist nicht oft hier«, sagte Charlotte. »Ich habe damit angefangen, ihn das ›Verlorene Cee‹ zu nennen. Er findet das nicht sehr lustig.«

Clover drückte ihre Zigarette in einem blauen Aschenbecher aus Glas aus, der die Form einer nackten Frau hatte, die mit ausgestreckten Händen auf einem Sofa lag. Ich hätte gar nicht erkannt, dass es sich dabei um einen Aschenbecher handelte, doch das schien hier nicht viel auszumachen.

»Du bist also eine Sängerin?«, fragte mich Charlotte.

»Also … ich singe.«

»Billy sagt, sie sei *sensationell*«, sagte Clover und ahmte seinen Akzent nach.

»Wenn er das sagt, dann muss es stimmen«, erwiderte Charlotte prompt. Dann schaute sie zu meinen Füßen, und ihr Gesichtsausdruck veränderte sich. »Sieh dir nur ihre Schuhe an«, sagte sie, verbarg kaum ihren Schrecken. »Da willst du wohl anfangen, oder?«

Clover zog eine Augenbraue nach oben.

»Das arme Ding. Lass uns loslegen, ja? Und wie wär's mit

einer Kanne Tee? Cherry, Liebes, sieh dich um und zeig mir alles, was dir gefällt.«

Ich zeigte auf einen vollständigen Reitanzug, der an der Wand hing, vermutlich einfach nur Dekoration war.

»Der gehörte meiner Tante Clare, als sie ein Kind war«, erzählte Charlotte. »Sie ist nur deshalb jagen gegangen, weil die MFH, die Masters of Foxhounds, ihr vor dem Aufbruch eine Prise Kokain verabreicht haben.«

»Kokain?« Das war mir in den Romanen von Pullein-Thompson nicht untergekommen.

»Das war damals legal«, erklärte Charlotte unbekümmert.

»Ich würde das gerne anprobieren«, sagte ich und fuhr mit einer Hand über das steife schwarze Material. Charlotte und Clover tauschten Blicke aus.

»Setz dich«, riet mir Clover. »Lies das.« Sie warf mir den *Harper's Bazaar* zu.

Charlotte nahm einen bernsteinfarbenen Stein aus einer Sammlung in einem durchsichtigen Gefäß.

»Das sind keine Drogen, Liebes«, sagte sie, als sie mein Gesicht sah.

»Noch nicht«, fügte Clover leise hinzu.

»Ohne Weihrauch und Myrrhe gehe ich nirgendwohin«, erläuterte Charlotte.

»Wie die drei heiligen Könige«, sagte ich.

»Mir fehlt nur das Gold«, meinte Charlotte.

Das war nun wirklich witzig, denn alles, was ich sah, wenn ich mit den beiden zusammen war, war Glanz und Glitzern.

Sie wollten über Billys und Matildas Hochzeit sprechen. Charlotte war in Afrika gewesen und hatte es nicht rechtzeitig zurückgeschafft. Ich nahm an, die Einladung nicht anzunehmen musste vollkommen daneben gewesen sein.

»Wie sah sie aus?«, fragte sie uns.

»Wunderschön«, antwortete ich wahrheitsgemäß.

»Ein präraffaelitischer Traum«, sagte Clover. »Typisch für

sie, natürlich. Ich bin überrascht, dass Billy das zugelassen hat.«

Es folgte eine lange Diskussion darüber, wer auf dem Fest gewesen war und wann man diese Personen zuletzt gesehen hatte und wie alle gekleidet waren. Clover und Charlotte ähnelten niemandem, dem ich bisher begegnet war. Sie redeten miteinander, reichten einander Stoffmuster, rauchten, gossen Öl aus winzigen Fläschchen und rochen am parfümüberzogenen Handgelenk der jeweils anderen – für mich waren sie halb Kinder, halb Hexen.

»Ich habe den Solopart gesungen, als sie zum Unterschreiben nach vorn getreten sind«, meldete ich mich zu Wort, als sie an diesem Punkt ihrer Erinnerung schwelgten. Clover, die dabei war, die Ständer zu durchwühlen, hielt inne und starrte mich an.

»Das warst *du*?«, fragte sie anklagend. »Du hast aus *Gigi* gesungen und einen Applaus bekommen, als wärst du in der Royal Festival Hall aufgetreten? Ich habe nichts gesehen … Wir saßen ganz hinten. Ich habe verschlafen. – Opium«, fügte sie für Charlotte erklärend hinzu.

»Ja, das war ich.«

»*So, so!* Deinetwegen hatten Henry und ich eine schreckliche Auseinandersetzung!«

»Wieso das?«

»Es ging um diese stürmische Lobpreisung, die nach deinem Auftritt losgebrochen ist. Er sagte, es sei wundervoll, dass die Leute der Meinung waren, sie könnten in der Kirche applaudieren, und warum zum Teufel sie bei allem immer so reserviert seien und dass die Kirche ein Ort sein sollte, an dem man – na ja – gewissermaßen dafür applaudieren sollte, dass Leute in Applaus ausbrachen. Und ich sagte, ich sei damit überhaupt nicht einverstanden, Applaudieren in der Kirche ginge überhaupt nicht, ganz egal, wie fantastisch die Stimme sei.«

Ich wusste nicht, ob das jetzt ein Kompliment für mich war oder nicht, also sagte ich nur: »Ahhh.«

»Dann sagte er, es sei ziemlich lächerlich für jemanden wie mich, das zu sagen, da er mich noch nie zur Kirche hätte gehen sehen, und ich hätte kein Recht, auf einmal aufgrund solcher Dinge zu frömmeln – dieser dumme Mann. Und das nur, weil ich ihn nicht heiraten will und er nicht begreifen kann, wie eine Frau ihn ablehnen kann – wie auch immer, und so hat er immer weitergemacht, und mich hat das so genervt, dass ich mit Kate Wentworth in einen Bentley gestiegen bin und wir zu ihrem Hotel gedüst sind, das etwa tausend Kilometer entfernt war, in irgend so einer Stadt namens Falmouth.«

»Sie war also gut?«, fragte Charlotte.

»Erstaunlich. So unglaublich un-englisch, man würde niemals denken, dass es von ihr kam. Von *dir!*«, fügte sie hinzu, als ihr einfiel, dass ich ja auch da war. »Was für eine Stimme! Ich stellte mir vor, eine große, dunkelhäutige Schönheit sei für den Nachmittag aus Jamaika eingeflogen worden. Und dabei warst *du* das! Wirklich, ich war völlig platt.«

Beide betrachteten mich mit neu gewonnenem Respekt. Ich kniff die Augen zusammen.

»Ich habe es nur gemacht, weil es Matildas Hochzeit war«, sagte ich. »Das hätte ich für niemanden sonst gesungen.«

»Wo war Matilda, ehe sie die Welt bereiste?«, fragte Charlotte.

»In Cornwall, bei uns«, sagte ich. »Sie war die beste Freundin meiner Schwester.«

»Sie hat es weit gebracht«, sagte Charlotte. »Ich hörte, sie war letztes Jahr die am meisten fotografierte Frau im ganzen Land. Die *Vogue* nannte sie die ›definitive weibliche Schönheit‹.«

»Meine Schwester ist viel hübscher«, hörte ich mich sagen. »Sie ist nur einfach nicht nach London gegangen und hat sich nicht wie Matilda herumgetrieben.«

Aus irgendeinem Grund fanden Clover und Charlotte das überaus belustigend.

»Charlotte«, rief Clover quer durch den Laden, »Tee bitte. Jetzt zieh du mal deine Klamotten aus, und wir sehen uns an, womit wir es hier zu tun haben.«

Sie ging nach oben zur Ladentür und drehte das Schild um, sodass der Rest der Welt auf ein »Geschlossen« blickte.

»Was meinst du damit, meine Klamotten ausziehen«, stammelte ich.

»Liebes, wir sind alle auf dem Internat gewesen. Wir haben das alles schon gesehen. Warum um Himmels willen trägst du keinen BH?«

»Hab nie gedacht, dass ich einen bräuchte.«

»Jeder braucht einen. Hier.«

Sie steckte ihre Hände unter ihre Bluse und zog im Handumdrehen ihren eigenen aus.

»Wie hast du das gemacht?«

»Jahrelange Übung.« Clover hatte einen trockenen Humor. Sie warf mir ihren Büstenhalter zu. Er war schwarz, winzig, gepolstert und noch ganz warm von ihrer Haut.

»Ich glaube nicht, dass mir das passt. Ich mag keine BHs.«

»Bist du wahnsinnig?« Erstaunt blickte Clover mich an. »Sind in Derbyshire alle wie du?«

»Cornwall«, korrigierte ich sie erneut.

»Das ist gehüpft wie gesprungen, Liebes.« Sie reichte mir ihre gedrehte Zigarette. »Nimm einen Zug. Wir werden eine Weile hier sein, da kannst du dich genauso gut entspannen.«

Ich nahm mehrere Züge. Sie schmeckte merkwürdig. Ich erinnere mich daran, gedacht zu haben: Vermutlich Drogen, und dann: Ach, was soll's, wo ich doch in London bin. Nach einem weiteren Zug drehte sich die Welt um mich herum. Ich zog mein Oberteil aus und quetschte mich in Clovers BH. Natürlich hatte sie recht, das veränderte mich sofort. Mit einem Mal hatte ich mehr von dem, worum ich Lucy immer beneidet hatte.

»Siehst du?«, fragte Clover.

»Ja«, hauchte ich und grinste mein Spiegelbild dämlich an.

Charlotte ging hinüber zum Grammofon und legte ausgerechnet »South Pacific« auf. Clover schaute die Ständer mit Klamotten durch, die Augen durch den Zigarettenrauch zusammengepresst, und murmelte leise vor sich hin: »Zu lang, zu viele Details, passt nicht zu ihrer Farbe, oh ja, ich werde das hier versuchen, ach, Jean hat es letzte Woche für die Buchpremiere ausgeliehen, oder nicht, ja, aber ohne den Gürtel, nein, aber wenn wir vielleicht die passenden Schuhe finden …«, und so weiter und so fort. Ich stand da, hörte Mitzi Gaynor, die gefühlvoll von ihrem wunderbaren Kerl schwärmte, und glotzte in den großen gesprungenen Spiegel, die bloßen Füße in einem See von Pannesamt, meine alten grau-weißen Schulunterhosen in einer absurden Kombination mit dem schwarzen Push-up-BH. Das war mir alles völlig egal, weil ich zu diesem Zeitpunkt natürlich völlig stoned war. Charlottes Terrier, der mir als Dobbin vorgestellt worden war, lag auf meinen herumliegenden Klamotten hinter dem Wandschirm. Clover und Charlotte redeten unablässig, richteten gelegentlich eine merkwürdige Frage an mich – »Geht's dir gut, Liebes? Kannst du deine Arme mal einen Moment hochheben?« –, und ich tat alles, worum sie mich baten, als wäre ich in einer Art Trance.

»Hmm«, sagte Clover. »Wie wäre es damit?«

»Nicht zu verkaufen«, sagte Charlotte bestimmt. »Das ist ein antikes Stück viktorianischer Spitze, das ich von Tante Clare vererbt bekommen habe.«

»Lass es sie wenigstens anprobieren«, sagte Clover, und ehe Charlotte widersprechen konnte, hatte sie es ihr auch schon aus der Hand genommen.

Clover wickelte das schwarze Material um meine Beine, sodass es geradewegs auf den Boden fiel. Sie stand hinter mir und steckte es ab, sodass es sich in einen langen Rock verwandelte.

»Ich bin zu klein, um so etwas zu tragen«, sagte ich bedauernd.

»Wunderschönes Material«, murmelte Clover. »Eine Sünde, es nicht zu verwenden.«

»Eine noch viel größere Sünde wäre es, sie damit zu Digby zu schicken, damit die betrunkensten Leute ganz Londons ihre abscheulichen Cocktails darauf verschütten können«, sagte Charlotte.

»Geh doch bitte mal bis zur Treppe und zurück, Liebes«, schlug Clover vor.

Ich weiß nicht, was zwischen die Schuhe und den provisorischen Rock gelangte, es hätte alles Mögliche sein können – die Ecke eines persischen Teppichs, eine gebundene Ausgabe voller Eselsohren von *Peter Pan*, Charlottes Federboa –, jedenfalls fiel ich der Länge nach und mit einem schrecklichen, reißenden Geräusch hin. Ich war viel zu überrascht, um etwas zu sagen; landete letzten Endes irgendwie auf dem Hintern, die Beine vor mir ausgestreckt, und Clovers Hut hing mir über die Augen. Ich war viel atemloser durch diesen Sturz als durch jeden Sturz von einem Pferderücken. Vielleicht lag das aber auch einfach nur am Sauerstoffmangel in dem Raum. Ich versuchte, aufzustehen, was mir aber nicht gelang, stattdessen fiel ich erneut hin und riss den Stoff noch mehr entzwei.

»Scheiße.«

Clover fing an zu lachen.

»Heiliger Bimbam, geht's dir gut, Liebes? Atmest du noch?«

»Ist doch ganz egal, ob sie noch lebt! Was ist mit der Spitze?«, jammerte Charlotte.

»Es tut mir so schrecklich leid«, keuchte ich.

Charlotte zog an einem Stück Stoff, doch das ganze Stück war der Länge nach zerrissen, erweckte den Anschein, als würde jemand den Verband um eine ägyptische Mumie lösen, sodass das verbleibende Material sich um meine Schenkel schmiegte und ganze zwanzig Zentimeter oberhalb meines kräftigen weißen Knies endete. Oben nur mit dem Hut und dem Push-up-BH bekleidet, sah ich aus, als wäre ich einem schrecklichen Überfall zum Opfer gefallen.

»Es ist hinüber«, sagte ich von Panik erfasst. Mit einem Mal wollte ich einfach nur noch aus Charlottes Laden verschwinden. Ich kam mir vor wie die Assistentin eines Magiers, umgeben von Rauch und irgendwo eingezwängt, kurz bevor sie entzweigesägt wird.

In dem Moment klingelte es an der Tür. Von dort, wo ich auf dem Boden lag, konnte ich durch einen Spalt zwischen den Vorhängen auf die Straße über uns sehen.

»Heilige Mutter Gottes«, sagte ich und krabbelte von dort weg. »Das ist Inigo.«

»Father Hit-mas höchstpersönlich«, entgegnete Charlotte sarkastisch. »Billy hat ihn vermutlich hergeschickt, damit er nach uns sieht«, fügte sie hinzu und drückte ihre Zigarette aus.

»Sollen wir ihn einfach ignorieren?«

Inigo klingelte erneut.

»Du musst ihn reinlassen, sonst kommt er noch durch den Kamin rein«, meinte Clover.

Charlotte überließ es Clover, Teile von mir zu entwirren, und ging zur Tür. Clover und ich lauschten ihrer Unterhaltung.

»Hallo, mein Lieber. Wir kleiden gerade deine kleine Sängerin ein.«

»Darf ich mal sehen, was ihr so macht? Billy will, dass ich …«

»Nein, nein. Du verschwindest mal schön und gehst spielen, sei so lieb. Wir haben noch nichts zusammengestellt.«

»Habt ihr geraucht?«

»Ähm, vielleicht … *Ich* habe vielleicht. *Sie* nicht.«

»Um Himmels willen, Charlotte, das Mädchen ist siebzehn!«

»Inigo. Ich möchte dich nicht daran erinnern, was *ich* in diesem Alter getan habe. Sie ist kein Baby mehr!«

»Im Vergleich zu dir ist sie richtiggehend rückständig!«

»Ach, und *du* bist geradezu ein Modell des guten Benehmens …«

»Wir sprechen hier nicht über *mich*.«

Ich wollte schon etwas sagen, aber Clover legte ihre Hand über meinen empört offenstehenden Mund.

»Du bist eine furchtbare Nervensäge, weißt du das, Inigo?«, fuhr Charlotte fort. »Daran hat sich nichts geändert. Seit du fünfzehn bist, gehst du allen auf den Geist.«

Verzweifelt fasste sich Clover mit der Hand an die Stirn.

In wenigen Sekunden, noch ehe ich die Gelegenheit hatte, mich etwas herzurichten, war er unten. Das Untergeschoss des Ladens war so klein, dass Inigo auf der untersten Stufe stehen blieb.

»Tja, *so* kann sie nicht ausgehen«, sagte er sofort.

»Ich weiß«, presste ich zwischen zusammengebissenen Zähnen hervor.

»Auch wenn wir vermutlich einen Haufen Platten verkaufen würden, wenn du's tätest«, fügte er hinzu. Er drehte sich zu Clover und sagte verärgert: »Herrgott noch mal, holt dem armen Ding was zum Anziehen. Sie ist noch keine vierundzwanzig Stunden in London, und ihr habt es geschafft, dass sie bereits stoned und halb nackt in diesem Untergeschoss steht, das man nur als …«, er warf die Hände in die Höhe, suchte nach dem richtigen Wort, »*louche* bezeichnen kann.«

»Ich weiß nicht, was *louche* heißt, ich nehme mal an, damit ist wundervoll gemeint …«

»Sie probiert Sachen für die Party an«, sagte Clover. Sie schaute mich an, die ich mich kaum bewegen konnte und in schwarze Spitze gehüllt war. »Geh hinter den Wandschirm und zieh deine Sachen wieder an, Liebes«, sagte sie.

Und so stand ich mit schamrotem Gesicht hinter dem Wandschirm. Ich zog den Leinenkittel über den Kopf und roch daran. *Imogen*. Mühsam kämpfte ich gegen den heftigen Drang zu weinen an. Clover sprach in einem Tonfall höchster Verärgerung.

»Jedes Mal, wenn Billy mich bittet, ein Mädchen einzukleiden, passiert *dasselbe.*«

»Was? Unbezahlbarer Stoff längst vergangener Zeiten wird in Streifen zerrissen?«

»Nein. *Immer* mischt sich jemand ein.«

»Ich tue nur, worum man mich gebeten hat«, sagte er. »Alles, was Billy zu mir gesagt hat, war: Wenn die Klamotten nicht stimmen, dann passt auch alles andere nicht. Er hat gerade ein paar Fotos von Susan Vaughan gesehen und will, dass Cherry Pink und Weiß trägt.«

»Tja, er bekommt sie aber nicht in Pink und Weiß«, sagte Clover. »Das passt nicht zu ihrem Teint.«

Inigo zog eine Zeitschrift aus seiner hinteren Hosentasche. Ich glaube nicht, dass es ihm gefiel, Billys Laufbursche zu sein.

»Hier.« Er zeigte darauf. »Er will, dass du damit arbeitest.«

Clover schnappte sich die Zeitschrift und studierte sie stirnrunzelnd.

»Sie ist zu jung, um so herausgeputzt zu werden, als würde sie in Manhattan bei einer Benefizveranstaltung auftreten. Bei aller Liebe, Inigo – das *musst* du doch sehen!«

»Es ist dir vielleicht entgangen, aber ich bin einfach nur ein Songschreiber.«

»Was machst du dann hier überhaupt?«

»Genau das frage ich mich gerade.«

In dem Moment klingelte es an der Tür.

»Wer ist das denn jetzt?«, fragte Clover.

Charlotte ging zum Fenster und spähte nach draußen.

»Nur so ein Modell«, sagte sie. »Ich habe hier heute Nachmittag ein Casting, sie hat sich wohl in der Zeit geirrt.«

Ich folgte ihrem Blick.

»Das ist kein Modell!«, kreischte ich. »Das ist meine Schwester! Sie hat sich die Haare schneiden lassen. Pa wird sie *umbringen*!« Ohne es zu wollen, sprach ich auch den letzten Teil laut aus, doch der Schock darüber, was Lucy getan hatte, war zu heftig, um es für mich zu behalten.

Ich winkte wie wild; ich glaube nicht, dass ich mich je zuvor so gefreut hatte, Lucy zu sehen.

»Deine Schwester?«, fragte Clover überrascht. »Heiliger Strohsack! Ich hätte nicht gedacht, dass sie *so* schön ist.«

»Das tut keiner«, entgegnete ich.

»Ich lasse sie besser rein«, sagte Charlotte und verschwand erleichtert.

Clover hatte wieder die Kontrolle über die Dinge und zog ein leichtes pinkfarbenes Sommerkleid aus dem Ständer.

»Das würde tatsächlich sehr nett an dir aussehen«, sagte sie bestimmt.

Lucy klapperte ins Untergeschoss hinunter. Als sie auf der untersten Stufe stand, grinste sie uns an. Inigo schüttelte den Kopf, eine Geste der Verblüffung oder der Verzweiflung – schwierig zu sagen, was es war.

»Leighton House war unglaublich«, sagte sie. »Ich hätte noch mindestens eine Stunde länger bleiben können.«

»Das ist jetzt mal ganz egal. – Was wird Pa sagen, wenn er sieht, was du mit deinen Haaren gemacht hast?«

Trotzig schüttelte Lucy den Kopf.

»Wen kümmert das? Ich bin den ganzen Weg von Kensington bis hierher zu Fuß gegangen. Ich bin bei einem Friseur vorbeigekommen, der im Schaufenster ein Bild von einem Mädchen mit den kürzesten Haaren überhaupt hatte. Ich bin reingegangen und habe nach demselben Schnitt gefragt. Wie findet ihr es?«

»Miss Fit wird explodieren.«

Lucy war zu Jean Seberg in *Außer Atem* geworden, der kurze Schnitt ließ ihre Augen größer wirken, brachte ihre Wangenknochen auf erstaunlich geometrische Weise zum Ausdruck.

Dann sprach Charlotte. »Ich wünschte, ich hätte den Mumm,

meine abzuschneiden«, sagte sie. »Und abgesehen von allem anderen brauchst du jetzt weniger Shampoo.«

»Was wird Raoul davon halten?«, fragte ich, wollte das eigentlich gar nicht laut aussprechen.

»Ihm wird das vermutlich gar nicht auffallen«, sagte Lucy.

»Wem?«, wollte Clover wissen.

»Ehemann«, sagten Lucy und ich gleichzeitig.

»Wo *ist* er?«, fragte Charlotte, drehte sich um, als erwarte sie, ihn mit ausgestreckter Hand hinter sich zu entdecken.

»Cornwall«, antwortete Lucy.

»Könnte genauso gut der Mond sein«, sagte Charlotte mit leuchtenden Augen.

Sie sammelte die Überbleibsel des Rockes ein.

»Gehst du zu Digbys Party?«, fragte sie Lucy.

»Ja«, sagten Lucy, Inigo und ich gleichzeitig.

»Na gut«, seufzte Clover. »Billy bekommt, was er will. Versuchen wir es mal mit der pinkfarbenen Tunika da drüben. Nein, lass den BH an.«

Ich nahm die Tunika und starrte sie bestürzt an.

»Du«, sagte Clover und zeigte auf Lucy. »Komm mal hierher. Ich habe eine Idee. Eine Möglichkeit, wie man das reparieren kann, was deine Schwester gerade zerstört hat.« Sie zwinkerte mir zu, und ich wusste, dass sie auf meiner Seite stand, trotzdem spürte ich, wie mir bittere Tränen hochkamen. Ich wollte nicht, dass Clovers Ideen für Lucy waren – sie war heute für mich hier!

Lucy, die es in der Regel hasste, herumkommandiert zu werden, tapste fügsam dorthin, wo Clover stand. Clover hob die Überreste des Rocks hoch und wickelte einen Teil oben um Lucys Beine.

»Zieh deine Hose aus«, sagte sie. »Ich muss mal prüfen, ob das funktioniert.«

Inigo hob die Augen zum Himmel.

»Ich bin dann mal weg.«

»Du kannst Billy mitteilen, dass beide Mädchen um halb zehn zur Party kommen werden«, sagte Clover.

»Es fängt um acht an«, sagte Lucy.

»Süße, so wie du angezogen sein wirst, kannst du unmöglich pünktlich aufkreuzen.«

Inigo nahm zwei Stufen auf einmal. Ich beobachtete, wie er den Laden verließ und die Straße hinunterlief, eine Hand in der Hosentasche, in der anderen eine Zigarette.

Mit zur Seite geneigtem Kopf beobachtete Charlotte, was Clover da tat.

»Ein bisschen kurz, oder nicht?«

Clover schaute sie an, den Mund voller Stecknadeln, die Stirn gerunzelt. Lucy und ich schauten unverwandt auf ihr Spiegelbild, während Clover arbeitete. Ich stand in der pinkfarbenen Tunika etwas hinter meiner Schwester. Mein kurzer, dünner Körper sah einfach absurd neben ihr aus – wie die Reflexion im Spiegelsaal auf dem Rummelplatz. Lucy, der mein Unbehagen auffiel, schaute mich an. Sie versuchte, die Augenbrauen zu heben, um deutlich zu machen, wie absurd ihr das alles vorkam, doch es gelang ihr einfach nicht. Sie musste sich auf die Lippe beißen, um nicht zu grinsen.

Das Telefon klingelte, und Charlotte verflüchtigte sich, um dranzugehen. Wir hörten, wie sie freudig aufschrie und dann in schnellem Französisch sprach.

»Bleib still stehen!«, befahl Clover.

Als Charlotte wieder zurückkam, steckte Clover gerade den kurzen Rock um Lucy fest.

»Charlotte, hol dem Mädchen Wasser, mir Faden und Schere, und leg den Hörer neben das verfluchte Telefon.«

»Jawohl!«, erwiderte Charlotte.

Sie arbeitete eine halbe Stunde an dem Rock, fast ganz schweigend. Weder Lucy noch ich sagten etwas, weil wir den Zauber nicht brechen wollten. Als sie damit fertig war, stand sie auf und presste die Hände in den Rücken.

»Und? Wie findest du es?«

Der Rock war jetzt winzig, nur noch ein Bruchteil dessen, was er einst gewesen war. Er schmiegte sich an Lucys Oberschenkel, hörte zwanzig Zentimeter über ihrem Knie auf, und seine Knappheit zog das Auge des Betrachters unmittelbar auf die Länge der Beine darunter.

Es war, als schaute mir Pa über die Schulter, und ich sagte noch vor allen anderen etwas.

»So kann sie auf keine Party gehen! Sie ist ja halb nackt!«, jammerte ich.

Clover zuckte nur mit den Schultern. »Das ist ein wunderschönes Material, genau wie sie.« Sie sagte dies ohne irgendeine Gefühlsregung.

»Aber starren dann nicht alle?«, fragte Lucy.

»Genau das hoffe ich doch«, sagte Clover.

»Billy wird es für übertrieben halten«, meinte Lucy bedauernd.

Charlotte lachte.

»Du kennst Billy nicht sehr gut, oder?«

»Wie viel bin ich dir schuldig?«, fragte Clover.

»Zwanzig«, forderte Charlotte.

»Aber da ist nichts dran«, widersprach Clover.

»Ideeller Wert«, sagte Charlotte unbekümmert. »Die Spitze gehörte meiner geliebten Tante Clare, und da kann ich sie unmöglich mit einem Preis versehen.«

»Aber genau das hast du gerade gemacht.«

»Zwanzig«, wiederholte Charlotte. »Clover, Liebes, irgendwie muss ich Geld für meinen Unterhalt verdienen.«

»Fünfzehn!«, sagte Clover. »Von wegen, du kommst gerade so über die Runden. Das hier ist der Laden in West-London, über den am meisten geredet wird, und wenn es heute Abend gut läuft, dann wirst du Digbys kleine Sklaven hier haben, die alle auch ein Stück vom Kuchen haben wollen. Das ist nicht nur irgendein alter Rock«, fuhr sie fort, redete sich langsam in Fahrt. »Das ist ein Rock mit einem großen R.«

Und wieder klingelte es an der Tür. »Siehst du, es hat schon angefangen«, fügte sie hinzu. »Der Rock ist geboren.«

Charlotte warf einen Blick aus dem Fenster.

»Es ist André. Wir müssen ihn reinholen, damit er sich das ansieht.«

Jahre später las ich, dass Charlottes Freund André den Minirock erfunden hatte. Nun ja, entweder er oder Mary Quant. Ich glaube aber vielmehr, dass wir alle das waren, an diesem Nachmittag in Charlottes Laden in der King's Road. Wir *alle* haben ihn erfunden. Charlottes Tante Clare mit ihrem Hang für viktorianische Spitze, ich, die ich mit meinen plumpen, großen Füßen den Stoff zerrissen habe, Charlotte und Clover mit ihrem Hexengebräu aus Räucherstäbchen und Jasmintee und Lucy, die ganz spielerisch alles tragen und nach einem Kunstwerk aussehen lassen konnte. Später an diesem Abend würde sie ihn tragen – natürlich. Ich konnte das nicht – und niemand schlug vor, dass ich es tun sollte. Ich musste mich an mein Kleidchen und an Billys Regeln halten; deshalb war ich nach London gekommen. Wenn er mich wie einen Eisbecher aussehen lassen wollte, dann durfte er das. Und trotzdem hätte ich am liebsten losgeweint.

Hinterher gingen wir mit Clover zum Mittagessen in die Fulham Road. Lucy und ich verschlangen Milchshakes und Hamburger, außer Stande, unsere Freude zu verbergen. Clover trank schwarzen Kaffee und aß ein Croissant.

»Ich würde jetzt gerne zum Buckingham Palace gehen«, sagte Lucy. »Ich halte es für eine Sünde, hier gewesen zu sein, ohne das berühmteste Haus besichtigt zu haben.« Sie öffnete ihre Tasche und holte ihren Reiseführer heraus. Zwei Mädchen am Nebentisch warfen Lucy und ihrem Haarschnitt interessierte Blicke zu, die Lucy gar nicht zu bemerken schien. »Würdest du mich dorthin bringen?«

Clover war so überrascht, dass sie tatsächlich einwilligte.

21. Kapitel

Napier House

»Donnerwetter!«

Aus dem Sonnenlicht eines Julinachmittags kommend, das einen die Augen zusammenkneifen ließ, und nach der rot-goldenen Zeremonie des Wachwechsels vor einer Stunde brauchten unsere Augen einen Moment, um sich an das Licht in der Diele von Napier House zu gewöhnen. Trotz der unzähligen Gegenstände, die zu sehen waren, war die uns umgebende Atmosphäre von Präzision und Ordnung bestimmt. Und es war drückend heiß.

»Ich kann die Fenster öffnen«, sagte Clover. »Aber hier drin wird es nie kühl. Ich bin dafür bekannt, in nichts anderem als meiner Unterhose zu kochen. Kann man sehr empfehlen. Auch wenn ich nicht glaube, dass man die Dinge zu Zeiten meiner Großmutter so angegangen ist.«

Ich schaute nach oben, ähnlich instinktiv wie beim Betreten einer Kirche, und erblickte eine mit Tulpen tapezierte Decke.

»William Morris«, sagte Clover, auch wenn sie uns das nicht hätte sagen müssen. Lucy hätte ihr ganzes Leben in einer Tapete von ihm eingewickelt, hätte sie die Möglichkeit dazu gehabt.

»Er ist hier überall im ganzen Haus«, fuhr Clover fort. »Eine Zeit lang hatte man sich von ihm entfernt, ist letzten Endes aber wieder auf ihn zurückgekommen. Genau wie bei den besten Liebesabenteuern«, fügte sie hinzu.

Lucy spähte zu dem goldenen Spiegel, der in der Nähe eines

Kaminsimses hing, das von orangefarbenem Samt bedeckt war, und sah nicht sich, sondern alle, die vor hundert Jahren daran vorbeigelaufen waren.

»Genau so habe ich mir Darlings Haus in *Peter Pan* vorgestellt«, verkündete ich ungewollt laut – durch Lucy wusste ich genug über viktorianische Möblierung, dass ich etwas Bedeutenderes darüber hätte sagen können, doch ich konnte in dem Moment an nichts anderes denken.

»J. M. Barrie war ein Freund meiner Urgroßmutter«, sagte Clover. Sie stellte ihre Tasche auf dem Treppengeländer ab. »›Wenn Margaret erwachsen ist, wird sie auch eine Tochter haben, die dann wieder Peters Mutter wird, und so wird es immer und immer weitergehen, solange Kinder fröhlich, unschuldig und herzlos sind.‹« Achselzuckend betrachtete Clover Lucy und mich. »Kommt schon«, meinte sie dann munter.

Zum zweiten Mal innerhalb kürzester Zeit sahen meine Sandalen einfach nur lächerlich aus – dieses Mal nicht aufgrund des Kontrasts ihrer heruntergekommenen Kindlichkeit gegenüber der dezenten, sauberen, erwachsenen Modernität des dänischen Teppichs in Billys Wohnung, sondern aus genau dem gegenteiligen Grund. Wir waren in der Zeit zurückgereist – diese Stufen brauchten Leder, Politur und geschnürte Stiefel. Umgehend verstand ich Clovers Schuhwahl, selbst an einem heißen Nachmittag. Unmöglich, hier zu leben, ohne sich der Vergangenheit zu verschreiben. Während Clover die Stufen hinaufeilte – vorbei an einer großen Auslage von Muscheln und Farnen auf dem Treppenabsatz, die vor einer Sammlung von Straußenfedern in koketten Vasen standen –, blieben Lucy und ich etwas zurück, um alles zu betrachten, um uns nur ja nichts entgehen zu lassen. Als wir auf dem Treppenabsatz ankamen, stolperte ich und hätte fast ein zusammengehörendes Statuen-Paar umgestoßen – mit Edelsteinen bestückte afrikanische Männer, die auf hölzernen Sockeln standen, mit Früchten und Goldblatt verziert waren, lächelten und Tabletts in den Händen hielten.

»Oje«, murmelte ich und hielt sie fest.

»Oje, wie wahr«, flüsterte Lucy. Sie blieb stehen und blickte in die Gesichter der Männer mit ihren Zähnen aus Elfenbein und den wunderschönen Glasaugen. »Das sind Mohren«, sagte sie. »Venezianisch. Anfang neunzehntes Jahrhundert. Ein Vermögen wert.«

»Kannst du dir vorstellen, Billy würde so etwas kaufen?«, fragte ich.

»Niemals«, sagte Lucy. »Das wäre viel zu exotisch für ihn.«

Billy schien allergisch auf komplizierte Muster zu reagieren – allergisch auf alles, was klein war. Er wollte einen großen weißen Raum mit großen, einzigartigen Kunstwerken, die jedem, der den Raum betrat, einen Kommentar abverlangten. Hier in Napier House schien sich das ganze Leben im Detail zu manifestieren, in den Quasten, der Fülle der Stoffe. Und doch hatten jene, die dieses Haus erschaffen hatten, nichts anderes gewollt als das, was Billy jetzt wollte: Akzeptanz von den Mitmenschen – und ein kleines bisschen Neid – sie waren zu ihrer Zeit genauso modern wie er heute. Die Dichte der Gemälde und Fotografien – manche von ihnen hingen so eng beieinander, dass ihre Rahmen sich berührten – war fast verwirrend.

»Meine Urgroßeltern hätten auch mitten in der Wüste noch etwas gefunden, was sie hätten kaufen können«, sagte Clover, las meine Gedanken.

Wie aufs Stichwort ertönte aus dem Salon eine Standuhr und läutete fünfmal.

»Wie lange hast du …?« Lucy verstummte, war zu beschäftigt, sich alles anzusehen, um ihren Satz zu Ende zu bringen.

»Mein Vater ist zwei Jahre nach meiner Geburt mit einer italienischen Komtess abgehauen, also ist meine Mutter mit mir und meinem Bruder James hierhergezogen. Sie ist hier aufgewachsen«, sagte Clover.

»Die Ärmste«, sagte ich.

»Nein. Sie liebte meinen Vater, doch in ihrem Leben gab es nicht gerade sehr viel Platz für ihn. Sie hat mich bekommen, bevor sie zwanzig war. Ihre Eltern spielten in ihrer Welt die größte Rolle und folglich auch in meiner.«

Lucy berührte den Kopf der Marmorbüste einer Frau, die einen Brautschleier um den Kopf hatte, als erwartete sie, dass sie zum Leben erwachte. Clover lächelte.

»Ich liebte meine Großmutter mehr als sonst jemanden«, sagte sie einfach nur.

»Die Mutter meiner Mutter – Colette Napier. Wenn man sie erst einmal kannte, konnte niemand mehr an sie heranreichen. Sie hat einfach den ersten Platz für sich beansprucht, und alle anderen kamen danach. Einfach, wirklich.«

Ihr Kopf schnellte zu einer kleinen Bleistiftzeichnung in einem schwarzen Rahmen über dem Tisch im Gang.

»Da hängt sie«, sagte Clover. »Hübsche Nase, findest du nicht?«

»*Deine* Nase«, bekräftigte Lucy, die das Bild genauer musterte. »*Und* deine Augen. Was für eine schöne Frau.«

Es sah Lucy gar nicht ähnlich, weibliche Schönheit jeglicher Art zu kommentieren – nicht, weil sie sie nicht schätzte, sondern vielmehr weil die Erwähnung der Schönheit eines anderen Mädchens nur ihre eigene hervorzuheben schien.

»Ich sorge in keiner Weise für solchen Aufruhr wie sie«, sagte Clover. »Aber vielen Dank, ich weiß den Vergleich zu schätzen. Auch mit dem Alter hat sie ihr Aussehen nicht verloren. Ich habe Fotos, auf denen man das sehen kann.«

»Colette Napier«, sagte ich. »War sie die Erste deiner Familie, die hier gelebt hat?«

»Sie gehörte zur zweiten Generation. Aber sie ist der Grund dafür, dass das Haus so ist, wie es jetzt ist. Keiner hätte es ertragen, etwas zu verändern. Die meisten Menschen nennen das Rührseligkeit, ich nenne es Geschichte für die zukünftigen Trottel am Leben erhalten. Und das ist nicht einfach, das kann ich euch sagen. Ihr beide wisst, dass die Uhr für dieses Haus abgelaufen ist. Deshalb seid ihr hier. Sie wollen die Straße verbreitern«, fuhr sie fort. »Und diese Hausreihe steht ihnen äußerst ungelegen im Weg. Sie wollen Bulldozer vorbeischicken und mich auszahlen.«

»Das können sie doch nicht machen.« Ich war ehrlich entsetzt.

»Sollen wir wetten?«, fragte Clover. »Sie können einfach nicht anders. Das ist wie eine Sucht für diese Leute. Haben sie erst einmal damit angefangen, etwas einzureißen, können sie nicht mehr aufhören. Alle hassen die Viktorianer. Sie sind so *unmodern*«, ahmte sie sie spöttisch nach. »Was für ein grässlicher Geschmack! Was für schrecklich überladene Räume voll entsetzlich beklemmender und trostloser Farben!«

»Idioten«, sagte Lucy und blickte Clover wütend an, als wären das *deren* Ansichten gewesen.

»Du«, sagte Clover und zeigte auf Lucy, wobei ihr Tonfall ähnlich anklagend klang, »bist in der Tat ein seltenes Ding, denn du schaust über den eigenen Tellerrand hinaus. Du siehst weiter nach vorn als bis morgen und weiter zurück als bis gestern und du weißt, dass eines Tages jemand dieses Haus betreten und Gott dafür danken wird, dass es so geblieben ist, wie es war.« Sie wedelte mit der Hand zur Treppe. »Ich hoffe nur, wir halten bis zum Ende des Sommers durch. Wie ich gehört habe, wird das bei der Coal Exchange nicht der Fall sein.«

»Tu's nicht, sag es einfach nicht«, bat Lucy.

»Na, dann kommt.« Clover grinste plötzlich. »Was du heute kannst besorgen, das verschiebe nicht auf morgen. Dann führe ich euch mal rum.«

Sie schleuderte die hochhackigen Schuhe von sich, aber mit ihrer verringerten Größe zeigte sie eher mehr als weniger Präsenz. Von draußen drang das Geräusch von weiteren Bohrungen nach drinnen, doch hier waren wir – zumindest für den Moment – noch sicher.

»Das hier war das Büro meiner Urgroßmutter«, sagte Clover und stieß eine Tür auf. »Als sie starb, wurde es das von Colette. Jetzt benutze ich es. Eine Weile dachte ich, ich sollte das vielleicht nicht tun – ich nehme an, ich hatte Angst, etwas kaputt zu machen. Doch ich kann hier arbeiten. Dieser Raum war dazu bestimmt, Dinge zu erledigen. Und genau das tue ich jetzt hier.«

Lucy lachte freudig auf. Es war ihr Traumzimmer. Von den rot-goldenen Blätterstrukturen an den Wänden – über die Jahre vergilbt zu einem dunklen Rotbraun und Bronze wie vieles von den einst leuchtenden Inneneinrichtungen, als herrschte im ganzen Haus ewiger Herbst – bis hin zu den dunkelgrünen Türen, verziert mit aufgemalten Fingerhüten. Es war perfekt; eine kleine Schachtel von viktorianisch-türkischem Honig, wie sie noch keinem von uns untergekommen war. Nicht, dass wir keine Räume betreten hätten, in die seit vierzig Jahren keiner mehr einen Fuß gesetzt hatte – weit gefehlt. Wir hatten einfach nur noch nie einen Raum gesehen, der so in Ehren gehalten wurde. So geliebt. Im Radio hatte ich einen Monat zuvor gehört, dass der Mensch vor dem Ablauf des Jahrzehnts auf den Mond fliegen würde – Menschen konnten eine Meile in vier Minuten laufen und danach nach Amerika telefonieren, um es ihren Freunden mitzuteilen –, und dennoch hatte sich dieser Raum dadurch nicht verändert, und diese Renitenz konnte man deutlich spüren. Während unsere Pupillen sich wild weiteten, konnte man durchaus den Eindruck gewinnen, dass Napier House nicht so sehr ein Fest für die Augen als vielmehr ein einziger, köstlicher Bissen von etwas war, das einem lange nicht mehr untergekommen war. Im hinteren Teil des Zimmers, hinter dem Schreibtisch, befand sich ein kleines Buntglasfenster, das eine Frau zeigte, die eine Violine an ihr Kinn presste, die Augen vor Verzückung geschlossen. Lucy raste dorthin, um es sich anzusehen.

»Lass mich raten«, sagte sie. »Francis Owen Salisbury? Und

das ist natürlich Cäcilia von Rom, die Schutzpatronin der Musik.«

»Sehr gut«, freute sich Clover. »Inigo spricht jedes Mal ein Gebet vor ihr, wenn er hier ist.«

Lucy schaute mich an. Immer wenn sein Name fiel, schaute sie mich an. Es war für sie, genau wie für mich, noch immer unfassbar, dass er auch hier wohnen sollte.

Überall im Haus, auf jeder freien Fläche standen außergewöhnliche Fotos – ein Mann in einem Anzug, der einen Leguan in der Hand hatte, die Hochzeit eines Paares, die neben einem Elefanten stattfand, ein kleiner Junge im Sonntagsstaat, der zwischen einem Haufen Hühner stand und etwas aß, das nach Radieschen aussah – und das, was am meisten Blicke auf sich zog: ein Porträt von Clover, die Augen grinsend zusammengekniffen, zusammengekauert neben einem Feuer, mit nichts außer einem Fedora bekleidet.

»Grundgütiger, bist du das?«, fragte ich.

»Vor etwa zehn Jahren. Sehe ich nicht teuflisch aus?«

Ich lachte: »Ein bisschen.«

»Ich war kurz davor, einer anderen den Mann wegzuschnappen. Seht euch nur meine Augen an! Kein bisschen Reue. Früher habe ich solche Sachen gemacht«, sagte sie. »Marokko«, fügte sie noch hinzu, als würde das alles erklären. Sie schaute aus dem Fenster, wirkte etwas abgelenkt.

»Da sind sie wieder«, murmelte sie.

»Wer?«, wollte ich wissen.

»Weiß der Himmel. Ich habe sie ›Das glückselige Paar‹ getauft. Sie wohnen gegenüber.«

Ich folgte ihrem Blick auf den Gehsteig nach unten, wo ein junges Paar aus der Haustür trat.

»Ich habe versucht, mit ihnen darüber zu sprechen, was hier passiert. Aber sie sagen nur, es sei ihnen egal, solange sie nur einander und ein gutes Buch hätten. Also mal ganz *ehrlich*!«

Mein Blick glitt über den Schreibtisch, der vor dem Fenster

stand. Darauf lag ein Brief, der an die Viktorianische Gesellschaft adressiert war. »Sehr geehrter Professor Pevsner«, stand da. Als ich diesen Namen las, schreckte ich sichtlich zusammen. Lucy folgte meinem Blick und schaute dann wieder zu mir.

»Es tut mir leid, wenn ich neugierig bin, aber schreibst du einen Brief an Nikolaus Pevsner?«, platzte sie heraus.

Clover schaute überrascht aus und grinste dann.

»Zuerst einmal: Entschuldige dich niemals dafür, die Briefe anderer zu lesen, wenn sie dumm genug sind, diese für jedermann sichtbar auf dem Schreibtisch liegen zu lassen. Und zweitens: Ja, tue ich.« Sie seufzte. »Vor vier Jahren hat die Viktorianische Gesellschaft in einem Haus wie diesem angefangen.«

»In Linley Sambournes Haus«, sagte Lucy schnell, als hätte sie den Eindruck, Clover würde sie testen und es als schreckliches Versagen werten, wenn ihr kein erstklassiger Abschluss in viktorianischen Studien gelänge.

»Das stimmt«, erwiderte Clover. »Die Sambournes waren mit meiner Großmutter befreundet. Ständig haben sie mit den Großen und Wichtigen zu Abend gegessen. Künstler, Politiker, Faulenzer, die zu viel Zeit zur Verfügung hatten, Genies auf der Suche nach der nächsten Vergnügung – Oscar Wilde und mein Großvater waren eng befreundet«, fügte sie leichthin hinzu und erstickte all die unzähligen Fragen, die eine solche Bemerkung aufwerfen konnte, mit ihrer nächsten Bemerkung im Keim: »Ich sehe nicht, weshalb ich Pevsner, Betjeman und die ganzen anderen nicht dazu bekommen sollte, ihren Teil dazu beizutragen, uns zu retten. Weshalb sollte mein Haus weniger wichtig sein als ein anderes?«

»Das sollten sie unbedingt retten«, meinte Lucy. Sie blickte auf ihre Nägel und runzelte die Stirn – was mehr ihr selbst galt als einem anderen. Ich spürte für einen kurzen Moment den Stich – den sie empfand, weil sie sich nach Pa sehnte –, ohne dass sie ein Wort sagen musste. Die Erwähnung Pevsners ließ sie immer daran denken, wie Pa ihr das Buch des berühmten Mannes über Cornwall vor all den Jahren gegeben hatte.

Clover scheuchte uns die Treppe hinauf.

»Der Salon«, sagte sie und öffnete eine weitere Tür. »Wie es aussieht, hat sich meine Familie in der Vergangenheit immer gern den Bauch vollgeschlagen. Es gibt Notizen zu Abendessen mit dreizehn Gängen, und darin sind dann die Torte und die Obstkonserven nicht mitgezählt. Sie brauchten einen ansprechenden Ort, um ihre riesigen Hintern bequem zu platzieren, wenn sie mit Essen fertig waren.«

Ich musterte für einen Moment die Wand, die vollständig mit blau-weiß bemaltem Porzellan bestückt war.

»Die Sammlung meines Urgroßvaters«, sagte Clover. »Und das hier«, fuhr sie fort, nahm eine pink-weiße Vase von einem Tisch und hielt sie ins Licht, »kam im Sommer 1888 aus Paris. Meine Großmutter erinnert sich, dass sie am achten August gekauft wurde.«

»Acht, acht, achtzehnachtundachtzig«, sagte Lucy. »Ich würde liebend gerne nach Paris gehen.«

»Oh, da musst du unbedingt hin«, erwiderte Clover sofort. »Das ist der befremdlichste Ort, den es gibt, der all den Dingen gerecht wird, die über ihn geschrieben wurden. Dann zeige ich euch jetzt euer Zimmer. Ihr seid unter dem Dach, in der alten Dienstbotenetage, tut mir leid.«

Ich lachte.

»Das ist kein Witz, Liebes.«

Das war es tatsächlich nicht. Wir gingen vier Stufen hinauf, umgeben von weiteren mit William Morris tapezierten Wänden, und erhaschten kurze Blicke in andere Räume – Clovers Schlafzimmer mit einer riesigen, freistehenden Badewanne mitten im Zimmer, einen weiteren Raum, der einst ein Kinderzimmer gewesen sein musste und jetzt voller Schachteln, Klamotten und alten Briefen war. Schließlich gelangten wir im Dachgeschoss des Hauses an. Clover öffnete eine Tür. Trotz der Schlichtheit des Zimmers im Vergleich zum restlichen Haus hatte sie es recht einladend gestaltet. Es bestand aus zwei Einzelbetten (»Ihr könnt euch bei euren Glückssternen bedanken, dass ihr euch nicht eins teilen müsst wie früher die Zimmermädchen.«) auf einem Holzboden, der mit ein paar wenigen Teppichen geschmückt war. In der Ecke des Zimmer war ein kleines Waschbecken, auf der anderen Seite standen ein Spiegel und eine Kommode.

»Ich glaube, es ist ein schrecklicher Fehler, den Leuten ein zu komfortables Zimmer zu geben, wenn sie bei einem wohnen«, sagte Clover. »Wenn man das macht, dann gehen sie nie wieder. Das habe ich auf die harte Tour gelernt. Selbst wenn man bezahlt wird, braucht man mal eine Pause von den immer gleichen Gesichtern am Frühstückstisch.«

Ich setzte mich auf das Bett und hüpfte darauf herum.

»Ihr schlaft in hundertzwanzig Jahren Geschichte«, mahnte Clover. »Passt also darauf auf, ja?«

»Natürlich!« Lucy wirkte verletzt, dass Clover auch nur einen Moment lang etwas Gegenteiliges von uns denken konnte. Und dann konnte sie sich einfach nicht zurückhalten: »Raoul wäre ganz hin und weg«, murmelte sie.

»Von mir oder von meinem Haus?«, fragte Clover grinsend.

»Von beidem«, sagte Lucy. »Er hat sich nur in mich verliebt, weil ich ihm die Inneneinrichtung von Bowood detailliert beschrieben habe.«

»Lucy hat ein fotografisches Gedächtnis für Häuser«, erklärte ich. »Ihr Markenzeichen.«

»Ach ja. Matilda hat mir davon erzählt.« Ich fragte mich, was sie sonst noch erzählt hatte – hatte Matilda ihr auch gesagt, dass sie und Lucy zerstritten waren und immer noch nicht alles wieder ins Reine gebracht hatten? Das bezweifelte ich. »Ich denke mal, mein Haus ist ganz einfach abzuspeichern, aber ich werde dich zu Digby O'Rourkes Haus befragen, nachdem wir drei Gläser welcher ekelhaften Mischung auch immer getrunken haben, die er ausgegraben hat, um seine Gäste morgen damit zu bewirten«, sagte Clover.

»Wie sieht sein Haus aus?«, fragte Lucy, die immer alles vor den Veranstaltungen wissen wollte.

»Verwüstet und schlecht erhalten. Ihm nicht sehr unähnlich. Er behandelt das Haus schrecklich, hurt regelrecht darin herum. Er verdient ein so umwerfendes, großes Haus gar nicht.«

»Ich nehme an, er kann es sich leisten, das zu machen«, meinte Lucy. »Seine Fotos sind überall.«

»Du wirst auch hier oben arbeiten.« Clover ging nicht weiter auf Lucys Bemerkung ein. Sie nahm einen Stapel alter schwarzer Spitze von einem staubigen Mahagonitisch in der Ecke des Zimmers. »Dein Schreibtisch«, sagte sie. »Ich fürchte, es gibt mehr zu tun, als wir in der Zeit schaffen werden. Ich hätte das alles schon längst machen sollen, schon vor Jahren. Es gibt siebzehn Schachteln mit Briefen und Unterlagen, die durchgesehen werden müssen, und wir müssen jedes Möbelstück im Haus schriftlich festhalten.«

Kurzzeitig sah Lucy entmutigt aus.

»Es bedeutet mir viel, jemanden zu haben, der mir hilft. Ich nehme an, Billy hat dir gesagt, dass du bezahlt wirst, ich fürchte nur, du wirst nicht viel Zeit haben, das Geld auszugeben.«

»Ich hätte es auch umsonst gemacht«, sagte Lucy. »Wenn ich mir das leisten könnte«, fügte sie rasch hinzu.

»Mach *niemals* etwas umsonst, außer mit unangemessenen Männern herumalbern«, sagte Clover.

Später saßen wir im Esszimmer und tranken Tee.

»Hört mal zu.« Clover holte ihre Puderdose hervor und puderte sich die Nase. »Solange ihr hier wohnt, seid ihr Teil eines wichtigen und exklusiven Clubs.«

»Was meinst du damit?«, fragte ich argwöhnisch. Lucy war so eingenommen von Clover und Napier House, dass ich glaube, es wäre ihr sogar egal gewesen, wenn Clover uns mitgeteilt hätte, wir würden der Gesellschaft der ungebildeten Ignoranten beitreten.

»Er nennt sich der ›Sechs-Uhr-Club‹«, verkündete Clover. »Ganz egal, was tagsüber ansteht, wir treffen uns hier um sechs Uhr zum Tee im Esszimmer.«

»Und was gibt's da dann für Tee?«, fragte ich.

»High Tea«, erwiderte Clover.

»Du meinst Drogen?«, fragte Lucy, nicht ohne einen Schauder der Aufregung.

»Du lieber Himmel, nein. Sicher *nicht*. Ich meine einen High Tea, wie früher bei den Arbeitern, die aus den Fabriken und von den Feldern nach Hause kamen. Ich werde keine dreizehn Gänge auftischen, aber ihr werdet satt werden.«

»Meine Güte! Du meinst also richtige Pasteten und Aufläufe und so?«, fragte ich bewundernd.

»Genau. Freitags ist es für gewöhnlich eine Fischpastete, gefolgt von Treacle Tart.«

Lucy wirkte bestürzt. »Ich dachte, ich könnte hier abnehmen, wenn ich nicht jeden Abend von Imogen vollgestopft werde.«

»Die meiste Zeit wirst du ohnehin unter Strom stehen«, sagte Clover. »Und du von Madame Vernier unterrichtet werden«, fügte sie an mich gerichtet hinzu.

»Von wem?«

»Deiner Haltungs-Lehrerin.« Clover wirkte dabei äußerst amüsiert. »Billy mag es, wenn die Mädchen richtig gehen können. Er glaubt, das verbessert die Stimme. Alle seine Sänger gehen zu Madame.«

»Das hört sich an wie etwas aus dem letzten Jahrhundert«, sagte ich.

»Daran ist nichts verkehrt«, erwiderte Clover. »Ach, und noch etwas. Jedes Mal, wenn ihr jemanden anruft oder einen Anruf erhaltet, müsst ihr das in das Notizbuch neben dem Telefon eintragen.«

»Warum?«, wollte ich wissen.

»Ich stelle die Geschichte des Hauses zusammen, sodass wir zurückblicken, es beklagen und mit den Zähnen knirschen können, wenn es abgerissen wird. Ein Teil dieser Geschichte beinhaltet namhafte Anrufe. Es ist eine Tradition, die anfing, als das Telefon hier installiert wurde, und ich habe nicht vor, mit ihr zu brechen.«

»Ich bin mir nicht sicher, dass wir dir namhafte Anrufe bescheren werden. Es sei denn, Roy und Luke gewinnen doch eines Tages Wimbledon«, meinte ich.

»Tja, in dem Fall werde ich mich wohl an Inigo und seine rätselhafte amerikanische Freundin halten müssen.«

Lucy schaute mich an.

»Wenn ihr mir jetzt bitte gestatten würdet, euch meine Eierbecher-Sammlung zu zeigen«, sagte Clover todernst.

»Eierbecher-Sammlung?«

»Ja. Die meisten frühes Georgianisches Zeitalter, aber ich habe auch ein paar wunderbare spätere Stücke. Meine Großmutter hat damit angefangen. Als kleines Mädchen hatte sie Albträume wegen Humpty Dumpty und seinem grausigen Ende. Sie behauptete, sie könnte ihn retten, wenn sie Eierbecher und Löffel sammelte.«

Sie brachte Lucy auf andere Gedanken und zeigte ihr Dinge, die sie bewundern konnte. Das war der Glanz von Clover. Sie war so rückhaltlos begeistert von Besitz, von *Zeugs;* wie ich später erfahren würde, halfen bei Clover materielle Gegenstände, um emotionale Wunden zu heilen. Sie kehrte Pas Vorträge über die Unwichtigkeit materieller Dinge völlig um.

Um sechs Uhr saßen wir im Esszimmer und aßen Clovers Fischpastete. Sie war erstaunlich gut – von der Art, dass Imogen sich das Rezept notiert hätte. Lucy wollte zuerst keine Treacle Tart, doch als sie sah, wie ich sie verschlang, änderte sie ihre Meinung. Clover aß genau die Hälfte dessen, was auf ihrem Teller war, und erzählte uns von Charlotte Ferris und vom Einkaufen, vom Richmond Park im Herbst und wie man sich über

Billy lustig gemacht hatte, als sie Kinder waren, weil ihre Mutter seine Haare lang ließ.

»Wann kommt Inigo Wallace hierher?«, fragte Lucy unvermittelt.

Clover lachte auf. »Er wird morgen bei Digbys Party sein. Seine Anwesenheit wird allerdings nur körperlich, keineswegs geistiger Art sein. Wenn er arbeitet, dann denkt er nur daran, wann er wieder am Klavier sitzen kann. Manchmal hört man ihn bis spät in die Nacht. Ich habe herausgefunden, dass ein knapper, heftiger Schlag mit Valentine Napiers Jagdpeitsche aus dem Ständer vor seiner Tür gegen eben diese in der Regel ausreicht, damit er aufhört und zu Bett geht. Er hat überhaupt kein Zeitgefühl.«

Manchmal denke ich an diese erste Nacht in Napier House, an die Stille des Salons nach dem High Tea, an die Ruhe der roten Wände, an die Wärme der Nacht, und ich glaube, von allen Nächten dieses Sommers wäre es diese, die ich am liebsten noch einmal durchleben würde. Denn nur ein paar Stunden später wurden wir in das Chaos des modernen, hochgeschossenen, lärmenden Londons geworfen, als hätten die Viktorianer niemals gelebt. Dabei waren sie es, die uns doch überhaupt dorthin gebracht hatten! Als ich in Chelsea im Lieblingslehnstuhl von Clovers Urgroßtante saß – der für sich genommen ein Kunstwerk war –, wurde mir klar, wie weit ich von zu Hause weg war, wie *wenig* ich wusste. Es war, als hätte mir das Augen-Aufmachen und In-London-Ankommen nur gezeigt, wie klein ich war. Ich schaute Lucy an und fragte mich, ob sie es auch fühlte.

22. Kapitel

Digby

Am nächsten Nachmittag stolzierten wir in unseren neuen Klamotten vor Clover auf und ab.

»Nett«, lobte sie, als sie mich in meinem pinkfarbenen Kleid betrachtete. »Genau das, was Billy an seinen Mädchen sehen möchte.«

»Ich mag es nicht«, sagte ich undankbar.

»Warum?«, fragte Clover geduldig.

»Es kratzt.« Das stimmte auch durchaus. Dieses ganze Palaver um die Klamotten hatte mich aufgewühlt, und ich wünschte, ich hätte mehr auf die Reitbekleidung bestanden.

»Alma wäre stolz«, sagte Lucy, die *den* Rock schlechthin trug.

»Ich bin zu klein dafür. Ich sehe lächerlich aus. Es hat keinen Zweck zu versuchen, mit dir zu konkurrieren«, gab ich zurück. Ich wollte mich nicht bockig anhören, doch genau so fühlte ich mich. Lucy war nach London gekommen, um zu *arbeiten*, nicht um die modischsten neuen Klamotten zu tragen und mich völlig auszustechen. Das machte sie schon ausreichend zu Hause.

»Billy mag es, wenn Mädchen nach Mädchen aussehen«, sagte Clover. »Ich mache nur meinen Job.«

Sie schaute mich an, erfasste meinen Gesichtsausdruck.

»Na gut«, seufzte sie. »Wenn du willst, kannst du deine Jeans einpacken. Wenn du um Mitternacht noch auf der Party bist, gebe ich dir die Erlaubnis, dich umzuziehen. Da sind dann alle zu betrunken, um es zu bemerken oder sich dafür zu interessieren.«

Ich rannte die Treppe hinauf, konnte aber keine Jeans finden; ich hatte aus Versehen meine Reithose eingepackt. Doch die zog ich immer noch meiner jetzigen Aufmachung vor. Also stopfte ich sie und die eher schmuddelige weiße Spitzenbluse in die Reisetasche, die Clover überall mit sich herumzuschleppen schien.

Die Tür von Napier House fiel hinter uns ins Schloss.

»Macht euch keine Sorgen über die Verfassung, in der ihr manche von Digbys Bekanntschaften antreffen werdet. Er lädt die schrecklichsten Leute zu sich ein. Gerade wohnt ein Penner namens Caspar bei ihm im Untergeschoss. Zumindest sieht er *aus* wie ein Penner, doch wie die größten Trunkenbolde und gestörten Männer in London nehme ich an, dass er vermutlich O. E. ist.«

»O. E.?«

»Old Etonian – ein alter Eton-Absolvent.« Sie grinste mich an. »Infolge einer grausamen Kindheit muss man sich heute um Digby kümmern, allerdings darf man ihm nicht zu viel Aufmerksamkeit zuteilwerden lassen, sonst wird er albern.« Sie zündete sich eine weitere Zigarette an. »Leider ist er so erfolgreich, dass er sich nicht davon abhalten lässt, ständig zu verkünden, wie wunderbar er ist, also ist er die *ganze* Zeit albern.«

»Du redest von ihm, als wäre er ein Kind«, bemerkte Lucy.

»Er *ist* ein Kind«, bekräftigte Clover. »Was ist das noch mal für ein Quatsch bei den Korinthern, der immer bei Hochzeiten gelesen wird?«

»Kapitel dreizehn«, erwiderte ich unverzüglich.

Lucy und ich liefen Arm in Arm und deklamierten zusammen:

»Als ich ein Kind war,
da redete ich wie ein Kind,
und dachte wie ein Kind,
und war klug wie ein Kind …«

Dann standen wir vor Digbys Haus, und ich zitterte vor Anspannung.

»Als ich aber ein Mann wurde,
tat ich ab, was kindlich war …«

»Genau das ist es«, unterbrach uns Clover und klingelte. »Allerdings hat *er* das Kindliche nie abgelegt. Der Fotoapparat ist einfach nur ein weiteres Spielzeug für ihn.«

»›Wir sehen jetzt durch einen Spiegel ein dunkles Bild‹«, proklamierte ich.

Die Tür wurde geöffnet.

»›Dann aber‹«, fuhr Lucy leise flüsternd fort, »›von Angesicht zu Angesicht‹.«

Sie schaute mich an, drückte meine Hand, und wir atmeten beide noch einmal tief ein, ehe die Tür ganz auf war.

»Du hast vergessen, dir was anzuziehen«, sagte er. »Sehr clever.«

Er musterte Lucys Beine von oben bis unten.

In gespieltem Entsetzen schnappte Lucy nach Luft und hielt sich die Hand vor den Mund. »Ich *wusste*, dass ich etwas vergessen hatte.«

»Sie ist verheiratet«, sagte Clover kurz angebunden, küsste Digby auf beide Wangen und schob sich an ihm vorbei in den Gang.

»Das bin ich auch«, entgegnete Digby O'Rourke. »Mit meiner Kunst.«

Er machte eine tiefe Verbeugung.

»Cherry Merrywell und Lucy Jupp.« Clover wedelte in unsere Richtung.

»*Cherry Merrywell?* Also ehrlich, Babydoll. Das kann doch nicht dein Ernst sein, oder?«, sagte er gedehnt.

»Tödlicher Ernst«, erwiderte Clover schnippisch.

Kaum drinnen, schüttelte sie ihren Mantel ab und wurde sofort von einem barfüßigen Mann im Motorradoutfit mit Beschlag belegt. In der hintersten Ecke der Ganges rangen zwei als Indianer verkleidete Männer miteinander auf dem Boden, konnten sich vor lauter Lachen kaum mehr halten. Digby lachte auch und schaute mich zum ersten Mal an.

»Du bist Billys letzte Entdeckung?«, fragte er, zündete sich gleichzeitig eine Zigarette an.

»Ich … äh …«

Er musterte mich, als wäre ich ein Pferd, das er eventuell erstehen wollte.

»Clover hat so eine Angewohnheit, die Mädchen, die am interessantesten aussehen, in die langweiligsten Klamotten zu stecken«, sagte er. Da ich unschlüssig war, ob das nun ein Kompliment oder eine Beleidigung sein sollte, stand ich einfach nur da und starrte ihn wie ein prämierter Schwachkopf an.

»Wie auch immer, ich nehme an, Billy-Boy hat das Heft in der Hand, oder? Also hat sie keine Wahl und du damit auch nicht. Na dann, kommt rein«, sagte er.

Mit seinem kastanienbraunen Haar, den merkwürdigen Socken und den harten grünen Augen, die glitzerten wie die Glassplitter, die wir am Ende des Sommers am Strand von St. Ives immer fanden, bestand Digby zu zwei Teilen aus Verlorener Junge und zu einem Teil aus Captain Hook. Das Chaos, von dem Clover gesprochen hatte, war so augenscheinlich, dass man bereits nach den ersten dreißig Sekunden das Gefühl hatte, als hätte jemand den Boden um fünfundvierzig Grad gedreht, die Lautstärke des Plattenspielers hochgedreht, ein tödliches Gift in unsere Drinks gekippt und uns auf eine knarzende Bühne geschickt, um dort einen Monolog zu deklamieren, ohne dass wir Zeit gehabt hätten, den Text zu lernen. Rückblickend kann ich sagen, dass das vermutlich eine angemessene Beschreibung dessen ist, was uns *tatsächlich* widerfahren war. Er war klein und gedrungen, sommersprossig mit ebenmäßigen Gesichtszügen, durchaus schön, aber nicht so umwerfend wie Inigo, dabei verströmte Digby eine Wildheit, die ich bei meinem Bruder George wahrgenommen hatte, ehe er sich entschloss, Pa in die Kirche zu folgen – bereue oder verausgabe dich. Digby war immer noch beim Verausgaben.

Für gewöhnlich war Lucy nicht geneigt, mit Männern zu sprechen, die so viel kleiner waren als sie, aber bei Digby sah es ganz danach aus, als würde sie eine Ausnahme machen. Er führte uns durch den Flur, und Lucy konnte einfach nicht widerstehen, das zu tun, was sie immer tat.

Sie linste die Treppe hinauf. »Vier Schlafzimmer?«

Digby strahlte sie an. »Fünf, wenn man das Gästebadezimmer mitrechnet. Dort sind schon so viele Gäste über Nacht kollabiert, dass es durchaus verdient hat, mit eingerechnet zu werden, finde ich.«

»Küche im Erdgeschoss?«

Digby lachte. »Ich habe noch nie eine so attraktive Maklerin wie dich gesehen.«

Na prima, dachte ich.

Lucy lachte und fuhr sich durch das kurze Haar. »Tut mir leid, ich kann einfach nicht anders.«

»Sie hat ein fotografisches Gedächtnis für Häuser. Ist ihr Markenzeichen«, sagte ich.

Digby sah beunruhigt aus. »Fotografisches Gedächtnis? Um Himmels willen, besser du als ich. Ich habe ein erstaunliches Talent, das meiste zu verdrängen, was mir tagein, tagaus widerfährt.«

»Wie kommt es, dass alle hier so wahnsinnig viel Geld haben«, wollte Lucy wissen.

»Das haben sie gar nicht«, berichtigte Digby schnell.

»Du und Clover, ihr habt beide beeindruckende Häuser«, sagte meine Schwester ohne einen Hauch von Verlegenheit.

»Sicher, aber das hat nichts mit uns zu tun. Clover gibt ihr Bestes, um ihres zu erhalten, während ich mein Bestes gebe, um meines in großem Stil herunterzuwirtschaften. Du willst das richtige Chelsea sehen, Püppchen? Dann musst du dir die Wohnung meines Freundes Elmo weiter unten die Straße ansehen.«

»Elmo?«

»Ach, nenn ihn einfach Brian«, sagte Digby herablassend. Dann schaute er mich an. »Ich hab gehört, du hast auf der Hochzeit des Jahres gesungen.«

»In der Kirche. Nichts Besonderes. Ich habe nur Matilda einen Gefallen getan.«

Digby lachte laut.

»Billy nimmt eine Platte mit dir auf?«

»Ja. Inigo Wallace schreibt die Songs.«

Digby grinste. »Verflucht aber auch. Ich sehe dich dann in den Pop-Charts, Baby.«

Ich lachte, und mir wurde gleichzeitig erschreckend klar, dass er es ernst meinte! Und nie zuvor hatte ein Wort, das ich zuvor immer mit meinen jüngeren Brüdern assoziiert hatte, die einander damit zum Weinen brachten, als so süß empfunden. *Baby*. Mit einem Mal war ich Claudette und Peggy Sue und Little Susie, alle in einer Person, und ich hätte mir genauso gut flüssige Verzückung intravenös verabreichen können.

Ich riss mich zusammen, öffnete den Mund, um etwas zu sagen wie: *Die Pop-Charts sind bereits zu voll, um meine Wenigkeit auch noch aufzunehmen*, aber ein Mädchen mit großen braunen Augen und kastanienbraunen Korkenzieherlocken, mit einem Tweed-Twinset und einem Rock, hatte sich Digby bereits geschnappt. Sie kollabierte in seine Arme, war den Tränen nahe. Man konnte sie bis zum Napier House zurück hören.

»Ich habe nur drei Seiten im Editorial bekommen«, jammerte

sie. »Und die *Fotos*, die sie ausgewählt haben! Du weißt schon, sie haben das eine genommen, auf dem ich diese schreckliche gelb-pinkfarbene Bluse anhatte, die, die … du weißt schon …« Sie gestikulierte wild um ihre Brust.

»Die Bluse, die deine Titten plattgedrückt hat?«, fragte Digby ernst.

»Ja!«

»Mit der mauvefarbenen Hose, die deine Hüften breit wirken lässt?«

Sie nahm einen Schluck von ihrem Drink, zog eine Grimasse und fuhr fort: »Wenn ich nur daran *denke*! Wir haben diese ganzen Fotos draußen im Park gemacht – mit – mit den Enten bei dem runden Teich und dem Obdachlosen mit dem Hund, kaum geschminkt und alles – und du hast gesagt, sie würden *die* nehmen! Du hast gesagt, *die* gehören auf das Cover!« Jetzt klang ihre Stimme fast hysterisch. »Aber sie waren schrecklich! Alle bei der *Vogue* haben das gesagt! Sie sagen, du musst dicht gewesen sein, dass du mich so fotografiert hast!«

Digby wirkte völlig unbeeindruckt.

»Es waren tolle Fotos«, sagte er ohne Reue. »Hör zu, Puppe. Die Typen könnten echten Stil nicht erkennen, wenn er rot angemalt in ihrem Büro aufkreuzen und sie in den Arsch beißen würde. Du brauchst nur zu wissen, dass ich recht hatte. Das *waren* die besten Aufnahmen. Wenn sie die nicht auswählen, dann ist das *ihr* Problem.«

»Aber es ist auch *mein* Problem! Ich wollte einfach nur auf dieses verfluchte Cover! Ich habe es Mum und Dad und allen gesagt! Hättest du es bloß nicht abgelehnt, mich in diesem lindgrün-beigefarbenen Sommerkleidchen abzulichten.«

»Glaub mir, dafür wirst du mir in zehn Jahren danken.«

»Aber … aber … aber …!« Sie war jetzt so laut, dass wir unmöglich so tun konnten, als würden wir sie nicht hören. Sie genoss das, hätte Pa gesagt.

Digby hob die Augen zum Himmel und legte den Arm um das Mädchen.

»Ich kann dich gut verstehen, Baby«, sagte er. »Genau wie der Rest der Welt«, fügte er freundlich hinzu.

»Ich hatte so große Hoffnungen.«

»Ich weiß. Und diese Mistkerle hatten dir das Cover zugesagt. Ich werde mit Nicky sprechen«, sagte Digby, sprach endlich das aus, was sie hören wollte, wohl mehr, um sie loszuwerden, als aus einem anderen Grund, wie mir schien. Wieder warf sie sich ihm an den Hals. Digby blickte mich über ihre Schulter an, rollte die Augen und zwinkerte mir zu. Überrascht trat ich einen Schritt zurück und landete auf Clovers Fuß.

»Oje, das tut mir jetzt leid«, japste ich.

»Hier«, raunte Clover mir zu und wickelte einen Riegel von Cadbury's Dairy Milk aus dem Papier.

»Digby glaubt, wenn man ein so wunderschönes Haus hat, muss man niemanden mehr verköstigen. Damit liegt er falsch. Kommt«, fügte sie hinzu und reichte mir ein Stück. »Behalte deine Füße bei dir und lutsch daran, wenn wir hineingehen. Das bringt deine Wangenknochen zur Geltung.«

Der Holzboden des Ballsaals in Cheyne Walk war fast vollständig mit vermutlich unbezahlbaren Teppichen ausgelegt, die riesige Brandlöcher von Zigaretten aufwiesen, wodurch ihr Reiz aber irgendwie noch unterstrichen wurde. Einen Moment blieben wir auf der Schwelle stehen, sodass uns noch keiner sehen konnte, und beobachteten alles. Die Vorhänge waren zugezogen, wohl ein Versuch, dem Sommer zu trotzen, und somit waren alle Gesichter in orangefarbenes Dämmerlicht getaucht. Das hier hatte nichts von der effizienten, selbstbewussten Modernität von Billys Wohnung. In diesem Haus ging es nur um Nacht und die Romantik vergangener Jahre. Es erinnerte mich an Trellanack; die Atmosphäre selbst schien von derselben leichtfüßigen Schönheit, derselben einzigartigen englischen Magie erfüllt zu sein. Es hätte mich nicht überrascht, wenn

Eulen durch den Saal geflogen wären und in der Küche ein großer Kessel vor sich hin geblubbert hätte. Wie Trellenack lebte dieser Ort. Das hier war das Zentrum des Universums, dachte ich. Funken schienen von den Wänden zu stieben.

»Kommt«, sagte Clover.

Plötzlich erfüllte der ohrenbetäubende Lärm der Party meine Ohren. Es war so donnernd und beängstigend, wie wenn man von einer Welle nach unten gerissen wird und einen Mundvoll Meerwasser schluckt. Ich schnappte nach Luft, und Clover schaute sich um.

»Schaut nur, wie sie den Rock anstarren«, verkündete sie glücklich. »Ich hoffe, Charlotte entschließt sich aufzutauchen – dann kann sie im Glanz des Ruhms untergehen. Lasst uns zu Billy rübergehen.«

»Wo ist er?«, fragte ich sie. Mit einem Mal dachte ich, ich bräuchte Billy, bräuchte irgendeine Bestätigung, dass ich hier sein durfte.

»Er ist da drüben, in der Ecke.«

»Ich kann ihn nicht sehen«, sagte Lucy.

»Das kann ich auch nicht, aber ich weiß, dass er da sein wird«, versicherte Clover.

Also machten wir uns auf den Weg. Es war wie der Moment in *Gigi*, wenn alle einen Moment lang schweigen und versuchen herauszufinden, mit wem Maurice Chevalier im Maxim's aufgekreuzt ist. Es war, als würde ich eine andere Spezies betrachten – diese Londoner Kreaturen waren klein und dünn, die Wimpern ganz steif vor Tusche, lange Finger, die mit Zigaretten und Cocktailgläsern beschäftigt waren. Es gab unzählige Mädchen, die so angezogen waren wie ich, aber keine einzige, ganz egal, wie anders sie aussahen, trug etwas, das der Kleidung meiner Schwester ähnelte. Billy war genau dort, wo Clover gesagt hatte, dass er sein würde, lachte und rauchte dünne Zigarren mit zwei Jungs mit zerzaustem Haar in zueinander passenden Anzügen.

»Theo, Daniel – das ist Cherry Merrywell«, sagte Billy. »Und das ihre Schwester Lucy. Sie kommen aus Cornwall.«

»Teufel noch mal! Was ist das denn für ein Name, Cherry Merrywell?«, fragte Daniel.

Lucys Aufzug lenkte ihn von meinem Namen ab.

»Wo hast du den Rock her?«, fragte er sie. »Oder vielleicht besser den nicht vorhandenen?«, fügte er noch rasch hinzu.

»Von Cee-Cees«, antwortete Lucy.

»Der ist für sie angefertigt worden«, unterbrach Billy.

»Das sehe ich«, erwiderte Theo.

Billy zündete sich eine Zigarette an und reichte sie Lucy, als Nächstes zündete er eine für mich an. Dann ging er weiter. Aber das war alles, was er tun musste. Theo hatte alles kapiert. Diese winzige Geste, die nur einen kurzen Moment dauerte, hatte alles ziemlich deutlich gemacht.

Es war egal, ob wir Tänzerinnen oder Sängerinnen waren – warum nicht gleich Streichholzverkäuferinnen an der Straßenecke? –, es ging darum, dass wir auf einmal *jemand* waren. Billys Name öffnete einem nicht nur Türen, sie wurden einem aufgehalten, wenn man noch einen knappen Kilometer Gang vor sich hatte. Aber es war Lucy, die über Ausstrahlung verfügte. Sie war diejenige, mit der die Leute sprechen wollten.

»Was macht ihr hier in London?«, fragte Theo sie.

»Tara – also, ich meine *Cherry* – nimmt eine Platte mit Billy auf.« Nett lenkte sie die Aufmerksamkeit auf mich, was aber eher peinlich als hilfreich war.

»Nicht schlecht«, seufzte Theo. »Dann musst du gut sein.« Wieder an Lucy gerichtet, fragte er hoffnungsvoll: »Bist du auch eine Sängerin?«

»Herrje, nein. Ich arbeite für Clover Napier«, sagte Lucy. »Wir versuchen ihr Haus zu erhalten, oder wenigstens seine Existenz in einer gewissen Reihenfolge zu katalogisieren.«

Entsetzt schaute Theo sie an.

»Du *magst* solches Zeug?«

»Du etwa *nicht*?«, grinste Lucy.

»Ich war letztes Jahr zu einer von Clovers außergewöhnlichen Abendgesellschaften ins Napier House eingeladen. Ich schwöre bei Gott: In dem Haus spukt es. Als ich ins Badezimmer gegangen bin, hatte ich das Gefühl, jemand beobachtet mich.«

»Das ist deshalb so, weil man dich tatsächlich beobachtet hat, Schätzchen«, sagte Daniel. »Du weißt ganz genau, dass Margot und Clive dir seit dem Vorfall in Puerto Banus misstrauen.«

Mit einem Mal machte Theo ein langes Gesicht.

»Ach, verdammt!«, flüsterte er, reichte Daniel seine Zigarre und rollte die Ärmel hoch. »Jennifers grässlicher West Highland pinkelt auf meinen Mantel! Ich wusste, dass es ein Fehler war, ihn dort unbewacht zu lassen. *Yves Saint Laurent!*«, brüllte er, die Fäuste zum Kampf erhoben, und sprintete durch den Saal, stieß die Leute zur Seite. Daniel schnappte nach Luft, hielt sich erschrocken die Hand vor den Mund und eilte ihm nach.

Ungläubig schauten Lucy und ich uns an.

»Ich wollte schon immer wissen, ob die Männer in London genauso dumm sind wie zu Hause. Jetzt habe ich eine Antwort darauf«, sagte sie.

»Wünschst du dir, Raoul wäre hier?«

»Mit dem eingegipsten Bein? Ganz bestimmt *nicht*.«

»Das meinte ich nicht. *Fehlt* er dir?«

»Kannst du nicht mal einen Moment aufhören? Vielleicht ist das alles aus einem bestimmten Grund passiert. Napier House, hierherzukommen und all das …« Wütend schaute Lucy mich an, als hätte sie zu viel gesagt.

»Was meinst du mit einem *bestimmten Grund*?«

Lucy kam um die Antwort herum, weil ein Mann mit einer Python um den Hals zu uns trat, um uns nachzuschenken. Ich wäre fast zu Tode erschrocken.

»Kein' Angst«, sagte er mit starkem französischen Akzent. »Das is' Bernie. 'at noch nie jemanden verletzt, auch wenn sie aussieht, als könnte sie das.«

Ich entfernte mich von Lucy und von der Schlange, kämpfte gegen den schrecklichen Drang an loszuweinen. Ich beschloss, nach draußen zu gehen. Hinaus in die Londoner Nacht. Außerdem würde das auch keinem auffallen. Ich trat in den Gang, war gerade im Begriff, die Haustür zu öffnen, als Digby auftauchte und zum zweiten Mal mit mir sprach.

»Du bist fast zu jung, um nachts allein draußen herumzuhüpfen«, sagte er und reichte mir ein volles Cocktailglas. »Wie alt bist du überhaupt? Neunzehn? Zwanzig?«

»Siebzehn.«

Er pfiff durch die Zähne. »Billy traut sich was, das muss ich schon sagen.«

»Ich weiß nicht, was du damit meinst.«

Mit einem Mal schaute er mich ernst an.

»Wohin willst du? Du kannst noch nicht so früh gehen.«

»Oh, ich gehe nicht. Ich wollte nur Zigaretten kaufen.«

»Gute Idee. Ich komme mit.«

Überrascht lachte ich.

»Lass mich nur schnell einen Mantel …«

»Ich habe nicht gemeint, dass du mitkommen …«

Doch er ließ sich nicht aufhalten – das war offensichtlich. Er zog einen langen, leuchtenden pinkfarbenen Mantel in schillernder Seide an.

»Gehört der dir?«, fragte ich ihn irrsinnigerweise.

»Natürlich nicht.« Prüfend blickte er sich im Spiegel an und fuhr sich durch die Haare. »Komm.«

Er schnappte sich eine karierte Decke unter ein paar Schuhen neben der Treppe. Ich nahm einen großen Schluck aus dem Cocktailglas, der nach Orangensaft schmeckte und einen merkwürdig ledrigen Beigeschmack hatte, und wir stolperten aus Cheyne Walk hinaus in die Nacht. Digby lief schnell.

»Diorissimo«, sagte er und zog ein kleines Parfümfläschchen aus dem rätselhaften Mantel. »Und eine Einkaufsliste«, fügte er hinzu. »Ich habe immer geglaubt, das gäbe es nur bei *Coronation Street*.«

»Es vergeht kein Tag, an dem meine Schwester Imogen keine schreibt.«

»Zahnpasta, Gesichtscreme von Ponds, Nagellackentferner …« Er lachte und roch an dem Parfümfläschchen.

»Kate Wentworth«, sagte er, ohne zu zögern. »Ich habe sie letzte Woche für den *Tatler* abgelichtet – irgend so einen Mist über Leute, die sich gleichermaßen auf dem Land und in der Stadt zu Hause fühlen, was völliger Schwachsinn ist, da Kate Wentworth in etwa so viel Teil des Landlebens ist wie dieser lächerliche Kran auf dem Ding, das sie Post Office Tower nennen. Weißt du, dass er jetzt fast größer als St. Pauls ist? London verschlingt sich selbst, wirklich. Nicht, dass mir das etwas ausmachen würde, solange ich die Fotos davon mache.«

»Mein Schwager war letztes Jahr hier, um dagegen zu demonstrieren, dass sie den Euston Arch demolieren«, sagte ich stolz.

»Wie schön für ihn. Und wie völlig sinnlos. Komm, wir gehen zur Brücke.«

Der pinkfarbene Mantel sah absurd aus, vor allem, weil die Person, die darin steckte, mit einem Akzent sprach, neben dem sich Artful Dodger wie der Prinzregent angehört hätte, doch die ganze Aufmachung verlieh Digby einen merkwürdigen, bedrohlichen Charme. Ich war auf einmal ganz glücklich, dass er mich begleitete. Er wirkte stark, als würde er London personifizieren. Er wandte den Blick wieder von mir ab und ging weiter.

»Ich hasse es, Partys zu geben. Aber ich vergesse immer, dass ich es hasse, also gebe ich immer wieder eine.«

»Würde ich in einem Haus wie deinem leben, würde ich mich schuldig fühlen, wenn ich es nicht mit allen, die ich kenne, teile.«

»Das wäre eine Sache. Aber wenn es voller Leute ist, die ich *nicht* kenne, dann ist das Ganze ein verdammt großes Ärgernis.«

»Ich bin mit Billy hergekommen.«

»Bist in ihn verliebt, nehme ich an«, sagte er gähnend.

»Sei doch nicht albern«, erwiderte ich gereizt. »Er hat gerade geheiratet.«

Digby schnaubte. »Weißt du, dass er sich die Wimpern färbt?«

»Du hast es nötig! Du trägst einen Damenmantel!«

Digby posierte, die Hüfte zu mir ausgedreht. »Steht mir sehr gut, findest du nicht, Miss Merrywell?«

»Nicht von da, wo ich stehe.«

Wenn ich aufgeregt war, war ich hibbelig und nahm kein Blatt vor den Mund, genau wie damals, als ich dabei erwischt wurde, wie ich die Ponys von anderen ausborgte. Digby lachte nur.

Schweigend liefen wir etwas weiter, und ich dachte darüber nach, wie seltsam es war, neben jemandem herzulaufen, neben dem ich mich nicht klein und zwergenhaft fühlte, und ich genoss dieses Gefühl mehr, als ich gedacht hätte.

»Diese Schuhe gehören Clover und sind mir zu klein. Von denen bekomme ich Blasen«, presste ich zwischen den Zähnen hervor.

»Dann zieh sie doch aus.«

Also zog ich sie aus, und Digby wickelte sie in die Decke ein und warf sie sich über die Schulter. Seine Schritte waren schwer wie die von Dick Whittington, der im Mittelalter mal Bürgermeister, mal Sheriff von London gewesen war. Ich watschelte barfuß über den Gehsteig, was sich verboten anfühlte und vermutlich die beste Möglichkeit war, um sich eine seltene durch Wasser übertragene Krankheit einzufangen, doch das war mir egal – nichts hätte so ansteckend sein können wie London selbst in dieser Nacht. Womit ich nicht gerechnet hatte, war Londons Schönheit. Die Albert Bridge erstreckte sich vor uns wie der Hintergrund einer Illustration von Mabel Lucie Attwell – ganz bestimmt gab es hier auch Feen und Kobolde, die im Schein der Straßenlaternen tanzten.

»Oh, London«, sagte ich atemlos. »Mir vorzustellen, dass es dich schon die ganze Zeit gab und ich keine Ahnung hatte, wie wunderschön du bist…«

»Das ist nicht wirklich London, Baby«, sagte Digby freundlich. »Das ist Chelsea. Aber nimm dieses Bild mit nach Hause, wenn du magst. Es ist schöner als die Unterseite des East End.«

»Kommst du von dort?«

Er nickte. »Mein Dad lebt noch immer dort, rackert sich in Hoxton den Arsch ab.«

»Was macht dein Vater?«, fragte ich, hatte den Eindruck, wie eine Debütantin zu sprechen.

»Er verkauft Teppiche. Denkt, ich wäre ein piekfeiner Penner, jetzt, wo ich hier wohne.«

Ich lachte. Keiner könnte sich weniger nach einem piekfeinen Penner anhören als Digby.

»*Mein* Dad rackert sich auch den Arsch ab.« Ich errötete, als ich das aussprach, und spürte den Nervenkitzel, den das Echo von Digbys Worten in meinem ganzen Körper hervorrief. »Und ist so dickköpfig wie ein Esel.«

»Wo bist du aufgewachsen?«

Ich stellte mir das Pfarrhaus vor, das unerschütterlich am Ende des Dorfes stand, den erbarmungslosen Einfluss der Zeit und des Fortschritts unbekümmert ignorierte, gleichgültig gegenüber den Jahren, die vorübergingen.

»Cornwall«, sagte ich. »Mein Vater ist Pfarrer, also leben wir im Pfarrhaus.«

»Pfarrer«, sinnierte Digby, als hörte er das Wort zum ersten Mal. »Das Pfarrhaus. Ich wünschte, ich wäre etwas gottesfürchtig.«

»Ich nehme an, Gott fürchtet Pa vermutlich mehr, als das anders herum der Fall ist.«

»Das ist bestimmt nett zu wissen. Seine Grenzen zu kennen. Nach den Vorschriften leben und all das. Bist du gläubig?«

»Ich glaube an meinen Vater, also ja.«

»Ich weiß nicht«, meinte Digby. »Ich bin mir nicht sicher, ob das als Grund ausreicht.«

»Tut es, hat es immer schon. Was ist mit deiner Mutter?«, wollte ich wissen.

Digby blieb stehen.

»Schwierig«, sagte er. Er zögerte und fuhr dann fort: »Sie wurde umgebracht, ist aus einem Fenster gestürzt. Sie war vierundzwanzig. Ich war fünf. Ist vier Etagen nach unten gestürzt.«

»Gestürzt?«

»Man hat sie gestoßen.«

»Gestoßen?«

»Der beste Freund meines Vaters, ein Typ namens Alan James. Er arbeitete mit Dad, verkaufte Teppiche. Tja, Mum hatte eine Affäre mit ihm. Ich war erst fünf, aber ich wusste es verflucht noch mal – so wie man immer alles weiß, was man wissen muss, wenn man klein ist und die meiste Zeit ignoriert wird. Sie haben sich gestritten, er hat sie gestoßen, und sie ist durch das offene Fenster gestürzt. Ich war da, hab gesehen, was passiert ist. Doch mein Wort stand gegen das eines ausgewachsenen Mannes. Er hat es so dargestellt, als hätte sie sich hinausgestürzt. Ist damit durchgekommen. Aber ich wusste, dass er es war. Der Scheißkerl.« Ihn schauderte. »Dad ging es so schlecht nach ihrem Tod, dass er zwei Jahre nicht mehr gearbeitet hat. Saß nur in der Kneipe und hat bis zum Vergessen getrunken und über Mum geredet, als würde sie die ganze Zeit über ihn wachen. Meine Tante Jackie hat mich ihm nach sechs Monaten weggenommen. Hat gesagt, die Kneipe wäre kein Ort für einen kleinen Jungen, und wahrscheinlich war das auch gut so. Als ich so um die sechs Jahre alt war, konnte ich ein Pint einschenken und habe mich von den Krümeln in den Chipspäckchen ernährt.«

»Wohin hat sie dich gebracht?«

Digby grinste.

»Tante Jackie hat für die alte Lady in Cheyne Walk gearbeitet. Die alte Dame stirbt, Jackie erbt das Haus und alles darin. Sie will, dass ich bleibe, aber ich gehe zurück zu meinem Dad, und er ist so glücklich, dass ich zurück bin, dass er mir zu meinem neunten Geburtstag einen alten Fotoapparat schenkt. Zehn Jahre später, mit neunzehn, versuche ich der Welt klarzumachen, dass ich weiß, was ich mit einem Stativ und einer Linse mache – da stirbt Tante Jackie. *Ich* erbe das verfluchte Haus in Chelsea. Eine merkwürdige Art der Gerechtigkeit, findest du nicht?«

»Das tut mir leid.« Diese Geschichte hatte mich halb aus dem Gleichgewicht gebracht, halb vernebelte sie mir die Sinne. »Meine Mutter ist auch tot.«

Er schaute mich an und schien in meinem Gesicht nach etwas zu suchen, das ihm einen Hinweis darauf geben könnte, wie wir dahin gelangt waren, wo wir waren: leicht betrunkene, mutterlose Fremde auf dem Chelsea Embankment, die sich ihre Geschichten erzählten.

»Ich weiß nicht, warum ich dir dieses ganze Zeug erzähle«, sagte er.

»Oh, mach dir mal keine Sorgen«, erwiderte ich rasch. »Anscheinend habe ich eines dieser Gesichter, dem die Leute einfach ihre Geheimnisse anvertrauen müssen. Mein Bruder George sagt, das sei ein großes Geschenk.«

»Ich kann Leute nicht ausstehen, die alles von sich preisgeben. Man muss es bei sich behalten, wo es sicher ist. Ich hasse die Dramen anderer Menschen«, stieß Digby heftig hervor. »Hatte selbst genug davon.« Er lachte und zog den Ärmel des pinkfarbenen Mantels hoch, um eine Narbe oberhalb seines linken Handgelenks zu zeigen.

»Tante Jackie war ziemlich aufbrausend«, sagte er leise. »Hat mich eines Nachmittags an der Badezimmertür festgebunden und mich dort zurückgelassen, während sie Hüte einkaufen ging.«

Ich starrte ihn an. »Das ist ja schrecklich.«

Einen Moment sah er wütend aus, dann fuhr er sich wieder durchs Haar.

»Eigentlich nicht. Ich meine, ich war damals ziemlich unmöglich, aber was ist da jetzt schon dabei? Was einen nicht umbringt, härtet einen ab, wie ich von all denen weiß, die ich kenne und die aufs Internat gegangen sind.« Trotzig schaute er mich an. »Ich rede niemals über diesen ganzen Mist. Mit niemandem. Wenn du mehr Geschichten hören willst, musst du das Haus fragen. Häuser wissen immer die Wahrheit.«

Digbys Gesicht hatte sich völlig verändert, es sah aus, als hätten ihn seine Beichten während der letzten Minuten ganz erschöpft. Er nahm sich eine Zigarette, und sein Blick wurde undurchdringlich; als würde eine Wolke darüber hinwegziehen, und ich spürte, wie er um seine Fassung rang.

»Das Pfarrhaus ist vermutlich richtiggehend genervt von uns«, schnatterte ich jetzt los, um dieses seltsame Gefühl, das ich verspürte, auszublenden. »Ich nehme an, es sehnt sich nach einer netten, besonnenen Familie, die sich darum kümmert. Wenn ich ein Haus wie das unsere wäre, dann würde ich ein paar ordentliche Geister engagieren, um uns so schnell wie möglich loszuwerden, wobei selbst das vermutlich nicht funktionieren würde. Roy und Luke wären begeistert, in einem Haus zu leben, in dem es spukt, Imogen hätte Mitleid mit ihnen und würde sich mit ihnen zusammensetzen und über ihre Gefühle sprechen wollen. Florence hat vor nichts Angst, und Lucy würde die gut aussehenden von ihnen verführen. Jack dem Vagabunden wäre das so oder so egal, und George würde versuchen, sie mit Versen aus dem Buch Hiob auszutreiben.«

»Heiliger Bimbam! Wie viele seid ihr denn?«

»Acht Kinder, wenn man uns noch so bezeichnen kann.«

»Himmel! Und dein Vater ist Pfarrer.«

»Ich weiß.«

»Ich bin mit der Nichte eines Pfarrers zur Schule gegangen. Sie war das erste Mädchen in meiner Klasse, das mir ihre Titten gezeigt hat. Sehe sie noch immer, wenn ich nach Hause gehe.«

»Ich denke mal, dass *sehen* ein Euphemismus ist«, sagte ich affektiert.

Digby grinste mich an. »Du siehst nicht so aus, als würdest du deine Brüste ohne triftigen Grund herumzeigen.«

»Ich weiß«, erwiderte ich bedrückt. »Ich habe gehört, wie Inigo Wallace zu Billy gesagt hat, ich würde ganz danach aussehen, dass ich nicht wüsste, was ich tun sollte, wenn mich ein Mann zum Tee ausführte.«

Digbys Lippen zuckten – ich sah, dass er zu gerne gelacht hätte.

»Er kennt mich nicht«, sagte ich wild. »Kein bisschen.«

»Ich würde das, was er gesagt hat, als Kompliment auffassen«, meinte Digby. »Über mich hat er sehr viel Schlimmeres gesagt.«

Überrascht schaute ich ihn an. »Warum?«

Er antwortete nicht darauf, sondern zog ein Päckchen Minzbonbons aus der Hosentasche und bot mir eines an. Dann saßen wir da, redeten nicht viel und kauten. Wer nicht wagt, der nicht gewinnt, dachte ich. Digbys sonderbare Geschichten von Mord im East End und die Wut, die ich gegenüber Inigo Wallace empfand, hatten sich mit dem berauschenden Gefühl des *Carpe Diem* verbunden, das mich seit Mas Tod verfolgte. Das Verlangen, etwas mit dieser einfachen Situation anzufangen, überwältigte mich. Er war ein Junge, ich ein Mädchen.

»Würdest du mich küssen?«, fragte ich Digby schnell.

»Wie war das?« Er drehte sich zu mir und lachte, als hätte er sich verhört.

»Würdest du mich küssen?«, wiederholte ich.

Ich spürte mein Herzklopfen bis in den Mund, wollte es ausspucken. Ehe ich länger darüber nachdenken konnte, beugte ich mich nach vorn und berührte seine Lippen mit meinen. Digby schaute mich an, unsere Stirnen berührten sich.

»Süßes Ding. Du weißt, ich werde nicht gerade besonders als ideales Startpaket empfohlen.«

»Das ist mir egal«, sagte ich.

Und so, wie er mich in seine Arme zog, stellte Digby eindeutig klar, dass es auch ihm egal war. Halb erschreckt, halb freudig legte ich meine Hände vorsichtig um seinen Nacken. Er fühlte sich so stark an – mir war klar, dass er mich im Handumdrehen überwältigen konnte, wenn er das wollte, außerdem war ich ihm doch gerade zum ersten Mal begegnet. Imogen wäre entsetzt, musste ich denken, dann verdrängte ich diesen Gedanken schnell wieder.

Digby wusste, was er tat, so viel stand fest. Da war nichts von der ungeschickten Unbeholfenheit, die ich nach Lucys Geschichten über das Küssen mit Dorfjungen erwartet hätte. Ich war geradewegs zum Besten gegangen, was auch gut war, und ich hatte keine Ahnung, was als Nächstes kommen würde. Berauscht von meinem Champagner und meiner Cleverness, hätte Digby die Situation da und dann ausnutzen können, aber er war zu klug dafür.

»Wir sollten zurückgehen«, sagte er schließlich, strich mir die Haare aus dem Gesicht. »Ich will nicht, dass du morgen früh aufwachst und etwas bedauerst.«

»Oh, das würde ich nicht bedauern.«

Ich schaute in seine grünen Augen, und plötzlich überkamen mich Gewissensbisse und Scham. »Es tut mir leid«, stammelte ich. »Ich hätte dich nicht bitten sollen, mich zu küssen.« Ich ließ den Kopf hängen, hatte Pas bestürztes Gesicht vor mir.

»Cherry Merrywell«, sagte Digby. »Du bist nicht hier aus der Gegend, was?«

Schüchtern blickte ich ihn an. Er war Models, Schauspielerinnen und die Schönen der Gesellschaft gewohnt. Was auf aller Welt war da die kleine Tara Jupp für jemanden wie Digby O'Rourke?

»Was du gerade getan hast, verlangt nach keiner Entschuldigung«, sagte er, ergriff meine Hand und brachte mich rasch zum Haus zurück. »Und es hat den Vorteil, dass es durchaus etwas ist, was Inigo Wallace bis aufs Äußerste verdrießt«, fügte er hinzu. »Er hasst es, wenn er sich irrt.«

Wir lachten von da, wo wir gerade standen, den ganzen Weg am Fluss entlang zurück bis zu Digbys Haus.

23. Kapitel

Sit Down, You're Rockin' the Boat

Wir kamen durch die Haustür, er hielt meine Hand noch immer fest. Wir waren etwas länger als eine Stunde weg gewesen, aber es hätten genauso gut drei Wochen sein können. Drinnen nahm Digby das halb volle Champagnerglas und reichte es mir. Es hatte sich etwas erwärmt.

»Du suchst besser deine Schwester«, sagte er sanft.

Er zündete sich eine Zigarette an. In dem Moment kam Inigo in den Gang. Er blieb stehen, als er uns sah.

»Wir sind kurz zum Rauchen rausgegangen«, sagte ich abwehrend.

»Kurz trifft es wohl kaum. Ihr wart fast eine Stunde weg.«

Digby schüttelte sich Kate Wentworths Mantel von den Schultern und warf ihn auf den Berg der anderen.

»Wir haben die Zeit vergessen«, sagte er.

»Klar doch.«

Digby grinste mich an und warf mir einen Kuss zu, ehe er davoneilte.

»Wir sind nicht hierhergekommen, damit du mit ihm abhaust«, sagte Inigo.

»Ich hätte gedacht, du wärst einverstanden. Billy will ja, dass ich mich unter die Großen und Wichtigen mische.«

»Nicht *so* daruntermischen«, sagte Inigo. »Und ob Digby O'Rourke groß oder wichtig ist, das muss noch ernsthaft erörtert werden.«

»Billy sagt, er ist ein Genie.«

»Wenn du glaubst, dass Kunst darin besteht, jemandem einen Fotoapparat vors Gesicht zu halten und auf den Auslöser zu drücken.«

»Das ist nicht mehr oder weniger Kunst, als wenn man fünfzig identische Songs mit drei Akkorden über Teenagerliebe schreibt.«

Kurzzeitig dachte ich, Inigo würde etwas nach mir werfen. Stattdessen lachte er aber.

»Touché«, sagte er.

Er nahm mir das Champagnerglas aus der Hand und trank es aus.

»Hey! Warum hast du das gemacht?«

»Du musst morgen singen. Da solltest du heute Abend nichts mehr trinken.«

»Genauso wenig wie du.«

»Ich bin ein guter Betrunkener. Ich schreie keine Leute an, versuche auch nicht Mädchen zu küssen oder falle um.«

»Warum machst du es dann überhaupt?«

»Es stumpft einen etwas ab.«

»Wogegen?«

»London.«

Es klingelte hinter uns an der Tür, und wir schreckten beide zusammen. Einen Moment starrten wir einander an, wie damals in der Küche von Milton Magna Hall 1956, als Inigo ein fünfzehnjähriger Junge war, der gleich mit seiner Mutter Schuhe kaufen gehen musste. Damals hatte ich diesen Ausdruck auf seinem Gesicht gesehen, und jetzt war es wieder derselbe – dieses Aufflackern von etwas, Hoffnung, Furcht –, den ich damals nicht genau definieren konnte, genau wie jetzt auch. Nicht zum ersten Mal bemerkte ich die dunklen Ringe unter seinen Augen. Sein dünner schwarzer Pulli war verrutscht und ließ ein Schulterblatt hervorragen. Er streckte die Hand aus und öffnete die Tür.

Dort stand Matilda.

»Inigo!« Sie fiel ihm um den Hals. »Billy wollte, dass ich im Bett bleibe, aber ich habe es einfach nicht ertragen, nicht bei euch zu sein!«

Überrascht schaute Inigo sie an, als wäre sie die Letzte, die er erwartet hatte.

»Solltest du dich nicht ausruhen?«, fragte er sie. »Ich dachte, die meisten Frauen würden die Gelegenheit ausnutzen und eine ruhige Kugel schieben, wenn sie schon fast sieben Monate hinter sich haben.«

»Hinter mir?«, fragte Matilda verwirrt.

Sie erblickte mich und schreckte kurz zusammen.

»Ich kann mich nicht daran gewöhnen, dich in London zu sehen, Tara. Das ist zu merkwürdig und wundervoll – mir fehlen die Worte.« Sie lächelte mich freudig an, als wäre ich durch nichts als pure Magie hier erschienen. »Wo ist Lucy?«, wollte sie wissen. Ich wusste, dass sie das fragen würde.

»Ich wollte mich gerade auf die Suche nach ihr machen.«

»Ich begleite dich. Und hast du Digby schon getroffen?«

»Habe ich.«

»Oh, wunderbar. Das wird Billy gefallen«, freute sich Matilda und strahlte Inigo und mich an.

»Oh ja!«, murmelte Inigo.

Sie hakte sich bei mir ein, und wir gingen den Gang hinunter und traten in das Chaos des Ballsaals. Ich wollte Digby wiederfinden, doch ich war noch immer ganz beflügelt und schwebte, weil er mich geküsst hatte. Benommen stand ich neben Matilda, während die Leute auf sie zukamen, so wie Leute sich immer um wichtige Menschen scharen – mit der geheuchelten Ehrlichkeit und der schlecht verborgenen Befangenheit. Nein, das ist vielleicht ungerecht; es gab genug Leute hier im Saal, die in ihrer Bewunderung für Matildas Kleid, ihre Schuhe, ihr letztes Interview ehrlich waren – aber das war gar nicht sie. Sie sahen Teile von ihr, die zuvor gar nicht existiert hatten. Es war, als würden sie den neuen Flügel eines klassischen Gebäudes betrachten, und das kam mir merkwürdig vor, die ich nur das gekannt hatte, was davor gewesen war. Ich wollte in die Küche gehen, um nachzusehen, ob Digby dort war, aber sie klammerte sich an meinen Arm.

»Geh nicht weg, Tara«, raunte sie mir zu. »Komm mit, holen wir uns einen Drink. Und Lucy braucht auch einen.«

»Ich weiß nicht, wo Lucy ist.«

»Ganz egal, wo sie ist, sie braucht bestimmt einen neuen Drink.«

Wir suchten eine Weile nach meiner Schwester, bis wir sie auf dem Boden kniend fanden, wo sie einen Stapel Schallplatten durchsuchte.

»Ich habe mich gefragt, ob du in irgendeinen Strudel geraten bist«, bemerkte Lucy leichthin. Sie reichte dem Jungen, der die Musik auflegte, eine Platte des Jazztrompeters Humphrey Lyttelton. »Ich bin bis unters Dach gegangen«, sagte sie mit einem gewissen Unterton. »Vor lauter Plunder konnte ich mich nicht frei bewegen. Wusstet ihr, dass James Whistler und Emmeline Pankhurst in dieser Straße gelebt haben? Nicht zusammen«, fügte sie hastig hinzu. »Obwohl das natürlich der Hammer gewesen wäre. Wir sollten übrigens wirklich den Chelsea Physic Garden besuchen …«

»Mädchen, lasst mich euch jemanden vorstellen«, unterbrach sie Matilda. Ihre Augen strahlten einen Jungen auf der anderen Seite des Saals an, der trotz der Hitze einen schwarzen Pulli mit Rollkragen und eine schwarze Jeans trug und dessen Haar so blond war wie das meiner kleinen Brüder. Er sprach schnell auf ein neben ihm stehendes Mädchen ein, das sich zu ihm beugte, als wäre das, was er sagte, von größter Wichtigkeit.

»Wer ist das?«, fragte ich.

»Ein Freund von Digby«, erwiderte Matilda. »Nennt sich Elmo, aber eigentlich heißt er schlichtweg Brian. Er spielt Harmonika – wohnt etwas weiter unten in der Straße, in einem völligen Chaos«, fügte sie hinzu, als ob ihr Leben in ruhigen, geordneten Bahnen verliefe.

Als würden wir ihn anziehen, schaute Brian oder Elmo plötzlich auf und schien zweimal zu uns sehen zu müssen.

»Er wird rüberkommen«, sagte Matilda. »Wird versuchen, euch dazu zu bekommen, dass ihr mit zu ihm nach Hause kommt«, sagte sie noch schnell zu Lucy. »Das dürft ihr natürlich nicht. Er ist eher ein verträumter Typ, denke ich. Ihr solltet ihn mal hören …«

»Ich bin verheiratet«, sagte Lucy nur.

»Aber Raoul verdient dich nicht«, sagte Matilda. Sie zog an Lucys Ärmel. »Er hat sich nicht um dich gekümmert, wie er das hätte tun sollen.«

»Was weißt du schon davon?« Überrascht lachte Lucy auf.

Matilda beugte sich nach vorn und verschüttete etwas von ihrem Cocktail.

»Du bist betrunken«, stellte Lucy fest.

Matilda war verwirrt. Ihr Lippenstift war etwas verschmiert, und sie rieb sich unerwartet die Augen, wodurch sie einen großen Klecks Mascara unter ihren Augen verschmierte.

»Diese kleine Welt in Cornwall«, sagte Matilda. »Du warst zu Größerem bestimmt. Du hättest alles haben können – jeden.« Matilda wedelte mit dem Glas zur Menge. »Das könntest du noch immer.«

Lucy ging weg, wir starrten ihr hinterher.

»Raoul hatte immer gesagt, dass er große englische Herrenhäuser liebte, weil sich bei ihnen alles um Fantasie drehte«, sagte Matilda, die noch immer Lucy beobachtete. Ich glaube nicht, dass das Gesagte überhaupt an mich gerichtet war. »Du weißt – dein eigenes Schicksalsschloss errichten … Das gefiel ihm an Capability Brown.«

»Du erinnerst dich an das ganze Zeug, an alles, was er gesagt hat?«, fragte ich.

»Nein. Ich erinnere mich an alles, was *sie* gesagt hat.«

Gleich darauf wagte sich das Model mit dem Tweed-Twinset, die junge Frau, die Digby zu Beginn des Abends beschwichtigt hatte, mit errötetem Gesicht zu uns herüber und behauptete, sie wäre letzten Frühling mit Matilda über den Laufsteg von Dior gelaufen. Glücklicherweise ließ sich Matilda auf die Unterhaltung über Mailand und Paris ein und darüber, ob die Soundso auf den letzten Fotos in der französischen *Vogue*-Ausgabe nicht schrecklich ausgesehen habe, und so weiter. Und die ganze Zeit wurde Matilda angeschaut. Damit meine ich nicht, dass man sie anstarrte, die Leute hier waren viel zu beherrscht, um sich so offensichtlich zu verhalten, aber man warf ihr verstohlene Blicke zu, was, wie ich feststellte, das Schicksal der Berühmten war. Berühmt – Matilda Bright war berühmt. Sich vorzustellen, dass sie immer geweint hatte, wenn man sie auf ein Pony setzte! Das alles wollte mir einfach nicht in den Kopf! Es war eine Sache gewesen, sie in Zeitschriften zu sehen, eine andere, sie heiraten zu sehen, aber es war noch mal etwas ganz anderes zu sehen, wie es sich wirklich und wahrhaftig vor meinen Augen abspielte. Bei Menschen, mit denen man aufwuchs, sollte so etwas nicht passieren. Das war einfach nicht normal.

Die Party hatte sich auf die verschiedenen Räumlichkeiten verteilt – überall im Haus standen kleine Gruppen, auf dem Treppenabsatz von einem Stock zum anderen ebenso wie um den Küchentisch herum. Ich hätte liebend gerne wieder die Schuhe ausgezogen, doch plötzlich fiel mir Clovers Versprechen ein. Ich warf einen verstohlenen Blick auf den Micky-Maus-Wecker aus Plastik auf dem Kamin aus rot-weißem Marmor. *Fünf Minuten vor Mitternacht!* Ich eilte in die Diele und fand in dem Durcheinander der achtlos hingeworfenen Mäntel Clovers Tasche, aus der ich meine Reithose und meine Bluse herauszog. Danach flitzte ich die Treppe hinauf, um mich irgendwo umzuziehen.

Jemand, vielleicht auch mehrere, waren in dem Badezimmer oben. Also drückte ich die Tür daneben auf und entdeckte ein blau-weiß tapeziertes Schlafzimmer in einem atemberaubenden Chaos. Durch die Stapel Klamotten, Platten, Zeitschriften, Zigarettenschachteln, Bücher und ungeöffneter Briefe konnte ich das Bett kaum ausmachen. Das Fenster stand weit offen, doch die Nacht war so lau, dass dies keinerlei Erleichterung von der Hitze verschaffte. Ich hielt mein Gleichgewicht, indem ich mich an den riesigen Schrank lehnte, und atmete dreimal tief ein und aus. Es war dem Champagner und dem allgemeinen Gefühl der veränderten Realität an diesem Abend zuzuschreiben, dass ich mein Kleid nicht sehr schnell ausgezogen bekam, und in den Spiegel zu sehen, während ich an dem Reißverschluss herumfummelte, verwirrte mich nur noch mehr. Irgendwann hatte ich mich dann herausgeschält und stand nur mit Clovers Push-up-BH, meiner Unterhose und den Strümpfen da. Es war so heiß, und die Erleichterung darüber, das kratzende Kleid endlich abgelegt zu haben, war so groß, dass ich einen Moment mit geschlossenen Augen am Fenster stehen blieb.

Ich hatte die Tür wohl nicht abgeschlossen, um mich ungestört umziehen zu können. Zu Hause machte ich das auch nie, und ich glaube auch nicht, dass Digbys Schlafzimmertür wirklich ein Türschloss hatte, oder, besser gesagt: Selbst wenn da ein Schlüssel gewesen *wäre*, war ich viel zu betrunken, als dass ich daran gedacht hätte, ihn zu benutzen. Als ich hörte, dass sich der Türknauf drehte, sprintete ich hinter den Vorhang, wie Roy und Luke das zu Hause taten, wenn so aufregende Menschen wie Jack der Vagabund und seine eigenwilligen französischen Mädchen ins Pfarrhaus kamen. So versteckt hielt ich den Atem an. Digby zündete sich eine Zigarette an, legte sich auf die Seite des Bettes, die nicht von dem Durcheinander zugemüllt war, und schlug zu meiner großen Überraschung die *Times* auf. Er streckte sich unter das Bett, tauchte mit einem Stift wieder auf, nahm sich die letzte Seite vor und fing an, das Kreuzworträtsel zu lösen.

Vielleicht stand ich fünf Minuten dort, vielleicht auch zwanzig. Zeit als solches war unwichtig – meine Gedanken drehten sich einzig um die schwierige Frage, wie ich mich ohne völligen Verlust meiner Würde aus dieser Situation manövrieren konnte. Einerseite vermutete ich, dass er nicht lange hierbleiben würde – immerhin war er der Gastgeber –, auf der anderen Seite hatte mir der kurze Moment, den ich mit ihm verbracht hatte, gezeigt, dass Digby nicht nach normalen Regeln funktionierte. Er streckte die Beine aus, öffnete eine Flasche mit undefinierbarem Inhalt, die neben dem Bett stand, und schenkte sich ein paar Fingerbreit davon in einen Zahnputzbecher ein. Scheinbar richtete er sich hier für eine Weile ein. Mir blieb nichts anderes übrig; ich würde mich zeigen müssen.

Ich erlaubte mir nicht, weiter als bis zum nächsten Moment zu denken, streckte meinen Kopf hinter dem Vorhang hervor und wartete ab. Er schien mich nicht zu bemerken. Ich hielt den Vorhang um mich gewickelt und hustete.

Digby schaute auf und grinste, die Zigarette zwischen die Lippen geklemmt.

»Ich habe mich schon gefragt, wann es dir dahinter zu langweilig wird.«

»Was meinst du damit?«, fragte ich ihn grotesk.

»Ich habe gesehen, dass du nach oben gingst. Bin dir gefolgt.«

»Warum?«

»Das ist mein Schlafzimmer. Findest du nicht, ich sollte derjenige sein, der die Fragen stellt?«

»Das ist unfair!«, widersprach ich schwach. »Könntest du mir bitte meine Klamotten geben?«

Er schaute zum Kleid, das auf dem Boden lag.

»Das ging ja schnell«, sagte er. »Wer ist sonst noch hier drin? Lass es um Himmels willen nicht Caspar sein …«

»Nein!«, kreischte ich. »Clover hat mir erlaubt, mich um Mitternacht umzuziehen. Ich hasse dieses Kleid!« Ich trat barfuß danach.

»Da sind wir schon zu zweit. Billy mag es, wenn die Mädchen sich anziehen wie ihre Mütter. Oder, besser gesagt: wie *seine* Mutter. Wenn es jemals einen Kandidaten gab, den Doktor Henry Wright sich besser genauer ansehen sollte, dann ihn.«

Ausdruckslos schaute ich ihn an.

»Schon in Ordnung. Zieh dich um, ich schaue auch nicht.«

Eine halbe Minute später war ich angezogen. Ich stand neben dem Bett und versuchte, aufsässig auszusehen. Digby kniff die Augen zusammen.

»Viel besser jetzt. Wo ist dein Pferd?«

»Ich hatte nie eines«, gab ich wahrheitsgemäß zu.

Er streckte die Hand aus und berührte den zerrissenen Stoff meiner Bluse.

»Du bist wie Cinderella verkehrt herum.«

»Ich will nicht wie jemand anderes sein«, sagte ich. Was für eine idiotische Bemerkung – doch sie war mir bereits herausgerutscht, und ich konnte sie nicht wieder zurücknehmen.

»Hier«, damit reichte Digby mir den Zahnputzbecher. »Schluck das runter.«

Ich verzog das Gesicht. »Ich habe bestimmt schon genug von was auch immer gehabt.«

»Nein, hast du nicht«, sagte Digby. »Das, was ich dich gleich fragen werde, braucht mindestens drei Kurze.«

»Was denn?«, wollte ich wissen.

Er stieg aus dem Bett und ergriff meine Hand.

»Komm mit. Mal sehen, ob du so gut bist, wie Billy Laurier behauptet.«

»Wovon redest du?«

»Die Stimme, Baby. Darum geht es doch bei dir, oder?«

Ich schaute ihn an und lachte. »Ich soll singen? Jetzt?«

»Sicher doch!« Er zog mich an der Hand nach unten. Clover stand im Gang, hielt mit drei Mädchen Hof, die ein winziges Lächeln und Perlenketten um ihren bleichen Hals zur Schau stellten.

»Warum hast du Henry rausgeworfen?«, fragte eine von ihnen. Clover nahm einen großen Schluck Wein.

»Henry hat mir gesagt, mein Verlangen, an Napier festzuhalten und es zu bewahren, würde auf der Unsicherheit fußen, die durch eine Kindheit ohne Mutterliebe hervorgerufen wäre. Also ehrlich, der Typ berechnet Leuten horrende Summen, damit sie sich dann dieses dumme Geschwätz anhören. Ich habe ihm gesagt: ›Mein lieber Kerl – könnte mein Verlangen, dieses Haus zu behalten, nicht einfach daher rühren, dass ich nicht obdachlos sein möchte?‹ Er ist einfach *lächerlich.*«

Sie hielt abrupt inne, als sie Digby und mich sah, betrachtete meine Aufmachung und schüttelte den Kopf.

»Du kannst dieses Mädchen zwar vom Ponyhof wegholen, aber du bekommst den Ponyhof nicht aus dem Mädchen raus«, seufzte sie.

»Es ist Mitternacht«, erwiderte ich. »Du hast gesagt, um Mitternacht darf ich mich umziehen.«

»Ich habe keinen Augenblick erwartet, dass du um Mitternacht noch immer hier sein würdest.«

»Wer bist du? Ihre gute Fee?«, fragte Digby. Seine Stimme klang leicht angespannt.

»Wenn ich das bin, dann bist du die Ratte«, entgegnete Clover sanft.

Sie schnippte ihre Zigarettenasche in einen umgedrehten Hut auf dem schmalen Wandtisch.

»Es tut mir leid, dass ich dich gebeten habe, mich zu küssen«, sagte ich zu Digby, während er mich in den Ballsaal führte. »Das mache ich nicht mehr. Und noch viel mehr tut es mir leid, dass ich dein Schlafzimmer gewählt habe, um mich umzuziehen. Ich hätte dich fragen …«

Digby legte mir den Arm um die Schultern.

»Sing«, sagte er.

»Oje, bitte nicht«, murmelte ich.

Ich stolperte, und er fing mich auf.

»Komm schon. Ich möchte dich hören. Sing etwas.«

Ich blickte mich wild um, der Raum drehte sich.

»Bring mich zum Klavier«, sagte ich.

Da stand es, in der hinteren Ecke des Saals, ein elegant vergeudetes Baldwin Acrosonic – ein wunderschönes Klavier, das sehr schlecht behandelt worden war.

»Schön«, sagte ich bewundernd. »Oder das war es einmal. Eine Schande, so demoliert.«

»Meinst du mich oder das Klavier?«, fragte Digby und hob den Deckel hoch.

Noch mindestens vierzig Leute waren hier, schütteten Drinks in sich hinein und unterhielten sich lauthals miteinander. Irgendwo in meinem Inneren schüttelte jemand missbilligend den Kopf und hielt sich bestürzt die Augen zu. Ein sehr viel stärkerer Drang, angefeuert von den Cocktails und den trunkenen Auswirkungen davon, dass ich mit Digby durch die Straßen gelaufen war, wollte, dass ich damit fortfuhr, in dieser Weise zu reden. Man kann durchaus sagen, dass ich zum ersten Mal in meinem Leben viel zu betrunken war, um zu wissen, dass ich genug hatte.

Ich ließ mich auf den Klavierhocker fallen, landete aber daneben. Digby fing mich gerade noch auf. Lachend nahm er mir die Zigarette aus dem Mund und legte sie brennend in einen Aschenbecher auf dem Klavier. Billy und Inigo unterhielten sich im Gang, wie ich sah; keiner von ihnen ahnte, was ich gleich tun würde.

»Hey, Mick!«, rief Digby. »Halt die Platte an, ja? Wir werden jetzt von Miss Merrywell hier musikalisch unterhalten!«

Ich sah, dass Lucy neben dem Harmonikaspieler stand – nah, aber nicht zu nah. Keine Zeit, weiter darüber nachzudenken.

Sofort hörte die Musik auf zu spielen. Als Nächstes stieß Digby einen lauten, durchdringenden Pfiff aus, und zu meiner Überraschung hörten alle auf zu reden und drehten sich zu ihm.

»Eine Rede!«, lallte jemand aus den hinteren Reihen.

Ich schaute auf meine Beine in der Reithose.

»Mach schon, Baby«, sagte Digby.

Er war sich so sicher, so zuversichtlich, dass ich das machen würde. Was wusste er schon von mir, abgesehen davon, dass Billy Laurier mich hierhergebracht hatte? Aber das reichte völlig, natürlich. Das reichte ihm völlig aus, um sicher zu sein, dass ich ihn nicht im Stich lassen würde.

Meine Gedanken brodelten. Ich musste etwas singen, aber was? Für einen Moment dachte ich, ich müsste gleich aufstehen und aus dem Saal gehen, weil ich bei diesem Test vollständig versagt hatte. Aber das konnte ich nicht tun! Ich konnte in einem solchen Haus nicht versagen. Ich hustete. Was hatte Inigo über New York gesagt? Da gab es einen Nathan Detroit an jeder Straßenecke. Das war die Antwort! Ich würde Digby und seinen furchteinflößenden Freunden und Billy und dem verfluchten Father Hit-Mas selbst »Sit Down You're Rockin' the Boat« vortragen. Das war meine große Erleuchtung, vor lauter Genie hätte ich am liebsten laut losgebrüllt! Diesen Song kannte ich in- und auswendig – Ma war fast völlig besessen davon gewesen. Lucy trat näher, und in der Spiegelung des Klaviers sah ich Inigo und Billy in den Saal treten, die sehen wollten, was hier vor sich ging. Ich räusperte mich. »Ihr kennt den hier vermutlich«, sagte ich. »Und wenn dem so ist, dann könnt ihr genauso gut mitsingen. Er hört sich besser an mit vielen Stimmen. Ganz besonders mit betrunkenen.«

Im Raum war es totenstill. Digby reichte mir ein Glas Champagner. Ich stürzte es in einem Zug hinunter und gab ihm das Glas zurück. Jemand applaudierte. Wieder räusperte ich mich und schlug dann die Tasten für die erste Strophe eines Songs an, der mich geradewegs ans Klavier nach Hause versetzte, zu Ma, die die Augen geschlossen hatte, während ihre Kinder kicherten und einander mit vor Freude leuchtenden Augen festhielten und angespannt auf den Moment des Ensembles warteten – diese heiligen Sekunden, in denen wir alle herumtanzen und die Worte *zusammen* singen würden. Jetzt war ich hier, und obwohl ich wusste, dass ich den Song sang, hörte ich doch Ma, nicht mich. Ein paar Leute pfiffen und applaudierten, als ich sang; mir war, wie immer, kaum bewusst, dass ich sie völlig überraschte – »das kleine Mädchen mit der großen Stimme hat wieder zugeschlagen« –, doch ein Großteil von mir war gar nicht mehr anwesend.

Ich hielt inne, wie Ma das immer tat, ehe ich für den Refrain von der Klippe sprang. Ich wirbelte auf dem Klavierhocker herum, und in dem Bruchteil dieser Sekunde traf mein Blick auf den von Inigo. Er schaute mich an, biss sich auf die Unterlippe und versuchte, ein Grinsen zu unterdrücken. Dann drehte ich mich wieder zum Klavier, und – bumm! – dann kam die Titelzeile des Songs, vorgetragen mit einer Ekstase aus Elfenbein und Alkohol.

Ma kann nicht die Einzige gewesen sein, die Nicely-Nicely liebte. Digbys Publikum brauchte kein weiteres Stichwort. Der gesamte Raum brüllte mir den Refrain entgegen, und als ich laut auflachte, kam Inigo zum Klavier gerannt, hüpfte auf den danebenstehenden Stuhl und stieg mit ein. Auch Matilda stand jetzt neben dem Klavier, wedelte mit den Armen herum, ihre blauen Augen strahlten über das, was gerade vor sich ging. Wir drei sowie ein Junge mit dünnen Beinen und Hornbrille und seine blonde betrunkene Begleitung sangen die nächste Strophe zusammen, während Inigo sich eine Zigarette anzündete und sich noch einen Whisky einschenkte. Nachdem er einen Schluck genommen hatte, zwängte er sich neben mich auf den Klavierhocker. Seine Hände übernahmen die obere Hälfte des Klaviers, meine die untere der tiefen Töne.

Wir spielten, sangen den Refrain immer schneller, während die Menge immer lauter wurde. Digby war jetzt auf dem Sofa, das sich an einer Seite des Raumes erstreckte, dirigierte seine Gäste für einen Tanz einander in die Arme.

»In welcher verfluchten Tonart spielst du gerade?«, fragte Inigo, betrachtete meine Finger, die hoch und runter schossen, und lachte.

»Keine Ahnung«, rief ich ihm zu. »Aber in welcher ich auch gerade bin, du bist nicht drin!«

»Und was glaubst du, hast du gerade an?«

»Etwas, worin die Tussi Cherry Merrywell nicht einmal *tot* gesehen werden möchte!«, brüllte ich und drückte meine Finger gleichzeitig mit ihm auf den D-Akkord. Wir lachten – erlitten aufgrund dieses Schwachsinns fast einen Kollaps –, aber vielleicht hatte er ja auch *über* mich gelacht und nicht *mit* mir. In diesem fortgeschrittenen Stadium des Abends war das schwierig auszumachen.

Der Geruch von Rauch und Whisky erfüllte meine Lunge – eine grüne Glaslampe, die neben dem Klavier stand, ging zu Bruch, was einigen Leuten aus dem Gedränge einen Jubelruf entlockte. Ich hörte nicht auf. Als der Song eigentlich bereits zu Ende war, fingen wir wieder mit der ersten Strophe an. Ich kann mir nicht vorstellen, was jemand, der am Haus vorbeiging, gedacht haben musste. Für mich klang es wie die beste Darbietung dieses Songs, die jemals gegeben wurde, auch wenn ich wusste, dass ich das nur dachte, weil ich zu viel getrunken, Digby mich auf die Wange geküsst und Inigo mich tatsächlich wie ein menschliches Wesen behandelt hatte. Als wir fertig waren, waren die Rufe, der Applaus und der Jubel bis nach Bodmin zu hören.

»Mehr! Mehr!«, brüllte Matilda zustimmend.

»Vielen Dank«, sagte ich wie Elvis, verflucht noch mal! »Mein nächster Song wird …«

Doch ich sang diesen nächsten Song nie. Das Letzte, an das ich mich halbwegs klar erinnere, ist, dass jemand eine Karikatur mit Brille auf die Wand in der Ecke des Saals gemalt hatte und dass der Reißverschluss von Digbys Hose offen stand. Ich glaube nicht, dass diese beiden Dinge in irgendeiner Weise miteinander in Zusammenhang standen – sie fielen mir nur beide gleichzeitig auf. Dann fiel ich vom Klavierhocker und landete mit einem dumpfen Aufschlag auf dem Schwingboden.

24. Kapitel

Unschuldiges Ding

Ich wachte am nächsten Morgen in Clovers Haus auf, mir drehte sich noch immer alles, und ich suchte den Boden nach meiner Uhr ab. Es ist Sonntag, dachte ich verschlafen, halb elf. Pa würde sich gerade für seinen zweiten Gottesdienst vorbereiten. Lucy saß mit dem Rücken zu mir auf ihrem Bett, war sich nicht bewusst, dass ich bereits wach war, und trug Wimperntusche auf.

»Ich glaube, ich sterbe«, sagte ich.

»Dann beeil dich«, erwiderte Lucy schroff. Sie schaute mich an. »Du siehst schrecklich aus.«

»Danke. Einen Moment habe ich geglaubt, du würdest mir ein Kompliment machen.«

»Wohl kaum. Du hast es gestern Abend *wirklich* übertrieben.«

Lucy war begeistert von Leuten, die sich lächerlich machten – ich konnte ihre Freude förmlich spüren.

Clover kam ins Zimmer.

»Gut, du lebst noch«, sagte sie.

»Es fühlt sich aber nicht so an.« Ich setzte mich auf. »Alles dreht sich. *Immer* noch.«

»Oje«, sagte Lucy mitleidig.

»Ich glaube, mir wird schlecht …«

»Oh nein. Nicht in den Nachttopf meiner Urgroßmutter.« Hastig schob Clover ihn unters Bett. »Ab ins Badezimmer mit dir. Es ist schon fast elf. Es gibt Schinken und Rühreier.«

»Oh nein, bitte nicht.«

»Digby hat heute schon zweimal angerufen, um sich nach dir zu erkundigen«, sagte Clover, ignorierte meine Misere. »Ich muss zugeben, eine ziemlich beeindruckende Darbietung – wie du gesungen hast und dann vom Stuhl gefallen bist. Ich hatte dich vor diesen *grässlichen* Cocktails gewarnt.«

Ein breites Grinsen zeichnete sich auf meinem Gesicht ab, ich konnte einfach nicht anders.

»Er hat meinetwegen angerufen?«

»Du hast wohl einen ziemlichen Eindruck gemacht«, meinte Lucy.

»Vielleicht auf dem Boden seines Ballsaals«, erwiderte ich. »Kann mir nicht vorstellen, warum er sich sonst um mich sorgen sollte.«

»Hast du ihn geküsst?«, wollte Lucy wissen.

»Vielleicht.«

»Lügst du?«, fragte sie mich argwöhnisch.

Ich antwortete nicht. Sollen sie doch denken, was sie wollen, dachte ich freudig. Mir war nur wichtig, dass er mich angerufen hatte! Da war es, dieses Aufwallen des Glücksgefühls, reines, ungetrübtes Glücksgefühl, direkt aus der Flasche und in einem berauschenden Schluck hinuntergeschluckt. Er hatte angerufen. Er hatte sich daran erinnert. Es *war* passiert.

»Ich habe gesehen, wie du mit ihm in die Nacht verschwunden bist. Er hatte den pinkfarbenen Mantel von diesem Wentworth-Mädchen an, sah aus wie Noël Coward«, sagte Clover missbilligend.

»Wir waren Zigaretten holen«, sagte ich schwach.

»Das kannst du dir für die *Woman's Own* aufheben«, sagte Clover trocken. »Ich muss schon sagen, er hat schnell zugeschlagen, selbst für seine schrecklichen Standards.«

»Es ist *wirklich* nichts passiert«, insistierte ich, aber Clover hörte mir nicht zu.

»Wie bin ich hierhergekommen?«, fragte ich, fischte verzweifelt durch alle Möglichkeiten.

»Inigo hat uns ein Taxi bestellt, und wir haben uns alle reingequetscht.«

Ich sank zurück auf das Bett. »*Inigo* hat das getan?«

»Ja«, bestätigte Lucy.

»Oje«, sagte ich nur.

Ich griff nach dem Glas Wasser neben dem Bett und führte es mit zitternder Hand an meinen Mund. »Ich bin vom Klavierhocker gefallen«, erinnerte ich mich voller Schrecken. »Da muss was in den Cocktails gewesen sein.«

»Was Digby anbelangt, so ist das sicher zutreffend. Es nennt sich Wodka. W-O-D-K-A. Das ist russischer Branntwein – nicht viel Geschmack, haut einen aber garantiert um.« Clover grinste mich an. »Gemischt mit Champagner wirkt das Ganze noch stärker.«

Ich ließ mich in das Kissen zurückfallen.

»Billy hat mir gesagt, ich soll nicht so viel trinken, dabei habe ich genau *das* gemacht. Er muss stinksauer auf mich sein. Warum hast du mich nicht davon abgehalten, Lucy?«

»Unmöglich«, sagte meine Schwester. »Du weißt, wie du bist, wenn du was getrunken hast und dir jemand ein Klavier zeigt. Keine zehn Pferde hätten dich aus diesem Saal gebracht. Obwohl«, sagte sie nach kurzer Überlegung. »Das wäre vermutlich das Einzige gewesen, was funktioniert hätte.« Sie schaute zu Clover. »Klaviere und Ponys. Sobald sie in der Nähe des einen oder des anderen ist, kann man sicher sein, dass sie nicht geht, ehe sie beides ausprobiert hat.«

»War Billy wütend?«, fragte ich verzweifelt.

»Er wird nicht wütend«, versuchte Clover mich zu beruhigen. »Das ist nicht sein Ding. In jedem Fall hat Matilda Billy gesagt, er soll nett zu dir sein – und dass er dir bestimmt vergeben kann, dass du zu viel getrunken hast, weil du die Menge besser als Little Richard zum Toben gebracht hast. Er hat immer nur gefragt: ›Aber warum musste sie ausgerechnet *das* anziehen?‹ Er hat gesagt, wenn er wollte, dass ein Mädchen sich so anzieht, als würde sie gleich in den Show-Ring steigen, dann hätte er sich an Weihnachten bei den Reiterspielen in Olympia rumgetrieben und die Gewinner des Prince Philip Cups entführt.«

»Er wird mir niemals verzeihen!«, jammerte ich. »Was, wenn er mich in den nächsten Zug nach Westen steckt und nach Hause schickt?«

»Das wird kaum passieren. Wenn Digby dich für das süßeste Ding seit der Erfindung von Süßkram hält, dann ist für dich alles geritzt.«

»Was meinst du damit?«

Clover betrachtete ihre Fingernägel und runzelte die Stirn.

»Billy hat dir vielleicht gesagt, du sollst nichts trinken, aus Angst, du könntest dich lächerlich machen. Tatsächlich hast du zu viel getrunken, aber es hat funktioniert. Wenn der berühmteste Fotograf in London findet, du bist es wert, dass er an einer seiner lächerlichen Soirees eine Stunde lang mit dir durch Chelsea läuft, dann hat das ganz schön was zu bedeuten.«

»Ach ja?«

»Ja«, seufzte Clover. »Und für Billy bedeutet es, dass er sich weniger ausdenken muss.«

»Ausdenken?«

»Du nimmst eine Platte auf, oder nicht? Wenn man dich mit Digby sieht, dann beschleunigt das die Dinge etwas. Es macht dich zu jemandem, von dem es sich lohnt zu lesen, und zu jemandem, bei dem es sich lohnt zuzuhören.«

»Inigo scheint Digby nicht gut leiden zu können«, sagte ich, als mir unser Gespräch in der Diele einfiel.

»Das tun Männer für gewöhnlich nicht«, erwiderte Clover. »Und bei den beiden sind die Dinge im Besonderen nicht sehr gut gelaufen.«

»Warum? Was ist passiert?«

Kurz hatte ich den Eindruck, Clover würde darüber nachdenken, es mir zu verraten, dann entschloss sie sich allerdings dagegen.

»Nichts, nichts Wichtiges. Was ich damit sagen wollte, war: Die beiden sind eine schwierige Kombination. Wie Feuer und Wasser.«

»Wer ist was?«

»Sag du es mir«, meinte Clover angespannt. »Und sosehr es mir auch missfällt, Überbringer schlechter Nachrichten zu sein – ich denke doch, dass du wissen solltest, dass du in einer Stunde und vierzehn Minuten im Aufnahmestudio sein musst.«

Ich wurde noch blasser, wenn das überhaupt möglich war.

»Wie soll ich denn singen, wenn ich kaum reden kann?«

»Das wird alles ganz wunderbar glattgehen. Wenn Dean Martin trotz allem, was er trinkt, noch so singen kann, dann kannst du das auch.«

»Und was, wenn dem nicht so ist?«

»Dann nehme ich an, dass sie den Song Helen Shapiro geben werden«, sagte Clover ohne einen Hauch von Mitgefühl. »Tara Jupp kann hier im Bett sterben, aber Cherry Merrywell kann durchaus die ganze Nacht unterwegs gewesen sein und am nächsten Tag singen, was das Zeug hält. Reiß dich etwas zusammen.«

Damit machte sie kehrt und ging aus dem Zimmer.

»Himmeldonnerwetter!«, sagte Lucy bewundernd. »Sie kann einem durchaus Angst machen, wenn sie will.«

»Was wirst du heute machen?«, fragte ich sie. Ich verdrängte den Gedanken an Raoul, der in seinem Krankenhausbett lag.

»Damit anfangen, hier zu arbeiten«, antwortete meine Schwester. »Es gibt fünfundzwanzig Schachteln in den Mansardenzimmern, die durchgesehen werden müssen.« Plötzlich ging sie auf die Knie.

»Was machst du da?«, krächzte ich. »Für unsere verlorenen Seelen beten?«

»Nein«, sagte Lucy, die sich in eine horizontale Position begab. »Dafür ist es jetzt zu spät. Aber *hierfür* nicht.«

Sie zog den Nachttopf unter dem Bett hervor und unterzog ihn einer bewundernden Betrachtung. »Das habe ich mir *gedacht*«, sagte sie triumphierend, als sie auf das Zeichen auf der Unterseite dieses Dings sah. »Ich glaube, es ist ein Original Portmeirion.«

»Das sagt mir nichts, und das weißt du auch.«

»Tja, es könnte den Auktionatoren bei Sotheby's etwas sagen. Dieser Nachttopf hat einen ziemlichen Wert. Das sollte ich unbedingt in den Unterlagen erwähnen.«

»Du bist schon mehr als merkwürdig«, sagte ich, denn manchmal war Lucys enzyklopädisches Wissen über solche Gegenstände einfach nur zum Verzweifeln – ganz besonders an einem Morgen wie diesem, an dem ich nur so verschwommen sehen konnte, dass ich mich nicht dazu in der Lage fühlte, mein Gesicht in einem Spiegel auszumachen, ganz zu schweigen von dem Gefäß, in das jemand irgendwann Mitte des letzten Jahrhunderts einfach nur hineingepinkelt hatte.

Lucy kramte nach einem Stift.

»Hast du Raoul angerufen?«, krächzte ich.

»Nein.«

Nach einer Pause fügte sie hinzu: »Matildas Harmonikaspieler hat mir seine Nummer gegeben.«

Ich machte den Mund auf, um sie zu fragen, was sie diesbezüglich tun wollte, aber sie zögerte jegliche Befragung hinaus, indem sie das Zimmer verließ. Sagte sie mir das, um mich wütend zu machen? Oder wusste sie selbst nicht, was sie davon halten sollte?

In einem richtigen Aufnahmestudio zu sein reichte völlig, um die ganze Reise nach London zu rechtfertigen, dachte ich, als Billy mich durch die Tür schob und in einen Raum führte, der so groß war wie das Arbeitszimmer zu Hause, rundum verglast war und einen weiteren Raum überblickte, in dem unter anderem ein Klavier stand. Ich nahm einen Kopfhörer und setzte ihn auf, wie ich das bei Alma im Fernsehen gesehen hatte. Der Geruch des Raumes – dieser industrielle, elektrische Geruch nach Kabeln und heiß gewordenem Tonband, vermischt mit neuem Teppichboden und starkem Kaffee – war so berauschend, wie es nur ging. Ich betrat den Raum und starrte das riesige Pult vor mir an – all die Knöpfe, all diese Kanäle, dieser komplizierte grau-schwarze Wust an Technologie, um etwas so Fluffiges, Leichtes und Schönes wie einen Popsong zu produzieren. Das erschien mir wie ein Wunder; als würde ich durch die Hintertür in den Himmel selbst starren.

»Mach es dir gemütlich«, sagte Billy, öffnete eine Schachtel Würfelzucker und schielte in eine rot-weiße Teetasse.

»Es tut mir leid«, fing ich an. »Wegen gestern Abend, weil ich vom Hocker gefallen bin und mich nicht daran erinnern kann, was passiert ist, nachdem wir gesungen haben …« Ich wurde leiser. Billy lächelte mich an.

»Lass uns nicht mehr darüber sprechen. Eins ist sicher – du hast dich London vorgestellt, wenngleich nicht unbedingt in der Kleidung, die *ich* mir vorgestellt hatte.«

»Tut mir leid.«

»Cherry, wir müssen nicht darüber sprechen. Digby war ziemlich beeindruckt von dir. Das ist alles, was wir wissen müssen.«

Clover hatte recht gehabt, dachte ich bei mir. Er war glücklich, weil ich Digby aufgefallen war – und nicht nur, weil man es ihm aufgetragen hatte, sondern weil er tatsächliches Interesse zeigte.

Ich hätte mich fast zu Tode erschreckt, als ein Mann in einem grau-schwarzen Anzug hinter dem riesigen Pult aufstand.

»Ach, du bist da«, sagte Billy und reichte ihm die Hand. »Gott sei Dank konntest du kommen. Letzte Woche war Ian da. Der Typ hätte es nicht einmal geschafft, etwas Ordentliches in einer Kuchenschüssel zusammenzumischen.«

Der Mann im Anzug lächelte und schob die Brille auf der

Nase hoch. Ich hätte gerne etwas gesagt, hatte aber das Gefühl, mir würde kein Wort über die Lippen kommen, nicht einmal ein Hallo. Ich fühlte mich statisch, der normalen Sprache unfähig. Mein Mund war ganz trocken.

»William Moore-Jones«, sagte Billy und beobachtete, wie wir uns die Hand reichten. »William wird das Ganze heute aussteuern.«

»Aussteuern?«

»Er biegt das Ganze in die richtige Richtung, damit es sich so anhört, als gehörte es ins Radio.«

»Die anderen sind schon seit ein paar Stunden hier«, sagte William. »Sie brauchen eine Pause. Du hast also etwas Zeit, um die Songs durchzugehen, wenn Inigo eintrifft.«

»Die anderen? Wo, *wer* sind sie?«

Billy schob mich nach vorn. »Da unten.«

Und da waren sie. Drei Jungs, die Schlagzeug, Bass und Akustikgitarre spielten, und sechs Mädchen, die dicht beieinandersaßen und Streichinstrumente um sich herum stehen hatten.

»Inigo hat gern eine Art Orchester für die Instrumentalpassagen in seinen Songs«, sagte William. Und da er meinen Gesichtsausdruck falsch interpretierte, fügte er hinzu: »Mach dir keine Sorgen, das sind absolut die Besten.«

»Ich kenne noch nicht einmal die Songs«, murmelte ich.

»Für die B-Seite hätten wir gerne, dass du ›Over the Rainbow‹ singst«, sagte Billy.

»›Over the Rainbow‹? Wie Judy Garland?«

»Genau.«

»Aber warum sollte ich das machen?«

Verwirrt schaute Billy mich an. »Was meinst du damit?«

»Warum sollte jemand mich das singen hören wollen, wenn sie es schon so perfekt gemacht hat, dass man nicht an sie herankommt?«

»Wir werden es nicht gleich machen«, erklärte Billy mir geduldig. »Deine Aufnahme wird sich anders anfühlen. Es ist ein klassischer, wunderschöner Song. Damit kann man nichts falsch machen.«

»Und was ist mit dem dritten Song?«, wollte ich wissen.

»Inigo hat da was«, sagte er ausweichend. Er schaute mich an. »Du bist ein kleiner Profi, Cherry Merrywell. Das wird nicht schwierig für dich. Himmel! Mir ist noch kein Mädchen untergekommen, das so viele Fragen gestellt hat.«

Billy stellte mir einen Stuhl hin und setzte sich auf das Sofa. Konzentriert schaute ich zu dem kleinen Fenster in der Ecke des Raumes, zweifelte daran, dass die reale Welt noch länger existierte.

»Kann ich rauchen?«, fragte ich sinnlos, da alle anderen hier rauchten.

Billy machte eine Grimasse. »Ich mag es nicht, dass du rauchst.«

Entschuldigend zuckte ich mit den Schultern und zündete mir trotzdem eine Zigarette an. Es war, als hätte ich irgendwie den Eindruck, mich gegen Billy auflehnen zu müssen – und da hatte ich nicht viele Möglichkeiten. Ich musste rebellieren, wo ich konnte. Billy ignorierte es und stand auf.

»Inigo müsste in fünf Minuten hier sein.«

»Wohin gehst du?«, fragte ich panisch.

»Ich habe nebenan ein neues Aufnahmestudio. Hab denen gesagt, ich würde kurz vorbeischauen. Ich komme wieder. William, bring dem Mädchen bitte ein Glas Wasser, ja?«

Er tätschelte meinen Arm.

»William hat Eton besucht – er weiß, wie man sich um Mädchen kümmert«, fügte er hinzu.

»Oh! Dann bist du also ein Etonian?«

»Ein Old-Etonian, nehme ich an«, sagte William.

Ich trank das Glas fast in einem Zug leer, hatte noch immer das Gefühl, als müsste ich den Wodka aus meinem Körper schwemmen.

»Hast du früher schon mal mit Billy gearbeitet?«, fragte William und drückte seine Lucky Strike aus.

»Nein«, bekannte ich.

»Das machst du schon. Wenn Inigo die A-Seite geschrieben hat und Billy sich um alles kümmert, dann könntest du irgendein Kinderlied singen, und es würde ein Hit.«

»Ich fürchte, für Inigo wäre das viel zu deprimierend.«

»Da hast du vermutlich recht. Ich weiß nicht, wo dieser ganze gefühlvolle Überschwang herkommt. Die meiste Zeit ist er ein schrecklicher Arsch.«

William grinste mich an, und ich wusste, dass ich ihn auf meiner Seite hatte. Eine große Welle der Übelkeit überkam mich, aufgerührt von einer aufblitzenden, wiedergewonnenen Erinnerung. Ich war nicht nur vor Digby O'Rourke vom Hocker gefallen, Inigo hatte mich auch gesehen.

»Ich glaube, ich muss mal …«, murmelte ich. Ich beendete den Satz nicht. William wusste, was ich brauchte.

»Den Gang runter, dann links.« Er betrachtete mich, meine noch immer zitternden Hände, die tiefen Ringe unter den Augen.

»Geht's dir gut? Ich bin mir nicht sicher, ob es nur am Licht liegt, aber du siehst … also … du siehst ganz grün aus«, sagte er besorgt.

Ich rannte auf die Toilette und übergab mich, wusch mir den Mund aus, stürzte zwei weitere Tassen Wasser hinunter, fand ganz unten in meiner Tasche einen Kaugummi und kam besser hergestellt zurück ins Aufnahmestudio. Gerade rechtzeitig: Gleich darauf betrat Inigo in seinem üblichen schwarzen Pulli das Studio, in der Hand die Reste eines mit Schinkenspeck belegten Brötchens.

»Du lebst also noch?«, sagte er zu mir.

»Sieht so aus.«

»Gut.« Plötzlich lächelte er, was mich etwas aus der Fassung brachte. »Das war vielleicht ein Spaß.«

»Was denn?«

»Gestern Abend.«

»Ich habe mich lächerlich gemacht. Ich weiß.«

»Ich fand es eher interessant.«

»Was soll das heißen?«

»Ich hätte dich nicht als jemanden eingeschätzt, der so etwas macht.«

»Was denn?«

»Ach, du weißt schon. Vor Publikum spielen, sich Unmengen von Wodka und Champagner hinter die Binde kippen, mitten in der Party mit diesen außergewöhnlichen Klamotten auftauchen…«

»Ach, ich weiß schon!«, unterbrach ich ihn. »Und noch eigenartiger ist das Ganze, weil ich ja auch keine konventionelle Schönheit bin und viel zu klein, und ich sehe auch nicht so aus, als würde ich wissen, was ich tun sollte, wenn mich ein Mann zum Tee ausführt, richtig?«

Zu meiner großen Verärgerung lachte er.

»Ich hätte es nicht besser ausdrücken können«, sagte er.

»Tja, wohl deshalb, weil du es bereits einmal so gesagt hast!«

Er zögerte keine Sekunde.

»Ach, du hast meine Unterhaltung mit Billy an dem Abend in Cornwall belauscht?«

»Ja«, sagte ich abwehrend.

»Verstehe. Das erklärt die Kaltfront.«

»Oder überhaupt keine Front, laut *dir*.«

Inigo setzte sich und streckte die Beine sehr lässig vor sich aus, was mich unglaublich aufbrachte.

»Tut mir leid, das zu hören«, sagte er. »Aber ich muss Billy sagen, was ich von seinen Künstlern halte. Würde ich das nicht tun, wäre ich nicht zu viel nutze.«

»Und was ist mit mir und meinen Gefühlen?«, wollte ich wissen.

»Ich wusste nicht, dass du auf dem Gang herumgeschlichen bist. Ich dachte, du wärst nach Hause gegangen.«

»Tja, war ich aber nicht. Ich bin zurück ins Haus gekommen, um… um… um zu sehen, ob im Gelben Salon noch Hausschwamm ist.«

»Hausschwamm? Was bist du? Ein Klempner?«

»Mein Schwager musste das wissen«, sagte ich würdevoll. »Er liebt Trellanack.«

»Okay. Jetzt kann ich dir nicht mehr folgen, Miss Merrywell.«

»Es wäre mir lieber, die Leute würden mich nicht so nennen.«

»Nicht, wenn du erst das hier gelesen hast. Dann nicht mehr«, sagte Inigo.

»Was ist das?«, fragte ich argwöhnisch.

Er zog eine Zeitung hinten aus seiner Hosentasche und faltete sie auf.

»Es ist die Spätausgabe des *Sunday Express*. Hör zu: ›Fotograf Digby O'Rourke – bekannt dafür, die Models Matilda Bright und Caroline Sinclair entdeckt zu haben – hat gestern in seinem Stadthaus in Chelsea eine Party für Miss Cherry Merrywell, sein neuestes unschuldiges Ding, gegeben‹«, las er vor.

»Hat eine Party für mich gegeben?«, fragte ich ungläubig. »Das stimmt doch gar nicht! Und was soll das mit dem unschuldigen Ding überhaupt?«

»Tja, ganz genau, Süße«, sagte er in diesem Tonfall, der irgendwo zwischen schrecklich sarkastisch und unglaublich herablassend lag.

»Lies schon weiter«, drängte ich ihn.

»Da steht: ›Miss Merrywell, 17, aus Dawlish, Dorset, gekleidet in einer Reithose, hat mit einer Auswahl von Songs aus dem Musical *Brigadoon,* die sie um Mitternacht zum Klavier geschmettert hat, einen tiefen Eindruck bei den privilegierten Mitgliedern von Londons beständiger High Society hinterlassen. Nachbarn von O'Rourke, 26, sahen sich gezwungen, Anzeige zu erstatten, als die Gesangsdarbietung bis weit in den Sonntagmorgen anhielt.‹«

»Mach keine Scherze«, sagte ich griesgrämig.

»Ich sollte dir wohl sagen, Miss Merrywell, dass meine Mutter mir geraten hat, niemals vor halb fünf am Nachmittag zu scherzen. Scheinbar ist es ein Zeichen von schlechter Erziehung, wenn man vor Erreichen dieser Uhrzeit die Geistesgegenwart besitzt, Witze zu machen.«

Darauf fiel mir einfach keine Antwort ein.

Er warf mir die Zeitung zu. Da stand es, genau wie er es vorgelesen hatte, schwarz auf weiß. Außerdem war eine Aufnahme von Digby neben Matilda vor einem Kino abgedruckt.

»Da steht ja noch mehr!«, flüsterte ich erstaunt. »›Außerdem war Miss Merrywells Schwester Lucy, 23, zugegen, eine Jugendfreundin von Matilda Bright, die gegenwärtig für Clover Napier arbeitet. Sie trug einen so freizügigen Rock, gestaltet von der angesagten Designerin Charlotte Ferris, dass es der Gesellschaft den Atem verschlug. ›Lucy und ich sind zusammen aufgewachsen‹, teilte Miss Bright mit. ›Sie ist zweifelsohne eine der faszinierendsten Frauen unserer Generation.‹«

»Wann hat sie mit ihnen geredet?«, fragte ich. »Sie muss sich darauf vorbereitet haben, was sie sagen würde! Matilda redet nicht so!«

»Wie – du meinst in vollständigen, schlüssigen Sätzen?«

»Brigadoon?«, fragte ich langsam. »Aber ich habe keinen Song aus *Brigadoon* gespielt. Oder doch?« Wieder warf ich einen Blick auf die Zeitung. »Außerdem wusste ich nicht, dass sich die Nachbarn beschwert haben. Und ich bin nicht aus Dorset«, schloss ich entrüstet.

»Meine liebe Cherry – als würde das jemanden interessieren«, sagte Inigo. »Die Sache ist doch die: Du hast es in die Zeitung geschafft. Ich meine, ich muss zugeben, es handelt sich hier um den *Express* – ein Revolverblatt, von dem der Herzog von Edinburgh selbst sagte, es bestehe aus Lügen, Skandalen und Fantasie – aber trotzdem. Zeitung ist Zeitung. Billy wird ganz außer sich sein.«

Schweigen. Ich wusste nicht, wie ich auf all das reagieren sollte: Ich wäre gerne wütend gewesen, doch an dieser ganzen Sache war auch etwas Makabres, widerwärtig Aufregendes. Ich schaute zu Inigo.

»Du hörst dich nicht gerade glücklich an«, sagte ich schließlich.

»Oh, das bin ich. Je mehr Aufmerksamkeit du erlangst, umso mehr Platten werden wir verkaufen und umso mehr Geld werde ich verdienen. Alle sind glücklich.«

»Mir war nicht klar, dass jemand über mich schreiben würde.«

»Das haben sie aber. Ist das nicht wunderbar?«

Inigo griff sich die Zeitung mit seinen langen Fingern, riss den Artikel heraus und gab ihn mir.

Ich las ihn erneut, drehte ihn zwischen meinen Händen, als könnte er sich jederzeit selbst zerstören.

»Irgendwie wirkt er albern«, sagte ich.

Billy kam zurück, und es gab erneut ein großes Tamtam über die Zeitung und wie gut es doch gewesen sei, dass Lucy und ich zu dieser Party gegangen seien und dass es der richtige Ort für uns gewesen sei, um gesehen zu werden, und so weiter. Dann redete er über mich, als wäre ich gar nicht anwesend.

»Sie sollte noch mal zu Digby«, überlegte Billy. »Vielleicht morgen Abend? Kino … und dann was essen? Wäre nett, wenn sie abgelichtet würden, während sie zusammen etwas … ich weiß auch nicht …«, er suchte nach dem richtigen Wort, »Gewöhnliches unternehmen.«

Kino und Abendessen mit Digby O'Rourke waren in meinem Verständnis nicht gewöhnlich. Ich hustete. »Vielleicht will er mich gar nicht sehen«, sagte ich. »Er hat vielleicht viel zu tun …«

»Gefiel er dir?«, fragte Billy, ohne darauf einzugehen.

Verlegen lachte ich.

»Er wirkte … nett.«

»Nett«, wiederholte Inigo. »Ein sehr nützliches Wort, nett.«

»Was willst du damit sagen?«

»Entweder heißt das absolut schrecklich oder einfach nur wunderbar.«

Gegen Cherry Merrywells Willen spürte ich, wie Tara Jupp knallrot anlief.

»Hör auf, sie so verlegen zu machen«, sagte Billy.

»Ich kenne ihn ja gar nicht.«

»Er ist genau der Richtige, mit dem du Umgang pflegen solltest«, sagte Billy. Er schaute mir ins Gesicht, und sein Ausdruck änderte sich. Er missverstand mich und sagte: »Schau, Tara, ich sage nicht, dass du losziehen und mit dem Typen Vorhänge kaufen sollst oder etwas in der Art.«

»Andererseits könntest du genau das tun«, meinte Inigo. »In jedem Fall würde er einen wunderbaren Ehemann abgeben. Seriös, von untadeligem Lebenswandel, treu …«

»Ach, seid doch einfach still«, murmelte ich. »Sollte ich nicht den Song lernen?«

Inigo öffnete die Tür des Studios, die in den Gang führte. Ich könnte schwören, ich hätte Adam Faith draußen reden gehört. Sein Song »Poor Me« kam mir in den Sinn. Billy setzte seinen Hut auf, grinste mich an, schnippte mit den Fingern und sagte: »Ich fahre mit Matilda mal eben in die Flitterwochen. Nichts Großes, nur Paris.« Er sagte das, als wäre es Blackpool.

»Und was ist mit mir?« Billy lächelte, als hätte ich einen Scherz gemacht. »Wenn ich zurück bin, will ich einen Nummer-eins-Smash, Leute.«

Die Tür fiel hinter ihm zu.

Ich lachte, weil ich einfach nicht anders konnte.

»Ich hätte nicht gedacht, dass die Leute so etwas im richtigen Leben überhaupt sagen.«

»Das tun sie auch nicht«, sagte Inigo. »Das ist nicht das richtige Leben, vergiss das nicht.«

Er setzte sich, holte seine Gitarre aus dem Gitarrenkoffer und seufzte.

»Ich merke schon, dass du wegen meiner Bemerkung in dem Zimmer mit der kaputten Decke immer noch schrecklich sauer auf mich bist.«

»Die Decke war übrigens kein bisschen schlimmer als früher«, räumte ich ein. »Das war die einzige gute Entdeckung, die ich an jenem Abend gemacht habe.«

»Halleluja!«, sagte Inigo. »Schau, ich kann mich nicht für das entschuldigen, was ich über dich gesagt habe. Aber ich habe dich in Aktion gesehen und ich nehme an, dass ich mich bei ein paar Dingen wohl getäuscht habe. Du kannst definitiv spielen. Und du weißt, wie man vor Publikum singt. Du warst gut.«

»Vielen Dank, Sir«, erwiderte ich.

»Das reicht jetzt«, sagte Inigo angespannt. »Können wir eine Art Waffenstillstand vereinbaren?«

»Aber sicher doch, warum nicht?«

»Und nur um das mal klarzustellen«, sagte Inigo, schlug die A-Saite seiner Gitarre an und hörte sich stirnrunzelnd an, wie sie gestimmt war. »Für dich heißt es ›Eure Königliche Hoheit‹ – wenn es dir nichts ausmacht.«

Ich lachte. Ich konnte nicht anders, auch wenn er noch immer nicht so war, wie ich ihn gerne gehabt hätte.

Die nächsten fünf Minuten sagte keiner von uns etwas. Schon merkwürdig, wie wir von dieser ganzen Unterhaltung aus bei nichts anlangten, und ich mochte dieses Schweigen zwischen uns nicht; es war lauter als bei jeder anderen Person.

»Also, wo ist jetzt dieser Song?«, wollte ich von ihm wissen.

Inigo holte eine Platte aus seiner Tasche.

»›May to September‹. Das ist Susans Version.«

Er ging zum Plattenspieler und holte die Platte aus ihrer Hülle.

Es war sofort da – das muss ich Inigo zugutehalten. Die Melodie war so leicht wie Puderzucker, und Susan Vaughan sang mit dieser süßen, unschuldigen Ehrlichkeit – mir war sofort klar, warum Billy ihre Stimme so geliebt hatte; sie war wie für ihn geschaffen.

»Das ist eine gute Melodie«, sagte ich, als der erste Refrain zu Ende war. Es wäre zwecklos gewesen, das zu leugnen.

»Danke«, sagte Inigo.

»Ich nehme an, du hast den Song gespielt?«

Er nickte. Es war ein Song für junge Mädchen, den sie zusammen auf dem Schulhof oder an der Bushaltestelle singen konnten – er verlangte dem Zuhörer nichts ab außer der Bereitschaft, die Geschichte zu glauben. *Mädchen trifft Jungen, Mädchen verliert Jungen, Junge kommt zurück, Mädchen und Junge heiraten in Malibu, und alles ist in Ordnung.*

»Nicht unbedingt Blues, was sie da singt, oder?«, meinte ich, als das Lied zu Ende war. Ich hätte ihm gerne gesagt, wie gut es war, aber das brachte ich nicht über mich. Die Worte, die ich belauscht hatte, hingen mir noch immer nach, egal wie sehr ich versuchte, sie aus dem Kopf zu bekommen. Er glaubte nicht, dass ich es hinkriegen würde.

»Nein«, stimmte Inigo mir zu. »Das ist so weit entfernt von Blues wie nur irgend möglich.«

»Und wo liegt Malibu überhaupt?«, fügte ich hinzu, klang misstrauisch, als hätte er sich den Ort nur um des Songs willen ausgedacht.

»Über achttausend Kilometer von hier entfernt. An der Westküste von Amerika.«

»Macht es das nicht schwierig für die Leute, sich das vorzustellen?«

»Wenn du es in Sunderland abändern willst, tu dir keinen Zwang an.«

»Spiel es mir noch mal vor«, bat ich.

Er hob die Nadel des Plattenspielers an, aber ich sagte: »Nein, ich meinte, *du* sollst es mir vorspielen. Ich will hören, wie es klang, als du es geschrieben hast.«

Das war eine direkte Herausforderung. Inigo sah überrascht aus. »Okay«, sagte er ruhig. Er nickte hinüber in den leeren Aufnahmeraum. Es war Sonntag. Sie sind zum Essen gegangen, dachte ich, stellte mir mit einem Mal vor, wie Imogen Roy und Luke auf die gierigen Finger schlug, während sie sich abmühte, rechtzeitig für Pas Eintreffen nach dem Gottesdienst ein Brathähnchen aufzuschneiden.

Inigo schritt durch den Raum und öffnete den Deckel des weißen Stutzflügels in der Ecke. Die Instrumente derer, die bezahlt wurden, um an diesem Tag für mich zu spielen, lagen aufgereiht vor den Stühlen. Inigo nahm Platz, seine Hände schwebten einen Moment über den Tasten. Haarsträhnen fielen nach vorn, und er schloss die Augen; so hoch konzentriert verlor er die Skepsis, die ihn die restliche Zeit umgab.

»Okay, ich bin so weit.«

Dann legte er los. Die linke Hand spielte die Basslinie, die rechte brachte die Melodie hervor, zwischen der Strophe, dem Refrain und dem Tonartwechsel nahm er einen Schluck Kaffee und spielte trotzdem weiter; mir wurde klar, warum er so erfolgreich war. Genau wie an dem Nachmittag in Milton Magna spielte er so mühelos und brachte die unschuldigsten und fast schon kindlichen Worte mit diesem gewissen Etwas, von dem ich wusste, dass es existierte, das ich aber noch niemals am eigenen Leib erfahren hatte. Als er damit fertig war, strich er sich die Haare aus dem Gesicht und schaute mich an.

»Okay? Eine Sängerin wie du macht das doch mit links.«

»Soll ich mit einem amerikanischen Akzent singen?«

»Ja«, sagte er kurz angebunden.

»Was bedeutet das?«

»Nach was hört es sich denn an? Sie will ihn, sie liebt ihn, sie ist traurig, dann kommt er zurück, und sie ist glücklich.«

»Muss sie ihn zurückbekommen?«

»Was meinst du damit?« Inigo zündete sich eine Zigarette an und blickte mich scharf an.

»Na ja, warum *sollte* sie ihn zurückbekommen? In der zweiten Strophe kommt doch, dass er eine Neue gefunden hat. Und wenn er am Ende der dritten Strophe zurückkommt, dann stehen die Chancen doch gut, dass sie immer argwöhnisch bleibt. Herrje, das liegt doch nahe, oder nicht? *Ich* an ihrer Stelle würde ihn nicht zurückhaben wollen.«

»Du *bist* sie, also gewöhnst du dich besser daran.«

Er drängte sich an mir vorbei, und einen Moment lang dachte ich: *Hilfe! Jetzt hab ich's vermasselt!*

»Warum spielst du mir nicht etwas vor, solange ich das Mikrofon für dich einrichte?«

»Was meinst du denn?«

»Mach einfach, irgendwas.«

Er scheuchte mich Richtung Klavier.

»Ich will aber nicht.«

»Sei nicht so albern.«

»Das interessiert dich gar nicht.«

Inigo zuckte mit den Schultern. »Das werde ich entscheiden, nachdem ich dich gehört habe.«

»Na gut.«

Kaum hatte ich das ausgesprochen, saß ich auch schon am Klavier, da ich wusste, wenn ich nicht sofort losspielen würde, dann hätte ich zu viel Angst.

»Versprich mir, dass du danach nichts dazu sagst.«

Er ließ drei Zuckerwürfel in eine Teetasse fallen und schaute mich an, als wäre ich schwachsinnig. »Na gut. Ich verspreche es.«

Also spielte ich einen Song, den ich zu Hause geschrieben hatte – einen Song darüber, jemanden verloren zu haben und ihn sich zurückzuwünschen. Einen Song über meine Mutter, von dem ich hoffte, er würde Inigo an seinen Vater denken lassen. Ich würde gerne sagen, dass die ganze Welt seufzte und einen Moment stehen blieb – völlig reglos –, um die Genialität dessen, was ich geschaffen hatte, zu betrachten, dass Inigo umgehend verkündete, er könnte genauso gut aufhören, weil er mit mir nicht mithalten konnte, als ich diesen Song vortrug. Ich *wünschte*, ich könnte genau das sagen. Doch so war es leider gar nicht. Zu Hause hatte das einen Sinn ergeben, und Imogen war da gewesen, die ins Zimmer gerannt kam und mir sagte, wie wunderbar ich war. Hier, im Aufnahmestudio der Hauptstadt, vor Inigo, fühlte es sich mit einem Mal so unbedeutend an. Mir wurde das Fehlen von Originalität in der Melodie bewusst – eine Weise, die ich tatsächlich einfach nur von einem Song einer Nina-Simone-Platte von George adaptiert hatte. Meine Finger stolperten über die Noten, und ich war mir unsicher mit den Worten der zweiten Strophe. Es fühlte sich zu dünn, zu amateurhaft, zu kindisch an. Ich war nur ein kleines Mädchen, das sang – aber ohne Emotionen, weil ich zu sehr darum bemüht war, es nach mehr klingen zu lassen, als er war. Ich ging an die Grenze meiner Stimme, da ich wusste, dass die Stimme hier meine Visitenkarte war, sollte der Song nicht funktionieren. *Grundgütiger*, dachte ich. *Errette mich. Er ist zu gut für mich.* Ich wollte es nicht zugeben, aber mich selbst und meine Songs zu hören machte das nur allzu deutlich. Was er da machte, brauchte sehr viel mehr Talent, als ich mir vorgestellt hatte.

Als ich fertig war, drehte ich mich zu Inigo. Er stand an die Tür gelehnt da, regungslos, unmöglich zu sehen, was er dachte. Und wie versprochen sagte er gar nichts. Er kannte mich nicht, wurde mir klar. Für ihn war es nicht das gewesen, was es für mich gewesen war. Lucy hatte bei dem gewissen Etwas nicht recht gehabt.

»Sollen wir weitermachen?«, fragte ich ihn irritiert. Sobald ich mit Spielen fertig war, wünschte ich mir nämlich, ich hätte gar nicht erst damit angefangen. Noch nie hatte ich jemandem meine Songs vorgespielt; ich hätte mich weniger verletzlich gefühlt, hätte ich nackt um das Mikrofon herumgetanzt.

Er nickte.

»Also?«, wollte ich wissen.

»Also was?« Er stellte die Position des Mikrofons so ein, dass es auf Höhe meines Gesichts war.

»Hat es dir gefallen?«

»Ich dachte, du wolltest meine Meinung nicht hören.«

»Nein, du hast recht. Will ich nicht.«

Das Schweigen lastete einen Moment schwer zwischen uns, in dem wattierten Schoß des Studios, und ich stand stocksteif da, starrte auf die irreale Welt um mich herum, fühlte nichts von außen, wusste nichts. Er kniete sich in der Zwischenzeit hin, steckte Kabel ein, zog andere heraus. Dann stand er auf. Sein Gesicht, so ausdruckslos wie immer. »Es war nett.«

Ich sagte nichts.

»Sollen wir jetzt mit dem loslegen, weshalb wir hier sind?«, sagte Inigo. »Bevor einer von uns beiden den Lebenswillen verliert.«

Ich schaute ihn an. »Klar doch. Und ich soll genau so singen wie Susan?«

»*Genau* wie Susan.«

»Weil es das ist, was Billy hören will?«

»Weil es das ist, was Billy hören will.«

Ich zögerte. »Und wir machen immer genau das, was Billy will?«

Inigo seufzte.

»Billy hat dich gehört, er weiß, dass du das kannst. Es gibt aber andere Mädchen da draußen, die es ebenfalls könnten. Wenn du es nicht singst, wird es eine von ihnen machen.«

»Es fühlt sich einfach nicht nach mir an.«

»Glaubst du, Alma glaubt jedes Wort, das sie singt?«, fragte Inigo.

»Das weiß ich nicht. Ich möchte gerne glauben, dass sie das tut.«

»Genau. Du verkaufst hier einen Traum, einen, an den jeder, der ihn hört, gerne glauben möchte.«

»Aber was, wenn ich es nicht glaube?«

»Baby, du wirst bezahlt, und wenn du deine Karten richtig ausspielst, dann kommst du ins Fernsehen und ins Radio. Du wirst auf eigenen Beinen stehen können und sagen können, dass du es bereits geschafft hast, wo du gerade mal siebzehn bist. Nur daran musst du glauben.«

Er zündete sich eine Zigarette an.

Zwei Stunden später gingen wir. Ich sang zu Band und Orchester, als hätte ich zu Hause zu einer Platte gesungen. Gerne hätte ich den Nervenkitzel gespürt, aber er wurde durch das Wissen abgeschwächt, dass ich einfach nur jemanden imitierte, der das schon vor mir gesungen hatte. Ich wollte niemals wieder jemanden imitieren. Dann nahmen wir »Over the Rainbow« auf und einen weiteren Song mit dem Titel »Paint the Clouds«, den Inigo geschrieben hatte. Er reichte mir den Text, der auf ein Blatt Papier getippt worden war, und alles war gefühlt in wenigen Minuten vorbei. Doch ich sah mich als das, was ich war: eine Marionette für ihn und sein Talent – das war alles. Und ich wusste, dass es ein Fehler gewesen war, ihm meinen Song vorzuspielen: Ich kam mir vor wie ein Depp, der sich zu sehr exponiert hatte, zu viel gegeben hatte, der sich in die Karten hatte sehen lassen, nur um festzustellen, dass da keine Asse waren.

Inigo setzte mich am Napier House ab; er würde sich noch mit seiner Schwester in Mayfair treffen, ehe es Zeit für den Sechs-Uhr-Club war.

»Digby wird dich in der nächsten Stunde anrufen«, sagte er, als ich aus dem Wagen stieg.

»Woher weißt du das?«, fragte ich, wollte eine Beteuerung, dass das, was er da sagte, auch tatsächlich eintreffen würde.

»Ich weiß es einfach. Aber sei um Himmels willen vorsichtig. Ich weiß, Billy glaubt, es wäre die beste Nachricht seit dem Ende der Rationierung, dass man sieht, wie du mit ihm herumstolzierst, aber du solltest es nicht zu weit kommen lassen.«

»Wie weit ist zu weit?«

»Das weißt du dann schon«, sagte Inigo.

Er legte den Gang ein und düste davon. Es war ganz gut, dass er nicht auf meine Antwort gewartet hatte, dachte ich. Ich war mir nicht sicher, ob Cherry oder Tara gewusst hätten, was sie erwidern sollten.

An diesem Abend servierte Clover Welsh Rarebit, mit Käse überbackenen Toast, gefolgt von Trifle. Fünf Minuten bevor wir uns zu Tisch begaben, traf Inigo ein, grinste Lucy und mich an, die ich ganz aufgeregt neben dem achteckigen Eichentisch vor mich hin fieberte.

»Hat jemand angerufen?«, fragte er Clover beiläufig, die die Kerzen auf dem Esstisch anzündete.

»Nein«, erwiderte sie. Dann schaute sie ihn neugierig an. »Wartest du auf einen Anruf?«

»Vielleicht ja, vielleicht nein.«

Als es sechs Uhr schlug, setzten wir uns. Es war sehr still im Zimmer; ich rutschte auf dem grünen Lederstuhl hin und her und fragte mich, was Digby wohl tat. Auf das Sideboard hatte Clover eine Vase mit blauen und weißen Hortensien gestellt und dadurch den Raum sowohl tatsächlich als auch bildlich gesprochen freundlicher gestaltet. Dies, zusammen mit der Invasion von heißem Essen, Salz- und Pfefferstreuern, sauberen, frisch gebügelten Servietten und *Menschen*, ließ ihn so funktionsbereit und wirklich erscheinen, wie er damals gewesen war, als man ihn zum ersten Mal eingerichtet hatte. Wir aßen, wie sie damals gegessen hatten; sie waren uns gar nicht so fremd.

Lucy, die einen langen Rock trug, als käme sie sich ohne einen solchen zu modern vor, hatte Colette Napiers Tagebuch vor sich liegen und ging sorgfältig deren Notizen zur Küche durch.

»Hier steht, sie hat eine Bedienstete namens Emma entlassen, weil sie der Art und Weise misstraute, wie sie das Kassler beim Mittagessen zubereitet hatte.«

»Oh, Emma kommt andauernd in ihren Büchern vor«, sagte Clover, die Senf aus einer silbernen Schüssel löffelte. »Irgendwann verbrachte Colette zwei Stunden in der Küche, um über Emmas Weigerung, die gekochten Kartoffeln für das Sonntagsessen zu salzen, zu diskutieren. Sie sagt, dass ihr Mann und seine Freunde Zigarren rauchten, den besten Wein tranken und fröhlich scherzten, während sich dieser bedauerliche Streit hinzog. Bis Colette die Kartoffeln endlich servierte, war die halbe Gesellschaft fast ohnmächtig.«

»Verflucht, ich lebe im falschen Jahrhundert«, stöhnte Inigo.

»Sie scheint die meiste Zeit ›sehr verärgert‹ zu sein«, sagte Lucy, die die Seiten mit gerunzelter Stirn umblätterte.

»Das ist wieder so etwas, das sie und ich gemein haben«, stellte Clover fest.

Lucy schöpfte sich Spinat auf ihren Teller und streckte den Arm nach der filigranen Butterdose aus, die zweifelsohne auf 1870 zurückdatierte. Ein solcher Gegenstand würde im Pfarrhaus keine zehn Sekunden halten, dachte ich bei der Vorstellung von Roys herunterfallenden Brötchen und Florences übereifrigem Einsatz der Spülbürste.

»Hattet ihr einen guten Tag?«, fragte Clover Inigo und mich. Ob sie das wirklich kümmerte oder nicht, konnte ich nicht sagen – ihre Konzentration war etwas sprunghaft. Bei Clover hatte man immer den Eindruck, als wären ihre Gedanken zur Hälfte irgendwo in der Mitte des neunzehnten Jahrhunderts.

»Wir hatten eine schöne Zeit«, sagte Inigo. »Man hat im *Express* über Cherry geschrieben, und sie hat es geschafft, wenigstens eine halbe Stunde am Stück durchzuhalten, ohne über die Qualität meines Schreibens mit mir zu diskutieren. Wir haben drei Songs aufgenommen, und keinem wurde schlecht. Wobei, ich bin mir gar nicht so sicher, ob das stimmt.«

Erwartungsvoll schaute er mich an.

»Ich weigere mich zu antworten, wenn …«, fing ich an, hielt dann aber inne. Das Telefon klingelte im Gang.

»Sprich weiter«, sagte Clover rasch. »Während des Sechs-Uhr-Clubs gehe ich nicht ans Telefon. Wer auch immer das ist, kann warten.«

Doch Inigo stand auf.

»Entschuldigt mich«, murmelte er und lief rasch hinaus.

Clover schaute uns an.

»Ich muss noch die Sahne holen«, murmelte sie und eilte hinter Inigo her.

Lucy schaute zu mir.

»Wie war er?«, flüsterte sie.

»Schwierig«, antwortete ich. »Ich hab mich ziemlich lächerlich gemacht.«

»Nach gestern Abend weiß ich nicht, wie das gehen soll«, sagte Lucy grinsend.

»Was ist mit dir?«, fragte ich sie. Ich wollte nicht länger als unbedingt notwendig über Inigo und mich im Aufnahmestudio sprechen.

Lucy nahm sich ein pochiertes Ei von der Schale in der Tischmitte.

»Es ist gut, sich nützlich vorzukommen. Ist mal etwas anderes als die Dauerwellen und das immer gleiche schwachsinnige Geschwätz. Auch wenn ich den Nachmittag über in Tränen aufgelöst war.«

»Warum?«

»Colette Napiers Tante Jessica, mit der sie sich heillos zerstritten hatte, kommt nach drei Jahren aus dem Exil zurück, um sie zu besuchen. Und zwei Wochen später ertrinkt sie in der Themse.«

»Du wirst ein hoffnungsloser Fall sein, wenn dieser Job hier vorüber ist«, warnte ich sie.

Mit geschürzten Lippen kam Clover zurück ins Esszimmer.

»Amerika«, verkündete sie. Sie schaute mich an und lächelte schelmisch. »Er redet so leise, dass ich nicht ein Wort verstehen konnte, aber das ist sie ganz bestimmt. Die Frau auf der anderen

Seite vom großen Teich. Father Hit-mas ist verliebt«, seufzte sie, fasste sich mit der Hand an die Brust.

Lucy schaute mich an.

»Wo ist die Sahne?«, fragte sie Clover.

Später an diesem Abend tapste ich zum Notizbuch neben dem Telefon und schlug es auf.

Amerika hat Inigo Wallace angerufen, hatte er in seiner großen, krakeligen Schrift notiert. *Zweck des Anrufs: Geht dich verflucht noch mal nichts an. PS: Anrufe von anderen zu belauschen ist ein Zeichen von bevorstehendem Wahnsinn.*

Wie ich so neben dem Telefon stand, erschreckte ich mich zu Tode, als es klingelte.

Nervös hob ich ab.

»Hallo?«

»Wer ist dran?«

»Tara, also ich meine Cherry.«

Digby lachte. »Du musst mal früh ins Bett, Miss Merrywell«, sagte er.

»Wie geht's dir?«, fragte ich ihn aufgeregt. »Danke für die schöne Party …«

»Süße, dafür musst du dich nicht bedanken. Für wen hältst du mich, Prinzessin Margaret? Hör zu, ich rufe nur an, um Clover zu sagen, dass sie ein paar angemessene Sachen für dich mitbringen soll. Dieser ganze Mist, in den sie dich neulich abends gesteckt hatte, passt nicht zu dir.«

»Ich glaube nicht, dass ich ihr sagen kann, was sie bringen soll«, sagte ich fröhlich.

»Dann pack einfach deine Reithose ein und versteck sie unter deinem Rock«, schlug er vor.

»Ich glaube nicht, dass Clover mich in Reithosen fotografiert sehen möchte.«

»Natürlich will sie das nicht, Süße. Und genau deshalb müssen wir das machen.«

»Billy würde es nicht für richtig halten.« Auf der anderen Seite der Leitung hörte ich, wie Glas zerbrach.

»Verdammt«, fluchte Digby. »Hör zu, Engel, ich muss los. Caspar ist gerade gekommen. Wir sehen uns morgen. Schlaf gut und lass dich um Himmels willen nicht von ihr herumkommandieren.«

Ich legte den Hörer auf.

Digby O'Rourke hat für Clover angerufen, schrieb ich. *Mit Cherry Merrywell gesprochen. Zweck des Anrufs: Erkundigungen bezüglich Kleidung.*

Ich rannte die Treppe hoch und stopfte meine Reithose in eine Papiertüte.

25. Kapitel

Wie ich mich verirrte und warum

»Liebes Kind, hast du nichts anderes, das du anziehen kannst?« Clover und ich waren zwei Tage später auf dem Weg zu Digby.

»Nichts Sauberes«, gab ich zu.

Clover seufzte. Früher an diesem Morgen hatte sie eine ganze Ladung Kleider von einem französischen Designer geliefert bekommen, mit dem sie einmal geschlafen hatte und der ihr etwas schuldete, weil sie versprochen hatte, seiner Frau nichts zu sagen. Sie hatte sie in einen Koffer mit Rollen gepackt, den sie wie eine Stewardess hinter sich herzog – aber das würde ihr nicht wirklich gerecht werden. Mit ihrer Sonnenbrille, ihren Absätzen, ihrem schwarz-blauen Pony und ihrer furchteinflößenden Ausdruckskraft erweckte sie ganz den Anschein, als könnte sie ein Flugzeug einhändig fliegen.

Lucy hatten wir in Napier House zurückgelassen, wo sie sich durch Stapel von Unterlagen arbeitete, doch sie und ich waren an diesem Vormittag etwas distanziert zueinander gewesen. Der Harmonikaspieler hatte sie um acht Uhr morgens angerufen; ich hatte Clovers Eintrag im Buch gesehen. Ich wusste nicht, was Lucy tun würde, aber wenn ihr die Jungs in der Vergangenheit hinterhergelaufen waren, hatte sie irgendwann nachgegeben, und sei es nur, um die Gelegenheit zu haben, Pas Klauen für einen Abend zu entkommen. Ich konnte jetzt nicht an sie denken – nicht, wenn ich mich darauf konzentrieren musste, vor Digby einen kühlen Kopf zu bewahren.

Als wir bei Cheyne Walk ankamen, öffnete Digby die Tür in blauen Jeans und ohne Hemd, in der Hand eine Schale Regenpfeiffereier wie Sebastian Flyte, dem Dandy aus Evelyn Waughs Roman *Wiedersehen mit Brideshead*. Seine koboldartigen Augen verengten sich, als sie Clovers Koffer erblickten.

»Du ziehst ein«, seufzte er. »Dann musst du dich mit Caspar arrangieren. Er sieht nicht sehr heiß aus, hat aber durchaus ein gewisses Etwas.«

»Syphilis, nehme ich an«, entgegnete Clover und zog den Koffer in den Gang.

»Keine Sorge«, sagte Digby. »Ich weiß besser als Billy, was er will. Ich arbeite am besten mit rasenden Kopfschmerzen.«

»Sehr gut, denn ich werde sie ganz bestimmt noch schlimmer machen«, drohte Clover.

Digby grinste mir zu.

»Hallo, Baby, komm rein. Ich glaube nicht, dass ich schon die Gelegenheit hatte, dir zu sagen, dass du *wirklich* singen kannst. Du warst verdammt gut.«

»Das glaube ich nicht«, sagte ich. Ich spürte, wie ich rot wurde, doch Digby hielt meinen Blick fest und lachte.

Wir gingen die Treppe bis ins Dachgeschoss hoch, wobei Digby unter dem Gewicht von Clovers Koffer schwankte. Er schaute zu mir mit meiner Papiertüte unter dem Arm und hob fragend die Augenbrauen. Ich nickte.

»Braves Mädchen«, sagte er leise.

»Was flüstert ihr zwei da?«, wollte Clover irritiert wissen.

Wir brachten eine ganze Stunde damit zu, die Klamotten durchzusehen, Kleider, die geradewegs vom Laufsteg in Paris kamen, Hüte, Handschuhe, wunderschöne Schals, auserlesene Blusen, und ich probierte alles an. Mir wurde immer heißer, und meine Besorgnis nahm zu. Digby machte sich über so ziemlich alles lustig, was Clover geschickt worden war, zog unbezahlbare Teile heraus und probierte sie selbst an oder verwandelte sie in noch merkwürdigere Teile, als sie ohnehin schon waren.

»Wir wollen, dass tausend junge Teenager-Mädchen da draußen losziehen und sie imitieren«, sagte Clover, die so langsam die Geduld verlor, als mir Digby einen rot-blau gestreiften Schal wie bei einem Piraten um den Kopf band.

»Das Problem mit Billy-Boy ist, dass er nicht will, dass jemand er selbst ist. Das macht ihm Angst«, sagte er leise, aber doch laut genug, dass ich ihn hören konnte. »Er kann das einfach nicht kontrollieren.«

»Er weiß, was funktioniert«, sagte Clover.

»Bis zu einem gewissen Punkt«, sagte Digby.

Clover saß auf dem Boden, seufzte und zupfte am Saum eines knallpinken Ballkleides aus Taft, Digby berührte mich im Nacken, schickte Adrenalinstöße meinen Rücken hinunter. Es waren sein entspanntes, koboldhaftes Selbstbewusstsein, diese unglaubliche Anziehungskraft seiner feurigen Augen, die mich ihm völlig auslieferten. Zweifelsohne waren tausend Mädchen vor mir darauf hereingefallen, sagte ich mir, aber sprach diese Statistik nicht für unglaubliches Talent? Wenn ein Job es wert ist, getan zu werden, dann sollte er richtig gemacht werden, hatte Imogen immer gesagt.

»Geh später mit mir aus«, murmelte Digby.

»Das habe ich gehört«, sagte Clover. »Tara, wenn ich dir einen Rat geben darf, dann machst du besser nichts dergleichen.«

Ich biss mir auf die Lippe und versuchte, mir ein Grinsen zu verkneifen.

Selbst während meiner Tage völliger Verblendung durch Pferde hatte ich mir hin und wieder den seltsamen Moment der Aschenputtel-Träumerei erlaubt – diese hoffnungslosen, schwammigen Träume, dass eines Tages jemand wie Clover eine Wimperntusche und ein Döschen von Elizabeth Ardens Gesichtspuder zur Hand nimmt und mich – im Stil von Eliza Doolittle – in die Art gesellschaftliche Schönheit verwandelt, die den Verkehr zum Erliegen bringt. Doch im wirklichen Leben läuft das nicht so. Clover hatte mich so schön geschminkt wie nur irgendwie möglich, doch ich sah fremd und grundverkehrt aus. Pinkfarbene Lippen, hellblauer Lidschatten, auffallendes Rouge und die Haare hochtoupiert und mit einer diamantenen Spange hochgesteckt – ich war zu Alma geworden, allerdings ohne die Authentizität, die Alma für mich real machte. Ich wirkte clownesk, absurd. Alarmiert starrte ich mich im Spiegel an.

»Ich sehe nicht aus wie ich selbst«, sagte ich.

»Genau darum geht es«, entgegnete Clover, nicht unfreundlich.

»Vermutlich«, gab ich mich geschlagen. Etwas vom pinkfarbenen Lippenstift war auf meinen Zähnen, ich rieb es ab.

»Bleib ganz ruhig stehen und mach genau das, was Digby sagt«, sagte Clover.

Das hätte sie mir nun wirklich nicht sagen müssen.

Er machte Fotos, redete die ganze Zeit mit mir. Er warf mit Superlativen um sich, als würde er Süßigkeiten am Schultor verteilen – und dafür war ich ihm sehr dankbar –, doch ihn umgab eine gewisse Zerstreutheit, ich hatte das Gefühl, dass er das alles schon oft zuvor gesagt hatte, dass ich zu einer langen Reihe von Mädchen gehörte, die Clover ihm zum Fotografieren vorbeigebracht hatte, was natürlich auch stimmte. Wir wechselten das Outfit dreimal, aber nie nahmen wir die Klamotten, die ich ausgesucht hatte.

Irgendwann legte Digby den Fotoapparat zur Seite, runzelte die Stirn und sagte zu Clover: »Ich mag den Rock nicht.«

»Der wurde in Mailand gefertigt«, erwiderte Clover, als würde das alles klären.

Digby zuckte mit den Schultern und fuhr mit Fotografieren fort. Ich war da ganz bei ihm. Ich glaube nicht, dass ich diesen Rock für mich ausgesucht hätte, aber Clover war fest überzeugt davon, dass es das war, was Billy wollte.

»Ich verstehe nicht, warum er absolut *alles* vorschreiben

sollte«, sagte ich. »Immerhin ist er ein Mann. Und haben die meisten Männer Ahnung, wenn es um Mädchenklamotten geht?«

»Er ist nicht wie die meisten Männer«, widersprach Clover und sah dabei Digby an.

»Hast du das Gefühl, so langsam passt es?«, fragte sie ihn eineinhalb Stunden später. Ich war kurz geflüchtet, um ein Sandwich zu essen, das Digbys langmütige Putzfrau freundlicherweise zubereitet hatte – und hörte, wie sie im Raum nebenan miteinander sprachen. Clover versuchte, die Beklemmung in ihrer Stimme zu verbergen, und mir wurde klar, dass es für sie wichtiger war als für alle anderen, dass das hier stimmte. Wenn es nicht funktionierte, würde Billy ihr die Schuld geben, nicht mir.

»Das ist es, was Billy will. Ich drücke einfach nur auf den Auslöser.«

»Billy will, dass sie ›unschuldig, gleichzeitig aber wissend‹ aussieht«, fuhr Clover fort, ohne auf ihn einzugehen. »Glaubst du, wir haben das eingefangen?«

»Nein.«

»Warum nicht?«

»Wie heißt ihre Schwester gleich noch mal? Die Puppe mit den Beinen?«

»Lucy.«

»Sie könnte ›wissend‹ zustande bringen. Aber die hier nicht. Sie ist eine süße kleine Jungfrau aus Devon, verflucht noch mal.«

»Cornwall«, korrigierte ihn Clover.

»Kommt auf dasselbe raus, oder?«

»Nicht für die, die dort leben«, erwiderte Clover steif. »Und ich schlage vor, du lässt sie besser nicht zu böse fallen …

»Verpiss dich. Ich mag sie«, sagte Digby. »Und was geht das dich überhaupt an?«

Ich musste mir auf die Hand beißen, um mich davon abzuhalten, vor Freude laut loszulachen.

Clover öffnete die Tür und lächelte mir zu.

»Ich muss los«, sagte sie. »Ich habe eine Verabredung«, erklärte sie kurz angebunden. »Digby bringt dich zurück, wenn ihr hier fertig seid.« Clover drückte mir noch einen Einpfundschein in die Hand.

»Für Notfälle. Und falls du dich fragst … Wenn sich ein Fotograf mit mehr Geld als Verstand an einen ranmacht, dann ist das ein Notfall. Billy gefällt vielleicht die Vorstellung, wenn ihr euch zusammen zeigt, aber das ist gefährlich.«

»Was ist gefährlich?«, fragte ich.

»Das zu tun, was egal welcher von diesen beiden Männern von dir erwartet. Sie bekommen beide immer, was sie wollen. Und es ist nicht immer das Beste für einen, ihnen genau das zu geben.«

Sie ging, und plötzlich waren wir alleine. Ich fragte mich, ob Digby wollte, dass ich sofort ging, ich konnte mich aber nicht dazu durchringen, mich zu bewegen.

»Ich habe nichts zu essen hier«, sagte er, öffnete einen Küchenschrank, machte ihn wieder zu, nur um ihn gleich danach erneut zu öffnen, als würde sich darin auf wundersame Weise ein Brathähnchen oder eine Ofenkartoffel aus dem Nichts materialisieren. »Pfirsiche«, verkündete er, holte eine Dose hervor und schaute mich bedauernd an. »Magst du Pfirsiche?«

Wunderbarerweise fand er noch eine Flasche Weißwein, und wir standen auf dem Balkon und blickten über den Fluss. Mir fiel nichts ein, was ich hätte sagen können. Nachdenklich schaute er mich an – als wäre ich ein halb fertiges Gemälde von ihm.

»Kommst du mit mir in den Ballsaal?«, fragte er.

In roten High Heels ging ich die Treppe nach unten, langsam, weil ich Angst hatte, ich könnte fallen, und Digby und ich traten in den Raum mit dem Klavier. Alles war noch immer verschlossen – es roch nach altem Zigarettenrauch und Parfüm, und in der Ecke schaute eine stahlgraue Siamkatze von einem Kissen mit verblichenen pinkfarbenen Sittichen auf.

»Die meisten Leute, die hierherkommen, brauchen die Dunkelheit, um sich sicher zu fühlen«, sagte Digby. »Nicht du, Miss Merrywell. Du brauchst Licht, um zu überleben.«

Dann öffnete er die Vorhänge, sodass die Julisonne in den Raum strömte, ich zusammenzuckte und die Augen mit der Hand abschirmte. Halb triumphierend lächelte er mich an, als hätte er einen Plan, den er jetzt umsetzen würde. Und gerade als ich mir vorstellte, er würde mich in den Arm nehmen und da weitermachen, wo wir am Uferdamm aufgehört hatten, schaute er mich nachdenklich an.

»Deine Reitklamotten, wo sind die?«

Ich zeigte auf die Tüte zu meinen Füßen.

»Würdest du sie bitte für mich anziehen? Bitte?«

»Ich kann mich doch nicht einfach hier umziehen …«

»Warum nicht? Du hast es doch schon einmal so gemacht, erinnerst du dich?«

Ich atmete tief ein. »Wenn ich mich umziehe, küsst du mich dann wieder?«, wollte ich wissen.

Er lachte. »Das mache ich auch, wenn du in diesem schrecklichen Aufzug von Clover bleibst. Aber ohne diese ganze Schminke bist du hübscher. Komm her.«

Ich ging auf ihn zu, Herz und Schritte waren dabei so gar nicht im Takt.

Digby fasste mich an der Hand und führte mich nach oben. Unsere Schritte waren auf dem Teppich kaum zu hören; auf dem Treppenabsatz stand ein übervoller Aschenbecher. In dem Zimmer, wo er mein Foto gemacht hatte, lief *Peter und der Wolf* weiter.

Jetzt passiert es!, dachte ich voller Schrecken. Digby zog die Augenbrauen hoch und grinste mich an, dann öffnete er die Tür zum Badezimmer und drehte den Heißwasserhahn auf. Ich stand neben ihm. Wir schauten einander im Spiegel an, wie wir so nebeneinander dastanden. Haarsträhnen hatten sich aus der funkelnden Spange gelöst, die Clover mir geborgt hatte; meine

Wimperntusche war etwas verschmiert. Digby schaute mich an, als würden wir gleich ein paar Luftballons mit Wasser füllen und den Mathelehrer damit überraschen.

Er fand ein sauberes Handtuch und ein Stück Pears-Seife – die mich, das muss ich zugeben, bedauerlicherweise an Imogen erinnerte – und ging nach draußen, während ich das Make-up abwusch. Als ich fast fertig war, klopfte er leise an die Tür.

»Glaubst du, ich bekomme dieses Pink jemals ganz weg?«, fragte ich, biss mir auf die Lippe und rieb mit der Hand über meinen Mund.

Dann küsste er mich, genau da im Badezimmer, und obwohl ich die Augen geschlossen hatte, wusste ich, dass auch unsere Spiegelbilder sich küssten, und das verstärkte dieses schwerelose Gefühl, in etwas zu fallen, das ich vor diesem Nachmittag nicht einmal annähernd verstanden hätte.

»Ich glaube, wir gehen besser ins Schlafzimmer«, sagte er. »Also … wenn du willst.«

Wie schön, dass er das vorschlug, letzten Endes schafften wir es aber nicht aus dem Badezimmer. Ich spürte den kalten Boden an meinem Rücken, hörte eine glückliche Fliege um die Glühbirne über dem Spiegel herumsummen und verschloss meine Augen vor allem außer vor der Wärme dieses Fremden unter meiner Haut. Es war seine Stärke, mit der er mich so völlig überwältigte, das Gefühl, dass er mich hochheben und genau dort platzieren konnte, wo er wollte, ohne dass ich mich ihm hätte widersetzen können. Ich überließ mich ganz seinen Händen und gab alles für ihn auf.

»Geht's dir gut?«, flüsterte er, als es vorbei war. Er berührte meinen Rücken. »Dein Rücken …«, fing er an.

»Schon lustig, ich war nie weg.«

Bis ich meine Reitklamotten angezogen hatte, wie er mich gebeten hatte, ging bereits die Sonne unter. Wir waren wieder im Ballsaal, Digby nur mit einer Jeans bekleidet. Ich spürte ein süßes, heftiges Brennen zwischen den Beinen und in meinem Hinterkopf – wo es nur noch einen winzigen Raum gab, um an etwas anderes als an ihn zu denken. Ich wusste, dass dieser Nachmittag mich für immer verändert hatte, war mir nur nicht sicher, ob ich wollte, dass das »für immer« jetzt schon anfing. Ich wollte so lange wie möglich daran festhalten. Die oberen Knöpfe meiner Bluse hatte ich aufgeknöpft, sodass er meine Brüste etwas sehen konnte, aber Digby kam zu mir zum Klavier, schaute mir in die Augen und knöpfte die Bluse wieder zu. Verlegen schaute ich nach unten.

»Besser, man überlässt alles der Fantasie«, sagte er.

Ich setzte mich ans Klavier, und er verknipste ziemlich rasch eine Filmrolle, ohne ein Wort zu sagen. Dann legte er den Fotoapparat weg und schaute mich an.

»Spiel mir was vor«, bat er. »Bitte.«

»Okay. Was hättest du gerne?«

»Etwas für den Kopf.«

Ich betrachtete meine Hände, dachte an Ma und daran, was sie wohl sagen würde, wenn sie mich jetzt sehen könnte, und ich dachte an Imogen und Florence und fragte mich, was sie empfinden würden, wenn sie wüssten, dass ich gerade einen Jungen auf dem blau-weiß gekachelten Badezimmerfußboden gehabt hatte, in seinem Haus in Cheyne Walk, Chelsea, und plötzlich kamen mir die Tränen.

Digby setzte sich zu mir. »Was ist los?«

»Ich weiß es nicht. Ich habe nur nicht mit alldem gerechnet. Ich hätte nicht geglaubt, dass die Dinge so schnell passieren können. Vor allen Dingen … das, was gerade passiert ist.«

»Ging es dir zu schnell?«, fragte er, legte eine Hand auf meinen Oberschenkel.

»Ich habe dich erst vor zwei Tagen kennengelernt. Und jetzt habe ich dich das tun lassen, und ich bekomme es nie wieder zurück!«

»Komm mal her«, sagte er und zog mich in seine Arme. Sein Geruch war mir bereits so vertraut!

»Bereue es nicht«, sagte er. »Ich bereue es nämlich ganz bestimmt nicht.«

»Tut mir leid. Es ist nur so, dass ich diejenige sein muss, die stark und locker und distanziert ist und glücklich weggeht und ›Danke für die schöne Zeit‹ sagt und ›Wir sehen uns wieder, wenn ich in der Stadt bin‹ …«

Digby lachte. »Wenn dich das tröstet – ich kenne keinen, der so redet.«

Schüchtern lächelte ich ihn an.

»Du bist einfach so anders als all die anderen Jungs, die ich je gekannt habe, und ich habe Angst, dass du nicht sehr lange da sein wirst.«

Digby so nahe zu sein war wie die Auswirkung einer Wahrheitsdroge – als ich damit angefangen hatte, konnte ich einfach nicht mehr aufhören. All meine Gefühle für ihn sprudelten nur so aus mir heraus.

»Cherry«, sagte er. »Stopp. Sag nichts mehr. Es ist in Ordnung. Du musst dir über nichts Sorgen machen, lass die Dinge einfach passieren.«

»Was meinst du damit?«, fragte ich ihn verwirrt.

»Mach keine Pläne, das meine ich. Denk nicht darüber nach. Lebe es einfach, mach es einfach. Du brauchst keine Erklärung für jedes verdammte Gefühl, das du hast. Das hat keiner. Meist sind die Gründe dafür, dass wir etwas tun, völlig rätselhaft. Das macht uns real.« Er schien zufrieden über das, was er mir gesagt hatte, und lief langsam warm. »Weißt du, die Leute zahlen einen Haufen Geld für eine solche Unterhaltung, wie wir sie gerade führen. Clovers Typ da, Dr. Henry Neunmalklug, verdient ein Vermögen, indem er den reichen Tussis erzählt, sie sollten mehr nachdenken. Schwachsinn, sage ich. Denk weniger, sei mehr.«

»Das war mein erstes Mal!«, brach es in heftigem Flüstern

aus mir heraus – meine Hände zitterten, als ich eine Zigarette von ihm nahm.

»Du bist siebzehn, und dein Dad ist *Pfarrer*. Da hoffe ich ja wohl, dass dem so ist.«

»Aber das Problem beim ersten Mal ist, dass man sich viel zu viel davon erhofft.«

»Oh, verdammt. Versuchst du gerade, mir klarzumachen, dass ich deine Erwartungen nicht erfüllt habe?«

Er schaute noch immer amüsiert drein.

»Nein«, sagte ich schnell und ließ den Kopf hängen. »Es ist nur so, dass es nicht *dein* erstes Mal ist, oder? Es hat nicht dieselbe Bedeutung für dich. Also, man hört doch keinen sagen, dass ihr neuntes Mal das Beste war, was ihnen je passiert ist, oder?«

Digby lachte.

»Doch, das kommt vor.«

»Wann?«

»Direkt nach der schrecklichen Enttäuschung des achten Mals.«

Ich lachte schwach. Er machte eine Cola-Dose auf.

»Darf ich dir einen Vorschlag machen, Miss Merrywell?«

»Einverstanden.«

»Hör auf, dir Sorgen zu machen, und spiel mir etwas vor.«

Ich sang einen alten Bluessong, der mich an zu Hause hätte erinnern sollen – doch ich dachte nur daran, wie es sich anfühlte, diesen Körper neben mir zu spüren, und daran, dass ich nicht wollte, dass er je wieder ging. Ohne zu übertreiben, könnte man sagen, dass ich ihm an jenem Nachmittag alles gegeben habe. Als der Song zu Ende war, drehte ich mich um, lächelte ein wenig, aber Digby saß mit gerunzelter Stirn da; er sah … bei Gott … er sah besorgt aus.

»Hey«, sagte er. »Das ist … das ist aber nicht das, was du mit Billy und Inigo aufgenommen hast, oder?«

»Nein. Das ist ganz anders.«

»Gott sei Dank«, seufzte Digby erleichtert. »Denn der Mist, den du gerade spielst, der ist … *bizarr*, Baby.«

»Bizarr, aber gut?«

»Bizarr, aber gut.« Er schaute mich an. »Genau wie du.«

Erst fünf vor sechs waren wir wieder beim Napier House. Ich stieg aus Digbys Auto, trug meine Schuhe, den Pony über den Augen. Sogar auf dem Weg zur Eingangstür war ich nervös – als könnte mir jeder, der an mir vorbeiging, ganz eindeutig die Dirne ansehen, als die ich mich fühlte. Es war in Ordnung, solange es nur wir beide waren, doch jetzt, wo ich die Wärme und den Schutz seiner Arme verlassen hatte, war ich mir sicher, dass die ganze Welt meine geschwollenen Lippen bemerken würde, auf die er mich geküsst hatte, die tiefroten Wangen – die soeben diplomierte, mit Freuden entjungferte kleine Tara Jupp, die nicht so recht wusste, was sie tat, nur, dass es sich richtig anfühlte. Es war eine kleine Qual für mich – der Genuss, mit Digby zusammen zu sein, kombiniert mit dem schleichenden Verdacht, ich könnte für alle Zeiten verdammt sein.

Zum Sechs-Uhr-Club gab es Brathähnchen und Apfelkuchen mit Streuseln, doch ich bekam kaum etwas hinunter. Ich glaube nicht, dass ich mitbekam, worüber sich die anderen unterhielten.

»Was ist los mit dir?«, flüsterte Lucy, legte ausnahmsweise mal Colettes Tagebücher weg und schaute mich neugierig an.

»Einfach nur müde.«

Doch Lucy schaute mich an, und sie wusste es.

»Ich nehme an, ich sollte dir sagen, dass du aufpassen musst«, sagte sie und spießte ihre restlichen grünen Bohnen auf.

»Ich weiß nicht, wovon du redest«, murmelte ich.

»Zwei Ratschläge«, erwiderte sie ruhig. »Mach es ihm nicht zu einfach und erzähl ihm nicht alle deine Geheimnisse.«

Abgeschrubbt, gewaschen und an diesem Abend um halb neun bettfertig, blickte mich mein Gesicht ganz entschieden naiv aus dem Spiegel an. Er kennt mich jetzt, dachte ich, als ich mein Nachthemd über den Kopf zog. Beim ersten Rat meiner Schwester hatte ich schon mal alles vermasselt. Ich hatte es ihm zu einfach gemacht.

»Ich wollte es so haben«, sagte ich meiner vorwurfsvollen Spiegelung trotzig.

Zwei Stunden lag ich wach im Bett, hörte Inigo durch die Wand beim Gitarrespielen zu und ließ die Ereignisse des Tages Revue passieren. Imogen würde mir nicht glauben, dachte ich.

Lucy kam ins Bett, als die Uhr melancholisch Mitternacht schlug. Sie hatte sich Notizen zum Inhalt von Colette Napiers Schreibtisch gemacht. Ich sah, wie sie sich auszog – ihre Klamotten auf den Boden fallen ließ und dem Haufen wie gewöhnlich einfach entstieg, sich das Gesicht mit dem Waschlappen wusch, ohne sich mit einer Gesichtscreme abzumühen, die Imogen und Florence für so wichtig erachteten.

»Bist du wach?«, flüsterte sie, als sie ins Bett kletterte.

»Weiß nicht«, antwortete ich.

Stille.

»Ich habe noch einen dritten Ratschlag«, sagte sie, starrte dabei an die Decke.

»Was denn?«

»Wenn du glücklich bleiben willst, dann heirate nicht.«

Ich setzte mich im Bett auf und schaute sie an.

»Und stell mir keine weiteren Fragen«, fügte sie noch hinzu. Sie schaltete das Licht aus, und wir lagen im Dunkeln da.

Digby, dachte ich, mit brennendem Gesicht. Ich wollte ihn nicht heiraten, aber mehr als alles andere wollte ich mit ihm zusammen sein. Ich musste wissen, dass das, was ich getan hatte, nicht umsonst gewesen war.

26. Kapitel

Mr. O'Rourke und ich

Am nächsten Morgen ließ Clover uns wissen, dass wir etwas Zeit zur freien Verfügung hatten. Für Lucy hieß das, einen Abstecher zur Kohlenbörse zu machen und sich in den Auseinandersetzungen über deren unsichere Zukunft aufzureiben – jetzt, da sie in London war, wollte sie zu denen gehören, die es sich zur Aufgabe gemacht hatten, ihren Abriss zu verhindern. Clover war jedoch klar, dass ein freier Tag für mich etwas ganz anderes bedeutete. Ich eilte zu *ihm* zurück. Ich rief nicht an – ich stellte mir einfach vor, dass er ebenso erfreut sein würde, mich zu sehen, wie ich es war. Atemlos klopfte ich bei ihm an die Tür.

»Ach, du bist es!«, sagte er überrascht. »Wie nett!«

»Ich habe heute ein bisschen frei, und da dachte ich, ich komme vorbei und frage mal, ob du Lust hast … ähm … ins Kino oder so zu gehen.«

Wie bescheuert!, dachte ich. Ich kam mir so dumm vor.

»Ich finde mich so langsam in London zurecht«, sagte ich gleich darauf. »Clover meint, wenn ich damit weitermache, nachts durch Londons Straßen zu ziehen, dann weiß ich bald genug, um den berühmten Knowledge-Test machen und Taxifahrer werden zu können, für den Fall, dass es mit Billy und den Platten nicht klappt …«

Er lachte. So war Digby, er lachte immer im richtigen Moment.

»Komm hoch«, sagte er, vermutlich, damit ich endlich aufhörte zu plappern. »Ich löse gerade ein Kreuzworträtsel.«

Doch oben angekommen hatte ich dann das gegenteilige Problem. Wieder in seinem Schlafzimmer, kam ich mir lächerlich vor, als wäre ich in einen sehr privaten Bereich vorgedrungen – dabei kannte ich Digby O'Rourke ja kaum. Jetzt erschien es mir einfach *dumm,* angetrieben von der Kraft meiner romantischen Ideen die Straßen zu seinem Haus entlanggetrabt zu sein. Was *machte* ich hier nur? Mit einem Mal fiel es mir schrecklich schwer, Worte zu finden – wohin sollten sie denn *führen*? Gefiel ich ihm am besten in dem Stil, in dem er mich nach der Party zurückgelassen hatte? Oder sollte ich geheimnisvoller sein – vielleicht etwas überraschender? Womit würde ich ihn nicht verlieren, verdammt? Ich drückte mich auf der Schwelle zu seinem Schlafzimmer herum. Digby legte sich aufs Bett.

»Kannst du dich nicht hinsetzen? Es macht mich ganz nervös, wenn du in der Tür stehst, als würdest du gleich abhauen.«

Ich zog meine Schuhe aus und setzte mich neben ihn. Das Bett knarzte. Zu meiner Überraschung setzte Digby eine Brille auf.

»Die steht dir«, sagte ich.

»Sie schafft die Illusion von intellektueller Intelligenz, eine Eigenschaft, die mir schmerzlich fehlt. Leg dich hin. Mach schon, Baby. Du bist doch hier, oder?«

»Was meinst du damit?«, fragte ich, hatte ihn aber ganz genau verstanden.

Er legte einen Arm um mich und griff sich mit der freien Hand die Zeitung. Er war ebenso entspannt, wie ich verängstigt war – tatsächlich war es für ihn in keiner Weise merkwürdig, dass ein Mädchen wie ich bei ihm vor der Tür aufkreuzte, nachdem sie nach ein paar Cocktails mit ihm herumgeschäkert hatte. Mein neuartiges Verhalten, mein Mangel an Kultiviertheit erschreckte mich erneut. Wie sollte ich jemanden wie ihn *festhalten*? Wie sollte ich das *bewerkstelligen*? Ich spürte, wie es in meinem Bauch rumorte, und hasste ihn dafür, mich so bloßzustellen. Digby schien nichts zu bemerken, war mit gerunzelter Stirn in die *Times* vertieft.

»Es ist gut, dass du hier bist«, sagte er nach einer Weile, kaute auf dem Ende seines Bleistifts herum. »Du kannst mir bei dem hier helfen. Sechs senkrecht. Sechs Buchstaben. ›Prophet, dessen Freunde in den glühenden Feuerofen geworfen werden‹.«

»Daniel«, erwiderte ich automatisch.

»Natürlich«, sagte Digby. »Daniel.« Mit kindlicher Freude schrieb er die sechs Buchstaben auf. »Glühender Feuerofen«, wiederholte er. »Wofür steht das noch mal? Was ist da genau passiert?«

»Drei von Daniels Gruppe weigerten sich, vor einem goldenen Standbild niederzuknien und es anzubeten. Also ging es ab in die Flammen mit ihnen.«

Ich wollte nicht über das Alte Testament mit Digby sprechen; das mahnte mich an mein Zuhause und verursachte mir zu großes Unbehagen.

»Ach du Schande! Und ich dachte, ich hätte es schwer.«

»Aber Gott hat sie gerettet«, betonte ich. »In der Regel kümmert er sich um die guten Jungs.«

»Und was ist mit den schlimmen?«

»Geradewegs in die Hölle.«

Digby ließ die Zeitung auf den Boden fallen und zog mich an sich. Wir verwarfen die Idee mit dem Kino. Digby war der Meinung, der alte Liberty Valance werde ganz eindeutig überbewertet und John Wayne rufe bei jedem Mann einen Minderwertigkeitskomplex hervor.

Nachmittags um halb drei verließen wir zusammen das Haus, und schon nach kurzer Zeit wurde mir klar, dass die Leute Digby mit dem Fotoapparat über der Schulter und seinen von Zigarettenrauch und Schlafmangel getrübten Augen, egal wohin er auch ging, erkannten. Da er sich nichts daraus machte, »angesagt« zu sein, wurde er zur hippsten Person im Raum; und da er sich mit denen am Rand der Gesellschaft abgab – mit Pennern und Drogenabhängigen, mit bejahrten Lehrern, dicken Kellnern, die sich von Herz-OPs erholten, Bauarbeitern auf der Straße –, war er Jesus in meinen Augen ziemlich ähnlich. Keiner, dem ich je begegnet war, wäre in der Lage gewesen, sich so zu verhalten – Digby schien sich einfach nichts daraus zu machen.

Um vier Uhr winkte er einem Taxi.

»Wohin fahren wir?«, fragte ich ihn.

»Hüpf rein«, verlangte er. »Nach Hoxton, Kumpel«, sagte er zum Fahrer. Und an mich gerichtet wieder: »Nein, keine Panik. Alles in Ordnung. Du kannst nicht nach London kommen, ohne das East End zu sehen. Das ist verdammt noch mal *verboten*, Baby.«

»Absolut richtig!« Der Taxifahrer lachte schallend.

»Was ist mit Clover? Wir müssen um sechs zurück sein«, sagte ich. Auch wenn ich mich für gewöhnlich nicht an Regeln hielt, so war mein Bedürfnis, bei Clover gut angeschrieben zu sein, erstaunlich groß – was ganz besonders mich überraschte.

»Ach, das ist schon in Ordnung«, beruhigte mich Digby, dann sah er, wie bedrückt ich wirkte. »Ich rufe sie an. Ich sage ihr, dass ich dich entführt hätte und dass du erst spät zurück sein wirst. Das geht in Ordnung mit ihr.«

»Woher willst du das wissen?«

»Sie hat keine andere Wahl.«

Die nächsten eineinhalb Stunden kapierte ich recht schnell, dass alles, was Billy gesagt hatte, stimmte. Digby hatte ein außerordentliches Geschick darin, zu erreichen, dass sich der Nachmittag wie eine ganze Woche anfühlte. Außerdem gab er mir das Gefühl, die einzige Geliebte zu sein, die ihm je etwas bedeutet hatte, und an diesem Nachmittag war ich ziemlich glücklich, weil ich genau das glaubte. Er hätte mich überall mit hinnehmen können, alles wäre für mich an diesem Nachmittag schön gewesen, aber wir landeten in einem kleinen Café namens *Harry's Place*, mitten im Herzen des East End. Wir aßen Pommes mit Erbsen und schauten dabei zu, wie die Ortsansässigen ins Pub auf der anderen Straßenseite drängten.

Als die Leute Digby durch das Fenster sahen, kamen sie herein, um Hallo zu sagen – Männer mit kräftigen Armen, die nach Meer rochen und den ganzen Tag Kabeljau auf dem Markt verkauft hatten, Frauen mit anmutigen Gesichtern und faltigen Stirnen, ihre dicken Babys auf den Hüften aufgestützt, und Digbys Neffen, Tom und David, die ihrem Vater, der den Laden an der Ecke über Nacht schloss, Bierflaschen brachten. *Er hat mich hergebracht, um mir zu zeigen, wo er herkommt!*, dachte ich euphorisch nach ein paar Drinks. *Er glaubt, dass wir für immer zusammen sein werden, deshalb hat er mich mit hierhergenommen!*

»Entschuldige, ich habe dich unter Vorspiegelung falscher Tatsachen hierhergelockt. Ich habe mir vor einer ganzen Weile ein bisschen Kohle von Jimmy geborgt«, sagte Digby da, brachte meine Träume mit einem Schlag zum Platzen.

»Schon in Ordnung. Ich finde es schön zu sehen, wo du herkommst. Oje, das ist aber viel Geld für ein bisschen Kohle«, sagte ich, als ich sah, wie Digby einem unruhig wirkenden Mann mit dreckiger Schürze hinter der Theke einen Zehn-Pfund-Schein gab.

Digby lachte. »Kohle, Kies, Kröten – Geld, Baby!«

Die nächste Stunde taten wir nichts anderes als rauchen, Pommes essen und reden, und genau wie man auf dem Tennisplatz ein besseres Spiel liefert, wenn man gegen einen stärkeren Gegner antritt, so fand ich heraus, dass ich in Digbys Gegenwart strahlte wie noch nie zuvor. Es gab nichts, gar nichts, was stärker war als das Hochgefühl, das ich bekam, weil man mich mit ihm sah – das Hochgefühl, das mir der Gedanke daran gab, nackt mit ihm zusammen gewesen zu sein. Ich war mit einem Mann nackt im Bett gewesen! Innerlich stöhnte ich vor Schrecken und Entzücken auf.

»Das ist Cherry«, sagte Digby zu jedem, der zu uns kam. »Den Namen solltest du dir merken, denn sie wird todsicher mal berühmt.«

So, wie er diese Worte aussprach, klang es nicht überkandidelt, und gleichzeitig hob er mich damit auf ein Podest, unerreichbar für die anderen. Ich sehnte mich danach, das, was wir bereits zusammen getan hatten, noch einmal zu wiederholen. Er hatte mich befreit und zugleich gefangen genommen.

»Sieht hübsch aus«, sagte ein blasses Mädchen, wies in meine Richtung und starrte Digby an. »Wo hast 'n die aufgegabelt?«

»Das ist Susie«, stellte Digby uns vor. »Susie, das ist Cherry.«

»Ganz erfreut«, sagte Susie, kramte in ihrer Tasche herum.

Die mit den Titten!, gab Digby mir wortlos zu verstehen, hielt sich die Hände vor die Brust, um diesen Aspekt zu illustrieren. *Die Pfarrersnichte von der Schule*, dachte ich und versuchte, nicht zu kichern. Susie schaute auf.

»Wo kommst 'n du her?«, fragte sie mich, musterte mich von oben bis unten.

»Mitten aus der verfluchten Pampa«, sagte Digby.

»Aus Cornwall«, korrigierte ich ihn.

»Damit meint sie C-O-R-N-W-A-L-L«, übersetzte Digby.

»Verzieh dich«, erwiderte Susie. Sie schaute Digby an. »Dein Dad ist drüben. Soll ich ihm sagen, dass du vorbeikommst?«

»Oh Gott, bloß nicht!«, wehrte Digby entsetzt ab.

»Ach, sollten wir nicht Hallo sagen?«, warf ich schnell ein.

»Bestimmt nicht. Da kommen wir nicht mehr weg. Sag ihm, ich komme am Sonntag vorbei.«

»Mum sagt, er schluckt wieder«, seufzte Susie. »Wenn sie nich' nach ihm schau'n würde, dann weiß ich nich', was mit ihm passiert wär'.«

»Ich weiß nicht, warum sie das macht.«

»Weil sie ihn halt liebt, deshalb«, sagte Susie finster. »Wenn er einfach mal zehn Minuten die Klappe wegen deiner verfluchten Mum halten würde, dann könnten's die beiden ganz gut haben miteinander. Weißt du das, du Knipser?«

»Ja, ich weiß das«, seufzte Digby.

Susie hatte sich gerade warm geredet.

»Der Windhund vom Gemeinderat war die Woche da, um über *du weißt schon was* zu sprechen.«

Bedeutungsvoll schaute sie von Digby zu mir und verschränkte die Arme über ihrer ausladenden Brust in ihrem eng anliegenden braunen Pullover. Digby nahm einen weiteren Schluck Guinness.

»Was meint sie mit *du weißt schon was*?«, fragte ich vorsichtig.

»Die reißen sein Haus ab, das mein' ich damit«, erwiderte Susie prompt. »Hast das deiner Freundin nicht gesagt, Digby, was? Ist dir wohl an deinem verfluchten Sloane Square nicht wichtig.«

Ich kicherte vor Verzückung, als seine Freundin bezeichnet worden zu sein. Langsam wurde ich warm mit Susie.

»Du übertriffst dich gerade ein bisschen«, sagte Digby – ich wusste aber nicht, zu wem von uns beiden.

»Tja, kannst ja deine Linse davor verschließen«, konterte sie schnippisch. Dann streckte sie ihm die Zunge raus und ging.

»Wovon hat sie gesprochen?«, fragte ich, während ich ihr hinterhersah. »Warum wird das Haus deines Dads abgerissen?«

Einen Moment wirkte Digby aufgewühlt.

»Weiß der Geier. Der Gemeinderat reißt jedes Haus in der Straße ab, weil sie behaupten, es wäre nicht mehr sicher, länger in ihnen wohnen zu bleiben. Zumindest ist das ihre Ausrede, aber ganz ehrlich – den Leuten gefällt einfach das Abrissgeräusch. Gibt ihnen das Gefühl, sie würden etwas tun, du weißt schon, etwas Nützliches. Sie wollen die ganze Gegend hier modernisieren. Dad sagt, modernisieren wäre ein anderes Wort für töten – und in dem Fall muss ich dem alten Säufer sogar recht geben.«

Einen Moment hing ich meinen Gedanken nach.

»Könnte dein Dad nicht bei dir leben?«, fragte ich.

»Nein.«

»Warum nicht?«

»Was sollte er denn in der King's Road machen? Er ist im East End geboren und aufgewachsen. Er sagt, es geht um mehr als nur um das Geld. Ich habe versucht, ihm zu sagen, dass das nicht stimmt, aber er will nicht zuhören. Er wird in seiner Küche bleiben, bis der erste Bulldozer loslegt. Gott segne seine Wollsocken.«

»Wie Clover«, bemerkte ich.

»Ja, nur dass keiner sie zwingt, den Rest *ihrer* Tage in einem Hochhaus mit papiernen Wänden zu verbringen«, sagte Digby bitter. »Na, komm. Lass uns hier rausgehen. Sonst bekomme ich noch eine Krise.«

Eine halbe Stunde später waren wir zurück in Chelsea. Wir stiegen aus dem Taxi und gingen ziemlich rasch nebeneinanderher zum Napier House. Ich stolperte an einem unebenen Pflasterstein und wäre fast gefallen; Digby hielt mich gerade noch am Arm fest. Als wir vor der Tür standen, wandte er mir das Gesicht zu, warf einen raschen Blick auf das Haus, aus dem ich nicht schlau wurde.

»Danke, dass du mit nach East gekommen bist«, sagte er.

»Danke, dass ich mit dir zusammen sein darf.« Meine Wortwahl ließ mich erröten. »Werde ich dich wiedersehen?«, fragte ich. Ich hätte mich dafür verfluchen können, den Mund aufgemacht und meine Gedanken laut ausgesprochen zu haben – Ehrlichkeit sei eine schreckliche Bürde, hatte Jack der Vagabund immer gesagt, und jetzt wusste ich, was er damit meinte.

»Ich haue nicht ab, um in irgendeinem Krieg zu kämpfen«, sagte Digby. »Natürlich wirst du mich wiedersehen.« Er strich mir den Pony aus den Augen.

»Du gehst besser rein«, sagte er. »Clover mag es nicht,

wenn die Leute sich spät reinschleichen. Mach so leise, wie du kannst.«

Ich nickte und öffnete die Tür. Erst als ich nach oben ins Dachgeschoss lief, fragte ich mich, woher er wusste, dass Clover es nicht mochte, wenn Leute spät heimkamen. Mit wie vielen Gästen hatte er sich sonst so in den letzten Jahren amüsiert? Die Antwort darauf wollte ich gar nicht wissen.

Lucy schlief, lag unter der Decke, nur ihr rechter Fuß schaute heraus – sie wäre auch dann nicht aufgewacht, wenn ein Atomkrieg im Zimmer nebenan ausgebrochen wäre. Ich zog mich aus und zündete mir neben dem Fenster eine Zigarette an. Ich fragte mich, wie es möglich war, dass sich ein Ort zugleich so fremd und so vertraut anfühlen konnte. Ich war erst so kurze Zeit hier, doch hätte ich Napier House an diesem Abend verlassen – und wäre nie wieder zurückgekehrt –, dann hätte es einen Teil von mir zurückbehalten.

In der folgenden Woche frühstückte ich jeden Morgen mit Clover in Napier House, für gewöhnlich noch bevor Lucy aufwachte. Clover verbot jegliche Unterhaltung, bis wir zwei Tassen Tee getrunken hatten, was mir, das muss ich gestehen, sehr gelegen kam; zu Hause fragte ich mich die erste Stunde des Tages nämlich immer nur, wie in aller Welt Imogen so wach und redefreudig sein konnte, ehe sie auch nur einen Löffel Sirup in ihr Porridge gerührt hatte. Clover und ich wünschten einander einen guten Morgen und saßen dann schweigend beieinander, während sie Zeitung las und ich auf die Rückseite der Cornflakes-Packung starrte und Radio hörte. Nach dem Frühstück versuchte ich, etwas mit meinen Haaren anzufangen, was gründlich misslang, und ging dann nach Cheyne Walk. Da ich eigentlich erwartete, Digby tief und fest schlafend anzutreffen und durch ein Fenster ins Innere klettern zu müssen, war ich überrascht, ihn jeden Morgen wach und angezogen vorzufinden. Dabei zuzusehen, wie er seine Taschen für einen Job packte, stimmte mich in gewisser Weise bescheiden. Hier war der erfolgreichste Fotograf der Stunde, und er wollte Zeit mit *mir* verbringen. In seinem Ballsaal waren lauter Filmrollen von seinen Fotoapparaten, und es roch nach Sonnenlicht auf Staub.

Wir tranken ebenfalls Tee, und er küsste mich, tätigte Telefonanrufe, ließ Toasts verbrennen und wunderte sich über den Stimmumfang von Gene Pitney. Danach gingen wir zusammen zum Sloane Square, wo er mich bei meiner Gehschule absetzte, ehe er irgendein riesengroßes Model vor den Houses of Parliament oder dem Markt auf der Portobello Road ablichtete. Sobald wir voneinander getrennt waren, war mir ganz schwindlig, so groß war mein Verlangen, ihn sofort wiederzusehen. Madame Vernier – klein, gedrungen, Französin und furchteinflößend – war genau, wie Clover sie beschrieben hatte. Da sie sah, wer mich dort absetzte – und weil ihr meine geröteten Wangen und meine Unfähigkeit, mich zu konzentrieren, auffielen –, sprach sie mit mir über Digby, als wäre er eine lästige, aber behandelbare Krankheit, gegen die umgehend Maßnahmen ergriffen werden mussten, damit sie nicht noch schlimmer wurde.

»Wie lange kennst du ihn schon?«, fragte sie mich am Freitagmorgen, während ich eine Ausgabe von *Ruff's Guide to the Turf* auf dem Kopf balancierte.

»Ein paar Tage«, antwortete ich. Widerstand schien zwecklos.

»Ah«, sagte Madame Vernier daraufhin. »Das habe ich mir schon gedacht.«

»Ich mag ihn«, gab ich trotzig zurück.

»Natürlich. Er ist brillant und er weiß, was er tut. Warum um alles in der Welt solltest du ihn *nicht* mögen? Und du bist siebzehn. Wie schnell man das doch vergisst«, sagte sie, trat auf mich zu und drehte mein Gesicht ins Licht. »Jugend«, deklarierte sie, als würde sie die Überschrift eines Essays lesen. »Vor sieben Jahren warst du erst zehn!«

Sie lachte laut auf und drückte mich ganz überraschend an sich.

»Kleines Ding, du bist viel zu dünn. Du darfst nicht vergessen, etwas zu essen. Der Einfluss dieser schrecklichen Verliebtheit, die Mädchen deines Alters widerfährt, reduziert den Appetit, aber nicht das Richtige zur richtigen Tageszeit zu essen kann das Gehirn ebenso beeinflussen wie Opium. Wenn du nicht isst, kannst du nicht klar denken und triffst falsche Entscheidungen. Und ehe du dichs versiehst, bist du verloren. Also iss weiter.«

»Meine Schwester zu Hause sagt dasselbe«, erzählte ich ihr, ohne den üblichen Stich für Imogen zu verspüren. »Sie sagt immer, man sollte nie etwas entscheiden, ehe man ein Tomaten-Käse-Sandwich gegessen hat. Oder zumindest eine Schüssel Weetabix.«

»Ich würde einen Salat *parisienne* und ein Steak *béarnaise* vorschlagen, aber ja, genau darum geht es.«

Dann schaute sie mich stirnrunzelnd an. »Dieses Hinken, beim Gehen«, sagte sie unvermittelt. »Wie ist das passiert? Hast du etwa Polio gehabt, armes Ding?«

Obwohl ich wusste, dass sich alles, was ich mit Madame tat, um Haltung und Bewegung drehte, war ich über die Unverblümtheit ihrer Frage erschüttert. Sie hatte mein Humpeln zuvor nie erwähnt. Polio, dachte ich wild. Ich wünschte, das wäre es gewesen. Dieses eine Wort hätte mir alle weiteren Erklärungen erspart, ich hätte mir nicht wieder Mas Tod in Erinnerung rufen müssen.

»Meine … meine Schwester und ich sind vom Fahrrad gefallen. Wir sind zusammen gefahren. Dumm, nehme ich an.«

Madame sagte nichts. »Es war kurz nach dem Tod meiner Mutter«, fügte ich widerwillig hinzu, konnte es aber auch nicht verschweigen. Ich musste das immer loswerden, wenn jemand mein Humpeln bemerkte. Es war Teil dessen, warum es passiert war. Madame legte die Hände auf meinen Bauch. »Atme«, sagte sie. »Wie wir das gestern gemacht haben.«

Ich schloss die Augen und kam ihrer Aufforderung nach.

»Gut«, sagte Madame, hob eine Hand, wobei die Armreifen um ihr Handgelenk klimperten. »Behalte es bei.«

»Was?«

»Das Humpeln. Es ist originell. Aber ich nehme an, du weißt, dass du nicht länger humpeln musst. Du machst das, weil du es machen willst.«

»Ich … was?«

»Als es passiert ist, war es wichtig für dich. Deshalb hast du es beibehalten. Es bringt dich zurück zu deiner Mutter.«

»Ja«, flüsterte ich.

Ich wollte nicht länger darüber reden. Es war erschütternd und falsch, über Ma zu sprechen. Jetzt war es zu hell, zu sonnig, um an die Leiden der ersten Woche ohne sie zu denken.

Nachdem ich bei Madame gewesen war, ging ich zu Fuß die King's Road hinunter – und jeder Straßenname kam mir romantischer vor als je zuvor. *Radnor Walk, Shawfield Street, Flood Street, Oakley Street.* Ich traf zur selben Zeit bei Digby ein wie er, und da er völlig ausgehungert war, gingen wir dann zum Essen oder zum Tee aus, oder aber auch nur, um zu rauchen oder um unzählige Sandwichs in der Chelsea Kitchen zu essen. Er war unbeschwert, wenn er mit mir zusammen aus war, so ungreifbar wie eh und je. Doch wenn wir in der Horizontale waren, dann war die Welt wie in sich gekehrt. Nichts war von Bedeutung, wenn es sich nicht in seinem Schlafzimmer abspielte. Ich hätte nicht gedacht, dass es mir so ergehen würde, doch so war es. Ich hätte nicht gedacht, dass ich mich so aufgeben würde, doch genau das tat ich. Früher hatte ich etwas anderes für meine Kicks gebraucht – ein Pferd, ein Klavier, ein Ticket fürs Kino, eine neue Platte. Plötzlich war all das mit der pochenden Erkenntnis weg, dass jemandes Hand auf meiner Haut ein Gefühl hervorrufen konnte, das mir tatsächlich mehr bedeutete als alles andere – und es war *umsonst*! Fast war es so, als erwartete ich, dass jemand hereinplatzte und verhinderte, dass es weiterhin geschah, so beeindruckend fühlte es sich an – ganz wahnsinnig beeindruckend, als wäre es verboten gewesen.

Und es war schon etwas – dieser Kitzel, der von den einfachsten Dingen zu kommen schien: nackt daliegen, lauwarmen Minztee im Bett trinken, ein kühles Bad um fünf Uhr am Sonntagnachmittag, dabei das Fenster leicht offen stehen lassen, sodass ich hören konnte, was in der Welt draußen vor sich ging, als würde das Radio laufen. Ob ich ihn liebte? Gewiss nahm ich an, dass ich das tat. Ich wollte nicht ohne ihn sein. Entgegen Clovers Worten war Digby das ideale Starterpaket. Er war wie ein Schuss, ein Schwall von etwas Neuem und Vitalem. Ich wollte nicht, dass es endete, aber ich wusste, dass es nicht ewig so weitergehen konnte. Keiner war berechtigt, so viel Glückseligkeit, so viel von überhaupt irgendetwas abzubekommen. Oder vielleicht doch? Es kam mir sogleich wie die Antithese von allem vor, für das Pa stand, und schien alles zu sein, was man sich jemals wünschen konnte.

Als die Woche vorbei war, wartete ich darauf, dass Billy und Matilda aus Paris zurückkamen. Ich wusste, dass der Zauber, die Freiheit und der Luxus des Ganzen zerplatzen würde, wenn sie erst wieder zurück waren.

27. Kapitel

Das Geräusch der Woche

Und ich hatte recht. Nur wenige Stunden, nachdem das Flugzeug gelandet war, kam Billy ins Napier House. Ich saß im Salon und half Lucy und Clover, einen Stapel alter Fotoalben von Napiers Vergangenheit zu wälzen. Mein Unterricht bei Madame würde erst in einer Stunde stattfinden, und Digby war auswärts unterwegs, um einen Politiker für die *Times* abzulichten. Clover bestand darauf, dass sich die Unterhaltung, während wir arbeiteten, einzig um das neunzehnte Jahrhundert drehte.

»Sieh sie dir an«, sagte Lucy und schob das Foto einer furchterregend aussehenden Frau in einer riesigen Pelzmütze zu uns rüber.

»Meine Urgroßtante Joanna«, erklärte Clover. »Man erkennt sie immer an ihrem stets verächtlichen Ausdruck.«

»Können wir sie nicht herbestellen und davon überzeugen, dass sie bei denen herumspuken soll, die das Haus abreißen wollen?«, schlug Lucy vor.

Wir waren alle so vertieft in unsere Tätigkeit, dass wir die Türglocke zunächst gar nicht hörten.

»Das muss Billy sein«, sagte Clover schließlich.

»Woher weißt du das?«

»Er hat gestern Abend aus Paris angerufen und gesagt, er würde direkt vorbeikommen.«

Billy schien sich in Napier House unwohl zu fühlen; es war, als deprimierte es ihn. Er stand über uns, der wunderschöne, gepflegte Billy Laurier, in einem blassgrauen Anzug mit gelber Krawatte. Er war so makellos, so perfekt modern, dass ich mir wie eine winzige Vogelscheuche neben ihm vorkam. Seit Tagen hatte ich meine Haare nicht gekämmt, und vom Schlafmangel war ich ganz blass. Meine Socken hatten Löcher, die ich noch nicht geflickt hatte, also setzte ich mich auf die Füße, aber ich glaube nicht, dass ihm das überhaupt aufgefallen wäre. Er war viel zu verstrickt in die Bedeutung dessen, was er mir zu sagen hatte.

»Cherry Merrywell, ich habe Neuigkeiten für dich«, sagte er und fegte unsere Fragen zu ihrem Aufenthalt in Paris und die Kommentare zum heißen Wetter vom Tisch. Er nahm die Zigarette, die Clover ihm anbot – was eine Seltenheit war – und löste seine Krawatte – was noch seltener vorkam.

»Worum geht es denn?«, fragten Clover, Lucy und ich gleichzeitig.

Billy lachte über unsere erwartungsvollen Gesichter. »Schaut euch erst einmal das hier an.«

Er zog eine Platte aus einer roten Hülle. Grinsend überreichte er sie mir. Sie war warm.

»Meine«, sagte ich dümmlich. »Oje, das bin ja ich. Das ist meine Platte!«

Nichts hätte weniger gewöhnlich sein können, und doch konnte ich nur daran denken, dass Cherry Merrywell nicht ich war. Mehr als je zuvor kam ich mir wie eine Betrügerin vor. Ich starrte auf den Namen, dann auf die Songtitel, und bei »May to September« stand in Klammern Inigos Name dahinter. Als ich sie auf die B-Seite drehte, las ich »Over the Rainbow« und dachte an die flüchtigen Minuten, in denen ich den berühmten Song gesungen hatte, während der Sound des Orchesters um mich herum anschwoll. Ich roch daran. Sie roch nach einer Platte, sah aus wie eine Platte – Himmel, es *war* eine Platte –, aber es kam mir vor wie ein Spielzeug, genauso wenig real wie die Hüllen, die ich zu Hause gestaltete. Ein großes »B« für Bilco stand mitten darauf und platzierte mich im selben Club wie all die Mädchen und Gruppen, die vor mir dort veröffentlicht hatten.

»Das kann nicht wahr sein!«, sagte Lucy, nahm sie mir vorsichtig aus der Hand und untersuchte sie, als handelte es sich um ein Ei, aus dem gleich etwas schlüpfen würde.

»Na, was denkst du?«, fragte Billy mit seinem starken amerikanischen Akzent.

Ich grinste ihn an. »Läuft sie auch?«

»Klar doch! Und jetzt die guten Nachrichten, ihr Süßen. Unsere Platte wird nächste Woche bei Radio Luxemburg laufen. Dort liebt man sie. Sie wird bei *Rockin' to Dreamland* gespielt.«

»Grundgütiger!«, rief Lucy aus.

»Nein!«, sagte ich ungläubig.

Denn wir hatten fieberhafte Nächte im Bett damit zugebracht, genau dieses Programm zu hören, und es schien mir nicht weniger als ein Wunder zu sein, dass *meine* Stimme in den Radios auf den Nachttischen im ganzen Land zu hören sein sollte. Plötzlich überkam mich eine Woge puren Schreckens.

»Wie wunderbar!« Clover wirkte so richtig süß aufgeregt, obwohl sie solche Ankündigungen ganz bestimmt schon bei den verschiedensten Gelegenheiten von Billy gehört hatte. »Sollen wir anstoßen?«

»Aber sicher doch«, sagte Billy.

Mir hatte es den Atem verschlagen. »*Was?* Aber das ist ja schon so *bald*«, wandte ich ein. »Ich habe es noch nicht einmal gehört! Wie können sie die Platte schon kennen, wenn ich sie noch nicht gehört habe?«

»Ach, das ist doch nichts«, sagte Billy herablassend. »Ich kenne mehrere Gruppen, deren Drummer die fertige Platte nicht einmal dann gehört hatten, als sie sie in den Händen hatten!«

»Aber wie hast du das so *schnell* hinbekommen?«

»Ich schicke die Platten, die mir richtig gut gefallen, immer so schnell wie möglich ans Radio.« Dann fügte er noch leise hinzu: »Wir haben es geschafft.«

»Du willst also sagen, dass sie sie bereits *gehört* haben?«, fragte ich. »Sie haben sie gehört, und es hat ihnen *gefallen*? *Meine* Stimme hat ihnen gefallen?«

»Die finden alles toll«, erwiderte Billy. »Deine Stimme, den Song, die Geschichte …«

»Die *Geschichte*?«

Doch Billy schüttelte mir bereits die Hand.

»Glückwunsch«, sagte er. »Habe ich dir nicht gleich, nachdem ich dich gehört habe, gesagt: ›Das Mädchen muss einen Nummer-eins-Hit aufnehmen‹?«

»Es ist noch kein Nummer-eins-Hit, oder?« Verwirrt schaute ich ihn an, als hätte ich bei meinem Aufstieg zum Ruhm etwas verpasst. »Ich meine, nur weil sie es spielen werden …«

»Wenn Billy es fühlt, dann wird es ein Hit«, sagte Clover. »Dass sie noch nicht gepresst wurde oder noch in keiner Auslage zu sehen ist … – mit solchen Kleinigkeiten brauchst du die Angelegenheit nicht zu verkomplizieren.«

Ich wusste nicht, ob sie es sarkastisch meinte oder nicht; das war eines der aufreibendsten Dinge an Clover.

»Deine Stimme im Radio, Tara«, sagte Lucy. Sie grinste mich an. »Was wird Mr. Bell sagen?« Sie stand auf und verließ das Zimmer, warf mir eine Kusshand zu und vollführte noch eine perfekte Pirouette auf dem Weg nach draußen.

Clover reichte mir ein Glas Champagner, das ich nun wirklich nicht nötig hatte.

»Ich hätte nie gedacht, dass es so …« Ich hielt inne, war mir nicht sicher, was ich als Nächstes sagen wollte. »Ich hätte nie gedacht, dass es so *einfach* wäre. Es war ein unerreichbarer Traum – und jetzt wird er wahr. Ich weiß ja gar nicht, was ich jetzt mit mir anfangen soll.«

»Wie geht's Digby?«, fragte Billy, folgte meinem Gedankengang.

Ich errötete. »Ich denke, es geht ihm gut.«

»Wann hast du ihn zuletzt gesehen?«

»Gestern.«

»Gut«, meinte Billy. Er schaute Clover an. »Aber sie hat den Sechs-Uhr-Club nicht verpasst?«

»Nicht einmal«, erwiderte Clover. Ich wagte es nicht, sie anzusehen.

Inigo kam mit einem Bier herein.

»Wie geht's so?«, fragte Billy und schüttelte ihm die Hand.

»So heiß, als wären wir hier in Marokko«, sagte Inigo. »Ich kann erst nach Mitternacht schreiben, wenn es im Haus für ein paar Stunden kühler wird.«

»Hauptsache, du schreibst; mir ist es egal, um wie viel Uhr das ist.«

Mir wurde bewusst, dass Inigo meine ungekämmten Haare und mein vampirbleiches Gesicht betrachtete. Ich hatte ihn die ganze Woche nicht gesehen und fragte mich, ob er wohl wusste, wie viel Zeit ich mit Digby verbrachte.

Wie aufs Stichwort klingelte es an der Tür.

»Das wird meine Frau sein«, sagte Billy. »Ich mache auf.«

»Und ich mache Kaffee«, verkündete Clover.

Sie gingen hinaus. Inigo und ich schauten einander an.

»Er verhält sich manchmal so lachhaft«, flüsterte er, auch wenn Billy uns jetzt ganz bestimmt nicht hören konnte.

»Wer?«, wollte ich wissen. »Billy oder Digby?«

»Himmel, Tara, beide!«

Ich hörte, wie Billy die Haustür öffnete. Erst zögerte Inigo, dann fand er offenbar, dass er sich genauso gut mit mir unterhalten konnte, ganz egal wie ermüdend es war, und er kam quer durch das Zimmer auf mich zu, bis zu der Stelle, wo ich an der Wand lehnte, und stellte sich neben mich. Er nahm einen Schluck Bier und reichte es mir dann.

Wortlos nahm ich es und leerte die Flasche. Dann gab ich ihm die leere Flasche wieder zurück.

»Wie geht's ihm?«, fragte er mich.

»Wem?«

Er grinste. »Dem Kerl mit dem Fotoapparat.«

Er wirkte ganz anders als beim letzten Mal, als ich ihn gesehen hatte, auch wenn ich wusste, dass ich diejenige war, die sich verändert hatte – nicht er. Nach der Vertrautheit von Digbys kräftigen, jungenhaften Zügen wirkte er unglaublich weiblich.

»Ich nehme an, du wunderst dich, warum sich Digby mit einem kleinen Wicht wie mir aus dem West Country herumtreibt, wenn er sich doch mit all denen amüsieren könnte, die im redaktionellen Teil der *Vogue* des letzten Monats auftauchen, oder?«

»Oh nein, überhaupt nicht«, sagte Inigo. »Ich verstehe absolut, warum er sich mit dir herumtreibt.«

»W… warum?«, fragte ich misstrauisch.

»Der Reiz des Neuen. Du bist ganz anders als diese Mädchen. Obwohl ich den Typ nicht leiden kann, muss ich zugeben, dass er immer die interessanteste Person in einem Raum auswählt, der er seine ungeteilte Aufmerksamkeit zukommen lässt. Sonst wäre er auch nicht da, wo er ist.«

Das hätte ein Kompliment sein können; doch da es von ihm kam, wirkte es genau wie das Gegenteil.

Er ging hinüber zum Fenster und schaute mich von dort an. Ich hätte ihm gerne einen von Estella aus Dickens' *Große Erwartungen* inspirierten Blick der eisigen Verachtung zugeworfen, doch er brachte mich aus der Fassung, indem er lachend losprustete. Wütend blaffte ich ihn an.

»Was interessiert dich das überhaupt? Immerhin hast du gesagt, ich wüsste nicht, was zu tun wäre, sollte mich ein Mann zum Tee ausführen!«

»Ich wünschte, du könntest das vergessen, Herrgott noch mal. Verdammt, Tara.« Er fuhr sich durch das Haar. »Weißt du – was ihn betrifft, solltest du niemals auf andere hören. Mach einfach, was der Song sagt: Follow your heart – folge deinem Herzen.«

»Meinem Herzen folgen?« Ich lachte, war verlegen und irgendwie auf dem falschen Fuß erwischt worden.

»Wenn er bei dir etwas entfacht, dann musst du ihn an dich binden, solange du ihn haben willst.«

Er kam wieder zu mir, ich nahm ihm die leere Flasche ab und blinzelte hinein, nur um etwas zu tun zu haben. Es war mir schrecklich unangenehm, Inigo so reden zu hören – mich zu etwas zu ermutigen, von dem ich mir so sicher war, dass er es für absolut töricht halten würde.

»Ich dachte, du könntest ihn nicht leiden.«

»Kann ich auch nicht. Aber Mädchen zu sagen, in wen sie sich verlieben dürfen und in wen nicht, scheint mir eher ein vergebliches Unterfangen zu sein.«

»So wie du davon redest, könnte man meinen, du weißt, wovon du sprichst«, sagte ich.

»Oh, das weiß ich nicht. Ich tue nur so.«

Ich lachte. »Keiner kann so schreiben wie du, ohne etwas von Mädchen zu verstehen.«

»Das denke ich mir alles aus und hoffe, damit richtigzuliegen. Alles, was ich über die Frauen unserer Spezies gelernt habe, weiß ich von meiner Mutter und von meiner großen Schwester. Je mehr man ihnen sagt, dass sie mit irgendwas falschliegen, umso mehr glauben sie, dass sie recht haben. Es ist also zwecklos. Wenn du aber meinen Rat willst, dann geh heute Abend nicht zu ihm.«

»Warum? Er erwartet mich.«

»Noch mehr ein Grund, nicht hinzugehen. Wahre Distanz, und er wird nie das Interesse an dir verlieren. Wirklich, Tara, das ist eines der grundlegenden Dinge. Das sollten sie an der Schule unterrichten.« Er seufzte.

»Er rechnet mit mir. Es wird ihm sehr merkwürdig vorkommen, wenn ich mich nicht sehen lasse.«

»Er wird auch denken, dass du etwas Besseres zu tun hattest, als die ganze Nacht um ihn herumzuschwänzeln.«

»Ich schwänzle nicht um ihn herum und ich bleibe auch nicht die ganze Nacht«, sagte ich nicht sehr überzeugend. Die letzten drei Nächte war ich erst ins Napier House zurückgekommen, als die Vögel schon wieder anfingen zu zwitschern.

»Hör zu, mir macht das nichts aus. Ich unterbreite dir nur Vorschläge, aber ich kann dir versichern, dass ich weiß, wie ein Verstand wie der von Digby O'Rourke funktioniert.«

»Wie? Er ist der vielschichtigste Mensch, der mir je untergekommen ist«, sagte ich aufsässig.

»Tja, ist er aber nicht. Er ist so einfach gestrickt, wie es nur geht.«

»Wie kannst du das sagen? Er hatte eine merkwürdige Kinderstube …«

»Himmel! Zeig mir jemanden, bei dem das anders war! Bist du nicht auch ohne Mutter und mit einem Vater aufgewachsen, der in beständigem Gespräch mit dem Allmächtigen ist? Ich bin ohne Vater aufgewachsen und mit einer Mutter, die mit einem Amerikaner durchgebrannt ist – der übrigens so ziemlich *ihrer* Vorstellung des Allmächtigen gleichkam«, fügte er nach kurzem Nachdenken hinzu. »Etwas wie eine normale Kinderstube gibt es gar nicht. Ende der Geschichte.«

Er zündete sich eine Zigarette an und reichte sie mir.

»Warum sagst du immer solche Sachen?«

»Was denn?«

»Als wären alle um dich herum Idioten, die keinen blassen Schimmer haben.«

»Ich sage ja nur: Wenn du mit ihm zusammenbleiben willst, dann solltest du heute Abend hierbleiben.«

Wir hörten Schritte, die die Treppe hinaufkamen. Draußen ertönten unerwartete Schreie von Möwen.

Als sich die Tür öffnete, trat er wieder etwas von mir weg, ging zum Fenster; es war, als hätten die letzten Minuten gar nicht stattgefunden. Inigo war sehr gut darin, fröhliche Abgeklärtheit zu schauspielern, wenn die Szenerie wechselte.

Obwohl ich ihn nicht wissen lassen wollte, dass ich auf ihn gehört hatte, nahm ich seinen Ratschlag doch an und ging früh ins Bett. Ich rief Digby an, um ihm zu sagen, dass ich nicht zu ihm kommen würde.

»Schon in Ordnung.« Ich hörte, wie er gähnte.

Ich wünschte mir, dass er versucht hätte, mich zu einer Änderung meiner Planung zu bewegen, doch das tat er nicht.

»Schlaf gut.«

»Morgen Abend gehen Lucy und ich mit Matilda ins Claridge's.«

»Das wird dir gefallen. Nimm die Avocadosuppe.«

Avocado, dachte ich. Raoul hatte uns Avocados nach Trellanack mitgebracht, als er zum ersten Mal dorthin kam. Wie es ihm wohl ging? Erschüttert stellte ich fest, wie sehr ich ihn vermisste.

Nachdem ich aufgelegt hatte, trug ich meine Unterhaltung in Clovers Buch ein. *Tara Jupp an Digby O'Rourke. Dauer: Drei Minuten.* Dann strich ich *Tara Jupp* durch. Für Digby war ich immer *Miss Cherry Merrywell.*

Als ich die Treppe hinaufstieg, hörte ich, wie Lucy, Clover und Inigo Scrabble spielten und Scotch tranken. Lucy stellte lauthals die Existenz des Wortes »Bevölkerer« infrage und vertrat die Meinung, Clovers viktorianisches Wörterbuch gehöre verboten.

Ich schlief zwölf Stunden, und als ich wieder wach war, schickte mich Clover wegen eines Interviews für die Zeitschrift *Woman and Home* zu Billy.

»Du kannst über all die Dinge sprechen, die Mädchen interessieren«, sagte Billy. Er saß hinter seinem Schreibtisch und rauchte eine Zigarre. Mit geschlossenen Augen atmete ich den schweren Rauch ein.

»Über was denn?«, wollte ich wissen. »Ich meine, *was* interessiert Mädchen denn? Ich kenne kein Mädchen, das dieselben Dinge mag wie ein anderes Mädchen.«

»Ach, komm schon, Cherry. Ich spreche über deine Kleidung, dein Make-up, was du gerne kochst ...«

Seine Zuversicht schwand, als er mich anschaute.

»Wem machen wir hier etwas vor?«, fragte er seufzend. »Hör zu. *Wir* beide wissen, dass dir dieser ganze Mist völlig egal ist, Süße, aber der Rest der Welt braucht das ja wohl nicht mitzukriegen.«

Eine Woge des Mitleids für Billy erfasste mich – wie ungeschickt aber auch, dass er einen so hoffnungslosen Fall wie mich ausgewählt hatte.

»Können wir nicht über andere Dinge sprechen?«, wollte ich wissen. »Du weißt schon – über die Tatsache, dass wir uns alle an der Schwelle zu Krieg und Zerstörung befinden, oder etwas in der Art?«

»Um Himmels willen, bloß nicht«, sagte Billy alarmiert. »Das ist eine Zeitschrift für Frauen, Cherry. Sie wollen nichts über solche Dinge lesen. Außerdem wird das auch gar nicht eintreffen.«

»Was wird nicht eintreffen?«

»Ein Atomkrieg.«

»Was macht dich da so sicher?«

»Na ja, dafür haben wir natürlich keine Zeit.«

Er schaute auf seinen Kalender und blätterte ein paar Seiten durch. »Ich nehme an, ich könnte ihn zwischen mein Treffen bei Decca nächsten Mittwoch und das Mittagessen mit Hank Marvin von den Shadows am Freitag quetschen, aber es wird eng. Bis Donnerstagvormittag müsste er spätestens vorbei sein – da treffe ich mich zum Frühstück mit meinem Steuerberater.«

Ich lächelte schwach.

»Außerdem gibt es natürlich noch einen anderen Grund«, fügte er hinzu. »Du und Lucy seid heute Abend zum Essen mit meiner Frau verabredet.«

»Stimmt«, sagte ich so freudig, wie es nur ging. »Das hatte ich nicht vergessen.«

»Sie braucht ihre alten Freunde.«

»Jeder braucht seine alten Freunde«, erwiderte ich höflich. Um ganz ehrlich zu sein, in meinen Augen war ein Abendessen mit Lucy und Matilda nur geringfügig weniger furchteinflößend als ein Atomkrieg. Ich hatte keine Ahnung, was mich da erwarten würde.

Billy nahm eine Schallplatte vom Plattenspieler und suchte nach der Hülle. Er sprach nicht gern über Matilda, wenn er nicht gleichzeitig mit etwas anderem beschäftigt war.

»Natürlich wird es Zeit brauchen, bis Matilda und deine Schwester das wieder aufgebaut haben, was sie einst hatten, aber ich weiß, dass es passieren wird. Ich weiß es einfach. Du begreifst doch, wie viel es ihr bedeutet, oder nicht?«

»Ich weiß nicht recht.«

»Wenn wir sie nur auf den richtigen Weg bringen könnten …«

»Du kannst nicht erwarten, dass Matilda und Lucy wieder Freundinnen werden und alles so wird, wie es einmal war. Außerdem war sie von vornherein nicht normal.«

»Sie möchte euch beiden etwas sagen. Etwas, das wichtig für sie ist. Bitte, Cherry.« Plötzlich hielt er inne.

»Na gut«, sagte ich unbehaglich. »Ich habe nicht gesagt, dass ich nicht hingehen werde.«

Billy seufzte. »Ihr müsst sie anhören, ja? Wenn man so berühmt ist wie sie, dann hört einem keiner mehr zu – alle *sehen* einen nur an.«

Er schnalzte mit der Zunge, ärgerte sich anscheinend plötzlich über sich selbst, weil er das gesagt hatte, und wechselte schnell das Thema.

»Ich finde, du solltest dieses Wochenende mit deiner Schwester nach Hause fahren.«

Ich dachte, ich hätte ihn falsch verstanden.

»Nach *Hause*? Nach Cornwall?«

»Ja.« Billy strahlte mich an. »Nach Hause, nach Cornwall.«

»Ich verstehe das nicht. Ist es schon vorbei?« Verwirrt schaute ich ihn an.

»Nein, Cherry. Es fängt gerade erst an. Das ist die Ruhe vor dem Sturm. Nutze die Gelegenheit, solange es noch geht. Jetzt, wo der erste Song im Radio gespielt wird, müssen wir die Sache weiter anschieben. Wieder zurückgehen ins Studio. Doch ich hätte gerne, dass du erst einmal eine Pause machst. Ich habe mit Inigo gesprochen«, fuhr er fort. »Er wird euch beide heimfahren.«

»Inigo?«

»Etwas, das du über mich noch lernen musst, ist, dass ich es nicht mag, Menschen von Orten fernzuhalten, an denen sie sich sicher fühlen. Wenn du je das Bedürfnis hast, nach Hause gehen zu müssen, dann schicke ich dich umgehend dorthin. Das hier ist kein Internat.«

»Aber ich hatte nicht erwartet, so bald schon nach Hause zurückzufahren.« Ich schaute ihn an, und plötzlich wurde mir klar, was er da überhaupt gesagt hatte. »Und mit Inigo! Er wird nicht dorthin wollen …«

»Warum um alles in der Welt denn nicht? Ich glaube, ihm gefällt es, sich auf seine Wurzeln zu besinnen.«

»Er ist nicht aus Cornwall«, sagte ich. »Das Haus seiner Eltern war in Wiltshire. Das liegt mindestens vier Stunden entfernt.«

»Vier Stunden? Ein Klacks«, sagte Billy. »Reise du mal der Länge und der Breite nach durch die Vereinigten Staaten, dann wirst du nicht mehr so denken, Cherry.«

»Wo wird er wohnen? Er kann nicht bei uns bleiben!«

Eine Welle des Schreckens erfasste mich allein bei diesem Gedanken.

»Nein, nein, nein. Er wird auf Trellanack wohnen. Kann da ein bisschen arbeiten – das Klavier dort wieder mal benutzen – und nach dem Wochenende mit euch wieder hierher zurückkommen.«

»Meine Güte! Das hört sich so an, als hättest du das alles geplant. Ich bin mir immer noch nicht sicher, ob er darüber erfreut sein wird.«

Er ging nicht darauf ein.

»Lucy und du solltet am Dienstagnachmittag wieder zurück in London sein. So hat sie viel Zeit, um ihren Mann im Krankenhaus zu besuchen.«

Gott sei Dank, dachte ich. *Sie würde ihn wiedersehen müssen.*

»Du willst, dass Lucy danach wieder mit herkommt?«

»Clover sagt, deine Schwester ist unübertroffen in ihrem Wissen über das, was die Viktorianer so gemacht haben, und sie könnte sich keine bessere Person vorstellen, um für Napier zu kämpfen. Aber sie muss dieses Wochenende nach Hause zu Raoul, um mit ihm darüber zu sprechen. Sie könnte noch weitere drei Monate hierbleiben. Das muss sie mit ihm bereden.«

Oh Gott! Ich spürte den Nervenkitzel. Denn was auch immer er gerade behauptete, es fühlte sich so an, als würde er uns nach Hause schicken, damit wir uns von dort verabschiedeten. Jetzt, wo die Platte aufgenommen war und gespielt wurde, musste ich auf Knopfdruck für ihn zur Verfügung stehen. Was hätte Ma getan?, fragte ich mich. Doch sobald ich mir diese Frage stellte, wusste ich auch schon die Antwort darauf. Ma hätte nicht wieder nach Hause gewollt. Für sie wäre das der Beginn eines Traums gewesen.

Dieser Umstand verstärkte sich von ganz allein, als wir uns um Clovers Radio versammelt hatten und den Song dort zum ersten Mal hörten. Als er anlief, starrte ich Lucy dümmlich und mit gerunzelter Stirn an. Ich wusste natürlich, dass ich diesen Song gesungen hatte, doch als ich meiner Stimme lauschte, die Inigos Melodie ins Universum und noch weiter hinausschmetterte, befürchtete ich, ich könnte unversehens zu singen aufhören oder den Text vergessen oder darum bitten, noch einmal von vorn anfangen zu dürfen. Lucy wurde knallrot und fing an zu zittern, als der Refrain einsetzte. Clover lächelte – für sie war es nichts Neues, Leute, die sie kannte, bei Auftritten oder im Radio zu erleben –, doch sie war sich durchaus bewusst, welche Bedeutung das für zwei Mädchen aus West Cornwall hatte, die sich noch vor wenigen Wochen keine andere Sommerbeschäftigung hatten vorstellen können, als Haare zu schneiden oder für wenig Geld untrainierte Ponys einen staubigen Reitweg rauf- und runterzureiten.

»Bist *du* das?«, fragte Lucy ungläubig. »Das kannst unmöglich du sein.«

»Ich weiß es nicht. Ich kann es auch nicht glauben!« Ich legte mir die Hand auf den Mund, um mein Grinsen zu verbergen. Der Song gefiel mir zwar noch immer nicht besser als an dem Tag, an dem ich ihn gesungen hatte – doch in alldem lag ein Triumph, und mir war klar, dass es närrisch gewesen wäre, das nicht zuzugeben.

»Du hörst dich an ... du hörst dich an wie eine Popsängerin!«, sagte Lucy, die sich zum Radio vorbeugte, als erwartete sie, eine andere Ausgabe meiner selbst würde aus dem Lautsprecher steigen und vor ihr herumtanzen.

»Father Hit-mas hat es wieder mal geschafft«, seufzte Clover. »Das wird mir jetzt die ganze Nacht durch den Kopf geistern.«

Nur um sicherzugehen, dass das tatsächlich ich war, dass es sich um keinen Irrtum handelte, sang ich die letzte Strophe mit – und als ich das tat, sah ich mich wieder als Zehnjährige, die Alma Cogan hörte und sich gelobte, eines Tages genau wie sie zu sein.

»Ma würde es nicht glauben«, sagte Lucy mit zitternder Stimme. »Sie würde es wirklich nicht glauben.«

»Was wird dein Vater dazu sagen?«, fragte Clover. Sie nahm die Zeitung und blätterte sie durch, bis sie beim Lokalteil gelandet war.

»Keine Ahnung. Schwer zu sagen«, erwiderte ich.

»Er wäre stolz«, sagte Lucy, ohne mich anzusehen. »So wie ich.«

Und obwohl weder Lucy noch Clover den Song je zuvor gehört hatten, sangen wir drei dann mit, bis das Lied zu Ende war und verkündet wurde, dass ich ihn gesungen hatte. Ich hatte nicht erwartet, schon so bald so sicher zu sein, doch es war mir da schon klar: Cherry Merrywell würde der Durchbruch gelingen, allerdings hatte das nichts mit mir zu tun. Es waren Clover und die Klamotten, Billy und die Beziehungen zu den richtigen Leuten, Digby und seine Fotos und Inigo und sein Song. Es waren alle außer mir – und das Einzige, was ich tun musste, war, mir nichts daraus zu machen. Schon bald würde ich wieder zurück in Cornwall sein, und dann würde das hier mir weiter weg vorkommen als Neptun.

28. Kapitel

Ein In-Lokal fürs Gemüt

Nachdem ich den Song gehört und realisiert hatte, dass *tatsächlich* eingetroffen war, weshalb ich hergekommen war, hatte ich keine große Lust, Matilda zum Abendessen zu treffen – und ich konnte mich deswegen selbst nicht leiden. Ich wollte mit Digby zusammen sein – ich hatte das Bedürfnis, von ihm gesagt zu bekommen, nichts hätte sich geändert. Die Platte zu hören gab mir das Gefühl, verloren zu sein, ich war schon fast eifersüchtig auf mich selbst, wenn so etwas überhaupt möglich war. Wo war ich jetzt? Wäre ich ein Mädchen, das zu Hause die Sendung im Radio gehört hätte, würde ich mir vorstellen, dass Cherry Merrywell ein ganz wunderbares Leben führte. Dass sie auf Partys ging, neue Leute traf, die ganz geblendet von ihr waren, oder dass sie neue Songs sang und überall Jungs verzauberte. Tatsächlich würde ich aber ins Claridge's fahren, und das nicht in einer goldenen Kutsche, um Prinzen aus anderen Ländern zu treffen. Ich würde eine alte Freundin meiner Schwester treffen, die nicht mit Trinken aufhören konnte. Wenn man so wurde, wenn man Geld verdiente und einen gewissen Bekanntheitsgrad hatte – worin lag dann um Himmels willen der Sinn des Ganzen? Doch Lucy und ich hatten sie vor alldem gekannt. Ich hatte sie in diesem fernen Land namens Glückseligkeit kennengelernt, und deshalb wollte sie uns so unbedingt sehen. Und sie nicht zu treffen kam einfach nicht infrage. Billy hatte für uns drei einen Tisch im faszinierendsten Lokal der ganzen Stadt reserviert. Mir war klar, warum er das tat; Billys Aktionen waren meist ziemlich durchschaubar. Er ging vermutlich davon aus, dass, wenn er uns in das schönste Restaurant von ganz London schickte und uns wissen ließ, dass er die Rechnung übernahm, wohl eine gewisse Alchemie entstehen würde, eine Art magische Lösung für alles.

Lucy und ich waren davon ausgegangen, dass Matilda zu spät kommen würde, doch ich wusste, dass es meine Aufgabe war, etwas zu früh dort zu sein. Clover rief Lucy und mir ein Taxi, und ich widerstand dem Duft nach Brathähnchen und Apfelkuchen für den Sechs-Uhr-Club. Clover erwartete Besuch zum Abendessen – ein paar Freunde; Charlotte Ferris würde auch darunter sein. Ich denke, sie war ganz froh, uns an diesem Abend los zu sein.

»Du putzt dich besser etwas heraus«, riet sie mir, während sie eine Schachtel braunen Zucker mit dem Brotmesser öffnete. Ich muss wohl etwas blass geworden sein, denn sie erbarmte sich meiner und sagte: »Geh hoch in mein Zimmer. Öffne Lady Louisas Schrank. Darin hängt ein schwarzes Spitzenkleid relativ weit hinten. Billy würde sagen, dass es schrecklich nach Beerdigung aussieht, aber da dieses Haus hier zerstört werden soll, bin ich zu der Auffassung gelangt, dass man gar nicht gequält genug aussehen kann. Probier das mal an.«

Ich hätte den ganzen Abend in Clovers Zimmer zubringen können, doch seine makellose Sauberkeit empfing jemanden so Ungepflegtes wie mich recht frostig. Mitten im Raum, zwischen den beiden Fenstern, stand ihr Frisiertisch, und darauf befanden sich unzählige Cremes, Döschen, Gefäße, Parfüms und Bürsten. Ich hätte gerne jedes einzelne Ding in die Hand genommen, daran gerochen, mich in Clovers einzigartige Note der Magie gehüllt und gehofft, so ihren Einfluss, ihre Distanziertheit zu erhalten. Stattdessen und weil ich fürchtete, sie könnte die Zeit in der Küche stoppen, eilte ich zum Schrank und fand besagtes Kleid. Ich schlüpfte aus meinem grünen

Rock und der Bluse, zog das Kleid an und betrachtete mich im Spiegel.

Zum ersten Mal seit ich nach London gekommen war, sah ich so aus, wie ich immer schon aussehen wollte. Zum ersten Mal in meinem Leben trug ich etwas Schwarzes. Es war lang – zu lang für jemanden, der so klein war wie Clover oder ich – und am Hals hochgeschlossen. Die Ärmel und der Saum des Kleides waren in schwarze Spitze gefasst. Es dauerte eine Weile, bis ich das leidige Ding anhatte, denn der Haken- und Ösenverschluss war im Lauf der Jahre steif geworden und hatte sich leicht verzogen. Da ich große Angst hatte, es kaputt zu machen, ging ich bewusst langsam die Treppe hinunter, und das Rascheln des Stoffs verlieh meiner Bewegung nur noch mehr Theatralik. Inigo war unten an der Treppe, kniete neben seinem Gitarrenkoffer. Er schaute mich an, verpasste keinen Moment.

»Du warst an Clovers Kostümschrank. Sehr Mrs. Danvers.«

»Ich gehe ins Claridge's«, sagte ich, war mir des barschen Tonfalls durchaus bewusst, nachdem er mich indirekt mit der Figur aus Daphne du Mauriers Roman *Rebecca* verglichen hatte.

Inigo pfiff durch die Zähne. »Digby führt dich ins Claridge's aus?«

»Nein«, entgegnete ich verärgert. »Lucy und ich essen mit Matilda zu Abend.«

»Ah«. Es folgte eine Pause. »Bestell keine Ente.«

»Ente?«, fragte ich amüsiert. »Warum denn nicht?«

Inigo schaute nach unten.

»Meine Mutter hat uns immer Ente aufgedrängt, wenn sie etwas Drastisches zu verkünden hatte. Ente zum Abendessen verhieß nie etwas Gutes.«

»War deine Mutter keine gute Köchin?«

Er schaute mich an, als hätte er sich darüber noch nie Gedanken gemacht, was er vermutlich tatsächlich nicht getan hatte.

»Keine Ahnung. Ich glaube nicht, dass sie jemals in ihrem

Leben einen Herd angesehen hat, es sei denn, sie wollte ihr Spiegelbild darin betrachten.«

»Wer hat dann für dich gekocht?« Ich spürte, wie mein Herz mit einem Mal schneller schlug.

Verblüfft schaute Inigo mich an.

»So ein nettes, altes Haus namens Mary«, sagte er und nahm sich mehrere Pakete mit Gitarrensaiten aus dem Koffer. »Leider hatte sie nur eine Sache in ihrem Repertoire.«

»Und was war das?«

»Sieden. Sie musste immer alles sieden.«

»Wenigstens hattest du jemanden, der für dich gekocht hat«, sagte ich. *Und dieser Jemand war meine Tante!*, hätte ich am liebsten noch gebrüllt. Und obwohl ich seiner Beurteilung ihrer Fähigkeiten vorbehaltlos zustimmte, spürte ich, wie Wut in mir hochkochte.

»Mary war eine großartige Köchin, genau wie Digby ein großartiger Fotograf ist«, sagte Inigo.

»Ich weiß nicht, was du damit meinst.«

»Das war sie natürlich nicht, aber sie tat, was jeder andere dahergelaufene Dummkopf ebenfalls tun könnte, wenn er einfach nur zur richtigen Zeit am richtigen Ort ist und über einen merkwürdigen Charme verfügt, der den meisten gar nicht auffällt, bei den wenigen Auserwählten aber durchschlagenden Erfolg hat.«

Mit dem, was er als Nächstes sagte, erwischte er mich auf dem falschen Fuß.

»Ich habe die Küche in Magna geliebt. Mary war es egal, wenn ich dort in der Speisekammer Gitarre übte, Gott hab sie selig.«

Zum zweiten Mal in zwei Tagen unterdrückte ich den Drang loszuweinen.

Inigo schloss seinen Gitarrenkoffer und stand auf.

»Du bist zu schade für Matilda«, sagte er und ging. Vor der Bibliothek blieb er stehen und drehte sich noch einmal um. »Und für Digby«, fügte er noch hinzu.

Es gibt gar nicht genug Fantasie, um sich einen faszinierenderen Ort als das Claridge's auszudenken – es war für mich, als würde ich einen Palast betreten. Fast hätte ich vor lauter Dankbarkeit dafür, dass Clover mir erlaubte, Lady Louisas Kleid zu tragen, einen Kniefall gemacht. Der Gedanke, hier in etwas anderem aufgekreuzt zu sein, war beängstigend – mich schauderte bei der Vorstellung meiner früheren Wenigkeit in einem Alternativuniversum, in dem ich tölpelhaft mit meinem Leinenkittel dastand und mit verknoteten Haaren und verschrammten Knien wie ein Kind auf Matilda wartete. Lucy bemühte sich, ruhig zu erscheinen, was ihr nicht ganz gelang.

»Wir müssen mal sehen, ob wir in eines der Schlafzimmer kommen«, sagte sie.

»Das ist eher dein Fachgebiet als meines«, erwiderte ich wahrheitsgemäß. Lucy lachte. Ich hätte sie gerne gefragt, ob sie Raoul vermisste, ob sie mit ihm geredet hatte, ob der Harmonikaspieler sie aufgespürt hatte, doch ich brachte keinen Ton heraus, die Worte blieben mir im Hals stecken. Lucy umgab jetzt etwas Unbekanntes, und mir war nur klar, dass sie wollte, dass es so blieb. Also schluckte ich meine Fragen hinunter.

Ich hätte bestimmt eine halbe Stunde im Eingangsbereich bleiben und die Leute betrachten können, die das Gebäude betraten und verließen wie Komparsen auf einem Filmset. Die Schritte klangen perfekt auf dem schwarz-weißen Marmorboden. Wie konnte jemand ohne Überzeugung, ohne zu wissen, wohin er ging, ohne sich zu verlieben, ein solches Gebäude durchqueren? Das war unmöglich. Sie kamen mir wie Spielzeugmenschen vor. Ich schüttelte den Kopf, um den Gedanken an Lukas' Erzählung zu Jesu Versuchung durch den Teufel in der Wüste loszuwerden. *All diese Macht will ich dir geben.* Pa wäre über derartige Extravaganz geschockt. Unnötig zu erwähnen, dass ich ganz gebannt von ihr war.

Man brachte Lucy und mich zur Bar, wo wir auf Matilda warteten, und man fragte uns, ob wir einen Drink wollten.

»Also, was würden Sie denn nehmen?«, fragte Lucy den Mann, der den Cocktail-Shaker schüttelte.

Er betrachtete sie etwas selbstgefällig.

»Einen Cosmopolitan natürlich«, sagte er.

»Danke. Das ist genau das, was ich von Ihnen hören wollte.«

Ach, wenn Imogen mich jetzt hätte sehen können! Ich hätte jemanden bitten sollen, ein Foto von uns zu machen, um die Jupp-Schwestern für alle Zeit an diesem Ort festzuhalten.

»Mal sehen, was das gibt«, sagte Lucy und nahm grinsend einen großen Schluck. Lucy war es nicht möglich, sich zu mäßigen, wenn sie an einem so schönen Ort wie diesem war. Sie war bereits ganz trunken von der Magie, und das kleinste Nippen an dem Gebräu, das man mir zwei Minuten später servierte, reichte völlig aus, damit mir ganz wirr im Kopf wurde.

»Ich gehe mal auf die Toilette«, verkündete Lucy. »Clover meinte, man müsse sie gesehen habe, um es zu glauben.«

»Bleib nicht zu lange weg«, meckerte ich. Das war schon immer Lucys Art zu verschwinden gewesen – und sie würde sich von allem ablenken lassen.

Fünf Minuten später warf ich einen Blick auf die Uhr, oder das hätte ich zumindest getan, wenn ich eine getragen hätte. Ich glaube, ich fragte, wie spät es sei, und als man mir sagte, es sei zehn nach acht, wurde mir klar, dass ich wohl noch eine Weile würde warten müssen. In dem Moment trat eine Frau am anderen Ende an die Bar, bemerkte, dass ich allein war, und fragte, ob ich ihr Gesellschaft leisten würde. Sie sah jung aus – älter als ich, aber jünger als Lucy – und war richtig aufgedonnert, als hinge ihr Leben von der Perfektion ihres Augen-Make-ups ab.

»Komm und nimm einen Drink mit mir«, sagte sie, »während du auf deinen Geliebten wartest.«

Fast hätte ich mich verschluckt. »Herrje, ich habe keinen Geliebten.« Dann dachte ich an Digby und fügte hinzu: »Ich treffe ihn zumindest nicht heute Abend.«

Ohne den Cocktail hätte ich niemals die Stirn besessen, so

etwas zu sagen. Ich war schockiert über mich selbst und zugleich sehr vergnügt. Mit nach unten geneigtem Kopf grinste ich sie an.

»Meine Schwester treibt sich hier irgendwo herum. Und wir treffen uns mit einer sehr alten Freundin.«

Juliet, wie sie hieß, hatte kleine blonde Locken, die Augen umrahmt von einer dicken Schicht schwarzem Eyeliner, der ihr das Aussehen eines netten Pandas verlieh. Sie stieß ihre Sätze aufgeregt hervor.

»Ich war noch nie zuvor hier«, sagte sie. »Es ist, als würde man eine Schachtel Pralinen betreten. Besser kann es doch nicht kommen, oder?«

»Besser kann es ganz bestimmt nicht kommen, deshalb sollten wir das Beste daraus machen.«

»Denkst du dabei an den Atomkrieg und all das?«

Ich nickte.

»Oh, klar doch. Aber das wird nicht passieren.«

»Woher weißt du das?«

»Viel zu viel Liebe in der Welt, oder nicht?«

Sie brach in schallendes Gelächter aus. Der Barmann schaute uns an und lächelte.

Lucy kam zurück, und es gab ein großes Tamtam mit gegenseitigem Vorstellen. Lucy war nicht gerade begeistert darüber, dass ich in ein Gespräch verwickelt worden war, das konnte ich ihr ansehen. Sie brannte darauf, über die goldenen Wasserhähne und die parfümierten Handtücher auf der Toilette zu sprechen, und das ging jetzt nicht. Juliet und ich unterhielten uns weitere zehn Minuten – zwei Menschen, die absolut nichts gemein hatten außer der Tatsache, dass wir beide zum ersten Mal an der Bar im Claridge's saßen, und tatsächlich ging es nicht darüber hinaus.

»Hast du Kinder?«, fragte ich sie, um die Leere zu füllen. Bestimmt würde Matilda bald hier sein. Lucys Blick galt jetzt der Decke, sie beurteilte die Malerei, berechnete die Arbeitsstunden, die benötigt wurden, um ein solches Meisterwerk zu erschaffen.

»Vier«, verkündete sie.

Selbst Lucy wirkte schockiert. »Du siehst zu jung dafür aus«, sagte sie.

»Vermutlich, weil ich meinen Mann letzte Woche verlassen habe.«

»Ich dachte, du würdest auf deinen Mann warten.«

»Ins Claridge's kommt doch keiner mit seinem Mann, oder? Tatsächlich ist er der beste Freund meines Mannes. Wir haben eine heftige Affäre.«

Einen Moment lang starrte sie uns beide an.

»Himmel! Das ist ja ein Ding!«, brachte ich hervor.

»Ja, nicht wahr?« Sie nahm einen tiefen Atemzug, als benötigte sie mehr Luft, dann leerte sie ihren Drink mit zitternder Hand. »Es fühlt sich hervorragend an, es jemandem zu sagen. Ich *musste* es einfach jemandem erzählen. Ich habe dich gesehen und mir gedacht, *ihr* werde ich es sagen. Dem süßen, hübschen Ding in Schwarz. Ich werde sie niemals wiedersehen, also kann sie es genauso gut wissen.«

Lucy saß sehr still neben mir. Ich glaube, sie wartete darauf, dass Juliet ihr ein paar weise Worte mitgab, einen wundersamen Ratschlag, der Lucy half, das nächste Jahr zu überstehen.

»Eine *Affäre!*«, wiederholte ich. Ich hörte mich geradezu lächerlich freudig an, als würden wir über ein Urlaubsziel sprechen. *Oh ja, ich habe schon von Affäre gehört – zu dieser Jahreszeit soll es dort ganz wunderbar sein!*

»Natürlich kennen wir einander schon seit einiger Zeit«, fuhr Juliet fort. Jetzt, wo sie angefangen hatte, war sie gar nicht mehr zu bremsen. »Er hat immer ein bisschen geflirtet, ihr wisst schon, hat mir gesagt, ich würde hübsch aussehen und solche Sachen. Und dann taucht er eines Tages ganz unangemeldet auf. Es hat geregnet, und ich war allein zu Hause. Die Kinder waren in der Schule, mein Mann hatte ein Meeting. Hat mich einfach in seine Arme gezogen, und das war's.«

»Mensch! Ich dachte immer, solche Dinge passieren im echten Leben gar nicht.«

»Eine Zeit lang haben wir so weitergemacht. Ihr wisst schon, sind um alle herumgeschlichen. Aber das war zu schwierig. Ich bin damit einfach nicht mehr klargekommen ...« Sie machte eine ausladende Geste, wobei ihre Armreifen klimperten. »All diese sprühende *Liebe*. Ich hab meinem Mann gesagt, dass es mir zwar leidtue, dass ich ihn aber verlassen werde. Er wollte mir nicht glauben, doch das musste er, als ich die Koffer gepackt habe.«

»Wie hat er es aufgenommen?«, musste Lucy gegen ihren Willen nun doch fragen.

»Ich weiß nicht. Er wird eine neue finden.« Ein Zug der Bitterkeit huschte über ihr Gesicht. »Das tun die immer.«

»Vermisst du deinen Mann denn nicht?« Ich klang etwas vorwurfsvoll.

»Nö.« Sie schaute mich an und grinste. »Nach all den Jahren hat sich herausgestellt, dass ich gar nicht in ihn verliebt war.«

Ich wollte Lucy nicht ansehen. Ich hatte nur noch große Lust, von Juliet und dem, was sie sagte, wegzukommen. Warum war es so, dass, ganz egal, wohin wir gingen, überall immer nur Leute waren, die Lucy dazu zu ermutigen schienen, Raoul zu verlassen? Lucy wollte etwas sagen, das sah ich ihr an, doch glücklicherweise betrat Matilda genau in dem Moment den Raum.

Sie trug Schwarz, genau wie ich, aber ihr Kleid war durchsichtig, und darunter trug sie etwas, das nach pinkfarbener Seide aussah. Sie trug das Haar offen, leicht gelockt, als wäre sie das Ergebnis ihres letzten Fototermins noch nicht ganz losgeworden. Sie trug keine Schuhe mit Absätzen, sondern kleine schwarze Ballerinas und auch keine Kette. Sie wirkte schlicht, schmucklos, doch noch immer umgab sie eine Woge der Energie, die zusammen mit ihr in den Raum geschwappt war, ob sie das wollte oder nicht: Es war die Sache mit der Berühmtheit, die alle umhaute und ihnen Gesprächsstoff für die nächsten Wochen lieferte. Als sie mich sah, winkte sie kurz und kam dann direkt auf uns zu.

»Sieh nicht hin«, flüsterte Juliet. »Aber Matilda Bright kommt auf uns zu. Eine Freundin von mir hat sie vor einer Weile im Theater gesehen, hat gesagt, sie wäre sturzbetrunken gewesen. Vermutlich machen einen diese vielen Kameras ganz verrückt. Möglicherweise ist sie ein bisschen plemplem geworden.«

Im nächsten Moment stand Matilda neben uns.

»Wartet ihr schon lange?«, fragte sie mich und rieb mir über den Arm.

»Nein«, warf Lucy schnell ein.

»War reizend, euch beide getroffen zu haben«, sagte Juliet und wich mit hochrotem Kopf etwas zurück.

»Oh, ihr habt jemanden kennengelernt?«, fragte Matilda und strahlte sie an.

»Wir haben nur ein bisschen miteinander geplaudert«, sagte Juliet.

»Deine Bluse gefällt mir«, sagte Matilda, streckte die Hand aus und fuhr über den Kragen. »Ich kann Pfirsich nicht tragen. Das macht mich ganz blass.«

Juliet starrte Matilda an.

»Du bist in echt noch viel, viel schöner«, sagte sie.

»Wie nett von dir.« Das hatte sie schon eine Million Mal davor gehört; sie registrierte es gar nicht mehr wirklich, aber sie reagierte so, als wäre es das erste Mal, dass man ihr dieses Kompliment machte. Juliet errötete und neigte den Kopf leicht, als würde sie auf jemanden aus dem Königshaus treffen.

Als man uns zu unserem Tisch führte, sah ich, wie ein Mann die Bar betrat und sich umsah. Er wirkte verängstigt, schwitzte, hatte die *Times* unter einen Arm geklemmt, einen Regenschirm unter den anderen und lächelte erleichtert, als er Juliet erblickte.

Die gewöhnlichsten Männer können ein nicht aufzuhaltendes Feuer entfachen, dachte ich. Ich wünschte, wir hätten uns nicht mit ihr unterhalten. Ich wusste, dass Lucy jedes Wort von Juliets Erzählung aufgesaugt hatte. Ich spürte praktisch, wie sie diesem verfluchten Harmonikaspieler immer näherkam.

Die Restaurantgäste teilten sich wie das Rote Meer vor Moses, als Matilda bei ihnen vorbeikam, dann nahmen wir Platz. Und erst dann wurde mir bewusst, wie viel sie bereits getrunken haben musste. Lucy fing meinen Blick auf und schüttelte den Kopf. Der Abend hatte gerade erst angefangen, doch ich hatte das Gefühl, bereits seit einer Woche hier zu sein.

»Das kann ja heiter werden«, murmelte ich.

29. Kapitel

Das Beauty Girl und wir

Schon als wir uns setzten, war offensichtlich, dass Matilda nicht mehr nüchtern war. Der Tisch, ganz makellos mit glitzerndem Kristall in Weiß und Silber gehalten, kam ins Wanken, als sie Platz nahm.

»Die Weingläser hier fürchten um ihr Leben«, meinte Lucy fröhlich.

Gleich darauf kippte das erste bedauernswerte Weinglas um. Es war zwar leer, also wurde nichts verschüttet, aber das Glas zerbrach und verteilte die Splitter über allem. Die Kellner eilten herbei, ganz entsetzt darüber, dass einem solch illustren Gast ein solches Malheur widerfuhr; das musste eindeutig ihr Fehler sein, nicht der von Matilda Bright.

»Miss Bright, dürfen wir Sie und Ihre Begleitung an einen anderen Tisch führen?«

Lucy und ich standen auf, doch Matilda blieb sitzen und zündete sich eine Zigarette an.

»Alles bestens, danke«, erwiderte sie. »Herrje, jetzt, wo ich sitze, glaube ich wirklich nicht, dass ich noch einmal aufstehen kann.«

»Aber sicher doch, Miss Bright.«

Während einer die Glassplitter um uns herum einsammelte, sprach Matilda laut weiter.

»Ich freue mich so, dass wir alle hier sind«, sagte sie. »Das bedeutet mir so viel. Ihr wisst gar nicht, wie viel.«

»Was hast du heute gemacht?«, fragte ich sie. Ich wollte nicht, dass sie sich schon jetzt sentimentalen Ergüssen hingab. Das konnten wir doch sicherlich aufschieben, bis wir mit Essen fertig waren.

»Von Rehen umgeben in Dior herumstehen.«

»Wirklich?«

»Ich war in Richmond Park«, erzählte sie. »*Woman's Own*. Aufgrund des dicken Bauches können sie mich jetzt nur für die Beauty-Seiten nehmen. Es war schrecklich heiß. Irgendwann hab ich mich hingelegt und bin eingeschlafen. Sie mussten Wasser über mich gießen, um mich zu wecken.«

»Ich finde, du solltest aufhören zu arbeiten«, sagte ich. »Es ist bestimmt nicht gut für das Baby, wenn du den ganzen Tag stehst.«

Matilda sagte nichts, streckte aber ihre Hand nach dem Weinkühler aus und zog die Flasche heraus. Als sie den Korken entfernte, landete mehr Wein auf dem Tisch als in ihrem Glas. »Dem Baby geht's *gut*!«, sagte sie unvermittelt.

Ihre Stimme war zu laut, und das war jetzt sogar ihr bewusst. Sie ließ die Schultern hängen, und als sie Lucy und mich dann anschaute, lag ihr Kinn fast auf der Tischdecke.

»Heute Abend wollte ich euch beide einfach nur sehen. Mit euch sprechen. Und jetzt sind wir hier. Das ist doch nett, oder nicht?«

Lucy erwiderte nichts daraufhin.

»Das ist schön«, bestätigte ich. »Was wirst du essen, Matilda? Was empfiehlst du?«

»Großer Gott, Tara, ich bin nicht der Küchenchef! Woher in aller Welt sollte ich das wissen?«

Angestrengt überflog sie das Menü und blinzelte. Ich drehte die Karte für sie richtig herum.

»Wie wäre es mit Fisch?«, fragte Matilda. »Wir sollten alle Fisch essen. Heute ist Freitag, oder nicht?«

»Nein«, sagte ich.

»Mutter besteht immer auf Fisch am Freitag«, fuhr Matilda fort, als hätte sie mich nicht gehört. »Daran könnten wir uns doch ein Beispiel nehmen. Wäre das nicht nett? Du hast Mutter immer geliebt, nicht wahr, Lucy? Sie hat *dich* geliebt, hielt dich für die Größte. Sie fand dich ganz wunderbar, weil du meine Freundin sein wolltest. Vor dir wollte keiner mit mir befreundet sein.«

»Das stimmt nicht«, sagte Lucy ganz unsentimental.

»Doch.«

»Keiner kannte dich. Man hat dich nicht aus dem verfluchten Käfig gelassen, ehe du mich kennengelernt hast.« Das war das erste Mal, dass Lucy etwas bezüglich ihrer Freundschaft sagte, seit sie sich wieder begegnet waren. Matilda schaute sie bewundernd an.

»Ja. Das stimmt.«

Der Kellner schwirrte um uns herum, füllte die Gläser, fragte, ob alles in Ordnung sei, kehrte weitere Glassplitter unter dem Tisch zusammen. Am Tisch neben uns wurde zu viel geredet – lauter unnützes Zeug –, damit sie uns gleichzeitig zuhören konnten. Ich kannte mich jetzt damit aus, wusste, wie es ablief.

»Was ist los hier?«, fragte Matilda auf einmal ganz verwirrt. »Wo ist unser Mann? Wir müssen was essen. Tara, du siehst müde aus. Billy lässt dich zu hart arbeiten. Geht's dir gut? Ich denke, du brauchst etwas Wasser. Ein Glas Wasser!«

Sie schnipste doch tatsächlich mit den Fingern nach dem Kellner, eine Geste, die ihr vermutlich Lucys Bewunderung einbrachte, die sich selbst danach sehnte, jemand zu sein, der seine Dominanz über die dienende Klasse geltend machte.

»Miss Bright, was können wir Ihnen bringen?«

»Wasser. Für dieses arme Ding«, verlangte Matilda. »Sehen Sie denn nicht, dass sie vertrocknet? Ach, und mein Guter, wir werden den Fisch nehmen. Dazu ein paar Bratkartoffeln.«

»Wir haben heute Abend keine Bratkartoffeln. Darf ich Ihnen das Kartoffelgratin dazu anbieten?«

»Nein, dürfen Sie nicht.«

»Dann erkundige ich mich, ob wir Bratkartoffeln machen können.«

»Verdammt noch mal, Matilda, wir brauchen doch keine Bratkartoffeln!«

»Doch. Und ich hätte auch gerne Spinat. Das ist gut für das Baby. Oh, und Karotten. Helfen die einem nicht dabei, im Dunkeln zu sehen? Ich tappe immer im Dunkeln.«

Unser Kellner notierte sich alles eifrig.

»Ach, wissen Sie was? Bringen Sie uns einfach von allem«, sagte Matilda.

»Von allem?«

»Von jedem Gemüse, das Sie dahaben. Ich glaube, wir alle brauchen Gemüse. Tara sieht so aus, als hätte sie seit Wochen nichts Grünes mehr gesehen, abgesehen von ihrem Spiegelbild. Ich weiß, wie Digby so ist. Nichts außer Frühstücksflocken und Dosenpfirsich. Dafür ist er berühmt.«

Ich lachte laut los; ich konnte einfach nicht anders. Matildas unerwarteter Abstecher in einen luziden Moment war ebenso überraschend wie akkurat.

»Ich soll Ihnen etwas von jedem Gemüse bringen, das wir dahaben? Karotten, Spinat, Bohnen, in Butter gedünsteten Kohl, Spargel, Saubohnen und dreierlei Kartoffeln?«

»Ja«, sagte Matilda.

»Nein!«, widersprachen Lucy und ich zusammen.

»Das ist Verschwendung, Matilda. Du isst niemals so viel«, sagte ich.

»Wir können die Reste mit nach Hause nehmen und morgen essen. Du kannst es mit zu Digby nehmen.«

Lucy lehnte sich nach hinten und holte ihre Zigaretten heraus.

Die nächsten vierzig Minuten sprach Matilda. Lucy hatte keine Lust zu reden – vermutlich war sie darüber erleichtert, dass das auch gar nicht nötig war. Wenn ich versuchte, etwas zu sagen, dann hörte Matilda nicht zu – ich glaube, sie war nicht in der Lage zuzuhören. Sie kniff die Augen zusammen, als würde sie es wirklich versuchen, aber die Anstrengung war wohl zu groß; es schien zu mühsam für sie, den Worten anderer Menschen zu folgen. Ich hatte noch nie jemanden gesehen, der so viel trank wie sie. Zweimal verkündete sie, sie müsse auf die Toilette. Als sie sich erhob, schien das ganze Restaurant die Luft anzuhalten. Wie sie es von einem Ende des Raumes zum anderen schaffte, ist mir ein Rätsel. Sie war eine merkwürdige Schwangere; keine schützende Hand auf ihrem Bauch, als sie durch den Raum stolperte – es war, als nähme sie von ihrer Umgebung überhaupt keine Notiz. Als sie den Tisch das erste Mal verließ, beugte sich Lucy nach vorn.

»Du lieber Himmel! Wir müssen hier weg.«

»Das können wir nicht! Sie hat jedes Gemüse von der Karte bestellt. Wenn wir jetzt gehen, sieht das schrecklich aus!«

»Und wenn wir bleiben, wird es noch schlimmer«, verkündete Lucy frustriert. »Warum muss sie sich auch so aufführen? Was verdammt noch mal stimmt bei ihr nicht?«

»Ich weiß es nicht.«

Ich nahm mir ein Stück Brot von Lucys Teller, obwohl mir gerade gar nicht nach Essen war. Matildas Verhalten war zu zermürbend, um sich auf etwas anderes als auf sie zu konzentrieren. Als sie zurückkam, war ihr Kleid vorne mit Wasser bespritzt. Sie ließ sich auf den Stuhl fallen und griff nach ihrem Weinglas.

»Wir sollten Cocktails trinken. Ich hätte gerne einen Whisky Sour«, sagte sie.

»Glaubst du nicht, dass du genug hattest?«, fragte ich.

»Ich? Ich feiere! Wir sind wieder zusammen, oder nicht? Und außerdem warst du es, meine liebe Lucy, die … die …« Sie hielt inne, schluckte, fasste sich wieder und fuhr fort: »Erst durch dich habe ich Bekanntschaft mit Wein gemacht. Mit Abendmahlswein. Den haben wir aus der Sakristei stibitzt. Erinnerst du dich?«

»Und die ganze Zeit hat Pa die arme Sarah Cartwright verdächtigt«, sagte Lucy gedehnt.

»Sie war so eine Null. Sie verdiente es, die Schuld zugeschoben zu bekommen«, kicherte Matilda.

Ich sah, dass Lucy ein Grinsen unterdrücken musste.

Der Kellner kam zurück, sein Tablett über und über beladen mit Gemüse. Es war viel zu viel, um es auf dem Tisch abzustellen, also stellte er noch einen Beistelltisch neben uns. In einem Durcheinander von silbernen Servierplatten kam dann der Fisch. Matilda drückte die Zitrone auf ihrem aus, warf sie mir dann quer über den Tisch zu, wo sie im Schoß meines schwarzen Kleides landete. Daraufhin kippte sie eine halbe Tonne Salz auf ihr Essen und mahlte genug schwarzen Pfeffer darauf, um eine Woche mit Niesen zu verbringen.

»Schätzchen!«, rief sie und winkte unserem Kellner. Die Leute am Nebentisch warfen einander vielsagende Blicke zu. Sie tranken gerade Kaffee. Ich war mir sicher, dass sie den nur bestellt hatten, damit sie bleiben und dem Geschehen hier länger beiwohnen konnten. Unser geplagter Kellner kam wieder zu uns. Wäre es ihm möglich gewesen, die Hände zu ringen, ohne Angst haben zu müssen, er könnte deshalb seinen Job verlieren, dann hätte er es getan, da bin ich mir sicher.

»Lieber Mann«, sagte Matilda. »Wir brauchen noch etwas. Vielleicht Hühnchen? Etwas weniger … Fischiges«, sagte sie nach einer Pause. Das letzte Wort sprach sie todernst aus, und als sie dann von meinem verängstigten Gesichtsausdruck zu dem des Kellners schaute, brach sie in heilloses Gelächter aus. Erleichtert darüber, dass sie lachte und nicht tobte, kicherte der Kellner verhalten, ein kleines Echo auf den lauten Sturzbach, der von Matilda kam. Ganz ernst zischte Lucy über ihren Heiterkeitsausbruch hinweg: »Wir brauchen kein Hühnchen!« Und an den Kellner gewandt: »Wir haben alles, danke«.

Doch er war auf Matilda programmiert, und nur auf sie. Wir waren so gut wie unsichtbar. Er drehte sich wieder ihr zu.

»Sie möchten Hühnchen? Darum kümmere ich mich gleich.«

»Ja, bitte. Und wo wir gerade dabei sind: Ich glaube nicht, dass all das Gemüse hierbleiben muss. Ich mag es nicht, wie diese Karotten aussehen. In so kleine Scheibchen geschnitten sehen sie so hilflos aus. Nein, nein, so geht das nicht. Nehmen Sie sie bitte wieder mit, ja?«

»Ja, Miss Bright. Sofort.«

Er stapelte die Schüsseln wieder auf und ging damit davon.

Somit stand das Muster für den restlichen Abend fest. Nichts war gut genug für Matilda, und ihre unruhige Art war ansteckend. Ich konnte mich nicht entspannen, so nervös machte es mich, dass sie explodieren könnte. Es war, als würde man mit einer aufgezogenen Spieldose essen, die sich vor unseren Augen in ihre Einzelteile zerlegte.

»Herrgott«, sagte Matilda an Lucy gewandt. »Ich muss schon wieder zur Toilette. Ich musste noch nie zuvor in meinem Leben so oft pinkeln. Das muss am Baby liegen.«

»Nein«, sagte ich, als sie sich entfernte. »Das liegt an den Drinks.« Ich sah zu Lucy. »Okay. Was machen wir?«

»Was können wir schon machen?«, fragte Lucy. »Sie ist einfach unbegreiflich. Gib mir etwas von der abgewiesenen Ente. Sie sieht deliziös aus.«

»Iss nichts von der Ente!«, flüsterte ich.

»Warum nicht?«

»Nur etwas, das Inigo gesagt hat. Wegen Ente zum Abendessen. Verheißt nichts Gutes.«

Lucy lachte auf, sehr laut.

»Zuerst einmal: Wie zum Teufel seid Inigo und du auf einen Aberglauben zu sprechen gekommen, bei dem *Ente* involviert ist? Und zweitens: Es wäre eine schreckliche Vergeudung, Tara. Sie kann sich hier vielleicht aufführen, als wäre sie in einem Pub wie dem Bull, aber ich werde das hier ganz bestimmt genießen.«

Lucy streckte sich und nahm sich die Reste der Ente von Matildas Teller.

»Sie braucht unsere Hilfe«, sagte ich kategorisch.

»Wir können ihr nicht helfen – siehst du das nicht? Ihr kann keiner helfen, nur sie selbst.«

»Ich finde, du zeigst dich nicht gerade von deiner christlichsten Seite.« Den Satz schüttelte ich irgendwie aus dem Ärmel.

»Nein«, pflichtete Lucy mir bei. »Aber das war sie auch nicht. *Das war sie auch nicht!* Und jetzt tanzt sie einfach wieder in unser Leben, als wäre niemals etwas vorgefallen! Hast du auch nur die leiseste Ahnung, wie sehr sie mich verletzt hat? Irgendeine Vorstellung?«

Der Raum verschwamm vor meinen Augen. Das Claridge's, die merkwürdige Unterhaltung mit Juliet, das Entsetzen über Matildas Zustand und die Erkenntnis, dass Lucy ihr nicht vergeben hatte – und das auch niemals tun würde –, verursachten mir ein flaues Gefühl im Magen. Ohne Vorankündigung trieben meine Gedanken plötzlich hektisch zu Digby. Ich kenne ihn gar nicht, dachte ich ganz verzagt. Ich kenne ihn nicht, denn ich würde nicht wissen, wie ich ihm von heute Abend erzählen sollte. Digby hatte es nicht mit Problemen und Zerwürfnissen; er hasste das Drama in anderer Leute Leben, oder etwa nicht? Verzweifelt zwang ich mich wieder in die Gegenwart zurück.

»Wir müssen da durch«, sagte ich. »Nur noch eine Stunde oder so. Und ich brauche deine Hilfe.«

»Was meinst du damit?«

»Matilda möchte uns etwas sagen. Sie arbeitet darauf hin.«

»Woher weißt du das?«

»Das hat Billy gesagt.«

»Und worum geht es?«

»Das *weiß* ich nicht. Ich weiß nur, dass es ihr nicht möglich ist, etwas in normaler Lautstärke hervorzubringen. Was auch immer sie uns sagen möchte, muss unterbunden werden, solange wir irgendwo sind, wo der Rest der Welt uns hören kann. Da stimmst du doch sicher zu? Mensch, wenn schon nicht für sie, dann für alle anderen.«

Lucy zuckte mit den Schultern. »Na gut.«

»Okay«, sagte ich. »Die nächste Stunde werden wir über Folgendes sprechen: Wetter, Verkehr, wer Lady Louisas Hochzeitskleid entworfen hat. Irgend so etwas.«

»Einverstanden. Du übernimmst die Führung, und ich folge dir.«

Mir war sehr wohl bewusst, dass es das erste Mal war, dass ich bei irgendetwas, das Lucy betraf, die Führung übernehmen würde, doch ich hatte keine Zeit, länger über diese Wende der Ereignisse nachzudenken. Matilda kam zu uns zurück – zumindest versuchte sie das. Sie lief in die falsche Richtung und musste wiederholt zu unserem Tisch gewiesen werden.

»Die Ärmste«, sagte ich so laut, dass die mit den großen Lauschern neben uns es hören konnten. »Sie hat zu viel gearbeitet. Sie muss sich wirklich etwas ausruhen.«

Matilda nahm Platz.

»Ihr wisst, dass es etwas gibt, worüber ich mit euch sprechen möchte«, fing sie an.

Ich warf Lucy rasch einen Blick zu und lächelte Matilda dann unbekümmert an.

»Das ist ja wunderbar, Matilda. Aber verrate mir doch bitte, woher du diese wunderschönen Schuhe hast. Clover hat ein sehr ähnliches Paar, nur in Beige.«

Matilda war irritiert.

»Die sind von Chanel. Man hat sie mir gegeben. Du kannst sie anprobieren, wenn du willst.«

»Wie schade, dass ich so große Füße habe. Du weißt doch, da werde ich nicht hineinpassen.«

Und so ging es weiter. Immer, wenn Matilda versuchte, etwas zu sagen, kam ich ihr zuvor, ließ sie keinen Satz beenden. Matilda war natürlich noch immer betrunken, aber es gab kein Ventil mehr für ihr Verhalten, das ließen wir einfach nicht zu. Jedes Mal, wenn sie versuchte, etwas anderes anzusprechen als die banalsten Themen, unterbrachen wir sie. Es war ermüdend;

ich hatte das Gefühl, wir führten eine dickköpfige Kuh eine Straße entlang und mussten sie vorausschauend immer davon abhalten, in die Gärten der Nachbarn zu verschwinden. Irgendwann beschwerte sich Matilda dann, trotz ihres fortgeschrittenen alkoholisierten Zustands.

»Warum lasst ihr mich nicht reden? Ich bin hergekommen, um euch etwas zu sagen! Etwas Wichtiges!« Sie sah so aus, als würde sie gleich wie ein kleines, trotziges Mädchen aufstampfen.

»Moment!« Ich war wie vom Blitz getroffen. »Ich kann mich nicht daran erinnern, wie das Pferd deiner Mutter hieß! Du weißt schon, das eine, das immer in die Küche von Trellanack gekommen ist, während du gefrühstückt hast. Wie hieß die Stute noch mal? Sie war wunderschön … fuchsfarben, glaube ich …«

»Tempy«, sagte Matilda. »Sie hieß Tempy.«

»Das stimmt«, pflichtete Lucy ihr bei.

Matilda bestellte drei Nachspeisen und schickte sie alle zurück. Sie behauptete, das Vanilleeis würde nach Kaffee schmecken und der Erdbeerkuchen (vermutlich das Köstlichste, was mir je untergekommen war) sei zu süß.

»Wisst ihr, man muss die Leute an einem Ort wie diesem auf Trab halten«, verkündete sie. »Sie glauben, sie wären gefeit vor jeglicher Kritik, aber das sind sie nicht.«

»Das erinnert mich an jemanden«, sagte Lucy und warf Matilda, die nichts davon registrierte, einen wütenden Blick zu.

Als wir gingen, war es nach Mitternacht. Auf dem Weg aus dem Claridge's hatten wir Matilda zwischen uns genommen, aus Angst, sie könnte stürzen. Und da Matilda war, wie sie nun einmal war, stolperte sie auch prompt, als wir nach draußen traten. Der Hotelmanager hielt sie am Arm fest, sie lachte, dankte ihm, und er lächelte sie erfreut an.

»Einen schönen Abend. Darf ich Ihnen ein Taxi rufen?«

»Ja, bitte.«

Plötzlich schien sich ein Schalter in Matildas Kopf umzulegen. Sie stand da, schaute den Manager an, der dem Türsteher winkte und ihm auftrug, uns ein Taxi heranzuwinken.

»Oh nein!«, jammerte sie.

»Was denn?«, zischte ich.

»Oh nein! Ich hab schreckliche Dinge zu diesem armen Kellner gesagt. Ich war schrecklich, oder?«

»Du warst nicht einfach«, sagte Lucy.

»Ich muss zurückgehen. Ich muss zurück und mich bei ihm entschuldigen.«

»Nicht nötig. Du kannst ihm eine Nachricht hinterlassen. Geh nicht wieder zurück …«

Doch sie ging schon los. Für jemanden, der so viel Alkohol intus hatte wie Matilda Bright, reagierte sie beachtlich schnell.

»Tu's nicht!« Ich versuchte, sie zurückzuhalten. »Das musst du nicht machen.«

»Natürlich muss ich das, Tara. Sei nicht albern. Ich war schrecklich. So unhöflich!«

Obwohl ich sie zurückhalten wollte, ging sie wieder ins Restaurant. Als sie unseren Kellner sah, blieb sie kurz stehen.

»Du bleibst hier«, trug sie mir auf. »Lass mich das einfach machen.«

Ich konnte nichts anderes tun als zusehen. Am liebsten hätte ich mir die Hände vors Gesicht geschlagen, doch ich nahm eine abgeklärte Haltung ein – wie eine Mutter, die ihre Tochter beobachtete, wie sie sich bei ihrem Lehrer für eine Süßigkeit zu Weihnachten bedankte. Matilda zog es durch, wie auch nicht, und ich kann gar nicht glauben, auch nur einen Moment an ihr gezweifelt zu haben. Sie ging zum Kellner, hielt ihn am Arm fest, flüsterte ihm etwas ins Ohr, brachte ihn zum Lachen und blieb dann noch einen Moment neben ihm stehen, redete, hörte zu, lachte und nickte. Schließlich nahm sie ein Blatt von seinem Bestellblock, borgte sich seinen Stift und schrieb etwas auf. Als sie das Restaurant verließ, folgten ihr alle Blicke – doch dieses

Mal wäre sie fast bereit gewesen, sich zu verbeugen. Sie kam, so perfekt wie ein Fashionmodel, auf mich zu.

»Okay«, sagte sie, strich ihren Rock glatt. »Sollen wir gehen? Schau mich nicht so an, als hätte der Blitz eingeschlagen, Tara. Er hat mich um ein Autogramm gebeten. Seine Frau lässt sich keine Ausgabe der *Woman* entgehen.«

Wie sie es zustande gebracht hatte, weiß ich nicht. Es war, als gäbe es in Matildas Wesen einen Schalter, und wenn er umgelegt war, war sie in der Lage, so zu agieren wie der Star, der sie zweifelsohne war. All die Zusammenbrüche und das Trinken, die merkwürdigen, halb fertigen Sätze konnten mit einem einzigen Lächeln und einem Autogramm auf einem Blatt Papier ausgebügelt werden. Es war geübt und wurde perfekt ausgeführt. Es war einfach superb.

30. Kapitel

Echtes Feuer

Lucy und ich wären bereit gewesen, den Abend ausklingen zu lassen. Als wir im Taxi saßen, hatten wir das Gefühl, wir wären sicher, hätten die Zielgerade erreicht. Doch mit Matilda gab es nichts Derartiges.

»Ich muss noch etwas mit euch reinkommen«, sagte sie, als das Taxi vor Napier House hielt.

»Ich glaube, du solltest besser schlafen.«

»Nein!«, widersprach Matilda. Sie wirkte bedrückt. »Nein! Ich muss mit euch reden. Bitte, Lucy.«

Besorgt schaute Lucy mich an, als könnte ich ihr einen Ausweg aufzeigen. Sie wollte all das nicht, aber sie saß in der Falle.

»Dann komm eben mit rein«, sagte sie. »Aber wenn du Clover aufweckst, dann rastet sie aus.«

Wir setzten uns mit einer Tasse Tee in den Salon, doch Matilda ging geradewegs zum Barschrank.

»Du brauchst nichts mehr«, sagte ich.

»Oh doch, das brauche ich.«

Sie nahm auf dem Sofa Platz, schloss die Augen und schlug die ausgestreckten Beine übereinander.

»Wenn du nur schlafen willst, dann bräuchtest du nicht hier zu sein«, setzte Lucy an.

Matilda ließ die Augen fest geschlossen.

»Ich wollte einfach nur einen Moment hier liegen und zu Atem kommen.« Das war nicht zu viel verlangt. Fast drei Minuten saßen wir schweigend da, übrigens genau die Spieldauer von »May to September«, doch die Stille kam mir viel länger vor als Inigos fröhlicher Popsong. Wie kam es, dass Matilda noch immer nicht in der Lage war zu erkennen, wie die Stimmung war? Und das lag nicht nur an zu viel Alkohol. Sie hatte noch nie ein Gespür für solche Dinge gehabt.

Langsam öffnete sie die Augen.

»Es wird immer schwer sein, an diesem Tag«, sagte sie.

Ich schaute zu Lucy, die auf ihre Hände konzentriert war und somit stillschweigend mir das Zepter überließ. Ich würde Matilda durch die nächsten Minuten führen müssen, Lucy war dazu einfach nicht in der Lage.

»Warum?«, wollte ich von ihr wissen.

Matilda kniff die Augen zusammen, hob die linke Hand an ihr Gesicht, als müsste sie ein unsichtbares Licht abschirmen, das sie blendete.

»Es ist Pauls Geburtstag.«

»Paul?« Was auch immer ich zu hören erwartet hatte – dies gehörte nicht dazu.

»Paul Warren«, sagte sie, hatte die Augen noch immer abgeschirmt. »Paul Warren«, wiederholte sie.

»Wer ist er?«, fragte ich rundheraus. Dann erinnerte ich mich an den Abend auf Trellanack, an dem ich Inigo zum ersten Mal wiedergesehen hatte, und etwas machte *Klick*. »Der Sänger. Für den Inigo geschrieben hat.«

»Er hatte nur in Amerika Hits«, sagte Matilda. »Du kannst noch nicht von ihm gehört haben. Er hat es noch nicht hierher geschafft.« Ihre Worte waren von Eifersucht durchdrungen, als *wollte* sie gar nicht, dass wir ihn uns anhörten.

Als sie sich eine Zigarette anzündete, sah ich, wie sehr ihre Hände zitterten. Am liebsten hätte ich sie aus der Tür geschoben und diese wieder hinter ihr zugemacht. Ich wollte Matilda mit ihrem merkwürdigen Verhalten nicht hier in Napier House haben – es sollte vor solchen Dingen bewahrt werden –, aber das war nicht möglich. Sie hatte jetzt angefangen, sie würde das zu Ende bringen.

»Billy hat ihn gemanagt«, erklärte Matilda weiter. »Er hat ihn entdeckt.«

»Dann muss er gut gewesen sein«, sagte ich.

»Er war besser als gut«, flüsterte Matilda.

Sie schaute nicht mehr mich an, sondern sprach, als hätte sie jemand in Hypnose versetzt. Ich warf Lucy einen flüchtigen Blick zu; sie hörte zu, da war ich mir sicher, schaute Matilda aber nicht an.

»Er war so ein netter Junge«, sagte Matilda. »Und so gut aussehend. Der Typ Mann, mit dem sogar *euer* Vater einverstanden wäre.«

»Das bezweifle ich ernsthaft«, warf ich ein. Traurig lachte Matilda auf.

»Er hatte das reinste Herz, das mir je begegnet ist. Er war einer dieser seltenen Menschen, die einen Raum betreten und ihn erhellen, einfach nur, weil sie sie selbst sind.«

»Ich bin bei solchen Menschen immer etwas misstrauisch«, sagte Lucy unvermittelt.

»Tja, das solltest du *nicht*, denn du gehörst auch zu diesen Menschen«, erwiderte Matilda schnippisch. »Wie auch immer, Paul war lustig und nett und schön, und er hätte dich einfach umgehauen, wenn du ihn je getroffen hättest – so, da hast du es.«

Das war das erste Mal, dass sie sich gegen Lucy richtete, seit Matilda ihrem Bestreben nachging, ihre Zuneigung wiederzugewinnen. Lucy wirkte überrascht, gelinde ausgedrückt, war aber auch, wie mir schien, ein bisschen beeindruckt. Sie dachte vermutlich, dass in Matilda kein Feuer mehr brannte – hatte genau wie ich angenommen, dass jeglicher Funke vom Ruhm ausgelöscht worden war.

»Heute wäre er zweiundzwanzig geworden«, sagte Matilda.

»*Wäre* geworden?«

»Ja.«

Matilda schaute mich an, in ihren Augen lag ein flehentlicher Ausdruck, so, als wollte sie mich bitten zu verstehen, die Geschichte fertig zu erzählen, damit sie es nicht tun musste; doch das konnte ich natürlich nicht. Zittrig atmete sie ein, und als sie dann wieder sprach, war sie mit einem Mal ganz klar, ihre Hände waren relativ ruhig, als sie die Quasten an einem von Clovers Kissen flocht.

»Er war der erste Junge, mit dem Billy eine Platte machte. Damals, 1956, noch bevor wir alle unseren ersten Cider probiert hatten.« (Darüber könnte man streiten, dachte ich, denn ich musste an das Reitlager in jenem Jahr denken.) »Er war einfach nur ein netter Junge aus Kentucky mit einer *wunderschönen* Stimme.« Matilda schniefte und nahm einen weiteren Schluck Tee. »Billy hat ihn auf irgend so einem Scheunenfest spielen hören und konnte kaum glauben, was er da zu hören bekam. Er hatte das Aussehen, konnte gut reden, alles.« Matilda löste ihr Flechtwerk wieder und fing dann von vorn an. »Inigo hat für ihn geschrieben«, fuhr sie fort, schaute zu mir, als sie seinen Namen aussprach. »Seine ersten beiden Singles wurden Nummer-eins-Hits. Billy sagt immer, dass es einer der seltenen Fälle war, in denen im Studio alles passte. Es funktionierte einfach, das war alles. Inigo spielte für die Aufnahme Gitarre und Schlagzeug. Es hat ihnen Spaß gemacht.«

Sie bekam wieder einen sehr bedrückten Ausdruck. Sie schnäuzte sich in ihr Taschentuch und verzog das Gesicht.

»Was ist passiert?«, fragte ich, schaute kurz zu Lucy, die gefasst aus dem Fenster sah.

»Was passierte, ist, dass ich ihn auch liebte«, sagte Matilda. »Eines Abends ging ich zu ihm und sagte ihm, was ich empfand. Dumm von mir, aber solche Dinge konnte ich noch nie für mich behalten, nicht wahr?« Sie machte eine Pause, als erwartete sie, jemand würde darauf antworten.

»Jeder wäre geschmeichelt zu hören, dass du …«, fing ich an.

Matilda brachte mich mit erhobener Hand zum Schweigen.

»Eine Weile glaubte ich ihm, als er mir sagte, er würde auch mich lieben, doch wenn er mich küsste, hatte ich das schreckliche Gefühl, dass er gar nicht wirklich da war, dass ein Teil von ihm fehlte.«

»Er war dein … dein *Freund*?«

»Ja«, erwiderte sie. »Er war *mein* Freund.«

Sie lachte, ein kurzer, freudiger Ausbruch, als würde es wahr werden, indem sie es aussprach. Dadurch, dass sie es mit uns teilte, war es tatsächlich passiert. Doch genauso schnell trübte sich ihr Ausdruck wieder.

»Die Wahrheit ist, dass …«, sagte sie leise. »Die Wahrheit ist, dass er … er Billy liebte. Versteht ihr? Er liebte Billy *wirklich*. Er konnte es mir nicht sagen, aber es war da, die ganze Zeit. Ich nehme an, irgendwie wusste ich es.« Sie setzte sich auf ihre Hände. »Eines Abends konfrontierte ich die beiden damit, und Paul knickte ein und sagte mir, ich wäre nicht verrückt, ich hätte recht.«

Ausdruckslos starrte sie vor sich hin. Ich glaube nicht, dass sie überhaupt hörte, was sie da sagte; es war, als lauschte sie regungslos der Geschichte eines anderen.

»Oje, Matilda …«, sagte ich.

»Ich weiß, was ihr denkt«, sagte sie. Sie schaute zu Lucy.

»Das weißt du nicht«, erwiderte Lucy.

»Was ist dann passiert?«, fragte ich. Ich setzte mich ebenfalls auf meine Hände, um mich zu erden.

Matilda räusperte sich. »Paul war so verzweifelt, so verängstigt, dass seine Eltern es herausfinden könnten, dass er Billy verlieren und mich verletzen könnte … Er war so in seinen trüben Gedanken gefangen, dass er von der Straße abgekommen ist. Einfach von der Straße abgekommen.«

»Was meinst du damit?«

»Was denkst du denn, was ich damit meine? Er ist gegen einen Baum gefahren. War tot.«

»*Tot?*«, keuchte ich. Trotz ihrer Tränen, trotz des Wissens, dass die Geschichte ein trauriges Ende nehmen würde, hatte ich doch nicht damit gerechnet; das Wort geisterte durch den Raum, brachte alles aus dem Gleichgewicht.

»Er war erst einundzwanzig.« Matilda schwenkte den Tee in ihrer Tasse.

»Wie schrecklich«, sagte Lucy leise.

»Inigo hat auf seiner Beerdigung Gitarre gespielt. Seine Eltern haben Billy eine Woche danach geschrieben. Sie wussten nicht, dass er Billy liebte, also … auf *diese* Weise liebte, und das werden sie nie erfahren.« Trotzig blickte sie auf, als könnte eine von uns beiden aufspringen und sie sofort anrufen. »Billy bewahrt den Brief in der Hülle von einer von Pauls ersten Platten auf. Heute habe ich gesehen, wie er ihn las und sich dabei die Augen ausweinte wie ein sechsjähriger Junge. Er konnte nicht sprechen. Ganze zehn Minuten nicht. Er stand einfach nur da, weinte und hielt mich fest.«

Matilda rieb sich über den Bauch; Tränen verschmierten blauschwarze Wimperntusche über ihre rot gepuderten Wangen und verliehen ihr ein clowneskes, absurdes Aussehen.

»Er liebte ihn«, sagte sie. »Mehr als alles je zuvor und vermutlich mehr als alles, was je kommen wird.«

»Nicht mehr als dich«, widersprach ich ganz automatisch. »Das könnte er nicht.«

»Warum? Weil ich ein Mädchen bin und weil es sich so gehört? Sei nicht so kindisch, Tara.«

Ich warf ihr diese Wut nicht vor. Ich ärgerte mich selbst über meine Ungläubigkeit.

»Aber du hast Billy geheiratet, obwohl du all das wusstest!«

»Ich weiß.« Aufmüpfig blickte sie auf. »Billy hat das treueste Herz überhaupt. Er hat mich gerettet, müsst ihr wissen.«

In der Ferne fuhr ein Polizeiauto mit Sirene vorbei.

»Ihr habt euch gefunden, weil ihr beide Paul verloren habt«, sagte ich langsam.

»Ja«, bestätigte Matilda. »Wir beide hatten Paul verloren. Einen Monat, nachdem er tot war, wurde mir klar, dass ich schwanger bin.«

Mehr sagte sie nicht, schaute uns einfach nur an, wartete, bis die Realität des Gesagten bei uns ankam. Ich spürte, wie Napier House um mich herum atmete, aufmerksam zuhörte.

»Das Baby ist von Paul«, sagte sie einfach nur. »Ich werde sein Kind bekommen.«

»Oh, Matilda!« Lucys Stimme klang genau so wie früher, wenn Matilda zum Beispiel eine Teetasse ihrer Mutter umstieß oder über den Teppich in der Diele stolperte.

Matilda verschränkte die Hände vor ihrem Bauch.

»Das weiß Billy natürlich. Er wird das Kind als sein eigenes großziehen. Er wird der wunderbarste Vater sein.«

»Was ist mit …?« Ich schluckte. »Was ist mit Pauls Eltern?«

»Dieser Teil ist ihnen bekannt«, sagte Matilda ruhig. Sie schaute zu Lucy. »Du siehst also, Billy hat mich vor allem gerettet – davor, eine alleinerziehende Mutter zu werden. Und ihr könnt von mir denken, was ihr wollt – nennt mich ein Opfer. Das Leben kommt nicht immer so, wie wir es geplant haben, aber ich nehme nicht an, dass du das jemals feststellen wirst.« Jetzt war sie wütend, im Dämmerlicht der Lampen im Salon wirkte ihr Gesicht verkniffen und blass. »Also, ich wollte euch einfach nur wissen lassen, dass ich das alles hinbekommen werde. Das werde ich.«

Lucy strich sich das Haar aus dem Gesicht und schaute Matilda an.

»Ich weiß, dass du das wirst«, sagte sie. »Du bist schon immer sehr viel stärker gewesen, als du selbst geglaubt hast. Das ist eines der merkwürdigen Dinge an dir, Matilda.« Sie stand auf; ich sah, dass ihre schlanken langen Beine zitterten.

»Ich gehe ins Bett«, sagte sie dann. »Du kannst sicher sein, dass ich niemals zu irgendjemandem etwas sagen werde. Und nur nebenbei, ich verstehe es. Okay? Ich verstehe es.«

Sie sagte das scharf, weil sie vermutlich nicht wusste, wie sie es sonst sagen sollte. Nicht nach allem, was passiert war, nach der ganzen Zeit, die verstrichen war. Und dann hatte sie auch schon das Zimmer verlassen und ließ uns mit dem Geräusch von Schritten, die die Treppe zu unserem Zimmer hinaufgingen, zurück.

Matilda lächelte mich an, legte ihren Kopf ohne ein weiteres Wort auf einem Kissen ab und schlief ein.

Ich saß im Dunkeln da, ließ mir das, was sie gesagt hatte, durch den Kopf gehen. Eine halbe Stunde später klingelte das Telefon, dann kam Clover im Morgenmantel ins Zimmer.

»Das war Billy. Wollte wissen, wo sie ist«, sagte sie.

»Sie ist hier.«

Als Clover Matilda auf dem Sofa liegen sah, schüttelte sie den Kopf.

»Ich sage ihm, er soll vorbeikommen und sie abholen. Ich glaube nicht, dass es vernünftig wäre, sie so in ein Taxi zu setzen.«

Zwanzig Minuten später war er da, kam in den Salon, ohne mich wahrzunehmen, weil ich mich auf der anderen Seite zusammengerollt hatte. Nie hatte ich Billy so besorgt oder verängstigt bei etwas gesehen, das nicht mit Musik oder Platten zu tun hatte, doch als er Matilda auf dem Sofa liegen sah, eine karierte Decke über dem Bauch, sah er so verletzlich aus wie ein kleiner Junge, der nicht recht wusste, wie ihm geschah.

»Sie hätte direkt nach Hause kommen sollen«, flüsterte er Clover zu. »Das Baby …«

Er streckte die Hand aus, berührte ihren Bauch, ließ seine Hand darauf liegen. Langsam öffnete sie die Augen und schaute ihn an.

»Oh, gut – du kommst, um mich abzuholen«, sagte sie, richtete sich mühsam auf. »Ich hätte jetzt nicht gerne ein Taxi genommen. Wir hatten einen so netten Abend im Claridge's. Schrecklich nette Kellner. Es war sehr nett, Zeit mit der kleinen

Tara zu verbringen. Ich bewundere sie, weißt du. Sie erinnert mich daran, wie es früher war. Sie erinnert mich an Mutter.«

Wenn ich nicht schnell von hier verschwand, dann würde ich weinen. Ich hustete und versuchte zu lächeln.

Beide drehten sich um und erblickten mich.

»Cherry Merrywell, warum bist du denn noch wach? Du brauchst deinen Schlaf«, sagte Billy sanft.

»Ich weiß«, erwiderte ich. »Ich habe nur gewartet, bis du hier bist.«

Wusste er, was sie uns gesagt hatte? Unmöglich, das zu sagen. Ich war erschüttert zu sehen, dass das Wissen, das ich jetzt über ihn hatte, rein gar nichts veränderte; er war noch immer die allmächtige Kraft hinter allem, was mir widerfuhr.

Matilda schaute mich an und erinnerte sich an etwas.

»Oh«, sagte sie zu Billy. »Ich glaube nicht, dass ich es ihr gesagt habe.«

»Dass du mir was gesagt hast?« Mehr Enthüllungen verkraftete ich heute nicht. Ich wollte nur nach oben und ins Bett gehen und morgen dann nach Hause fahren.

»Wenn du morgen zurück nach Cornwall gehst ... also, ich habe Digby gebeten, dich zu begleiten.«

»Was?«, flüsterte ich.

»Ich möchte, dass er das Haus fotografiert. Du weißt schon, ehe es verkauft wird.«

»Matilda möchte sich so daran erinnern, wie es war«, sagte Billy.

»Digby kommt mit nach Cornwall?«

»Und Inigo natürlich«, fügte Billy leise hinzu. »Er wird euch fahren. Ich möchte keinesfalls Digby hinter dem Steuer sehen.«

»Aber sie können einander nicht ausstehen! Er wird nicht mitkommen wollen ...«

»Trellanack ist groß genug für zwei Menschen, die einander nicht leiden können, um ein Wochenende dort zu verbringen«, sagte Matilda. »Meine Eltern haben das ihr ganzes Leben lang geschafft.«

Ich war ganz sprachlos über das, was ich fühlte. Wenn er im Dorf wäre, dann wäre das zu viel, zu eng. Dann würde er alles *wissen*.

»Es ist wichtig, dass er die Fotos macht.« Matilda konnte wohl meine Gedanken lesen. »Er kann Inigo aus dem Weg gehen und seinen Job machen, ohne gestört zu werden. Und nach dem Wochenende können sie beide mit euch zurückkommen.« Sie lächelte mich an. »Ist das kein schönes Geschenk für dich, Tara? Oh, und du darfst Hester wieder reiten. Geh mit ihr raus. Wie früher.«

»Nein, das geht nicht«, warf ich schnell ein. »Nicht ohne die Erlaubnis deiner Mutter.«

»Du kannst mit ihr rausgehen«, sagte Matilda noch einmal. »*Ich* bestimme das.«

Ich nickte, aber ich wusste, dass ich das nicht tun würde. In der Vergangenheit war ich Lady W-D gegenüber oft genug ungehorsam gewesen. Ich würde Matilda nicht zugestehen, sie hier zu überstimmen, egal wie sehr ich es mir auch wünschen würde.

Ich ging nach oben, zog Clovers Kleid aus und legte mich in Unterwäsche aufs Bett. Es war eine heiße, stille Nacht. Wo war Digby? Wenn ich nicht bei ihm war, dann war mir, als wäre er so ungreifbar, so unmöglich zurückzuhalten wie Wasser in der hohlen Hand. Und Matilda und Billy – wie konnten sie wie normal weitermachen, wenn sie dieses Geheimnis mit sich herumtrugen? Solche Dinge waren doch bestimmt so bedeutend, dass sie alles andere unter sich verbargen.

Ich hörte Inigo in seinem Zimmer, hörte, wie er noch eine Stunde lang Gitarre spielte, so leise, ganz leise. Ein Teil von mir wollte im Nachthemd nach unten rennen, eine flackernde Kerze in der Hand, mich in einer Ecke seines Zimmers zusammenkauern und ihm einfach ewig zuhören. Ich lag bis vier Uhr morgens wach im Bett, dachte an Paul Warren, Matilda, Billy und Inigo, alle für immer durch einen schwarzen Vinylkreis miteinander verbunden.

31. Kapitel

Zu Hause

Wenn man nach Hause kommt, nachdem man an einem außergewöhnlichen Ort war, dann schlüpft man schneller, als einem lieb ist und als man es je für möglich gehalten hätte, wieder in das alte Leben. Im Pfarrhaus hatte sich nichts verändert – und doch war alles anders. Cornwall selbst kam mir überzogen vor: das Gefühl von Salz und Sand unter den Fingernägeln, das ewige Getöse und Donnern des Atlantiks, das man vom Dachfenster hörte. Zum ersten Mal sah ich das Haus und das Dorf mit den Augen dessen, der noch nie zuvor hier gewesen war. Lucy und ich kamen in die Küche und setzten uns, als wären wir nie weg gewesen. Als Imogen auftauchte, war das Erste, was ich dachte, wie alt ihre Klamotten doch aussahen. Am liebsten hätte ich geweint.

»Erzählt noch mal von dem Abend, als ihr im Claridge's essen wart«, bettelte sie und schnitt mir ein weiteres Stück vom Himbeer-Biskuitkuchen ab.

Und das taten Lucy und ich auch, obwohl wir ihr nicht sagten, wie betrunken Matilda gewesen war oder dass sie Paul Warrens Kind bekam. Wir erzählten nur von den vielen Menschen, die sie erkannten. Darum ging es beim Geschichtenerzählen. Es ging mehr darum, was man ausließ, als um das, was man anderen Menschen tatsächlich erzählte.

Ich erfreute sie mit Geschichten über Clover und Charlotte, über die Cafés in der King's Road, Digbys Partys und die Aufnahme im Studio. Pa, der am Kopfende des Tisches saß, sagte kein Wort. Er gab vor, kein Interesse zu haben, doch ab und an sah ich, wie er den Mund öffnete und dann doch wieder schloss, wie ein Chorsänger, der sich unsicher ist, wann sein Einsatz kommt.

»Gib mal den Salat rüber, Tara«, bellte er, als ich am Ende der Geschichte angelangt war, wie Digby mich fotografierte (nun ja, nicht ganz am Ende – das sparte ich mir für einen späteren Zeitpunkt mit Imogen und Florence auf).

»Ich komme mir etwas vor wie Jack der Vagabund«, sagte ich. »Mir war gar nicht klar, dass man so gefragt ist, wenn man mal von zu Hause weggeht.«

»Dann solltest du häufiger weggehen«, erwiderte Florence grinsend.

»Der Chor«, sagte Imogen. Sie errötete. »Matthew … also ich meine … Mr. Bell. Er hofft, dass du am Sonntagmorgen kommst, um den Chor zu hören. Sie führen *Die Zauberflöte* auf.«

»Spielst du denn auf seiner Zauberflöte?«, flüsterte ich ihr zu. Jetzt wurde sie knallrot.

»Was hast du gesagt, Tara?«, verlangte Pa zu wissen.

»Nichts. Nur dass ich hoffe, dass Matthew Bell sich meiner Schwester gegenüber anständig verhält.«

»Ich bin gestern Abend mit ihm im Kino gewesen«, eröffnete sie mit dünner Stimme.

»Heißer Typ«, sagte ich zu ihr. »Antonia Jones bringt dich um.«

»Tja«, verkündete Pa und erhob sich. »Ich muss packen. Imogen, kann ich mich darauf verlassen, dass du mich morgen früh zum Bahnhof fährst?«

»Zum Bahnhof?«, fragte ich. »Wohin fährst du denn, Pa?«

»Nach Glasgow«, sagte er. »Ich werde mindestens zehn Tage fort sein.«

»Zehn Tage? Aber wir sind doch gerade erst heimgekommen!«

»Ich denke, meine Abreise wird euch nicht allzu großen Kummer bereiten«, meinte Pa trocken. »Auf dem Rückweg von der Kirche habe ich zwei junge Männer nach Trellanack fahren sehen.«

»Was?«, riefen Imogen und Florence gleichzeitig.

»Das stimmt«, sagte Lucy. »Wir sind mit ihnen hergefahren.«

»Wer sind sie?«

»Einer von ihnen ist Digby O'Rourke.« Ich wollte nicht, dass sie wussten, dass auch Inigo hier war. Es wäre zu kompliziert geworden, wenn Pa angefangen hätte, zwei und zwei zusammenzuzählen.

»*Digby O'Rourke* ist auf Trellanack?«, stieß Imogen hervor.

»Matilda hat ihn gebeten, das Anwesen zu fotografieren, ehe es verkauft wird«, sagte ich.

Ich kaute an einem Stück Toast herum, um zu verhindern, dass ich rot wurde. Florence grinste mich an.

»Ich hoffe doch sehr, dass ich mich in den nächsten Tagen auf euren gesunden Menschenverstand und eure gute Erziehung verlassen kann«, sagte Pa. »Ich hatte nicht erwartet, dass ihr halb London mit hierher nach Cornwall bringt.«

»Die beiden sind wohl kaum halb London«, widersprach ich.

»Ich bin nicht hier, um ein Auge auf euch zu haben, also müsst ihr gegenseitig aufeinander achten.«

»Sicher doch, Pa.«

Zum Abschied warf er uns noch einen seiner bezeichnenden Blicke mit den hochgezogenen Augenbrauen zu und verließ dann den Raum.

»*Also!*«, sagte Florence. »Da habt ihr ja vielleicht Schwein gehabt. Kein Pa, der herumschleicht, um sich auf einen zu stürzen, und echte, lebendige *Jungs* auf Trellanack.«

»Herrje, Tara«, stöhnte Imogen auf. Sie sah schrecklich bestürzt aus. »Ich hoffe, du wirst dich ordentlich betragen.«

»Ich hoffe doch sehr, dass sie das *nicht* tut«, widersprach Florence.

Über Nacht war Trellanack mit Inigo und Digby zu einer Insel für sich geworden. Digbys bemerkenswertes Talent für Chaos und Unordnung war es zu verdanken, dass sich die kargen, halb leeren Räume im Erdgeschoss in Orte mit einem verruchten Zusammenspiel von Farbe und Licht und einem sorgfältig inszenierten modernen Durcheinander verwandelten. Fotoapparate lagen auf Brokatsofas, halb leere Bierflaschen standen auf den Beistelltischen neben einem äußerst düsteren Foto von Sir Lionel in den Armen seines Kindermädchens, aufgenommen drei Tage bevor er auf der *RMS Titanic* an Bord ging.

»Lady W-D würde wahnsinnig werden, wenn sie wüsste, was hier vor sich geht«, sagte ich.

»Warum?«, wollte Digby wissen. »Ich behandle diesen Klotz hier, als wäre es mein Zuhause.«

»Genau deshalb mache ich mir Sorgen.«

Digby grinste. »Matilda hat mir gesagt, du würdest mich herumführen und mir helfen, hier durchzusteigen. Ich habe hier eine Liste all der Räumlichkeiten, die sie fotografiert haben möchte. Es wäre wirklich hilfreicher, eine Generalstabskarte zu haben. Wo zum Teufel ist der Lila Salon?«, fragte er.

»Im Ostflügel.«

»Wo ist das?«

Ich grinste. »Am anderen Ende des Hauses. Fast schon in Devon. Sollen wir erst nach draußen?«, schlug ich vor. »Es soll später regnen. Und wir haben nur drei Tage.« Ich hörte nicht auf, das zu sagen, das zu denken. *Wir haben nur drei Tage.*

Zuerst brachten wir Digby zu dem ummauerten Garten, in dem Lucy, Matilda und ich in dem einen Sommer viele Nachmittage zugebracht und uns angefreundet hatten. Die Luft war erfüllt vom Duft nach warmen Rosen und dem schläfrigen Summen der Bienen. Wenn Matilda hier wäre, dann würde sie sich die Seele aus dem Leib niesen, musste ich denken. Genau wie Digby war der ummauerte Garten von einer Atmosphäre schlecht verborgener Unordnung erfüllt – und genau wie bei ihm schien das seinen Reiz nur zu verstärken. Er nahm die Kamera vom Hals.

»Stell dich unter den Baum«, trug Digby mir auf und zeigte auf den kleinen Kirschbaum, bei dem Matilda zum ersten Mal ihre Verehrung für Raoul kundgetan hatte.

»Oh! Lass mich dir erst noch den Bambusgarten zeigen«, sagte ich. »Dann sollten wir uns noch den Steingarten ansehen und den chinesischen Garten. Wahrscheinlich sehen sie ohne Lady W-Ds eisernes Zepter etwas heruntergekommen aus, aber vielleicht ist das ja egal … Alles wirkt etwas außer Kontrolle. So war es früher nie. Da war alles ordentlich.«

Digby drehte an der Linse des Apparats herum.

»Es ist egal, wenn alles außer Kontrolle ist, solange es schön ist«, sagte er.

Wir gingen in den Westen des Gartens, wo die beiden Treibhäuser standen. Eine der Scheiben war kaputt, und eine lange Weinrebe wuchs aus dem Inneren heraus. Ich war schockiert; diesen Teil des Gartens hatte ich bislang nur nachts gesehen. Bei Tag sah er aus, als hätte man einen Anschlag darauf verübt.

»Das ist ja schrecklich – was ist denn hier passiert?«, fragte ich mich laut, doch da war mir schon klar, dass Digby nicht wirklich zuhörte. »Das wurde zur Erinnerung an die Krönung des Königs gebaut …«

»Aber schau dir dieses *Licht* an«, murmelte Digby. Er trat nach vorn, zog etwas mehr von der Rebe aus dem Loch und griff wieder zu seinem Fotoapparat.

Und schon bald wurde mir klar, dass es Digby egal war, was er vor sich hatte, solange es ein gutes Bild abgab. Wir hätten ihm Pyramiden oder Koalabären zeigen können, er hätte nichts infrage gestellt. Er stellte einfach seinen Apparat auf und drückte auf den kleinen Knopf, und da war es, für immer festgehalten – oder zumindest so lange, bis das Bild verblasste –, Hauptsache, ihm gefiel, was er sah, Erläuterungen oder Daten waren ihm da egal. Er interessierte sich für die augenblickliche Reaktion auf etwas Schönes, etwas Vergnügliches, etwas Angenehmes. Die Tatsachen waren ihm dabei völlig egal. Diesbezüglich war er so ziemlich das Gegenteil von Raoul. Nach einer Weile erfasste mich wieder dieses verzweifelte Gefühl; ich spürte, wie Digby meinem Griff entglitt, und musste ihn auf sicheren Boden zurückbekommen.

»Können wir uns hier eine Weile hinlegen und uns die Sonne ins Gesicht scheinen lassen?«

Digby reagierte immer so, wie man wollte, wenn er gefragt wurde, ob er sich irgendwo hinlegen wollte. Er ließ sich auf den Rücken fallen. Ich legte mich neben ihn.

»Gefällt es dir hier?«, fragte ich verhalten.

Er antwortete nicht. »Sing mir den Blues-Song vor«, sagte er. »Diesen merkwürdigen Song, den du mir an dem Nachmittag in Cheyne Walk vorgesungen hast.«

»Heute ist kein Nachmittag für Blues.«

»Jeder Nachmittag ist ein Nachmittag für Blues«, erwiderte Digby.

Er drehte sich, sodass er auf der Seite zu liegen kam und zu mir schaute. »Mach schon«, drängte er. »Sing mir etwas vor, das ich kenne.«

Ich sang ein altes Spiritual aus den Südstaaten, das Ma uns immer vorgesungen hatte; ganz und gar nichts Modernes, sondern etwas, das mich an die Zeit erinnerte, als Trellanack unser Spielplatz war. Das war es jetzt nicht mehr. Zu vieles hatte sich verändert – wir hatten den Punkt erreicht, an dem es kein Zurück mehr gab.

Später am Nachmittag tranken wir im Garten Tee. Es war noch immer warm, und wir hatten Decken draußen in den Schatten gelegt, doch ein leichter Wind ließ die Haare um unsere Gesichter flattern und hielt die Wespen fern.

»Wie kommst du mit dem Schreiben voran?«, fragte ich Inigo. Hier in Cornwall hatte ich das Gefühl, dass er sich mehr denn je in sich zurückgezogen hatte. Ich war mir des Ausmaßes seiner Abneigung gegenüber Digby überaus bewusst und wusste auch, dass er nur hier war, weil Billy es so wollte. Einen Großteil der Zeit verbrachte er allein im Lila Salon, und wenn er sich zum Essen zu uns gesellte, hatte man das Gefühl, als hätte er nur einen Teil von sich hergeschickt, nicht alles. Sein Kopf und sein Herz waren anderswo.

»Ich schreibe nicht gerne auf dem Land«, sagte er.

»Warum nicht?« Ich war sehr verwundert – nicht nur über die Tatsache, eine Antwort erhalten zu haben, sondern auch darüber, wie kurz und bündig sie ausgefallen war.

»Dieser Teil von England – tatsächlich alles, was westlich von London liegt – erinnert mich einfach nur an zu Hause.«

Er nahm sich einen Strunk Trauben.

»Meinst du damit das Haus, das abgebrannt ist?«

Leicht verärgert schaute er mich an.

»Ja, das Haus, das abgebrannt ist.«

War jetzt der Moment gekommen, es ihm zu sagen? Ich wusste es nicht. Nie schien der richtige Zeitpunkt dafür zu sein.

»Wirst du je wieder in England leben?«, wollte ich wissen. Ich würde ihn nicht lange weiterbefragen können – ich sah, dass Digby schon wieder auf uns zukam, und außerdem gab Inigo nicht gerne Antworten.

»Das kann ich nicht«, sagte er.

Er strich sich die Haare aus dem Gesicht. Einen Moment saßen wir schweigend da; ich bewunderte sein exquisites Profil, die blasse, makellose Haut ganz ohne Sommersprossen, das dunkle Haar, das ihm über die Augen fiel, die in meine geblickt hatten, nachdem ich den Elefanten gestohlen hatte und als ich ihm in der Küche vorgesungen hatte.

»Die Sache ist die«, sagte er unvermittelt. »Man kommt nicht wirklich über ein solches Haus hinweg.«

Schockiert über das, was er gerade gesagt hatte, starrte ich ihn an. Ließ er mich hier gerade tatsächlich an etwas teilhaben? Gleich darauf ließ Digby sich auch schon auf die Decke fallen.

»Deine Schwester hat gerade angerufen«, sagte er. »Sie lässt fragen, ob du heute Nachmittag Raoul besuchen willst.«

Ich konzentrierte mich wieder auf die Gegenwart und stand auf.

»Dann muss ich los«, murmelte ich.

»Oje«, sagte Digby mit geschlossenen Augen. »Du lässt uns beide besser nicht allein.«

Er schaute zu Inigo auf der rot-weißen Decke, der eine Zigarette in der Hand hatte und zum Obstgarten schaute. »Wobei, wenn ich so darüber nachdenke … Bleib genau da, wo du bist«, murmelte er. Er nahm seinen Fotoapparat, visierte Inigo ohne irgendeine Entschuldigung an und drückte mehrfach auf den Auslöser.

»An deiner Stelle würde ich mir den Film für etwas anderes aufheben«, sagte Inigo regungslos.

»In fünfzig Jahren schicke ich dir einen Abzug davon, und du wirst dich bei mir bedanken, unseren Zwist lange genug beiseitegelassen zu haben, um deine unbestrittene Schönheit für zukünftige Generationen festzuhalten.«

Digby nahm den Film aus dem Fotoapparat und verbeugte sich vor Inigo. Er steckte die Filmrolle in die Hosentasche und legte sich wieder auf die Decke.

In dem Moment sah ich die Pferde. Die wunderschöne Hester, die ich früher geliebt hatte, als ich noch auf Trellanack reiten durfte, stand regungslos wie eine Statue am Eingang zum Obstgarten und hinter ihr die beiden stämmigsten Shetlandponys aus Lady W-Ds Sammlung, die lauthals quiekten wie überreizte Sänger. Pamela, die Pferdepflegerin, die jetzt häufig sich selbst überlassen war, kümmerte sich nicht richtig um die Ponys; sie waren schrecklich übergewichtig.

Die Gefahr, dass die Pferde durch Löcher im Zaun oder in der Hecke aus der Koppel von Trellanack ausbrachen, war schon immer gegeben – wie oft musste ich sie wieder auf die richtige Seite des Zauns bringen, als ich klein war –, aber sie heute auf der anderen Seite stehen zu sehen verursachte mir einen Kloß im Hals. Hester hatte mich in der Auffahrt gesehen und nach mir gesucht, da war ich mir ganz sicher.

»Was ist denn hier los?«, fragte Inigo, der meinem Blick folgte.

»›*Schießerei am O. K. Corral*‹«, murmelte ich. »Wir müssen sie einfangen.«

Digby hatte sich hochgerappelt.

»Was ist los?«, fragte er. »Warum sind *die* hier?«

»Schon in Ordnung«, sagte ich lachend, als mir bewusst wurde, dass seine Stimme so ängstlich klang wie nie zuvor. »Ich kenne die. Die haben irgendwo eine Lücke entdeckt. Ich muss sie zurückbringen.«

Langsam ging ich auf Hester zu, wie ich das früher gemacht hatte, streckte meine Hand aus und versuchte, ihr weiszumachen, ich hätte etwas für sie.

»Komm her«, sagte ich leise. »Komm, Hester.«

Doch auch wenn Hester mich vermisst hatte, so war sie doch nicht bereit, kampflos aufzugeben. Ihr Schweif ragte hoch auf, ihre Nüstern waren gebläht, und sie trabte zur hinteren Mauer des Obstgartens.

»Verflucht«, sagte ich verärgert.

Die Shetlandponys streckten den Kopf nach unten und stopften sich den Bauch mit Gras voll, als wäre es ihre letzte Stunde auf Erden. Mit ihnen würde es nicht so schwierig werden.

»Warum rennt das Große weg?«, rief Digby. »Cherry, es gefällt mir gar nicht, wie es hier herumrennt. Sollte es keinen Sattel tragen, verdammt?«

»Komm her und warte hier bei den beiden«, sagte ich und zeigte auf die Shettys. Verwirrt schaute Digby mich an.

»Mit denen hier warten? Worauf zum Teufel warten wir?«

»Darauf, dass ich Hester einfange.«

»Wer ist Hester?«

»Bleib einfach hier stehen, leg die Arme um sie und bleib ruhig. Die gehen nicht weg.«

»Ich soll die Arme um sie legen? Was denn noch?«

»So«, sagte ich und kicherte hilflos, als ich es ihm zeigte. Als sie jemanden neben sich spürten, schnaubten die Ponys und lehnten sich schwer gegen mich.

»Siehst du – deshalb setze ich keinen Fuß aus der Stadt«, sagte Digby, schob mich zur Seite und nahm meine Position ein. Während er sprach, drehte sich eines der Shetlandponys um und zwickte ihn hinten ins Bein.

»Verfluchte Scheiße!«, brüllte er.

Und damit rannte Digby wie von der Tarantel gestochen davon. Er schnappte sich seinen Fotoapparat, verschwand hinter der Mauer des Obstgartens und kurz darauf auch aus unserem Blickfeld in Richtung Haus.

Ich schaute hinüber zu Inigo, der in haltloses Gelächter ausgebrochen war. Ihn so gelöst zu sehen war eine Seltenheit; er war immer *so ruhig, so kontrolliert* – gab ständig trockene Sprüche von sich, wirkte selbst aber nur selten entspannt –, sodass es mich fast schon erschreckte, ihn so zu sehen.

»Wenn du mir bitte helfen könntest … ich muss das Pony einfangen!«, rief ich und zeigte auf Hester. *Heiliger Bimbam!*, dachte ich. *Ich wurde zu Lady W-D!*

Noch immer prustend, hob Inigo eine Hand, um mir zu verstehen zu geben, dass er mich gehört hatte, holte etwas aus seiner Hosentasche und ging sehr langsam auf Hester zu – blieb auf dem Weg dorthin kurz stehen, um einen abgenutzten schwarz-roten Trageriemen für Fotoapparate aufzuheben, den Digby auf der Decke hatte liegen lassen. Fasziniert beobachtete ich ihn. Inigo und Pferde war keine Kombination, von der ich geglaubt hätte, ihr heute – oder irgendwann einmal – zu begegnen. Doch zwei Minuten später hatte er Hester – ziemlich buchstäblich – dazu gebracht, ihm aus der Hand zu fressen, und der Trageriemen lag um ihren Hals, um zu verhindern, dass sie erneut entwischte.

»Was hast du ihr gegeben?«, fragte ich, zog die Shettys an ihren Mähnen hinüber zu ihm. Alarmiert schaute ich zu Hester; sie flehmte und versuchte eine klebrige, orangefarbene Substanz von ihren Zähnen zu lecken.

»Reese's Erdnussbuttertraum«, sagte Inigo selbstzufrieden. Als ich ihn verständnislos anschaute, fügte er hinzu: »Eine amerikanische Süßigkeit. Also, aus Schokolade. Ganz köstlich. Da kann nichts anderes mithalten – und jetzt wurde es an ein Pferd verschwendet«, fügte er geringschätzig hinzu. »Das war mein letztes.«

»Na ja, wenigstens hast du sie eingefangen. Ich nehme an, das ist das Beste, was ihr je passiert ist«, sagte ich. »Mal was anderes als immer nur Minzbonbons.«

Er brachte die Ponys mit mir zurück, und in dem Rhythmus ihrer unbeschlagenen Hufe, die sich widerstrebend ihre Niederlage eingestehen und unserer Führung folgen mussten, lag ein unausgesprochener Trost – genau wie eine sehr englische Melancholie in der unbefangenen Schönheit der blassen pinkfarbenen Damaszener Rosen lag, die wild um das Gatter des Obstgartens herumwuchsen, durch das wir jetzt schritten. Ich knipste eine ab und flocht den Stengel in Hesters Mähne.

Trellanack – von dem ich mich seit dem Tag, als Lady W-D mich aus den Ställen verbannte, distanziert hatte, so gut es ging – fühlte sich mit einem Mal mehr mir zugehörig als damals, als ich dreizehn war.

»Matilda sollte dieses Haus nicht verkaufen«, sagte ich unvermittelt.

»Sie möchte aber«, antwortete Inigo. »Das weißt du, oder nicht? Sie *möchte* das.«

Ich antwortete nicht darauf.

Wir umrundeten den hinteren Teil des Hauses und schoben Hester und ihre beiden Komplizen zurück auf die Koppel.

»Sie sind vermutlich hier ausgebrochen«, sagte Inigo und zeigte auf eine Stelle zerbrochenen Zauns.

Die nächsten zehn Minuten brachte er damit zu, herumliegende Holzscheite und Äste so anzubringen, dass das Loch gestopft war. Es wurde immer heißer. Irgendwann hörte ich auf zu helfen, setzte mich unter die nächste Linde, rauchte eine Zigarette und beobachtete ihn. Er war nicht gerade sehr effizient bei dieser Angelegenheit, fand ich. Raoul, selbst Imogen, hätte den Job im Handumdrehen erledigt – fast möchte ich sagen, dass ich das auch hinbekommen hätte, aber ich zog es vor, ihm dabei zuzusehen.

Ich dachte an seine amerikanische Freundin – an seine heimlichen Anrufe bei ihr – und fragte mich, ob er ihr von diesem kleinen Ausflug nach Trellanack mit den ausgebrochenen Pferden erzählen würde. Ich hatte genug davon, dass er alles vergaß. Es sollte Menschen nicht erlaubt sein, solche Nachmittage in England zu vergessen. Eigentlich sollte das gesetzeswidrig sein. Nach einer Weile richtete er sich auf.

»Das sollte sie zurückhalten«, sagte er.

Das bezweifle ich, dachte ich, sagte dann aber: »Ja, danke.«

Wir gingen zurück zum Haus.

»Ich muss Raoul besuchen«, sagte ich. Plötzlich wünschte ich mir – völlig unvernünftigerweise –, Inigo würde mich begleiten.

»Gut. Ich muss schreiben. Und ehe du fragst, ja, ich werde nachsehen, ob Digby von den Ereignissen der letzten halben Stunde nicht zu traumatisiert ist.«

»Danke. Aber ich gehe davon aus, dass er überlebt.«

Inigo war schon fast durch den Vordereingang nach innen gegangen; er wusste, wie man sich in einem solchen Herrenhaus aufführte. Hier zu sein war für ihn nicht der amüsante

Spaß, den es für Digby darstellte, oder die Erfahrung von etwas Fremdländischem, die es für Billy war. Er kam aus einem ebensolchen Umfeld, passte sich ganz selbstverständlich dem Rhythmus an, den ein solcher Ort vorgab.

»Du wirst dich daran erinnern, oder?«, rief ich ihm plötzlich noch zu.

»Was?«, rief er zurück.

»Behalte diesen Nachmittag im Gedächtnis! Du weißt schon. Die Pferde, die Sonne, die Blumen, dieses Haus und alles.« Mit einem gewissen hilflosen Trotz zuckte ich mit den Schultern – ich wollte, dass er mich verstand, denn die meiste Zeit verstand ich mich ja selbst nicht.

»Genieße das Leben in vollen Zügen!«, rief ich, doch kaum hatte ich diese Worte ausgesprochen, schämte ich mich für sie; ich musste sie irgendwie entschärfen, also murmelte ich: »Oder geh einfach rein und trink 'ne Tasse Tee.«

Kurz bevor er sich wieder wegdrehte, meinte ich Inigo lächeln zu sehen. Aber ich hatte schon ziemlich viele Dinge über Inigo Wallace gedacht, die sich dann als ziemlich falsch herausgestellt hatten, und dies mochte einfach ein weiterer falscher Eindruck gewesen sein.

32. Kapitel

Aufgelöst

Raoul lag auf einer anderen Station. Ich hatte ihn zwei Wochen nicht gesehen, doch es kam mir so vor, als wären es zehn Jahre gewesen. Lucy und ich fuhren zwar gemeinsam hin, aber sie bat mich zu warten, damit sie ihn zunächst alleine sehen konnte. Sie war nur eine Viertelstunde bei ihm, und statt mich dann zu ihnen hereinzubitten, kam sie heraus und nickte mir zu.

»Ich werde im Auto auf dich warten«, sagte sie.

Ich fragte sie nicht, weshalb sie so schnell fertig war oder was eigentlich los war. Ich wollte es gar nicht wissen, doch mir war klar, dass ich es zwangsläufig erfahren würde.

Als ich eintrat, versuchte Raoul, sich etwas aufrechter hinzusetzen, als bereite er sich auf eine Schlacht vor. Ich war erschüttert, ihn zu sehen. Ohne Sonne war sein Gesicht blasser geworden, und er hatte tiefe Ringe unter den Augen. Neben seinem Bett lagen ein Stapel Bücher, ein großer Notizblock und ein Bleistiftstummel. Blumen aus dem Pfarrhausgarten vertrockneten in Imogens kleiner Vase.

»Du hast deine Schwester gerade verpasst«, sagte er.

»Ich weiß.« Ich beugte mich vor und küsste ihn zur Begrüßung auf die Wange. »Sie wartet im Auto auf mich.« Länger hielt ich es nicht aus. »Was ist denn los, Raoul? Warum war sie nur so kurz bei dir?«

Er ließ das Gesicht in die Hände fallen und sagte einen Moment lang nichts. Er lag einfach nur schweigend in seinem

Krankenhausbett, hatte die Augen geschlossen, und ich fürchtete mich vor dem, was ich zu hören bekommen würde.

»Wir glauben, es wäre besser, wenn wir noch etwas mehr Zeit getrennt voneinander verbringen«, sagte er.

Er schaute zu mir, dann auf seine Hände.

»Warum?«, flüsterte ich. »Habt ihr noch nicht genug davon?«

»Schon okay, Tara. Du musst dir nicht unseren ganzen Schmerz aufbürden. Meine Kleine, es sollte für dich niemals so schwer sein wie für uns.«

»Es ist wegen diesem Babykram«, sagte ich mit zitternder Stimme. »Sie glaubt, dass es dir gegenüber nicht fair ist, dass sie keine Kinder bekommen kann. Du musst ihr sagen, dass sie damit falschliegt.«

»Weißt du, dass sie sich mit einem Kerl von einer Band herumtreibt?«, fragte Raoul leise.

Ich war perplex. »Ich … ich weiß nicht … Warum hat sie dir das gesagt?«, fragte ich verzweifelt.

»Weil sie zu ehrlich ist, es nicht zu tun«, erwiderte Raoul. »Das hatte ich erwartet. Ich bin nicht so dumm, mir vorzustellen, dass Lucy Jupp nach London gehen kann, ohne dass die halbe Stadt sich in sie verliebt.«

»Aber sie kennt ihn doch kaum! Das sagt sie nur, um dir die Gelegenheit zu geben wegzulaufen! Sie ist so *dumm*!«, jammerte ich. »Du musst ihr sagen, dass es dir nichts ausmacht, dass sie keine Kinder bekommen kann, Raoul.«

»Es ist komplizierter, als du denkst, Tara. Alles ist komplizierter.« Plötzlich zuckte er zusammen. »Ich habe ihr gesagt, wenn sie weiterhin weglaufen will, dann sollte sie vielleicht besser ungebunden sein. Ich kann ihr nicht länger hinterherjagen, ich kann nichts und niemandem mehr hinterherjagen«, fügte er ironisch hinzu und zeigte auf sein bis zur Hüfte eingegipstes Bein.

»Hast du noch Schmerzen?«, fragte ich mit zittriger Stimme.

»Die spüre ich nicht«, log er. »Setz dich her, ja? Kannst du mir nicht etwas erzählen, das ich hören möchte? Lass uns bitte nicht länger darüber reden, Tara. Ich möchte, dass du mir von London erzählst. Wie war es? Wen hast du getroffen? Was ist alles passiert?«

»Alles«, sagte ich hilflos. »Alles ist passiert.«

»Hast du die Platte aufgenommen?«

»Ja, habe ich.«

»Hört sie sich so an, wie du es dir wünschst?«

»Sie hört sich genau so an, wie Billy Laurier möchte.«

»Nur darauf kommt es an«, erwiderte Raoul trocken.

»Nur darauf kommt es an.«

Ich war ihm eine angenehme Unterhaltung über mein Leben schuldig – er war zu erschüttert, um weiter über seines zu sprechen. Und da Raoul war, wie er nun einmal war, wollte er zu allem Details hören: zu Napier House im Besonderen, dem Aufnahmestudio, dem Sechs-Uhr-Club. Mir wurde klar, dass Lucy ihm am Telefon so gut wie nichts erzählt hatte, und mein Herz wurde wieder schwer. War sie noch immer draußen und wartete darauf, mich nach Hause zu fahren? Ich wusste es nicht, und es war mir egal. Ich wollte einfach nur hier bei ihm sitzen und dazu beitragen, dass er sich wieder besser fühlte. Eine Stunde später war die Besuchszeit vorbei.

»Du solltest jetzt gehen«, sagte er. »Und rede bitte nicht mit deiner Schwester über die Dinge, über die wir hier gesprochen haben. Das ist zwecklos. Wenn ich hier rauskomme, will ich eine Weile nach Spanien gehen. Solche Dinge brauchen Zeit.«

»Was für Dinge?«, fragte ich verzweifelt.

»Das weiß ich noch nicht. Ich weiß nur, dass es gerade nicht hilft, darüber zu sprechen. Immer weiter darüber zu reden verwandelt uns nur in *mantequilla*, in Butter. Sie ist, wie sie ist, und das kann man ihr nicht vorwerfen. Es sind Dinge vorgefallen, die wir nicht kontrollieren können.«

»Du kannst es ihr *wohl* vorwerfen«, sagte ich. »Wenn sie

nicht zuhören will! Wenn sie weiß, dass du immer da sein wirst, egal ob ihr Kinder habt oder …«

Raoul unterbrach mich. »Sie braucht dich, Tara. Auch wenn sie glaubt, dass dem nicht so ist – sie braucht dich. Ich habe sie enttäuscht. Enttäuschung ist eine tödliche Sache – schlimmer als jedes andere Gefühl. Viel schlimmer. Denn, weißt du, diese erste Verliebtheit, dieses erste Aufblühen, das bleibt nicht, oder?«

»Ich … ich weiß nicht.«

»Tja, ich kann dir sagen – das tut es nicht. Kann es nicht.«

»Niemals?«

»Nein. Aber das ist nicht wichtig. Es kann in Intervallen zurückkommen, kleine, flüchtige Momente von dem, womit man angefangen hat – und das reicht. Das reicht wirklich.«

»Das hört sich aber sehr traurig an.«

»Gar nicht«, widersprach Raoul. »Oder das sollte es zumindest nicht. Denn es geht gar nicht um den Anfang – das weiß doch jeder. Womit man es ersetzt, das ist der Schlüssel – mit etwas Stärkerem, Gefestigterem – nicht mit etwas, durch das man hindurchsehen kann, wenn man es gegen das Licht hält. Das ist das Wichtige daran. Gelingt es dir, aus dem, was man dir gegeben hat, letzten Endes etwas noch *Besseres* zu machen?«

Frustriert schlug er mit der Hand auf das Bett.

Die junge Krankenschwester, die seinen Blutdruck gemessen hatte, als Imogen und ich vor ein paar Wochen zu Besuch hier waren, kam herein. Sie hatte ein kleines Döschen in der Hand, in dem ich Raouls Schmerztabletten vermutete, auch wenn keine Tablette den Schmerz über Lucys Verlust mindern konnte. Als sie unsere Gesichter sah, bekam sie selbst einen ganz besorgten Ausdruck bezüglich ihres Patienten.

Sie ließ Raoul ganz in den Genuss ihrer Brüste kommen, als sie ihm die Tabletten reichte. »Er hat immer noch große Schmerzen«, sagte sie.

»Wann wird er entlassen?«, wollte ich wissen.

»Schwierig zu sagen«, meinte sie, selbst ganz geknickt von der Vorstellung seines Weggangs. »Ich komme später, um Ihren Blutdruck zu messen.«

»Danke, Rachel«, erwiderte Raoul.

Lucy hätte dieser Vertrautheit, mit der er sie anlächelte, Einhalt geboten. Es war aber so, dass ich einfach nur Erleichterung verspürte, dass ihm jemand die Aufmerksamkeit zukommen ließ, die er von seiner Frau erhalten sollte.

»Warum hast du überhaupt zugestimmt, als Billy dich darum gebeten hat?«, fragte ich ihn, als sie außer Hörweite war. »Sie ohne dich – ohne Pa – auf London loszulassen, ohne jemand anderem außer mir, der ihr sagen könnte, was sie tun soll.«

Raoul griff nach seinem Wasserglas. Am liebsten hätte ich mich in seine Arme geworfen und geweint.

»Als ich vierzehn war, habe ich einen Vogel gefangen und in einen Käfig gesperrt«, fing Raoul an.

»Oh nein, bitte nicht!«, stöhnte ich, hob abwehrend die Hand. »Ich will keinen Quatsch im Stil von ›Wenn man etwas liebt, dann muss man ihm Freiheit geben‹. Blablabla! Das *hasse* ich!«

»Der Vogel ist immer zurückgekommen«, sagte Raoul einfach nur. »Immer, wenn ich ihn freigelassen habe, ist er wieder zurückgekommen.«

Lucy saß im Auto und las eine alte Ausgabe des Gemeindeblattes, als ich bei ihr ankam. Fünf Minuten lang sagte keine von uns etwas.

»Hat Florence dir gesagt, dass Halo Jackson sich für morgen Abend mit ihr verabredet hat?«, fragte Lucy schließlich.

»Nein«, sagte ich, schaute stur geradeaus.

»Ich habe ihr gesagt, sie sollte ihm nicht trauen. Erinnerst du dich an Diane Jackson?«

»Nein.«

»Halos Schwester. Du weißt schon … sie saß in Geschichte neben mir. Breites Mädchen, rote Haare. Sie hatte Angst davor, eingeschlossen zu werden, also hielt sie die Tür auf der Toilette unten mit dem Fuß fest, damit sie zublieb …«

Ich schaute sie noch immer nicht an.

»Ich versuche hier gerade, ein Gespräch in Gang zu bringen«, sagte Lucy. »Ich weiß, dass du wütend auf mich bist, Tara, aber du musst einfach erwachsen werden und aufhören, Raoul und mich als deine idealisierte Vorstellung von ehelicher Glückseligkeit zu sehen. Es ist zu schwierig, okay? Es ist einfach zu schwierig.«

Sie vergaß zu blinken, als wir nach links abbogen, wo wir uns dann hinter einem Traktor wiederfanden, der Stroh verlor.

»Ich verstehe dich einfach nicht mehr. Ich glaube nicht, dass du selbst dich noch verstehst«, sagte ich mutig.

»Herrje, Tara«, erwiderte Lucy. »*Erspar* mir diese psychologische Analyse. Andererseits: Volle Punktzahl dafür, dass du endlich einmal genau das gesagt hast, was du denkst.«

»Und du kapselst dich nicht nur von Raoul ab!« Jetzt hatte ich damit angefangen, und tief in mir wusste ich, dass ich nicht aufhören würde, ehe ich alles gesagt hatte. »Sondern auch von Matilda.«

»Matilda?«

»Sie ist kaputt, Lucy, und du weißt es!«

»Sie hat sich *selbst* kaputt gemacht, verdammt noch mal! Keiner hat sie gezwungen, sich in Paul Warrens Arme zu stürzen oder Billy Laurier zu heiraten! Oder Raoul Nachrichten zu schreiben, die alles zerstören. Diese Entscheidung hat sie *allein* getroffen!«

Sie setzte an, um vorzupreschen und den Traktor zu überholen, doch sie war nicht schnell genug, also reihte sie sich wieder hinter ihm ein.

»Und Raoul?«, fragte ich bitter.

»Ich kann ihn nicht anlügen. Geht das nicht in deinen Kopf? Ich will mir all das vom Hals schaffen! Verdammt!« Sie schüttelte sich, um es zu verdeutlichen. »In London könnte mir das gelingen. In Napier House habe ich eine Aufgabe, da *braucht* man mich. Da ist es egal, dass ich keine Kinder bekommen kann. Zu Hause kann ich nur daran denken.«

»Raoul braucht dich.«

»Tut er nicht«, sagte Lucy. »Er findet, ich sollte eine Weile meinen eigenen Weg gehen.«

»Nur weil du gesagt hast, dass du mit dem Harmonikaspieler abhängst!«

Lucy atmete tief ein und sammelte sich wieder.

»Ich tue das für ihn, Tara«, sagte sie. »Für ihn genauso sehr wie für mich. Es wird ihm eine Zeit lang wehtun, dann wird er eine andere finden. Das muss er, wenn er glücklich sein will.«

»Ist das alles, was du dazu zu sagen hast? Raoul geht nach Spanien und kommt vielleicht nie wieder zurück, und mehr hast du nicht zu sagen?«

»Es ist *nicht* alles, was ich zu sagen habe. Aber es ist alles, was ich sagen *werde*. Bitte.« Sie drehte sich zu mir, ihr Gesicht war vor Erschöpfung ganz blass. »Bitte«, sagte sie. »Du musst mir glauben, dass es auch für mich nicht einfach ist.«

»Warum bittest du ihn dann nicht zu bleiben?«

»Weil ich keine Wahl habe.« Sie riss die Augen weit auf, als versuchte sie, eine Erklärung für alles zu finden, was ihr aber nicht gelang. »Ich glaube nicht, dass er bleiben will. Er weiß, dass ich eine Sackgasse bin.«

»Ich bin froh, dass ich nicht so hübsch bin wie du«, sagte ich, jetzt, wo ich mich warmgeredet hatte. »Das hat dir nur Schwierigkeiten bereitet. Was wird Pa sagen? Du kannst dich nicht *scheiden* lassen.«

Dieses Wort schien die Luft um uns herum mit Übelkeit zu erfüllen; ich glaube nicht, dass ich es je zuvor laut ausgesprochen hatte. Sobald es im Raum stand, wollte ich es wieder zurücknehmen, aber es war zu spät. Lucy umklammerte das Lenkrad und lehnte sich in ihrem Sitz nach vorn. Es hatte angefangen zu regnen. Ich liebte sie so sehr, meine Schwester, doch ich wusste auch, dass ein Teil dessen, was ich an ihr liebte, ihre Gewissheit war, ihre absolute Zuversicht bei allem, was sie jemals getan hatte. Ohne diese war es, als würde mein Fundament wackeln. Doch ich konnte noch immer nicht aufhören.

»Ich weiß es nicht«, sagte sie ruhig.

»Das war es also?«, rief ich. »Du schmeißt alles hin, weil du zwei Wochen in London warst, und das reicht, damit du ihn verlässt? Jetzt, wo du deiner Ehe einen Tiefschlag verpasst hast, kannst du damit nicht mehr weitermachen? Du kannst keine Kinder haben? Das können viele andere Menschen auch nicht! Warum sollte das alles andere definieren?«

Doch schon als ich diese Frage stellte, wusste ich mit einem Mal die Antwort. Das Kinderkriegen definierte alles, denn es hatte Ma definiert, und Lucy war nicht in der Lage gewesen, sie zu retten. Nicht in der Lage zu sein, selbst Kinder zu bekommen, beraubte sie der Möglichkeit, alles auszugleichen. Hätte sie ein Kind, dann würde die Wunde heilen, die sie mit sich herumgetragen hatte, seit sie dreizehn war. Doch obwohl mir das bewusst wurde, hörte ich nicht damit auf, herumzubrüllen. Es war, als könnte mich nichts mehr bändigen, und so knallte ich die Worte wütend heraus – war total aufgelöst.

»Ich glaube gar nicht, dass es darum geht, dass Raoul und du keine Kinder bekommen könnt. Ich glaube, du bist ganz froh, dass er nach Spanien zurückgeht, denn so, wie ich dich kenne, langweilst du dich. Deshalb setzt du auf den Harmonikaspieler …«

Ich spürte das Brennen des Schlages in meinem Gesicht. Lucy und ich starrten einander entsetzt an. Das war es gewesen – das Aufstoßen des Tores, das alles zurückgehalten hatte.

»Oh Gott, Tara, Tara, *Tara!* Was hab ich nur gemacht?«

Lucy versuchte, mich in ihre Arme zu ziehen, ihr Gesicht war leichenblass.

»Lass mich!« Ich wand mich aus ihrer Umarmung. Ich mühte

mich ab, den Türgriff zu finden, und als ich ihn hatte, bekam ich das verfluchte Ding nicht auf.

»Lass mich raus!«, sagte ich, mehr zu mir als zu ihr. »Lass mich raus!«

»Nein!«, rief sie. »Bitte *nicht*! Es tut mir leid. Herrje, es tut mir so leid.«

Ich spürte jeden einzelnen ihrer Finger auf meiner Wange, den Abdruck, den sie dort hinterlassen hatten.

»Lass mich raus!«, tobte ich. »Lass mich *sofort* raus!«

»Du kannst nicht zu Fuß gehen. Es schüttet«, rief sie zurück.

»Wir sind schon fast zurück im Dorf, und ich werde mich kaum verlaufen«, zischte ich.

»Du wirst noch krank …«

»Glaub mir, das bin ich bereits von den Dingen, die du gesagt hast.«

»Tara, bitte!«

»Warum zum Teufel juckt es dich überhaupt?«

Einen Moment lang starrte Lucy mich an. Irgendwann während dieser munteren kleinen Auseinandersetzung hatte sie sich so fest auf die Lippe gebissen, dass sie jetzt blutete. Sie wusste, dass sie mich nicht sofort für sich zurückgewinnen konnte. Also rannte sie einmal um das Auto herum und öffnete meine Tür. Als ich aus dem Sitz in den Regen hinausschnellte, fiel ein Brief aus dem Seitenfach des Wagens auf die Straße, adressiert an den Bischof von Oxford. Pas beeindruckende schwarze Handschrift in Tinte war innerhalb weniger Sekunden zu völliger Unleserlichkeit verschmiert.

»Himmeldonnerwetter!«, rief Lucy, schnappte sich den Umschlag und warf ihn zurück in den Wagen.

»Du hast dir deine eigene Wahrheit zu *meiner* Ehe zusammengereimt«, brüllte sie. »Das ist niemandes Fehler, nur dein eigener, Tara!«

»Wenn du es nicht für immer gemeint hast, hättest du ihn nicht heiraten dürfen!«

»Ich hätte ihn nicht heiraten sollen, weil ich ihm nicht geben konnte, was er wollte!«

»Du hast ihm gegeben, was er wollte! Dich!« Den letzten Teil brüllte ich dem Himmel selbst entgegen, lauter als ich jemals zuvor gebrüllt hatte. Dann knallte ich die Tür zu und stapfte davon, um mir ihre Antwort nicht anhören zu müssen.

33. Kapitel

Wie man sich während eines Regengusses die Zeit vertreibt

Es regnete jetzt stärker, Lucy fuhr jedoch an mir vorbei, ohne einen erneuten Versuch, mich zu überreden, wieder ins Auto zu steigen – abgesehen davon hätten mich nicht einmal die zehn biblischen Plagen von Ägypten in den Wagen gebracht. Ich trug Imogens Sandalen, die mir zu klein waren, und Georges Regenmantel, der mir zu groß war. Es war merklich kälter geworden; schwer und ungeordnet wälzten sich dunkle graue Wolken über den Himmel, der zunehmend schwärzer wurde. Mir war, als schmeckte ich das Meer, vielleicht waren es aber auch meine Tränen. London war weiter weg für mich als je zuvor; und doch wusste ich, dass ich ohne London niemals so mit Lucy geredet hätte. Noch vor zwei Wochen war ich nicht die Person gewesen, die ich jetzt war.

Trotz des Weinens behielt ich den Rhythmus bei, und wenn Sie das je versucht haben, dann wissen Sie, dass es schwieriger ist, als man es sich vorstellt. Einen Fuß vor den anderen; ich kannte das Dorf so gut, ich hätte mit verbundenen Augen hindurchgehen können. Nach ein paar Minuten kam ich an die Ecke, wo die Auffahrt zu Trellanack begann. Hester stand unten an der Auffahrt, hatte sich schützend unter eine Rotbuche gestellt. Während meiner unbekümmerten Tage, als ich Ponys zum Reiten »borgte«, brach ich häufig bei schlechtem Wetter auf, weil ich wusste, dass dann kein anderer unterwegs sein würde. Doch obwohl Matilda mir gesagt hatte, ich dürfe sie reiten, wusste ich, dass ich es nicht konnte. Ich dachte an Lady W-D in Indien und an Trellanack, dem die Umwandlung in ein Hotel mit Golfclub bevorstand. Alles war gut so, alles veränderte sich. Ma hatte uns immer gesagt, dass nichts gleich bleiben würde, dass alles und jeder sich weiterentwickelte. Und doch wäre es ihr am liebsten gewesen, wenn wir für sie immer nur Neugeborene geblieben wären. Ein Baby, ein weiteres, dann noch eines, bis es zu viel war. Danach blieb es uns allen selbst überlassen, den Rest herauszufinden.

Ich hatte nicht vorgehabt, die Auffahrt hochzugehen. Ich wollte einfach nur unten stehen bleiben und über den Zaun schauen, wie ich es getan hatte, als ich klein gewesen und noch nichts von alldem jetzt geschehen war. Ich sang den Song, der jetzt im Radio gespielt wurde, den Cherry-Merrywell-Song, von dem Billy hoffte, er würde mich in eine berühmte Pop-Sängerin verwandeln. Der Wind verschluckte meine Worte, also sang ich immer lauter, wirbelte mit meinen Händen herum und versuchte, mit meiner Stimme gegen den Wind und den Regen anzukämpfen.

Ich sah ihn auf mich zukommen, ehe er mich sah. Aufgrund seines unverkennbaren Gangs und der Länge seiner Beine wusste ich sofort, dass es Inigo war. Er hielt den Kopf gesenkt und schien etwas Bestimmtes vorzuhaben, auch wenn mir nicht einfiel, was das bei diesem Wetter sein sollte. Unvermittelt hob er den Kopf und entdeckte mich unten an der Auffahrt, als hätten wir geplant, uns zu treffen. Instinktiv blieb er stehen, und so standen wir beide regungslos da – zwei Bauern auf dem Schachbrett, die auf den nächsten Zug warteten.

Ich bewegte mich als Erste, meine Füße rutschten über den nassen Untergrund, und ich zog die Kapuze von Georges Regenmantel über den Kopf. Er stand einfach nur da, wartete auf mich. Als ich näherkam, sah ich, dass er eine Zeitschrift unter dem Arm hatte – genau wie vor all den Jahren in Milton Magna. Ich machte den Mund auf, um es ihm zu sagen, tat es dann aber doch nicht.

»Hallo«, sagte er. »Schönes Wetter.«

»In Cornwall regnet es immer im Juli«, erwiderte ich.

Er zog die Stirn kraus. »Was machst du überhaupt draußen? Solltest du nicht bei deinen Schwestern sein und Kuchen essen oder so was in der Art?«

»Ich wollte den Kopf freibekommen.« Ich wünschte, ich wäre nicht dort stehen geblieben. Ich war nicht auf der Suche nach ihm gewesen.

»Laufen hilft nicht, den Kopf freizubekommen«, sagte Inigo. Er zog einen Flachmann aus seiner Gesäßtasche. »Das hier schon.«

»Das ist aber kein Sherry zum Kochen, oder?«

»Für wen hältst du mich denn?«

Wir standen unter den Linden und tranken Whisky, als würden wir zusammen im Schützengraben liegen. Es regnete jetzt stärker.

»Ich dachte, ich hätte jemanden singen hören«, sagte Inigo.

»Das war ich nicht, das muss Hester gewesen sein.«

»Hester hat ein perfektes Gehör.«

»Woher willst du das wissen?«

»Weil ich es einfach weiß.«

Er versuchte vergeblich, sich eine Zigarette anzuzünden. »Wie geht's deinem Schwager?«, fragte er, mühte sich wieder mit einem Streichholz ab. Ich wollte schon antworten, dass er sich erholte und bald zu Hause sein würde, doch was herauskam, klang ganz anders.

»Sie werden sich scheiden lassen«, sagte ich. »Na ja, das hat sie so nicht gesagt, aber es ist ziemlich offensichtlich für mich. Ich glaube, sie liebt ihn nicht mehr.«

Ich glaube nicht, dass er es sofort bemerkte – der Regen und das schwindende Licht gewährten mir ganz gut Deckung. Doch ich spürte, wie die Tränen heiß über meine Wangen brannten, und ich konnte einfach nicht aufhören.

»Es ist nur so: Wenn Lucy ihn verlässt, dann werden wir Raoul nicht mehr haben! Raoul!« Als ich seinen Namen aussprach, klang das wie ein überirdischer, untröstlicher Klagelaut. »Er war derjenige, der mir zugehört hat, der mir gesagt hat, dass ich singen kann, und er wird nach Spanien zurückgehen, und sie wird mich hassen für das, was ich ihr an den Kopf geworfen habe...«

Was danach folgte, war für Inigo vermutlich nicht sehr verständlich. Er steckte die unangezündete Zigarette zurück in seine Tasche und stand einfach nur da, während ich weinte. Ich glaube, es war das erste Mal, dass er nicht wusste, was er mit mir anfangen sollte. Nichts, was er entgegnen konnte – keine clevere Bemerkung, keine undurchsichtigen Fragen, nichts – nur Unbeholfenheit darüber, mit einem Mädchen da zu stehen, für das er einen Song geschrieben hatte und das wie eine Zehnjährige mit einem übergroßen Regenmantel und schlecht sitzenden Schuhen im Regen stand und weinte. Ich muss wie das genaue Gegenteil von Billy Lauriers Vorstellung von Cherry Merrywell ausgesehen haben.

»Tut mir leid«, schluchzte ich, fuhr mir mit dem nassen Ärmel über die Augen, ehe mir mit Schrecken klar wurde, neben wem ich da stand. »Ich bin wohl müde. Die Reise und all das...«

»Entschuldige dich nicht. Das brauchst du nicht.«

»Ich habe das Gefühl, mich total lächerlich gemacht zu haben.«

»Und wenn schon.«

»Dir scheint das nie zu passieren«, sagte ich anklagend.

Inigo seufzte. »Du kennst mich nicht sehr gut.«

Er nahm meine Hände, formte daraus einen kleinen Schutz für sein Streichholz.

»Dieses Mal klappt es«, schniefte ich, um diesen skurrilen Moment zu überspielen.

Er zündete sein Streichholz an; es funktionierte tatsächlich. Als die Zigarette brannte, reichte er sie mir.

»Berechtigt einen das zu einem Blues?«, fragte ich ihn. »Die Ehe eines anderen kaputtgehen sehen?«

»Ich glaube nicht«, erwiderte er.

»Warum nicht?«

»Für den Blues müsstest du in Raoul verliebt sein.«

»Was ich ganz bestimmt *nicht* bin!«

»Eben.« Er schlug seine Zeitschrift auf. Es war eine ramponierte Ausgabe von *Horse & Hound* aus Lady W-Ds Sammlung. Unwillkürlich musste ich lachen.

»Das ist eine Angewohnheit«, sagte Inigo. »Als ich klein war, habe ich immer Musikzeitschriften überallhin mitgenommen, als wären sie Teddys. Sie beschützten mich.«

»Was gab es denn in deiner Welt, wovor du Angst haben musstest?«

Vermutlich hörte ich mich sarkastisch an; das war nicht meine Absicht gewesen. Jedes Wort, das von ihm kam, war scharf, brennend, *echt*. Nie zuvor hatte ich ihn so reden hören, und ich wollte nicht, dass er aufhörte. Ich glaube, wir beide spürten, dass diese merkwürdige Ehrlichkeit zwischen uns ein Spiel mit begrenzten Spielzügen war.

»Alles«, sagte Inigo schlicht. »Zunächst einmal, mich zu weigern, das zu tun, was alle von mir erwarteten, indem ich mich in der Schule nicht anstrengte und den ganzen Tag lang versuchte, Elvis zu sein. Zu wissen, dass wir in einem dem Verfall geweihten Haus lebten, dass wir gerade den Krieg hinter uns hatten und uns vor der merkwürdigen neuen Welt ohne Sirenen, Stromausfälle und Rationierungen fürchteten. Am meisten fürchtete ich mich jedoch vor der Traurigkeit meiner Mutter.«

»Und ich vor der meines Vaters«, sagte ich.

Er antwortete nicht darauf. Das war's. Ich spürte, dass er nicht mehr sagen wollte. Er schaute auf seine Zeitschrift, dann zu mir. »Du wirst schon bald auf der Titelseite von Zeitschriften zu finden sein.«

»Leider nicht auf *Horse & Hound.*«

»Das kann man nie wissen.«

»Eigentlich will ich auf gar keinem Cover sein. Das wollte ich nie. Ich wollte nur singen, um Ma eine Freude zu machen. Das ist die Wahrheit. Ich hab es nur für sie getan.«

Inigo reagierte nicht darauf, sah aber auch nicht überrascht aus. Durch den Regen waren meine Wimpern verklebt wie die Arme eines Seesterns, und Inigos T-Shirt war klatschnass. Er hat nicht genug an, dachte ich. Imogen hätte ihn dafür gerügt, keine Jacke zu tragen.

»Billy glaubt, er kann alle dazu bringen, das zu tun, was ihm beliebt«, sagte ich. »Zieh die richtigen Klamotten an, zeig dich auf den richtigen Partys, sprich mit den richtigen Jungs, beantworte die richtigen Fragen …«

»Um ihm also zu beweisen, dass er unrecht hat, ziehst du deine Reithose an, fällst vom Klavierhocker, singst einen Bluessong und schlägst mir – *mir,* dem Father Hit-mas höchstpersönlich! – vor, dass wir in der dritten Strophe den Text ändern, weil er zu vorhersehbar ist. Du meine Güte, Cherry Merrywell. Du hast sein Leben nicht gerade einfach gemacht.«

»Ich wollte niemals Ärger machen«, sagte ich. »Das alles ergibt nur keinen Sinn, wie ich es mir vorgestellt hatte.«

Wieder schwiegen wir. Der Wind blies mir die Haare vors Gesicht.

»Deine Schwester sagt, du warst noch nie gut darin, allen anderen in die Richtung zu folgen, die man erwartet«, sagte Inigo.

»Ha! Wann hat sie denn das gesagt?«

»Letzte Woche. An dem Tag, an dem wir zusammen ausgegangen sind. Du weißt schon … an dem Tag, an dem Digby dich für die zahllosen Menschen fotografiert hat, die deine Platte kaufen sollen.«

Oh ja, ich konnte mich nur zu gut an diesen Tag erinnern!

Aber dass Lucy und Inigo an diesem Tag ausgegangen waren, das war mir neu. Vermutlich sah ich sehr viel überraschter aus, als er erwartet hatte.

»Ich dachte, sie hätte dir davon erzählt«, sagte er erstaunt.

»Sie ist so merkwürdig, dafür gibt es keine Worte«, sagte ich. Meine Stimme klang hoch und angespannt. »Warum hat sie mir nichts gesagt …?«

Und dann fiel mit einem furchterregenden Knall der Groschen bei mir. Ich presste die Hände vor den Mund, und mein Herz pochte wie wild. Es hätte mich nicht überrascht, hätte ich einen berstenden Donnerschlag gehört – so tief war der Schrecken, der mir da bewusst wurde. Zum ersten Mal überhaupt war es da gewesen und vorbeigegangen, *ohne dass ich es wahrgenommen hatte.*

»Es war der Jahrestag«, flüsterte ich. »Mas Tod. Das war letzte Woche …«

»Das hat sie mir gesagt«, sagte Inigo. »Sie saß in der Bibliothek von Napier und weinte über einer Tasse Kaffee, nachdem du mit Clover weg warst. Ich hätte einfach wieder gehen sollen, aber ich habe sie gefragt, was los sei.«

»Und sie hat es dir *erzählt*?« Ich war höchst erstaunt. »Sie hat es *dir* erzählt? Sie spricht *nie* über Ma.«

Einerseits war ich entsetzt, auf der anderen Seite beeindruckt. Niemand stellte Lucy solche Fragen; so funktionierte sie nicht.

»Was hat sie gesagt?«

»Sie hat erzählt, ihre Mutter sei vor sieben Jahren gestorben und sie sei damals dreizehn gewesen.«

»Ja«, sagte ich und schluckte. »Das war sie.«

»Dann erzählte sie mir, wie sehr sie das Labyrinth auf Trellanack mochte und dass sie und Matilda dort früher gepicknickt hätten.«

»Ja, richtig.«

Ich war überwältigt von Inigos Fähigkeit, einfach so Informationen aus meiner Schwester gesaugt zu haben; ich musste mich erst wieder sammeln.

»Ich habe ihr gesagt, wenn sie ein Labyrinth haben will, dann sollte sie nach Hampton Court gehen.«

»Hampton Court?«

»Ja. Ein beeindruckender Klotz der Tudors, ehemals bewohnt von einem Rüpel namens Heinrich VIII. Bin überrascht, dass du nicht von ihm gehört hast.«

Ich bedachte ihn mit dem Hauch eines Lächelns.

»Na ja, dann sind wir da hingegangen.«

»*Was?*«

»Ich bin mit deiner Schwester nach Hampton Court gegangen. Wir waren uns einig, dass wir den Tag genauso gut so verbringen konnten.«

»Ich verstehe das nicht. Warum hast du nicht gearbeitet?«

»Ich arbeite nie vor sechs Uhr. Das war kein Problem. Ich hab mir den Vormittag freigenommen, wir haben das Rätsel des Labyrinths gelöst und sind wieder zurückgekommen.«

»Ihr habt das Rätsel des Labyrinths gelöst?« Ungläubig starrte ich ihn an. »Da bin ich aber überrascht, dass ihr da aufgehört habt. Warum nicht gleich noch ein paar andere Probleme in Angriff nehmen, wo ihr doch schon dabei wart? Billy sagt, es braut sich Ärger mit den Russen zusammen.« Ich prustete los, so stark war mein Bedürfnis, etwas von der Verwunderung über das Gehörte loszuwerden.

Inigo schüttelte den Kopf. »Darum habe ich mich schon gekümmert. Kein Grund zur Sorge. Das wird nicht passieren.«

»Was wird nicht passieren?«

»Krieg.«

»Woher willst du das wissen?«

»Weil es noch zu viel Musik gibt, die geschrieben werden muss, deshalb.«

Er streckte die Hand aus und berührte die Rinde der Linde.

»Warum hat Lucy mir nichts gesagt?«, fragte ich ihn. »Warum hat sie mir nicht gesagt, welches Datum wir hatten?«

»Sie sagte, es wäre immer sehr schwer für dich. Und das wollte sie nicht mehr.«

»Hat sie …?« Ich räusperte mich. »Hat sie irgendwas bezüglich Raoul zu dir gesagt? Irgendwas?«

»Nein.«

»Worüber habt ihr dann geredet?«

Er grinste. »Hauptsächlich über die Präzision des Innenhofs und darüber, wie viele Zimmer den Bediensteten wohl zur Verfügung standen. Ich kann dir sagen, ich war froh, wieder zurück auf Napier zu sein.«

»Warum?«

»Es ist merkwürdig, an einem solchen Ort mit deiner Schwester zu sein. Sie verliert sich ganz darin.«

»War sie in Trance und hat angefangen, Daten und Reden und ganze Abschnitte aus Anne Boleyns Briefen zu zitieren, als wäre kein anderer dabei?«

»Ja«, sagte Inigo. »Genau das. Die Leute haben dieses enorm gut aussehende Mädchen angestarrt, das dasaß und Daten, Zeiten und Meinungen dazu aufzählte, wer denn nun tatsächlich ›Greensleeves‹ geschrieben hatte.«

Ich hatte noch nie zuvor gehört, dass Inigo Komplimente über irgendjemandes Aussehen gemacht hatte.

»Und, wer *hat* es geschrieben?«, fragte ich ihn.

»Also, man schreibt es Heinrich VIII. zu, aber ich glaube nicht, dass er wirklich die Zeit oder die Energie hatte, einen solchen Song zu komponieren. Er war viel zu beschäftigt mit Verführen, Essen und Leute-Köpfen, um eine Melodie zu schreiben, die die Leute fünfhundert Jahre später noch im Kopf haben.«

»Sagst du nicht immer, dass man Erfahrung braucht, um schreiben zu können?«

»Aber doch nicht *so* viel!«

Der Wind frischte wieder auf. Ich zitterte.

»Komm.« Inigo rollte *Horse & Hound* zusammen. »Soll ich dich nach Hause begleiten?«

Mir war klar, dass er das gar nicht wirklich wollte. Man hatte ihn einfach nur so erzogen. Man lässt keine Mädchen im Regen stehen. Man bringt sie dahin zurück, wo sie hingehören, und denkt erst danach an sich selbst.

»Ach nein«, sagte ich etwas zu schnell. »Alles bestens, danke.«

Inigo warf einen Blick auf die Uhr.

»Fast schon an der Zeit, dass du mit Arbeiten anfängst«, sagte ich.

»Ja«, erwiderte er. »Das Klavier ist noch von anno dazumal. Aber was würde es nützen, es jetzt zu stimmen, wenn es in wenigen Wochen verpackt und versteigert wird? Ich werde mich wohl damit abfinden müssen.«

»Der Vorteil dabei ist: Wenn es sich gut darauf anhört, wird es sich überall gut anhören.«

»Genau.« Neugierig schaute er mich an. »Siehst du, Miss Jupp, du *denkst* sogar wie ein Komponist.«

»Danke«, sagte ich.

»Wofür?«

»Für das, was du für sie getan hast. Danke, dass du mit Lucy ausgegangen bist. Ich glaube, das war gut. Sie wird es dir nicht vergessen.«

»Nein«, antwortete er. »Bei dem Gedächtnis, das sie hat, wird sie das ganz bestimmt nicht vergessen.«

Ich reichte ihm seinen Flachmann, der jetzt fast leer war.

»Mach dir mal keine Gedanken wegen deines Vergessens. Ich glaube, deine Mutter würde *wollen*, dass du es ausnahmsweise mal vergisst. Das zieht einen so runter – sich jedes Jahr an dasselbe dunkle Ereignis zu erinnern. Das zieht einen so dermaßen runter.«

Genau wie Raouls Akzent seine Ausdrucksweise bei Gefühlsregungen verstärkte, brachte Inigos gelegentliche amerikanisch geprägte Ausdrucksweise einen dazu, ihm automatisch Glauben zu schenken.

»Vielleicht hast du recht.«

Er streckte die Hand aus. Ich lachte und schüttelte sie.

»Freunde?«, fragte er.

»Ja.«

Wir gingen in entgegengesetzte Richtungen los, jeder Schritt brachte uns weiter weg von den Linden und dem unteren Stück der Auffahrt, wo sich scheinbar so viele Dramen abgespielt hatten. Ich lief los, wollte im Pfarrhaus sein, mich an Imogens Tee wärmen und Kuchen essen und zuhören, was die Knirpse mir für Geschichten aus der Schule zu erzählen hatten. Beim Rennen schmatzte der Matsch in Imogens Sandalen und auf meine bloßen Beine. Ich dachte an Inigo und an seinen merkwürdigen Akt der Freundlichkeit. Bis ich zu Hause ankam, hatte ich es als etwas abgetan, das er gemacht hatte, weil Lucy so hübsch war. Ich wusste nicht, was ich mit dieser Version von Inigo anfangen sollte, die so gar nicht der entsprach, die ich mir von ihm gemacht hatte. Als ich wieder im Pfarrhaus war, schrieb ich Lucy eine Nachricht mit einem Wort: Entschuldige. Dann zerriss ich sie. Es tat mir nicht leid. Früher hätte ich es ihr einfach gesagt. Jetzt nicht mehr.

Außerdem war es zu spät. Sie hatte uns bereits verlassen.

»Sie ist mit George nach Bristol gefahren«, sagte Imogen. »Ist vom Krankenhaus hergekommen, hat sich andere Schuhe angezogen, ihre Tasche gepackt, und weg war sie. Sie meinte, sie würde über Nacht bleiben und dann mit dem Zug zurück nach London fahren.«

»Warum?«, fragte ich töricht. Mir war die Antwort sehr viel besser bekannt als Imogen. Sie war weg, weil sie nicht mit mir im Auto sitzen wollte. Sie lief weg.

»Hat gesagt, ich soll dir sagen, es tue ihr leid«, sagte Imogen.

Ich schaute sie an. »Hat sie ausgesehen, als täte es ihr leid?«

»Sie hat so ausgesehen, als wäre sie überhaupt nicht hier.«

Langsam wandte ich mich von Imogen ab.

»Manchmal geschehen Dinge, die man nicht kontrollieren kann«, sagte sie.

»Was du nicht sagst.«

»Sie war schon immer die Schwierigste von uns. Ich glaube nicht, dass sie sich selbst versteht. Lucy war schon immer …«

»Sehr egoistisch!«, ergänzte ich.

»Für ihn wird alles wieder in Ordnung kommen«, sagte Imogen fest. Sie nahm sich ein paar Socken und holte Nadel und Faden aus ihrem Handarbeitskorb. »Für beide.«

»Wie kannst du nur die ganze Zeit so schrecklich fröhlich sein?«

Überrascht schaute Imogen mich an und lachte.

»Wir haben doch die Wahl, oder etwa nicht? Da können wir genauso gut glauben, dass uns das Beste widerfahren wird. Wenn das Unwissenheit ist, dann bin ich gerne unklug.«

Der Tag war sehr lang gewesen – *zu* lang. Mir war jedoch klar, dass der schreckliche Schmerz über Raoul und Lucy nur von einer einzigen Sache etwas gelindert wurde. Und das war nicht Digby.

Es war *seinetwegen*. Wegen Inigo Wallace war es ein kleines bisschen besser.

34. Kapitel

Spielerisch und angenehm

Mir blieb nur noch ein Tag, ehe ich wieder nach London in mein neues Leben zurückkehren würde. Den Großteil des Sonntags hatte ich in der Kirche zugebracht, beobachtet, wie Imogen um Mr. Bell herumschwirrte, und mit Florence über Georges Versuche gelacht, die Gemeinde mit dem nötigen Nachdruck dazu zu bewegen, sich an dem nächsten Wohltätigkeitsbasar bei Peggy Payne zu beteiligen. Leider las George, dessen gutes Aussehen normalerweise ausreichte, um den Chor ohne weiteren Anlass zum Kichern zu bringen, eine Ankündigung vor, von der er sich gar nicht bewusst war, welche Zweideutigkeit sie beinhaltete.

»Die Damen der Gemeinde haben dafür Kleidung aller Art abgelegt«, sagte George.

»Wunderbar, das lassen wir mal schön so!«, rief ein Witzbold in der ersten Reihe.

»Man kann sie sich am Freitag in Mrs. Paynes Garten ansehen. Das eingenommene Geld geht an Granite House«, fuhr George unbeirrt fort.

Ein Anfall stummer Hysterie mit Florence dämpfte vorübergehend den Schmerz darüber, was zwischen Lucy und mir vorgefallen war.

Am Montagmorgen ging ich nach Trellanack und beobachtete Digby, wie er weiter Fotos machte. Ich spürte ein schreckliches Sehnen, während ich dort war – vergleichbar vielleicht nur mit dem, was man empfindet, wenn man weiß, dass jemand im Sterben liegt und man ihn vielleicht zum letzten Mal besucht. Selbst Digby – der bislang so völlig unberührt von Trellanacks Schicksal gewesen war – wirkte jetzt bedächtiger. Wir sprachen leise miteinander, als wollten wir nicht, dass das Haus uns hörte. Aus dem Salon unten war das Klavier zu hören, doch ich unterbrach Inigo nicht. In seiner Gegenwart war ich mit einem Mal schüchtern – wusste aber gar nicht genau, warum. Ich bekam die Teile noch nicht zusammen; es war zu schwierig.

Am Nachmittag nahm ich den Bus nach Truro und besuchte Raoul. Ich erwartete, ihn nach Lucys letztem Besuch völlig verzweifelt und verwirrt darüber vorzufinden, dass sie schon vor mir nach London abgereist war, und war dann ganz überrascht, ihn auf dem Bett sitzend anzutreffen, wo er Seiten von liniertem Papier vollschrieb. Er trug seine Brille und war so vertieft, dass er mich zunächst gar nicht bemerkte. Ich hustete, erschrocken blickte er auf.

»Tara!« Er schichtete seine Zettel übereinander und schob sie auf den Tisch neben sich. »Ich dachte, du kommst um zwei!«

»Es ist schon zehn nach zwei.« Neugierig schaute ich ihn an. »Du arbeitest hart? Sieht so aus, als hättest du deine Schreibblockade überwunden.«

»Ja, ich denke schon.«

»Capability Brown kommt letzten Endes gelegen«, sagte ich. »Das wusste ich doch.«

Raoul sah sich im Zimmer um, schaute nach links und rechts, wie ein Spion, der gleich eine Schlüsselinformation preisgeben will. Ich musste mich beherrschen, um nicht laut loszulachen.

»Kann ich dir ein Geheimnis erzählen, Tara?«

»Ja, unbedingt.«

Raoul beugte sich, so weit es ging, zu mir nach vorn. Obwohl noch immer Schatten um seine Augen lagen, leuchteten sie mehr als in den letzten Monaten. Wenn Raoul einem einen solchen Blick zuwarf, war es nahezu unmöglich, sich ihm zu entziehen.

»Ich habe Capability Brown aufgegeben.«

»Wie bitte?«

»Natürlich nicht für immer«, sagte er schnell. »Ich *liebe* diesen Mann, Tara. Aber momentan habe ich ihn verlassen.«

»Verlassen?«

»Imogens Bücher von Georgette Heyer«, sagte er, hob die Hand, damit ich ihn nicht unterbrach. »Sie waren meine Inspiration.«

Ich lachte. »Wie meinst du das? Hast du jetzt einen Liebesroman geschrieben, der im neunzehnten Jahrhundert spielt?«

Raoul nahm einen tiefen Atemzug. »Also, tatsächlich, ja. Ja, *habe* ich. Du bist die erste Person außerhalb dieser vier Wände, die es weiß. Aber er spielt im achtzehnten Jahrhundert. Es gibt auch noch Abschnitte auf Spanisch, wenn ich nicht weiß, wie ich es auf Englisch sagen soll. Ich brauche nur noch ein bisschen mehr Zeit. Er ist fast fertig.«

Ich starrte ihn an.

»Mach keine Witze! Du kannst keinen *Roman* geschrieben haben. Du magst gar keine Romanliteratur …«

»Nur der engherzige Mensch hasst Romanliteratur«, sagte Raoul süffisant. »Weißt du, ich habe schon immer gespürt, dass ich es in mir habe, so etwas zu schreiben.«

Ich ging auf die andere Seite seines Bettes, wo ein Stapel Papier auf einem Stuhl lag. Ich nahm das oberste Blatt und überflog es. »Das ist getippt!«, rief ich erstaunt aus. »Und du hast ›abscheulich‹ falsch geschrieben«, fügte ich hinzu und betrachtete stirnrunzelnd die dritte Zeile von unten.

»Du darfst das nicht lesen«, sagte Raoul und nahm mir das Blatt aus der Hand. »Du musst vorne anfangen wie alle anderen auch, Tara. Keine Sonderbehandlung für Familienmitglieder. Aber ich kann dir schon jetzt sagen, dass Captain William Thorley nicht der ist, der er zu sein scheint …«

»Okay«, sagte ich, verschränkte die Arme und gewährte ihm einen kleinen Aufschub meines kaum verhohlenen Zweifels. »Worum geht es denn?«

»Es geht um ein Mädchen aus Granada, das nach England kommt und sich dort in einen Landschaftsarchitekten namens Lancelot verliebt. Aber sie hat *Geheimnisse*.«

»Darauf könnte ich wetten! Und wer hat das für dich getippt?«

»Rachel«, sagte Raoul einfach nur. »Sie hat gefragt, was ich mache, und wir haben uns unterhalten. Sie wollte helfen, also habe ich ihr gesagt: Mir fehlt nur eine Schreibmaschine. Und mit meinem Bein kann ich gerade keine benutzen, also nimmt sie die Seiten jeden Abend mit nach Hause und …« Raoul machte Tippbewegungen mit seinen langen Fingern, um es zu verdeutlichen. »Sie war mal Sekretärin bei einem Zahnarzt«, fügte er noch hinzu, als würde das alles erklären.

»*Rachel?*«

»Eine der Krankenschwestern. Du weißt schon, die eine mit den großen …«

»Aber dafür hat sie *Stunden* gebraucht!«

»Ja«, sagte er leichthin. »Aber sie war so nett. Ich bin jetzt seit fast einem Monat hier. Sie hat die ganze Zeit mit mir gearbeitet.«

»Du hast das ganze Ding in einem Monat geschrieben?«, fragte ich.

»Fast. Wenn dein Herz bricht, machst du alles Mögliche, um dich abzulenken. Und nachdem ich damit angefangen habe, konnte ich gar nicht mehr aufhören. Es wäre gar nicht möglich gewesen, es *nicht* zu schreiben.«

»Warum hast du uns nicht schon früher etwas davon erzählt?«

»Warum denn? Ich habe das für mich gemacht. Mein ganzes Leben hindurch gebe ich Leuten ständig Informationen. Und dieses eine Mal war es einfach nur für mich. Nur für mich.« Er grinste mich an. »Bist du beeindruckt?«

»Natürlich bin ich beeindruckt.« Ich schüttelte den Kopf. »Ich hatte Angst davor, dich heute zu besuchen, nach … nach dem letzten Mal. Doch ich sehe schon, ich hätte niemals an dir zweifeln dürfen.«

»Oh, täusch dich nicht, mein Herz ist in Stücke gerissen«, sagte er ruhig. »Aber je mehr man bei Lucy schreit und tobt, umso weiter läuft sie weg. Also war das hier«, er nahm seinen Stift hoch und wirbelte ihn durch die Luft, »meine Rettung.«

»Glaubst du, jemand wird es veröffentlichen?«

»Das ist mir egal. Ich denke gar nicht so weit in die Zukunft. Ich möchte es einfach nur fertig schreiben.«

»Mensch, Raoul, nie zuvor hast du so vernünftig über deine Schreiberei geredet.«

»Weil ich jetzt zum ersten Mal an meine Arbeit glaube. Die ganze Zeit habe ich über die *Wahrheiten* von Capability Brown geschrieben, stand völlig unter seinem Einfluss, bewunderte etwas, das *er* geschaffen hatte. Dieses Mal habe ich mir eine eigene Sichtweise erarbeitet. Ich habe jedes Haus geplündert, in dem Lucy und ich jemals waren! Ich habe *aus dem Nichts* Figuren entstehen lassen! Ich kann erschaffen, was immer ich erschaffen will. Ich kann ein Mädchen mit Imogens großen Augen und einem Charakter wie den von Lucy schaffen. Einen Vater wie meinen eigenen, nur mit größeren Füßen, damit er die Leute zertrampeln kann. Ein Haus aus einer Mischung von Trellanack und Bowood mit einer kleinen Prise Castle Howard. Weißt du, ich habe sogar diese kleine Episode mit *El Chico de la Catedral* verwendet«, verkündet er triumphierend.

»Du hast *was*?«

»Ja, meine Heldin wird bei einem Reitunfall verletzt«, erläuterte er. »Aber als sie gerettet wird, passiert ein bisschen mehr als damals, als ich dich gefunden habe, das kann ich dir sagen.«

Völlig erstaunt lachte ich auf.

»Was meinst du damit? Ist es etwa *erotisch*?« Ich glaube nicht, dieses Wort je zuvor verwendet zu haben.

Raoul nickte. »Ja. Es ist voller Erotik. Überall ist Erotik. Aber gute Erotik, weißt du? Nicht das übliche Zeugs.«

»Was um Himmels willen ist das übliche Zeugs?«

»Als ich damit angefangen habe, konnte ich einfach nicht mehr aufhören. Die erotische Fantasie treibt meine Heldin zu allem, was sie tut. Sie ist eine Frau voller Passion.«

»Passion«, sagte ich. »Eines von Lady W-Ds besten Jagdpferden hieß Passion.«

»Hier bin ich, liege da wie ein sterbender Mann…«, fuhr Raoul fort, ohne auf meine Bemerkung einzugehen.

»Wohl kaum«, erwiderte ich, denn ich sah, dass seine Wangen wieder mehr leuchteten.

»Wie ein sterbender Mann«, wiederholte Raoul. »Unfähig, mich zu bewegen, starre ich Tag um Tag an dieselben Wände, in dieselben Gesichter, und doch bin ich freier als je zuvor. Romanliteratur hat mich vor dem Unmöglichen gerettet.« Er beugte sich vor, in seinen Augen loderte ein Feuer. »Das hat mich vor mir selbst gerettet«, fügte er hinzu.

Ich dachte an Ma und musste schlucken.

Krankenschwester Rachel, die wohl schon eine ganze Weile hinter dem Vorhang gestanden hatte wie eine Schauspielerin, die auf ihren Einsatz wartete, trat zu uns. Als sie sah, dass Lucy nicht da war, entspannte sie sich merklich. Ihre Schwesterntracht war mindestens zwei Größen zu klein, da war ich mir ziemlich sicher.

»Ich habe Tara hier von dem Buch erzählt«, sagte Raoul, als sie das Bettlaken glatt strich.

»Es ist fast fertig«, erklärte Rachel, an mich gerichtet.

»Ich weiß.« Ich betrachtete ihr strahlendes, feistes Gesicht – ihre Augen leuchteten vor Aufregung, wenn sie in Raouls Nähe war. Sie war bestimmt nicht sehr viel älter als ich.

»Scheinbar haben Sie sehr hart gearbeitet«, sagte ich. »Raoul kann von Glück sagen, Sie gefunden zu haben.«

Was hab ich denn *da* gesagt?, fragte ich mich, nachdem ich das ausgesprochen hatte.

»Ich bin diejenige, die Glück hatte«, sagte Schwester Rachel.

Sie errötete. »Es ist ein wunderbares Buch. Ich kann es kaum erwarten, bis das nächste Kapitel fertig ist.« Ich lächelte sie schwach an. Sie witterte eine Verbündete und fuhr fort. »Nach der Arbeit fahre ich, so schnell ich kann, nach Hause und setze mich hinter die Schreibmaschine, bis ich fertig bin. Zunächst war seine Handschrift schrecklich zu entziffern, aber jetzt …«, sie lächelte Raoul an, »jetzt habe ich den Dreh raus. Diese ganzen geschwungenen ›Y‹ und diese langen Abschnitte, in denen er einfach in einer anderen Sprache schreibt! In der Zwischenzeit hänge ich sehr an meinem Spanischwörterbuch. Bestimmt kann ich mich bald mit jemandem unterhalten. Solange sich die Unterhaltung um intime Beziehungen im Granada des achtzehnten Jahrhunderts dreht«, fügte sie hinzu und errötete dabei geziemend. Sie beugte sich vor, um Raouls Kissen aufzuschütteln. »Ich habe Ihnen eine Tomatensuppe gemacht«, sagte sie. »Die habe ich gestern Abend zubereitet und heute Morgen in einer Thermoskanne mitgebracht, das hat überhaupt keine Umstände gemacht. Möchten Sie sie jetzt essen? – Sie könnten auch welche haben«, verkündete sie enthusiastisch an mich gewandt.

»Sie sind viel zu nett. Ich würde aber gerne zu Ende schreiben«, sagte Raoul.

»Oh!« Sie war viel zu verliebt in ihn, um ihre Enttäuschung zu verbergen. »Vielleicht holen wir das ja später noch nach? Wenn ich meine Pflichten hier erfüllt habe?«

»Ich werde bestimmt nirgendwo hingehen«, sagte Raoul.

Krankenschwester Rachel lächelte ihn an, machte Anstalten, als wollte sie noch etwas sagen, überlegte es sich dann aber anders und ging.

»Pflichten erfüllen, soso«, sagte ich zu Raoul. »Ich glaube, sie würde gerne noch ein paar weitere Pflichten übernehmen. Sie ist ja völlig verrückt nach dir, das arme Ding.«

»Rede doch nicht solchen Blödsinn.«

Ich drehte den Verschluss der Thermoskanne auf. Die Suppe roch köstlich. Krankenschwester Rachel hatte sich ganz bestimmt nicht an einem Büchsenöffner verletzt wie Lucy, als sie die ersten sechs Monate nach der Hochzeit für Raoul gekocht hatte. Thymian!, dachte ich, atmete den Geruch ein, der mich sehr an Clovers Blumenkästen in Napier House erinnerte. Und eine kleine Schachtel mit echten Croûtons, selbst zubereitet und mit schwarzem Pfeffer bestäubt!

»Ein paar Wochen habe ich versucht, mich in sie zu verlieben«, sagte Raoul. »Es hat nicht funktioniert.«

»Himmel, Raoul! Sag doch nicht solche Sachen.«

»Tara, wenn man endlose Wochen ans Bett gefesselt ist, dann versucht man alles. Das ist schon okay«, sagte er. »In der realen Welt würde ich Rachel in den Wahnsinn treiben. Wie auch immer, sie weiß, dass sie mich nicht bekommen kann«, fügte er achselzuckend hinzu.

Ich war äußerst erpicht darauf, das Thema zu wechseln.

»Wie heißt es denn? Dein Buch?«

Raoul schaute mich an, als überlegte er, ob er mir das überhaupt mitteilen sollte, dann konnte er es aber wohl nicht länger für sich behalten.

»*Bernadita*«, flüsterte er.

»Und wer ist sie?«, flüsterte ich zurück.

Eine halbe Stunde später schwirrte mein Kopf von den entfesselten Inhalten von Raouls Fantasie. Eine spanische Señorita, deren Haar so schwarz war wie ihre Stimmungsschwankungen, ein Grundbesitzer im Oxfordshire des achtzehnten Jahrhunderts, ein Geheimnis um ein Pferd, das einst bei einer Wette gewonnen wurde, schrecklich viel Ins-Bett- und Hinaus-Hüpfen und Capability Brown, der in der Geschichte auftauchte wie ein Springteufel – ich konnte nicht so ganz folgen. Ich fragte mich, ob Raoul wohl zu starke Schmerzmittel verabreicht worden waren.

»Wie du siehst, es ist alles drin«, sagte er, während ich die letzten Reste Suppe hinunterschlang. »Alles, worüber es sich zu schreiben lohnt, ist in diesem Buch – gestaltete Gärten, Engländer, Pferde, Diskriminierung, Sprachbarrieren, Orangen direkt vom Baum und Mädchen mit großen Träumen, großem Verlangen und gut bestückte Männer.«

»Ach, Raoul«, sagte ich schwach. »Solche Dinge kannst du nicht sagen, wenn du hoffst, dass man deinen Roman veröffentlicht.«

»Natürlich kann ich das. Ich glaube, dass ich auf sehr viel größeres Interesse bei den Leuten stoßen werde, wenn ich mich auf ihre Ehrlichkeit berufe. Das hat sogar Imogen gesagt. Wenn sie liest, will sie ausbrechen. Sie will aber auch das Gefühl haben, etwas gelernt zu haben, ohne dass es ihr bewusst gewesen wäre. Die ganze Angelegenheit sollte spielerisch und angenehm sein.«

Er nahm die Thermoskanne und spähte hinein.

»Die ist ja ganz leer!«

»'tschuldige!«, sagte ich erschrocken. »Soll ich dir was anderes holen?«

»Ich arbeite am besten mit leerem Magen«, erwiderte Raoul. »Das ist etwas, das ich hier entdeckt habe.«

Dann schaute er mich einen Moment lang ernst an.

»Wer ist der Junge, der die Fotos macht?«

»Er ist okay«, sagte ich unbehaglich. Schon allein über Digby zu reden schien mir alle Alarmglocken um meinen Körper ertönen und aufleuchten zu lassen und zu verkünden: *»Sie hat es getan! Keine Jungfrau mehr!«*

»Hast du mit ihm geschlafen?«, fragte Raoul.

»*Raoul!* Nein! Ich meine – verdammt –, das kannst du mich doch nicht fragen!«

»Das heißt also ja.«

»Ja.« Ich warf die Hände in die Luft, gab alles zu. »Ja, okay. Das heißt es.«

»Gut«, sagte Raoul. »Meine Heldin ist nämlich eine experimentierfreudige Liebhaberin. Es gibt nichts Langweiligeres in einem Roman als eine Frau, die sich im letzten Kapitel schließlich vor den Lenden ihres feurigen Helden in Sicherheit bringt. *Bernadita* kehrt all das um.«

»Sich so mit dir zu unterhalten ist völlig verkehrt ...«

»Das sollte es nicht sein.«

»Darf ich es Lucy erzählen?«

»Nein«, erwiderte Raul. Darin lag eine gewisse Dringlichkeit. »Bitte nicht, Tara. Das darfst du nicht. Behalte es für dich. Der Roman ist noch nicht fertig.« Er schaute mich an. »Glaub nur ja keinen Moment, dass mein Herz nicht in tausend Stücke zerspringt«, sagte er. »Aber wenn sie möchte, dass ich frei bin, dann muss sie wissen, dass es keine zweite Chance gibt.«

»Das sollte es aber«, sagte ich. »Du kannst sie nicht gehen lassen, Raoul. Geh ihr nach«, bat ich. »Sie versteht sich selbst nicht – du bist der Einzige von uns, der das tut. Im Moment glaubt sie, Napier House wäre das Einzige, was sie weitermachen lässt. Wenn es ihr gelingt, es zu retten, dann wird sie das Gefühl haben, etwas Lohnenswertes gemacht zu haben, nehme ich an.«

Ich wusste gar nicht, ob ich glaubte, was ich da sagte.

»Wenn man endlose Wochen im Bett liegt, ändert sich der Blickwinkel«, entgegnete Raoul. »Wenn sie möchte, dass ich gehe, dann gehe ich.«

»Aber *ich* will nicht, dass du gehst«, sagte ich verzweifelt.

»Liebe ist, was man daraus macht, Tara«, sagte Raoul. »Du kannst Lucy deswegen keine Vorwürfe machen, genauso wenig wie du sie zurückhalten kannst. Manche Menschen werden als Suchende geboren und sind immer unterwegs. Sie ist dieses Mädchen, das immer nach dem Ende des Regenbogens sucht. Du kannst ihr sagen, dass sie das niemals finden wird, aber was hilft das? Wenn man an den Regenbogen glaubt, dann glaubt man auch an die Kiste voll Gold.«

Beim Hinausgehen wünschte ich mir mit aller Macht, dass Raouls Akzent den Worten, die – wenn ein anderer sie ausgesprochen hätte – die schnulzigsten Worte überhaupt gewesen wären, keinen so schmerzenden Klang gegeben hätte.

Und *Bernadita*? – Ich gebe zu, dass ich dachte, Raoul wäre einfach komplett verrückt geworden.

35. Kapitel

Schwarze Nacht, kein Mond

Als ich zu Hause eintraf, saßen George, Imogen und Florence in der Küche und aßen Karottenkuchen.

»Ich war Raoul besuchen«, verkündete ich.

George blickte auf. »Ich gehe morgen hin. Geht's ihm gut?«

»Wunderbar. Er schreibt sein Buch zu Ende.«

»Das ist gut für ihn«, sagte George, der den Zuckerguss von Florences Messer kratzte.

»Es geschehen noch Zeichen und Wunder«, erwiderte Florence und versetzte George einen Klaps auf die Hand. »Ich muss zugeben, ich hätte nie gedacht, dass er es fertigbringen würde.«

»Also, ich finde es beeindruckend, dass er Capability Brown in Angriff genommen und es einfach geschrieben hat«, sagte George. Er nahm einen großen Schluck Tee.

»Es geht nur gar nicht um Capability Brown«, verkündete ich. »Es ist ein Roman. Er hat einen *Roman* geschrieben. Er heißt *Bernadita.*«

George verschluckte sich und hustete Tee aus.

»Erzähl keinen Mist«, sagte Florence. »Er hat einen *Roman* geschrieben?« Unsicher schaute sie mich an. »*Wirklich?*«

»Hat er. Warum auch nicht? Er hatte schon immer Lust, ›fición‹ zu schreiben. Was sonst kann man machen, wenn das Bein eingegipst ist und man umgeben von alten Frauen mit zerschmetterten Hüften im Bett liegt? Er glaubt, der Roman wird fertig sein, bis er entlassen wird.«

»Das ist doch nicht dein Ernst, Tara, oder?«, fragte George und legte sein Stück Kuchen wieder hin.

»Du musst mir nicht glauben. Aber es stimmt. Er wollte nicht, dass jemand davon erfährt, also darfst du kein Wort darüber verlieren. Aber ich musste es euch einfach sagen. Es nicht zu sagen wäre überhaupt nicht gegangen.«

»Das glaube ich einfach nicht!«, verkündete Florence.

»Es stimmt aber. Mehr noch, es gibt viele erotische Szenen.«

»Erotisch?«, fragten alle drei in einmütigem Erstaunen.

»Ja. So Zeugs, wo sie sich die Kleider vom Leib reißen.«

»Aber worum geht es denn?«, fragte Imogen.

»Alles, was du wissen musst, ist, dass ›Captain William Thorley nicht der ist, der er zu sein scheint‹.«

Während die drei das sacken ließen, sagte keiner ein Wort. Ihr einhelliges Erstaunen machte mir eine Sache bewusst: Raoul könnte da etwas Großes geschaffen haben. Genau wie ich waren sie bereits gefangen, dabei hatten sie noch kein Wort von dem Buch gelesen.

»Ich bin mir nicht sicher, ob das meine Art Buch ist«, ließ Imogen verlauten.

»Na ja, er war dazu inspiriert, nachdem du ihm eine Überdosis von Georgette Heyer verabreicht hast. Er sagt, sie sei genial.«

»Aber sie schreibt nicht solche Sachen!«, rief Imogen voller Schrecken.

»Natürlich nicht!«, sagte ich ungeduldig. »Aber sie schreibt für Frauen, oder nicht? Und genau das tut Raoul jetzt auch. Nur mit ein bisschen mehr Schwung.«

»Wer ganz bestimmt in Schwung kommen wird, ist Pa, wenn er das herausfindet«, sagte George. »Wie kann ich an eine Kopie davon kommen?«, wollte er neugierig wissen, beugte sich dazu mit funkelnden Augen nach vorn.

Die Vorstellung, am nächsten Tag nach London zurückzukehren, war mit einem Mal ganz schrecklich für mich, ich sah mich dazu gar nicht in der Lage. Wie könnte ich sie verlassen? Wie könnte ich irgendwo anders sein als hier?

»Raoul wird das alles abtippen müssen, wenn er nach Hause kommt«, sagte George. »Aber wenn ich an seine schreckliche Handschrift denke, dann wäre ich überrascht, wenn er sehr weit damit kommt. Keiner außer seiner Mutter könnte sie entziffern.«

Ich wollte ihnen schon von Rachel erzählen, aber etwas ließ mich innehalten. Ein Klopfen an der Tür. Wir schauten einander an.

»Mensch! Wer um alles in der Welt könnte das um diese Uhrzeit sein?«, wunderte sich Imogen.

»Digby«, sagte ich. Ich *wusste* es einfach.

»Darf ich aufmachen?«, fragte Florence und stand auf.

»Nein!« Ich hetzte regelrecht aus dem Zimmer, um sie davon abzuhalten.

Und tatsächlich, er war es – stand in der Tür, trug ein schwarzes Hemd und eine sehr eng anliegende Tweedhose.

»Was hast du da an?«, fragte ich ihn erstaunt.

»Die Hosen von Matildas altem Herrn«, sagte Digby. Er grinste mich an. »Ich wette fünf Shilling – wenn ich das nächste Woche im Marquee Club trage, dann trägt es bis zum nächsten Wochenende halb London.«

Er spähte ins Pfarrhaus wie ein Kind, das darauf hoffte, im Naturkundemuseum ungehindert herumlaufen zu dürfen.

»Willst du mich denn nicht reinbitten?«, fragte er.

»Doch, natürlich macht sie das«, tat Florence kund, die gerade aus der Küche kam.

Freudestrahlend grinste Digby sie an.

»Florence«, sagte er. »Ich erkenne dich von Taras Beschreibung.«

»Wirklich?«, fragte sie misstrauisch.

Letzten Endes waren meine Versuche, Digby von meiner Familie fernzuhalten, vergeblich. Er saß bei uns am Küchentisch, Imogen brachte ihm einen Teller mit Brot und Käse und öffnete eine Flasche sehr guten Wein, als wäre er ein Reisender von weither, dem das Beste von Cornwall zuteilwerden sollte, ehe er seine Reise fortsetzte.

»Danke, Baby«, sagte er und bedachte Imogen mit dem ihm eigenen schiefen Grinsen. Sie lief rot an, und für einen Moment fürchtete ich, sie könnte Mr. Bell vergessen. Digby war einfach zu viel für jemanden wie Imogen; sie würde bis zum Ende des Abends nichts mehr sagen können.

»Wo ist Inigo?«

»Am Schreiben, der tolle Langweiler. Ich wollte, dass er mit mir Karten spielt, aber er hat mich aus dem schaurigen Zimmer geschoben, das er ganz für sich zu beanspruchen scheint, und gemeint, ich solle einem anderen auf die Nerven gehen. Ich hab ihm gesagt, dass ich dann dich suchen würde.«

»Und was hat er darauf geantwortet?«

»Nicht viel. Eigentlich war er wieder einmal so charmant wie immer.« Digby wirkte jetzt nachdenklich. »Er hat etwas gesagt, von wegen du würdest Schlaf brauchen und ob mir nicht klar wäre, dass du nächste Woche arbeiten musst. Ich habe gesagt, es wäre höchste Zeit, dass ihm jemand mal eine schöne Zeit bereitet, ehe er irgendwann aufwacht und feststellt, dass er sich über Nacht in den Schulleiter verwandelt hat.« An Florence gerichtet, fragte er: »Sag mal, wer von euch hat am meisten Angst vor eurem Vater?«

»Wir alle«, sagte George. »Ein paar von uns tun so, als fürchteten sie sich nicht, wie Lucy, doch tief in unserem Inneren leben wir alle in Angst und Schrecken.«

Ich verdrängte Inigo aus meinen Gedanken, schob meine Hand zu Digby. Ohne Florence aus den Augen zu lassen, schloss er seine Hand um meine. Wir hatten etwas gemeinsam – das unverkennbare Gewicht der Bürde des Außenseiters –, das uns in der Gegenwart des anderen immer tröstete.

Morgens um halb drei Uhr saß Digby oben auf der Fensterbank und blätterte durch alte Fotoalben. Er war völlig vertieft in die Fotos; ein Schnappschuss von jemandes Geburtstagsfeier vor fünfzehn Jahren konnte ihn mehr gefangen nehmen als ein Mensch. Ich saß auf meinem Bett, rauchte und betrachtete ihn, beantwortete seine Fragen und hielt dabei ein Kissen umklammert, als wäre ich neun Jahre alt.

»Was ist das denn?«, fragte Digby, als er eine weitere Seite umblätterte. »›Tante Marys Beerdigung‹«, las er vor. »Himmel, nicht einmal *ich* nehme meinen Fotoapparat mit zu Beerdigungen. Tante Mary muss vielleicht jemand gewesen sein …«

Plötzlich fiel mir ein, dass da jemand auf den Fotos war, den er nicht sehen sollte.

»Pa möchte nicht, dass ich diese Fotos jemandem zeige«, sagte ich, stand auf und ging zu ihm. »Er meint, das sei unheilverkündend …«

Doch Digby hatte sie bereits gesehen.

»Ich *kenne* sie!«, sagte er unvermutet. »Sie sieht aus wie Talitha Wallace.« Angestrengt betrachtete er das Foto. In meiner kindlichen Handschrift hatte ich ihren Namen daruntergeschrieben. »Ja, das *ist* sie. Das ist Inigos *Mutter*!«

»Das weiß ich. Ich *weiß* es!« Vor lauter Angst, dass die Wahrheit herauskommen könnte, war ich ganz aufgeregt. Ich schluckte hart, dann sprach ich es aus.

»Meine Tante Mary hat als Haushälterin und Köchin auf Milton Magna Hall gearbeitet.«

Digby blickte erstaunt drein. »Weiß Inigo das?«

»Nein!«, sagte ich. »Zumindest nicht, dass sie meine Tante war.«

»Warum nicht?«

»Ich wollte es ihm nicht sagen.«

»Warum nicht?«, hakte Digby nach.

Ich ließ mich wieder auf das Bett fallen. Mir war etwas schwindlig; es fühlte sich an, als wäre ich zum Teil in einem Traum.

»Hör auf, Fragen zu stellen!«, fauchte ich. »Hör bitte auf, die ganze Zeit Fragen zu stellen! Warum musst du immer alles über alle wissen?«

Digby wirkte überrascht; ein Ausdruck, den er mir gegenüber noch nicht gezeigt hatte.

»Na gut, ganz ruhig«, sagte er, als wäre ich ein schwieriges Pferd, das er in einen Anhänger bringen wollte. Doch ich stand kurz vor dem Abgrund, hielt inne, ehe ich wegrennen und mich unter dem nächsten Bett verkriechen oder aber in den unbekannten Nebel der Wahrheit vorwagen würde, den ich die ganze Zeit gemieden hatte.

»Ich bin Inigo schon einmal begegnet, als ich zehn war«, erzählte ich ihm. »Er war fünfzehn. Ich half Tante Mary im großen Haus. An einem Nachmittag war er da. Ich habe ihm vorgesungen, er hat Gitarre gespielt.«

»Tatsächlich?« Digby lachte trotz allem.

»Aber als ich ihn wieder traf, kurz bevor wir die Platte aufgenommen haben, hat er mich nicht erkannt, also habe ich ihm nicht gesagt, wer ich bin.«

»Warum nicht?«

»Hab mich zu sehr geschämt«, sagte ich. »Sein Vater hatte ihm kurz vor seinem Tod einen kleinen Elefanten geschenkt. Ich wusste nicht, wem er gehörte, und das war mir auch egal. Ich wollte ihn klauen, aber meine Tante hat mich erwischt und mich gezwungen, ihn zurückzugeben.« Bei dieser Erinnerung schlug ich die Hände vors Gesicht.

»Miss Merrywell, je mehr ich dich kennenlerne, desto weniger kenne ich dich«, sagte Digby. »Ich glaube nicht, dass es ihm so viel bedeutete wie dir.«

Darüber hatte ich nie zuvor nachgedacht.

»Sein Vater ist *gestorben*«, wiederholte ich. »Und ich wollte etwas mitnehmen – zu meiner eigenen Unterhaltung. Ich habe mich dafür gehasst.«

»Ich denke, er würde dir vergeben, würdest du es ihm erzählen …«

»Dafür ist es zu spät«, wandte ich schnell ein. »Außerdem braucht er das gar nicht zu erfahren. In einer Woche ist er wieder zurück in Amerika, und nichts von alldem ist mehr wichtig.«

»Nur dass es damals wichtig war und immer noch wichtig ist«, bemerkte Digby.

Er drückte seine Zigarette aus und schaute mich an. Schwerwiegendes Schweigen breitete sich aus. Ich hörte, wie die Standuhr unten im Gang Viertel vor drei schlug.

Digby rieb sich die Nase.

»Er sieht durch mich hindurch«, sagte er.

»Wer?«

»Inigo natürlich.«

Er würde mir etwas erzählen. Jetzt, da ich ihm etwas erzählt hatte, das ihn durcheinandergebracht hatte, hatte er das Gefühl, er müsste etwas zurückgeben. So funktionierte Digby.

»Was meinst du damit?«, wollte ich wissen.

»Er sieht mich als das, was ich bin.«

»Und das wäre?«

»Nicht mehr als …« Er lachte kurz auf. »Nichts.«

Regungslos schaute er mich an.

»Du kannst es mir genauso gut erzählen«, sagte ich.

Als er wieder sprach, war es wie damals, als Matilda von Paul Warren erzählte, als wäre er gar nicht wirklich hier.

»Da war dieses Mädchen, das mich ganz gut leiden konnte. Ich mochte sie etwas zu sehr, mehr, als mir lieb war, also tat ich das einzig Logische und behandelte sie schlecht.«

Ich rührte mich nicht, spürte kaum, dass ich atmete. Mir war nur das merkwürdige Fehlen von Schmerz bewusst. Zu hören, wie er über jemanden sprach, den er geliebt hatte, war fast eine Erleichterung: eine Erklärung. Er legte eine Hand über seine Augen.

»Was ist passiert?«, fragte ich.

Er nahm seine Hand wieder weg und starrte an die Decke.

»Ich musste zum Arbeiten nach New York und bat sie, mit mir zu kommen. Sie sagte, sie hätte keine Lust. Wir hatten einen mordsmäßigen Streit – ich wollte wissen, warum sie nicht mitkommen wollte, und sie versuchte mir zu erklären, dass sie nicht jedes Mal, wenn ich mit dem Finger schnippte, nach meiner Pfeife tanzen würde. Also bin ich nach New York und habe versucht, sie anzurufen, aber sie wollte nicht mit mir sprechen.«

»Und was weiter?«

»Was denkst du denn? Ich bin ausgegangen, Party machen, habe mich zulaufen lassen, völlig dumm, und mich natürlich an die schönste Frau unter den Anwesenden rangemacht.«

»Natürlich.«

»Und da platzt Father Hit-mas rein. Es stellt sich heraus, dass die Frau, die ich angequatscht habe, seine Mutter ist.«

Ich musste eine Lachsalve unterdrücken. Digby und Talitha Wallace – das hatte ich nicht erwartet.

»Autsch«, sagte ich leise.

»So könnte man es auch sagen.«

»Aber sie muss um einiges älter gewesen sein als du …«

Digby zuckte mit den Schultern. »Die hätten sich an ihr 'ne goldene Nase verdienen können bei der Menge, die sie in sich reinschütten konnte.«

»Was ist als Nächstes passiert?«

»Inigo hat mich einmal quer durch den Raum geschleudert.«

»*Was?*«

»Ich kann ihn verstehen. Seine Ma hatte gerade erst Rocky Dakota geheiratet, und jetzt war sie hier, fast schon knutschenderweise mit einem kleinen Deppen von Emporkömmling aus Londons East End. Das war nicht gerade ideal.«

»Was hast du gemacht?«

»Ich bin fluchtartig abgehauen«, sagte Digby. »Wir haben nie wieder darüber gesprochen, aber er kann mir nicht verzeihen. Natürlich war er damals völlig durch den Wind. Alle sagen, er hätte es nie überwunden, dass das Haus abgebrannt ist.

Er hatte an dem Abend getrunken, konnte aber immer noch einen guten linken Haken austeilen. Davor war ich immer der Meinung gewesen, dass Jungs, die auf solche Schulen gingen wie er, nicht kämpfen konnten, wenn es darauf ankam. Was das betrifft, habe ich mich getäuscht und war die nächsten drei Wochen grün und blau. Ich musste allen sagen, ich wäre die Treppe runtergefallen.«

»Ich … ich kann mir das einfach nicht vorstellen«, sagte ich schließlich.

»Tja, es stimmt aber alles. Leider.«

»So ist Inigo einfach nicht. Ich kann mir gar nicht vorstellen, dass er jemals die Kontrolle verliert. Und wieso arbeitet ihr dann immer noch zusammen?«

»Billy weiß nichts von unserem Krach«, sagte Digby. »Er arbeitet gerne mit den Besten. Inigo ist der Beste in seinem Bereich und ich in meinem.« Er rieb sich die Nase. »Wir ertragen einander.«

»Was ist mit dem Mädchen?«, fragte ich neckisch. »Die eine, die du mehr mochtest, als gut für dich war?«

»Tja, das war das größte Problem von allen.«

»Warum?«

»Sie war eine Freundin von Talitha Wallace. Eine Freundin der ganzen verfluchten Nation.«

Mir ging kein Licht auf.

»Eine andere Frau im gewissen Alter«, sagte er bitter, füllte die Lücken für mich. »Es war Clover.«

»Clover? Du und *Clover*? Aber sie hat nie etwas zu mir gesagt …«

»Warum sollte sie?«

Er zündete sich eine Zigarette an. »Verflucht.«

Ich schaute ihn an. »Also ehrlich, Digby. Ich wünschte, ich hätte es schon früher gewusst.«

Am liebsten hätte ich ihn nie wieder losgelassen; am liebsten hätte ich ihn aus meinem Zimmer geschoben – irgendwo zwischen diesen beiden Impulsen lag die Wahrheit. Mir war klar, dass die Sache mit Digby und mir etwas Flüchtiges war, ein Schluck von etwas Reinem, aber nicht Auszuhaltendem. Bei all der Eigenartigkeit fühlten er und Clover sich sofort realer für mich an, als er und ich es je waren.

»Weißt du, ich hab diesen ganzen Mist noch nie geglaubt, von wegen die Wahrheit sagen und sich gut fühlen. Jetzt weiß ich, dass ich damit recht hatte. Ich fühle mich beschissen«, sagte er.

Wütend blickte er mich an, als wäre ich persönlich dafür verantwortlich.

»Inigo hat Clover von Talitha und mir erzählt«, erzählte Digby weiter. Seine Stimme war jetzt lauter – er hatte die Szene wieder vor sich. »Er hat sie gegen mich aufgehetzt.«

Eine solche Übertreibung war ich von Digby gar nicht gewohnt. Fast hätte ich wieder gelacht.

Doch ich wusste nicht, was ich ihm sonst noch hätte sagen sollen. Ich entzog ihm meine Hand, aber er hielt sie fest. Er wollte sie zum Trost, um zu wissen, dass da jemand war, der ihm zuhörte. Dabei ging es nicht darum, dass er mir letzten Endes sagen wollte, dass er mich liebte und nicht sie. Doch ich ließ es zu. Ich hätte alles für Digby getan, weil er an mich geglaubt hatte. Jetzt redete er wieder über sie.

»Ich bin nur deshalb nach New York gegangen, weil sie immer sagte, ich wäre zu jung. Sie ist die ganze Zeit vor mir zurückgewichen. Sie hatte sich in den Kopf gesetzt, dass ich einer der bösen Jungs war, also dachte ich, was soll's – wenn es das ist, was sie erwartet, dann werde ich auch genau so sein.«

»Wäre es nicht besser gewesen, ihr das Gegenteil zu beweisen und dazubleiben, bis sie an dich glaubte?«

»Natürlich, aber dazu war ich viel zu dumm. Wenn etwas zu gut läuft, nehme ich die Beine in die Hand und haue ab.«

Wir schwiegen. Da ich jetzt das leise Pulsieren des Lärms von der Straße vor Cheyne Walk gewohnt war, fühlte sich die Stille im Pfarrhaus ohrenbetäubend an. Ich schloss meine Hand wieder um Digbys Faust. Er war mehr als je zuvor ein verlorener Junge. Seine Uhr, ein ramponiertes Ding, das er beim Arbeiten trug, weil sie seinem Vater gehört hatte, saß fest um sein sommersprossiges Handgelenk und zeigte die falsche Zeit an. Er hatte sich die Nägel abgekaut, und sein Arm war voller Kulinotizen, wo er sich die Nummer seines Sachbearbeiters bei der Bank aufgeschrieben hatte, der ihn seit Tagen mit Fragen bezüglich seiner unendlich vielen unbezahlten Strafzettel verfolgte. Zum ersten Mal wurde mir klar, wie jung Digby war. Gewiss, er war der Beste auf seinem Gebiet, und trotz des Chaos und der Missachtung von Regeln vermittelte sein Talent, im Zentrum des Geschehens zu stehen, einen Gesamteindruck von Erfahrung und Weisheit, der ziemlich falsch war. Zum ersten Mal seit unserer ersten Begegnung sah ich einen anderen in ihm.

»Wenn du sie noch immer liebst, dann finde einen Weg, es ihr zu zeigen«, sagte ich.

»Man kann nicht durchs Leben gehen und alles einfach so klären«, blaffte Digby. »Du weißt schon, so reden wie in den Romanen, die man am Flughafen kauft, wo alle losen Enden mit Schleifchen miteinander verknüpft werden und alle in den Armen ihrer einzigen, großen, ihnen zugedachten Liebe enden. Verdammte Scheiße, Cherry. Das Leben ist nicht so süß.«

»Man versucht Schleifen zu binden und verheddert sich darin«, sagte ich matt. »Ich weiß.«

Dann sagten wir lange Zeit gar nichts. Ich weiß nicht, was er dachte; verflucht, ich wusste ja nicht einmal, was *ich* dachte, abgesehen davon, dass es eine gewisse Erleichterung schaffte, all das zu wissen. Was ich jetzt erfahren hatte, half dabei, das Bild von Digby zu vervollständigen, das zuvor so schwierig zu erkennen gewesen war. Ich dachte an ihn und Clover, an Lucy, Matilda und Raoul, an Inigo und mich, an uns alle, die wir die Liebe unterschätzten und aus allem letzten Endes ein großes Chaos machten.

»Und du«, sagte er vorwurfsvoll, »glaub bloß nicht, dass ich dich nicht für perfekt hielte.«

»Nicht«, sagte ich leise. »Sag das nicht. Du musst das alles nicht sagen …«

»Ich weiß, dass ich das nicht muss, das ist mir schon klar.«

Er stand da und schaute mich an; für ihn war es kein bisschen leichter als für mich. Er hatte nicht vorgehabt, mir von Clover zu erzählen, doch jetzt, nachdem er das getan hatte, war es zwecklos, weiterhin so zu tun, als würde er mich je so lieben, wie er sie geliebt hatte. Ich war nur ein Mädchen. Clover war eine Frau. Als würde er meine Gedanken lesen, schaute Digby mich an.

»Ich habe Fotos von den schönsten Mädchen im ganzen Land gemacht«, sagte Digby. »Sie alle haben nicht, was du hast, Miss Merrywell.«

»Was habe ich denn?« Meine Stimme zitterte vor Verzweiflung. »Abgesehen davon, dass ich keine Ahnung und kalte Hände habe?«

»Du hast dich selbst«, sagte er, als wäre das das Offensichtlichste auf der ganzen Welt.

Ich lachte freudlos. Das war nicht lustig.

»Tiefschwarze Nacht«, sagte er leise, als er wieder aus dem Fenster schaute. »Und kein Mond. Ich nehme an, ich sollte gehen.«

Digby war niemand, der jemals irgendwohin gehen musste, es sei denn am Ende von etwas. Ich wusste – wie es auch der größte Dummkopf wissen würde –, dass es der Anfang vom Ende war, und innerlich war ich ihm dafür dankbar, dass er es übernahm und es nicht mir überließ. Er hatte Erfahrung darin. Er wusste, wie man das machte. Einen Fuß vor den anderen setzen, bis man beim nächsten Ort angelangt ist, an den man gehen soll.

»Alles in Ordnung zwischen uns, oder?«, fragte er, als er in der Tür stand.

Ich nickte. »Das war es schon immer zwischen uns«, sagte ich. Ich lachte. »Hast du mir nicht alles beigebracht, was ich weiß?«

»Ich glaube, es war eher anders herum.«

Erst nachdem er weg war, wurde mir klar, dass ich ihm sehr viel mehr gegeben hatte, als er mir je hatte geben können. Doch daran war jetzt nichts mehr zu ändern. Genauso gut konnte ich es als etwas Positives betrachten. Vielleicht war es so, wie Imogen gesagt hatte: *Wir haben die Wahl, oder nicht?* Ich konnte in egal welche Richtung springen, ich wusste nur nicht, wer jetzt da sein würde, um mich aufzufangen.

36. Kapitel

Er hatte die Streichhölzer

Ich hatte Angst davor, Lucy nach meiner Rückkehr nicht in Napier House vorzufinden. Ich war nicht sehr erpicht auf die Rückreise nach London, doch es wurde mir einfacher gemacht, weil Digby verkündete, er würde noch einen weiteren Tag bleiben und dann mit dem Zug nach London fahren. Auf dem Beifahrersitz neben Inigo schlug ich *Alice im Wunderland* auf. Ich wollte nicht, dass er das Gefühl hatte, sich mit mir unterhalten zu müssen. Keiner von uns kam auf die Unterhaltung im Regen zu sprechen; wenn, dann drehten sich unsere Gespräche nur um völlig banale Themen. Ich wusste nicht, wo ich bei ihm anfangen sollte.

»Alles okay mit dir?«, fragte er mich irgendwo bei Exeter. »Du bist nicht sehr gesprächig.«

»Alles wunderbar«, erwiderte ich.

»Es tut mir leid, dass er nicht hier ist«, sagte er. Dabei verstand er völlig falsch, was in mir vorging. »Digby war nicht davon abzubringen, noch weitere Fotos zu machen; vermutlich wollte er aber einfach nur nicht den ganzen Tag mit mir zusammen sein. Das waren ein paar lange Tage.«

Er schaltete in einen anderen Gang. Dieses Auto war wie ein Raumschiff im Vergleich zu den Kisten, in denen wir zu Hause herumfuhren.

»Zwischen uns ist nichts mehr«, erklärte ich ihm, hörte mich dabei lächerlich an. »Ich meine, was auch immer da war … das … das … ich weiß auch nicht – ist jedenfalls nicht mehr da.«

Inigo warf mir einen flüchtigen Blick zu.

»Ich werde mich zurückhalten und dir nicht sagen, dass das gut für dich ist. Sonst bekommst du nur Lust, mir eine reinzuhauen, und ich bin nicht erpicht darauf, Billys Auto kaputt zu fahren.«

»Ich habe nie geglaubt, dass es für immer ist. Ich war nicht so bescheuert.«

»Das macht es trotzdem nicht einfacher«, sagte Inigo. »Und nur mal so nebenbei: Es tut mir leid.«

»Das musst du nicht sagen.«

»Er hat eine außergewöhnliche Fähigkeit, mit all denen befreundet zu bleiben, die er … ausgeführt hat«, sagte Inigo taktvoll.

Ich musste lachen, ich konnte nicht anders.

»Eines Tages werde ich vielleicht eine Statistenrolle im Film seines Lebens bekommen.«

»Oder er in deinem.«

Danach sagten wir eine Zeit lang nichts. Inigo drückte aufs Gas, und wir düsten durch die Countys – Devon, Somerset, Dorset rasten an uns vorbei, und die Leute starrten Billys Auto mit Inigo am Steuer an.

Ich stellte mir Digby allein auf Trellanack vor, höchst konzentriert, das Auge an der Linse. Alles um ihn herum verschwand, wenn er arbeitete; das war schon immer die Möglichkeit für ihn, zu entkommen – so auch jetzt. Zum hundertsten Mal an diesem Tag wälzte ich die Frage hin und her, ob ich seine Bitte ignorieren und Clover sagen sollte, was er mir erzählt hatte. Ich legte mir meine Strickweste unter den Kopf und schloss die Augen, spürte die Fortbewegung, immer wieder die Fortbewegung, und die Sicherheit, bei ihm zu sein. Es war mir egal, wohin es ging.

Als ich die Augen wieder öffnete, kamen wir an dem Schild »Bath« vorbei. Inigo trommelte mit den Fingern auf das Lenkrad.

»Oh, gut, du bist wach.«

Ich setzte mich auf und schauderte, zog mir die Strickjacke wieder über die Schultern. Draußen war es ganz schön kalt geworden. Regentropfen klatschten auf die Windschutzscheibe.

»Merk dir diese Melodie«, sagte er und zündete sich eine Zigarette an.

»Häh?«

»Ich werde dir etwas vorsingen und will, dass du es nicht vergisst.«

»Warum?«

»Eine neue Idee für einen Song«, sagte Inigo. »Die besten Ideen kommen mir immer dann, wenn ich mindestens drei Stunden von einem Klavier entfernt bin. Wenn ich diese Melodie in deinen Kopf hämmere, dann kannst du mich morgen daran erinnern, sollte ich sie vergessen haben.«

»Das ist eine höllische Verantwortung«, grummelte ich. »Was, wenn ich sie vergesse?«

Darüber hätte ich mir keine Sorgen machen müssen. Man musste Inigos Melodien nur einmal hören, schon konnte man sich ihnen nicht mehr entziehen. Er sang sie ein ums andere Mal, erfand blödsinnige Worte, damit wir sie nicht vergaßen. Dann sang er sie als Elvis und als Roy Orbison, und ich sang sie als Patsy Cline und Marilyn Monroe, und er begleitete mich mit den Harmonien und trommelte die Solos auf das Lenkrad, und weil es so viel Spaß machte, konnte ich gar nicht mehr aufhören zu grinsen. Ich legte meine Füße auf das Armaturenbrett und nahm den Kaugummi, den er mir gab.

»Kauen das in Amerika alle Leute die ganze Zeit?«, wollte ich wissen.

»Nein, nur im Kino. Hör bloß nicht auf zu singen«, sagte er. »Wir müssen noch mindestens …« – er warf einen Blick auf die Uhr – »… noch mindestens eine Stunde und fünfzehn Minuten ohne Zwischenstopps singen, wenn wir uns daran erinnern wollen.«

Ich fing von vorn an, dieses Mal in einer höheren Tonart.

»Es hört sich nach was anderem an«, fand ich, beobachtete, wie Inigo ein Päckchen Chips mit den Zähnen aufriss.

»Gut.«

»Ist der Song für mich?«

»Nee. Ich habe eine neue Gruppe, für die ich bereits drei Songs geschrieben haben sollte. Sie werden ihn bekommen.«

»Schade. Er gefällt mir ganz gut.«

»Also, wenn sie ihn nicht wollen, dann spiele ich ihn Billy vor, und vielleicht bekommst du ihn ja dann.«

Ich verzog das Gesicht. »Nein, danke. Ich will keine abgelehnten Songs mehr.«

»Weil der Song das letzte Mal, als du einen bekommen hast, den ein anderer nicht wollte, sang- und klanglos untergegangen ist.«

Ich errötete. »Du weißt, was ich meine.«

»Wie auch immer, Billy hat mir gesagt, dass du nächste Woche wieder im Aufnahmestudio sein wirst«, sagte Inigo.

»Was? Wann? Mit dir?«

»Nein. Sehr zu deiner Erleichterung, wie ich annehme. Er will, dass du mit Johnnie Wilson aufnimmst.«

»Wer in aller Welt ist das?«

»Mach dir keine Sorgen. Ich habe ihm alles beigebracht, was er weiß.«

»Warum machst du es nicht?«, fragte ich.

»Zeit«, erwiderte Inigo, was überhaupt nichts zu erklären schien. »Jetzt, da das mit dir angelaufen ist, kann Johnnie übernehmen. Er weiß, was er tut, und er wird dich nicht damit langweilen, über den *Sunday Express* oder Mr. O'Rourke zu sprechen.«

Ich sagte daraufhin nichts mehr zu ihm, fragte mich nur, wie viele andere auf ihre Chance warteten, von Billy hereinbeordert zu werden, wenn er sie brauchte. Ich stand im Zentrum – war der Grund, warum all das passierte –, und doch war ich überhaupt kein Teil davon.

Ein paar Meilen später und ohne Vorankündigung fuhr Billy an den Straßenrand und hielt an. Er schaltete den Motor aus.

»Was machst du da?«, fragte ich.

Einen verrückten Moment lang glaubte ich, er würde sich gleich zu mir umdrehen und mir ein unglaubliches Geheimnis anvertrauen – dass er ein Spion war oder der uneheliche Sohn des Königs von Griechenland, was weiß ich – mich hätte nichts überrascht. Ich wurde noch immer nicht aus ihm schlau, konnte ihn noch immer nicht einordnen. Er durchwühlte das Auto und suchte mit einer gewissen Dringlichkeit nach etwas.

»Ich wusste, ich würde Bleistifte finden«, sagte er kurz darauf und zog drei davon aus dem Handschuhfach. »Billy deponiert überall da welche, wo ich bin. Die Vorstellung, ich könnte mal nichts haben, um meine Ideen aufzuschreiben, macht ihm Angst.«

»Denn ohne deine Ideen gibt es keine Songs und ohne deine Songs keine Hits und ohne Hits kein Geld …«

»Aber nie denkt er daran, mir auch *Papier* dazulassen«, murmelte Inigo.

Er wirbelte herum, erblickte eine halb leere Packung Frühstücksflocken, die ich in letzter Minute in den Wagen geworfen hatte.

»Darf ich?«, fragte er.

»Es wäre mir eine Ehre, Father Hit-mas.«

»Nenn mich nicht so«, sagte Inigo, schüttete mir die Flocken in die Hand und zerriss die Packung in drei Teile.

»Warum nicht?«

»Unreiner Reim. ›Hit-mas‹ reimt sich nicht auf ›Christmas‹, weshalb dieser ganze Name hinfällig ist.«

Ich starrte ihn an.

»Und indem du den Namen aus diesem Grund als hinfällig bezeichnest, beweist du einfach nur, wie richtig sie damit liegen. Sie nennen dich so, weil dir solcher Kram auffällt.«

Er reichte mir seine Zigaretten.

»Ich mache das nur, weil ich nichts anderes kann.«

»Jesus könnte dasselbe gesagt haben«, sagte ich neckisch.

Er schaute auf und grinste mich an.

»Es tut mir furchtbar leid, dir mitteilen zu müssen, dass ich nicht der Messias bin, Cherry.«

Einen Moment lang lauschte ich nur dem rauen Kratzen von gespitztem Blei auf Karton. Ich widerstand dem Verlangen, nachzusehen, was er da schrieb, und starrte stattdessen aus dem Fenster; wir waren unversehens in Wiltshire gelandet. Als er fertig war, schob er die Kartonstücke unter seinen Sitz und schaute mich an. Dann gähnte er und sah wieder aus wie fünfzehn, und ich biss mir auf die Lippe, weil ich es ihm am liebsten gesagt hätte.

»Wann bist du gestern Abend ins Bett gegangen?«, fragte ich stattdessen.

»Zu spät.«

»Soll ich fahren?«

»Ha! Dass ich nicht lache! Was würde Billy sagen, wenn er wüsste, dass *du* am Steuer gesessen hast?«

»Ich glaube, er würde nichts anderes erwarten. Du solltest etwas schlafen. Und ich fahre schon, seit ich zwölf bin.«

»Gesetzlich nicht zulässig«, betonte Inigo.

»Also, ich …«

Inigo gab mir die Schlüssel.

»Dann mal los.«

»Meinst du das ernst?« Erfreut lachte ich auf.

Er öffnete die Tür, ging um das Auto herum zu meiner Seite. Grinsend wie eine Wahnsinnige schlüpfte ich auf den Fahrersitz.

»Such uns irgendwas, wo wir mittagessen können. Und mach um Himmels willen langsam.«

Er nahm sich meinen ausrangierten Pulli als Kissen unter den Kopf, schloss die Augen und überließ den Mercedes und mich unserem Schicksal. Den ersten Gang einzulegen war nur mit der Erfahrung zu vergleichen, nach einem der Shettys auf den unverbrauchten Cathedral Boy zu steigen. George wäre ganz außer sich vor Neid und Billy vor Aufregung, dachte ich. Besser ließ ich es langsam angehen. – Ich brauche Ihnen wohl nicht zu sagen, dass ich diese Prüfung nicht bestand.

Als ich zehn Minuten später zu Inigo schaute, schlief er tief und fest. *Ich könnte überall hinfahren*, dachte ich. *Ich könnte umdrehen und zurück nach Cornwall fahren. Ich könnte uns nach Southampton bringen und mit einem Schiff nach Frankreich übersetzen. Ich könnte, ich könnte, ich könnte …* Aber ich denke, ich *wusste*, wohin ich fuhr. Selbst wenn ich mir sagte, dass ich keine Ahnung und meinen Orientierungssinn verloren hatte – ich kann nicht glauben, dass ein Teil von mir nicht gewusst hätte, wohin ich uns brachte. Wohin ich *ihn* brachte.

Kurz vor dem Bahnhof von Westbury hielt ich an, und Inigo schlug die Augen auf. Ich nahm mir die Karte vom Rücksitz und betrachtete sie angestrengt.

»Wir haben uns verfahren, oder?«, sagte er gähnend. »Ich wusste es.«

»Nein, nein.« Wieder schaute ich auf die Karte und versuchte meine Aufregung zu verbergen. »Wir haben uns nicht verfahren. Ich denke, wir hätten hier rauskommen sollen«, ich zeigte auf die Karte, »wir sind aber hier.«

Einen Moment lang sagte er nichts – lehnte sich nur in seinem Sitz nach hinten und rieb sich die Augen, als könnte ihn das weg von mir und wieder nach New York transportieren, wo er sich nicht mit den Unannehmlichkeiten der englischen Provinz befassen musste. Dann richtete er sich auf und schaute aus dem Fenster, und ich wartete darauf, dass er realisierte, wo er war.

»Scheiße!«, sagte er. Er klang verwundert.

»Was? Was ist denn?«

»Verdammt, Cherry, hier habe ich mal gelebt. Wir sind kurz vor Magna.«

Er sagte das mehr zu sich selbst als zu mir.

»Wo?«, fragte ich. Meine Stimme klang ganz belegt von vorgetäuschter Ahnungslosigkeit.

»Das ist der Bahnhof! Hier sind wir immer … hier bin ich aufgewachsen. Wie zum Teufel sind wir *hierher* gekommen? *Wusstest* du das?«

Die Unumwundenheit seiner Frage überraschte mich.

»Natürlich nicht!« Ich saß auf meinen Händen und hatte meine Finger verknotet. »Ich hab irgendwie aus den Augen verloren, wo genau wir sind. Ich dachte, wir könnten vielleicht hier irgendwo was essen. Tut mir leid. Das wusste ich nicht.«

»Wir können hier nicht essen. *Nirgendwo* hier.«

Wenigstens glaubte er mir. Er hatte keinen Grund zu vermuten, dass ich beabsichtigt hatte, hier zu landen; so war das mit Inigo. Für ihn war ich eine tickende Zeitbombe, die jederzeit hochgehen konnte.

»Dann lass uns wieder fahren«, sagte ich, spielte mein Ass früher aus, als ich vorgehabt hatte. »Wir sollten zurück auf die richtige Straße fahren. Du willst doch nicht länger hierbleiben, oder doch?«

Ich warf ihm rasch einen Blick zu. Oh Gott, ich war einfach keine Schauspielerin. Was tat ich hier nur? Ich war aus einer Laune heraus hergefahren und glaubte, auf diese Weise etwas bei ihm zu entfachen. Dabei wusste ich nicht einmal, *was* ich denn entfachen wollte.

Pff!, dachte ich. Ach du Schande, warum waren wir bloß hier?

»Ich dachte, du hattest gesagt, das Haus sei abgebrannt.«

»War es auch. *Ist* es auch. Es ist nicht mehr hier … zumindest …« Er wurde immer leiser, schaute aus dem Fenster. »Lass mich fahren«, murmelte er.

Ich stieg aus dem Wagen und lief um ihn herum auf die andere Seite. Jetzt war es an ihm.

Ich hatte ihn zu dicht an das Dorf gebracht, in dem er aufgewachsen war, um einfach daran vorbeizufahren. Es war genau, wie ich es mir gedacht hatte; war man erst einmal nahe genug, dann war der Sog viel zu stark. Für jeden, der noch nie zuvor hier gewesen war, hätten wir überall sein können – doch ich wusste es, auch wenn ihm nicht klar war, dass ich es wusste.

Er hielt bei der Dorfwiese an, ganz in der Nähe des Ladens, zu dem Tante Mary mich geschickt hatte, um Besorgungen zu machen, und wo Lucy mit dem Jungen hinter dem Tresen geflirtet hatte. Das Haus lag nur etwas weiter oben an der Straße, die Auffahrt hinauf, die mich so beeindruckt hatte, als ich sie das erste Mal mit dem alten Fahrrad aus Tante Marys Garten hinaufgefahren war. Ich ließ Inigo vor mir hergehen – wenn auch nur, damit er darüber nachdenken konnte, was er jetzt vorhatte.

Eine Frau und ihr kleiner Sohn kamen an uns vorbei; der Junge schlug beim Gehen mit einem Stock in die Brennnesseln. Zwei Mädchen auf dicken grauen Ponys trotteten vorbei, sprachen über das Blumenpressen für ein Projekt in der Schule. Sie beachteten uns kaum, und mir kam auch nicht in den Sinn, dass sie das tun sollten. Es fühlte sich gar nicht so an, als ob wir tatsächlich dort wären.

Inigo – gertenschlank, mit schwarzem Hemd, den Autoschlüssel krampfhaft in der rechten Hand umklammert – wirkte hier fehl am Platz, als wäre er ein Schauspieler am Set eines Films, der ein paar Jahre in der Zukunft spielte. Er war zu modern für diesen Ort geworden. Ich spuckte meinen Kaugummi in ein Papiertaschentuch und beeilte mich, Inigo einzuholen.

»Es sieht noch immer gleich aus. Das Dorf sieht noch immer genau gleich aus.«

»Wie lange ist es her, dass du das letzte Mal hier warst?«

»Sechs Jahre. Es kommt mir aber vor wie sechzig.«

Wir gingen weiter. Feiner Sprühregen setzte ein; Schwalben schossen auf der Suche nach Insekten über den Dorfteich hinweg.

»Was ist das nur mit uns?«, fragte er. »Jedes Mal, wenn wir zusammen irgendwo sind, regnet es.«

»Ich weiß«, sagte ich. In dem, was er sagte, lag nichts Romantisches – wenn überhaupt, dann waren die Worte, die über seine Lippen kamen, eine freudlose Äußerung des Pechs, aber mir gefiel, wie er es gesagt hatte: *Was ist das nur mit uns?*

Vor einer Reihe Cottages blieb er stehen. Vier von den fünf hatten ein Strohdach. Alle waren winzig; ich erinnere mich daran, mit Lucy an ihnen vorbeigelaufen zu sein und sie als Häuser für Kobolde angesehen zu haben.

»Mrs. Dauntons Haus«, sagte er und zeigte auf das mit der grünen Tür.

»Wer war sie?«

Inigo zuckte mit den Schultern. »Nur eine alte Dame, die ich kannte. Freitags durfte ich mit ihr die Seifenoper *The Grove Family* ansehen. Sie hat nie viel gesagt, saß immer nur da, nähte und aß Lakritz aus einer Papiertüte.« Er lachte. »Sie war fast taub und halb blind, ich verstehe gar nicht, wie es kam, dass sie als Erste im Dorf einen Fernseher bekam.«

»Ich habe *The Grove Family* nie angesehen«, sagte ich, nicht ohne Bitterkeit. »Pa hält nichts von Seifenopern.«

»Ich war ganz verrückt danach. Und ich war auch verrückt nach diesem Haus – so vollgestopft mit Sachen und so wunderbar *klein*. Ich erinnere mich daran, wie Mrs. D immer wetterte, dass es nicht einmal genug Platz gebe, um eine Katze darin herumzuschleudern, also tat ich an einem Nachmittag genau das.«

»Was meinst du?«

»Ich habe mir Albert geschnappt und ihn ein bisschen im Zimmer herumgeschleudert.«

»Albert?«

»Ihre getigerte persische Katze. Wir haben ein paar Teetassen umgeworfen, ich habe meinen Ellbogen an einem Tisch voller Lebensmittelkarten gestoßen und eine nicht abgewaschene Tasse mit dem Kakao vom Abend zuvor zerbrochen. Sie hatte recht.«

Ich lachte. »Manchmal finde ich, du bist schon ein sehr merkwürdiger Mensch.«

»Überhaupt nicht merkwürdig«, sagte Inigo. »Ich wollte einfach nur beweisen, dass sie recht hatte. Das mögen die Leute.«

Der Regen war stärker geworden. Ich wandte mein Gesicht dem Himmel zu, und die Tropfen prasselten auf mein Gesicht.

»Lucy hat die Vorstellung immer gefallen, ein Einzelkind zu sein«, sprach ich meinen Gedanken laut aus. »Aber Matilda sehnte sich nach Brüdern und Schwestern. Ich nehme an, du hast dich ganz anders gefühlt, wenn du in diesem kleinen Haus warst, als in dem großen Herrenhaus die Straße weiter oben.«

Wieder einmal fürchtete ich, zu viel gesagt zu haben. Inigo schien nichts zu bemerken.

Er zögerte, als wollte ein Teil von ihm zur Eingangstür gehen, kurz anklopfen und darauf bestehen, sich für eine weitere halbe Stunde zu Mrs. Daunton und Albert zu gesellen, um fernzusehen, als wäre keine Zeit verstrichen – doch stattdessen trat er einen Schritt zurück.

»Ich will nicht, dass sie mich sieht«, sagte er. »Ich bin mir nicht sicher, was ich sagen soll. Früher hat sie jedes Mal, wenn ich herkam, ein und denselben Satz gesagt: ›*Du da oben, in dem großen Haus, ohne Vater, eine Schande ist das.*‹ Sie hatte zwei Jungs und drei Mädchen, hat ihre Söhne aber im ersten Krieg verloren.« Er schaute mich an, als würde ihm diese Tatsache jetzt zum ersten Mal bewusst. »*Beide* Söhne«, wiederholte er. »Aber ich hatte nie Mitleid mit ihr, weil sie die mit dem Fernseher war.« Er schnaubte. »Ich dachte, wenn ich meinen eigenen Fernseher hätte, wäre ich immer glücklich.«

Ich traute mich nicht mehr, noch etwas zu sagen, lief einfach neben ihm her. Wir gingen durch das Dorf, vorbei an den

Häusern, die ich als kleines Mädchen gesehen hatte, Häuser, die damals so unendlich weit weg von zu Hause zu sein schienen, als ich mich unter der Fuchtel meiner Tante hier abrackerte. Inigo wurde langsamer, als wir unten bei der Auffahrt zu Milton Magna Hall ankamen. Schließlich blieb er stehen und schaute mich an.

»Du hast dich verfahren, und jetzt sind wir hier«, sagte er.

»Du hast uns hergefahren«, bemerkte ich sanft. »Wir hätten umdrehen können.«

»Warum haben wir das nicht gemacht?«, fragte er mit einem Mal wütend. »Warum haben wir das nicht gemacht? Ich habe keine Ahnung, warum ich hier bin. Keine Ahnung.«

»Mein Vater sagt, dass die Gründe, weshalb wir etwas tun, meist sehr verschleiert sind, auch für uns selbst.« Ich streckte die Hand aus, und ohne wirklich zu wissen, was ich da tat – nur in dem Bewusstsein, dass Pa das jetzt bei mir gemacht hätte –, ergriff ich seine Hand und drückte sie. Er schaute auf seine Hand in meiner.

»Was ist das jetzt?« Leicht überrascht lachte er auf.

»Ich dachte nur, dass du vielleicht gerne weißt, dass du nicht allein bist.«

Was tat ich denn da? Rasch ließ ich seine Hand wieder los.

»Das ist nett«, sagte er langsam. Er betrachtete mich mit demselben Ausdruck, den Digby dann hatte, wenn er mit einem schwierigen Suchwort im Kreuzworträtsel der *Times* zu kämpfen hatte.

»Nett«, sagte ich. *»Ein sehr nützliches Wort, nett.«*

Er erinnerte sich nicht an seine Bemerkung mir gegenüber an jenem Tag im Aufnahmestudio – es sah jedenfalls nicht danach aus, als wäre ihm klar, dass ich ihn hier zitierte. Wieder einmal durfte ich nicht darauf hoffen, dass er sich an alles so erinnerte wie ich mich; es war zu schmerzhaft, wenn ich dann feststellte, dass dem nicht so war.

»Wenn es dir nichts ausmacht, dann würde ich gerne allein

weitergehen«, sagte er. »Nur um die Ecke, dort hat das Haus gestanden. Ich glaube, ich werde einfach nur einen Moment oben an der Auffahrt stehen bleiben. Mehr nicht.«

»Sicher doch.«

»Ich bin froh, dass du hier bist.« Dann fügte er noch als eine Art Vorbehalt hinzu: »Es macht es einfacher, zu wissen, dass jemand da ist.«

Jemand, dachte ich. *Egal wer, Hauptsache jemand.*

»Hast du eine Zigarette für mich?«, fragte ich ihn, mehr um die Lücke zu füllen. Er reichte mir sein Päckchen Lucky Strike.

»Geh mal lieber ins Auto«, sagte er. »Falls du es nicht bemerkt haben solltest: Es regnet jetzt in Strömen.«

»Mir macht's nichts aus.«

Er ging weiter, aber ich ging nicht zurück zum Auto, obwohl der Wind aufgefrischt hatte und mir kalt war. Ich ging zurück zum alten Spielplatz, wo Lucy und ich auf den Schaukeln gesessen und uns am frühen Abend unterhalten hatten, und als ich mich setzte, fiel mir auf, dass ich ja gar nicht rauchen konnte, weil er die Streichhölzer hatte. Er hatte die Streichhölzer, dachte ich, und lehnte mich zurück. *Immer* schon hatte er die Streichhölzer.

Ohne genau zu wissen, warum, lachte ich laut über mich selbst. Ich hasste mich dafür, seine Hand genommen zu haben, gleichzeitig hatte ich das Gefühl, ich hätte nichts anderes tun können. Seit ich zehn war, war Inigo Wallace mein imaginäres Spielzeug – ein Traumbild Gitarre spielender Anmut, um das meine Gedanken kreisen konnten, wenn ich nachts wach lag –, aber nichts davon war Wirklichkeit.

Wie hätte ich da anders als erschüttert reagieren können, als ich ihn all die Jahre später wieder traf? Ich suchte eine Fantasterei – jemanden, der alles allein dadurch in Ordnung brachte, dass er mich anschaute –, doch die Person, auf die ich dann traf, war ziemlich anders. Lädiert? Ja, das war er, dachte ich –

steckte die Zigarette zurück in die Tasche –, aber darum umso geschätzter.

Er hat sich selbst nie bemitleidet, dachte ich. Hat nie das Gefühl gehabt, als hätte er das geringste Anrecht darauf. Obwohl er seinen Vater und das Haus, in dem er aufwuchs, verloren hat, ist er über nichts traurig. Er hat genommen, was er hat, damit gearbeitet und tatsächlich geschafft, was er sich vorgenommen hatte.

Schon bald war er nicht mehr zu sehen. Ich widerstand dem Verlangen, ihm hinterherzueilen, und – Sie können mir glauben – das Verlangen war ziemlich groß. Ich stellte ihn mir als kleinen Jungen vor – mit diesem Dorf als Zentrum seiner Welt, seiner einzigen Wahrheit. Wie merkwürdig war es doch, dass die Menschen einer Familie im selben Haus leben, denselben Raum miteinander teilen und dabei die Luft um sie herum doch so unterschiedlich aufnehmen konnten.

Ich würde unseren – Verzeihung! –, *seinen* neuen Song summen, dachte ich, ich würde singen, damit wir ihn nicht vergaßen. Ich war erst halb durch den Refrain durch, als ich ihn wieder erblickte. Ich sprang von der Schaukel auf und ging zu ihm.

»Wie … war es okay?«, fragte ich.

»Nichts mehr da«, erwiderte er. Er hatte die Hände in den Hosentaschen – *Oje! In den Hosentaschen! Als fürchtete er, ich könnte wieder nach einer seiner Hände greifen!*

»Bei diesem Wetter ist es schwer, überhaupt etwas zu sehen«, sagte ich.

»Ich bin die Auffahrt etwas hinaufgelaufen. Eines der Tore ist nicht mehr da. Und da, wo das Haus stand, da war … nichts.«

Er schaute mich an, als könnte ich ihm eine über das Offensichtliche hinausgehende Antwort liefern.

»Gar nichts?«, fragte ich. In gewisser Weise war ich wohl genauso erstaunt wie er.

Er schüttelte den Kopf und begab sich gleich wieder auf

sicheres Terrain. »Verdammt, Cherry, du bist ja klatschnass. Komm schon.«

Weil der Regen jetzt noch stärker herunterprasselte, rannten wir zurück zum Auto und ließen uns auf die Sitze fallen. Die Uhr auf dem Armaturenbrett zeigte zwei Uhr an. Ich öffnete die Flasche mit gesüßtem Tee von Imogen und packte die Brötchen aus, die sie mir zum Mittagessen vorbereitet hatte.

»Sie sind ein bisschen zerquetscht. Tomate und Petersilie. Meine Schwester glaubt, Petersilie heilt alle Übel.«

»Danke.«

Er zitterte. Schweigend saßen wir da und aßen, während der Regen so stark auf das Auto prasselte, dass ich glaubte, er würde uns noch erschlagen. Die blutroten Ledersitze wurden von unserer nassen Kleidung ganz schwarz – ich war mir sicher, dass Billy darüber nicht sehr erfreut sein würde –, aber jetzt war nicht der Moment, solche Banalitäten zu kommentieren.

Ich schenkte Inigo Tee ein, und wir teilten uns die Tasse. Als wir fertig waren, seufzte er und drehte den Schlüssel im Zündschloss.

»Sag mir jetzt bitte, dass du den Song nicht vergessen hast.«

»Natürlich nicht.«

Bei der Fahrt aus dem Dorf wurden die Scheibenwischer zu unserem Metronom, zu dem wir sangen, und ich wusste, dass ihm dieser Tag für immer im Gedächtnis bleiben würde – und vielleicht würde er sich immer daran erinnern, dass da ein Mädchen bei ihm gewesen war, an einem völlig verregneten Nachmittag, als er ein Haus gesucht hatte, das nicht mehr da war.

Ich spürte, wie eine Last von ihm abfiel, schloss die Augen und sprach ein Gebet für ihn – und glauben Sie mir, ich war keine, die für alle alten Leute betete, wie die Kirche das gerne gehabt hätte. Aber ich betete für Inigo Wallace. So viel bedeutete mir das, verstehen Sie? *So viel bedeutete mir das.*

37. Kapitel

Das Marquee

Zurück in London schien Inigo sich wieder zu distanzieren, und er hatte auch allen Grund dazu. Er schrieb den ganzen Tag und einen Großteil der Nacht und stand kurz vor seiner Abreise nach New York. Mir kam es so vor, als wäre ein Teil von ihm ein wenig beschämt über das, was wir auf unserer Rückfahrt nach London zusammen erlebt hatten – als hätte er zu viel von sich preisgegeben. Ich hielt Abstand und tat, als würde ich es nicht bemerken. Und es war auch nicht so, als hätte ich nichts zu tun gehabt – Billy hatte mich mit nicht enden wollenden Interviews und Autogrammstunden ins kalte Wasser geworfen. Keiner wusste, wer ich war, wenn ich die Straße hinunterlief, doch ich hatte das Gefühl, dass Billy das ändern konnte. Mir war, als müsste er sich einfach nur entscheiden, auf welchen Knopf er drücken wollte, und schon geschah es. Er konnte es sich erlauben, der zu sein, der er sein wollte. Billy Laurier, der einzige Mensch, den es sich zu kennen lohnte, wenn man sich selbst kennenlernen wollte.

Außerdem geisterten meine Gedanken noch um etwas anderes – um meine Schwester. An meinem ersten Abend zurück in London hatte ich die Augen geschlossen und darum gebetet, dass sie da sein würde, wenn ich aufwachte. Wieder einmal stellte sich meine Hotline zu Gott als überaus fehlerhaft heraus.

»Sie ist nicht heimgekommen«, sagte ich am nächsten Tag zu Clover.

»Vielen Dank, Sherlock Holmes«, erwiderte sie abgehackt.

Ich schaute sie an.

»Wir wissen beide, bei wem sie ist.«

»Sie kann nicht bei dem Harmonikaspieler wohnen«, meinte ich. »Das geht nicht. Digby erzählt, er hat noch nicht einmal ein richtiges Zuhause …«

»An deiner Stelle würde ich mich ruhig verhalten und nicht einmal fragen, wo sie ist«, sagte Clover. »Das macht die Sache nur schlimmer. Lass sie von selbst zurückkommen.«

»Und was ist mit ihrer Arbeit hier?«

»Sie hat drei Schachteln mitgenommen, die diese Woche sortiert werden müssen. Diese Unterlagen kann sie überall durchgehen – dafür muss sie nicht unter meiner Fuchtel sein.«

»Für mich hört es sich so an, als wäre es dir egal, dass sie weggegangen ist.«

»Was nutzt es denn schon, ein großes Tamtam darum zu machen, wo sie ist, Cherry? Sie ist eine erwachsene Frau. Ich habe den Eindruck, dass sich ihr eine ganze Reihe Möglichkeiten geboten haben. Lass sie in Ruhe. Sie ist nicht weggelaufen, um mit Brian zusammen zu sein. Sie ist weggelaufen, weil sie Alternativen ausprobieren will.«

»Woher weißt du das?«

»Ich weiß es nicht. Vielleicht solltest du dir seine Gruppe anhören, dann hat deine Schwester vielleicht etwas weniger den Eindruck, als würdest du alles, was sie tut, missbilligen. Du bist ihre Schwester, Himmel noch mal!«

»Wo spielen sie denn?«, fragte ich missmutig.

»Im Marquee«, antwortete Clover. »Es könnte schrecklich sein, aber es besteht eine winzige Möglichkeit, dass es weltbewegend wunderbar wird – ich bin ja der Meinung, wenn englische Jungs amerikanische Musik machen, dann ist es nur selten mittelmäßig. Digby begleitet dich, wenn du willst. Er ist überzeugt davon, dass Brian an etwas Großem dran ist.«

»Vermutlich an meiner Schwester«, sagte ich verzweifelt.

Es roch nach Jazz und Zigaretten. Wir stiegen die klebrigen Stufen bis nach unten in den Keller, wo die Band spielen würde. Es waren schon viele Leute da; selbstbewusste Mädchen mit Frisuren, an denen sie den ganzen Tag gesessen hatten, um sie zu perfektionieren, Jungs, die ihr Geld abzählten und bei dem Mädchen hinter der Bar bezahlten. Im Nu hatte Digby Leute ausgemacht, die er kannte, und wie immer schien die Gegenwart von anderen sein Feuer anzufachen. Er sprühte regelrecht, wurde zu dem, den die Leute von ihm erwarteten. Er war jetzt aus einem bestimmten Grund hier. Rasch hintereinander nahm ich ein paar Schlucke Gin aus Digbys Flachmann; ihm war klar, dass ich das brauchte. Dann spendierte er mir ein Bier, suchte uns einen kleinen Tisch links neben der Bühne, und eine Weile saßen wir da und schauten den Musikern beim Aufbau zu. Ich wurde von irgendetwas aufgepuscht – nicht von Freude, aber von irgendetwas. Gin, Zigaretten, Bier und das Dämmerlicht des Raums trugen alle zu dem Gefühl bei, zwar hier zu sein, mich aber selbst von außen zu betrachten.

»Hey! Brian!«, rief Digby.

Ich sah zu, wie ein dünner, kleiner Kerl mit blauen Augen vor uns mit einer Gitarre herumspielte. Er schaute zu uns, grinste Digby an, eine Zigarette zwischen den Lippen. Sein Auftreten ließ alle anderen hier konservativ wirken. Es ging nicht so sehr darum, wie er sich kleidete, eher darum, wie er ging, wie er alle um ihn herum in seinen Bann zog. Genau wie damals, auf Digbys Party, als Lucy ihn erblickt hatte, fiel er durch sein starkes Selbstbewusstsein auf. Ob er tatsächlich darüber verfügte oder nicht, war egal. Wenn es eine Maske war, dann trug er sie sehr gut.

»Ich kann Lucy nicht sehen«, sagte ich.

»Soll ich rübergehen und ihn fragen, wo sie ist?«

»Nein. Sie wird hier sein. Sie muss einfach hier sein.«

Digby rief den Kellner zu sich und bestellte Wein und Zigaretten. Die Luft war erfüllt von einer gewissen Nervosität, einer

Art Revolte. Ich nehme an, im Marquee war man es mehr gewohnt, zugedröhnte Jazz-Größen zu empfangen, von denen keiner den Raum vor lauter Energie abfackeln würde. Doch die Menge, die sich hier versammelt hatte, um Brian und seine Band zu sehen, sah angespannt und erwartungsvoll aus.

Clover kam herein, setzte sich zu uns, bestellte sich einen Drink und ließ ihre Sonnenbrille auf. Sobald Digby sie erblickte, wurde mir bewusst, dass sich seine Körperhaltung änderte, dass er einen unsichtbaren Schutzwall errichtete. Wie mir das zuvor hatte entgehen können, war mir schleierhaft. Das erklärte alles: Seine Ruhelosigkeit, seine beständigen Spitzen ihr gegenüber, seine empörenden Bemerkungen, alles hatte ich als Teil seines Auftretens abgetan. Das war schon merkwürdig – in Gegenwart zweier Menschen zu sein, die einander nicht sagen konnten, was sie empfanden. Ich betrachtete Digby durch Clovers Augen: rastlos, unreif, flatterhaft. Dann betrachtete ich Clover durch Digbys Augen: unmöglich, distanziert, spitz. Sie waren so weit voneinander entfernt, wie zwei Leute es nur sein konnten; was sie verband, war nichts weiter als ein winziges Wort, nicht ausgesprochen, nicht bezeugt. Doch es war da. Er liebte sie, und sie liebte ihn. Ganz eindeutig.

Als ich wieder aufschaute, schlenderte Inigo in unsere Richtung. Er brauchte eine Weile, bis er bei uns eintraf, denn alle wollten ihn begrüßen: Father Hit-mas kam und sprach mit seinen Untertanen. Dessen sind wir doch gar nicht würdig! Wie er so allein hereinkam, ohne sich auch nur die geringste Mühe gegeben zu haben, ordentlich auszusehen, und sich dabei gleichzeitig über all die anderen mokierend, traf mich eine weitere bedeutende Erkenntnis an diesem Abend: Inigo Wallace war noch mächtiger als Billy, denn er *lebte* das Ganze auch. Wo Billy sich distanzierte und Befehle erteilte, war Inigo selbst Teil der Szene, schaffte die Szene – und im Gegensatz zu Digby, der einen Aufruhr in London verursachte wie ein Welpe, tat er dies mit so wenig Show, so wenig Tamtam, dass es schwierig war festzulegen, wo er aufhörte und alles andere anfing. Er nahm sich einen Stuhl und setzte sich zwischen Clover und Digby.

»Brian sieht gut aus«, bemerkte er.

Der Raum war voll bis unter die Decke, Flucht unmöglich.

»Genauso gut kannst du dich amüsieren«, sagte Inigo, als hätte er meine Gedanken gelesen.

Ein ohrenbetäubender Pfeifton ertönte aus einem der Lautsprecher bei der Bühne, und die Gruppe fing an zu spielen. Ich ziere mich zu sagen, dass sie mich mit dem ersten Akkord in der Tasche hatten, aber das trifft es. Flucht? Warum zum Teufel sollte ich? Sie waren zu beeindruckend, zu stark. In einer Art Trance beugte ich mich nach vorn. Wo war Lucy? Wie ging es Raoul? Warum musste Inigo zurück nach Amerika? Das alles löste sich für die Zeit auf, die sie auf der Bühne waren. Es verschwand, zurück blieb nur die Musik.

Der Sänger war spindeldürr, wunderschön, hatte ein ausdrucksloses, blasses Gesicht und sang mit beeindruckendem amerikanischen Akzent – angesichts der Tatsache, dass er aus Dagenham stammte. In ihm erkannte ich den Jungen mit dem breiten Mund, der auf Digbys Party Platten aufgelegt hatte. Er warf sich mit krampfhaften Zuckungen hin und her, und während er das tat, strömten sich windende Körper nach vorn in seine Nähe, stießen sich von Tischen ab, die Haare schweißgetränkt, Drinks wurden in einem Schluck heruntergestürzt. Mein Gott!, dachte ich. Etwas nahm mich gefangen, etwas, das ich nicht kontrollieren konnte und auch gar nicht hätte kontrollieren wollen.

Ich schaute zu Digby. Er war amüsiert, ein Zuschauer, der abseits stehen blieb, während alle anderen von der Klippe ins unbekannte Wasser darunter sprangen. »Mach nur, geh schon.«

Auch Clover tanzte nicht. Sie nahm ihre Sonnenbrille ab, schaute uns an und zeigte auf die Gruppe.

»Geht sie schon anbeten«, sagte sie.

Zum ersten Mal wurde mir bewusst, dass Clover nicht nur

etwas älter war als wir, sondern einer anderen Generation angehörte. Clover war ein Jahr nach dem Ersten Weltkrieg geboren worden. Sie war *zwanzig* Jahre älter als wir, alt genug, um unsere Mutter zu sein, und das war auch der Grund, weshalb wir uns ihr so verbunden fühlten. Jetzt konnte ich diese zwanzig Jahre Erfahrung in ihren Augen erkennen, was ich noch nie zuvor getan hatte. Sie hatte mehr durchlebt als wir alle.

Plötzlich stand Inigo auf dem Tisch.

»Was machst du da?«, rief ich ihm lachend zu.

»Komm rauf!«

Ich kletterte zunächst auf einen Stuhl, er griff nach meiner Hand und zog mich zu sich hoch.

»Von hier oben kann man sehen, wie sie spielen.« Inigo redete mit mir, doch sein durchdringender Blick galt der Band. Meine Hand hatte er jedoch nicht losgelassen. *Er hatte meine Hand nicht losgelassen!*

»Schnell! Runter mit uns!«, rief er, als die Frau hinter der Bar in unsere Richtung gestikulierte. Zwei Männer – Jazzanhänger in Anzügen – sahen ganz so aus, als wären sie auf dem Weg, uns zu schnappen und aus der Bar zu werfen.

»Los, komm!«, rief Inigo.

Immer noch Hand in Hand, rannten wir in die Menge. Wir prusteten vor Lachen, waren ganz atemlos – wir lachten, weil es einfach unmöglich war, nicht zu lachen. Während wir herumwirbelten, bizarre Haltungen annahmen, auf den Füßen neben uns herumtrampelten, war ich mir nur überdeutlich des Gefühls der Sicherheit bewusst, das in dieser ganzen Bewegung, in dem Nach-vorn-Drängen lag – eine merkwürdige Art des Trostes lag darin – Hitze, Druck und Energie, ein vereintes Sich-Überlassen an eine stärkere Kraft, ein primitiver Drang, nach vorn zu strömen.

»Ich hätte dich nicht für jemanden gehalten, der tanzt«, rief ich Inigo zwischen zwei Songs zu.

»Tara Jupp, man *muss* einfach tanzen. Wenn du nicht tanzt, dann weißt du nicht, was Sache ist.«

»Was ist denn Sache?«

Er zog die Augenbrauen hoch und grinste: »Was auch immer du dir vorstellst.«

Dieser Abend hatte nichts Sanftes – nichts, das man mit den Swinging Sixties der Bücher und Filme verbindet, keine adretten Röcke, Beehive-Frisuren oder mal eben ein nettes Twisten mit dem Jungen in der Klasse über einem, in den man verknallt war. Es herrschte völlige Anarchie, alles befand sich direkt am Abgrund. Ich spürte die Hitze, die Ausdrucksfülle der Jungs auf der Bühne, und mir wurde bewusst, dass es mehr als um alles andere vorrangig um Sex ging. Sex und Magie und etwas Neues, Zwingendes, das es unmöglich machte, sich vorzustellen, an diesem Abend an einem wichtigeren Ort zu sein als im Marquee Club und dieser Band zu lauschen. Der Schlagzeuger trommelte wie ein primitives Wesen mit seinen Trommelstöcken, der Pianist schlug so hart in die Tasten, dass ich mich wunderte, weshalb sie nicht einfach davonflogen. Es war ungezügelt. Das war das einzige Wort dafür. *Ungezügelt.*

Ich hätte für immer so weitermachen können, alles in dieser Musik auflösen lassen, nach jedem Song laut losbrüllen und in den nächsten hüpfen, als hätte ich gewusst, worum es darin ging, auch wenn keiner von uns das wusste. Wir waren Englands Nachkriegsbabys, die erwachsen und verrückt geworden waren, aufgewachsen mit dem Heulen von Fliegeralarm und besessen von den Sounds, die man den Afroamerikanern geklaut hatte, deren Blues ein ganz anderer war als der unsere. Irgendetwas daran musste funktionieren, denn der Trip, auf dem sie gerade alle waren, auf dem wollte ich auch sein. Ich würde mir Sorgen um den Harmonikaspieler machen können, wenn das hier vorbei war, aber es war unmöglich, ihm zu widerstehen, wenn er auf der Bühne stand.

Zwischen den verschwitzten Gesichtern und T-Shirts hindurch warf ich einen Blick zurück zu unserem Tisch. Digby und Clover saßen noch immer dort. Digby wirkte amüsiert, aber unberührt. Für ihn war das einfach nur Futter für seinen Fotoapparat, es hatte ihn nicht so berührt, wie es uns berührt hatte. Für uns war es anders. Als die Band zu spielen aufhörte, hatte sich etwas verändert, für uns alle, die wir in dieser Menge getanzt hatten. Ich übertreibe damit nicht. Etwas hatte sich für immer verändert.

Clover schaute mich an.

»Ich wusste gar nicht, dass du so gut tanzt. Ich dachte, du hast es nur mit Singen.«

»Das eine geht nicht ohne das andere.«

Digby sah der Gruppe zu, wie sie ihre Instrumente wegpackten.

»Ich sollte rübergehen und Hallo sagen«, sagte er, mehr an sich selbst als an andere gerichtet. »Wenn ich sie dazu kriege, nächste Woche ins Studio zu kommen, dann kann ich sie nächsten Monat in die *Vogue* bringen.«

»Sag ihm, sie sind die beste Gruppe, die ich je gesehen habe, und ich hoffe, dass sie in fünfzig Jahren noch immer zusammen sind«, sagte ich, noch ganz taumelig.

»So weit würde ich nicht gehen«, erwiderte Clover alarmiert.

Digby schlenderte hinüber zu Brian, wuschelte einem rothaarigen Jungen durch die Haare und nahm einer Blondine eine Zigarette aus der Hand.

Ich beobachtete ihn, spürte Inigos Blick auf mir ruhen.

»Und? Was denkst du?«, fragte ich ihn. »Sind sie den Erwartungen gerecht geworden?«

»Ich wusste, dass sie so richtig Leben in die Bude bringen würden.«

»Woher? Wie ist es möglich, dass du alles weißt, ehe es passiert?«

»Ich kenne den Typen am Klavier, Nicky«, sagte Inigo. »Er hat diesen Auftritt gar nicht gewollt, aber ich könnte wetten, dass er jetzt froh ist, ihn gemacht zu haben.« Er zündete sich eine Zigarette an. »Und was denkst du?«

»Unglaublich. Ich habe das seltene Gefühl, dass ich meinen Enkelkindern erzählen kann, dass ich früher einmal zur richtigen Zeit am richtigen Ort war.«

»Zur richtigen Zeit am richtigen Ort«, sann Inigo. »Ich glaube nicht, dass mir das gelungen ist, seit ich Weihnachten 1954 aus Versehen hereingeplatzt bin, als Charlotte Ferris in Unterwäsche im Blauen Salon von Milton Magna stand.«

Um uns herum wurde es immer lauter, immer unbändiger. Ich sah die Verwirrung bei den beiden Männern, die uns gedroht hatten, als wir auf den Stühlen standen; es war ihr Club, und sie hatten die Kontrolle darüber verloren.

»Wünschst du dir, du wärst das auf der Bühne gewesen?«, fragte ich ihn.

»Nein, nicht mehr.« Er schaute mich an. »Und du?«

Ich betrachtete Brian, der mit dem Sänger rauchte.

»Wenn ich höre, wie ein Junge aus Kent den Blues singt, als wäre er in Mississippi aufgewachsen, dann ja.«

Inigo zündete sich eine weitere Zigarette an. Ich trampelte mit den Fersen unter dem Tisch auf den Boden, so frustriert war ich darüber, wie nervös er mich immer machte. Ich wollte spüren, wie meine Füße auf den Boden auftrafen, wollte mich erden, mir klarmachen, dass das hier kein Traum war – denn immer, wenn ich mit Inigo Wallace zusammen war, hatte ich das Gefühl, als wäre ich ein kleines Mädchen, das eine ältere Version seiner selbst betrachtete.

Dibgy erweckte nicht den Anschein, als wollte er zu uns zurückkommen; er gestikulierte noch immer wild und schüttete sich ein Glas Wein nach dem anderen hinunter. Hin und wieder warf er uns einen Blick zu, sah, dass ich noch immer mit Inigo dasaß, und für einen Moment schien es, als wollte er sich wieder auf den Weg zu uns machen. Doch dann trat ein anderes Bandmitglied zu ihm oder ein Mädchen mit schicken Schuhen, und wieder wurde er aus dem Konzept gebracht.

»Digby ist dann am glücklichsten, wenn er von Leuten umgeben ist, die ihn kaum kennen«, sagte ich.

»Nicht wie wir«, meinte Inigo.

Beim Aufstehen sah ich, dass Gitarrensaiten aus seiner Tasche herausstanden. Alles, woran ich in diesem Moment denken konnte, war, wie sehr ich mich *bemühte* und dabei ganz steif und unbehaglich in meinem Kleid dasaß und rauchte, als hinge mein Leben davon ab, während er ganz er selbst zu sein schien.

»Dieser Song geht mir nicht mehr aus dem Kopf«, sagte er. Er musste mir nicht sagen, welchen er meinte. Seit wir nach London zurückgekommen waren, waren meine Gedanken ganz von dieser Melodie gefangen genommen, die Inigo auf dem Rückweg von Cornwall komponiert hatte.

»Das wird ein Hit«, sagte ich einfach nur. Die Wahrheit war nicht schwer anzuerkennen.

»›May to September‹ ist natürlich ein sehr viel besserer Song«, meinte Inigo grinsend. »Sehr viel aussagekräftiger.«

Ich lachte und sang ihm laut vor, ließ meine Stimme so amerikanisch klingen, wie ich es für die Aufnahme getan hatte.

»I met him when the cherry was red
Took hold of my heart, forgetting my head.«

Inigo fiel ein, schnipste mit den Fingern.

»He loved me through the summer and more
Now we're getting married on Malibu shore.«

»Du hast recht«, sagte ich. »Wer braucht schon den Blues, wenn man in Amerika heiraten kann?«

Er warf einen Blick auf seine Uhr.

»Mein Flug geht morgen früh um zehn, und ich habe noch nicht gepackt. Ich sollte wohl besser los.«

Es war für mich, als würde die Bar und alles, was sich darin befand, seinen Glanz verlieren.

»Okay«, sagte ich nur.

Inigo stand auf.

»Wann kommst … wann kommst du wieder zurück?«

»Das weiß ich nicht«, sagte er. »Hängt davon ab, was als Nächstes passiert.«

»Was als Nächstes passiert? Was meinst du damit?«, fragte ich rasch.

»Deine Musik«, sagte er.

Natürlich, dachte ich. Was könnte er denn auch sonst gemeint haben?

»Billy will, dass du anfängst, mit Johnnie Wilson zu arbeiten«, sagte Inigo. »Du wirst bald wieder aufnehmen.«

»Und was … was ist mit dir?«, fragte ich wie ein Kind.

»Ich soll mit ein paar seiner Gruppen in Amerika für ihn arbeiten. Könnte sein, dass ich an Weihnachten wieder hier bin.«

Er beugte sich zu mir und küsste mich auf die Wange.

»Lass dir von keinem vorschreiben, was du tun sollst. Es sei denn, sie haben sich mit mir abgesprochen«, sagte er.

Das war es. Ich ließ ihn aus der Bar gehen. *Ich ließ ihn gehen.*

Digby winkte mich zu sich. Ich ging dorthin, wo er mit dem angesagtesten Haufen zusammenstand. Er hatte ein paar Polaroids aus seinem Geldbeutel gezogen und zeigte sie ein paar Mädchen an der Bar.

»Wir gehen danach ins Pheasantry«, sagte er. »Joanna teilt sich das Taxi mit uns.«

Ich schaute Joanna an, die mindestens drei Jähre älter und weiser war als ich und unendlich viel schöner.

»Ich gehe zurück zum Napier House«, sagte ich bestimmt. »Sagst du es Clover?«

»Wenn du willst.« Er zuckte mit den Schultern. »Genug Knete?«

»Ja.«

Er drückte mir einen Ein-Pfund-Schein in die Hand. Ich versuchte, ihn ihm zurückzugeben.

»Sei nicht albern«, sagte er.

So schnell ich konnte, düste ich aus dem Club. Auf der Treppe stritten zwei Männer lautstark miteinander.

»Wir können eine solche Gruppe hier nicht brauchen«, sagte der eine. »Die kommen hier rein, als würde ihnen der Club gehören, und dann bringen sie auch noch ihr verfluchtes Gesocks mit. Denk an meine Worte, dieser Haufen wird nichts als Ärger bringen.«

»Aber die Kids sind verrückt nach ihnen! Und die Kids bringen ihre Freunde mit …«

»Die den Club *zerlegen*. Versteh es endlich, Ray.«

Die Oxford Street draußen sah aus, als würde man in ein Werbeplakat laufen – alles war so erleuchtet wie auf dem Rummel. Ich hatte Angst, dass Inigo bereits ein Taxi genommen haben könnte, doch da stand er an der Bushaltestelle und rauchte. Ich tippte ihm auf die Schulter.

»Inigo«, sagte ich.

Er drehte sich um. »Tara!« Er sah überrascht aus. »Was ist mit Digby passiert?«

»Spontane Selbstverbrennung, als er Brian erzählt hat, wie toll seine Band ist«, sagte ich.

»Ach, das ergibt natürlich einen Sinn.«

Schweigen. Ich kam mir etwas unbeholfen vor, hatte Angst, wie offensichtlich sein könnte, dass ich ihm nachgerannt war, weil ich nicht wollte, dass er wieder nach Amerika verschwand. Er schaute mich an. »Wohin gehen wir dann jetzt?«

»Wie meinst du das?«

»Na ja, nachdem du den Marquee Club abserviert hast, können wir doch genauso gut woanders hingehen.«

Bei jedem anderen hätte sich das nach einer stylischen Anmache angehört. Bei Inigo, der einfach nicht flirten konnte, klang es eher wie eine Einladung, ihm beim Reifenwechseln an seinem Fahrrad zuzusehen.

»Was auch immer wir machen, es darf kein Wodka darin vorkommen«, sagte ich.

»Natürlich nicht. Ab jetzt gibt es nur noch Crème de Menthe frappée.«

Ich schaute ihn an und fragte dann überstürzt: »Sollen wir zurück zum Napier House fahren, und zeigst du mir dann bitte dein Arbeitszimmer?« Er hatte mir nicht versprochen, dass ich dieses Zimmer zu sehen bekäme, aber es war es wert, dieses Risiko einzugehen.

»Du hast mir versprochen, ich könnte es sehen, bevor du abfährst.«

»Hab ich das?«, fragte Inigo stirnrunzelnd.

»Ja.«

»Wann?«

»Kann mich nicht genau daran erinnern. Irgendwann am Anfang.«

»Am Anfang wovon?«

»Am Anfang, als ich hierhergekommen bin.«

»Ja, und *wann* war das genau?«

»Kommt mir vor wie eine Million Jahre. Aber das war letzten Monat.«

Inigo steckte die Hände in die Hosentaschen.

»Zeig mir, wo du schreibst«, bat ich. »Bitte. Das ist die allerletzte Gelegenheit. Ich will wissen, wo die ganzen Träume wahr werden.«

Inigo grinste und winkte ein Taxi heran. »Gut möglich, dass ich dich danach umlegen muss, Miss Merrywell«, sagte er noch mit deutschem Akzent, als er nach mir einstieg.

Zehn Minuten später schossen wir am Hyde Park entlang, Inigo kurbelte das Fenster herunter, und die Nachtluft roch süßlich und warm, nach frisch gemähtem Gras und Motorradabgasen. Als wir beim Napier House vorfuhren, empfand ich eine merkwürdige Freude darüber, dass der Taxifahrer denken konnte, zwischen uns wäre mehr, als da tatsächlich war. Es gab jemanden auf diesem Planeten, der uns überhaupt nicht kannte, der aber dachte, wir wären eine Einheit. Inigo zahlte, dann standen wir gemeinsam vor dem Haus. Ich zitterte ein bisschen.

»Dann mal los«, sagte Inigo. Ich spürte seine Hand leicht in meinem Rücken, und das Feuer war entfacht.

38. Kapitel

Lord Napiers Arbeitszimmer

Als ich in die vertraute Eingangshalle von Napier House trat, erblickte ich mich im Spiegel.

»Ich sehe vielleicht ungepflegt aus«, murmelte ich.

»Das ist egal«, meinte Inigo. »Du bist siebzehn und hübsch, also sieht man dir alles nach.«

Dieser eine Satz reichte aus. Er hatte gesagt, ich sei hübsch. Als ich meine Schuhe auszog und ihm nach oben folgte, hatte ich das Gefühl, nicht ganz anwesend zu sein. Ein Teil von mir beobachtete uns von einem anderen Zimmer aus, wünschte sich, er würde mich an der Hand nehmen. Um Mitternacht neben ihm herzugehen verwandelte das bisschen Raum zwischen uns in einen Strohhalm, neben dem ein brennendes Streichholz lag; jeden Moment würde er in Flammen aufgehen. Inigo wirkte unbesorgt, ahnte nichts, wie immer. Er gähnte, fuhr sich mit der Hand durch das Haar, spielte an einem losen Knopf seiner Jacke herum.

»Meine Schwester meint, ich sollte aufhören, Schwarz zu tragen.«

»Du würdest auch in einem Jutesack gut aussehen«, entgegnete ich.

Er wirkte überrascht.

»Danke«, sagte er.

Als er die Tür zu seinem Arbeitszimmer aufstieß, versuchte ich zwar, nicht nach Luft zu schnappen, doch es gelang mir nicht.

Ganz offensichtlich hatte er den Raum mitten im Arbeiten verlassen; sein Notizblock lag auf dem Klavier, und eine halb leere Tasse Tee stand auf der Fensterbank. An allen Wänden und an jedem vorstellbaren freien Platz waren Fotografien von Leuten in Kostümen; Schwarz-Weiß-Bilder von Frauen und Männern mit Turbanen und Federn, Reifröcken, Fellteppichen und seidenen Morgenmänteln und – in manchen Fällen – ganz ohne alles.

»Fotografieren war Lord Napiers großes Hobby«, sagte Inigo.

»Oh!«, rief ich aus, beugte mich vor, um mir das Foto eines Mannes anzusehen, der eine schwarze Krawatte trug, eine Ente unter dem Arm hatte und neben einem Pferd stand. »Digby hat genau dasselbe Foto in seinem …« Ich hielt inne und schluckte. »Schlafzimmer«, murmelte ich.

»Das muss eine Kopie sein«, erwiderte Inigo, dem mein Unbehagen nicht aufzufallen schien. »Digby ist ganz besessen von Lord Ns Arbeit; ich nehme an, dass er dir das gesagt hat.«

»Nein«, meinte ich. »Das hat er nicht. Ich glaube, es gibt da so einiges, was er mir nicht gesagt hat.«

»Solange es auch einiges gibt, was du ihm nicht gesagt hast, ist das egal.«

»Das Mädchen, mit dem er heute Abend zusammen war … Joanna … Ich glaube, ich habe sie schon mal wo gesehen. Sie ist sehr hübsch.«

»Stinklangweilig«, erwiderte Inigo. »Ich saß vor geraumer Zeit mal bei einem Abendessen neben ihr. Sie dachte, die Cutty Sark wäre ein Schuhladen in South Kensington.«

»Stimmt das denn nicht?«

»Haha, sehr lustig.« Er schaute mich an. »Hat's dir was ausgemacht?«

»Was ausgemacht?«

»Er und Joanna. Seine Fähigkeit, sich … äh … abzulenken.«

»Er wird immer abgelenkt sein, bis er Clover sagt, dass er sie liebt.«

Inigo starrte mich an. »Wer hat dir das gesagt?«

»Er.«

Ich schaute ihn an. »Ich weiß, was in New York passiert ist. Das hat er mir auch erzählt.«

Wir sagten erst einmal nichts, bis Inigo das Gesagte verdaute.

»Er ist nie über Clover hinweggekommen«, fügte ich hinzu.

»Er hat eine merkwürdige Art, das zu zeigen.«

Ich setzte mich ans Klavier, spürte die tröstende Berührung des Elfenbeins unter meinen heißen kleinen Händen. Ich spielte einen d-Moll-Akkord und sang:

»I don't think he'll get over
That girl he lost called Clover.«

Inigo grinste, kam zum Klavier und spielte einen G-Dur-Akkord.

»*The guy's an idiot*«, sang er.

»Das reimt sich nicht«, mäkelte ich, nahm die Hände von den Tasten und schaute ihn an.

»Trotzdem ist er ein Idiot. Weißt du, als ich ihn das erste Mal getroffen habe, hat er Marina Hamilton in Los Angeles fotografiert.«

»Die Schauspielerin?«

Ma und George liebten Marina Hamilton, weil sie ihre wilde Vergangenheit hinter sich gelassen und Gott entdeckt hatte.

»Kennst du sie?«

Genau wie an jenem Morgen, an dem ich ihm wegen des Elefanten gegenüberstand, wollte ich nicht, dass die Unterhaltung aufhörte.

»Ja«, sagte Inigo. »Marina war eine Trinkerin. Sie hat über Jahre getrunken, ohne wirklich zu wissen, wie viel sie vertrug. Ich bin ihr begegnet, als ich fünfzehn war – und ich war völlig in sie verknallt.«

Also war er vielleicht an dem Tag, an dem er mir in der

Küche vorgesungen hatte, mit seinen Gedanken ganz bei Marina Hamilton und ihren großen Brüsten gewesen und bei Charlotte in Unterwäsche.

»Wer wäre nicht von ihr besessen gewesen?«, fragte ich.

»Dann bin ich ihr zufällig beim Governor's Ball nach den Oscars vor ein paar Jahren über den Weg gelaufen, und sie hat völlig anders ausgesehen. Sie war nüchtern – ich nehme an, das war es. Ich fragte sie, wie es ihr ging, und sie sagte: ›Ist es nicht wunderbar? Ich habe Jesus gefunden.‹ Ich war mit meinem damaligen Schwager Harry dort, der sagte: ›Wo hat der denn gesteckt? Ich habe ihn schon überall gesucht!‹ Sie hat nicht gelacht. Dann hat sie mich angeschaut und gefragt: ›Ach, Inigo, wirst du jemals wieder lieben?‹ Als ich zurückfragte: ›Was meinst du?‹, sagte sie: ›Dieses wunderschöne Haus! Auf die Grundmauern abgebrannt!‹« Plötzlich hielt Inigo inne, als müsste er seine Fassung wiedererlangen. »Ich habe ihr gesagt, dass das Jahre zurückliege und ich seitdem in New York sei, und sie erwiderte: ›*Natürlich,* mein Lieber.‹«

»Und was hast du dann gesagt?«

»Nichts.«

»Was, glaubst du, wollte sie damit sagen?«, fragte ich neugierig.

»Woher soll ich das wissen?«

»Ich glaube, sie meinte damit, ein solches Haus zu verlieren ist etwas, über das man niemals ganz hinwegkommt«, sagte ich vorsichtig.

»Vielleicht.«

»Hat sie noch was gesagt?«

»Nein, nichts. Marlon Brando kam vorbei, um sich mit ihr zu unterhalten, und das war es dann auch.«

»Ach. Ich hasse es, wenn so etwas passiert.«

»Ich auch. Der Mann ist eine Gefahr.«

Er lachte, und ich strahlte ihn an.

»Darf ich dir was erzählen?«, fragte ich ihn.

Inigo nickte.

»Ich komme mir wie eine Betrügerin vor.«

»Genau darum geht es bei Popsängern.«

»Aber Billy setzt so große Hoffnungen in mich«, sagte ich. »Er glaubt, ich werde Tausende Platten verkaufen und durch das ganze Land tingeln, allen die Hände schütteln und kleine Mädchen vor Freude zum Weinen bringen, wenn sie mich anfassen, aber ich glaube nicht, dass ich das tun kann. Ich wollte niemals berühmt sein. Ich wollte nur, dass meine Familie denkt, ich hätte etwas Gutes getan.«

»Jesus könnte dasselbe gesagt haben«, sagte Inigo, ein kleines Lächeln zeichnete sich auf seinen Lippen ab. Hatte er sich etwa daran erinnert, dass ich im Auto genau das zu ihm gesagt hatte? Ich wusste es nicht.

»Billy wird es niemals verstehen. Hier bin ich, irgend so ein Zwerg aus Cornwall, ein Mädchen, das die Pferde anderer Leute *ausborgt*, weil sie sich keine Reitstunden leisten kann, renne durch London und tue so, als wäre ich die neue Sensation. Ich bin genauso falsch wie Clovers Fingernägel.«

Inigo lachte. »Du kannst immer noch an der nächsten Station aussteigen.«

»Da gibt es keine nächste Station. Ich stecke hier fest. Hast du mir nicht zugehört?«

»Es gibt immer eine nächste Station.«

»Aber ich kann ihn nicht enttäuschen.«

Inigo griff nach der Whiskyflasche auf dem Klavierdeckel und schenkte sich einen ordentlichen Schluck ein.

»Ach, ich habe mein ganzes Leben lang Leute enttäuscht. Meine Mutter, meinen Stiefvater … Ich habe aufgehört, mich deswegen fertigzumachen, als mir klar wurde, dass es völlig zwecklos ist.« Je mehr er redete, desto mehr verlor seine Stimme ihren amerikanischen Klang. »Die einzige Person, die du nicht enttäuschen solltest, bist du selbst. Tut mir leid, hier mit so schrecklichen Klischees aufzufahren, aber ich fürchte, das ist die Wahrheit. Frag deine Mutter. Ach Mist, entschuldige, ich vergaß.« Er fluchte.

»Schon in Ordnung«, sagte ich.

»Mein Vater ist auch tot. Ist mitten auf dem Südpazifik gestorben, wo er einen Krieg ausgefochten hat, damit ich in New York herumstolzieren und Elvis-Imitationen geben konnte. Komm drüber weg.« Er schien mehr mit sich selbst als mit mir zu sprechen. »Es gibt nichts, was sinnloser wäre, als sich deswegen aufzureiben. Deine Mutter, mein Vater – sie wollen nicht, dass wir zu lange leiden.«

»Wie um alles in der Welt kommst du dazu, so zu denken?«

»Ich erinnere mich nicht an ihn. Das macht es einfacher. Ich kann glauben, was ich über ihn glauben möchte. Ich schaffe mein eigenes Märchen, verstehst du?«

»Ma hätte gewollt, dass ich nach London gehe«, sagte ich. »Sie hätte gewollt, dass ich die Gelegenheit bekomme, Cornwall zu verlassen. Sie hat jeden Abend für uns Klavier gespielt. Sie wäre selbst gerne Sängerin geworden.«

»Und dann hat sie achthundert Kinder bekommen, und es ging nicht mehr?«

»Etwas in der Art.« Ich spielte eine Tonleiter, um zu verbergen, dass ich zitterte. »Ich wünschte, sie wäre hier.«

Inigo zündete eine Zigarette an und reichte sie mir.

»Du glaubst also, du tust es für sie?«, fragte er.

Ich nickte. »Ich denke schon. Denn ich weiß, dass sie enttäuscht wäre, sollte ich diese Chance nicht nutzen. Ich darf sie nicht enttäuschen.«

Mit einem Mal fühlte ich mich ganz matt.

»Weißt du, was ich tue, wenn ich mir Sorgen um etwas mache?«

»Was?«

»Einen Song schreiben.« Er schob seinen Stuhl zurück. »Warum machen wir das nicht?«

»Was?«

»Einen Song schreiben. Jetzt. Hier.«

»Zusammen?«

Ich richtete mich auf.

»Gib mir eine Zeile, na los«, sagte er.

»Okay.« Ich schaute ihn an. »I don't like you, I love you.«

Inigo schaute mich an, und ich spürte das Adrenalin bis in die Fingerspitzen.

Ich lachte, aber als er anfing zu spielen – und diese Zeile wieder und wieder sang –, war er so gut, dass ich eine Gänsehaut bekam.

»Du magst dieses glückliche Zeugs nicht«, murmelte er. »Aber es ist schwieriger zu schreiben.«

»Es ist schwierig, darüber zu schreiben, wie man völlig verliebt ist, wenn man es noch nicht war.«

»Das glaube ich nicht«, sagte Inigo.

»Wie meinst du das?«

Doch er war schon woanders.

»Wenn du es richtig machst, dann hast du's ein für allemal. Wenn du es falsch anstellst, wird es dich für immer verfolgen. Komm schon«, fuhr er fort. »Und bleib bei dem, was wir hier sagen. Keine anderen, unnötigen Themen anschneiden.«

Ich schrieb etwas weiter, schirmte die Seite so mit der Hand ab, als würde ich gerade eine Klausur schreiben und hätte Angst, der Schüler neben mir könnte meine Arbeit kopieren. Zehn Minuten später reichte ich Inigo das Blatt.

»Gar nicht schlecht«, sagte er. Er las den Text erneut durch. »Lässt sich noch verbessern, aber er ist ganz gut.«

Er fing an zu spielen, las meine Worte dazu vom Blatt ab. Seine Fähigkeiten machten mir fast Angst; zum ersten Mal sah ich ihn bei der Arbeit, und mir wurde klar, wie unglaublich gut er war. Ich war gleichzeitig eifersüchtig, überaus aufgeregt und freudig.

Ich weiß nicht, wie lange wir so zusammen waren und an dem Song arbeiteten. Das einzige Zeichen dafür, dass Zeit verging, war das dumpfe Schlagen der Reiseuhr auf dem Kamin, das mich wissen ließ, wenn eine weitere Stunde vergangen war, doch ich wollte nicht von etwas sprechen, das Inigos Aufmerksamkeit von dem, was wir taten, ablenkte.

Als wir den Song fertig hatten, war der Morgen angebrochen.

»Das ist gut«, sagte Inigo.

»Kann ich nicht beurteilen«, log ich.

»Es ist auch schon ziemlich spät«, sagte er. »Oder früh«, fügte er hinzu, ging hinüber zum Fenster und stieß quietschend den Fensterladen auf. Licht flutete ins Zimmer. Der Himmel, von blassem, wolkenlosem Blau, hatte unsere gemeinsame Nacht ausradiert. Die Sonne war von der anderen Seite der Erde zurückgekehrt. Es war vorbei.

»Ich sollte gehen«, sagte er. »Ich muss schon bald am Flughafen sein. Ich hatte nicht erwartet, bis in die frühen Morgenstunden mit dir zu schreiben.«

»Ich auch nicht.«

Ohne darüber nachzudenken, ohne mir selbst darüber bewusst zu sein, lehnte ich meinen Kopf an seine Schulter. Zusammen standen wir so da, zwei kleine, stehende Figuren in Lord Napiers Arbeitszimmer, und plötzlich war seine Hand in meiner. Meine Finger waren vom Schreiben und Überarbeiten überall mit schwarzer Tinte verschmiert; sie umklammerten seine Finger, aber es fühlte sich nicht real an. Als wir davor miteinander gesprochen hatten, hatte ein ganzer Ozean zwischen uns gelegen. Jetzt hätte ich genauso gut nackt sein können.

Genau aufs Stichwort schlug die Uhr sechsmal.

»Guten Morgen, Tara Jupp«, sagte er.

Ich hatte nicht gewusst, dass in Lord Napiers Arbeitszimmer ein Telefon stand, bis es klingelte, und diese schrille Unterbrechung ließ mich aufschrecken. Dann erinnerte ich mich an die Notizen im Buch unten beim Telefon. Einen Moment hatte ich diese vergessen. New York hat Inigo Wallace angerufen. Nur zwei Einträge in Clovers Buch, sechs einfache Worte … Mit großen Augen blickte ich ihn an.

»Geh nicht … geh nicht ran«, flüsterte ich ganz leise.

»Ich muss«, sagte er.

Der Zauber war durchbrochen; er hörte sich nervös an – und war es vielleicht auch –, schließlich umschlossen seine Finger meine, nicht ihre. Armes Mädchen, dachte ich. Ach, wie wenig weiß sie doch, was er so treibt.

»Warte«, sagte er zu mir, als es weiterklingelte. *»Bitte.«*

Warte.

Er ging zum Telefon und hob den Hörer ab, drehte mir dabei den Rücken zu.

»Ja, bitte?«, sagte er ruhig. »Ja, danke.«

Ich wusste, dass die Telefonistin ihn mit diesem Land auf der anderen Seite des Ozeans verband.

Wie hätte ich da warten können? Es war falsch, gefährlich. Ich wollte nicht länger dort stehen und hören, wie er sich mit ihr unterhielt.

»Ja. Ich treffe morgen Abend ein«, hörte ich ihn sagen, als ich die Tür leise hinter mir schloss. Mit klopfendem Herzen fand ich mich oben auf der Treppe wieder, wusste aber nicht, wie ich dorthin gelangt war.

Vorbei, dachte ich. Es musste vorbei sein. Nimm diese wenigen Stunden und bringe sie in jedem Song zum Ausdruck, den du je singen wirst. Nimm sie und mach mit ihnen, was du willst.

Für diese wenigen Stunden hatte er mir gehört.

39. Kapitel

Ich gegen den Standard

Drei Stunden später war ich wieder wach. Automatisch schielte ich zu Lucys Bett hinüber. Noch immer leer. Sie würde nie wieder zurückkommen, dachte ich. Sie würde mir nie verzeihen. In der Tür zu meinem Zimmer stand Clover, makellos in einem schwarz-weißen Pullover, einer engen schwarzen Hose, und weckte mich tatsächlich mit einer Glocke. Ich setzte mich auf.

»Ist er weg?«, fragte ich, ohne nachzudenken.

»Wer?«

»Inigo. Er muss sein Flugzeug bekommen.«

»Ja, er ist weg. Um sieben Uhr habe ich mit ihm gefrühstückt, Toast und Marmelade. Er sagte, er hätte nicht geschlafen.«

»Nein. Wir haben einen Song geschrieben.«

»Beeil dich und sieh zu, dass du rasch präsentabel bist. Billy ist unten. Er hat Neuigkeiten für dich. Und wenn Mr. Laurier nicht alles verdrückt hat, dann gibt es Rührei mit Tomaten.«

Billy saß unten und wartete auf mich. Als ich eintrat, wurde gerade über die Band im Marquee gesprochen. Er hatte gehört, sie hätten den Club ziemlich ramponiert, und ganz London würde über sie sprechen. Ich erwähnte nicht, dass die Wahrscheinlichkeit sehr groß war, dass Lucy noch immer mit einem dieser Aufreißer unterwegs war; es war viel zu schrecklich, darüber nachzudenken.

»Ich habe heute Morgen einen Anruf vom Produzenten von *Sunday Night at the London Palladium* erhalten«, erzählte Billy.

»Harry Delancey fällt aus. Er kann dieses Wochenende nicht auftreten.«

»Warum?«

»Er hat sich beide Arme gebrochen«, sagte Billy schadenfroh.

»Wie das?«

»Ein paar Leute sagen, er ist am Brighton Beach aus einem stehenden Heißluftballon gefallen. Andere behaupten, er fiel die Treppe hinunter, nachdem er über den neuen Hund seiner Frau gestolpert war.«

»Der Ärmste«, sagte ich. Und dann, weil ich einfach nicht anders konnte: »Hätte er sich nicht einfach gesund zaubern können? Und Raoul auch gleich, wenn er schon dabei ist?«

»Natürlich nicht«, sagte Billy. Er legte eine dramatische Pause ein – was er sehr häufig machte, womit ich mich aber einfach nicht anfreunden konnte. »Der Produzent sagt, sie hätten als Ersatz gerne eine weibliche Sängerin. Ich habe vorgeschlagen, dass du das machen könntest. Was meinst du?«

Ich lachte, weil es mir wie ein Scherz vorkam und weil ich es so unerwartet zu hören bekam, nach einer Nacht fast ohne Schlaf, und ich noch immer Inigos Hand in meiner spürte. Ich starrte ihn an und begriff dann, dass es ihm ernst war.

»Ich? Im Palladium singen? Am Sonntagabend?«

»Das ist *die* Gelegenheit überhaupt«, sagte Billy. »Du würdest geradewegs im ganzen Land in den Wohnzimmern aller Familien mit einem Fernseher zu sehen sein. Was will man mehr?«

Ich würde gerne sagen, dass mich diese Vorstellung völlig schockierte, dass meine Gedanken angesichts der Vorstellung, auf der berühmtesten aller Bühnen zu stehen, sodass alle Welt mich hören konnte, wild durcheinanderwirbelten, doch alles, was Billy gerade gesagt hatte, drang mit absoluter Klarheit zu mir vor, was bei mir *immer* welterschütternde Neuigkeiten begleitete. Nur wenige Augenblicke, nachdem er das verkündet hatte, befand ich mich gedanklich schon auf der Bühne, stand im Rampenlicht und hatte Angst. Das bedeutete: Wenn ich mich dagegen entschied, würde alles in die Binsen gehen.

»Was, wenn ich den Text vergesse?«

»Das wirst du nicht«, sagte Billy.

»Was, wenn sie mich da nicht haben wollen?«

»Wollen sie aber.«

»Das ist zu überwältigend. Ich weiß nicht, ob ich das machen kann.«

»Cherry, das machst du mit links.«

»Tatsächlich?« Ich starrte ihn an, war mir nicht halb so sicher.

Billy ging die Sache jetzt etwas anders an. »Du musst nichts anderes tun, als vor den Leuten im Theater aufzutreten. Denk gar nicht erst ans Fernsehen.«

»Aber da werden überall Kameras sein!«

»Natürlich!«

»Wie soll ich da dann nicht ans Fernsehen denken?«

»Es wird nicht halb so beängstigend sein, wie auf unserer Hochzeit zu singen. Du kennst keinen, vor dem du da singst. So ist es viel weniger furchterregend.«

»Was werde ich anhaben?«

Billy grinste. »Dafür haben wir Clover.«

Ich vermute, diese Frage gab ihm Anlass zu denken, dass ich nur deshalb aufgeregt war, weil ich mir ein passendes Outfit aussuchen musste; jetzt verhielt ich mich genau so, wie er es von einem Mädchen in meiner Situation erwartete. Da bekommt man gesagt, dass man im Palladium auftreten wird, also nutzt man die Gelegenheit und kauft sich neue Klamotten! Genau so hätte jedes andere Mädchen reagiert, mit dem er je gearbeitet hatte. Er hörte die Sorge in meiner Stimme nicht, die Sorge, die auf dem Wissen fußte, dass es kein Zurück gab – wie auch immer ich mich kleidete, was auch immer ich anhaben würde. Von dem, was ich gefühlt hatte, als ich mir Alma angesehen hatte, wusste ich, dass das hier ernst war.

»Es wird ein ganz wunderbarer Abend«, kündigte Billy an.

»Woher willst du das wissen?«

»Im Palladium passieren immer nur wunderbare Dinge. Das ist wie nirgendwo sonst. Digby wird dir das bestätigen. Er war schon mehrfach dort.«

»Digby?«

»Erinnerst du dich an ihn? Netter Kerl, macht Fotos für die *Vogue*.«

»Sehr lustig.«

Doch es stimmte; seit ich den Marquee Club verlassen hatte, hatte ich nicht mehr an ihn gedacht.

»Du solltest ihn bitten, dich zu begleiten«, sagte Billy neckisch.

»Damit uns dann alle zusammen sehen und denken, was für ein sensationelles Leben wir doch führen?«

Billy ergriff meine Hand. Er war so groß, so mächtig, dass ich mir neben ihm ganz winzig vorkam. Im Vergleich zu Inigo war er ein richtiger Bulle von einem Mann.

»Du weißt, dass du es kannst«, sagte er. »Du schaffst das, Tara Jupp. Du bist dazu geboren.«

Überwältigt vom Schlafmangel und dem sicheren Wissen, dass Inigo auf dem Weg nach Amerika war, wankte ich. Ich biss mir auf die Lippe und schluckte meine Tränen hinunter.

»Genau darum geht es ja«, sagte ich. »Ich bin mir da nicht mehr sicher. Ich habe immer gedacht, es ginge nur darum, auszubrechen. Man steigt auf das erste Pferd, das man sieht, und reitet durch das geöffnete Tor hinaus. Und jetzt macht mich das geöffnete Tor … nervös.«

»Ich muss dir leider mitteilen, dass das hier nichts mit Pferden und offenen Toren zu tun hat«, entgegnete Billy. Er schüttelte den Kopf. »Du hast zu viel Zeit mit Clover verbracht. Sie kommt immer mit diesem schwachsinnigen Nonsens an. Zerbrich dir darüber mal nicht zu sehr deinen Kopf, ja?« Auch wenn er das Wort »klein« nicht vor »Kopf« ausgesprochen hatte, so wusste ich doch, dass es dort stand. Nachdenklich schenkte er mir zwei Finger Brandy ein.

»Es ist noch nicht mal neun Uhr!«, protestierte ich schwach, nahm das Glas aber trotzdem entgegen.

»Genau, es ist noch immer letzte Nacht.«

Diese Worte waren erfüllt mit etwas, das nach Empathie klang. Wusste er, wie sehr letzte Nacht alles verändert hatte? Konnte er mir das am Gesicht ablesen? War das so offensichtlich? Ich wollte nichts mehr sagen; ich wollte, dass er mich verstand. Wo ich gedacht hatte, ich würde lieben, war dem gar nicht so gewesen. Und wo ich gedacht hatte, ich würde *nicht* lieben, schmerzte jetzt bittersüße Qual. Die neue Welt bestand aus nichts anderem als Inigo.

»Die Band im Marquee war sehr gut«, sagte ich.

»Ist mir zu Ohren gekommen«, bestätigte Billy.

Ich schaute aus dem Fenster. »Ich komme mir …« Ich hielt inne. »Ich komme mir merkwürdig vor.«

»Kommst du dir nicht immer merkwürdig vor, wenn du mit Leuten tanzt, mit denen du sonst nur durch die Gegend läufst?«

Ich lächelte ihn an. Die Vorstellung, Billy könnte je schmerzende Füße vom Tanzen haben, war absurd, und doch schien er den Durchblick zu haben; zweifellos war ihm nicht entgangen, dass ich an diesem Morgen ein anderer Mensch war. Er war nicht da gewesen, doch er wusste, dass ich mit Inigo getanzt hatte. Er hatte Augen in ganz London.

»Du wirst nicht viel Zeit zum Proben haben«, sagte er, brachte uns behutsam zum aktuellen Thema zurück. »Aber das ist in Ordnung. Das brauchst du nicht. Ich habe dem Produzenten gesagt: ›Harold‹, habe ich gesagt, ›Cherry Merrywell ist ein Profi. Du könntest sie ohne Orchester, ohne Trara und ohne Make-up auf die Bühne stellen, sie hätte das Publikum dennoch ganz in der Hand. So funktioniert sie einfach.‹«

»Aber das macht mir Angst«, sagte ich. Ich war zu müde, um darüber nachzudenken; nichts von dem, was Billy da sagte, fühlte sich auch nur annähernd wie ein Teil meines Lebens an. Vielleicht stimmte ich deshalb zu, es zu machen.

»Und jetzt wirst du erst mal im Palladium auftreten.«

»Und jetzt glaube ich erst mal, ich könnte ein paar neue Schuhe brauchen«, sagte ich.

»Das ist mein Mädchen«, verkündete Billy.

Am nächsten Nachmittag waren Billy und ich zum Mittagessen mit einer Frau verabredet, die für den *Evening Standard* schrieb.

»Was, wenn sie mir Fragen zu Digby stellt?«, fragte ich Clover beim Frühstück. Ich wollte bei den Zeitungen nichts Falsches sagen. Ganz egal wie sehr ich vorgab, lockerer als locker bezüglich der Regenbogenpresse zu sein – es war schwierig, sich unbeeindruckt zu zeigen, wenn der eigene Name mit Schwarz-Weiß-Foto darin zu sehen war, das Ganze umgeben mit Adjektiven von fraglicher Glaubwürdigkeit. Die Berichte zu meiner Platte schienen mehr zu werden. Wann immer ein neuer Artikel erschien, starrte ich ihn ohne den Hauch des Wiedererkennens an. Wer auch immer über mich schrieb, stellte mich als etwas dar, das ich nicht wirklich war:

»Die verführerische kleine Cherry Merrywell aus Somerset bringt ihre erste Platte heraus« [sic] (The Times). *»Die siebzehnjährige Miss Cherry Merrywell klingt genauso süß, wie eine Kirsche schmeckt«* (The Daily Herald). *»Sensible, charmante Bischofstochter Cherry Merrywell aus Billy Lauriers Stall«* (The Daily Mail).

»Wenigstens gibt es jetzt eine Verbindung zu den Pferden«, sagte Clover trocken, als sie dieses ganz besondere Glanzstück las. Sie bedachte mich mit dem Blick eines Elternteils, das einem widerspenstigen Teilnehmer bei der Verkehrserziehung die Sicherheit im Straßenverkehr geduldig erläutert.

»Hör zu. Wenn sie dich nach Digby fragt, dann musst du sie direkt ansehen und sagen, dass er dich unter seine Fittiche genommen hat«, wies sie mich an.

»Aber das könnte sie auslegen, wie sie möchte.«

»Genau.« Clover wandte sich wieder ihrer Zeitschrift zu.

»Aber ich möchte nicht, dass die Leute glauben, dass wir … dass wir, du weißt schon … wo wir doch nicht mehr zusammen sind. Wo wir doch nie wirklich etwas anderes waren als … na ja … du weißt schon … und wenn … wenn …« Ich hätte noch gerne hinzugefügt: »*Wenn er doch eigentlich nur dich liebt*«, doch das tat ich nicht.

»Ein Mädchen braucht Digby nur an der Bushaltestelle nach Kleingeld zu fragen, und schon denkt die ganze Welt, sie wären verliebt«, sagte Clover. »So funktioniert das bei jemandem wie ihm. Ich an deiner Stelle würde den Mund halten. Du willst ganz bestimmt nicht für Ärger sorgen.«

Ich dachte an den Abend seiner Party und nickte.

In jedem Fall hatte Billy dem *Evening Standard* ganz eindeutig bereits zu viel gesagt, ehe wir Platz nahmen. Sie wirkte schrecklich alt auf mich, aber ich nehme an, sie war nicht älter als fünfunddreißig. Das, was ich an Sternenstaub und Glamour in London sah, war für sie nicht mehr als Straßenstaub und Dreck. Sie erinnerte mich an die Mädchen auf dem Land, die zu viele Kinder bekommen hatten und dann versuchten, wieder jung auszusehen, dadurch aber nur noch verhärmter wirkten.

Sie trug einen Reifrock wie eine Zigeunerin und rote Ohrringe in großen Ohrläppchen. Sie bestellte ein Omelette und eine Tasse Tee, was Billy sichtlich beunruhigte. Er war der Meinung, heiße Getränke sollten nur zu Beginn oder zum Ausklang eines Tages getrunken werden, nie jedoch zwischendurch. Für ihn symbolisierte das einen erschreckenden Mangel an Dringlichkeit; wenn jemand die Zeit hatte, sich hinzusetzen und darauf zu warten, dass ein Heißgetränk kalt wurde, dann hatte diese Person eindeutig zu viel Zeit zur Verfügung.

»Ich nehme an, du nimmst eine Cola«, sagte Evening Standard, brach in bellendes Gelächter aus und goss sich zu viel Milch in den Tee.

»Nur Wasser bitte.«

»Also, was macht dich so besonders?«, fragte sie mich. Ich schaute zu Billy und zuckte hilflos mit den Schultern. Was für eine Frage war das denn?

»Nein, danke, heute keine Sauce Tartar, Margaret.« Billy lächelte die Kellnerin an, streute großzügig weißen Pfeffer über seine Bratkartoffeln und richtete seine Aufmerksamkeit dann wieder auf uns.

»Cherry ist jung und frisch, und sie singt einfach traumhaft«, bekräftigte er.

Evening Standard, die mein verzotteltes Haar und mein heruntergekommenes Äußeres in Augenschein nahm, sah so aus, als hegte sie starke Zweifel an dem Gesagten, außer an der ersten Äußerung.

»Wer hat den Song geschrieben?«, fragte sie, holte einen schwarzen Kuli aus ihrer Handtasche und kritzelte auf der Serviette herum, bis der Stift schrieb.

»Inigo Wallace«, antworteten Billy und ich unisono. Ich spürte diese merkwürdige Mischung aus Schmerz und Begeisterung, als ich seinen Namen aussprach; und da dieses Gefühl so übermächtig war, war ich mir sicher, dass es Billy nicht entgangen war.

»Father Hit-mas«, seufzte sie. »Natürlich.« Sie schaute mich an. »Magst du ihn?«

»Er ist sehr intelligent«, sagte ich.

»Aber *magst* du ihn?«, fragte sie betont langsam, als spräche sie mit einem zurückgebliebenen Kind.

»Natürlich mag sie ihn«, sagte Billy. »Und schon bei ihrem ersten Aufeinandertreffen war Inigo klar, dass er etwas Außergewöhnliches gehört hatte.«

Wenn du wüsstest, dachte ich.

»Ich habe gehört, er soll schwierig sein.« Sie nahm eine Zigarette von Billy.

»Er kann sein, was immer er will – er ist der erfolgreichste Songschreiber im ganzen Land«, hörte ich mich selbst sagen. Ich kam mir angespannt vor, ging in die Defensive. *Über mich kannst du schreiben, was du willst*, dachte ich. *Aber schreib nichts Schlechtes über Inigo Wallace.* Du *kennst* ihn ja gar nicht.

Billy schaute mich stirnrunzelnd an.

Sie fragte mich all die Dinge, auf die Billy mich vorbereitet hatte: Was mochte ich besonders an London? Welchen Sänger bewunderte ich am meisten? Doch obwohl ich ihre Fragen umsichtig und höflich beantwortete, blieb die Stimmung zwischen uns angespannt, wie ein Dolch, der unsichtbar zwischen uns hing. Mir fielen unzählige Gründe ein, weshalb sie mich nicht mochte, und alle verbleibenden Gründe reichten mir, um *sie* nicht zu mögen.

Nach zwanzig Minuten Unbehagen hatte Billy seinen Fisch hinuntergeschlungen und stand auf, um zu gehen. Gerne hätte ich gebettelt, er solle mich mitnehmen, doch er wollte nicht, dass ich jetzt schon ging – das spürte ich. In seiner Vorstellung war ich hergekommen, um mich bei dieser Frau beliebt zu machen, und genau das würde ich jetzt tun.

In dem Moment, in dem Billy ging, öffnete Evening Standard ihr Puderdöschen und puderte sich die Nase.

»Digby O'Rourke«, sagte sie und blickte angestrengt in ihren Spiegel. »Wie lange kennst du ihn schon?«

»Seit ein paar Wochen«, antwortete ich steif.

»Nett, nach London zu kommen und vom berühmtesten Fotografen der Stadt umworben zu werden. Wie ist dir das gelungen?«

»Ich bin vom Klavierhocker gefallen.«

»Auf mich macht er nicht den Eindruck von jemandem, der sich zu Mädchen hingezogen fühlt, die vom Klavierhocker fallen.«

»Tja, immer mal wieder was Neues.« Ich gab viel zu viel

preis. In jedem Fall war diese Frau völlig altmodisch. Ich wurde doch von Digby nicht *umworben*, wie sie es nannte.

»Als ich hierhergekommen bin, hat er mich unter seine Fittiche genommen«, erklärte ich brav.

»Um ganz ehrlich zu sein, ich bin überrascht, dass da noch Platz für eine weitere Person ist.«

Ihre Ehrlichkeit machte mich ganz perplex.

»Ich weiß nicht, was Sie damit meinen«, sagte ich, täuschte Verwirrung vor.

»Nein, natürlich weißt du das nicht.« Freudlos lachte sie. »Wenn ich dir einen Rat geben darf, Liebes«, sagte sie, lehnte sich nach vorn und schaute mir ins Gesicht. »Pass um Himmels willen auf. Er wird nicht immer da sein, weißt du? Lass es mich so einfach wie möglich ausdrücken«, fuhr sie fort, nachdem ich schwieg. »Er ist nicht der Typ Mann, den sich deine Mutter für ihre Tochter wünscht.«

Etwas in mir fing an zu brodeln, zischte und sprudelte.

»Meine Mutter ist tot.«

Das brachte sie nicht aus dem Konzept. »Tja, meine Liebe, so viel kann ich dir sagen: Wenn sie noch da wäre, würde sie dir raten, dich vor einem solchen Mann in Acht zu nehmen.«

»Wenn sie noch da wäre, wäre sie schockiert über Ihr Benehmen«, gab ich zurück. »Und noch mehr über Ihren schrecklichen Geschmack bei Röcken. Schönen Nachmittag noch.«

Ich stand auf und ging. Ein Teil von mir wäre am liebsten in hysterisches Gelächter ausgebrochen und die Hügel hinaufgerannt. Der andere Teil hätte am liebsten Inigo zugebrüllt: Siehst du! Ich habe nicht zugelassen, dass sie mir sagt, was ich tun soll! Zerstörte ich all meine Chancen, dass die Leute etwas Nettes über die kleine Cherry Merrywell schrieben, weil ich sie gar nicht wirklich sein wollte? Doch ich musste sie sein. Sonntagabend stand bevor.

40. Kapitel

Auf in den Kampf

So weit, wie das Palladium im Reich der Fantasie lag, war es unmöglich zu glauben, dass all das wirklich passieren sollte. In den nächsten beiden Tagen, zwischen den Proben, Friseurterminen und unzähligen Sessions mit Clover und riesigen Bergen von Klamotten, wurde mir klar, dass ich nicht nur schrecklich nervös, sondern auch schockierend schlecht vorbereitet war. Nachdem Billy mir damals gesagt hatte, er wolle mich nach London mitnehmen, um eine Platte aufzunehmen, hatte ich den Gedanken niemals wirklich weitergesponnen. Die Vorstellung, mich Millionen Menschen im Fernsehen zu präsentieren, war so utopisch, dass sie meinen Horizont einfach überstieg.

»Es ist ziemlich egal, was passiert«, log Clover. »Gönn dir einen Drink, ehe du auf die Bühne gehst, und versuche es zu genießen.«

»Ich glaube nicht, dass ich das kann«, sagte ich. »Wobei – den Teil mit dem Trinken bekomme ich vielleicht noch hin. Inigo sagt aber immer, das sollte man vor einem Auftritt nicht machen«, fügte ich hinzu. Seinen Namen zu erwähnen war einfach unwiderstehlich.

»Doch, er wäre dafür«, sagte Digby, hielt dann kurz inne. »Ich muss dir eine neue Platte vorspielen.«

»Ach ja?«

»Bob Dylan. Die wird dich vom Hocker reißen.«

»Ich glaube nicht, dass man mich noch mehr vom Hocker

reißen muss«, sagte ich. »Ich sollte zurück nach Napier House gehen.«

Wir mussten bereits ein paar Stunden vor Beginn der Show im Palladium sein. Mir wäre es lieber gewesen, erst zehn Minuten vorher dort einzutreffen, dann wäre es nicht ganz so schlimm gewesen. So wie es ablief – eher wie ein viel zu langes Herumsitzen im Wartezimmer beim Zahnarzt –, diente das frühe Eintreffen nur dazu, die Anspannung zu steigern.

Billy hatte ein Auto organisiert, das uns dorthin brachte. Vor dem Theater stand eine Schar Teenager, die zweifelsohne auf jemand Bedeutenderen als mich warteten. Billy führte uns durch den Künstlereingang hinein.

»Wenn du das Gebäude heute Abend verlässt, wirst du kaum einen Schritt vor den anderen setzen können, weil alle ein Autogramm von dir haben wollen«, sagte er zu mir.

»Wann wird Clover hier sein?«, wollte ich von Billy wissen, während wir von einem Mann namens Harold, der ziemlich gehetzt wirkte, lächelte und einen zerknitterten schwarzen Anzug und rote Socken trug, in meine Garderobe gebracht wurden. Wir kamen durch Gänge, die nach dem Inhalt von Lucys Make-up-Täschchen rochen. Dieser Ort hier verschlang uns geradezu; ich konnte mir nicht vorstellen, hier je wieder herauszufinden.

»Wunderbar, dass Sie kommen konnten und heute Abend für uns singen werden, ganz wunderbar, Miss Merrywell«, sagte Harold. »Das ist so eine riesengroße Show. Aber das brauche ich Ihnen bestimmt nicht zu sagen. Billy hat mir versprochen, dass Sie Harry Delancey hervorragend ersetzen werden.« Er lächelte mir aufmunternd zu, was ich als Zeichen aufrichtiger Zweifel seinerseits interpretierte.

»Ich gebe mein Bestes«, sagte ich.

Der arme Mann; ich sah ihm an, wie er sich sorgte. Das war die größte Fernsehshow, und er verließ sich auf Billys Wort, dass ich es schon bringen würde. Trotz des Make-ups, das ich versucht hatte, mir aufzutragen, ehe ich Napier House verließ, wusste ich, dass ich noch immer wie das unterernährte Schulmädchen aussah, das ich war. Mein Haar – gewaschen, geföhnt, gelockt und festgesprüht, um sein unfolgsames Dasein zu bändigen – hing schon wieder herunter. In der Garderobe warf ich einen Blick in den Spiegel und schaute schnell wieder weg, doch wo ich auch saß oder stand, sah ich mein Spiegelbild. Ich entkam mir nicht.

»Hätten Sie gerne ein Glas Wasser?«, fragte Harold.

»Wäre es unhöflich, um etwas Stärkeres zu bitten?«, fragte ich. Inigo würde es nicht erfahren müssen, dachte ich. Außerdem war er gar nicht hier.

»Ich bringe Ihnen einen Gin Tonic.«

»Nicht zu viel Gin«, riet Billy.

Harold schaute mich an, ich schüttelte den Kopf und formte lautlos die Worte: *Doch! Hören Sie nicht auf ihn!*

»Wir rufen Sie in einer Stunde zu einem Durchlauf. Norman Wisdom ist gerade an der Reihe. Er ist ein Perfektionist – ihn bekommen wir vor einer Dreiviertelstunde nicht von der Bühne.«

»Mein Vater liebt ihn«, sagte ich.

»Alle Väter lieben ihn«, sagte Harold wahrheitsgemäß. »Er ist ein Profi. Miss Merrywell, wir sehen uns später. Hals- und Beinbruch, meine Liebe. Hals- und Beinbruch.«

»Falscher Satz«, presste ich leise zwischen klappernden Zähnen hervor, als er ging.

Ein gebrochenes Bein erinnerte mich an Raoul und Lucy und an mein eigenes Hinken.

Billy musste über meinen Gesichtsausdruck lachen, angeregt durch die Erleichterung, dass wir hier waren und es kein Entrinnen gab, ehe ich aufgetreten war. Ich musste mitlachen, denn hätte ich nicht gelacht, hätte ich ganz sicher geweint.

»Willkommen im Theater, meine Liebe«, sagte Billy, imitierte Harold absolut treffend.

»Eine ganze Stunde totschlagen«, murrte ich. »Ich glaube

nicht, dass ich hier sitzen bleiben und mich ansehen kann. Davon werde ich noch völlig bekloppt.«

»Du brauchst natürlich nicht hier zu bleiben«, beruhigte er mich schnell. »Wir können uns etwas umsehen. Mr. Wisdom zusehen und uns ein paar Tipps holen.«

Ein Theater ohne Publikum ist ein merkwürdiger Ort. Ich hatte gehofft, das Palladium wäre tatsächlich kleiner, als es im Fernseher wirkte, doch leider war dem nicht so. Es fühlte sich riesig, allumfassend und mächtig an, nicht nur weil es in rotem Samt und Gold erstrahlte, sondern auch weil es die Geister all derer, die je auf dieser Bühne gestanden hatten, in sich zu vereinen schien. Es lebte von der Größe und dem Glanz dessen, was einst war, und der herrlichen Hoffnung darauf, was kommen würde. Und zwischendurch wartete es, wartete geduldig ab. Als Clover schließlich hereinkam, wäre ich vor Freude fast in die Luft gesprungen; der dicke Teppich verschluckte ihre Schritte.

»Wie geht's dir?«, fragte sie mich.

»Mir graut es.«

»Du machst das schon. Ich habe dir ein Stück Shepherd's Pie vorbeigebracht. Es liegt in deiner Garderobe. Du solltest etwas essen.«

»Ich bekomme nichts runter, mir ist schlecht.«

»Verständlich. Das ist ganz normal. Du wirst gleich vor einem Publikum von über zweitausend Leuten auftreten, ganz zu schweigen von den vier Millionen Fernsehzuschauern. Trotzdem solltest du etwas essen. Eine Armee kann nicht mit leerem Magen marschieren, oder wie auch immer dieser Spruch lautet.«

»Ich bin eine Person, keine Armee.«

»Du weißt, was ich meine, verflucht noch mal. Ich habe das allersüßeste Kleid für dich dabei«, fuhr Clover fort. »Grüne und rote Pailletten, kreiert von Mary Quant. Ich musste sie darum anbetteln. Es ist das einzige seiner Art.«

Ich sagte nichts. Meine Zähne klapperten, dabei war mir gar nicht kalt.

»Das alles ist nur eine kleine Fantasie, Liebes«, beruhigte mich Clover. »Es geht um Kleider, Lächeln und Make-up für kleine Mädchen.«

»Ich weiß aber nicht, ob ich noch immer an das Ganze *glaube*. Zumindest für mich nicht. Nicht für *mich*.«

»Aber *sie* tun es. Sie glauben dir! Die Mädchen in der Menge, oder vielmehr die Mädchen, die zu Hause vor dem Fernseher ihrer Eltern sitzen und sich wünschen, irgendwo zu sein, nur nicht da, wo sie sind. Du lebst einen Traum für sie, Liebes. Das ist ein harter Job, aber jemand muss ihn machen.«

Ich schaute Clover ins Gesicht. Sie redete so schrecklich eindringlich mit mir, und ausnahmsweise hatte sie ihre übliche Blasiertheit abgelegt. Ich dachte an all die Nachmittage in Napier House – den Sechs-Uhr-Club und die ganzen Male, wenn wir uns bis spät am Abend unterhalten hatten. Sie hatte mir zugehört – *richtig* zugehört. Sie war die erste Erwachsene, die mich als Erwachsene behandelt hatte. Ich spürte eine Welle der Dankbarkeit ihr gegenüber, nicht nur, weil sie sich um mich gekümmert hatte, sondern für alles, was sie repräsentierte.

»Ich lasse dich jetzt allein«, sagte Clover. »Nachher kannst du nach mir Ausschau halten. Ich werde jedem, der es hören will, zurufen, dass ich deine Hauswirtin bin. Charlotte kommt heute Abend auch. Sie ist immer hergekommen, um Johnnie Ray zu sehen, also sitzt sie vermutlich schon im Parkett und träumt davon, siebzehn und für nichts verantwortlich zu sein.« Clover stand einen Moment wie vom Donner gerührt da. »Was würden wir nicht alle dafür geben, noch einmal siebzehn zu sein.«

»Das kannst du laut sagen«, warf Billy vom Bühnenrand her ein.

Clover nahm ihre Tasche. »Sie ist nervös«, sagte sie zu Billy. »Geh sorgsam mit ihr um.«

Nach meinem Durchlauf, an den ich mich nur mit Mühe erinnern kann, war Clover weg, und wir, Billy und ich, zogen uns in diesen winzigen Garderobenraum zurück. Es war, als würde die ganze Welt vor der Tür darauf warten, was als Nächstes geschehen würde.

»Ich bin nervös«, sagte ich.

»Du wärst verrückt, wenn dem nicht so wäre«, erwiderte Billy. »Aber du machst das schon.« Das von Billy zu vernehmen kam einem Befehl gleich. Im Normalfall war sein Selbstvertrauen genau das, was ich brauchte. Doch heute wirkte es bedrohlich, Angst einflößend.

Ich streckte die Hand nach einem Glas Wasser aus, zitterte aber so stark, dass ich Schwierigkeiten hatte, das Glas an den Mund zu führen. Ich schaute Billy an, die perfekte Symmetrie seiner Gesichtszüge, und fragte mich, wie gut er mich überhaupt kannte.

»Inigos Song«, sagte ich. »›May to September‹.«

»*Dein* Song«, korrigierte er mich. »Natürlich hat er ihn geschrieben, doch ohne deine Stimme wäre er nichts. Er braucht dich genauso sehr wie du ihn.«

Das stimmt nicht, dachte ich.

Mehr musste ich dazu aber nicht sagen, denn es klopfte an der Tür. Ein Gesicht spähte in die Garderobe.

»Liebling«, sagte Billy und stand auf. »Bist du sicher, dass es dir gut genug geht, um hier zu sein?«

»Sicher.« Matilda trat ein und küsste ihn auf die Wange. »Dr Wilson sagt, alles ist bestens. Aber ich bin heute Abend nicht hier, um über mich zu sprechen. Heute Abend geht es um Tara.«

Jedes Wort machte alles nur noch schlimmer!

»Ich weiß nicht, ob ich das hinbekomme«, sagte ich langsam.

Billy schaute zu Matilda.

»Ich muss ein paar Formulare für Harold unterschreiben. Kann ich dich hier bei ihr lassen?«

Er sagte das, als wäre ich gar nicht anwesend, gleichzeitig tat mir der Arme leid, denn ich weiß nicht, was er sonst hätte machen sollen. Sich hier aus der Affäre zu ziehen war vernünftig; er musste gespürt haben, dass nichts von dem, was er sagte, funktionierte. Er ging nach draußen. Ich schaute zu Matilda, stählte mich für das übliche Unbehagen bei ihrer Umarmung, wenn ich die Knochen ihrer Wirbelsäule spürte und sich gleichzeitig ihr merkwürdig angeschwollener Babybauch an mich presste. Gleichzeitig würde ich ihr nach Maiglöckchen duftendes Parfüm einatmen – das mich an Trellanack erinnerte und daran, wie ich mich über ihre Schulter gebeugt hatte, während sie beim Backgammon glänzte –, das von den unausweichlichen Ausdünstungen nach Alkohol begleitet war. Aber sie kam nicht auf mich zu.

»Ich dachte mir, dass du aufgeregt sein wirst«, sagte sie. »Deshalb bin ich hier.«

Sie sah müde aus, aber ihre Berühmtheit sah man ihr dennoch an. Ihre blauen Augen waren noch für die Fotos geschminkt, für die sie am Nachmittag posiert hatte. Sie trug High Heels, streifte sie aber ab und schleuderte sie in die Ecke der Garderobe wie früher auf Trellanack.

»Ich habe befürchtet, dass du das Gefühl haben könntest, zu alldem gedrängt worden zu sein«, sagte sie.

»Ich weiß nicht, ob es so war«, überlegte ich. »Die meisten Mädchen würden alles dafür geben, hierhergedrängt zu werden. Es ist das, was ich schon immer tun wollte, und jetzt passiert es.«

»Man sollte vorsichtig sein mit dem, was man sich wünscht. Das ist doch allgemein bekannt, oder?« Sie lachte auf und setzte sich dann neben mich. Wir schauten unsere Gesichter im Spiegel an. Ich sage es ihr, dachte ich plötzlich. Warum auch nicht? Lucy war mit ihrem Harmonikaspieler verschwunden, und alles war anders. Es kam mir eher so vor, als wären wir Passagiere auf einem sinkenden Schiff. Ich hatte nichts mehr zu verlieren.

»Inigo ist zurück nach New York.«

Und sie wusste es. Sie schaute mich an und *wusste* es.

»Er wird von der Show heute Abend hören«, sagte sie. »Selbst wenn er sie nicht sehen kann.«

Sie hatte mich falsch verstanden.

»Nein«, sagte ich. »*Das* ist mir egal. Ich wünschte nur, er wäre hier. Nicht, damit er mich singen hört. Einfach nur, damit er hier ist. Ich habe gerade erst festgestellt, wie sehr, wie ...« Ich schüttelte den Kopf.

»Was wirst du singen?«, fragte mich Matilda. Sie nahm meinen Lippenstift und malte sich ihre Lippen rot an.

»Zwei Songs. ›May to September‹ ...«

»Ja klar.«

»Und ›Over the Rainbow‹.«

»Warum *den*?«

»Billy findet es wichtig, dass ich zeige, was ich sonst noch kann. Er sagt, es geht darum, meine Stimme zur Geltung zu bringen. Das ist die B-Seite«, fügte ich hilflos hinzu.

»Zu sentimental.« Matilda presste die Lippen aufeinander, machte dann einen Schmollmund, strich mir die Haare aus dem Gesicht und band sie hinten zusammen. »Du warst *nie* sentimental«, sagte sie. »Traurig manchmal, aber nicht sentimental. Für wen singst du es denn? Nicht für die Erwachsenen«, sagte sie abschätzig. »Du musst es für die Teenager singen – du weißt schon –, für die, die zu Hause sind. Wir wollten immer alles hinter uns lassen und nur Augen für die gut aussehenden Jungs haben. Die Traummänner, Süße!« Sie versuchte sich an einem amerikanischen Akzent, was ihr nicht sehr gut gelang. »Ganz egal, ob sie am Freitagabend direkt vor unserer Nase in einem Pub saßen oder aus Spanien kamen und Bücher über Landschaftsgärtnerei im achtzehnten Jahrhundert mit sich herumtrugen – sie waren alles, was wir je wollten. Ich glaube nicht, dass ich wusste, wie ich entfliehen konnte, bis ich herausfand, wie man Jungs so anschaut, wie deine Schwester es tat.«

Sie lachte. Ich saß einfach nur da, und mir wurde klar, dass sie recht hatte. *Natürlich* hatte sie recht. Bei all seiner Schönheit und Reinheit war »Over the Rainbow« ein schwärmerisches Kleinmädchen-Ding, gesungen zu Beginn eines Films, als Dorothy einfach nicht weiterwusste und sich selbst weit weg von allem wünschte, das sie kannte. Es ging nicht mehr um mich. Ich war am Ende des gepriesenen Regenbogens angekommen und hatte herausgefunden, dass die Kiste Gold in London bei Weitem nicht so viel wert war wie in Cornwall.

»Nicht mehr zu ändern. Ich muss es einfach nur singen und dann runter von der Bühne. Das hat Billy zu mir gesagt. Und ich darf nicht zum Publikum sprechen«, fügte ich hinzu, zählte Billys Anweisungen auf. »Nur ›Guten Abend‹ und ›Danke‹. Noch bin ich nicht Judy Garland.«

»Und die wirst du auch nie sein«, sagte Matilda, nahm es wortwörtlich. »Darf ich dich schminken?«

Ich lachte. »Wenn du willst.«

»Was ziehst du an?«, fragte mich Matilda.

Ich zeigte auf das Mary-Quant-Kleid, das Clover für mich aufgehängt hatte.

Plötzlich ging die Tür auf, und zwei Tänzerinnen in roten und grünen Pailletten-Trikots platzten herein, bestanden nur aus Beinen und Armen, schillerten wie zwei Libellen, die mit Glitzer bestäubt waren. Ich erkannte sie wieder; sie hatten gerade eine Tanznummer geprobt, als wir eintrafen.

»Ich habe den dritten Kick bei der Eröffnungssequenz verpasst!«, kicherte eine von ihnen. »Meine Mutter bringt mich um. Sie klebt seit Mittwoch vor dem Fernseher und wartet auf heute Abend!«

Sie blieben stehen, als sie uns beide bemerkten.

»Ach du grüne Neune!«, murmelte die erste.

»Himmel, du bist Matilda Bright!«, rief die zweite aus.

»Und ihr seid verflucht noch mal in der falschen Garderobe«, schnauzte Matilda. »Raus mit euch. Seht ihr denn nicht, dass wir hier eine Krise haben?«

Aufgebracht eilten die beiden Mädchen hinaus.

»Und ich würde dir empfehlen, deine Mutter anzurufen, um dich zu entschuldigen«, rief sie ihnen noch hinterher.

Als sie mich wieder anschaute, hatte sie ein breites Grinsen im Gesicht.

»Also!«, verkündete Matilda, nicht ohne ein gewisses Maß an Selbstzufriedenheit. »Man sagt, Mädchen werden immer mehr wie ihre Mütter, je älter sie werden. Bei mir bewahrheitet sich das ganz eindeutig. Jetzt setz dich hin und lass mich dich herrichten.«

Ich schloss die Augen und hoffte, dass sie nicht getrunken hatte.

Die nächsten fünf Minuten sagten wir nichts. Ich hörte das Ticken von Matildas Uhr, als sie mich schminkte. Sogar die Bewegung an dem dünnen Material ihres Rockes nahm ich wahr, als das Baby sie ein-, zweimal trat. Ich zuckte zusammen – sie reagierte gar nicht. Dann streckte ich die Hand aus, berührte vorsichtig ihren Bauch, und sie schaute mich überrascht an.

»Manchmal habe ich so Momente, in denen ich tatsächlich glaube, dass es losgeht«, sagte sie.

»So ähnlich geht es mir heute Abend auch«, flüsterte ich. Matilda lächelte mich an und legte mir die Hände auf die Schultern. Wie konnte sich jemand so Fragiles und Verstörtes so stark und beruhigend anfühlen?

Als sie wieder sprach, war es, als hätten wir inzwischen eine wortlose Unterhaltung geführt. Sie kam direkt auf den Punkt zu sprechen, der mich umtrieb.

»Wenn du dir aussuchen könntest, was du als zweiten Song singst, was würde das dann sein?«, fragte sie.

Ich atmete tief ein.

»Erinnerst du dich an Alma Cogans Song ›Dreamboat‹? Wenn ich könnte, dann würde ich das singen.«

Und während ich es sagte, wurde mir klar, dass ich genau das singen sollte: Den Song, mit dem alles für mich angefangen hatte – den Song, den ich ihm an dem Morgen vorgesungen hatte, noch ehe wir wussten, was uns erwartete –, diesen unsauberen, flockigen, zu mir passenden Song, den ich Inigo vorgesungen hatte, ehe ich diesen elenden Elefanten genommen und für immer Schande über mich gebracht hatte. Und wenn Inigo auch nicht da war und wenn er sich auch nicht daran erinnerte, dass wir uns bereits früher begegnet waren – egal, ich würde ihn trotzdem für ihn singen.

Matilda hielt inne. Ich öffnete die Augen.

»Dann solltest du ihn singen«, flüsterte sie.

»Das kann ich nicht«, sagte ich. »Das Orchester hat ihn nicht einstudiert. Keiner ist darauf vorbereitet …«

»Grundgütiger, wie schwer kann das schon sein? *Jeder* kennt den Song!«

Sie war wieder die Matilda von früher – ungläubig und nicht bereit anzuerkennen, dass die Dinge waren, wie sie waren, ganz gleich, ob es darum ging, dass Raoul Lucy liebte, oder ob es Karottenkuchen zum Tee statt der von ihr geliebten Pfannkuchen gab.

Die Tür ging auf, und Billy kam herein.

»Oh, gerade rechtzeitig«, meinte Matilda unbekümmert. »Tara und ich haben darüber geredet, was sie singen wird, und wir sind der Meinung, ›Over the Rainbow‹ ist nicht das Richtige.«

»Wirklich?«, fragte Billy schneidend. »Wie das?«

»Es ist einfach kein Tara-typischer Song«, erklärte Matilda geduldig.

»Cherry«, korrigierte Billy automatisch.

Matilda ging nicht darauf ein, nahm sich ein Döschen mit Rouge und schaute hinein. »Tara würde gerne ›Dreamboat‹ singen. Ich finde, du solltest es erlauben.«

»›Dreamboat‹?«, fragte Billy. »Den alten Alma-Song?«

»Nicht so alt wie ›Over the Rainbow‹«, hob Matilda ganz präzise hervor.

»Das geht nicht«, sagte Billy. »Die Entscheidung ist schon vor

Tagen gefallen. Die Menge erwartet die B-Seite, Cherry, Süße. Die Band ist darauf vorbereitet, den Song zu spielen …«

»Wo kriegen wir die Notenblätter her?«, fragte Matilda ruhig, blickte erwartungsvoll zu Billy, als könnte er sie gleich aus der Hosentasche ziehen.

Mit einem Ausdruck, der an Verwirrung grenzte, schaute Billy sie an.

»Was?«

»Woher bekommen wir die Musik? Für den Alma-Cogan-Song. Für die Band.«

»Sie kann keinen anderen Song singen. Nicht jetzt«, verkündete Billy. »Wir haben geprobt, was sie singt …«

»Sie braucht nicht zu proben«, wandte Matilda ein. »Sie kann einfach rausgehen und ihn performen, oder, Tara?«

Ich nickte, wagte es nicht, Billy anzusehen.

»Ich kenne den Song in- und auswendig. Wenn sie ihn spielen können, kann ich ihn singen.«

Billy knallte die Hände auf den Tisch. Ein paar Augenbrauenstifte flogen auf den Boden. Als er einen Schritt nach vorn machte, zertrat er achtlos einen davon.

»Das ist verdammt noch mal verrückt! Das macht man nicht. So führt man sich nicht auf! Ich habe dem Produzenten versichert, du wärst ein *Profi*. Alles ist bereit, das Publikum da draußen im Theater wartet darauf, unterhalten zu werden, und Millionen Kids sitzen zu Hause vor dem Fernseher …«

»Dann gib ihnen etwas, das sie hören wollen«, sagte Matilda nur.

»Schon in Ordnung«, sagte ich. Das alles machte mir Angst – ich mochte es nicht, wenn Billy wütend war. »Ich werde ›Over the Rainbow‹ singen. Mir ist klar, dass es unmöglich ist, jetzt etwas zu ändern.«

Billy starrte mich mit leicht geöffnetem Mund an.

»Warte hier«, sagte er. »Ihr bewegt euch keinen Zentimeter

aus diesem Raum, oder ich stecke euch für die nächsten drei Monate ins Gefängnis.«

»Ich werde sowieso weggesperrt, Liebling. Ich bekomme ein Baby, erinnerst du dich?«, verkündete Matilda leicht ironisch.

Er knallte die Tür hinter sich zu. Matilda drehte sich zu mir, strahlte wie ein geschmückter Weihnachtsbaum.

»Du hast den wunden Punkt getroffen. Bravo, Tara!«

»Was meinst du?«

»Als du ihm sagtest, dass es unmöglich sei, so spät noch etwas anderes singen zu wollen. Er kann es nicht ausstehen, gesagt zu bekommen, dass etwas nicht in seiner kosmischen Macht steht. Jetzt wird er alles tun, um es doch noch möglich zu machen.«

»Nicht einmal Billy kann das deichseln«, sagte ich. Ich schaute sie an. »Aber danke.« Das meinte ich ernst.

»Bleib hier sitzen, wie er es uns gesagt hat. Ich will dein Gesicht fertigschminken«, sagte Matilda. »Oh, warte mal. Glaubst du, wir können einen Drink bestellen? Es ist schrecklich warm hier drin.«

»Nein.«

Zehn Minuten später beugte sich das Orchester über »Dreamboat«.

»Ich habe es mit Harold geregelt«, sagte Billy, zog ein Taschentuch aus der Hosentasche und wischte sich über die Stirn. »Weißt du was, Cherry Merrywell? Inigo hat gesagt, du würdest Ärger machen. Er hatte ja so recht damit.«

Hatte ich nicht gewusst, dass er das gesagt hatte!

Matilda warf mir einen flüchtigen Blick zu.

»Fünf Minuten, Miss Merrywell«, verkündete eine Stimme vor der Tür.

»Oje. Ich muss einen Platz finden, von dem aus ich dir zusehen kann«, sagte Matilda.

Sie schwebte aus der Garderobe, nahm ihr Glas Weißwein

mit hinaus, das ihr ein Lakai in Uniform besorgt hatte. Billy schaute mich an.

»Geht's dir jetzt gut?«, fragte er unsicher. Ich glaube, er hatte Angst, ich könnte noch um etwas anderes bitten – zum Beispiel, das ganze Theater ein Stück weiter nach rechts zu versetzen.

»Ja«, sagte ich, presste die Zähne zusammen, damit sie aufhörten, so aufeinanderzuschlagen.

»Ich weiß, was es heißt, Angst zu haben«, sagte er unvermittelt.

»Ehrlich?«

»Tara, du *weißt*, dass ich das kenne.«

Ich schaute ihn an. Es war das erste Mal, dass er meinen Namen benutzte, seit er mich für den öffentlichen Verzehr umgetauft hatte. Sein Blick traf meinen und hielt ihm stand. Was hatte er gefühlt, als Paul Warren starb? *Was hatte er gefühlt, als er einen anderen Mann küsste?*

»Ich möchte singen. Es ist in Ordnung. Ich schaffe das.«

Jetzt würde ich für Inigo singen, selbst wenn er das nicht wusste.

Etwas überkam mich in diesem Moment. Ich trat zu Billy, ergriff seine Hände und küsste ihn rasch auf die Wange.

»Für den Fall, dass ich es nicht durchstehe, möchte ich mich jetzt schon mal bei dir bedanken.«

Billy lachte; es war ihm schrecklich peinlich, dennoch war er erfreut.

»Wofür?«, fragte er mich.

»Dafür, dass du mich dazu bringst, das zu machen. Dass du mich nach London geholt hast. Dass du mich dazu zwingst, vor Millionen auf der größten Bühne der Welt aufzutreten. Danke für all das.«

Meine Zähne klapperten so stark wie in einem Trickfilm. Ich konnte mir gar nicht vorstellen, wie zum Teufel ich jetzt singen sollte.

»Hör auf«, sagte Billy lachend. »In solchen Sachen bin ich

nicht gut.« Er schob mich sachte vorwärts. »Mach es für ihn«, sagte er.

»W… wen?«

»Du weißt, für wen.«

Er ergriff meine Hände und hielt sie fest, bis ich auf die Bühne gerufen wurde. Als ich über die Dielen ging, überlegte ich mir, warum zum Teufel ich das machte. Ich tat es für Ma und für Pa und meine Brüder und Schwestern, für all die kleinen Mädchen, die an jemanden glauben wollten. Doch am allermeisten tat ich es für *ihn*.

Die eine Person, an die ich nicht dachte, als ich auf die Bühne ging, war Tara Jupp. Ich war jetzt Cherry Merrywell. Ich musste jetzt da raus und beweisen, dass sie all die Anstrengungen wert war.

41. Kapitel

Soho und was als Erstes kam

Als ich auf der Bühne stand, waren mir zwei Dinge bewusst: die Hitze und die Erwartung. Ich war nicht der große Magier Harry Delancey, und das war einem Großteil der Zuschauer gar nicht recht – auch wenn sie zu nett waren, um ihre Enttäuschung zu zeigen. Sie applaudierten mir höflich, als ich die Bühne betrat – aber es war eine halbherzige Anerkennung, mir wäre Stille lieber gewesen. *Ich weiß, was es heißt, Angst zu haben*, hatte Billy gesagt. Aber was hatte er getan, als er Angst hatte? Er hatte alles riskiert und dennoch geliebt. Ich setzte mich ans Klavier. Was hatte Billy mir gesagt, sollte ich sagen? »Guten Abend«? War bereits Abend? Es fühlte sich ganz anders an als alle Abende, die ich je erlebt hatte. War bereits Abend in Cornwall? Schaute Pa mir zu?

»Hallo«, sagte ich. »Ich bin Cherry Merrywell.« Ich machte eine Pause. »Zumindest nennt man mich so.« Jemand lachte. Von den meisten kam keine Reaktion; sie warteten noch immer. Geh einfach raus, lächle und sing den Song, hatte Billy gesagt. Tja, das hatte ich also schon mal vermasselt!

»Das ist ein Song, den Sie vermutlich kennen. Vor ein paar Jahren wurde er von Alma Cogan aufgenommen, und ich habe ihn als Kind immer nachgesungen.« Ich konnte vage ein paar Konturen im Orchestergraben ausmachen – die armen Musiker, die sich in letzter Minute auf ein neues Stück einstellen mussten. »Ich nehme an, man könnte sagen, dass ich auch heute noch nicht erwachsen bin«, fügte ich hinzu. »Aber wie auch immer – wenn Alma irgendwo zuschaut, dann habe ich eine Nachricht für sie: Lade mich bitte zu einer deiner Partys ein. Ich habe gehört, da sollen *tolle* Sachen passieren.«

Gelächter, unterbrochen vom Scharren der Füße, überraschte Reaktionen. Ich sah, dass der Dirigent aufstand.

»Vor langer Zeit habe ich diesen Song für jemanden gesungen, den ich beeindrucken wollte«, sagte ich schnell. »Ich nehme an, das will ich immer noch.« Ich lachte, war erstaunt darüber, wie ich mitten auf der Bühne des Palladium Hof hielt. »Aber ich sollte aufhören zu reden und einfach den Song singen. Und danach singe ich noch einen zweiten, den Sie in den letzten Wochen vielleicht im Radio gehört haben. Los geht's.«

Jetzt blieb mir nichts anderes übrig, als zu singen – jede andere Möglichkeit hatte sich selbst ausgeschlossen. *Wie es war im Anfang, jetzt und immerdar, und von Ewigkeit zu Ewigkeit*, dachte ich. *Amen.*

Das Orchester spielte, und plötzlich war ich wieder Alma – wie damals, als ich Inigo in Milton Magna kennengelernt hatte. Hinterher würde es ihm wieder einfallen – und wenn nicht, dann würde er es nie erfahren. Ich sang genau so, wie ich damals gesungen hatte, und mit den halb geschlossenen Augen sah ich uns wieder in der Küche, spürte Tante Marys Gegenwart neben mir, und mit einem Mal füllte sich die Luft unter den heißen Scheinwerfern mit Leben, einer wichtigen Tätigkeit, etwas Realem. *Es war so, wie es damals gewesen war.*

Nachdem ich das erste Mal halb durch den Refrain durch war, glaubte ich Billy in den Kulissen wahrzunehmen. Beim zweiten sah ich Clover neben Matilda in der ersten Reihe sitzen. Ich sang – zumindest muss ich das getan haben, denn die Leute sprachen hinterher darüber. Ich sage das nicht leichthin, aber es *passierte* leichthin. Ich wusste, dass ich von den besten Künstlern in London gelernt hatte – alle Menschen, denen ich mich jetzt so verbunden fühlte, hatten ihren ganz eigenen Stil:

Matilda, Billy, Lucy, Clover, Digby und Inigo. Alle tanzten sie so bemüht und so schnell sie konnten von etwas weg, das drohte, sie zurückzuhalten, das die Wahrheit bedrohte.

Als ich dann »May to September« sang, war ich so richtig in Fahrt gekommen. Ein paar der Mädchen weiter vorne hatten den Song wohl schon ein paar Mal im Radio gehört; sie sangen mit, brannten darauf, aufzustehen und zu tanzen. Ich empfand eine Welle der Dankbarkeit für sie, dafür, dass sie an mich glaubten, wo ich mir doch nicht sicher war, ob ich selbst es tat. Ich spürte, wie sich ein dünner Schweißfilm über meine Stirn legte, und ich stellte mir vor, wie Imogen und Florence zu Hause zusahen, überrascht waren und lachten und wie Roy und Luke sich über mich lustig machten, weil ihnen nichts Besseres einfiel.

»May to September we were fine
May to September – oh how I wish he was mine
Why can't he come back home to stay?
No other girl could love him more in Malibu, CA!«

Beim Singen hatte ich einen Gedanken beständig im Hinterkopf: *Verdammt, war Inigo gut.* Dieser Song, gegen den ich Einwände gehabt und den ich für seine Einfachheit verachtet hatte, war genau das, was alle im Theater hören wollten. »Das glückliche Zeug ist schwieriger zu schreiben«, hatte er zu mir gesagt. Und doch war es ihm gelungen, und es funktionierte jedes Mal.

Der aufbrandende Applaus war viel zu viel für mich, zu bedeutend für das, was ich getan hatte. Er hätte ihm gebührt, dachte ich, grinste dümmlich, verbeugte mich und winkte in den schwarzen Raum. Der Applaus galt wirklich ihm und Alma. Ich blickte in die Menge, suchte, suchte nach ihm, obwohl ich genau wusste, dass er nirgends zu finden sein würde. Zwei Mädchen saßen zusammen mit ihren Müttern da; sie trugen ihre besten Kleider und klammerten sich an den Arm der anderen, standen auf und winkten mir zu. Ich winkte zurück. *Mach es für die Kleinen*, dachte ich.

»Also, Alma Cogan, wenn du da draußen irgendwo bist – du hast gehört, was die Lady gesagt hat!«, rief Norman Vaughan, schlängelte sich zurück auf die Bühne und zwinkerte mir zu. »Weißt du, ihre letzte Einladung an mich muss bei der Post verloren gegangen sein«, fügte er hinzu. »Ich bin mir sicher, dass es so gewesen sein muss.« (Mehr Gelächter aus der Menge.) »Weißt du was? Sagt Alma Cogan, sie soll hierherkommen, zur *Sunday Night at the London Palladium* – dann kann sie hier mit uns Party machen, Ladys und Gentlemen! Wie sieht's damit aus? Das hat *geswingt*!«

Ich nickte, lächelte, als wäre er der lustigste Mann gewesen, der je in mein Leben getreten war, und zehn Sekunden später hatte ich auch schon die Bühne verlassen, und alles, was gerade passiert war, wurde in denselben Speicherort meines Gehirns verbannt wie die höchst unwahrscheinlichen Wimbledon-Träume.

Harold brachte mich zurück in meine Garderobe.

»Was für ein dufter Auftritt, Miss Merrywell. Also, wenn Norman Vaughan sagt, dass Sie swingen, dann swingen Sie.« Er lachte, und all die Zweifel, die sich in seinen Augen gespiegelt hatten, bevor ich auf die Bühne ging, waren verschwunden.

»Danke.« Ich grinste ihn dämlich an.

»Und dieses Kleid«, fügte er hinzu. »Was für ein Look! Jedes Mädchen im Land wird gleich Montag früh nach demselben Kleid suchen.«

»Es ist von Mary Quant.«

Billy wartete auf mich.

»Himmel noch mal, Cherry, was zum Teufel hast du da alles von dir gegeben?«, wollte er wissen. Doch er strahlte übers ganze Gesicht. Matilda weinte wieder. Sie zog ein Taschentuch hervor und schaute mich an.

»Es war perfekt«, sagte sie.

»Ich weiß nicht.« Harold reichte mir ein Glas Champagner, und ich nahm einen großen Schluck. Es prickelte in meiner Nase.

»Komm her«, sagte Billy und fasste mich sachte am Arm. »Die Zeitungsleute wollen dich sehen.«

»Nicht bevor *ich* sie gesehen habe«, verkündete eine Stimme.

Ich drehte mich um und wäre fast über mich selbst gestolpert. Da stand Lucy. Sie war so aufgedonnert, als würde sie mit den Dorfjungen ins Pub gehen – schwarzer Kajal um die Augen, und ihr kurzes, dunkles Haar wirkte weicher, jetzt, da es wieder etwas länger war. Harold fiel die Brille herunter. Mit einem Mal war da kein anderer mehr, nur sie.

»Hast du's gesehen?«, fragte ich sie.

Sie nickte. »Du hast doch nicht gedacht, ich würde das verpassen, oder?«

»Doch, das hatte ich eigentlich gedacht.«

»Dir ist schon klar, dass es jetzt kein Zurück mehr gibt? Wenn du nicht berühmt werden wolltest, dann hast du das ziemlich verkehrt angestellt. Da draußen gibt es jetzt keine einzige Person mehr, die nicht du sein will oder ganz unbedingt mit dir reden möchte.«

»Ach, Lucy.«

Sie hielt meine Hand fest. Mein Blick fiel auf das Schild am Ende des Ganges. *Ausgang.* Sie blickte sich um, und durch das Wunder unserer wortlosen Kommunikation, perfektioniert während gemeinsamer Stunden auf der Kirchenbank, verstand sie mich.

Zusammen verdrückten wir uns vor der Menge, verschwanden durch die Hintertür hinaus in die Nacht.

Wir gingen in eine kleine Bar in Soho. Es war Sonntag spätabends, aber die Straßen waren voller Leute – junge Leute, Mädchen mit auftoupiertem Haar und zu viel Schminke, Jungs mit billigen Jacken und schlechten Schuhen, doch alle bestäubt mit der magischen Essenz der Jugend; alle hingen sie zusammen herum und warteten darauf, dass alles und nichts passierte. Das war London, dachte ich. Genau darum ging es. Sich herumtreiben und hoffen, dass man ungefähr in der richtigen Richtung unterwegs war, ohne sich jemals ganz sicher zu sein. Lucy und ich bestellten schwarzen Kaffee mit Zucker, der uns beiden nicht wirklich schmeckte. Lucy saß mir gegenüber und tat so, als würde sie nicht bemerken, was für Blicke ihr die Jungs von der anderen Seite des Raumes zuwarfen.

»Ich nehme an, du wirst mir nicht sagen, wo du gerade wohnst«, sagte ich.

»Ich wollte nicht mit dir in einem Zimmer sein«, sagte Lucy. »Ich hätte letzte Woche nicht neben dir schlafen können.«

»Ich weiß. Ich nehme mal an, mir ging es ähnlich.«

Ich rieb mir die Augen, erwartete fast, aufzuwachen und mich im Pfarrhaus wiederzufinden in einer Zeit, bevor dieser Wirbel hier überhaupt angefangen hatte. Die Nacht kam mir vor wie ein Traum. Erst das Palladium, dann von allen wegzurennen und Lucy wiederzusehen – das war einfach zu viel für einen Abend. Die Pailletten von meinem Kleid rieben an meinen Beinen. Am liebsten hätte ich es aus- und stattdessen meine Reithose angezogen. Lucy streckte die Hand aus und strich mir über die Wange.

»Dein Gesicht sieht so schön aus«, sagte sie.

»Matilda hat mich geschminkt.«

»Das liegt nicht am Make-up. Etwas an dir ist anders. Als wärst du erwachsen geworden.«

»Es ist erst eine Woche her«, sagte ich. Doch ich wusste, dass sie recht hatte. Man erlebt keine Woche wie die, die ich hatte, ohne sich danach älter zu fühlen.

»Ich wollte mich bei dir entschuldigen«, sagte ich. »Für all die schrecklichen Dinge, die ich gesagt habe. Alles, was du von mir denkst, stimmt. Du und Raoul, das ist deine Sache, das geht mich nichts an.«

Die Erleichterung darüber, ihr das sagen zu können, war fast überwältigend. Erst als ich es aussprach, wurde mir klar, dass es stimmte.

»So klar ist das alles gar nicht«, sagte Lucy. »Das wird mir jetzt bewusst.«

»Nach der Rückkehr vom Krankenhaus wäre ich am liebsten vom Erdboden verschwunden«, gab ich zu.

»Wie gut, dass das nicht passiert ist. Wer hätte denn sonst heute Harry Delancey im Palladium vertreten sollen?«

»Die hätten schon jemanden gefunden«, sagte ich. »Billy hätte aus dünner Luft etwas zusammengebraut. Genau das beherrscht er.«

»Wie war es denn?«

»Merkwürdig und sehr schnell vorbei.«

»Witzig, nach dem Abend in Plymouth mit Martin Adams habe ich dasselbe gedacht.« Sie bedachte mich mit dem Anflug eines Lächelns. »Liebe Tara, das hätte ich nicht fertiggebracht, nicht in einer Million Jahren.«

»Doch, hättest du. Wenn es etwas gibt, das ich hier gelernt habe, dann, dass wir alle zu sehr viel mehr in der Lage sind, als wir uns zutrauen.«

»Du hörst dich an wie Pa.«

»Ich kann dir nicht sagen, wie sehr er mir in dieser Woche gefehlt hat.«

»Und das ist die zweite Lektion«, seufzte Lucy. »Manchmal muss man sich von allen entfernen, um herauszufinden, was eigentlich am wichtigsten ist. So ganz aus der Nähe ist das manchmal schwer zu sagen.«

Ein kurzer Moment der Stille, während die Kellnerin mit dem gelangweilten Blick zu uns kam und fragte, ob wir etwas essen wollten, dann beugte sich Lucy vor.

»Ich will ihn nicht verlieren«, sagte sie eindringlich. »Raoul, meine ich.«

Ich schaute auf die Tischplatte, dann wieder in ihr Gesicht.

»Warum bist du dann mit dem Harmonikaspieler durchgebrannt?«

Ich wollte seinen Namen nicht aussprechen.

»Weil er mir Aufmerksamkeit geschenkt hat und ich dachte, das könnte mir helfen, Raoul zu vergessen«, sagte Lucy. Ihre rasche Antwort und ihre Ehrlichkeit machten mich perplex.

»Du warst eine ganze Woche weg.«

»Ich weiß.«

»Hast du …?«

»Ich dachte, ich könnte. Doch als ich die Gelegenheit dazu hatte, nach der Nacht im Marquee, ist es nicht so weit gekommen.«

»Warum nicht?«

»Ich wollte nicht. Ich musste nachdenken, und er ist auch ein Denker. Ich habe ihm von Raoul erzählt, und er hat zugehört.«

»Du hättest mir das von Raoul erzählen können, ich hätte auch zugehört.«

»Nein, hättest du nicht«, widersprach Lucy, was auch der Wahrheit entsprach. »Du hättest allem Gesagten deine Meinung aufgedrückt.« Abwehrend hob sie die Hand. »Und ich mache dir deshalb keine Vorwürfe. Brian kennt Raoul nicht. Er kannte *mich* ja kaum.«

»Willst du mir etwa erzählen, dass ihr nur *geredet* habt?« Gerne hätte ich noch hinzugefügt, dass ich mir, nachdem ich Brian auf dieser Bühne erlebt hatte, nicht sicher war, ob irgendein Mädchen seinem Charme gegenüber gefeit wäre. Selbst von einem völlig objektiven Blickwinkel aus musste man zugestehen, dass er unwiderstehlich war. Das war es, was mir bei ihm von Anfang an Angst gemacht hatte.

»Er ist sehr jung«, sagte Lucy. »Tagsüber gammelt er mit seiner Gitarre und seinen Freunden herum und raucht pausenlos – wenn er es sich leisten kann, Tabak zu kaufen. Sieben Nächte hintereinander lagen wir einfach nur da und haben geredet. Er hatte kein Geld, um auszugehen. Der arme Kerl hat sich über den Klang meiner Stimme bestimmt zu Tode gelangweilt, aber ohne Geld kann man nicht ausgehen, also musste er mit mir vorliebnehmen.«

»Warum musstest du eine ganze Woche wegbleiben?«

»Es hat so lange gebraucht, bis ich das alles ins Reine gebracht hatte«, sagte sie und tippte sich dabei an den Kopf. »Ich war in seinem Zimmer, habe Clovers Schachteln sortiert, Colette Napiers Tagebücher gelesen, und die einfachsten Dinge haben mich wieder zurück zu Raoul gebracht.«

»Und die ganze Zeit hat der Harmonikaspieler dich nicht angerührt?«

»Er hat es versucht. Aber dann schien ihm die Vorstellung ganz gut zu gefallen, mal ein Mädchen um sich zu haben, das er nicht ständig flachlegen muss.«

Ihre Lippe zitterte. Sie nahm mehrere flache Atemzüge – dabei umklammerten ihre Hände die Kaffeetasse.

»Mir ist klar geworden, dass mein Mann der Einzige ist, mit dem ich je zusammen sein wollte.« Freudlos lachte sie auf. »Kommt etwas ungelegen, oder? Jetzt, wo er sich von mir distanziert hat.«

Wütend schob sie ihre Tasse von sich, als würde sie dadurch von dem abgelenkt, was sie als Nächstes sagen musste. »Als ich noch mit Matilda befreundet war, war das alles nur ein Spiel. Du weißt schon. Die Jungs dazu zu bekommen, sich in mich zu verlieben, und sie dann fallen zu lassen, wenn sie es mir gestanden. Dann traf ich Raoul, und alles änderte sich, aber ich wusste gar nichts von ihm! Nichts, außer dass er die Viktorianer liebte und die Arbeit von Nikolaus Pevsner bewunderte. Der Rest – seine Familie, woher er kam, was es bedeutete, Spanier zu sein, was er von seinem Leben erwartete –, nichts davon ist mir je durch den Kopf gegangen. Es ging immer nur um mich und mein Glück oder um meinen Wunsch, begehrt zu werden, und um *meine* Unfähigkeit, Kinder zu bekommen. Wenn ich nur daran denke!«, rief sie erschrocken aus. »Ich hätte ihm das vielleicht nie gesagt! Matilda hat mir einen Gefallen getan, als sie diese Nachricht schrieb. Hätte sie das nicht getan, hätte es Jahre gedauert, ehe er es herausgefunden hätte.«

»Sie hat dir einen *Gefallen* getan?« Ich blickte sie hinter meinen falschen, sich ablösenden Wimpern an. »Glaubst du das wirklich?«

»Bis jetzt habe ich es nicht so gesehen«, sagte Lucy. »Ich sah immer nur, dass sie etwas getan hatte, das ich ihr nicht vergeben konnte.«

»Matilda tat es, weil sie wütend war, weil sie glaubte, selbst in Raoul verliebt zu sein. Ich glaube nicht, dass sie dabei weiter gedacht hat.« Ich hatte diesen Gedanken schon viele Male zuvor gehabt, aber es war das erste Mal, dass ich es Lucy sagte. Die Schuld hatte nie ausschließlich bei Matilda gelegen.

Lucy nahm einen tiefen Atemzug und schaute mich an. Sie rieb sich die Augen, verschmierte Wimperntusche über ihre linke Wange. Und da saß ich in meinen Mary-Quant-Pailletten, soeben aus dem London Palladium gekommen und doch so weit von Alma Cogan entfernt, wie es nur ging. Wir zwei müssen wie zwei echte Puppen ausgesehen haben. Lucy griff auf der Suche nach einem Taschentuch in ihren Ärmel, fand dort aber keines. Ich reichte ihr eine Papierserviette.

»Sie informierte ihn über die Sache mit dem Baby, und ab diesem Zeitpunkt sah ich weg und gab Matilda die Schuld. Dabei war es nie ihr Fehler. Es war meiner. Ich habe die letzten drei Jahre damit zugebracht, vorherzusehen, dass er mich verlassen wird, und dann selbst die Beine in die Hand genommen, damit es nicht zu sehr schmerzt. Ich bin nicht sehr gut darin, oder? Was denkst du?« Wieder schnäuzte sie sich. »Und jetzt habe ich ihn für immer vertrieben. Ich habe ihm ja praktisch gesagt, dass ich mich mit einem anderen Kerl eingelassen habe und dass es vorbei ist …«

»Das alles solltest du nicht *mir* erzählen. *Er* muss es wissen. Du solltest zu ihm zurückgehen …«

»Aber genau darum geht es ja«, sagte Lucy. In ihren Augen lag Angst. »Er ist nicht mehr im Krankenhaus.«

»Was meinst du damit?«

»Er ist vor ein paar Tagen entlassen worden. Er ist weg.« Ihre Stimme war flach, ausdruckslos.

»Ganz bestimmt ist er nach Hause gegangen.«

»Oh ja, das ist er. Nur nicht zu uns nach Hause. Er ist nach Spanien zurückgegangen, Tara. Wie ich es ihm geraten habe.«

Mir rutschte das Herz in die Hose.

»Aber er wird zurückkommen.«

»Das weiß ich nicht«, sagte sie. »Er meinte, er würde irgendwann zurückkommen, um seine Sachen aus dem Cottage abzuholen. Das hört sich nicht sehr vielversprechend an, oder?«

»Aber wenn du ihm erklärst, was du empfindest, wenn du ihm sagst, was du mir erzählt hast, dann wird er doch bestimmt …?«

»Wie könnte ich das? Das ist seine Chance, noch einmal von vorn anzufangen. Für ihn ist es doch noch nicht zu spät. Er wird im Handumdrehen ein anderes Mädchen finden. Dann kann er immer noch seine Familie haben. Vielleicht sogar mit dieser Schlampe von Krankenschwester, die immer um ihn herumgeschwänzelt ist …«

»Rachel«, warf ich ein.

»Wie auch immer ihr verfluchter Name lautet.«

»Sie hat ihm nur geholfen.« Ich schaute sie an. »Sie hat seine Arbeit für ihn abgetippt.«

»*Sie* hat …?« Lucy sah angewidert aus. »Was hat *ihr* denn das Recht gegeben …«

Ach, was soll's?, dachte ich. *Ich sag es ihr.* Warum nicht? Das würde jetzt kaum einen Unterschied machen, wenn er wirklich nach Spanien zurückgegangen war.

»Er hat etwas geschrieben«, platzte ich heraus. »Einen Roman namens *Bernadita.*«

»*Ber-na-di-ta?*« Lucy betonte jede einzelne Silbe des Wortes.

»Was meinst du damit, einen Roman?« Sie prustete los. »Das glaube ich dir nicht.«

»Das habe ich auch nicht, bis ich einen Teil des Manuskripts sah und er mir den Plot in anschaulichen Details schilderte.«

Genau wie bei mir brauchte es einen Moment, ehe sie diese Information verdaut hatte. Dann fragte Lucy: »Warum hat er mir das nicht gesagt? Und was ist mit Capability Brown?«

Ich schüttelte den Kopf. »Oh, er taucht im Buch auf. Er schreibt einen der Romane, in denen tatsächliche historische Figuren auftauchen und mit den erfundenen Personen in Beziehung treten.«

»Gefährlich«, sagte Lucy.

»Er wollte wohl nicht darauf vertrauen, dass du es für gut befinden würdest, denke ich.«

Es war schwierig, ihr das zu sagen, aber es war die Wahrheit, und ich spürte, dass einzig und allein die Wahrheit hier von Wert war. Lucy sagte nichts, rührte nur mit dem Löffel in ihrer leeren Kaffeetasse herum. Die Kellnerin blickte zur Tür – sie wollte gerne nach Hause gehen. Es war schon spät, fast Mitternacht, und noch dazu ein Sonntag. Wir ignorierten sie. Ich glaube, wir hatten beide Angst, wir würden nicht länger so reden können, wenn wir woanders hingingen. Es war etwas Kostbares, was da zwischen uns war, und wären wir aufgestanden oder hätten einen Tapetenwechsel vorgenommen, dann hätte etwas wieder zurückschnellen und es unmöglich machen können, weiter zu kommunizieren.

»Er wollte es mir nicht sagen, weil er nicht annahm, ich würde an ihn glauben. Wo ich doch die ganze Zeit …« Sie hielt inne, sprach langsam, schüttelte den Kopf, als sie etwas aussprach, das ihr gerade erst klar geworden war. »Wo ich doch die ganze Zeit über nicht genug an *mich* geglaubt hatte – das war das Problem. An *mir* habe ich gezweifelt, nicht an ihm.«

Ich wollte mit den Fingern schnipsen und ihr sagen, dass sie es dieses Mal auf Anhieb begriffen hatte. Ich wollte lachen, ihr den Rücken dafür tätscheln, dass sie *das* gesagt hatte. Ich hätte weinen können, weil ich nie für möglich gehalten hätte, dass einer von uns an diesen Punkt gelangte.

»Jetzt ist es zu spät. So eine Scheiße!«, fluchte sie.

Da Digby so oft fluchte, war ich relativ abgestumpft, als Lucy dieses Wort jetzt benutzte, doch ich wusste, dass sie in ihrer Wortwahl nicht leichtfertig war. Sie schaute wieder in ihre Tasse, als hoffte sie auf das Auftauchen einer wundersamen Lösung aus dem Bodensatz.

»Geh zurück nach Cornwall, such ihn«, sagte ich wieder. »Er muss zurückkommen.«

»Genau das hat Brian auch gesagt.«

»Ich habe das Gefühl, ich sollte mich bei ihm bedanken«, murmelte ich.

»Nein«, sagte Lucy. »An deiner Stelle würde ich mich von ihm fernhalten. Ich habe es nur deshalb eine Woche in seinem Chaos ausgehalten, weil ich mir nicht vorstellen konnte, im gleichen Zimmer zu sein wie du, nachdem ich dich ins Gesicht geschlagen hatte.«

»Ich habe einfach keine Ruhe gegeben. Da hatte ich es wohl verdient.«

Lucy schüttelte den Kopf. Als wir uns erhoben, dachte ich an etwas anderes.

»Kurz danach bin ich Inigo Wallace über den Weg gelaufen, und er hat mir von eurem kleinen Ausflug nach Hampton Court erzählt.«

Lucy nahm sich ihre Strickjacke.

»Oje«, sagte sie.

»Davon wusste ich gar nichts.«

»Sieht so aus, als könnte er Dinge ganz gut für sich behalten«, sagte Lucy.

»War er … anständig?«, fragte ich sie.

»Sehr anständig«, sagte sie. Irgendetwas in meinem Gesicht

musste mich verraten haben. »Du hast ihn immer noch nicht verwunden, oder?«

»Nein«, gab ich zu. »Verdammte Scheiße, da gibt es nichts zu sagen.«

Lucy wirkte schockiert. »Du bringst diese Ausdrucksweise besser nicht mit nach Hause zu Pa«, riet sie.

Als wir wieder bei Napier House waren, fingen die Vögel an zu zwitschern. Erschöpft und blass – das zweite Päckchen Zigaretten bereits halb zu Ende geraucht – fiel Lucy aufs Bett. Ich legte mich hin und dachte über alles und nichts nach. Wie konnte ich mich in diesem berühmten alten Theater auf die Bühne stellen und einen Song für einen Jungen singen, der mich nicht liebte, vor einem Haufen Leute, die ich nicht kannte, und wie konnte ich mich so einsam fühlen, wo ich doch meine Schwester wiederhatte? Wie schlecht ging es ihr doch ohne Raoul, und wie sehr wünschte ich mir nach alledem nur noch, dass ich bei meinem Vater wäre und dass er den Arm um mich legte und mir sagte, es sei alles in Ordnung! Ich fragte mich, was Matilda fühlte – mit ihrem Bauch, ihrem Ruhm und ihrer Einsamkeit ohne Lucy und ohne Paul Warren, eine Einsamkeit, die sie mit Billy teilte –, und ich dachte, was für ein Durcheinander das doch alles war, dass es sich aber ändern würde, denn wenn ich eines gelernt zu haben schien, dann, dass sich die Dinge *immer* änderten.

Und die Veränderung fing am nächsten Morgen an, als das Telefon unablässig klingelte. Alle hatten meinen Auftritt gesehen. Telegramme, Blumen, Einladungen und Nachrichten wurden ins Napier House und in Billys Büro geschickt, aber keiner dieser Grüße war von *ihm*. Die schlichte und einfache Wahrheit war, wie mir klar wurde, dass nichts davon einen Sinn hatte, dass nichts stimmte, wenn die richtigen Menschen nicht bei einem waren. Am Abend rief er dann an.

»Inigo für dich«, sagte Clover, warf mir den Hörer zu und beeilte sich, weitere Mädchen vor der Tür wegzuschicken.

»Ja, bitte?« Ich hörte, wie stark meine Stimme zitterte – etwas, das er nicht mitbekam.

»Cherry?«, sagte Inigo.

Die Verzögerung über den Atlantik war überwältigend. Ich hatte das Gefühl, er wäre noch weiter weg als Amerika – genauso gut hätte er mich vom Mars anrufen können.

»Ich habe gehört, was du gemacht hast. Du hättest auf Billy hören sollen. Du kannst nicht die ganze Zeit einfach alles ändern. Er hatte einen Plan für dich, und du musst daran glauben, dass er weiß, was er tut.«

Ich war schockiert – auch wenn ich nicht weiß, was ich mir von ihm zu hören erhofft hatte. Vermutlich nahm ich an, er würde mich inzwischen kennen, dem war aber nicht so.

»Alle haben gesagt, es wäre gut gewesen. Das Publikum hat es geliebt…«

»Darum geht es doch gar nicht, verdammt.« Ich spürte seine Verärgerung, hörte, wie er vor Verdruss aufseufzte.

»Ich konnte ›Over the Rainbow‹ nicht singen«, sagte ich, als ich meine Stimme wiedergefunden hatte. »Das war nicht ich.«

»Warum musst du so schrecklich schwierig sein? Billy hat sich abgerackert, um dich in diese Show zu bekommen. Es ist vielleicht alles gut gegangen, aber du bist ein großes Risiko eingegangen.«

»Aber das Risiko hat sich gelohnt! Es ist aufgegangen! Alle haben es geliebt – das Publikum ist ausgerastet!«

»Sie zum Lachen zu bringen, indem du Alma Cogan imitiertest, war nicht das, was du tun solltest.«

»Du warst nicht da! Du hast es nicht gesehen. Du kannst mich nicht nach den Dingen beurteilen, die man über mich erzählt!«

»Das kann ich wohl«, sagte er.

Es folgte ein Moment des schrecklichen Schweigens. Ich spürte das Rauschen durch die Kabel, die es uns erlaubten, so miteinander zu sprechen, und ich hatte das Gefühl, sie hörten uns zu.

»Ich sage nur, dass du auf das *achten* sollst, was Billy sagt. Er weiß, was er tut. Du bist erst siebzehn und du kennst das Business nicht so wie er. Wenn du in diesem Business bleiben willst, musst du auf ihn *hören*.«

Ich hab's für dich gemacht!, wollte ich herausbrüllen.

»Hör mal, ich will dich nicht anrufen wie so ein nerviger großer Bruder, der dir sagt, was du tun und lassen sollst, aber du hast für etwas unterschrieben, das du nicht ständig unter Kontrolle haben kannst. Du musst vorsichtig sein, Cherry.«

»Wie ist es so da drüben?«, fragte ich ihn mit zittriger Stimme.

»Häh?«

»Wie ist es? In Amerika – das Wetter?«

»Keine Ahnung. Ich hab die Vorhänge noch nicht aufgezogen.«

Erneut schwiegen wir.

»Das muss ein teurer Anruf sein«, sagte ich.

»Lass es dir von mir gesagt sein, Cherry. Du bist gut. Aber ich will nicht, dass du deine Chancen vertust – verstehst du, was ich meine?«

Dann war das Klingeln eines anderen Telefons an diesem weit entfernten Ort zu hören, wo er gerade war.

»Ich muss dann mal«, sagte er.

»Wirst du an Weihnachten hier sein?«, fragte ich ihn.

»Vielleicht. Warum? Hast du ein Problem damit, mit Johnnie Wilson zu arbeiten? Er ist ein toller Typ.«

»N… nein. Ich habe mich nur gefragt, wann ich dich wiedersehe.«

»Du solltest dir einzig darüber Gedanken machen, wie du möglichst viel aus dem machst, was sich dir bietet. Bau keinen Mist mit Billy, und du wirst viel Geld verdienen. Geh zu viele Risiken ein, dann bist du auf dich allein gestellt.«

Und damit war das Gespräch zu Ende. Lustlos nahm ich den Stift und kritzelte in das Notizbuch für Telefonanrufe.

Inigo Wallace an Cherry Merrywell aus New York. Zweck des Anrufs: heftiges Zurechtweisen.

Wie konnte er nur wieder so gleichgültig sein? War er derselbe Junge, der mit mir vor ein paar Wochen perplex neben einer Dorfwiese in Wiltshire gestanden hatte? Derselbe Junge, dessen Hand ich gehalten hatte, nachdem wir eine Nacht wach gewesen waren, um einen Song zu schreiben, den ich nicht mehr aus dem Kopf bekam? Er hatte seine Entscheidung gefällt, dachte ich. Ich war einfach nur irgendeine Sängerin für ihn. Nicht einmal Alma Cogan hatte ihn daran erinnert, dass er mich schon länger kannte, als er dachte. Ich würde ihn vergessen, beschloss ich wild. Und den Schmerz für immer verdrängen. Bei dem Ganzen gab es nur ein kleines Problem: Das war unmöglich.

Dritter Teil

Die Fehleinschätzung der Tara Jupp

42. Kapitel

Der Sturm

Den Samstagabend zwei Wochen später verbrachten Lucy und ich damit, unseren kleinen Brüdern beim Tennisspielen zuzusehen. Billy hatte Matilda und mich für vier Tage nach Cornwall gefahren – er ahnte bereits, dass wir später nicht viel Zeit zu Hause verbringen würden. Die Maschinerie um Cherry Merrywell hatte noch einen Schritt zugelegt. Die zwei Wochen, die auf den Auftritt im Palladium folgten, hatte ich im Aufnahmestudio, mit fortwährenden Interviewterminen und mit Live-Darbietungen von »May to September« zugebracht. Nach dem Palladium machte mir nichts mehr Angst. Vielleicht, weil sich nichts mehr so groß anfühlte. Vielleicht, weil ohne *ihn* sowieso alles egal war.

Meine Zeit im Aufnahmestudio mit Johnnie Wilson erinnerte mich nur noch mehr an Inigo. Johnnie redete viel von ihm, erwähnte beständig, was er ihm beigebracht hatte, und sprach unaufhörlich von seinem musikalischen Genie. Johnnie war hochgewachsen, umgänglich, mit angenehmer Stimme, einem blassen, runden Gesicht und sanften braunen Augen, und er hatte eine Vorliebe für Mädchen, die singen konnten und ihn zum Lachen brachten. Er erweckte den Eindruck, als hätte er sich etwas in mich verliebt, aber das einzige Mal, dass er mich nach einem Nachmittag im Studio zum Essen einlud, lehnte ich ab.

Zurück im Pfarrhaus wollte ich nur, dass alles so war wie immer, aber das war es natürlich nicht. Raoul war noch immer in

Spanien, also wohnte Lucy gerade wieder bei uns. Das konnte ich ihr nicht verübeln. Warum sollte sie allein in Rose Cottage wohnen wollen – umgeben von seinen Klamotten, seinen Büchern und der Gewissheit, dass es niemals wieder wie früher sein würde? An dem Abend, an dem wir ankamen, nahmen sie und ich uns ein Stück kalten Apfelkuchen und eine Flasche Limonade mit zu dem Grünstreifen voller Gänseblümchen neben dem Tennisplatz.

»Ta, Lucy, schaut ihr zu?«, brüllte Roy, und einen Moment war ich ganz verblüfft, denn er servierte einen sensationellen Aufschlag. Doch Luke schmetterte ihn zurück, und der Ball flog über das Netz zu seinem Bruder.

»Aus!«, rief Roy. »Stimmt doch, oder, Ta?«

»Ihr seid beide so gut, dass ich das nicht einmal mehr sehen kann. Eure Bälle sind zu schnell. Könnt ihr nicht ein bisschen langsamer machen?«, rief Lucy zurück.

Pa tauchte auf. »Werdet nicht zu selbstzufrieden, Jungs!«, rief er ihnen zu. »Roy, das war drin. Lukes Punkt.«

Pa setzte sich neben mich auf den Grünstreifen.

»*Du* denkst vielleicht, sie hätten sich verbessert. Aber sie sind beide gestern Abend zu mir gekommen, um mir zu sagen, dass sie zukünftig nur noch zum Spaß spielen wollen. Zum Spaß! Also ehrlich!«

»Ach, Pa …«

»Nein, da gibt es nichts mehr zu sagen. Ich hätte nicht so große Hoffnungen auf zwei Spieler setzen sollen, die sich mehr dafür interessieren, was auf der anderen Seite des Tenniscourts los ist, als im Aufschlagfeld. Das war mein Fehler.«

Ich war ebenso erstaunt über den Mut der Jungs wie darüber, dass Pa seinen Fehler mir gegenüber eingestand.

Er schaute zu den Jungs, die zusammen unter dem grauen Himmel lachten. Für den Abend war Sturm angekündigt worden. Momentan war die Luft klebrig und schwül, wollte dem Regen noch nicht unterliegen.

»Ich hätte sie niemals so stark drängen sollen«, sagte Pa.

»Du hast sie gedrängt, weil du an sie geglaubt hast«, erwiderte ich.

»So wie du mich gedrängt hast, Pevsner zu lesen und meinen Verstand außer mit Jungs und Pubs noch mit etwas anderem zu beschäftigen«, ergänzte Lucy trocken.

Ohne sie anzusehen, ergriff Pa ihre Hand. Lucy konnte sich ein Schmunzeln nicht verkneifen – sie war wieder dreizehn und lebte vermutlich ihre Fantasie aus, Pas einziges Kind zu sein.

»Wenn er nicht zurückkommt, dann solltest du Folgendes wissen. Du kannst immer herkommen und hier wohnen bleiben, solange du möchtest. Du gehörst hierher, Lucy Janet Persephone Jupp.«

»Grundgütiger!«, rief ich. »Das ist tatsächlich ihr Name. Bin beeindruckt, Pa.«

»Danke«, sagte Lucy.

Sie schaute nach unten, doch ich sah, wie sie sich eine Träne wegwischte. Ob sie Raoul oder Pa galt, wusste ich nicht. Aber ich wusste, dass sie der Liebe geschuldet war.

Pa starrte zum Tennisplatz. Wind zerzauste seine grauen Haare, und die blaue Strickjacke, die Imogen ihm vor Jahren gestrickt hatte, war am Ärmel aufgegangen. Zum ersten Mal schaute ich ihn an und sah ihn, wie er als Kind gewesen war und wie er gewesen war, als er Ma kennenlernte. Zum ersten Mal sah ich ihn an und entdeckte auch Lucy in ihm. Roy servierte Luke eine Aufschlag, der eindeutig im Aus war. Pa biss sich auf die Lippe, versuchte seinen Drang loszubrüllen zu unterdrücken, aber das war einfach zu viel für ihn.

»*Aus!*«, brüllte er und stand auf.

»Pa …«, versuchte ich ihn aufzuhalten. »Du hast gesagt, sie wollen jetzt zum Spaß spielen …«

»Luke, du spielst wie ein großes Baby!«, rief Pa. »Reiß dich zusammen und erinnere dich an das, worüber wir gestern geredet haben. Und warum wart ihr heute Nachmittag so lange unterwegs?«

»Naturwissenschaftsprojekt«, erwiderte Roy automatisch, und Luke sagte: »Helfen, die Betten zu machen.«

»Zeitvergeudung!«, rief Pa.

Er schaute zu Lucy und mir und seufzte.

»Macht der Gewohnheit«, sagte er und zuckte ungerührt mit den Schultern. »Jesus ist es auch erst beim letzten Abendmahl bewusst geworden: Wenn man einmal Zeit und Energie in etwas investiert hat, dann fällt es einem schrecklich schwer, davon abzulassen.«

Die Sonne war verschwunden. Als ich hineinging, war das Grollen von Donner zu hören und das entfernte Klappern von Hufen, die auf der Dorfstraße in Trab fielen, als ihren Reitern klar wurde, dass sie sich beeilen mussten, wenn sie den Platzregen nicht abbekommen wollten.

Nach dem Abendessen hatte sich die restliche Familie zerstreut, wie sie das immer tat, wenn der Abwasch anstand. Gerade eben erst aus Napier House und von Clover mit ihrer Fähigkeit zurückgekehrt, stilvolles Interieur durch ihre alleinige Anwesenheit zu schaffen, fühlte ich mich beim Anblick der aufgestapelten Teller, gesprungenen Gläser und der schäbigen, mehrfach benutzten Servietten ganz erschöpft – doch ich wollte bei Imogen sein. Ich wollte über Matthew Bell und das Dorf tratschen, über nichts anderes. Lucy war mit dem Auto zum Rose Cottage gefahren, um eine Tasche mit frischen Klamotten und Büchern zu holen. Die Erleichterung, im Pfarrhaus willkommen zu sein, hätte sie auch ohne Benzin den ganzen Weg hin und zurück getrieben. Das Telefon klingelte, was mich mit der zweifachen Hoffnung erfüllte, es könnte entweder Raoul oder Inigo sein.

»Ist für dich«, sagte Imogen, als sie von der Diele zurückkam. »Es ist Mr. Laurier.« Nichts würde sie dazu bringen, von ihm als Billy zu sprechen. »Es sagt, es sei dringend.«

Ich wollte Billy und seine Dringlichkeit nicht, ich war hergekommen, um diesen Dingen zu entkommen. Ich tapste in die Diele und griff zum Hörer. Billy rief bestimmt an, um Pläne für unsere Rückkehr zu machen. Er würde nichts dem Zufall überlassen – nicht nach dem Palladium und den ganzen Dingen, die in den Zeitungen über mich standen.

»Ja?«, sagte ich vorsichtig.

»Gott sei Dank! Cherry, bist du das?«

»Ja.«

»Ich glaube, Matildas Kind kommt.«

»Wie?«

»Sie bekommt jetzt die … du weißt schon … die Wehen setzen ein. Oder besser, sie hat sie schon eine ganze Weile. Also, wenigstens glaube ich, dass es das ist. Ich habe keine Ahnung, was zum Teufel hier los ist. Ich hatte die Krankenschwester für nächste Woche nach London bestellt …«

Ich verstand nicht, was er als Nächstes sagte, denn seine Stimme wurde von einem ohrenbetäubenden Heulen übertönt. Okay – sie hatte Wehen.

»Hast du das Krankenhaus angerufen? Einen Krankenwagen bestellt?«

»Natürlich.« Ich hörte, wie die Panik in seiner Stimme zunahm – das war merkwürdig. Nie war mir Billy anders untergekommen denn als Herr der Lage.

»Ich komme rüber«, sagte ich.

Ich knallte den Hörer aufs Telefon und rannte in die Küche.

»Ich bin weg«, rief ich Imogen zu.

»Herrje, ich dachte, du bleibst bis Dienstag«, setzte Imogen an.

»Notfall auf Trellanack. Matildas Kind kommt.«

»*Jetzt?*«

»Sieht ganz so aus«, rief ich. »Billy braucht jemanden, der mit ihm wartet, bis der Krankenwagen kommt.«

»Krankenwagen? Sie haben den ganzen Verkehr durch die

Stadt für das Baumfällen umgeleitet.« Imogen stand wie vom Donner gerührt da. »Sie kommen da nicht durch, es sei denn, jemand steht unten an der Kreuzung und lenkt sie über die kleinen Sträßchen nach Trellanack. Ich gehe schon.«

»Das würdest du machen?«, keuchte ich. »Es könnte lange dauern ...«

Imogen rannte in den Gang, zog sich ihre Gummistiefel, Pas Regenjacke und Roys Südwester an. Dann rannte sie zurück in die Küche, steckte ein Päckchen Kekse und eine Taschenlampe ein.

Als ich Mrs. Otleys Weg halb hinuntergelaufen war, fing es an zu regnen. Und zwar nicht auf die übliche Art, wie Regen einsetzt – ein paar andeutungsweise Tropfen, gefolgt von einem leichten Schauer, der danach in etwas Beständigeres übergeht, einem aber noch Zeit lässt, einen Regenschirm aufzuspannen. Nein, das hier war ein Guss biblischen Ausmaßes. Die staubige Erde, die von diesem Verlauf völlig überrascht wurde, konnte das Wasser gar nicht aufnehmen, also prallte der Regen vom Weg ab, als würde er auf heißen Asphalt fallen. Ich trug Sandalen, und innerhalb kürzester Zeit waren sie durchweicht. Ich strich mir Haarsträhnen aus dem Gesicht und rannte weiter, während der Wind über mir immer stärker wurde und dunkle Wolken über den schwarz werdenden Himmel jagte, die Linden unten an der Auffahrt wild rascheln ließ und die Shettys zwang, überstürzt Unterschlupf zu suchen. Hester stand etwas abseits von den anderen, den Kopf weit hochgestreckt. Es war, als wüsste sie, dass ich komme.

Ich hastete über den Zaun, schnappte mir ein altes Halfter, das vergessen am Torpfosten hing. Mit ausgestreckter Hand ging ich schnell zu ihr hinüber, konnte ihr nichts weiter anbieten als die Hoffnung auf ihre Hilfe. Mit nach vorn gerichteten Ohren kam sie auf mich zu. Genau wie Matilda wollte auch sie gerettet werden. Ich schwang mich auf ihren Rücken und beugte mich gerade dann nach vorn, um ihr einen Kuss auf die

Mähne zu drücken, als ein ohrenbetäubender Donnerschlag sie unkontrolliert lostraben und gleichzeitig den Kopf nach oben reißen ließ. Ich bekam einen heftigen Stoß gegen die Nase. Ich trieb sie in den Galopp, war vom Regen halb blind, dirigierte sie zum oberen Teil des Parks und hoffte das Beste.

Wenn ich stürze und mir ein Bein breche, wer kommt dann mich retten, verflixt noch mal?, schoss mir ein panischer Gedanke durch den Kopf.

»Oh bitte«, rief ich in den leeren Raum vor mir. »Oh bitte, lass alles gut gehen!«

Eilig sprang ich vom Pferd, ließ Hester da oben mit der mitleidlosen Unbekümmertheit eines John Wayne stehen, kletterte über den Zaun und rannte zur Eingangstür. Das kleine Loch, das Inigo vor langer Zeit mit Holzscheiten gestopft hatte, war noch immer zu. Wo ist er?, fragte ich mich. Jetzt hätte ich ihn mehr als je zuvor gebraucht. Erst als ich durch die offene Tür ins Innere rannte, sah ich, dass meine Nase mein ganzes T-Shirt vollgeblutet hatte.

»Billy? Matilda?«, brüllte ich.

»Oben!«, rief Billy zurück. »Im Schlafzimmer ihrer Mutter! Wie bist du so schnell hergekommen, Cherry, du kleiner Engel?«

Ich war noch nie zuvor in Lady W-Ds Schlafzimmer gewesen, und da ich nicht über Lucys fotografisches Gedächtnis für Häuser verfügte, nahm ich erst ein paar falsche Türen, ehe ich zur richtigen gelangte. Ich hatte laute Geräusche erwartet; doch als ich ankam, war es ruhig. Matilda lag auf dem Bett, ihr Gesicht schweißüberströmt. Entgegen jeder Vernunft konnte ich in dem Moment nur denken, wie feminin dieses Zimmer für eine Frau wie Lady W-D doch war, bei der man sich sehr gut vorstellen konnte, wie sie auf den blanken Dielen schlief. Über dem Bett lag eine Tagesdecke mit Rosenmuster, und es gab schwere Vorhänge aus pinkfarbener und weißer Seide. Selbst inmitten dieses ganzen Durcheinanders fiel mir der verschossene samtene Zylinder auf dem Nachttisch auf, den sie in Hickstead getragen hatte und neben dem eine alte Ausgabe von *Von Menschen und Mäusen* lag.

Billy, der Matildas Hand umklammerte, schaute auf, als ich eintrat, und als er das Blut auf meinem T-Shirt sah, stand er alarmiert auf.

»Nichts Schlimmes«, beruhigte ich ihn schnell. »Nur Nasenbluten.«

»Gott sei Dank bist du da«, sagte Billy.

Er glaubt, alles wird gut, weil ich da bin, dachte ich in einem plötzlichen Anfall von Panik. Er denkt, dass ich weiß, was zu tun ist, weil ich ein Mädchen bin. Dass mich irgendeine Art Urinstinkt überkommt und ich, falls es vonnöten wäre, auch irgendwie das Kind aus ihr herausbekommen würde.

»Matilda?« Ich ging hinüber zum Bett, kniete mich hin, fast schon ehrfurchtsvoll.

Als sie mir ihr Gesicht zuwandte, sah ich, wie blass sie war, jede Spur von Make-up war in der Zwischenzeit ins Kissen geflossen.

»Tara! Oh bitte, Liebes. Mach, dass diese Schmerzen aufhören. Ich kann das nicht. Ich kann das einfach nicht.«

»Doch, du kannst. Ganz sicher.«

Doch, Herr im Himmel – konnte sie das *wirklich*? Woher sollte ich das denn wissen?

Ich nahm ein Glas von ihrem Nachttisch.

»Wasser?«

»Ich glaube, ich muss mich übergeben«, sagte sie. »Ich glaube, das ist die Angst. Es kann jetzt noch nicht kommen, oder? Warum kommt es jetzt? Ich dachte, das erste Kind kommt immer mit Verspätung.«

»Nicht mit Billy am Steuer«, sagte ich.

Der Versuch zu scherzen war falsch gewesen. Matilda fing an

zu weinen, große Schluchzer, die ihren gesamten Körper durchzuckten. Ich schaute zu Billy, der mich schreckerfüllt anstarrte.

»Ich kann nicht zusehen, wie sie leidet, um Himmels willen. Das kann ich einfach nicht.«

»Dann tu es auch nicht«, erwiderte ich barsch. »Du solltest überhaupt nicht hier sein. Was hat ein Mann im Zimmer verloren, wenn seine Frau ein Kind bekommt? Geh nach unten und mach Tee. Und bring uns ein paar saubere Laken.«

Ich war ganz entsetzt über meinen barschen Tonfall. Matilda schaute mich an, als er hinausging.

»Prima. In solchen Momenten muss man den Leuten sagen, was sie zu tun haben. Morgen wird er dir dafür dankbar sein.«

Wird es denn ein Morgen geben?, fragte ich mich. Es kam mir vor wie der letzte Abend auf Erden.

»Saubere Laken«, sagte Matilda mit einem schwachen Lächeln. »Bitten die Leute für gewöhnlich nicht um Handtücher und heißes Wasser?«

Herrje – machte man das? Ich wusste es nicht.

»Bleib bei mir, Tara«, sagte Matilda. »Du wirst doch nicht gehen, oder?«

Sie fing wieder an zu weinen.

»Wann war deine letzte Wehe?«, fragte ich sie – hauptsächlich, damit ich irgendetwas sagte.

»Ist das der schwierige Teil?«

»Verdammt, Matilda, hast du nichts über all das gelesen?«

»Natürlich nicht. Leugnen hat die ganze Zeit während der Schwangerschaft wunderbar funktioniert.«

Ich lachte nicht. Furchterfüllt schaute sie mich an.

»Ich hatte einen schrecklichen Moment vor etwa zwanzig Minuten, als Billy dich angerufen hat. Ich glaube, das war das letzte Wehending.«

»Wir müssen einfach durch diese Momente hindurchatmen«, sagte ich unsicher.

»Hältst du meine Hand?«

Plötzlich wechselte sie die Position; sie kniete sich wie ein Tier auf alle viere.

»So fühlt es sich einfacher an!«, keuchte sie. »Ich weiß nicht, warum. Ich komme mir vor wie ein *Pferd*!«

Dieses Bild passte so gar nicht zu der Matilda, wie ich sie kannte, um ein Haar hätte ich losgelacht. Und es hatte etwas von einer bitteren Komik, dass Matilda und ich hier oben im ehemaligen Schlafzimmer von Lady W-D, nur wenige Monate bevor Trellanack nicht mehr ihr gehören sollte, zusammen die Wehen durchstanden. Und wir durchlebten es *zusammen*: Jedes Mal, wenn Matilda eine Wehe hatte, empfand ich ein solches Entsetzen, dass ich am liebsten zur Tür gerannt wäre. Etwas hielt mich davon ab, ließ mich ruhig dasitzen, ihre Hand halten, ihrem Weinen zuhören und darauf warten, dass es endete. Sie mussten bald hier sein, das mussten sie einfach, dachte ich und überschlug, wie lange ein Krankenwagen von Truro nach Trellanack brauchte. Vierzig Minuten? Höchstens eine Stunde? Doch der Regen, der noch immer herunterprasselte, machte das alles ungewiss. Kornische Nächte wie diese konnten jedem Einhalt gebieten, außer vielleicht diesem Baby. Aus irgendeinem Grund kam es früher, als wir alle uns darauf eingestellt hatten. In den merkwürdigen Momenten der Ruhe dazwischen legte Matilda sich wieder auf das Bett, ruhte ihren Kopf auf dem verschossenen Kissen mit Rosenmuster aus und redete über die Vergangenheit.

»Das letzte Mal bin ich an dem Morgen in dieses Zimmer gegangen, als Lucy mir verkündete, sie würde Raoul heiraten. Ich bin völlig durchgedreht, bin vor meiner Mutter explodiert wie ein schreckliches Geschöpf der Nacht. Ich konnte gar nicht aufhören, sagte immer wieder nur, dass ich die eine Person verloren hatte, die ich wirklich liebte.«

»Raoul hätte dich wahnsinnig gemacht.«

»Oh nein, ich spreche nicht von ihm. Ich spreche von Lucy.«

Ich schaute sie an.

»Das klingt, als wärst du mit ihr verheiratet gewesen!«

Stöhnend griff Matilda nach einem Glas Wasser.

»Aber das waren wir doch, in gewisser Weise. Diese intensive Freundschaft zwischen zwei Mädchen im Schulalter ist etwas, das in Stein gehauen ist. Du kennst nichts anderes, wenn du siebzehn bist, und dann triffst du auf jemanden, mit dem du über alles sprechen kannst. Das Lustige daran ist, dass ich immer dann, wenn ich mit Raoul allein war, einfach nur versuchte, Lucy zu beeindrucken, denke ich. Ich wollte etwas Sensationelles haben, worüber ich mit ihr sprechen konnte. Ich wollte, dass sie … dass sie stolz auf mich ist.«

Ich betrachtete Matildas Gesicht, diese weltberühmten blauen Augen, den großen, rosigen Mund, die leuchtend weißen Zähne, jetzt vom Rotwein verfärbt.

»Eine solche Liebe«, sagte sie, als wüsste sie, was ich dachte, »sieht keinen Schmerz und kein Versagen voraus. Das war mein Niedergang. Ich konnte nicht glauben, dass sie bereit war, mich so zu verletzen, wie sie es getan hatte, also habe ich mich mit der einzigen Sache gegen sie gewandt, von der ich wusste, es würde sie verletzen.«

»Sie war am Boden zerstört. Du hattest die Macht, sie so sehr zu verletzen, viel mehr, als sie dich verletzen konnte.«

»Ich weiß«, flüsterte Matilda. »Ich habe mich seitdem immer dafür gehasst.«

»Ist das der Grund, weshalb … weshalb du so viel trinkst?«

Matilda schüttelte heftig den Kopf.

»Selbst wenn das der Grund wäre, das macht die Sache nicht wieder gut.« Sie verschränkte ihre Finger, warf mir denselben eindringlichen Blick zu, mit dem ihre Mutter mich immer bedachte, wenn sie betonte, dass Ponys mit weichem Maul ein doppelt gebrochenes Gebiss benötigten. »Das Einzige, was es in Ordnung bringen kann, ist das, was ich jetzt mache. Jetzt, wo sie mir vergeben hat. Verstehst du?« Dann legte sich wieder ein Schatten über sie. »Oje. Es geht wieder los. O Gott, Tara! Himmel!« Sie packte meine Hand. »Tara, das ist nicht witzig.«

»Glaub mir, ich lache nicht.«

»Sag mir«, presste sie zwischen zusammengebissenen Zähnen hervor, »sag mir, warum zum Teufel jemand sich das antut, Liebes.«

Die Tür ging auf. Sie sind da!, dachte ich, wurde vor Erleichterung fast ohnmächtig. Alles würde gut werden.

»Okay«, sagte eine Stimme. »Habt ihr die Wehen gestoppt?«

Ich schaute auf und wäre fast zum zweiten Mal innerhalb kürzester Zeit in Ohnmacht gefallen. Es war Lucy.

43. Kapitel

Debüt

»Was machst du denn hier«, fragten Matilda und ich gleichzeitig. Ich stand auf, stolperte von da, wo ich war, zu meiner Schwester.

»Woher wusstest du, dass wir hier sind?«, fragte ich überrascht.

»Ich kam gerade vom Cottage zurück, als ich eine geisterhafte Vision mitten in der Kreuzung stehen sah.«

»Imogen.«

»Sie hat mir erzählt, was passiert ist.«

Matilda ließ sich auf das Kissen zurückfallen und schloss die Augen.

»Du solltest nicht hier sein«, flüsterte sie. »Das ist zu schwierig.«

Ich schaute zu Lucy. Sie trug Shorts und dasselbe kurze Oberteil, das sie an dem Tag vor drei Jahren getragen hatte, an dem wir Raoul kennenlernten, nur dass sie jetzt noch einen Tweedmantel darüber anhatte. Sie hatte ihre Haare hochgebunden, und irgendwie schien das die dunklen Schatten weggewischt zu haben, die über ihren Augen lagen, seit Raoul abgereist war. Ich spürte die Dringlichkeit, die sie empfinden musste, die Hitze, die ihr Körper verströmte; sie war genauso schnell hergekommen wie ich. Lucy, die sich vor nichts fürchtete außer vor der Schuld, die sie sich für den Tod unserer Mutter gab, sah sich genau derselben Situation gegenüber wie damals.

»Wenn das Kind heute kommt, wie viel zu früh kommt es dann?«, fragte sie und versuchte, ihre Stimme fest klingen zu lassen.

»Sechs Wochen«, sagte Matilda mit geschlossenen Augen.

»Das habe ich mir gedacht«, sagte Lucy. »Okay. Es wird kommen, und es wird gut gehen. Verstehst du das, Miss Wells-Devoran?«

Matilda öffnete die Augen und warf Lucy ein kleines Lächeln zu.

»Niemand hat mich so genannt, seit ich von hier weggegangen bin.«

»Das hätten sie vielleicht tun sollen«, bemerkte Lucy. Sie schaute mich an. »Gut, dass du hier bist«, verkündete sie, was mich verwirrte. Ich nehme an, dass sie mit einem Mal den Raum um sich herum wahrnahm und abwägte, wie sie jetzt weitermachen sollte. Ich zog sie am Ärmel ihres Mantels in eine Ecke des Zimmers, damit Matilda uns nicht hören konnte.

»Hör zu, der Krankenwagen wird bald hier sein. Du hättest nicht zu kommen brauchen. Das ist zu schwierig für dich. Wir können nicht so tun, als wüssten wir, was wir tun, aber es ist okay für mich, bei ihr zu bleiben. Wirklich. Du könntest runtergehen und nachsehen, wie es Billy geht …«

»Es geht ihm gut, er sitzt unten, schüttet sich einen Scotch nach dem anderen rein und versucht sich damit abzulenken, das Radio zu reparieren. Der Krankenwagen wird *nicht* bald hier sein. Gefällte Linden blockieren die ganze Straße. Und wenn du glaubst, du kennst eine Person, die mehr darüber weiß, wie man eine unerwartete Geburt durchführt, als ich, dann würde ich gerne wissen, wer das sein soll.« Lucy wand ihren Arm aus meinem Griff und sprach sehr ruhig weiter. »Reiß dich zusammen, Tara! Ich weiß genau, was ich tue. Was glaubst du denn, was ich die ganze Zeit gelesen habe, wenn du in mein Zimmer gekommen bist und mich mit der Taschenlampe unter der Bettdecke erwischt hast?«

»Ich habe immer gedacht, es wäre entweder etwas über beeindruckende Landhäuser oder über Sex.«

Lucy sah leicht überrascht aus. »Tja, war es aber nicht.«

»Ja, aber was dann?«

»Ich habe Bücher zum Thema ›Geburt‹ gelesen in der vergeblichen Hoffnung, dass ich überleben würde, sollte mir das jemals passieren.«

»Das glaube ich dir nicht.«

»Lass dich von deinen Fehlern nicht runterziehen, lern aus ihnen«, sagte sie.

Lern aus ihnen! Das war der Ratschlag, den Raoul ihr gegeben hatte, als ich ihre Unterhaltung vor der Hochzeit im Esszimmer belauscht hatte.

Matilda griff wieder nach ihrem Wasserglas, verschüttete es aber über dem Bett.

»Ich glaube, ich muss mich übergeben«, krächzte sie.

»Mach dir keine Sorgen«, sagte Lucy. »Das ist völlig normal. Etwa dreiundneunzig Prozent der Frauen wird bei der Geburt schlecht.«

Ich schaute sie an.

»Beeindruckende Landhäuser und Sex! Ha! Darüber musste ich nichts lesen«, sagte sie scharf. »Davon habe ich im echten Leben eine *ordentliche* Portion abbekommen.«

Sie sah zu Matilda.

»Wir brauchen mehr Wasser, Handtücher und etwas, in das sie sich übergeben kann.«

»Die ganze Bettwäsche, Handtücher und so sind im Roten Badezimmer untergebracht«, sagte Matilda. Sie hätte gerne noch mehr gesagt, doch das konnte sie ganz offensichtlich nicht. Als die nächste Wehe anfing, stöhnte und schrie sie, als würde man sie umbringen.

»Oh Gott! *Oh Gott!*«, rief ich ganz beunruhigt aus.

»Rotes Badezimmer, Rotes Badezimmer …«, grübelte Lucy, ohne auf mich einzugehen. Sie ließ es zu, dass Matilda ihre

Hand nahm und so fest drückte, dass sich der Verlobungsring in die Haut bohrte, bis es blutete. Lucy zuckte zusammen. Ich sah, wie ihr fotografisches Gedächtnis für Häuser anfing zu arbeiten.

»Rotes Badezimmer, Rotes Badezimmer«, murmelte sie wieder. Plötzlich schnipste sie mit den Fingern. »Jetzt, ich hab's. Das Badezimmer von Byrons Hausdiener, nicht wahr? Tara, geh rüber in den Ostflügel, dritter Stock, vierte Tür auf der linken Seite, da durch und dann wieder nach links. Bring, so viel du kannst, und beeil dich um Himmels willen.«

Ich düste aus dem Zimmer.

Die nächsten beiden Stunden waren wir in nie gekannter Weise im Einsatz. Lucy, die alles unter Kontrolle hatte, schmetterte Befehle heraus, während ich für sie durchs Haus jagte.

»Mach das Fenster auf! Nein, mach es wieder zu, es ist zu zugig. Ach, mach es einen Spalt auf – nur einen Spalt, Tara, wir spielen hier nicht *Peter Pan* nach. Geh in das Mohnblumenzimmer im zweiten Stock, Westflügel, und hol die kleine Lampe neben dem Bett – die mit den aufgemalten Lämmern am Rand – hier ist es viel zu dunkel.«

Matilda war jetzt panisch.

»Und sie braucht etwas zu trinken. Bring ihr einen Whisky.«

»Ist das jetzt das Richtige für sie?«

»Ja!«, brüllten Lucy und Matilda unisono.

Gelegentlich steckte Billy den Kopf zur Tür herein.

»Herrgott, wie lange braucht denn der Krankenwagen, bis er hier ist?«

»Vergiss den Krankenwagen«, blaffte Lucy ihn an. »Sie kommt sehr gut ohne aus, vielen Dank.«

Ihr Selbstvertrauen beruhigte Matilda, die genau wie früher dafür empfänglich war, Lucys Wirklichkeit als die einzige zu betrachten, die Wahrheit in sich barg.

»Danke«, sagte sie immer wieder zu Lucy. *»Danke, dass du hier bist. Danke, dass du hier bist.«*

»Hör auf zu reden«, sagte Lucy. »Mach schon, tiefe Atemzüge. Es dauert nicht mehr lange.«

Sie schaute zu mir, war kurz davor, ihre nächste Anweisung zu verkünden.

»Such nach ein paar Decken, ihr wird nach der Geburt des Babys kalt sein, wenn wir sie nicht warm halten. Und mehr Handtücher. Davon kann man gar nicht genug haben.«

Ich polterte hinunter in die Küche. Dort fand ich einen Wasserkessel, ganz von Kalk überzogen, und auch ein paar Streichhölzer, um mit zitternden Händen das Gas anzuzünden. Ich machte die Küchenschränke auf, stöberte Teebeutel, einen fast leeren Topf körnigen Honig, ein paar alte Geschirrhandtücher und eine Flasche Scotch auf. Zufällig fand ich auch eine Wärmflasche ohne Verschluss im Schrank unter der Treppe, also wickelte ich eines der Handtücher und meinen Pulli darum herum und goss den ersten Schwung heißes Wasser hinein. Ich spülte eine angeschlagene, staubige Teetasse aus, schenkte einen ordentlichen Schluck Whisky ein und schüttete ihn hinunter, spülte die Tasse wieder aus und füllte sie mit Wasser, um sie Matilda hochzubringen, die in ihrem Schmerz das meiste davon verschüttete.

Wieder oben, lenkte ich mich damit ab, auf der Suche nach Bettzeug alle Schränke von Lady W-D zu durchwühlen, fand aber nichts außer zwei alten Pferdedecken. In die Ecken der beiden Abschwitzdecken war einmal »Passion« und einmal »Prudentia« gestickt; sie gehörten ganz eindeutig den berühmten Stuten, die sie auf Windsor geritten hatte. Verzweifelt hielt ich sie hoch.

»Wir nehmen wohl besser Prudentia«, sagte Lucy trocken. »Ich nehme an, Passion ist zu diesem Zeitpunkt etwas unangemessen, oder nicht?«

Wieder stieß Matilda einen schmerzerfüllten Schrei aus; das war bislang der schlimmste. Ich schaute zu Lucy und sah, wie sie kurz zögerte. Da war es, das kleine Aufflackern der Angst, dieser flüchtige Moment, und Lucy war wieder das dreizehnjährige Mädchen im Zimmer ihrer Mutter. Schmerz erfüllte mein Herz, Schweiß brach auf meiner Stirn aus. Es ging wieder nur um Ma.

»Ich habe noch mehr Kissen gefunden«, verkündete ich mit demselben Triumph wie Kolumbus seine Entdeckung Amerikas.

»Die sind widerlich«, sagte Lucy, löste sich aus ihrer Starre. »Ganz ehrlich, die kannst du so nicht in ihre Nähe bringen. Wir brauchen irgendwelche Bezüge.«

»Wickle sie einfach in etwas ein. Ich weiß nicht, wo die verfluchten Kissenbezüge sind.«

Lucy stemmte Matildas Koffer auf und wickelte zwei angegraute Kissen in eines ihrer Kleider.

»Das ist von Mary Quant«, keuchte Matilda. »Sei vorsichtig damit!«

Nur wenige Augenblicke später schrie Matilda wieder los. Es hörte sich an, als wäre sie in diesem Schmerz gefangen – wie das jemals aufhören sollte, war mir schleierhaft.

»Fast schon an der Zeit zu pressen«, sagte Lucy. Sie wischte Matildas Stirn mit einem alten Unterhemd von Lady W-D ab.

»Das riecht nach Mutter«, jammerte Matilda.

»Stört dich das?«

»Nein«, sagte Matilda, riss es an sich. »Das gibt mir das Gefühl, als wäre sie hier. Ich hätte sie gerne hier. *Warum* ist sie nicht hier?«

»Wenn sie hier wäre, würde sie dir sagen, du sollst jedes Gefühl und jeden Schmerz, den du wahrnimmst, in einen kleinen Ball packen und so tun, als wäre alles in Ordnung.«

»Und sie hätte ja so recht!«, schluchzte Matilda. »Nur so kann man das durchstehen!«

Wenn das alles nicht so erschreckend gewesen wäre, hätte es durchaus amüsant sein können. Sie wandte sich an mich.

»Du wärst eine bessere Tochter für sie gewesen. Das habe

ich schon immer gedacht. Sie hat dich geliebt. Und außerdem konntest du reiten.«

»Sag nicht solchen Blödsinn«, erwiderte ich. Verflucht, Matilda hatte wirklich ein Händchen dafür, den richtigen Moment zu wählen.

»Atme weiter. Es dauert nicht mehr lange, atme!«, trug Lucy ihr auf.

Im entscheidenden Moment war Lucy bei ihr. Als hätte jemand einen Knopf betätigt – sie von irgendetwas befreit, mit dem sie ihr ganzes Leben gekämpft hatte. »Alles wird gut«, sagte sie, und dieses Mal klang ihre Stimme fest und zuversichtlich. »Das wird die unglaublichste Erfahrung deines ganzen Lebens sein.«

»Noch besser als die Fish and Chips hinten in dem Kleinbus vor dem Bull, damals, 1958 an diesem Samstag?«, fragte Matilda.

»Also, das ist jetzt doch etwas übertrieben.« Sie schauten einander an, wandten den Blick nicht voneinander ab. »Und wo wir gerade von übertreiben sprechen … wir könnten hier etwas vorantreiben. Es – ist – so weit.«

Ich hielt diesen Augenblick irgendwie fest. Machte ein mentales Bild davon.

Da lag Matilda – rotbackig, dickbäuchig, getreten und gegeißelt; sie bäumte sich mondwärts, war mit der dem Tod ähnlichen Unvermeidbarkeit der bevorstehenden Geburt ihres Kindes zur Unterwerfung gezwungen –, und neben ihr stand Lucy – angespannt vor Traurigkeit und doch übermächtig in dem sicheren Wissen, dass jede Hoffnung, jede Möglichkeit, das Anschwellen neuen Lebens in sich zu spüren, vorbei war. Und da sie es selbst nicht haben konnte, würde sie für das Mädchen, das sie verloren hatte, da sein. *Sie würde da sein.* Dann fing Matilda an zu pressen, und meine Tapferkeit war am Ende.

Es war unmöglich, dem Lärm ihrer Schreie auszuweichen.

Ich zitterte am ganzen Körper, raste nach unten in die Küche, wo Billy saß, schweißgebadet, das Gesicht tränenüberströmt.

»Grundgütiger!«, sagte er immer wieder. »Ich hatte ja keine Ahnung, dass es so sein würde.«

»Das weiß keiner. Ansonsten würde sich niemand darauf einlassen.«

Die nächsten zehn Minuten sagte keiner von uns etwas. Hin und wieder griff er nach meiner Hand und drückte sie so fest, bis ich vor Schmerz aufstöhnte. Er leerte ein weiteres Glas Whisky und öffnete eine neue Flasche. Und mit einem Mal hörten die Schreie auf.

»Was ist passiert?«, fragte er, als würde ich über hellseherische Fähigkeiten verfügen.

»Woher soll *ich* das wissen?«

»Geh nachsehen«, drängte er mich. »Geh nachsehen, ob es ihr gut geht. Bitte, Cherry, mach schnell.«

Also ging ich wieder nach oben und öffnete die Tür ins Schlafzimmer.

»Ist es vorbei?« Meine Stimme hallte ängstlich in dem Zimmer wider.

Das Baby war da. Reglos, grau, blutverschmiert – leblos lag es in Lucys Arm. Es sah tot aus.

Instinktiv wollte ich mich abwenden. »Was ist passiert?«, flüsterte ich. »Geht es ihm gut?«

»Sprich mit ihr«, keuchte Lucy. »Dreh ihren Kopf weg. Lenk sie ab.« Sie schloss die Augen, brachte ihre Hände in eine betende Haltung. »Um Himmels willen, bete, Tara! *Bitte lieber Gott, hilf mir. Oh bitte, hilf mir.*«

Flüsternd wiederholte ich die Worte, hielt Matildas Hände fest. *Bitte lieber Gott, hilf mir. Oh bitte, hilf mir.*

Lucy säuberte seine Nase und seinen Mund und presste dann ganz vorsichtig eine Hand auf seine Brust.

»Komm schon«, murmelte sie. Dann etwas lauter: »Komm schon! Mach schon!«

Es fühlte sich an wie drei Jahre, dauerte aber wahrscheinlich nur zwanzig Sekunden. Plötzlich – ein winziger Schrei, ein Schnappen nach Luft, und als ich hinübersah, wechselte die Farbe des kleinen Körpers von Grau in dunkles Rot.

»Alles in Ordnung«, sagte Lucy leise. »Es ist alles in Ordnung mit ihm.«

Sie machte weiter, und mit jedem Moment, der verstrich, wurden seine Schreie lauter. Sie säuberte ihn, wickelte ihn in ein Handtuch, presste ihn dann kurz an sich, vermutlich nicht länger als zehn Sekunden, aber für Lucy müssen es wohl die zehn wichtigsten Sekunden ihres Lebens gewesen sein. Matilda starrte sie an – ihre alte Freundin hielt ihr Baby im Arm. *Ihr Baby.*

»Du hast ihn gerettet«, flüsterte sie Lucy zu. »Du hast ihn gerettet.«

Tränen strömten über Lucys Wangen.

»Das reicht«, sagte sie mit zitternder Stimme. »Wie heißt er?«

»Joseph«, antwortete Matilda. »Er heißt Joseph Paul Laurier.«

Lucys Lippen zitterten. Sie schaute das Baby an und legte es Matilda an die Brust.

»Na, mach schon«, flüsterte sie. »Du kannst ihre Brüste genauso gut sinnvoll nutzen. Sie hat sie hier im Dorf noch nie zuvor einem anderen Mann gezeigt.«

»Billy«, flüsterte Matilda. »Wo ist Billy?«

Ich fand ihn unten auf der Treppe sitzend vor, den Kopf zwischen den Händen. Er schaute zu mir auf.

»Alles gut«, sagte ich. Dann brüllte ich es. »*Alles gut!* Es ist ein Junge, es ist ein *Junge*!«

»Ein Junge?« Billy starrte mich an. »Ein Junge?«, wiederholte er.

»Er heißt Joseph, Joseph Paul Laurier.«

Der Krankenwagen und eine völlig durchnässte Imogen trafen zehn Minuten später ein. Es wurde viel Aufhebens darüber gemacht, wie klein das Baby war, wer es auf die Welt gebracht hatte und ob man nun das Risiko eingehen sollte, Mutter und Kind durch den Sturm ins Krankenhaus zu bringen.

»Wenn es eine solche Geburt durchsteht, dann steht es noch ganz andere Sachen durch«, sagte Lucy.

Imogen schaute mich an und drückte meine Hand.

Es war schon fast hell. Eine Stunde später kam die Nachricht, die Straße sei geräumt.

Billy drängte darauf, dass Matilda ins Krankenhaus kam.

»Mir ist es egal, wohin du mich bringst, solange du ihn mir nicht wegnimmst«, sagte Matilda.

»Soll ich auch mitkommen?«, fragte Lucy.

Matilda nickte und presste Joseph enger an ihre Brust.

Ich sah zu, wie man ihr in den Krankenwagen half. Ich hätte mich ängstlich fühlen sollen, doch trotz der Größe, der zu frühen Geburt und Matildas Problemen wusste ich, dass jetzt alles in Ordnung war. Ich verspürte das übermächtige Bedürfnis, mich zu bedanken.

»Ich gehe zu Pa in den Gottesdienst«, sagte ich zu Lucy.

Billy schaute zu uns.

»Danke«, sagte er. »Danke.«

Matilda lächelte schwach.

Als sie Trellanack verließ, stolperte Lucy – die noch nirgendwo gestürzt oder gestolpert war, es sei denn in die ausgestreckten Arme eines Jungen – über den Teppich bei der Eingangstür, als wollte sie deutlich machen, dass die Wunde zwischen ihr und Matilda für immer verheilt war.

»Du bist müde«, sagte Billy. »Du solltest auch nach Hause gehen.«

Lucy schaute zu Matilda.

»Nein«, erwiderte sie. »Sie braucht mich.«

»Ich hebe dir etwas Suppe auf«, sagte ich.

Ich ging nach Hause, schaute zu, wie meine Füße sich bewegten, wie sich ein Fuß vor den anderen setzte, ganz benebelt vor Müdigkeit, aufgewühlt von dem ganzen Adrenalin. Erst vor sieben Wochen hatte die Hochzeit stattgefunden, was bedeutete, dass wir Matilda vor sieben Wochen zum ersten Mal wiedergesehen hatten. Es war noch immer Sommer; die Jahreszeit hatte sich kaum verändert, die Linden trugen noch immer Blätter. Und doch war alles anders geworden: Inigo, Digby, das Palladium und ich, Lucy und Raoul, Matilda und Billy, und jetzt war da Joseph. Die Welt um mich herum hatte sich erneut völlig verändert. Unwillkürlich musste ich laut lachen – über diese Seltsamkeit, über die Schönheit von alldem. Mit seinem ersten Schrei hatte das Baby alle Schuld getilgt, Dinge wieder ungeschehen gemacht, und im Gehen wurde mir bewusst, dass sich auch bei mir etwas veränderte: Meine Schritte wurden gleichmäßiger, sicherer. Ich ging, ohne zu hinken, nach Hause. Lassen Sie mich das erneut sagen: *Ich ging, ohne zu hinken, nach Hause.* Madame hatte recht gehabt. Ich konnte es abstreifen. Ich brauchte es nicht mehr.

44. Kapitel

Die drei, wir zwei

Später an diesem Tag rief Billy im Pfarrhaus an, um sich erneut bei Lucy zu bedanken und um uns mitzuteilen, Matilda und Joseph seien wohlauf, müssten aber noch zwei Nächte im Krankenhaus verbringen, da Jospeh so verfrüht auf die Welt gekommen sei. Danach wollten sie bis Weihnachten auf Trellanack bleiben, unter den Fittichen einer Wochenpflegerin aus Yorkshire namens Miss Johnston. Danach würden sie das Haus zum letzten Mal verlassen und für immer nach London ziehen. Lucy und ich begaben uns nach Trellanack, um Lady W-Ds Schlafzimmer aufzuräumen.

»Gott sei Dank haben sie noch einen kleinen Aufschub«, meinte Lucy, als wir im Haus die Treppen hinaufgingen, nachdem wir zehn Minuten bei Hester und den Shettys im Park verbracht hatten – mit einer Tüte Karotten. »Vielleicht ändern sie ihre Meinung bezüglich des Verkaufs ja noch.«

»Das glaube ich nicht«, sagte ich. »Und anscheinend hat Lady W-D tränenüberströmt aus Indien angerufen.«

»Wie bitte?«, hakte Lucy nach. »Sie hat wegen ihrer Tochter geweint? Es geschehen noch Zeichen und Wunder!«

»Billy sagte, sie könne es nicht überwinden, dass sie nicht hier gewesen ist. Sie hatte geplant, eine Woche vor dem voraussichtlichen Geburtstermin einzutreffen, aber das ist ja wohl jetzt hinfällig. Dann hat er erzählt, dass du Joseph das Leben gerettet hast.«

»Das hat ihr dann wohl die Sprache verschlagen.« Lucy grinste mich an. »Weißt du, es ist gar nicht schlecht, dass ich keine Kinder bekommen kann. Ich glaube nicht, dass ich etwas so Süßes zustande bringen würde wie ihn.«

»Macht es das schwerer?«, fragte ich sie. »Zu wissen, dass du selbst nie welche haben wirst?«

»Ich habe sieben Brüder und Schwestern. Nimmst du etwa an, ich würde immer mehr verkümmern, je mehr Kinder ihr produziert? Dann würde ich ja völlig durchdrehen, bis ich fünfzig bin. Aber wie auch immer: In jedem Fall werde ich eine schreckliche alte Tante sein, die ihnen Romanzen und Abenteuer näherbringt.« Sie bedachte mich mit einem Blick aus den Augenwinkeln. »Immerhin war es Tante Mary, die dich mit Inigo Wallace bekannt machte. Nicht, dass ich sie jemals für Amor gehalten hätte, das muss ich ganz ehrlich zugeben.« Schon allein wenn ich Inigos Namen hörte, musste ich den Atem anhalten.

»Amor hat schrecklich danebengezielt, wenn er Inigo treffen wollte.«

»Was glaubst du, wann wirst du ihn wiedersehen?«, hakte Lucy nach.

»Ich weiß nicht. Er sagte, es wäre möglich, dass er vor Jahresende noch einmal herkommt. Doch selbst wenn er kommt – wen interessiert das?«, fügte ich nicht sehr überzeugend hinzu.

Lucy warf vier blutverschmierte Handtücher zusammen mit Prudentias Abschwitzdecke auf einen Haufen.

»Wir werden triumphierend nach London zurückkehren«, sagte sie. »Du zu deinem anhimmelnden Publikum und ich, um die zu besiegen, die Napier House zerstören wollen.«

»Du liebst Napier, oder?«

»Wenn man endlose Wochen damit zugebracht hat, Colette Napiers Tagebücher zu lesen, dann muss man sich in das Haus verlieben«, sagte Lucy.

Schmerzhaft war mir die Tatsache bewusst, dass wir das alles auf Trellanack sagten. Es kam mir vor wie Betrug: die Liebe zu einem anderen Haus vor dem ursprünglichen Herzensbrecher einzugestehen, in dessen vier Wänden wir uns gerade aufhielten.

»Kein Ort wird mich je so gefangen nehmen wie dieses Haus«, gab Lucy zu, die dasselbe fühlte. »Das sind Raoul und ich. Das Haus der Träume«, fügte sie ironisch hinzu. »Aber zur Ablenkung ist Napier ganz gut, oder nicht?«

Kaum dass sie vom Krankenhaus zurück waren, war es auch schon unmöglich, sie sich als etwas anderes denn als Trio vorzustellen; Matilda, Billy und Joseph waren jetzt eine Naturgewalt – eine Dreiergruppe voll undurchdringbarer Kraft. Als sie wieder auf Trellanack waren, hatte Miss Johnston, die über einen ausgeprägten Sinn für Humor, eine ruhige, kühle Art und ein starkes Verantwortungsbewusstsein gegenüber ihrem Schützling verfügte, Joseph schon bald dazu gebracht, gut zu schlafen, und Matilda erholte sich schneller, als wir alle es für möglich gehalten hätten. Matilda bewegte sich in ein neues Dasein, das in einem Wort verwurzelt war, das ich niemals mit ihr in Verbindung gebracht hätte: Freude. Ab dem stürmischen Abend, an dem ihr Sohn geboren wurde, hatte sie ganz mit Trinken aufgehört und entdeckte ein völlig neues Vokabular, bevölkert mit Begriffen wie Windeln, Sicherheitsnadeln und Lätzchen. Es war, als hätte die Geburt sie von allem befreit, das sie heimsuchte.

Doch genauso wenig wie Napier House jemals Lucys Gedanken ganz von Trellanack lösen konnte, hätte jemand ihr Augenmerk von Raoul weglenken können. Wir waren kurz davor, wieder nach London zurückzukehren, doch ich spürte die Angst meiner Schwester, das sichere Wissen, dass wir Cornwall dieses Mal für längere Zeit als nur für ein paar Wochen verlassen würden. Bevor wir abreisten, nahm Pa mich beiseite.

»Achte auf Lucy«, sagte er. »Ohne Raoul ist sie wie ein Welpe ohne Herrchen.«

»Ach, Pa!«

Ich hätte das Gesagte gerne als Absurdität abgetan, als eine alberne Unterstellung in der Art, dass eine Frau ohne einen Mann, der sie in die richtige Richtung lenkt, nicht vollständig sein könnte. Doch in Lucys Fall war das so zutreffend, dass ich einfach nichts dagegen vorbringen konnte. Ich nickte.

»So ist es nun mal mit den Spaniern: Sie warten nicht. Sieh dir nur die Armada an.«

»Was meinst du damit, Pa?«

Er ging nicht auf mich ein. »Und du«, fuhr er fort, »du solltest meiner Meinung nach aufhören, ein solches Aufhebens um diesen amerikanischen Jungen zu machen.«

»Was?« Verwirrt schaute ich ihn an. »Ach, Pa. Er ist kein Amerikaner …«

»Wenn er lieber mit jemand anderem zusammen sein will, ist er die Tinte auf dem Papier nicht wert.«

Ich errötete bis in die Haarspitzen. Am Abend zuvor hatte ich einen Brief an Inigo geschrieben, den ich jedoch nicht abzuschicken gedachte. Ich hatte ihn zusammengeknüllt und in den Papierkorb geworfen, dabei allerdings nicht die konsequente Weigerung meiner Familie berücksichtigt, sich *nicht* in anderer Leute Angelegenheiten zu mischen.

»Ich habe nur gelesen, an wen du schreibst, mehr nicht«, sagte Pa. »Aber ich kann mir sehr gut vorstellen, was du ihm geschrieben hast.«

»Das war nichts Wichtiges.«

Pa nahm einen Stapel Unterlagen vom Schreibtisch.

»Sieh zu, dass du an Weihnachten zurück bist«, sagte er. »Matthew Bell und der Chor könnten dich gut gebrauchen. Dieses Jones-Mädchen hat eine Stimme wie ein strangulierter Fischreiher.«

»Natürlich, Pa.«

Er drehte sich um und nickte mir zu.

»Und denk immer daran, mein Mädchen …«

»An was, Pa?«

»Ich bin stolz auf euch beide für das, was ihr für Matilda gemacht habt. Lucy war sehr tapfer. Ich bin ganz beschämt, weil ich ihr das nicht zugetraut hätte.«

Noch ehe ich etwas erwidern konnte, war er weg.

Am Freitagnachmittag kam ich in London an. Ich hatte im Zug geschlafen und mir dann schnell ein Taxi genommen; ich war eine müde, hungrige Reisende. Darüber, was Clover für den Sechs-Uhr-Club zubereiten würde, schloss ich Wetten mit mir selbst ab, obwohl es mir relativ egal war. Lucy blieb eine weitere Woche auf Trellanack, um bei Matilda und Joseph zu sein. Am Abend zuvor hatte sie Clover angerufen, um es ihr zu sagen, und sie war erschrocken gewesen über Clovers Verzweiflung, was das Haus betraf.

»Ach, Liebes, bleib nur dort«, hatte sie erschöpft gesagt. »Es wäre sowieso wenig hilfreich, wenn du im Moment hierherkämst. Heute Morgen war der Mann da, der den Abriss angeordnet hat. Er war sehr fröhlich und geschäftstüchtig und hat mir gesagt, ich sollte das Geld nehmen, verschwinden und mich glücklich schätzen. *Glücklich!*«, wiederholte sie. »Wenn das Einzige, das mir nicht völlig egal ist, in Stücke gerissen werden soll.«

»Außerdem sagt sie, sie wollen den Abriss der Häuser in diesem Abschnitt um zwei Wochen vorverlegen«, fügte Lucy hinzu, das Gesicht vor Sorge ganz zerfurcht. »Das bedeutet, dass Pevsner nicht mehr als einen Haufen Schutt antreffen wird. Sie erreicht ihn nicht, um ihn zu fragen, ob er auch früher kommen könnte.«

»Aber das können sie doch nicht machen!«

»Ist dir schon aufgefallen, dass es genau das ist, was wir immer über diese Leute gesagt haben? Und doch machen sie einfach weiter. Sie *können* es, und sie *werden* es tun.«

Als ich an der Haustür klingelte, stieg das »glückselige Paar«

beladen mit Einkaufstaschen von Cee-Cees aus einem Taxi. Auf der Straße vor mir spielte sich das normale Leben ab, als würde die Welt sich jetzt nicht um eine ganz andere Achse drehen. Leute kamen zurück von der Arbeit – Männer in Anzügen, Sekretärinnen in hohen Absätzen –, fuhren mit ihrem jeweiligen Leben fort, ob wir nun da waren oder nicht. Sobald ich drinnen war, streifte ich die Schuhe ab und stand im Gang, atmete den jetzt vertrauten Duft von Clovers Penhaligon-Parfüm und dem polierten Holz des Telefontischchens ein. Ich ging zum Notizbuch, blätterte zum letzten Eintrag: *1. August; Clover Napier hat Victorian Soc. angerufen. Keine Antwort.*

Erst dann sprang mir etwas am Stuhl in der Diele ins Auge – etwas, das mir zunächst so vertraut war, dass mir gar nicht auffiel, wie fehl es hier am Platz war. Langsam ging ich zum Stuhl, als wäre das dort eine seltene Vogelspezies gewesen, die ich mit einer raschen Bewegung hätte aufschrecken können. Ich nahm es hoch, und der Reiseführer von Hampton Court fiel aus der Tasche. Ich ließ es fallen, als würde es brennen.

Das war Raouls Mantel.

45. Kapitel

Der Harmonikaspieler und der Flüchtling

Ich nehme an, dass ich etwas gesagt habe – auch wenn ich nicht mehr weiß, was es war –, denn gleich darauf standen Clover und Raoul höchstpersönlich im Gang. Sie kamen zusammen aus dem Salon, wie das bei einem Stück von Noël Coward hätte der Fall sein können. Die Granatäpfel von William Morris an der Wand in der Diele – olivgrün, abblätternd und in den Ecken verblassend – schienen noch reifer zu werden, als er dort stand; alles musste sich etwas mehr Mühe geben, um es mit Raouls dunkler Lebendigkeit, dem satten Ton seiner Haut aufzunehmen.

»Wo *warst* du?«, fragte Clover. In ihrer Stimme schwang große Erleichterung mit. »Du hättest vor zwei Stunden hier sein sollen!«

»*Raoul!*« Ich warf mich in seine Arme – keine Ahnung, ob er darauf überhaupt vorbereitet war.

»Tara«, sagte er liebevoll.

»Warum hast du mir nicht gesagt, dass du …? Wie bist du …? Wann bist du …?« Ich wusste nicht, wo ich anfangen sollte. »Ich dachte, du wärst noch immer in Spanien! Lucy weiß nicht, dass du zurück bist, oder?«

»Nein«, sagte Raoul. »Und das muss sie auch nicht. Ich wollte nur etwas für sie tun. Wollte ihr helfen, ehe es zu Ende ist.«

»Ehe es zu Ende ist?«

»Ich habe mich an das erinnert, was du mir über dieses Haus

erzählt hast. ›Napier House ist das Einzige, was sie weitermachen lässt. Wenn es ihr gelingt, es zu retten, dann wird sie das Gefühl haben, etwas Lohnenswertes gemacht zu haben.‹ Also habe ich getan, was ich konnte. Ich bin gestern von Spanien hergeflogen und habe mich sofort auf die Suche nach Hilfe gemacht. Selbst wenn ich deine Schwester an einen Harmonikaspieler verloren habe, so kann ich ihr doch wenigstens helfen, dieses Haus zu bewahren.«

»Raoul – ich muss mit dir reden«, fing ich an.

»Cherry«, unterbrach Clover mich sachte. »Kann das warten? Komm bitte mit, wir haben Besuch.«

Wortlos folgte ich ihnen in das Frühstückszimmer. Doch da war keine Rachel. Stattdessen stand dort, den Rücken uns zugewandt, den Blick höchst konzentriert auf den Kamin gerichtet, ein Mann im grauen Anzug. Er kritzelte etwas in ein Notizbuch und brauchte einen Moment, ehe er bemerkte, dass wieder jemand im Raum war. Er drehte sich zu uns um, lächelte und war mit seiner runden Brille John Lennon um einige Jahre voraus.

»Guten Tag«, sagte er, nickte mir zu. An Clover gerichtet, fragte er dann: »Kann ich den Rest des Hauses jetzt sehen? Es tut mir leid, ich habe nicht so viel Zeit, wie ich gerne hätte.«

»Tara«, sagte Raoul. »Das ist Professor Pevsner.«

»Professor Pevsner?« Mit weit aufgerissenen Augen drehte ich mich zu Clover. »Professor *Pevsner*?«, wiederholte ich dümmlich.

»Ja, genau«, verkündete Clover. Dann sprach sie mit ihm ganz leise über den Raum, als hätte sie Angst, Colette Napier könnte höchstpersönlich hereinspaziert kommen und ihr widersprechen. Einen Moment tat ich genau das, was wir laut Ma nicht tun sollten – ich stand da und starrte.

Professor Pevsner erinnerte an einen intelligenten Maulwurf. Das dünner werdende, stoppelige graue Haar, das aus dem Gesicht gekämmt war, ließ jedes einzelne seiner sechzig Jahre erkennen, doch in seinen raffinierten Augen lag eine neugierige

Unschuld, die in merkwürdigem Gegensatz zu seiner herausragenden Intelligenz stand und ihn sehr viel jünger wirken ließ.

»Diese Morris-Tapete«, sagte er zu Clover, zeigte auf die Wände und bedachte mich mit einem wohlwollenden Blick, »reicht sie bis hinüber ins Esszimmer?«

»Warum überzeugen Sie sich nicht einfach selbst davon?«, erwiderte Clover.

Sie führte ihn nach nebenan. Ich starrte Raoul an.

»Wie hast du ihn herbekommen?«, flüsterte ich.

»Ich habe da so meine Mittel.«

»Was für Mittel?«

»Ich bin heute Nachmittag in sein Büro und habe ihm angeboten, ihn herzufahren«, sagte Raoul. »Er sagte, ich hätte großes Glück, ihn anzutreffen, denn er hätte die ganze Woche Vorlesungen in Cambridge. Dann erwähnte ich Trellanack, das Pfarrhaus, den Namen deines Vaters. Er hat sich natürlich an alles erinnert, doch noch mehr als an die Häuser erinnerte er sich an das Eis am Stiel von deiner Mutter. Als Nächstes fragte er: ›Sie wissen, dass ich nicht Auto fahre?‹, und ich sagte, ich hätte einen Wagen, der auf uns wartet. Danach konnte er es mir nicht mehr wirklich abschlagen.«

Raoul teilte mir all das in lautem Bühnenflüstern mit, was sehr witzig gewesen wäre, hätte in seinen Augen nicht ein solch verzweifelter Ausdruck gelegen. Hier stand ein gebrochener Mann, dachte ich. Er hatte seine Frau verloren und liebte sie so sehr, dass er Professor Pevsner ausfindig gemacht hatte, um Napier House für sie zu retten.

»Sie will dich zurückhaben«, sagte ich. »Aber sie glaubt nicht, dass du zurückkommen solltest. Sie glaubt, es sei zu spät …«

Raoul brachte mich mit einer Geste zum Schweigen. »Nein, sag das nicht, Tara. Du hast immer so leidenschaftlich an uns geglaubt. Du musst es akzeptieren, genau wie ich. Es ist vorbei. Lass uns nicht mehr darüber sprechen, bitte.«

Clover trat herein.

»Es gibt Fischpastete. Wir könnten doch essen, solange der Professor sich das Haus ansieht?«

Raoul schaute zu Clover. »Ein so wunderschönes Haus«, sagte er. »Wäre es nicht zum Verzweifeln, dann wäre ich ganz außer mir vor Freude, an einem so schönen Ort zu sein. Wenn mich etwas davon abhalten kann, zum zweiten Mal wie ein Wahnsinniger zusammenzubrechen, dann deine wunderbaren ästhetischen Prinzipien, meine Liebe.«

»Deine Frau war mir eine große Hilfe«, sagte Clover. Ich kannte sie da schon gut genug, um zu wissen, wie sehr seine Worte sie rührten.

Essen war für Raoul schon immer ein wunderbarer Tröster gewesen, doch er aß kaum etwas. Ihn auf Napier zu sehen war vollkommen surreal für mich; es fühlte sich nicht so an, als wäre er ganz hier. Ich erzählte Raoul vom Palladium, davon, wie nervös ich gewesen war und dass ich zwar den Song ausgetauscht, es aber allen sehr gut gefallen hatte.

Raoul zog die Stirn kraus.

»Wie nett. Eine Person zu kennen, die tatsächlich das getan hat, was sie angekündigt hatte.« Er schaute mich an. »Bist du glücklich?«, fragte er.

Die Unverblümtheit seiner Frage erschreckte mich. Ich schluckte.

»Ich weiß es nicht.«

»Ach, in dem Fall bist du es wahrscheinlich. Mir war nie klar, wie glücklich ich war, als ich in Truro mit deiner Schwester gelebt habe. Jetzt würde ich alles tun …« Er legte seine Gabel hin, und zu meinem allergrößten Schrecken ließ er den Kopf hängen und hielt sich die Hände vors Gesicht. Obwohl seine Wurzeln in einem Land voller Leidenschaft und Hitze lagen, hatte ich Raoul noch nie zuvor weinen sehen. Ohne darüber nachzudenken, lief ich um den Tisch herum und legte die Arme um ihn. Er strahlte so viel Hitze aus – er brannte für sie. *Que te miro y tu hermosura me quema.* Ich sehe dich, und deine Schönheit verbrennt mich. Für ihn war es wieder wahr geworden.

Es dauerte etwas, bis er wieder aufhörte. Er machte kaum Geräusche, aber sein ganzer Körper zitterte, als würde ihn die Bürde von Lucys Abwesenheit erschüttern. Schließlich setzte er sich wieder auf, schnäuzte sich und sprach.

»Das tut mir leid. Was für ein schreckliches Schauspiel. Ich mag es nicht, wenn ich mich meiner Herkunft getreu verhalte.« Er wandte den Kopf ein kleines Stück weit in Clovers Richtung.

»Falls das irgendwie tröstet…«, sagte sie mit brüchiger Stimme. »Ich habe den einzigen Mann verloren, den ich je liebte, weil ich nicht weiter versuchte, ihn zurückzubekommen.« Sie schaute mich nicht an, als sie das sagte, aber ich glaube, sie wusste, dass *ich* es wusste.

Raoul erhob sich und ging zum Kaminsims hinüber, auf dem eine Schachtel mit den gesammelten Weihnachtskarten von 1881 stand. Als er den Deckel anhob, fiel die Schachtel herunter. Er bückte sich, um die Karten wieder einzusammeln, stöhnte aber vor Schmerz auf. Sein Bein hatte sich anscheinend noch immer nicht vollständig erholt. Ich bückte mich ebenfalls, um ihm zu helfen, und rettete ein filigranes Stück Papier, auf dem ein Rotkehlchen einer Familie von blauen und grauen Hasen Geschenke brachte.

Clover trug unsere Teller ab, und Raoul legte sein Bein auf einem Stuhl hoch.

»Ich komme mir vor wie hundertunddrei«, sagte er.

»Hundertund*frei*«, korrigierte ich ihn. »Du bist doch jetzt nicht mehr im Krankenhaus!«

»Witzig. Irgendwie fehlt es mir. Rachel war sehr nett zu mir.«

Ich wollte schon nachhaken, was genau er damit meinte, wurde aber von einem unerwarteten Klingeln an der Tür abgelenkt. Clover kam mit einem Trifle und einem Kännchen Sahne zurück. Sie stellte beides auf dem Sideboard ab und runzelte die Stirn.

»Noch mehr Mädchen, die ein Autogramm von dir wollen?«

Vermutlich wurde ich über diese Bemerkung ziemlich rot; Raoul jedenfalls schaute mich erstaunt an.

»Im Ernst?«, fragte er.

»Gestern Abend haben sich ein paar von ihnen mindestens eine halbe Stunde lang vor dem Haus herumgetrieben«, sagte Clover. »Letzten Endes habe ich ihnen ein Stück Schokoladenkuchen gegeben und sie weggeschickt. Sie waren ganz schön hartnäckig. *Wir wollen Cherry! Wissen Sie, woher sie ihr Kleid hat?*«, jammerte sie in einer übertriebenen Imitation.

»Ich verstehe nicht, woher sie wissen, wo ich wohne«, sagte ich. Ich wollte mich so anhören, als wäre es gar nichts Besonderes, tatsächlich wusste ich aber, dass diese Mädchen genau wie ich waren. Sie wollten genauso sehr ich sein, wie ich damals Alma sein wollte.

»Musst du dich jetzt verkleiden, wenn du etwas unternehmen willst?«, fragte Raoul.

»Ich bin bereits verkleidet«, sagte ich. »Wer ist denn schon Cherry Merrywell? Ich bin das nicht.«

Ich zuckte mit den Schultern, grinste ihn an und stieß dann ein erstauntes, fröhliches Lachen hervor.

»Sie weiß die Dinge zu handhaben, die ihren Weg kreuzen«, sagte Clover und nickte in meine Richtung. »Sie kann eine Maske aufsetzen und so tun als ob.«

Und nicht nur in Bezug auf Musik, dachte ich, nahm mir mehr Trifle, als ich brauchte, denn zur Feier meiner Rückkehr hatte Clover eine Extradose Himbeeren beigemischt. Ich machte auch mir selbst etwas vor – dieses idiotische Spiel, bei dem ich versuchte, mich damit an der Nase herumzuführen, mir einzureden, dass ich ihn gar nicht so sehr vermisste, wie ich es tatsächlich tat. Dass ich nicht …

Wieder wurden meine Gedanken vom Klingeln an der Tür unterbrochen.

Clover seufzte. »Gib keinen Mucks von dir. Ich sage ihnen, du bist nicht in der Stadt.«

Wir hörten, wie sie die Tür öffnete.

»Raoul, du …« Ich beugte mich vor, um ihm zu sagen, dass er Lucy aufsuchen musste, dass sie mehr vor sich selbst als vor ihm weggerannt war, doch ich hielt in dem Moment inne, in dem Clover zurückkam. Hinter ihr trat noch jemand in den Salon von Napier House. Es war Brian, Lucys Harmonikaspieler.

»Hallo«, sagte ich schockiert.

Er nickte mir zu.

»Ich würde ja aufstehen …«, sagte Raoul, der keine Ahnung hatte, wer Brian war.

Brian nickte ihm zu, griff in seine Tasche und zog eine dünne Selbstgedrehte heraus.

»Feuer«, sagte er, ohne aufzusehen. Ob das nun ein Befehl an Gott oder an uns war, werde ich nie erfahren; letzten Endes sah er jedoch durch die offenstehende Tür, die zum verlassenen Esstisch führte, eine brennende Kerze. Er ging darauf zu, wurde dabei kurz von dem Gemälde eines viktorianischen Festmahls bei Kerzenlicht abgelenkt, das Horatio Thomas, Colette Napiers Pate, gemalt hatte.

»Ich mag es«, sagte er, ohne den Blick vom Gemälde abzuwenden. »Wie viel willst du dafür haben?«

»Bring mich nicht zum Lachen«, sagte Clover.

Er trug eine schwarze Hose und einen braunen Rollkragenpullover, und ihm musste schrecklich heiß darin sein – doch wenn dem so war, ließ er sich nichts anmerken. Er hatte keine schöne Haut, sein hellblondes Haar hatte einen schlechten Schnitt, sah so aus, als hätte er es seit dem Auftritt im Marquee Club nicht gewaschen, und in seinem rechten Schuh war am Zeh ein großes Loch; dennoch hatte er das gewisse Etwas, ganz ehrlich. Ich schielte zu Clover, die hinter seinem Rücken mit den Augen rollte, doch ich sah, dass sie ihren Rock etwas weiter hochgezogen und ihre Frisur im Spiegel in der Diele überprüft hatte. Er gehörte zu der Sorte Jungs, die einen so etwas machen ließen, das war der ganze Trick. Abgesehen von seinem atemberaubenden Erscheinungsbild und dem Selbstvertrauen lag seine Anziehungskraft in seinem Englischsein, genau wie Raouls im genauen Gegensatz zu demselben lag.

»Bring mir einen Drink, ja?«, sagte Brian zu Clover. Seine Stimme klang weich und zart, gar nicht, wie ich es erwartet hätte. »Was auch immer Miss Merrywell gerade hatte«, fügte er ironisch hinzu, zeigte dabei auf mein leeres Glas.

»Hör zu, Brian, ich habe es dir schon mal gesagt: Ich bin verdammt noch mal keine Gaststätte«, sagte Clover spitz.

»Das Wetherby Arms hat geschlossen«, sagte Brian. »Außerdem bin ich hergekommen, um mit ihm zu sprechen.«

Er wedelte mit der Zigarette zu Raoul, der ihn erstaunt ansah.

»Mit mir?«

Oh Hilfe!, dachte ich. *Er wird Raoul sagen, dass er mit Lucy durchbrennen wird.* Ich starrte ihn an, mir war schlecht. Gerne wäre ich einfach gegangen, aber wo sollte ich denn hin? Nach oben konnte ich nicht gehen, denn da hätte ich befürchten müssen, auf Professor Pevsner zu stoßen, und nach draußen ging auch nicht, denn da schüttete es wie aus Kübeln.

»Ja, mit dir.« Brian sprach mit Raoul, betrachtete dabei aber das Porträt von Großonkel Hanley.

»Ich glaube nicht, dass wir uns kennen, oder?«, fragte Raoul. Er musste inzwischen so seine Vermutung haben, wollte aber nicht der Erste sein, der sich in die Karten sehen ließ. Clover schleuderte Brian praktisch ein Weinglas zu und verschränkte die Arme vor der Brust.

»Ich will hier keine Szene«, zischte sie. »Dir ist es vielleicht völlig egal, dass Professor Pevsner oben versucht herauszufinden, ob ich dieses Haus vor dem Abriss retten kann, aber mir nicht.«

Brian schaute sie an.

»Wer?«, fragte er höflich.

»Kannst du nicht einfach auf die Müllhalde verschwinden, von der du herkommst und die du dein Zuhause nennst, und Harmonika üben?«, fragte Clover eisig.

Brian schnaubte. »Hör auf, mich zuzuquatschen, Baby.«

»Nenn mich nicht *Baby*!«

»Hey, wenn sie das hier abreißen, dann kannst du die Straße runter zu mir kommen, wenn du willst«, sagte Brian. Er unterdrückte ein Gähnen. »Kannst uns beim Abwaschen helfen.«

»Wer hätte gedacht, dass du dich um so etwas kümmerst? Das letzte Mal, als ich euch gesehen habe, habt ihr die dreckigen Teller einfach aus dem Fenster geworfen«, erwiderte Clover.

»Das war Keith«, gähnte Brian. »Er hat es nun mal nicht so mit schicken Porzellantellern.«

Ich sah, wie Clovers Mund zuckte.

»Wirklich, wir hätten Platz in Edith Grove«, sagte er. »Es wird wunderbar werden.«

»Das bezweifle ich«, sagte Clover.

Brian ignorierte sie, richtete seine grünen Augen stattdessen wieder auf Raoul.

»Sie weiß nicht, dass ich hier bin«, sagte er.

»Hörst du bitte auf, wie Hercule Poirot zu reden?«, fuhr Clover gereizt dazwischen. »Mit ›sie‹ meinst du wohl seine Frau, nehme ich an.«

»Kannst du nicht mal einen Moment lang aufhören, dich wie eine verfluchte Schulleiterin aufzuführen?«, erwiderte Brian und nahm sich einen Aschenbecher von hinter dem Sofa. »Du bist einfach nur deshalb angenervt von mir, weil eine aus deinem Bekanntenkreis es vorgezogen hat, eine Woche lang mit mir ihre Probleme zu besprechen, statt deinem verdammten neunmalklugen Arzt und Geliebten zehn Pfund die Stunde für eine minderwertigere Leistung zu bezahlen.«

»Sie ist nicht mehr mit Henry zusammen«, warf ich schnell ein. »Das ist schon seit Ewigkeiten vorbei.«

»Cherry, ich bitte dich!« Clover wirkte verärgert, aber Brian hatte sich wieder Raoul zugewandt.

»Lucy hat mir alles erzählt«, fuhr er fort. »Alles. Ich hätte ihr mal besser ein hübsches Sümmchen in Rechnung stellen sollen, aber wenn man so aussieht wie sie, dann kommt man mit solchen Sachen durch, verstehst du? Wie auch immer, ihretwegen bin ich hier.« Er nahm einen Zug von der Zigarette. »Ich bin hergekommen, um dir etwas Vernunft einzubläuen.«

Komm schon!, dachte ich. *Bitte, Raoul. Lass das nicht mit dir machen.* Brian war viel zu selbstsicher, viel zu locker für Raoul, der diese lässige Art der Unterhaltung nicht draufhatte. Ich hätte mir keine Sorgen machen müssen.

Unvermittelt und völlig geräuschlos sprang Raoul auf wie eine Katze, quer durch den Raum, packte Brian am Kragen und presste ihn gegen die Morris-Tapete, als würde er gerade abwägen, ob er ihn neben dem Waterhouse oder dem Porträt von Colettes Tante Sybil aufhängen sollte, das Francis Owen Salisbury angefertigt hatte.

»Nenn mir einen Grund, warum ich dich nicht in Stücke reißen sollte«, tobte er.

»Um Himmels willen!«, rief Clover. »Wenn einer von euch auch nur etwas hier in diesem Haus anfasst, dann bringe ich euch beide um, das verspreche ich!«

»Raoul!«, schrie ich. »Was machst du da?«

»Lass mich runter, verdammt noch mal!«, zischte Brian. Halb lachte, halb hustete er. Er hatte noch immer seine Zigarette in der Hand, bemerkte ich. »Sie liebt dich noch immer, verdammt!«

»Mach dich nicht lustig über mich!«, tobte Raoul.

»Es stimmt, Raoul!«, rief nun auch ich. »Lass ihn doch erst mal reden!«

»Was hast du mit meiner Frau gemacht?«, fragte er nachdrücklich, schob ihn noch weiter an der Wand nach oben.

»Professor Pevsner! Professor Pevsner!«, flüsterte Clover unablässig, wiegte sich vor und zurück, wie eine Wahnsinnige in einem Horrorfilm.

»Verdammt, lass ihn runter, Raoul!«, wimmerte ich.

Ich hatte mehr Angst vor Clover als vor Raoul oder Brian.

»Verdammt, Kumpel. Ich hab sie nicht angefasst. Wir sind Freunde, verflucht. Das ist alles!«, beteuerte Brian.

»Das glaube ich dir nicht!«

Aber Raoul ließ ihn wieder los. Brian wäre fast umgefallen, fing sich gerade noch, strich seinen Pulli glatt und nahm einen weiteren Zug von der Zigarette. Sein bleiches Gesicht war von Farbe überzogen; das war ganz bestimmt etwas, mit dem er nicht gerechnet hatte.

»Ich liebe die Spanier«, murmelte er, starrte Raoul wütend an, dann lachte er und schüttelte sich einmal. »Die wissen ihre Hände einzusetzen.«

Raoul stürzte sich auf ihn – so richtig –, aber Brian war schnell. Als er sich zur Seite duckte, warf Raoul den halbviktorianischen Beistelltisch mit den zusammengehörenden blauen und gelben Porzellanlampen um, die Clovers Großmutter im Frühling 1884 auf einer Reise nach Paris erstanden hatte. Der Sturz wurde von dem japanischen Seidenteppich darunter gedämpft, und wundersamerweise ging nichts zu Bruch. Ich eilte dorthin, sammelte die Lampen ein und hielt sie wie einen Schild vor meine Brust.

»Schluss jetzt!«, rief Clover. »Das ist *mein* Haus, *mein Haus*!«

Raoul wandte sich ihr zu, seine Haare standen wirr ab, und sein Blick war so wild wie der von Cathedral Boy an jenem Morgen, als er mich abgeworfen hatte.

»Es tut mir leid«, sagte er ruhig. »Aber bitte – bring *ihn* raus!«

Brian stand hinter einem Sessel, bereit, sofort zur Tür zu rennen. Er wirkte nervös, gleichzeitig aber auch so, als würde er sich gerade amüsieren. So geschützt, nicht nur von dem Sessel, sondern auch von zwei grün-roten samtenen Fußbänken und einem Tisch mit Glasscheibe aus dem Berlin des neunzehnten

Jahrhunderts, fühlte er sich wieder sicher genug, um weiterzureden.

»Ich kam vorbei, um zu sehen, ob sie wieder hier ist«, sagte er. Sein Atem ging noch immer schnell, aber seine Stimme war ruhig. »Ich habe durch das Fenster hereingeschaut und euch alle in Clovers Wohnzimmer stehen sehen, als hättet ihr ein Meeting oder so. Ich hab mich gefragt: Verflucht, wer ist denn der braun gebrannte Kerl? Und dann: Ach, das muss er sein. Das ist der, von dem sie unablässig erzählt. Also kam ich die Treppe hoch, und da bin ich jetzt. Du kannst das alles direkt aus erster Hand erfahren.« Er machte eine Pause. Dann lachte er leise. »Ich bin die erste Hand«, sagte er und neigte den Kopf.

»Vielleicht die erste Hand, aber ganz bestimmt nicht die erste Wahl«, murmelte Clover.

»Pass bloß auf!«, warnte Brian.

Er wandte sich wieder Raoul zu, sprach dieses Mal langsam, als würde Raoul den einfachsten Dingen nicht folgen können. »Du weißt, dass sie dich noch immer liebt. Lucy. Deine Frau ist noch immer in dich verliebt. Sie vermisst dich, sie will dich zurückhaben, den ganzen Mist. Sie *steht* auf dich, verstehst du? Sie *will* dich.«

Zitternd, aber sehr ruhig, betrachtete Raoul ihn aus zusammengekniffenen Augen, die Hände zu Fäusten geballt. Er sah so aus, als wäre er geradewegs *West Side Story* entstiegen. Ich überlegte, was Pa wohl gesagt hätte, wenn die Knirpse zu Hause stritten. Ignorier sie, wenn es geht – alle Streitenden haben gerne Publikum. Brian machte eine Pause und schnippte seine Zigarettenasche in den leeren Kamin. Erwartungsvoll schaute Clover mich an, ich weiß nicht, wieso.

Raoul sprach, ohne zu blinzeln, ohne den Blick von Brian abzuwenden.

»Soll das ein Witz sein?«

»Mir ist nicht nach Scherzen«, sagte Brian. »Ich dachte nur, du solltest es wissen. Sie ist mir vielleicht ein Mädchen, weißt du das?«

»Natürlich weiß er das«, sagte ich.

»Tara, lass gut sein«, sagte Raoul.

»*Tara.*« Jetzt galt Brians Aufmerksamkeit mir. »Ja. Lucy hat's mir gesagt. Der alte Billy, das große Tier, hat deinen Namen geändert, nicht wahr?« Er betrachtete mich eindringlich, Raoul war für den Moment nicht mehr interessant. »Wie funktioniert das? Ich versuche die Leute dazu zu bekommen, mich Elmo zu nennen …«

»Mach dir nicht die Mühe«, unterbrach ihn Clover. »Im Gefängnis wirst du nur eine Nummer sein – und genau dahin kommst du, wenn du auch nur das Geringste hier kaputt machst.«

»Ich will einen weiteren Drink. Greifst du mich wieder an, Raymondo, oder kann ich mir einen Scotch holen?«

Raoul entspannte seine Hände. Brian ging zu Clovers Barschrank und schenkte sich einen Whisky ein.

»Ich sollte wirklich öfter herkommen.« Er schaute wieder zu Raoul hinüber. »Netter Abend, was? Da kommt man und will einem Mann helfen, und er stürzt sich auf einen wie der verfluchte Sonny Liston im Boxring.«

»Ich traue dir nicht«, knurrte Raoul.

»Das würde ich auch nicht. Aber dieses eine Mal kannst du das ruhig. Sie ist ein Wrack. Ein richtig schönes Wrack, aber trotzdem ein Wrack. Und nicht deshalb, weil sie keine Kinder bekommen kann oder irgend so ein Mist«, sagte Brian geringschätzig. »Das ist deinetwegen so und weil sie glaubt, dass du nicht mehr bei ihr bleiben willst.«

»Wer hat dir das alles gesagt?«, fragte Raoul, hörte sich mehr erstaunt als wütend an.

»Wer glaubst du wohl? *Sie* war das«, sagte Brian. »Seit ich sie kennengelernt habe, habe ich nur deine Geschichten gehört. Man sollte ein Mädchen niemals so viel quasseln lassen.

Sie will, dass du frei bist, aber ich dachte, ich komme mal vorbei und prüfe, ob du das wirklich willst. Denn *wenn* dem so ist, dann stehen sie bei ihr bald Schlange, das kannst du mir verdammt noch mal glauben. Verstehst du, was ich meine? Mick, unser Sänger, hat sie noch nicht mal zu Gesicht bekommen. Und du willst bestimmt nicht abwarten, bis es verflixt noch mal so weit ist.«

»Könntest du mal versuchen, einen Satz zu beenden, ohne zu fluchen?«, fragte Clover.

»Ich könnte es auf einen verfluchten Versuch ankommen lassen«, sagte Brian ernsthaft.

»Es stimmt«, sagte ich. »Du musst auf ihn hören, Raoul. Mir hat sie das auch gesagt. Sie ist … unvollständig ohne dich.«

»Ist sie nicht«, erwiderte Raoul. »Sie hat mir gesagt, ich soll gehen. Hat gesagt, es ist vorbei. Sie hat praktisch meinen Flug nach Spanien bezahlt …«

»Weil sie Angst hatte!«, rief ich aus, während Brian gleichzeitig sagte: »Weil sie dich liebt, du Dussel!«

Raoul warf die Hände in die Luft und fluchte – auf Spanisch.

»Ich bin aus Spanien zurückgekommen, um ihr zu sagen, dass ich nicht ohne sie leben kann. Sie war jedoch nicht zu Hause, alle ihre Klamotten waren weg. Ich habe direkt den Zug nach London genommen. Ich dachte, wenn ich den Professor ausfindig mache und herbringe, dann würde mein Erscheinen hier vielleicht zu etwas gut sein … selbst wenn sie mich nicht zurückhaben will.«

»Der Professor?«, fragte Brian. »Ach, du meinst den Typ, der sich den Laden hier gerade mal ansieht?«

Ein leises Klopfen an der Tür. Wir vier wirbelten herum; Clover zog ihren Rock wieder nach unten, wischte sich den Staub von der Bluse und nahm einen Ausdruck wenig überzeugender Abgeklärtheit an.

»Guten Abend«, sagte der Professor, der bemerkte, dass wir nunmehr vier waren und nicht mehr drei wie noch kurz zuvor.

Er wirkte leicht verwirrt. »Ist alles in Ordnung? Ich dachte, ich hätte Lärm vernommen ...«

»Ja«, sagte Clover fröhlich. »Alles ist ziemlich in Ordnung. Mr. Jones ist ... äh ... über den Teppich gestolpert.«

»Ja, genau«, erwiderte Brian. »Ein spanischer Teppich, an den Ecken etwas durchgescheuert.« Lachend schnaubte er. »Professor«, sagte er dann und neigte leicht den Kopf. »Schön, Ihre Bekanntschaft zu machen.«

Clover blickte ihn stirnrunzelnd an.

»Das ist Brian«, stellte sie ihn vor.

»Elmo«, korrigierte Brian sie. »Elmo Lewis.«

Pevsner schüttelte ihm die Hand.

»Hätten Sie gerne etwas zu trinken? Etwas zu essen?«, fragte Clover matt. Der berühmte Mann schüttelte den Kopf.

»Nein, nein. Ich muss los. Sie müssen mich nicht zur Tür begleiten. Ich rufe Sie morgen Vormittag an, wenn ich darüber nachgedacht habe, wie am besten vorzugehen ist.«

»Soll ich Ihnen ein Taxi zum Bahnhof bestellen?«, fragte Clover, bemühte sich um Haltung.

»Das wäre nett«, sagte er. »Nur bis Paddington.« Er sah uns an und lächelte schwach. »Gott sei Dank ist es nicht Euston. Ich war nicht mehr dort, seit die Bagger dort waren.«

»Das ist Mord«, sagte Raoul, zwang seine Gedanken von Lucy in die Gegenwart.

Ich bin mir ziemlich sicher, dass der Professor diese Bemerkung nur deshalb machte, um von hier loszukommen – doch Brians Augen leuchteten auf.

»Diese Wichser«, sagte er.

Clovers Augen wurden groß, und sie funkelte ihn wütend an, ich senkte den Blick in mein Weinglas, war gleichermaßen erschrocken und entzückt. Die Reiseuhr von Clovers Großvater tickte wachsam auf dem Kaminsims. Raoul drehte sich vom Professor zu Brian.

»Wichser!«, wiederholte Brian aufsässig.

»W… wen meinst du damit?«, fragte Clover schwach. Brian ließ sich nicht zurückhalten.

»Die Schwachköpfe, die den Bogen abgerissen haben. Und die verfluchten Idioten in der Regierung, die es zugelassen haben.« Er zog an seiner Zigarette. »Solchen Mist kann man nicht einfach geschehen lassen, wisst ihr! Ehe man sichs versieht, hocken wir alle aufeinander, reden nicht mehr miteinander, außer dass wir – ihr wisst schon – *Gedanken lesen,* und dann nehmen wir die Bücher aus den Regalen, schlagen sie auf und sagen: ›Was zum Teufel ist mit diesem verflucht wunderschönen Bogen bei Euston passiert? Können wir den bitte wieder zurückhaben?‹« Er schaute uns, sein Publikum, nicht ohne eine gewisse Zufriedenheit an und machte eine Pause. Mit eleganter Geste wirbelte er seine Hand in der Luft herum, Zigarettenasche rieselte zwischen seinen Fingern herunter und segelte lautlos auf den Teppich, und er schloss die Augen.

»Jede Generation kann sich mit ihrer eigenen Poesie einen Berg alter Steine aufladen!«, trug er fast im Flüsterton vor.

Wir wurden sehr still, warteten darauf, was er als Nächstes machte – er war der König der Katzen, wie der aus der alten Volkssage, mit seinem engelsgleichen Gesicht und dieser merkwürdigen Stimme. Er öffnete die Augen wieder und wusste, dass er uns in der Hand hatte.

Ich könnte behaupten, dass Brian an diesem Abend unter Drogen stand, doch dem war nicht so. Damals waren Drogen nicht wirklich frei verfügbar. Er war betrunken, aber er glaubte das, was er da sagte.

»Genau«, verkündete Raoul ruhig. Brian schaute ihn an und grinste, und Raoul – der plötzlich beschloss, ihm zu glauben – durchquerte den Raum und schüttelte ihm die Hand.

Professor Pevsner beobachtete das alles, konnte seine Faszination nicht verbergen.

»Ihre Ansichten teilen leider nicht viele, Mr. Elmo-Lewis«, sagte er. »Wir sind eine Minderheit – eine sehr leidenschaftliche Minderheit, doch nichtsdestotrotz eine Minderheit.« Er ging hinüber zum Fenster und schaute in die aufziehende Dämmerung. »Als Nächstes kommt die Coal Exchange dran. Die haben sie auf dem Kieker, und, glauben Sie mir, bis zum Jahresende gibt es sie nicht mehr.«

»Warum können sie sie nicht einfach in Ruhe lassen?«, fragte Brian. »Die Viktorianer wussten, was sie taten.« Er lief jetzt warm. »Die Klamotten waren gut, die Spitze, die Hüte und all das. Sie hatten wenigstens etwas *Stil*, verstehen Sie?«

Der Professor schaute amüsiert drein. Ich hätte mir nicht vorgestellt, ihn jemals amüsiert zu sehen, doch nachdem Brian Jones gesprochen hatte, war das der Fall.

»Ich muss Ihnen Ihr Taxi rufen«, warf Clover rasch ein. Sie war völlig verstört.

»Taxi? Ich besorge Ihnen eins«, sagte Brian mit ausladender Geste. »Wenn Sie versprechen, mich bis Earls Court mitzunehmen.«

»Würden Sie das machen? Das wäre *sehr* liebenswert«, sagte der Professor, der Clovers angespannten Gesichtsausdruck nicht verstand. »Ich muss Ihnen aber sagen, dass viktorianische Interieurs auf noch größere Verachtung stoßen als ihre Fassaden. Ich fürchte, Sie müssen sich auf das Schlimmste vorbereiten.«

Er sprach mit der ruhigen, besonnenen und doch abgeklärten Stimme eines Arztes, der Familienmitglieder gerade umsichtig davon in Kenntnis setzt, dass er gleich eine lebensbedrohliche Operation an einem von ihnen durchführen wird.

Clover kräuselte ihre roten Lippen.

»Es ist noch nicht vorbei«, verkündete sie trotzig.

»Mr. Jones«, sagte Raoul unvermittelt.

Brian schaute ihn an.

»Ja?«

»Danke. Danke, dass Sie reingekommen sind. Und entschuldigen Sie, dass ich Sie umbringen wollte.«

Professor Pevsner erschrak; seine Brille rutschte ihm von der Nase.

»Ich denke, ich sollte nun wirklich gehen.«

Sie – der deutsche Flüchtling und der Harmonikaspieler – gingen gemeinsam in die nasse Nacht hinaus. Ich bin mir ziemlich sicher, dass die letzte Bemerkung, die ich mitbekam, als sie auf die Straße traten, die war, wie Brian seinem neuen Begleiter erzählte, er hätte als Junge Orgel in der Kirche gespielt.

»Und wo war diese Kirche?«, fragte der Professor höflich.

»Die werden Sie nicht kennen, Mann«, sagte Brian.

»Versuchen Sie es mal, Mr. Elmo-Lewis«, bat der Professor.

»Brian«, seufzte der Harmonikaspieler. »Nennen Sie mich einfach Brian.«

46. Kapitel

Eine gewisse Freiheit

Wieder in Napier House, wandte sich Raoul an Clover.

»Es tut mir schrecklich leid«, sagte er. »Mein Gott, ich weiß gar nicht, was mich da geritten hat.«

»Es ist ja nichts zu Bruch gegangen«, sagte Clover. »Und glaube nur ja nicht, dass es nicht Zeiten gab, zu denen ich meinen Gästen nicht am liebsten einen Fußtritt verpasst hätte. Nicht, dass er ein Gast wäre …«, fügte sie noch mit Nachdruck hinzu.

Raoul ließ sich seitlich auf den Sessel fallen, hinter dem Brian Schutz gesucht hatte.

»Wo ist sie?«, wollte er wissen. »Tara, wo ist deine Schwester?«

»Ach, Raoul. Das versuche ich dir doch schon die ganze Zeit zu sagen. Sie ist auf Trellanack.«

»*Trellanack?*«

»Mit Matilda. Sie hat ihr Baby zu früh bekommen. Lucy bleibt die Woche über bei ihnen. Matilda wollte gerne, dass sie bleibt.«

»Sie ist mit *Matilda* zusammen?« Er stand auf. »Dann fahre ich zurück«, sagte er einfach nur.

Clover schaute ihn an. »Mach dich nicht lächerlich. So spät am Abend kannst du nicht zurückfahren. Da kannst du genauso gut hierbleiben.«

Doch das wollte er nicht. Nicht einmal Napier House und all

seine viktorianischen Wunder konnten Raoul auch nur einen Moment länger zurückhalten.

»Ich werde den Nachtzug nach Penzance nehmen«, sagte er.

»Das hört sich unbequem an. Was ist mit deinem Bein?«, fragte Clover.

Raoul goss sich einen weiteren großen Schluck Whisky in Brians Glas ein, schüttete ihn hinunter und schüttelte den Kopf.

»Meinem Bein geht es gut«, sagte er. »Nichts im Vergleich zu dem Schmerz meines gebrochenen Herzens.«

Damit küsste er uns auf beide Wangen und war weg.

»Wenn sie ihn nicht zurückhaben möchte, nehme ich ihn«, sagte Clover, als sie die Eingangstür hinter ihm schloss. »Ich wollte schon immer einen Mann, der um mich kämpft. Wenngleich nicht in meinem Salon«, fügte sie schaudernd hinzu. »So, wen erwarten wir heute Abend sonst noch? Ich habe gehört, Elvis soll später noch hier vorbeikommen.« *Elvis. Inigo. Magna Hall.* Warum musste alles immer wieder zu ihm führen?

An diesem Abend sank ich auf meine Knie wie noch nie zuvor. Ich betete für Raoul auf seiner Heimreise nach Cornwall und ich betete für Lucy mit Matilda und ihrem Baby. Lieber Gott, lass alles gut gehen, mach, dass alles wieder okay wird.

Pa sagte immer, Er müsse sich viele Gebete anhören. Stell sicher, dass deine seine Aufmerksamkeit bekommen. *Lieber Gott, wenn Du Raoul und Lucy wieder zusammenbringst, dann werde ich jeden Tag im Chor singen, wenn ich an Weihnachten nach Hause komme. Ich werde Dich nie wieder um Inigo Wallace bitten, sondern ihm nichts als Glück mit dem Mädchen wünschen, das er in Amerika liebt.* Das war ein beachtlicher Handel, fand ich. Da *musste* er doch einfach zuhören.

Clovers schnelle Schritte auf der Treppe weckten mich am nächsten Morgen.

»Telefon«, sagte sie. »Deine Schwester.«

Sobald ich ihre Stimme hörte, war mir klar, dass ich Matthew

Bell und Antonia Jones wohl ziemlich häufig an Weihnachten sehen würde.

»Er ist zurückgekommen, Tara«, sagte sie. »Er ist zurückgekommen und will bleiben.«

»Und glaubst du ihm das?«, fragte ich besorgt. »Glaubst du ihm, wenn er dir sagt, dass ihm das mit den Kindern egal ist?«

»Ja«, sagte sie. »Ich glaube ihm. Ich glaube ihm wirklich, Tara!«

»Lass mich so was bitte nicht noch einmal durchmachen. Ich will einfach nur, dass du und Raoul euch in Rose Cottage einrichtet und das alles nie wieder infrage stellt.«

»Das könnte allerdings schwierig werden«, meinte Lucy.

»Wieso das?«

»Wegen *Bernadita*«, sagte Lucy. »Ich habe vier Kapitel gelesen und ich glaube, es hat mehr Potenzial als Anaïs Nin.«

»Oje«, seufzte ich nur. »Er will *wirklich* mit diesem ganzen erotischen Zeug in die Stadt kommen?«

»Warte ab, bis du es gelesen hast«, sagte sie freudig.

Ich legte den Hörer auf und griff zum Stift.

Lucy Fernandez an Tara Jupp, schrieb ich. *Zweck des Anrufs:*

Der Stift schwebte über der Seite.

Wieder verbunden, schrieb ich dann mit zitternder Hand.

Allen Widrigkeiten zum Trotz gelang es Professor Pevsner, eine vorläufige Galgenfrist für Napier House zu erwirken, indem er darauf drängte, dass es vom Nationalen Denkmalschutz begutachtet wurde, doch ich glaube, uns allen war bewusst, dass es nur das Leiden verlängerte. So hatten Lucy und Raoul jedoch die Gelegenheit, zusammen nach London zu kommen – Clover hatte beide gebeten, zu bleiben und die Katalogisierung der Gegenstände zu vervollständigen, die ihr Zuhause für immer verlassen würden. Drei Monate lang hatte ich also die Gesellschaft meines Schwagers und meiner Schwester, wenn ich nicht gerade kreuz und quer unterwegs war, um einen Teil von mir zu promoten, von dem ich nicht überzeugt war, dass er immer noch ein Teil von mir war. War er das jemals gewesen? Ich wusste es nicht. Im November war die zweite Cherry-Merrywell-Platte veröffentlicht worden, und es gab Pläne für eine dritte im neuen Jahr. Mich auf den Titelseiten von Zeitschriften wiederzufinden, meine Stimme im Radio zu hören half mir nur wenig dabei, so etwas wie Wahrheit in dem zu erkennen, was gerade aus mir wurde, doch mir war klar – Matilda hatte es schon vor mir klar gesehen –, dass ich bekannt war. Das zeigten mir nicht nur die Einladungen, die Partys, die Tatsache, dass meine Meinung zu allem Möglichen gefragt war und dass dreizehnjährige Mädchen mir Briefe schrieben, die sich in Billys Büro neben denen stapelten, die an andere Künstler gerichtet waren, sondern vor allem das Gefühl, die ganze Zeit beobachtet zu werden – dass die Leute mich bemerkten, wenn ich ins Kino oder in einen Buchladen ging. Oder vielmehr, sie bemerkten Cherry. Jeden Abend legte ich sie zurück in ihre Schachtel und jeden Morgen holte ich sie wieder hervor, richtete sie her und ging mit ihr aus der Tür.

Lucy und Raoul blieben bis zum Dezember in Napier, als die Zerstörung der Straße beginnen sollte. Ihre neu entdeckte Liebe war überall im Haus zu spüren, beeinflusste alles, doch Clover wirkte so unnahbar wie eh und je in Bezug auf Digby.

»Der Mann, den du geliebt und verloren hast, wer war er?«, wollte Lucy eines Abends von ihr wissen.

»Niemand«, seufzte Clover nur.

»Wo willst du hin, wenn das Haus nicht mehr steht?«, fragte Raoul sie, der ihre Aufregung spürte und das Thema wechselte.

»Vermutlich nach Rom«, erwiderte Clover rasch. »Gehen nicht alle nach Rom, wenn sie sich in einer Krisensituation befinden?«

Das Haus wurde jetzt Zimmer für Zimmer geräumt. Kisten tauchten auf, in der einen Minute noch leer, in der nächsten mit Klebeband zugeklebt, beschriftet und aufgestapelt, um zum

Haus von Clovers Tante Nettie in Somerset gebracht zu werden.

»Was sie damit tun wird, weiß ich nicht«, sagte Clover, als wir gerade knietief in Seidenpapier im Salon standen. »Die einzigen Worte, die ich je von ihr vernommen habe, waren: ›Wenn es zu nichts nütze ist, dann wirf es weg.‹«

Ich schaute zu den Wänden, an denen die unzähligen Gemälde abgenommen worden waren, hinter denen dunklere Tapete oder in manchen Fällen auch gar keine Tapete zum Vorschein kam, und hielt die Tränen zurück.

»Sie waren sparsamer, als ich gedacht hatte«, sagte Clover. »Sie wollten sich mit William Morris nicht lumpen lassen, aber eben nur so viel, wie nötig war. Wenn sie wussten, dass ein Gemälde jahrelang an einer Stelle hängen würde – warum dann teure Tapete dahinter verstecken?«

»Wo ist Horatio Thomas' Bild?«, fragte ich. »Die Festszene, die Brian so gefallen hat?«

»Ach, du meinst ›*The Beggar's Banquet* – Das Festessen des Bettlers‹«, seufzte Clover. »Hab ich Lucy gegeben, damit sie es Brian geben kann.«

»Das ist doch nicht dein Ernst!«

»Ich weiß, ich weiß«, sagte Clover grimmig. »Ich glaube, ich verliere den Verstand. Lucy wollte ein Geschenk für ihn, um sich bei ihm dafür zu bedanken, dass sie bei ihm wohnen durfte, und sie hat mich im richtigen Moment erwischt. Ich habe gesagt, sie könne es meinetwegen auf diese Müllhalde in Edith Grove bringen und zu Gott beten, dass Brian es lange genug anstarrt, um sich davon inspirieren zu lassen.«

»Gut gemacht«, sagte ich. »Ich glaube, du hast das Richtige getan.«

Clover lachte. »Mir hat es nie wirklich gefallen.«

Ich musste mir Einhalt gebieten, um die Kiste mit der Aufschrift »Lord Ns Arbeitszimmer. Fotografien« nicht zu entwenden. Inigos Klavier war schon vor Wochen abgeholt worden, wodurch in diesem Raum nichts mehr an ihn erinnerte. Ich trieb immer weiter von dieser Nacht weg, und doch war es jeden Tag dasselbe. Von dem Moment, wenn ich die Augen aufschlug, bis zu dem Moment, wenn ich sie wieder schloss, war er in meinen Gedanken. Weihnachten, dachte ich immer nur, vielleicht wird er an Weihnachten wieder hier sein. Selbst wenn das nur bedeutete, ein paar Minuten mit ihm zu sprechen, so war es doch besser als nichts.

Und dann, drei Wochen ehe die Bulldozer erwartet wurden, tauchte jemand an der Eingangstür auf.

»Digby!«, rief ich. Ich freute mich immer, ihn zu sehen; daran hatte sich nichts geändert.

»Geh zur Seite, berühmtes Mädchen«, sagte er. »Ich muss mit der Besitzerin des Hauses sprechen.«

»Sie ist nicht hier.« Neugierig betrachtete ich ihn. »Was willst du ihr denn sagen?«

»Ach, nicht viel«, sagte er.

»Soll ich ihr etwas ausrichten?«, fragte ich höflich.

»Nein, ich will ihr das selbst sagen.«

Er wandte sich ab, überlegte es sich dann aber anders. Er rannte erneut die Treppe zu Napier House hinauf, stand vor mir und legte mir die Hände auf die Schultern.

»Ich habe gemacht, was du vorgeschlagen hast«, sagte er. »Dachte, ich könnte der knatschigen Kuh genauso gut zeigen, dass es mir ernst ist.«

»Dass dir *was* ernst ist?«

Er hörte mir gar nicht richtig zu. Nie zuvor hatte ich Digby so selbstsicher erlebt, und das wollte etwas heißen.

»Ich habe Cheyne Walk verkauft«, sagte er einfach nur. »Also sind Clover und ich jetzt beide obdachlos. Ich dachte, sie würde vielleicht gerne ein bisschen mit mir nach Paris kommen wollen. Ich überlege gerade, mir ein angemessenes Haus in den Champs Elysées zu kaufen und London ganz zu vergessen.«

Ich trat zurück ins Haus und wäre fast gestürzt.

»Du hast dein Haus verkauft? Inwiefern soll ihr das helfen? Sie verliert doch auch ihr Zuhause!«

»Nichts Besseres als zwei Menschen, die im selben Boot sitzen und feststellen, dass sie mehr gemein haben, als sie wussten.«

Ich lachte. Digby, der einen Plan hatte – das war fast beängstigend.

»Und was ist mit deinem Vater?«

»Hab ihm die Hälfte vom Verkaufspreis gegeben«, sagte er einfach nur.

»Ich dachte, du hättest gesagt, er würde kein Geld wollen, sondern das Haus?«

»Tja, da hab ich mich wohl getäuscht. Ist mit Susie Farriners Mutter nach Brighton abgehauen.«

»Tatsächlich?«

»Wie auch immer«, fuhr Digby fort. »Ich habe so ein schreckliches Gefühl, dass der Rest der Welt über Chelsea herfallen wird. Das ist alles Brian Jones' Fehler. Wenn alle anderen an dem Gefallen finden, was er macht, ist es Zeit zu gehen.«

»Und du glaubst wirklich, dass Clover mit dir mitgehen wird?«

»Vielleicht. Was habe ich schon zu verlieren?«

»Ich weiß es nicht. Vermutlich hast du recht.«

Digby schaute am Haus hinauf.

»Sie hat alles getan, was sie tun konnte. Manchmal muss man eben erkennen, dass die Mistkerle letzten Endes gewinnen werden.«

Er ging die Treppe wieder hinunter.

»Sag ihr, ich komme morgen vorbei und mache ein paar Fotos von Napier. Und du kannst ihr auch sagen, dass sie aufhören kann zu kämpfen. Ich gebe nicht auf. Ich habe mein verfluchtes Haus für *sie* verkauft.« Er grinste mich an. »Ich bin *frei*!«

Er hüpfte die Treppenstufen hinunter und die Straße entlang – ein Puck in Lederjacke, bereit, überall erneut mit Magie zu spielen und Chaos anzurichten.

Ich hatte nicht mit der Kälte dieses Dezembers gerechnet. Das Dorf war wie mit Puderzucker bestäubt, alle Erinnerungen an Billys und Matildas Hochzeit vorübergehend bedeckt von frostharten Morgenstunden. Als ich für meinen zehntägigen Aufenthalt nach Hause kam, balancierte Imogen gerade auf Zehenspitzen, um einen Stechpalmenzweig über dem Porträt von Tante Mary anzubringen.

»Kommt Weihnachten früh zu denen, deren Herz Matthew Bell gehört?«, fragte ich sie verschlagen.

Imogen kam die Trittleiter hinunter und grinste mich an.

»Wir waren diese Woche zweimal aus«, sagte sie.

»Und er hat keine Krebse mehr gefangen?«

»Soweit ich weiß, nicht. Ach, und noch was anderes, Tara.«

»Ja?«

»Also, er dachte, du würdest vielleicht am Weihnachtskonzert singen wollen. Du weißt schon – berühmte Sängerin ist nicht zu berühmt, um in der Kirchengemeinde zu singen, in der sie aufgewachsen ist, und all das.«

»Oh nein, bitte nicht, Imogen. Ich glaube nicht, dass ich das ertragen könnte …« Ich erinnerte mich an meinen Handel mit dem Allmächtigen – und schob den Gedanken möglichst rasch beiseite.

»Sei nicht so hochfahrend«, sagte Imogen leichthin. »Auch wenn es nicht wirklich wichtig ist. Er meinte, wenn du es nicht tun möchtest, wäre es auch in Ordnung, schließlich könnte es immer noch Antonia Jones übernehmen.«

»Ich denke, ich werde es doch einrichten können«, sagte ich.

An diesem Nachmittag sollten Lucy, Raoul und ich nach Trellanack gehen. Matilda und Billy hatten uns eingeladen, Lady W-D zu besuchen, die sich bei uns für die Hilfe bei Josephs Geburt bedanken und das Haus ein letztes Mal sehen wollte. Im neuen Jahr würde Trellanack dann den Hotelbesitzern gehören, und alles würde sich für immer verändern. Lucy verunsicherte die Vorstellung, Matildas Mutter zu sehen, von der sie sich das letzte Mal im Streit getrennt hatte.

»Wir bleiben einfach nur auf eine schnelle Tasse Tee und zischen dann ab«, sagte sie. »Ich glaube nicht, dass ich es ertragen könnte, zuzusehen, wie sie versucht, nett zu mir zu sein.«

»Die Ärmste«, erwiderte ich. »Sie hat den weiten Weg von Indien bis hierher hinter sich gebracht, um ihren Enkel zu sehen und sich mit der Frau, die ihn zur Welt gebracht hat, wieder auszusöhnen. Matilda hat jedenfalls gesagt, sie würde in zwei Tagen wieder nach Indien abreisen. Du musst dich also nicht zu lange mit ihr herumschlagen.«

»Und so verlassen wir ein sinkendes Schiff für das nächste«, seufzte Lucy, während sie die Stiefel anzog.

Raoul drückte ihre Hand. »Solange nur du da bist …«, fing er an.

»… könntest du in einer Pappschachtel wohnen, und es würde dir nichts ausmachen«, beendete ich den Satz für ihn. Er grinste mich an.

»Dabei stimmt das ganz und gar nicht«, fuhr ich fort. »Es sei denn, die Pappschachtel wäre von John Vanbrugh entworfen.«

»Und von Pevsner aufgelistet«, fügte Lucy hinzu.

Matilda und Billy waren mit Joseph im Salon, als wir eintrafen. Matilda wirkte angespannt, nervös, als gäbe es ein Problem. Als ich die offene Whiskyflasche auf dem Tablett stehen sah, wurde mir ganz bange. Augenblicklich fragte ich mich, ob die Ankunft ihrer Mutter sie wieder aufgebracht hatte. Sie hat sich nicht verändert, dachte ich. Nach drei Monaten war wieder alles wie vorher. Nachdem wir Joseph zur Begrüßung geherzt und er dann den fürsorglichen Armen von Miss Johnston übergeben wurde, betrat Lady W-D den Salon. Sie sah fülliger, dunkler aus, strotzte vor Gesundheit. Wie sehr ich mich auch gestählt hatte, in ihrer Gegenwart war nichts mehr davon zu spüren. Ich war wieder zwölf, und sie stand kurz davor, mir einen Vortrag darüber zu halten, wie man bei einer Springkandare die Kinnkette anlegt.

»Ihr lieben Mädchen, das ist ja ein Ding! Wieder hier vereint.«

Sie wandte sich an Lucy, griff nach ihrer Hand und schüttelte sie heftig.

»Wie ich höre, hast du das hervorragend gemeistert«, sagte sie. »Gut gemacht!«

Lucy lachte lauthals. »Ich habe einfach nur das gemacht, was jeder gemacht hätte.«

»Das stimmt nicht«, widersprach Raoul. »Kein anderer hätte das gekonnt. Sie hat getan, was nur sie machen konnte.«

Lady W-D nickte.

»Ich weiß«, sagte sie. »Ich weiß.«

Im Haus war es kalt; draußen brachen Sonnenstrahlen durch dicke weiße Wolken, warfen ein verwaschenes Licht auf den Staub auf dem Tisch, an dem Lady W-D die ganzen Jahre über gesessen und Briefe an ihre alten Freunde geschrieben hatte, in denen sie vom Leistungsstand der heutigen Jugend beim Leichttraben berichtete.

»Mutter fährt in zwei Tagen ab«, sagte Matilda.

»Ja, das haben wir gehört«, sagte ich.

»Ich musste euch sehen. Musste euch beide sehen, um über eine Idee zu sprechen, die Matilda hatte. Na ja … mehr als eine Idee eigentlich …«

»Sag nicht mehr, Mutter.«

Plötzlich stand Matilda auf, ging zu Lucy und Raoul und gab ihnen einen Brief. Dann schaute sie die beiden, die verwirrt dreinschauten, an, als würde sie überlegen, ob sie ihn ihnen nicht wieder wegnehmen sollte.

»Lest ihn«, sagte sie. »Aber lest ihn laut vor.«

»Laut?«

»Ich möchte, dass Tara es auch hört.«

Lucy räusperte sich.

»›Liebe Lucy, lieber Raoul …‹«

Lucy hielt inne, als käme ihr das, was sie da tat, absurd vor, fuhr dann aber fort, als ihr nichts als Stille entgegenschlug:

»Trellanack House soll verkauft werden, und derzeit liegt das Angebot einer Firma vor, die verspricht, das Anwesen in ein erfolgreiches Unternehmen zu verwandeln. Sie haben vor, das Haus abzureißen und ein neues, modernes, zweckmäßiges Hotel zu bauen, das – wie sie sagen – dennoch die alte Aussicht durch neue Fenster gewährleistet.«

Lucy verzog das Gesicht, als sie das las, Raoul starrte nur vor sich hin.

»Zunächst waren wir begierig darauf, diesen Vorschlag anzunehmen. Wie ihr wisst, hat meine Mutter keine Lust darauf, das Haus zu behalten, und dachte, es wäre das Beste, das zu nehmen, was wir dafür bekommen konnten, und weiterzumachen. Die Geburt unseres Sohnes hat das jedoch für immer verändert.«

Lucy senkte den Brief. Ihre Hände zitterten.

»Ihr behaltet es … für Joseph.« Ihre Augen füllten sich mit Tränen. »Wir tun, was wir können, um zu helfen, Matilda. Wir können hier arbeiten, während ihr in London seid, wir machen alles. Vielen, vielen Dank, dass ihr es behaltet, vielen Dank.«

Matilda sah erschrocken aus.

»Herrje, nein«, sagte sie. »Wir behalten es nicht. Ganz und gar nicht. Lies weiter, lies einfach weiter.«

»Wir wissen, was Trellanack euch bedeutet. Und wir wissen auch, dass es Joseph ohne Lucy nicht geben würde. Dieser Tatsache musste sich meine Mutter stellen, und jetzt, wo sie

die Wahrheit kennt, will sie die Fehler, die vor so vielen Jahren begangen wurden, wiedergutmachen.«

Lucy schaute auf, als sie das las, und ihr Blick traf auf den von Matilda.

»Wir würden euch gerne die Gelegenheit geben, dieses Haus zu übernehmen und als Hotel zu führen. Wir glauben, dass ihr die Einzigen seid, die ihm gerecht werden. Ihr braucht uns nichts zu bezahlen – nur eine nominelle Pacht, damit es offiziell ist. Aber es gehört euch. Trellanack gehört …«

Doch Lucy konnte nicht mehr weiterlesen. Mit verschleiertem Blick setzte sie sich und reichte Raoul den Brief.

»Trellanack gehört mehr euch als uns, das war schon immer so. Solche Orte gehören denen, die sie am meisten lieben, und was diesen Ort hier betrifft, so seid das ihr. Wir haben den Kaufinteressenten gesagt, dass es nicht länger zum Verkauf steht. Wir haben gesagt, wir würden es selbst behalten, doch ihr sollt es haben und wieder zum Leben erwecken. Das war nie anders.«

Lucy sah zu Matilda, ihre Hände zitterten.

»Du kannst uns das Haus nicht einfach *schenken*«, sagte sie halb lachend, halb schluchzend.

»Natürlich kann ich das«, sagte Matilda. »Und ob du es glaubst oder nicht – das habe ich soeben getan. Ich konnte euch das nicht sagen, deshalb habe ich es aufgeschrieben. Ich hätte nur geheult und alles ruiniert.«

»Aber du könntest deine Meinung ändern! Was, wenn Joseph älter wird und wissen möchte, warum es nicht ihm gehört?«

»Dann werden wir ihm sagen, dass er diese Frage nur deshalb überhaupt stellen kann, weil du sein Leben gerettet hast«, erwiderte Billy schlicht. »Und außerdem … ich kann mir nicht vorstellen, dass Joseph in Cornwall leben möchte, ihr etwa? Seine Wurzeln liegen im Mississippi-Delta.«

Das war Billys Art, uns zu sagen, dass er wusste, dass *wir* es wussten.

Mit festem Blick schaute Matilda uns an; kein Schatten von Alkohol umgab sie, auch keine Aura von Ruhm, keine Furcht vor ihrem Vater, keine Last der Enttäuschung, die sie für ihre Mutter dargestellt hatte. Endlich war sie eine Frau, kein kleines Mädchen mehr, das von einem Raum in den nächsten stolperte, zwar mit wunderschönem Gesicht, aber ohne jegliches Selbstvertrauen.

»Ich möchte das Haus wirklich nicht mehr am Bein haben«, sagte sie. »Nur ohne es kann ich frei sein. Ihr würdet mir also einen Gefallen tun, wenn ihr es nehmt, seht ihr? Ich möchte, dass es in die richtigen Hände kommt, also in eure. Und wie ich im Brief geschrieben habe, das wart schon immer ihr.«

»Aber das Geld!«, jammerte ich. »Was ist mit dem Geld?«

»Cherry«, sagte Billy. »Man kommt im Leben an einen Punkt, an dem Geld egal ist.«

»Der Punkt kommt dann, wenn man einen sehr reichen Amerikaner heiratet«, sagte Matilda. Sie lachte und schaute zu Billy.

»Sie will es eben«, sagte er. »Also nehmt ihr es besser an.«

Ich schaute zu Raoul, der wiederum schaute zu Lucy und dann zurück zu Matilda.

»Tja. Ich hoffe doch sehr, dass ihr Joseph in den Schulferien herkommen lasst«, sagte Lucy.

47. Kapitel

Heiligabend 1962

Das Konzert war an Heiligabend. Es regte sich kein Lüftchen, genau wie am Tag der Hochzeit von Matilda und Billy, doch es war eisig kalt. Cornwall zeigte sich von seiner atemberaubendsten Seite. Die Stechpalmen mit den Beeren in der Farbe von Clovers Lippenstift, der überfrorene Bach, der an manchen Stellen aufriss wie Imogens beste Crème brûlée, überzogen mit einer Schicht Frost, und in der Ferne das Meer, grau wie der Himmel, mit weißen Schaumköpfen, die sich über seine eisengraue, kalte Fläche erhoben. Wenn ich schon ohne ihn sein musste, dann konnte das genauso gut an einem so umwerfenden Ort wie hier sein, dachte ich.

Als ich zur Kirche kam, verteilte Mr. Bell gerade die Notenblätter. Imogen half mit den Chorgewändern, und sie entdeckte mich noch vor ihm.

»Tara!«, rief sie. »Ach du meine Güte! Du machst es?« Vor Freude lief sie rot an und presste ihre Hand auf Mr. Bells Arm. Er drehte sich zu mir um.

Die Mädchen vom Chor schauten eine nach der anderen zu mir herüber, und Sarah schoss wie ein Blitz aus dem Gestühl zu mir.

»Du bist zurückgekommen! Antonia schuldet mir zwei Shilling.«

Mr. Bell bedachte mich mit einem kaum wahrnehmbaren Nicken.

»Sarah, kommst du bitte wieder hierher?«, bat er.

»Raoul hat seine Krankenschwester Rachel hergeschickt«, sagte Imogen. »Er hat keine Ruhe gegeben, immer wieder erzählt, wie sehr sie Chorgesang und alte Kirchen liebe. Auf dem Weg nach drinnen ist sie mit George zusammengestoßen, und seine Unterlagen sind zu Boden gegangen. Ich habe mitgeholfen, sie einzusammeln, und gehört, wie er ihr vorschlug, danach doch noch auf einen Sherry ins Pfarrhaus mitzukommen.«

»Ich glaube, sie erfüllt alle seine Kriterien«, sagte ich grinsend.

»Ich habe *Bernadita* gelesen«, verkündete Imogen. »Bin heute Morgen fertig geworden.«

»Und?«, wollte ich wissen.

»Es ist wunderbar. Ich war die ganze Nacht wach, um von Captain William Thorley und seinen Geheimnissen zu lesen. Auch wenn ich ein bisschen schockiert war über die … *intimeren* Momente«, fügte sie errötend hinzu. »Wer hätte gedacht, dass Raoul zu so etwas in der Lage ist?«

»Er hatte es gedacht«, sagte ich.

»Lucy sagt, sie ist mit einer Frau im Gespräch, nicht nur wegen des Buches, sondern auch wegen des Films.«

»Wer zum Teufel ist diese Frau?«, fragte ich und war so erstaunt, dass ich das Gefühl hatte, Raoul gegenüber etwas abtrünnig zu werden.

»Also, du müsstest das besser wissen als ich. Sie hat gegenüber von Napier House gelebt, aber sie und ihr Mann lassen sich scheiden.«

»Scheiden!«

Das glückselige Paar, dachte ich. Das wäre die reinste Freude für Clover.

»In *Bernadita* geht es um eine starke Frau«, sagte Imogen. »Anscheinend wollen die Leute gerade Bücher veröffentlichen, in denen Mädchen sich auf den Weg machen und sich nehmen, was sie wollen – in jeder Hinsicht. Und die Tatsache, dass Raoul als Mann über solche Frauen schreibt, findet anscheinend noch mehr Anklang.«

»Was lernen wir also daraus? Sei stark und lass dich von einem Mann nicht übers Ohr hauen. Aber wenn du willst, kannst du ruhig mit ihnen ins Bett steigen«, sagte ich.

»Also, Tara!«, sagte Imogen entsetzt. »Nicht bevor ich geheiratet habe. Nicht einmal Raoul könnte mich dazu überreden, so etwas zu tun.« Sie sah zu Mr. Bell, winkte ihm zu und seufzte. »Was für ein Pech aber auch«, fügte sie leise hinzu.

Gott sei Dank benahm sich wenigstens eine von uns Mädchen noch immer wie die Tochter eines Pfarrers, dachte ich, rief mir in Erinnerung, wie ich mich Digby an den Hals geworfen hatte, ohne ihn auch nur zu kennen.

Bis um sechs Uhr hatte sich die Kirche gefüllt.

»Na gut, Tara«, war alles, was Mr. Bell sagte. »Du brauchst keine Probe, oder? Wir haben ohnehin keine Zeit«, fügte er gleich hinzu. »Mach es einfach so wie immer. Die anderen wissen, was sie tun müssen.«

Ich nickte, war mir meiner selbst nicht so sicher.

Die Kirche war voller Kerzen. Der Geruch nach Wachs, Fichtennadeln und Myrrhe überwältigte mich. Ich war eine Wasserwanze, die über die Oberfläche streifte, ohne einzutauchen, um etwas zu spüren, denn solange man sich bewegte, solange man sang, den nächsten Song aufnahm und weitermachte, immer weitermachte – warum sollte man da das Bedürfnis haben, länger als einen Moment bei etwas zu verweilen? In unserer Jugend hatte uns die Kirche dazu gezwungen, still zu sitzen, selbst wenn wir unter den Kirchenbänken Murmeln spielten oder an Bonbons in den tiefsten Untiefen unserer Wintermäntel herumspielten. Die Kirche zwang uns zuzuhören, selbst wenn wir behaupteten, kein Wort gehört zu haben. Sie hielt uns von Dingen fern, während sie uns die Möglichkeit gab, nachzudenken, solange wir wollten.

Ich war mir nicht so sicher, ob ich jetzt gerade über etwas

nachdenken wollte. Nachdenken war wie eine Bedrohung. Ich war von der Klippe gesprungen, und solange ich in London war, konnte ich einfach weitermachen. Jetzt zurück zu Hause gab es immer mal die Möglichkeit, dass ich nach unten schaute. Doch wenn ich das tat, dann befürchtete ich, ich könnte fallen.

Meine Brüder und Schwestern quetschten sich in eine Reihe, Roy und Luke jeweils mit Krawatte und neuem Sakko. Sie wurden erwachsen, wurde mir klar, waren keine Babys mehr.

Ehe ich aufstand, um zu singen, sagte Mr. Bell noch etwas.

»Viele von Ihnen, die heute Abend hier mit uns in der Kirche sind, wissen, dass man überall im Land glaubt, dieses Mädchen hier würde Cherry Merrywell heißen. Doch heute Abend ist sie einfach nur unsere kleine Tara Jupp, und sie wird das nächste Stück als Solo vortragen.«

Nach der Hälfte der ersten Strophe entdeckte ich ihn, und von dem Moment an ging das ganze Lied in die Binsen. Meine Stimme zitterte und flatterte, klang falsch, ich vergaß den Text, musste die Augen schließen, weil ich glaubte, ich träumte, und wollte nicht aufwachen, um festzustellen, dass er ein Produkt meiner Fantasie war. Doch als ich die Augen wieder öffnete, war er immer noch da, saß im hinteren Bereich der Kirche und war so real wie an jenem ersten Morgen, an dem ich ihn kennengelernt hatte. Als mein Solo zu Ende war, fühlte ich mich wie gelähmt, blieb wie angewurzelt stehen, mein Blick starr auf ihn gerichtet. Ich hatte Angst, mich zu bewegen, für den Fall, dass er dann wieder verschwinden könnte. Die anderen Chormitglieder nahmen ihre Plätze um mich herum ein, und irgendwie wurstelten wir uns durch den Sopran von »Hark the Herald«, und als wir mit den englischen Heerscharen verkündeten, dass Jesus in Bethlehem geboren war, stand auch er da und sang. Er hätte irgendwer sein können, irgendjemand, der an Heiligabend 1962 in unsere kleine Kirche gekommen war, aber er war nicht irgendwer, er war Inigo Wallace. Und ich liebte ihn.

Danach kam dann der Auszug, wobei jeder vom Chor eine

Kerze trug, und als ich an der Reihe vorbeikam, in der er saß, wagte ich es nicht einmal, in seine Richtung zu sehen, weil ich fürchtete, er könnte bereits gegangen sein. Kaum draußen, eilte ich auch schon zurück in die Sakristei, ehe eines der Mädchen mich aufhalten konnte, zog mein Chorgewand aus und Jeans und Pulli an und band meine Haare hoch.

Etwas weiter die Straße hinauf wartete er auf mich, abseits von allen anderen. Als er mich sah, schüttelte er den Kopf.

»Du warst schrecklich«, sagte er.

»Ich weiß. Dir ist kalt.«

»Ich bin verliebt in die Kälte.«

Es war merkwürdig, einen derartigen Ausdruck von ihm zu hören, also lachte ich. Er blickte nach oben zu den Sternen. Es kam mir unwirklich vor, unmöglich, dass er hier war, im Dorf, am Weihnachtsabend, auch wenn ich ihn seit seiner Abreise aus London nur vermisst hatte. Seine schwarzen Haare hingen ihm fast ganz über die Augen, so wie damals, als ich ihn kennenlernte. Er wirkte aufmerksam und blass.

»Ich kann nicht glauben, dass du hier bist«, murmelte ich.

Er schaute mich an. »Konnte nicht aufhören, über alles nachzudenken.«

»Alles?«

»England«, sagte er. »Konnte nicht aufhören, an England zu denken.«

»Also bist du hergekommen, um nachzusehen, ob es noch immer da ist?« Ich sagte das nur halb scherzhaft.

»In gewisser Weise.«

Beim Laufen berührten sich unsere Hände. Ich sah nicht zu ihm, und wir wurden auch nicht langsamer. Er holte eine Zigarette aus seiner Tasche.

»Macht es ihr nichts aus, dass du hergekommen bist?«

»Wem?«

»Du weißt schon. Dem Mädchen in New York. Die, zu der du zurückgefahren bist. Clover hat mir von Anfang an von ihr erzählt. Sie hat gehört, dass du sie …« Ich hielt inne, mir wurde bewusst, wie sich das anhörte.

»Dass ich sie *was*?«

»Dass du sie *Baby* genannt hast«, murmelte ich verlegen. »Sie hat gesagt, du hättest drei Abende hintereinander mit ihr telefoniert, nachdem du da warst. Keiner führt Ferngespräche, wenn es ihm nicht wirklich ernst ist, meinte sie. Sie hat dich nachgeahmt, es hörte sich sehr ernst gemeint an. ›*Ich hoffe, bei dir ist alles in Ordnung, Baby*‹.«

»Clover«, sagte er. »Man sollte ihr mal einen Sonderpreis für ihre schändlichen Unterstellungen verleihen. Ich hänge nicht am Telefon und nenne jemanden *Baby*. Ich bin doch kein Trottel aus …«, lachte er, wobei ihm gerade etwas klar zu werden schien. »Ach, ich weiß schon, was sie gehört hat.« Er fasste sich kopfschüttelnd an die Stirn. »Sie hat gehört, wie ich sagte: ›Ich hoffe, alles ist in Ordnung mit *dem* Baby.‹ Da habe ich mit Julia gesprochen.«

»Wer ist das?«

»Die arme Frau, die sich um meine Mutter und meinen Stiefvater in New York kümmert. Mit ihr habe ich telefoniert. Meine Mutter bekommt noch ein Kind. Sie ist schwanger.«

»Sie ist *was* bitte?«

Er lachte, als er mein Gesicht sah.

»Aber das *geht* doch nicht! Oder doch?«

»Anscheinend schon. Sie ist vierundvierzig. Mein Stiefvater wollte immer Kinder haben, also ist das wohl ihre letzte Chance. Ich musste dahin zurück, um ihm klarzumachen, dass er eine Belegschaft von achtzig Leuten braucht, allein um die Stimmungsschwankungen meiner Mutter zu bewältigen.«

»Warum hast du mir das nicht gesagt?«, fragte ich. »Ich dachte, du würdest zu einer wunderschönen amerikanischen Erbin mit schwarzen Haaren und grünen Augen zurückgehen.«

»Rocky hat mir gesagt, dass niemand von dem Kind erfahren sollte, ehe sie die ersten sechs Monate hinter sich hat. Ich musste mich zur Geheimhaltung verpflichten.« Er schaute mich wieder an. »Und nur zur Info: Ich hätte lieber ein Mädchen mit grünen Haaren und schwarzen Augen als anders herum. Du weißt, dass ich es nicht so mit konventioneller Schönheit habe.« Es kam mir so vor wie damals, als er das auf Trellanack sagte, und wie sehr hatte ich ihn für diese Worte gehasst. Wie vieles hatte sich doch geändert. Ich wusste nicht, wann oder wie, konnte auch den Moment nicht genau bestimmen. Ich wusste nur, dass jetzt alles anders war.

»Wie auch immer – ich dachte, du würdest noch Digby hinterhertrauern.«

Einen Witz daraus zu machen funktionierte nicht.

»Das war nichts Richtiges«, meinte ich. »Es gab nie etwas Richtiges – außer dir. Von Anfang an … gab es immer nur dich.« Ich blieb stehen und schaute ihn an. Ich musste nicht versuchen, seine Gedanken zu erraten, ich wollte nur, dass er es wusste. Ich wollte es ihm sagen, damit er wusste – was auch immer danach passieren sollte –, dass ich ihn geliebt hatte. Mich schauderte wieder. Er streckte die Hand aus und legte sie an meine Wange.

»*Dir* ist kalt. Du zitterst ja.«

»Das liegt nicht an der Kälte. Ich stehe einfach unter Schock, weil du hergekommen bist, das ist alles.«

Wir gingen zusammen zurück nach Trellanack, unsere Schritte knirschten im Schnee. Ich hatte ihm gesagt, dass ich ihn liebte – ich spürte alles andere von mir abfallen, unbeachtet. Das war die einzige Wahrheit. Was er als Nächstes tun würde, hatte ich nicht in der Hand. Ich konnte nicht mehr tun als das, was ich getan hatte. Mit leicht gerunzelter Stirn blieb er stehen und zog etwas aus seiner Tasche. Es war in braunes Papier eingewickelt.

»Für dich. Mach schon, mach es auf.«

»W… was ist das?«

Er sagte nichts, betrachtete nur meine zitternden Hände,

als ich meine Handschuhe unter einen Arm klemmte und das Päckchen öffnete.

Es war der Elefant. Makellos, so wie er schon damals gewesen war. Ich starrte ihn an, doch mein Blick verschwamm. Und auf einmal weinte ich, aber warum? Ich wusste es nicht. Besinnung auf ein Stück Vergangenheit? Vergessene Vergangenheit? Wir waren Erwachsene, wo wir damals nur Kinder waren.

»Es kommt einem vor wie gestern, oder?«, fragte Inigo.

Ich konnte ihn nicht ansehen.

»Warum hast du mir nicht gesagt, dass du es wusstest?«

Ich weiß nicht einmal, ob ich diese Frage als Ganze stellte, doch er verstand, was ich meinte.

»Ich *wusste* es nicht«, gestand er. »Zumindest am Anfang nicht. Aber dann hast du den Alma-Cogan-Song im Palladium gesungen, und ich habe dich deswegen angeschnauzt.«

»Ach das«, sagte ich staunend, betrachtete noch immer das Schmuckstück, das mir schon so lange im Kopf herumgespukt hatte. »Ich hatte es verdient. Du hattest recht.«

»Ich war völlig außer mir«, sagte Inigo bestimmt. »Denn mir wurde klar, dass du es bist, und ich wusste nicht, wie ich es dir sagen sollte. Als Billy mir erzählte, was du gesungen hattest, konnte ich nur denken, dass deine Interpretation unmöglich besser sein konnte als die des zehnjährigen Mädchens, das ich 1955 in meiner Küche angetroffen hatte. Dann habe ich eins und eins zusammengezählt, und als mir dann klar war …« Er steckte die Hände in die Hosentaschen. »Warum hast du es mir nicht einfach gesagt?«

»Deshalb«, verkündete ich und drehte den Elefanten in meiner Hand. »Ich dachte, du würdest dann weniger von mir halten, wenn ich dich daran erinnerte, was ich getan hatte, und ich wollte nicht, dass du weniger von mir hältst.«

»Verrückt«, sagte er.

»Ich kann nicht glauben, dass du ihn mitgebracht hast.«

»Er soll dir gehören.«

»Warum?«

Er zuckte mit den Schultern. »Es ist ein Dankeschön.«

»Wofür?«

»Dass du meinen Song singst.«

Ich schaute ihn an und sprach den Gedanken laut aus, der mir seit dem Zeitpunkt, als ich in London eintraf, durch den Hinterkopf geisterte.

»Ich bin mir nicht sicher, ob ich das noch länger machen will«, sagte ich.

»Was meinst du damit?«

»Ich tue immer so, als wäre ich jemand, der ich gar nicht bin. Im neuen Jahr werde ich nicht zurückgehen.«

Als ich das aussprach, fühlte ich mich ganz benommen.

»Ich möchte Songs schreiben. Ich glaube, das wollte ich schon immer. Ich dachte nur, ich wäre es meinen Eltern und allen anderen schuldig, auch Cherry Merrywell zu sein.«

»Du warst niemals Cherry Merrywell«, sagte Inigo. »Du warst immer Tara Jupp. Man hat dich einfach falsch eingeschätzt, das ist alles. Nicht nur Billy, auch Clover und ich und sogar du selbst. Hier. Ich möchte dir noch etwas anderes zeigen.«

Er zog ein Foto aus seiner Jacke und reichte es mir. Es war eines der Fotos, die Digby von mir in Cheyne Walk gemacht hatte, als ich in meinen Reitklamotten am Klavier saß.

»Das bin ja ich«, sagte ich dümmlich. »Wie bist du da rangekommen?«

»Digby hat es mir gegeben. Ich nehme an, er war der Einzige von uns, der von Anfang an gesehen hat, wer du wirklich bist.«

»Digby?«

»Er hat es mir mit einer Notiz nach New York geschickt.«

»Was stand darauf?«

»›Geh und such sie, denn egal wo sie ist, sie vermisst dich.‹«

»Himmel!«, rief ich aus. »Warum hat er das gemacht? Er hat das falsch verstanden, ich war nur … ich habe ihm nur gesagt, dass …«

»Mach dir keine Sorgen!« Inigo lachte über meine Reaktion. »Das hat er nur ganz zum Schluss seiner Notiz geschrieben, in der stand, dass ihm von allen Fotos, die er von dir gemacht hatte, dieses hier am besten gefiel.«

»Ihm hat nie gefallen, in was für Klamotten Clover mich steckte«, sagte ich. »Er fand mich nur dann glaubwürdig, wenn ich nicht herausgeputzt war.«

»Er hatte recht«, sagte Inigo. »Obwohl ich ja eher gehofft hatte, dass dem tatsächlich so war«, fügte er leise hinzu.

»Dass was tatsächlich so war?«

»Dass du mich vermisst hast.«

Ich sagte nichts, schaute nur auf den Boden und lächelte.

Er zog seinen Mantel aus, legte ihn mir um die Schultern, und zusammen gingen wir schweigend die Auffahrt hinauf. Ich spürte die Wärme seines Körpers, das Gewicht des Mantels, in dem ich ganz klein wirkte, und dann tauchte Trellanack vor uns auf. Ich fing an zu singen – Alma Cogan, so wie ich es vor all den Jahren getan hatte. Er sagte nichts, ging einfach nur neben mir her, so dicht, so unglaublich dicht. Als ich das Ende des zweiten Refrains erreicht hatte, standen wir fast vor der Haustür. Ich sah, dass Lucy und Raoul durch die Eingangshalle auf uns zukamen.

»Aus deiner Stimme solltest du wirklich etwas machen, Kleine«, sagte Inigo.

Nachwort

Zwei Monate später kehrte Inigo nach Cornwall zurück, um mich abzuholen, und zusammen gingen wir nach New York, wo wir anfingen, gemeinsam Songs zu schreiben. Innerhalb eines Jahres zogen wir ins Brill Building, und was danach kam, ist anscheinend Geschichte. Man fragt uns immer, wie das funktioniert: Wer schreibt was, wie gelingt es uns, glücklich zu sein und zusammenzubleiben, wenn wir tagtäglich zusammen arbeiten? Manchmal sage ich, dass wir uns wie ein Paar Außerirdischer vorkommen – zwei Anziehpuppen aus England, die im Gegensatz zu allen anderen um uns herum keinen Unterschied bei der Betonung von Wörtern wie »root« – Ursprung – und »route« – Wegstrecke – machten. Zusammen kamen wir vom gleichen Grund und Boden in ein anderes Land. Inigo tut das alles als unbedeutend ab und erzählt, dass wir noch immer über Überleitungen und Akkordwechsel streiten oder darüber, welcher Song zu welchem Sänger passt und wo es freitagabends die besten Cocktails gibt. In einem sind wir uns aber immer einig: Wir sind besser als früher. Und wir wissen, dass wir eines Tages für immer zurückgehen werden, auf diese nette kleine Insel, auf der alles angefangen hat. England bereitet Inigo keine Angst mehr. Und ich? Ich vermisse Imogens Küche. Wenn ich zurückkomme, dann werde ich in der Küche im Pfarrhaus sitzen und stundenlang Butterkekse essen. Das ist manchmal alles, wonach mir ist.

Billy, Matilda und Joseph kommen oft zu Besuch vorbei.

Joseph hat viel von Matildas Schönheit mitbekommen – und genau wie Paul Warren sang er, ehe er sprechen konnte. Auch er hat Probleme mit der Koordination bei den einfachsten Dingen – wie einen Raum durchqueren oder die Schnürsenkel binden. Matilda ist überzeugt, dass es eines Tages einen eigenen Namen für das geben wird, was sie schon immer als Behinderung erachtete – ein Zustand, der Verständnis und Behandlung benötigt, nicht Gespött und Strafe.

In ihrem ersten Jahr in Trellanack richteten Lucy und Raoul die Tennisplätze wieder her. Gegen Ende des Jahres adoptierten sie ein Baby aus Südamerika, das sie Carlos nannten. Sobald er laufen konnte, nahm er einen Schläger in die Hand und schmetterte erstklassige Bälle über den Platz. Roy, Luke und Pa gelobten, ihn nach Wimbledon zu bringen.

Der Abriss von Napier House war nichts Ungewöhnliches. Zwischen 1950 und 1965 ereilte Hunderte von viktorianischen Häusern und Gebäuden dasselbe Schicksal. Clover war nicht bereit gewesen, dies stillschweigend geschehen zu lassen. Am Morgen von Napiers Abriss ketteten sie und Digby sich an den Kamin im Salon, wurden festgenommen und für zwei Tage ins Gefängnis gesteckt. Bis sie wieder freikamen, war Clover überzeugt, dass Digby es ernst meinte, dass er sie liebte. Ob ihm das zum damaligen Zeitpunkt bewusst war oder nicht, Digbys Fotos von Trellanack und Napier House bezeugten etwas ziemlich Außergewöhnliches: ein Haus, das lebte, und ein anderes, das starb.

Ich kann nicht an London denken, ohne mich an Napier House 1962 zu erinnern. Ich habe diese Abende beim Sechs-Uhr-Club niemals vergessen. Wir wussten nichts, waren einfach arglos in unserer Jugend. Und tatsächlich ist das der magischste Zustand, in dem man sich befinden kann.

Brian Jones und seine Band wurden berühmter als wir alle.

Sieben Jahre, nachdem er mit Nikolaus Pevsner in Napier House gestanden und über die Viktorianer gesprochen hatte, ertrank er. Er war gerade mal siebenundzwanzig.

Danksagung

Ein Dankeschön an …

Claire Paterson und alle bei Janklow and Nesbit UK, Susan Watt, Caroline Proud, Bethan Ferguson und alle bei Quercus Books sowie Talya Baker und Nick de Somogyi; Donald »Capability« Rice, Cynthia Liebow, Kate Weinberg, Lucinda Vaughan, Petrus, Roo, Bilco, Kicko und Dad. Ich bedanke mich bei Mum, Tante Jan, Clarewyn Rice und Antonia Bell, die die ersten Fassungen gelesen haben. Susie Harries und Simon Bradley haben mir unglaublich bei Professor Pevsner geholfen, und ich hoffe, er ist so geworden, wie sie ihn in diesen Seiten vorfinden wollten. Diana Pullein-Thompson hat die Abschnitte über Pferde angeregt und ist einfach eine Koryphäe.

Ein Dankeschön an alle, die es so lange ertragen haben, dass ich »das Buch fertigstelle«. Ich bin euch ein Blaues Band schuldig.